그곳의 너와 이곳의 나는

일러두기

1. 이 책의 외래어 표기는 국립국어원의 외래어 표기법을 따랐다.

2. 책 제목, 신문은 『 』, 영화와 방송 프로그램, 노래 제목은 < >, 앨범 제목은 《 》로 표기했다.

3. 등장인물들이 주고받는 문자와 메일 내용은 [ ]로 표기했다.

사라 로츠 지음 | 정은 옮김

그곳의 너와
이곳의 나는

달다

차례

유브 갓 메일

보낸 사람: NB26@zone.com

받는 사람: Bee1984@gmail.com

제목: 똑바로 좀 살아!

　　이 멍청하고 쪼잔한 양복쟁이 개자식아. 맨날 트위드 양복이나 빼입고 잔인하게 꿩 사냥이나 즐기는 주제에 그 거지 같은 시골 땅 좀 많다고 나까지 쥐락펴락할 수 있는 게 아니라는 걸 알아둬. 내가 좋아서 계속 연락하는 줄 알아? 지금 재미로 이러는 거 같냐고. 내가 가만히 앉아서 당할 거라 생각했다면 큰 오산이야. 당신의 그 빈둥거리는 축축한 개나 구닥다리 랜드로버, 이튼스쿨 학생 같은 오만한 성깔까지, 그걸 다 참으면서 맨날 당하고 사는 당신 주변의 그런 사람이 아니라고, 난.

　　치졸하게 약자나 괴롭히지 말고 인생 똑바로 살라고!

보낸 사람: Bee1984@gmail.com

받는 사람: NB26@zone.com

제목: 똑바로 좀 살아!

　　안녕하세요.

　　받는 사람 이메일 주소를 다시 확인해 보셔야 할 것 같습니다. 제 기억에, 전 랜드로버를 산 적도 없고 이튼에 다닌 적은 더군다나 없으니까요.(그럴 만한 능력이 없었죠.) 아니면 제 컴퓨터에 악성코드를 심으려는 신종 사기 수법인가요? 그렇다면 성공했네요. 축하드려요!

보낸 사람: NB26@zone.com

받는 사람: Bee1984@gmail.com

제목: 똑바로 좀 살아!

　　맙소사. 정말 진심으로 죄송합니다. 새로 만든 이메일 계정을 사용하면서 주소를 잘못 입력했네요. 너무 열받아서 손가락이 멋대로……. 알려주셔서 감사합니다. 누구신지는 모르겠지만, 그런 메일을 받게 해 정말 죄송합니다.

보낸 사람: Bee1984@gmail.com

받는 사람: NB26@zone.com

제목: 똑바로 좀 살아!

솔직히 이런 메일은 대부분 무시해요. 그런데 당신이 말콤 터커(영국의 정치풍자 코미디 드라마 〈The Thick of It〉의 등장인물로, 욕설과 비속어를 자주 사용한다.-옮긴이)급 저주를 퍼붓는 게 꽤 인상적이라 호기심이 생겼거든요. 그 사람이 당신 고양이를 죽였거나 아니면 그 비슷한 짓을 저지르기라도 했나요?

보낸 사람: NB26@zone.com

받는 사람: Bee1984@gmail.com

제목: 똑바로 좀 살아!

더 나쁜 짓을 했죠. 제게 작업을 맡기고는 돈을 안 주고 있거든요. 믿으실지 모르겠지만, 그 메일도 사실 부드럽게 고쳐 쓴 겁니다. 보내기 직전에 쌍욕은 모두 지웠거든요. 원래는 욕설투성이였죠.

보낸 사람: Bee1984@gmail.com

받는 사람: NB26@zone.com

제목: 똑바로 좀 살아!

어떤 일을 하시나요? 아, 제 질문에 꼭 답할 필요는 없어요. 그냥 심심해서 물어보는 것뿐이에요. 원래 저도 모르는 사람이랑 이런 대화를 하지는 않거든요. 진짜예요!

보낸 사람: NB26@zone.com

받는 사람: Bee1984@gmail.com

제목: 똑바로 좀 살아!

당연히 대답해 드려야죠. 아까 제가 퍼부은 말들을 생각하면……. 전 프리랜

서로 책 편집 일을 합니다. 양복쟁이 개자식이 자기 소설을 편집해 달라고 의뢰했었죠. 하지만 그 자식이 보낸 원고를 통째로 엎고 처음부터 다시 써야 했어요. 두 달 전에 완성본을 보냈는데 아직 아무런 답이 없습니다. 주기로 약속한 돈도 보내지 않았죠. 연락 하나 없어요.

보낸 사람: Bee1984@gmail.com
받는 사람: NB26@zone.com
제목: 똑바로 좀 살아!
　정말 화가 날 만하네요. 그런데 어떤 소설이었나요? 『잔인한 사냥을 즐기는 여자?』

보낸 사람: NB26@zone.com
받는 사람: Bee1984@gmail.com
제목: 똑바로 좀 살아!
　하! 비슷해요! 정말 알고 싶어요?

보낸 사람: Bee1984@gmail.com
받는 사람: NB26@zone.com
제목: 똑바로 좀 살아!
　물론이죠. 지금 저를 온라인쇼핑의 유혹에서 구해주시는 거예요. 이미 데이비드 보위의 얼굴이 그려진 이불 커버를 사버렸어요. 사고 싶지도 않고 필요도 없는데 말이죠.

보낸 사람: NB26@zone.com
받는 사람: Bee1984@gmail.com
제목: 똑바로 좀 살아!

데이비드 보위를 마다할 사람이 어디 있어요. 저라도 그 이불 밑에서 잘 겁니다. 아, 물론 저는 이성애자이긴 하지만요. 책은 범죄 추리소설이고, 줄거리는 썩 나쁘지 않았어요. 한 시골 땅에서 시신의 유해가 발굴됩니다. 유해의 신원은 1980년대에 실종된 사회운동가로 밝혀지죠. 잔인한 동물 사냥에 반대하던 사람이었습니다. 땅 주인이 화자인데, 이 사람이 범인일 수도 있고 아닐 수도 있는 상황이죠…….

보낸 사람: Bee1984@gmail.com
받는 사람: NB26@zone.com
제목: 똑바로 좀 살아!
　어……, 너무 애타게 하지 말아주세요. 땅 주인이 범인인가요?

보낸 사람: NB26@zone.com
받는 사람: Bee1984@gmail.com
제목: 똑바로 좀 살아!
　맞아요. 실수를 가장한 범죄였죠. 손에 총을 쥔 상태에서 하층민이 자신이 즐기는 사냥을 방해하자 저지른 범죄였습니다. 도덕적으로 좀 모호하게 보여야 했는데 제대로 그려낸 건지 확신이 없어요. 독자가 어린 동물 사냥을 즐기는 주인공 편에 서기는 쉽지 않으니까요.

보낸 사람: Bee1984@gmail.com
받는 사람: NB26@zone.com
제목: 똑바로 좀 살아!
　혹시 이거 자전적 얘기예요? 그렇다면 말을 좀 조심해야 할 것 같은데요…….

보낸 사람: NB26@zone.com

받는 사람: Bee1984@gmail.com

제목: 똑바로 좀 살아!

　물론 그 개자식이라면 충분히 그러고도 남죠. 아니다. 제 말이 너무 심했네요. 더 이상 그런 짓은 안 한다고 말했거든요.

보낸 사람: Bee1984@gmail.com

받는 사람: NB26@zone.com

제목: 똑바로 좀 살아!

　어떤 짓이요? 사냥이요, 살인이요?

보낸 사람: NB26@zone.com

받는 사람: Bee1984@gmail.com

제목: 똑바로 좀 살아!

　둘 다요.(제 희망 사항일 수도 있지만.) 트위드 양복이나 빼입는 재수 없는 개자식이긴 하지만, 사실 처음 만났을 때는 꽤 호감이 갔습니다. 한잔하기 좋아하는 노인네인데, 웅장하지만 곧 허물어질 것 같은 저택에 살고 있죠. 정서가 불안정한 귀족이 나오는 시대극에서 막 튀어나온 집 같았습니다. 죽기 전에 소설 한 편 쓰는 게 소원이라더군요. 그런 부류들이 늘 말하듯 '글을 쓸 충분한 시간이 없었다'면서요. 엉덩이에 종기가 날 정도로 원고를 열심히 수정해서 보냈건만 '바로 읽어보겠다, 고맙다'는 말은커녕 여태 단 한마디의 회신도 없습니다.

　아, 제가 너무 말이 많았네요.

보낸 사람: Bee1984@gmail.com

받는 사람: NB26@zone.com

제목: 똑바로 좀 살아!

　아니요. 저도 동병상련이에요. 작업비를 착취하는 사기꾼 고객이야말로 프리랜서에게는 저주죠.

보낸 사람: NB26@zone.com
받는 사람: Bee1984@gmail.com
제목: 똑바로 좀 살아!
　같은 고통에 시달리는 동지처럼 들리네요. 어떤 분야에서 일하시죠?

보낸 사람: Bee1984@gmail.com
받는 사람: NB26@zone.com
제목: 똑바로 좀 살아!
　당신이 그걸 아는 순간, 당신을 살려둘 수 없어요.

보낸 사람: NB26@zone.com
받는 사람: Bee1984@gmail.com
제목: 똑바로 좀 살아!
　이런 상황에서는 오히려 제가 부탁해야겠는데요. 당신이 암살자라면 제가 당신을 고용하죠. 다만…… 수고비는 할부로 지불해도 될까요?

보낸 사람: Bee1984@gmail.com
받는 사람: NB26@zone.com
제목: 똑바로 좀 살아!
　하하. 그렇게 재미있는 직업은 아니에요. 전 패션 비슷한 분야에서 일해요.

보낸 사람: NB26@zone.com
받는 사람: Bee1984@gmail.com
제목: 똑바로 좀 살아!

비슷한? 더 자세히 말해주세요. 참고로 말하자면, 제가 아는 패션이란 그저 개털 범벅이 안 된 바지 정도입니다.

보낸 사람: Bee1984@gmail.com
받는 사람: NB26@zone.com
제목: 똑바로 좀 살아!
좋게 말해 재봉사에 가깝죠. 웨딩드레스를 리폼하는 작은 사업을 하고 있어요.

보낸 사람: NB26@zone.com
받는 사람: Bee1984@gmail.com
제목: 똑바로 좀 살아!
웨딩드레스를 뭘로 리폼하죠? 수의? 아니면 장식용 덮개?

보낸 사람: NB26@zone.com
받는 사람: Bee1984@gmail.com
제목: 똑바로 좀 살아!
너무 무례했습니다. 죄송합니다. 얼간이처럼 굴었죠? 친환경적인 멋진 사업 같네요.

보낸 사람: Bee1984@gmail.com
받는 사람: NB26@zone.com
제목: 똑바로 좀 살아!
얼마든지 놀리세요! 저도 항상 그러는걸요. 흠, 수의라……. 그건 생각해 본 적 없네요. 새로운 광고 문구도 넣을 수 있겠어요. "죽음이 우리를 갈라놓을 때까지."
웨딩드레스는 고객이 원하는 대로 리폼해요. '당신 인생에서 가장 값비싼 드레스에 새로운 생명을 불어넣어 주세요' 같은 거죠. 사실 고객은 대부분 이혼녀예요.

보낸 사람: NB26@zone.com

받는 사람: Bee1984@gmail.com

제목: 똑바로 좀 살아!

아, 일종의 '전남편 혹은 전 부인을 엿 먹이는' 드레스네요?

보낸 사람: Bee1984@gmail.com

받는 사람: NB26@zone.com

제목: 똑바로 좀 살아!

바로 그거예요. 지금 가봉하러 올 고객을 기다리고 있는데, 살짝 골칫덩어리거든요. 솔직하게 털어놓자면, 자기 위로 차원에서 데이비드 보위 이불을 사게 만든 원인 제공자죠.

보낸 사람: NB26@zone.com

받는 사람: Bee1984@gmail.com

제목: 똑바로 좀 살아!

더 자세히 말해주세요. 동병상련을 느껴보고 싶거든요.

보낸 사람: Bee1984@gmail.com

받는 사람: NB26@zone.com

제목: 똑바로 좀 살아!

그 고객은 마음을 못 정하고 저를 세 번이나 찾아왔어요.

"생각해 봤는데, 비대칭으로 만들 수 있을까요? 끝단은 레이스 처리 어때요? 혹시 재킷도 가능할까요? 검은색도 괜찮을 것 같죠? 아니다. 마음이 바뀌었어요. 복숭아색 어때요?"

어머, 나 좀 봐. 알지도 못하는 사람에게 징징대는 꼴이라니. 저 완전 형편없어 보이죠? 고객인데 충분히 까다롭게 굴 권리가 있죠. 돈 내는 사람은 바로 고객이니까요.

보낸 사람: NB26@zone.com
받는 사람: Bee1984@gmail.com
제목: 똑바로 좀 살아!
　모르는 사람에게 투덜거리는 게 더 편하죠. 게다가 제가 거지 같은 고객 욕하는 말은 이미 들어줬잖아요. 잠깐만요. 금방 돌아오겠습니다.

보낸 사람: NB26@zone.com
받는 사람: Bee1984@gmail.com
제목: 똑바로 좀 살아!
　죄송합니다. 개를 밖에 나가게 해주느라. 이 녀석이 나가려 할 때는 꼭 그럴 만한 이유가 있거든요.

보낸 사람: Bee1984@gmail.com
받는 사람: NB26@zone.com
제목: 똑바로 좀 살아!
　종류가 뭐예요?

보낸 사람: NB26@zone.com
받는 사람: Bee1984@gmail.com
제목: 똑바로 좀 살아!
　어, 오줌 같습니다만.

보낸 사람: Bee1984@gmail.com
받는 사람: NB26@zone.com

제목: 똑바로 좀 살아!

아주 재밌네요. 강아지 종류가 뭐냐고요!!

보낸 사람: NB26@zone.com
받는 사람: Bee1984@gmail.com
제목: 똑바로 좀 살아!

하하. 잡종입니다. 주인이랑 비슷하죠. 복숭아 여사에게 보낼 거친 항의문이 필요하면 알려주십시오. 무료로 욕설도 몇 개 넣어 써드리겠습니다.

보낸 사람: Bee1984@gmail.com
받는 사람: NB26@zone.com
제목: 똑바로 좀 살아!

그렇다면 저는 당신 고객의 잘난 트위드 양복을 아주 엉망으로 만드는 걸로 보답하죠.

우리 꼭 『열차 안의 낯선 자들』싸구려판 같아요!

보낸 사람: NB26@zone.com
받는 사람: Bee1984@gmail.com
제목: 똑바로 좀 살아!

『열차 안의 낯선 자들』이 뭐죠?

보낸 사람: Bee1984@gmail.com
받는 사람: NB26@zone.com
제목: 똑바로 좀 살아!

그 소설 몰라요? 꼭 봐야 하는 소설인데! 영화로도 나왔어요. 기차에서 처음 만난 두 사람이 서로의 적을 대신 죽여주기로 하죠. 패트리샤 하이스미스가 쓴 소설이에요.

보낸 사람: NB26@zone.com
받는 사람: Bee1984@gmail.com
제목: 똑바로 좀 살아!
　아-, 『크로스 라인』말하는 거군요. 제가 미국판으로 읽었나 봅니다. 종종 미국에서 책 제목을 바꿔 출간하곤 하죠.

보낸 사람: Bee1984@gmail.com
받는 사람: NB26@zone.com
제목: 똑바로 좀 살아!
　미국에 계세요?

보낸 사람: NB26@zone.com
받는 사람: Bee1984@gmail.com
제목: 똑바로 좀 살아!
　아니요. 그보다 아~주 매력이 넘치는 곳이죠. 리즈에 삽니다.

보낸 사람: Bee1984@gmail.com
받는 사람: NB26@zone.com
제목: 똑바로 좀 살아!
　아, 고객이 거의 다 왔다고 방금 문자를 보냈어요. 나중에 양복쟁이 개자식이랑 어떻게 돼가는지 알려주세요. 결말을 꼭 알고 싶거든요. 그리고 주제넘은 말일 수도 있지만, 메일 보낼 때 조금 부드럽게 쓰는 게 나을 수도 있어요. 그런 고객들에게는 빌미를 주지 마세요.

보낸 사람: NB26@zone.com

받는 사람: Bee1984@gmail.com

제목: 똑바로 좀 살아!

　그럴게요. 메일을 잘못 보낸 덕에 한 수 배웠네요. 복숭아 부인과의 진행 사항도 제게 알려주십시오.

　그나저나 우리 서로 이름도 모르지 않나요?

보낸 사람: Bee1984@gmail.com

받는 사람: NB26@zone.com

제목: 똑바로 좀 살아!

　저는 그냥 비예요. 당신은 '인터넷 속 낯선 사람' N.B고요.

　이래야 서로 필요할 때 그럴듯한 면책권을 가질 수 있죠. ☺

　복숭아 부인이 왔어요! 행운을 빌어주세요.

보낸 사람: NB26@zone.com

받는 사람: Bee1984@gmail.com

제목: 똑바로 좀 살아!

　좋아요, 비. 그리고 고맙습니다. 오늘 날 어둠의 구렁텅이에서 꺼내줬어요. 진심입니다.

비

처음부터 얼마나 많은 이상 신호가 있었는지 생각해 보면 놀라울 뿐이다. 『열차 안의 낯선 자들』은 단지 시작에 불과했다. 우리가 좀 더 예민하게 이상 신호를 알아차렸다면 모든 게 달라졌을까? 어쩌면. 어쩌면 그냥 우리를 더 빠른 속도로 미칠 지경까지 몰아넣었을 수도 있고, 어쩌면 둘 중 한 명은 상대방이 미쳤다고 생각해 무시해 버렸을 수도 있다. 이상한 점은 또 있었다. 내가 왜 한동안 쓰지도 않던 구글 메일계정을 바로 그날 열어본 건지 아직도 모르겠다. 게다가 모르는 사람이 잘못 보낸 메일에 답을 하는 사람이 어디 있을까?(여기, 나 같은 바보나 그러겠지.)

먼저 다시 연락한 사람은 N.B였다.([복숭아 부인과는 어떻게 됐습니까? 캣우먼 슈트라도 만들어달라고 했어요? 제발 그렇다고 말해주세요.]) 하지만 생판 남이었던 우리가 바보 같은 농담을 주고받으면서 더 친해질 수 있도록 다음 단계로 넘어가게끔 부추긴 사람은 나였다. 의도적인 건 아니었다. 그때는 내가 리즈로 이사한다거나, 침대 위에서 일요 신문을 읽는다거나, 야생의 초원(혹은 리즈 주민이 산책하는 어디든)으로 긴 산책을 나간다거나 하는 일은 상상도 못 했다. 하지만 처음부터 N.B와 나 사이에 좋은 기류가 흐른 건 사실이었다. 서로 어떤 판단의 잣대도 들이밀지 않아 자유롭고 재미있었으며 쉽게 친해졌다. 물론 예민한 주제나 애인 문제, 성생활같이 지극히 개인적인 일은 암묵적으로 서로 말을 피했다. 생각해 보면 아이러니하게도 인터넷에서 알게 된 또 한 명의 낯선 사람과의 데이트가 N.B와의 관계를 진전시키는 계기가 됐다. 그때 난 데이트 앱으로 남자를 만나곤 했는데 대부분 하룻밤 상대에 불과했다. 가장 친한 친구인 레일라는 내가 데이트 앱의 도박성 만남에 중독된 것 같다고 했다. 돌림판이 '완전히 망함', '일단 보류', '하룻밤 오케이' 중 어디에 멈추는지에 스릴을 느끼고 있다고. 내가 데이트 앱을 들여다볼 때마다 레일라는 내게 진지한 관계를 무서워하는 '전형적인 관계 공포증 행동'이라고 말했다.

"네 안의 허전한 구멍을 낯선 사람과의 의미 없는 섹스로 채우려는 거잖아."(레일라는 섹스와 관련된 이중적 의미를 사용할 기회를 절대 놓치지 않았다. 맞는 말이기도 했다.)

데이트 앱에서 만난 '매트36'은 민간 투자로 재개발된 화이트 시티의 레스토랑에서 보자고 했다. 장소가 적힌 문자를 보자마자 이상한 낌새를 알아챘어야 했다. 레스토랑 벽에는 모조품 동물 머리가 걸려 있고, 낡은 유화 그림 위로는 스프레이 물감이 마구 뿌려져 있었다. 가죽으로 장식한 의자는 인스타그램에나 어울릴 법했지 앉기에는 불편했고, 온갖 비속어로 타투를 새긴 점원들은 거만하고 불친절했다. 난 일 때문에 너무 바빴고, 매트36은 인터넷 대화를 싫어한다고 해서 만나기 전까지 그와 대화를 거의 주고받지 못했다. 레스토랑 취향이 끔찍하다는 사실을 빼면 그에 대해 아는 바가 거의 없었다. 매트36이 올린 프로필 사진은 모두 전문가의 솜씨였고, "강함. 침묵. 나에 대한 확신." 이 세 줄짜리 자기소개로는 어떤 사람인지 파악할 수 없었다. 나 역시 남 말할 처지는 아니었다. 내가 올린 "재미있어요. 마음을 다해요. 군것

질을 좋아해요"도 진부한 엉터리 프로필이었는데, 레일라가 이걸 보고 미친 듯이 웃길래 적어놨을 뿐이었다.

난 샤워 후 머리도 다 말리지 못한 채 약속 장소에 조금 일찍 도착했다. 그리고 입구가 잘 보이는 장소에 자리를 잡았다. 데이트 앱 틴더의 고약한 세계에 발을 들일 때마다 불안하긴 했지만, 그날 저녁은 기분이 좋았다. 바로 전날 복숭아 부인의 드레스를 전달했는데,(물론 복숭아색 비대칭 드레스로, 재봉하기 진짜 힘들었다.) 복숭아 부인이 친구들과의 저녁 모임에 그 드레스를 입고 나가 '#변신'이라는 태그로 여러 장의 사진을 공유했기 때문이었다. 사진 속 복숭아 부인은 승리에 찬 표정을 지으며 행복하게 웃고 있었다. 드레스가 끝나버린 결혼 생활을 극복한 상징처럼 보였다. 그간 내가 한 고생이 정말 보람으로 다가왔다.(복숭아 부인에 대해 이런저런 불평을 한 행동에 죄책감이 느껴질 정도였다.) 그녀의 SNS 링크를 N.B에게 보낼까도 고민해 봤지만, 복숭아 부인이 내 실명을 적어놔서 N.B가 금세 날 찾아낼 것 같았다. '인터넷 속 낯선 사람'이라는 관계를 망치고 싶지 않았다.

매트36은 오 분 늦게 도착했다. 내가 '초칼로타티니'를 두 잔째 마시고 있을 때였다. 매트36의 첫인상 점수는 단연코 '일단 보류'였다. 잉글랜드 북동부 지역 사투리가 희미하게 섞인 말투에 놀라울 정도로 프로필 사진과 얼굴이 비슷했다. 잭다니엘 온더록스를 주문한 걸로 보아 건강 염려증 환자는 아니었다. 하지만 그 이후의 상황은 좋지 않았다. 내가 바 위쪽에 걸려 있는 찡그린 표정의 코끼리 머리에 대해 농담을 던지자 가식적인 웃음을 보이더니, 그 후에는 런던 부동산 가격 하락에 대해 주야장천 혼자 떠들기 시작했다. 다른 주제를 꺼내도 다시 부동산 얘기로 돌아갔다. 매트36도 나만큼 긴장한 나머지 횡설수설 떠드는 거라고 합리화해 봤지만 기분이 별로 나아지지 않았다. 그 말은 매트36의 자기소개 중 두 가지는 헛소리라는 의미니까.

그때 주머니에 있던 휴대폰이 진동했다. 난 테이블 밑으로 휴대폰을 슬쩍 들여다보다 그만 웃음을 터뜨리고 말았다. N.B가 메일로 [그래서, 당신이라면 위아래가 바뀐 켄타우로스가 될래요, 아니면 위아래가 바뀐 인어가 될래요?]라고 물었다. 우리는 온종일 '당신이라면 차라리 무엇을 선택할지' 묻는 유치한 질문을 서로 던지는 중이었다.

매트36이 하던 말을 멈췄다.

"내가 무슨 웃긴 말이라도 했습니까?"

"아뇨. 죄송해요. 그냥 좀 긴장해서요. 이런 데이트는 별로 안 해봤거든요."

매트36은 내 뻔한 거짓말을 모르는 척 웃어넘기며 미끌거리는 가죽 의자 위로 팔을 걸쳤다.

"저도 별로 안 해봤습니다. 디자이너라고 하셨죠?"

난 내 패션 사업의 규모를 줄여서 N.B에게 말했었다. 누가 으스대는 사람을 좋아하겠는가. 게다가 솔직히 말해, 나조차 사업이 이만큼 성공한 게 믿기지 않았다. '망할 놈의 드레스를 위하여'(술에 취해 떠오른 이름이다.)는 생일 선물로 레일라의 웨딩드레스를 리폼하다 시작됐다. 웃자고 한 일이었는데, 레일라가 드레스 사진을 인스타그램에 여기 저기 퍼뜨리면서 밤새 문의와 주문이 쇄도했다. 대기 목록이 육 개월에 달할 정도로 사업이 성장했을 때, 내 영혼을 좀먹던 저가형 스포츠 의류 디자이너란 직업을 때려치웠다. 기특하게도 매트36은 내 간략한 사업 역사를 집중하는 눈빛으로 듣더니 주로 어떤 고객이 오는지 물어봤다.

"제일 기억에 남는 고객은 결혼 예복을 쿠션으로 리폼해 달라던 커플이에요."

난 그 의뢰가 정말 재치 있고 참신하다고 생각했다. N.B에게 말했을 때 그도 재미있어 했다.([아무튼 옷핀은 모두 잘 제거했죠?])

하지만 매트36은 당황스러워할 뿐이었다.

"쿠션이요? 진짠가요?"

이제 매트36은 어중간한 '일단 보류'에서 '완전히 망함'으로 넘어갔다. 마침 웨이터가 메뉴판을 크게 흔들며 다가오지 않았다면 바로 작별 인사를 던졌을 것이다. 하지만 마트에 주문하는 걸 또 깜빡 잊은 탓에 집에 가도 먹을 게 없었다. 게다가 주방에서 풍기는 음식 냄새가 너무 좋아서 형편없는 인테리어도 안 보일 지경이었다. 내가 푸틴을 주문하자 매트36도 같은 걸 선택했다. 웨이터가 자리에서 멀어지자, 매트36이 테이블로 몸을 살짝 숙이며 사실 푸틴이 어떤 음식인지 모른다고 털어놨다. 이 말에 내 마음이 살짝 풀어지긴 했다.

"기본적으로 감자튀김이 잔뜩 나오고 진한 소스와 치즈가 듬뿍 뿌려져 있어요. 온통 맛있는 것들뿐이죠."

나도 〈마스터 셰프〉란 프로그램을 보고 알았을 뿐이다.

매트36이 이번에는 진심으로 껄껄대며 웃었다.

휴대폰이 다시 진동했다. 난 매트36에게 잠시 양해를 구하고 여자 화장실로 갔다. 사람 눈 모양의 거울이 있었는데 약한 조명 때문에 정작 내 눈은 마스카라가 번졌는지조차 알아볼 수 없었다.

[미안해요. 지금은 메일 확인이 힘들어요.] 잠깐의 고민 후 이 말을 덧붙였다. [데이트 중이거든요.]

내가 우리의 암묵적인 '사적 내용 금지' 규칙을 깼다. 뭐 어쩌겠는가, 술기운을 탓할 수밖에.

N.B에게 바로 답장이 오지 않았다. 일 분이 지나고 또 일 분이 지났다. 이번에는 뭔가 웃긴 내용으로 메일을 하나 더 보낼까 고민하고 있는데 N.B가 답장을 보냈다.

[알았습니다. 나중에 얘기하죠. 즐거운 시간 보내요!]

우리의 메일을 이렇게 끝내고 싶지 않았다. 특히 자리에서 날 기다리는 사람을 생각하면 더 그랬다.

　[당신만 괜찮다면 사실 시간이 좀 있어요.]

　[데이트 중인데 괜찮아요?]

　[지금 화장실이에요.]

　[화장실에 숨은 건가요? 아니면 코크 하러?]

　[코카인의 코크보다는 코카콜라의 코크가 내 취향이죠. 여기서 잠깐 숨 좀 돌리려고요.]

　[어, 전망이 밝아 보이지는 않네요······.]

　[아주 어둡죠.]

　[그 남자 치아는 자기 이가 맞던가요?]

　[그런 것 같아요. 의치라도 어찌 됐든 자기 돈으로 했겠죠.]

　[직업이 뭐죠?]

　듣긴 들었는데 기억이 나지 않았다.

　[모르겠어요. 기업 관련 일이었던 것 같은데······. 정장을 차려입고 비싸 보이는 사첼백을 들었더라고요. ☺]

　[사첼백이요? 크로스로 메는 서류 가방 말이죠? 어쩌면 노안의 학생인지도 모르죠. 아니면 우편집배원이든가. 둘 다일 수도 있겠네요.]

　[하하. 한껏 멋 낸 학생 집배원인가요.]

　[당신 취향은 아닌가 보죠?]

　[난 그런 거 없어요.]

　[누구나 선호하는 자기 취향이 있잖아요.]

　[난 아니에요. 누구에게나 동등한 기회를 주는 데이트 상대죠.]

　[아. 아주 관대하십니다.]

　"절박한 마음을 듣기 좋게 포장한 거죠"라고 입력했다 도로 지웠다.

　[그냥 까다롭지 않다는 정도로만 할게요.]

　[정말요? 그럼 강아지 공장을 운영하는 신나치주의자도 애인만 없

26

다면 모두 희망이 있는 겁니까?]

[경우에 따라서요. 강아지를 공짜로 한 마리 얻을 수 있나요?]

[아니요. 하지만 다른 특혜를 고려해 보세요. 집회나 행진에 나갈 수도 있고, 짧게 자른 투블록 헤어컷에 상의 탈의한 남자들과 함께 어울릴 수도 있고, 구치소에서 밤을 보낼 수도 있고…….]

[흠. 매력적으로 들리네요. 알았어요. 신나치든 구나치든 나치주의자는 안 되겠어요. 부동산 개발업자도, 생체실험 옹호론자나 사이비 의사도 안 돼요. 광신교, 토리당원, SUV 모는 사람, 기후변화를 부정하는 사람, 골프 치는 사람, 자유연애주의자, 헤지펀드 매니저도 모두 안 되겠어요.] 마지막으로 한마디를 덧붙였다. [물론 유부남도 안 되죠.]

이때가 바로 N.B가 "그럼 나도 빼주세요!"라고 적을 기회였지만, 내가 받은 메일은 [훌륭한 결정이네요]가 다였다. N.B에게 결혼이나 약혼을 했는지, 아니면 애인이 있는지 직접 묻는 게 가장 손쉬운 방법이었지만 왠지 모르게 망설여졌다. 솔직히 그때는 사실을 알고 싶지 않았다. 애인이 있는데 낯선 여자와 지난 한 주 이렇게 자주 메일로 농담을 주고받았다고? 정확히 바람피운 건 아니었지만 나로서는 납득할 수 없는 행동이었다.

[미스터 샤첼백과는 어떻게 만났어요?]

대충 거짓말로 둘러댈까 하다 대체 내가 왜 그래야 하나 싶었다. 부끄러운 짓을 한 것도 아닌데.

[틴더에서요.]

[?????]

[데이트 앱이요.]

[처음 들어봅니다. 최신 유행이라고는 하나도 모르는 늙고 슬픈 멍청이네요.]

또 하나의 이상 신호였다. 틴더를 모르는 사람이 있다고? 하지만 난 그냥 흘려들었다. 너무 늦었다는 걸 깨닫기 전까지 다른 이상 신호들을 모두 흘려버린 것처럼.

[몇 살이세요? 물론 꼭 대답할 필요는 없어요. 내가 너무 캐묻는 것 같네요…….]

[개 나이로 셈하면 315세쯤? 중년의 위기를 겪고 있죠. 아니면 안락사의 대상이 되거나.]

[개 나이면…… 7로 나누는 거 맞죠?]

난 당연히 계산해 봤다. 그 말이 사실이라면 N.B는 사십 대 중반 정도였다. 뭐, 이 정도면 준수했다.

[항상 그렇게 계산하는 건 아니에요. 중성화수술을 받았거나 혈통견이면 다를 수 있죠. 당신은요?]

[전 273세예요. 혈통이 있는 건 아니고요. 저 이제 그만 자리로 돌아가야겠어요. 미스터 사첼백이 내가 도망갔다고 생각하겠어요.]

[행운을 빕니다. 어떻게 되고 있는지 계속 알려주세요.]

자리로 돌아오니 주문한 음식이 나와 있었다. 미스터 사첼백은 입도 대지 않고 접시 위에 잔뜩 쌓인 탄수화물 덩어리를 심란한 표정으로 보고 있었다. 난 배가 무척 고팠기 때문에 미스터 사첼백을 신경 쓸 새도 없이 마구 먹기 시작했다.

그가 선심 쓰는 듯한 시선으로 날 보며 말했다.

"저는 먹는 여자가 좋습니다."

"누구나 먹죠."

"전 여친은 안 먹었어요."

속으로 한숨이 나왔다. 하지만 전 애인 얘기가 적어도 부동산 시장 분석보다 흥미 있고 정치나 종교 얘기보다 안전했다. 자세히 들려달라고 부추기지도 않았는데 미스터 사첼백은 쓰라린 과거사를 봇물 터지듯 쏟아냈다. 전 애인과 육 년을 만났고 둘 사이에 아이는 없었으며,

서서히 관계가 멀어지다 서로 불신이 쌓여 안 좋게 헤어졌다. 둘이 동거하던 브릭스턴의 아파트를 매물로 내놨다는 얘기를 듣자, 그가 왜 그렇게 부동산 가격에 집착하는지 이해가 갔다.

난 먹고 미스터 사첼백은 말하는 동안에도 난 완전히 SNS 중독자처럼 한시도 휴대폰을 놓지 못했다.

'어떻게 되고 있는지 계속 알려주세요.'

"무슨 일을 한다고 하셨죠?"

미스터 사첼백이 숨을 돌리려 잠깐 말을 멈췄을 때 겨우 물었다.

"보험계리사입니다."

미스터 사첼백 몰래 메일을 썼다.

[미스터 사첼백이 뭐 하는지 알아냈어요. 첩보기관 MI5에서 일해요. 지금 은밀히 작전 수행 중.]

[우스꽝스러운 가방을 멜 수 있는 면허라도 있나 봅니다?]

미스터 사첼백은 내가 몰래 휴대폰 하는 걸 눈치챘지만 크게 신경 쓰지 않는 듯했다. 그는 접시를 밀어내더니 계산서를 달라고 손을 흔들었다.

"각자 돈을 낼까요, 아니면……?"

"아니면 뭐요? 당연히 각자 내야죠."

미스터 사첼백이 어깨를 으쓱했다.

"오늘 같이 잘 거면 내가 내죠."

난 농담인 줄 알고 웃으며 대답했다.

"그럴까요? 대신 디저트까지 사세요."

"정말입니까?"

"아뇨. 당신이랑 잘 생각 없거든요."

미스터 사첼백은 바로 내 코앞까지 불쑥 몸을 들이밀었다. 그의 입김이 싸늘하게 느껴졌다.

"네년이 완전 시간 낭비라는 걸 일찌감치 눈치챘어야 했는데. 충고 하나 할게. 계속 이 짓을 할 거라면 살 좀 빼야 할 거야. 알아들어?"

그가 소리를 지른 건 아니었지만 악랄한 말투에 마치 배를 크게 한 방 얻어맞은 듯 진짜 숨을 쉴 수 없었다. 그는 야비하게 웃으며 일어나 더니 계산서를 그대로 남겨둔 채 레스토랑을 나가버렸다. 신용카드를 내밀 때 손이 너무 떨려서 거만한 웨이터마저 내게 괜찮은지 물어볼 지경이었다. 괜찮냐고? 전혀 아니었다. 보통 겪을 수도 있는 형편없고 끔찍한 만남을 지금까지는 잘 피해왔다. 아니, 바보처럼 내가 잘 막고 있다고 생각했다. 집으로 가는 길에 테스코에 들러 프링글스로 자아 치유의 시간을 가졌다. 집에 도착할 때쯤에는 과자에 든 엄청난 소금 에 혀가 절여져 불타는 느낌이었다. 아파트에 불을 켜놓고 나왔지만 유 리창에 비치는 클라리스의 모습조차 내 마음을 위로하지 못했다. 샤워 후, 임시 디자인 스튜디오의 핵심 공간인 부엌 식탁을 정리했다. 식탁 위에는 가장 최근에 주문받은 옷이 프랑스 자수로 '90'이라는 숫자가 수놓아지길 기다리고 있었다. 일은 내게 안식처였다. 팟캐스트를 배경 음악처럼 틀어놓고 일에 집중하면 아무도 날 방해할 수 없었다. 하지 만 이번에는 진짜 집중하기 힘들었다. 맞은편 집들은 대부분 인기 없 는 에어비앤비 숙소거나 부동산 투자회사 소유인 듯 테라스가 늘 어 두침침했다. 버려진 폐허 같은 맞은편 풍경을 보니 기분이 더 안 좋아 졌다. 의자를 끌어 클라리스 가까이 다가갔다. 클라리스는 관절까지 움직이는 실용적인 최신 마네킹 자매들 옆에 꼿꼿하게 서 있었다. 네이 트와 같이 살 때, 그는 클라리스가 소름 끼친다며 창고에 두자고 우겼 었다. 네이트가 떠나자마자 제일 처음 한 일은 클라리스를 거실로 꺼 내 온 일이었다. 아주 옛날 클라리스는 엄마의 마네킹이었다. 내 기억 이 존재하는 어린 시절부터 늘 나와 함께한 클라리스는 나무와 플라 스틱으로 만든 머리 없는 내 뮤즈다.

연락하기에 너무 늦은 시간이었지만, N.B가 아침에 확인하겠지 생각하고 메일을 보냈다.

[갑자기 사라져서 미안해요.]

그런데 놀랍게도 N.B가 바로 답장을 보냈다.

[별말씀을. 그래서 어떻게 됐나요?]

개자식한테 언어폭력을 당했어요. 당신은요?

[시작도 안 했어요. 완전히 멍청이였거든요.]

[이런, 유감입니다. 괜찮아요?]

안 돼. 눈물이 날 것 같아서 얼른 화제를 돌렸다.

[잠이 안 와요?]

[불면증입니다.]

[저도요.]

[늦은 밤에는 왜 이렇게 시간이 천천히 흐르는 것 같죠?]

한 줄 메일로 다른 사람의 기분을 다 알 수는 없겠지만, 메일이 보통 때의 시시껄렁한 농담을 넘어 진지한 대화로 다가가고 있다는 느낌을 받았다. 이 순간이 바로 서로 깊이 알게 되는 시작점이 될 수 있다. '우리의 대화는 어디로 가고 있나요? 당신은 이 늦은 시간에 왜 낯선 여자와 메일을 주고받고 있죠?' 하지만 난 이런 말들 대신 이렇게 적었다.

[외로움을 느낀 적 있어요?]

잠깐의 고민 후 보내기 버튼을 눌렀다.

[네.]

N.B는 망설이지도 않았고, "그거 참 이상한 질문이네요"라는 말도 안 했다.

[당신은요?]

누군가의 기준에서 보면 난 운이 좋고 특혜도 받은 사람이었다. 좋아하는 일을 직업으로 가졌고, 몸도 건강했고 심각한 중독에 걸린 적

도 없었다.(거리에서 파는 탄두리치킨과 탄더는 제외하고.) 게다가 날 사랑
하고 항상 지지해 주는 친구들도 있었다. 하지만. 그렇지만. 누군가와
깊이 사귀고 싶지 않고 그럴 필요도 없으며 하룻밤 상대만 있으면 된
다고 여러 차례 말해왔지만, 결국 혼자 늙어 죽을 거라는 불안감은 매
년 커졌다.(어쩌면 죽은 뒤 고양이 먹이가 되거나, 아니면 더 나쁜 상황이 벌
어질 수도…….) 불안한 마음을 레일라에게 털어놓은 적이 있지만 레일
라는 잘 이해하지 못했다. 어떻게 이해하겠는가? 두 살배기 쌍둥이를
키우는 레일라는 오히려 내가 누리는 자유를 부러워했다. 남편 레브가
가끔 문제를 일으키기는 했지만, 그는 항상 레일라 곁에 있었다. 그때,
위층에서 마치 칼을 꽂듯 둔탁한 소리가 나더니 곧 클래식 음악 소리
가 희미하게 들렸다. 집주인 부부 마그다와 조나스가 또 늦게까지 깨
어 있는 모양이었다.

매일 아침 그들 부부가 팔짱을 끼고 창문 옆을 지나 가게로 향하는
모습을 봐왔다. 조나스는 이른 나이에 알츠하이머병에 걸렸다. 마그다
가 외부에서 볼일을 볼 때면 내가 조나스와 있어주곤 했다. 조나스는
얌전히 팔걸이의자에 앉아 노래를 흥얼거릴 뿐 딱히 문제를 일으킨 적
은 없었다. 부부의 집은 악기와 오래된 책, 그림과 사진으로 가득 차
있었다. 모든 걸 풍족하게 함께 누린 삶의 흔적이었다. 물론 가끔 고함
이나 정체불명의 이상한 소리가 들리기도 했지만(왜인지는 모르겠지만
특히 목요일 밤에) 환자를 돌봐야 하는 중압감에도 불구하고 조나스를
향한 마그다의 헌신은 늘 빛이 났다. 한 번이라도 마그다의 두 눈을 보
면 무슨 말인지 이해할 것이다. 이게 바로 내 가슴속 깊이 비밀스럽게
품은 바람이었다. 바로 마그다 같은 사람을 만나는 것. 몸과 마음이 무
너졌을 때 내 곁에 있어줄 사람. 소울메이트, 비록 그런 걸 믿지는 않았
지만.(안 믿는다고 자신에게 말해왔지만.)

휴대폰 진동이 울렸다.

[아직 거기 있어요?]

[네.]

'그런데 당신의 진짜 이름은 뭔가요? 현실 세계에서는 어떤 사람이죠? 인생에서 바라는 게 뭔가요? 내게 뭘 바라죠?' 난 그중에서 가장 무겁고 어리석은 질문을 적어 보냈다. 반쯤 정신이 나가 있던 데다가 한심한 자신에게 화가 났기 때문이었다.

[지금 행복하세요?]

일 분이 흐르고 또 일 분이 흐른 뒤에야 답이 왔다.

[내 인생은 망했습니다. 난 지금 낯선 사람과 사는 기분이에요. 앞으로 삼십 년은 이렇게 가난하게 살아야 한다는 사실을 마주하고 있죠. 질문에 답이 됐습니까?]

여느 때처럼 툭 던지는 농담도, 자기 비하 발언도, 비꼬는 말도 아니었다. '드디어 우리 관계에 진전이 있어!'라는 흥분이 몰려왔다. 그러나 금세 실망으로 가슴이 착 가라앉았다.

유부남이었어?

닉

"지금 행복하세요?"

비의 질문에 거짓으로 답하고 싶지 않았다. 타인에게 쥐뿔도 관심 없으면서 예의상 던지는 질문임을 내심 알기에 다들 무심히 답하는 그런 뻔한 대답도 하고 싶지 않았다. 대개 사람들은 당신이 관절염을 앓고 있는지, 연로한 부모님이 편찮으신지, 아니면 당신 개가 죽기 직전인지 정말로 알고 싶은 건 아니다. 그날따라 밤새 술을 마시는 바람에 정신이 흐려져 방심하고 말았다. 아니, 사실 내가 '원해서' 진심을 털어놨다. 자기혐오의 종기를 터뜨리고 싶었다. 맙소사, '자기혐오의 종기'라니. 이게 바로 내가 어떤 문학상도 받지 못할 거라는 증거다. 다른 증거는 말할 필요도 없었다.

종기를 터뜨렸건 속내를 드러냈건, 어떤 거지 같은 비유가 맞든지 간에 다음 날 아침 소파에서 잠이 깼을 때는 목이 완전히 뻣뻣했다. 한편으로는 마음이 홀가분했고 다른 한편으로는 무거웠다. 스스로(혹은 다른 사람에게) 내가 실패자라는 걸 결국 인정했기에 마음이 홀가분했지만 반대로 같은 이유에서 마음이 무거웠다. 자는 동안 폴이 내게 담요를 덮어줬다. 아마 출근길에 덮어주고 간 것 같았다. 다정하지만 동시에 말로 하지 않은 비난의 뜻이 담긴 행동이었다. 주인의 이기심으로 아침 일과를 망쳐 화가 난 로지가 바구니에 앉아 날 노려보고 있었다. 로지와 난 보통 아침 시간을 최대한 꽉 채운 일과를 지켜왔다.

1. 6시 30분: 기상. 폴에게 차를 끓여준다. 로지를 밖에 내보낸다. 정신이 맑고 상쾌한 척한다.

2. 7시 30분: 폴이 출근하면 침대로 돌아가 몰래 한 시간 더 잔다.

3. 8시 30분: 침대에서 일어난다. 카페인을 주입한다. 사십오 분간 아침 방송을 시청한다.(하의만 입은 채 〈아기 동물 구조대〉 프로그램을 보며 눈가가 촉촉해진 자신을 발견한다면 자신에게 뭔가 문제가 있다는 걸 깨닫게 될 것이다.)

4. 세탁기를 돌린다. 필요하면 진공청소기로 한 바퀴 민다.

5. 식기세척기의 접시를 정리한다. 다시 젊어진 기분이 들도록 라디오 주파수를 1번 방송에 맞춘다.

6. 그날의 손담배를 만다. 똑똑해진 기분이 들도록 BBC 세계 뉴스를 틀어놓는다.

7. 로지의 산책 겸 목욕재계를 위해 밖으로 나간다.

이미 11시가 지났기 때문에 1단계에서 6단계까지는 건너뛰고 바로 로지와 산책하러 가기로 했다. 옆에 있던 재킷을 움켜쥐는데 커피 탁자 위에 놓인 휴대폰이 마치 로지처럼 날 노려보는 것 같았다. 고백 후 홀가분했던 기분이 사라지고 후회가 물밀듯이 밀려왔다. 닉, 도대체 무슨 짓을 한 거야? 다행히 휴대폰 배터리가 닳은 덕에 지난밤 비를 지루하게 만들었던 자아 연민의 장을 다시 마주하는 공포에서 벗어날 수 있었다. 처음 우리의 메일은 간단한 게임처럼 시작됐다. 낯선 사람 웃기기 도전은 '재치 있는' 메일을 쓰기 위해 몇 시간이나 공을 들이는 과정에서 서서히 내 삶에 파고들었다. 비는 내 안의 내면을 바라봐 주었다. 내 유머 감각을 제대로 이해했다. 비꼬거나 어두운 내용도 개의치 않았고 사실상 좋아하는 것 같았다. 나 역시 잃고 싶지 않은 내 단면이었다.

휴대폰을 충전기에 꽂은 후 로지에 목줄을 채워 밖으로 나갔다. 하늘은 잿빛이었지만 숙취에 시달리던 내겐 이마저 눈이 부셨다. 로지와 늘 다니던 산책길로 향했다. 새로 생긴 주택단지(오렌지색 벽돌 모양 단열재를 댄 집은 장기 렌트 전기차를 충전 중이었다. 대부분 불법으로 개조한 충전기를 썼다.) 사이를 지나 잔디가 많이 사라진 공원('개똥밭'이라는 별명이 적합한)을 한 바퀴 돌아서 스톱앤숍을 지나 다시 드레드노트 거리로 돌아오는 코스였다. 하지만 로지는 산책을 끝낼 생각이 없어 보였다. 내가 개똥 수집가처럼 구부정하게 로지 뒤를 쫓는 동안 로지는 갓길에 코를 쿵쿵대며 갈듯 말듯 애를 태웠다. 그러다 장난꾸러기처럼 갑자기 빨리 내달리며 내게 장난을 쳤다. 여기서 조바심 내봤자 소용이 없었다. 사람으로 치면 로지는 거의 연금 받을 나이였다. 그만큼 자신이 원하는 바를 잘 알고 있었다. 폴이 내게 자기 집으로 이사 오라고 한 직후, 난 딜런을 위해 동물 구호 단체에서 새끼였던 로지를 데려왔다. 원래는 딜런의 환심을 사기 위한 일종의 계책이었다. 말하자면 이런 셈이다. '나쁜 뉴스는 엄마에게 새 남친이 생겼다는 거야. 좋은 뉴스는 네게 강아지가 생긴 거지.' 하지만 어째서인지 내가 그 강아지에 푹 빠져버렸다. 훗날 자서전을 쓴다면(물론 진짜 쓰지는 않을 테니 염려 놓으시길.) 이때를 '드레드노트 시절'로 명명하고 로지와 날 일종의 동맹 관계로 기술할 것이다.

여기저기를 산책하는 동안 머릿속으로 비에게 쓸 메일 내용을 구상했다. 머저리 같은 인생 실패자처럼 굴어 미안해요. 당신에게 그런 얘기를 전부 쏟아내서는 안 됐는데. '죄송합니다. 정말 진심으로 죄송합

36

니다.' 적어도 난 실패에 능했다. 사실 아주 뛰어났다.

1)실패한 작가: 그 당시 사람들이 남성 편향적 책이라 부르던 종류의 소설을 한 권 출간했었다. 이십 대에 쓴 전형적인 반자전적 소설로 재미라고는 하나도 찾기 힘든 자위적 내용이었다. 한 평론가는 "잘난 체가 심하고 자기중심적이며, 싸구려 감성에 젖어 있다"라고 평했다. 이런 평론들은 새벽 1시에 벌떡 일어나 "제기랄!" 하고 외칠 정도로 뇌리에 영원히 박혔을 뿐 아니라 글을 쓰고자 했던 내면의 열정과 욕망을 단칼에 날려버렸다. 몇 년 전 대학 진학 준비반에서 영어를 가르칠 때, 몇몇 녀석들이 킬킬거리며 그 책을 읽는 광경을 본 적이 있다. 아이들은 섹스 장면을 큰 소리로 읽어댔다. 책에 섹스 장면이 많기는 했다. 물론 폴도 읽었다.(그녀가 할 수 있던 최고의 칭찬은 "흥미롭다"였다.) 하지만 난 딜런만은 그 책을 절대 못 읽게 했다. 딜런이 직접 만나보고 판단한 내 모습이 아닌, 그 외의 요소로 날 평가하게 하고 싶지 않았다.

2)실패한 교사: 아이들과는 꽤 잘 맞았다. 학생들의 관심을 잘 끌었고 웃음 포인트도 알았다. 심지어 가르치는 일을 즐기기도 했다. 다만 관료주의를 견딜 수 있는 인내심이 부족했다. 학교 감사 기간에 찾아온 감독관에게 욕을 퍼부은 뒤 내 교사 경력은 끝이 났다.

3)실패한 가장: 술을 부르던 이런저런 과외교습. 잠깐 거쳐간 커피 체인점 블루베이의 부매니저 자리.(정말 아주 잠깐이었다. 직원을 살인자로 만들면 안 되니까.) 지금은 자비출판 소설을 편집하는 인기 없는 프리랜서 작가다. 지난달 총수입은 400유로 정도였다.

4)실패한 남편. 이건 말할 필요도 없다.

5)그럭저럭 괜찮은 새아빠. 하지만 이건 내가 말할 부분이 아니다. 딜런 역시 자기만의 의견이 있을 테니까.

6)훌륭한 개 주인. 하지만 이건 그다지 큰 성과가 아니잖아? 개를

발로 차지만 않으면 되니까.

이 모든 것들이 비를 도망가게 했을 것이다. 아마 그랬겠지. 실패한 중년 남자를 좋아할 사람이 있을까? 50이란 나이가 주름진 손을 흔들며 앞으로의 십 년도 실패자의 삶에 합류하라고 날 초대했다. 이런 상황에서 양복쟁이 개자식의 침묵은 날 더 화나게 했다. 사실 무슨 이유에서인지 그의 소설 의뢰는 젊었을 때의 실패로 꺼져버린 창작욕에 불씨를 지폈다. 말하기 부끄럽지만 아주 조금이나마 그 늙은이를 만족시키고 싶은 마음이 있었다. 유서 깊은 저택이 풍기는 퀴퀴한 냄새는 솔직히 꽤 인상 깊었고 절로 경건한 마음이 생겼었다. 폴에게도 소설을 읽어보라고 부탁했지만, 퇴근 후에 폴은 너무 지쳐 부엌에서 기계적으로 요리하는 것 말고는 아무것도 할 수 없었다. 난 이 소설에 많은 시간을 쏟았다. 실수를 찾아내고 끝도 없이 긴 문장을 다시 쓰며 형편없던 소설을 읽을 만한 작품으로 바꿔놓았다. 문장은 쓰레기 같았지만 아이디어와 줄거리는 인정해 줄 만했다. 그리고 글의 형식도 맞춰야 했다. 망할 놈의 형식……. 마침내 보내기 버튼을 눌렀을 때는 눈물이 찔끔 났다. 제기랄, 눈물이라니. 비에게 이 부분은 말하지 않았다.

다행히 실패한 결혼 생활을 자세히 말하고 싶은 유혹에도 굴하지 않았다. 그런 행동을 참을 만큼 아직 폴에 대한 의리는 남아 있었다. 물론 비에게 '낯선 사람과 사는 기분'이라고 충격적인 말을 한 건 제외하고. 그런데 그 말이 진심일까? 폴은 여전히 똑같은 폴이었다. 낯선 사람은 바로 나다. 정서적 불륜의 경계에 있는 낯선 사람. 난 마땅히 가져야 할 수준의 죄책감조차 느끼지 못했다. 온라인에서 처음 만난 사람이었지만 한심하게도 누군가 내 말에 귀 기울이고 내 농담에 웃어준다는 기쁨 때문에 다른 모든 게 사소하게 여겨졌다. 폴과 데이트 초기에 침대에서 서로 몸을 포개고 누워 불륜에 대한 대화를 나눈 적이 있다. 당시 난 절대 일어나지 않을 일이라 생각했는데, 폴은 "바람피우고 싶어지면 나 모르게 해"라고 말했었다.

스태퍼드셔 테리어에 거의 끌려가다시피 가는 여성을 피해 길을 건너며 안 좋은 생각들을 떨치려 애를 썼다. 로지가 마침내 어느 집의 깨끗한 주차 진입로를 골라 상을 하사했다. 허리를 굽히고, 무릎을 구부려, 재빨리 퍼 담기. 가끔 로지의 배변 봉투를 프라다 가방처럼 흔들고 다니는 나 자신을 발견한다. 마치 이렇게 외치듯이. "모두 여기 좀 보세요! 길 위에 굴러다니는 개똥을 보셨다고요? 저 아닙니다! 전 책임감 있는 주인이라고요."

집으로 가는 길. 이웃집에 도착하자마자 릴리 부인이 기다렸다는 듯 커스터드크림 과자를 들고 문 앞으로 나왔다. 로지는 이미 절차를 알고 있었다. 꼬리를 살랑살랑 흔들고, 앞발을 들어 올린 다음, 부드럽게 과자를 입에 물었다.

"차 한잔 마시고 싶은 표정이구먼."

릴리 부인은 마치 마지못해 내 부탁을 들어주는 듯 말했지만, 실은 정반대라는 걸 둘 다 알고 있었다. 일부러 그녀를 피해 몇 번 길을 돌아간 적이 있긴 하지만, 방문간호사와 나, 로지를 빼면 릴리 부인에게 방문객이 없다는 사실을 잘 알고 있었다. 가끔 장도 대신 봐줬지만 무슨 성인군자 같은 마음에서 한 행동이라기보다 단지 남아도는 시간을 때우기 위한 소일거리였을 뿐이었다. 릴리 부인은 호두강정이나 연어 통조림, 캔 푸딩처럼 어린 시절에 먹던 음식을 좋아했고, 추억의 음식을 사는 일은 내게도 꽤 즐거웠다. 오늘은 그녀를 보니 반가운 마음이 들었다.

릴리 부인 집과 우리 집은 테라스 구조가 똑같았다. 다만 폴은 테라스를 아주 화려하게 꾸며놓았고, 릴리 부인은 1980년대로 시간을 되돌린 듯 아늑하고 따뜻한 카페 스타일로 만들어놓았다. 로지는 릴리 부인의 테라스를 무척 좋아했다. 수십 년에 걸친 바비큐 냄새가 잘 배어 있고, 모든 곳이 폭신한 천으로 덮여 있기 때문이었다. 릴리 부인은 시력이 좋지 않았기 때문에 그녀가 차를 끓이는 동안, 난 조리대 모서리의 묵은 기름때를 긁어내고 싱크대에 생긴 차 얼룩을 세제로 닦아내며 부엌을 청소했다.

릴리 부인의 평소 취향대로 차가 진하게 우러나는 동안, 그녀는 날 수상하다는 눈빛으로 바라봤다.

"오늘은 꽤 늦었네."

"밤에 잠을 못 잤습니다."

"무슨 일 있는 거 아닌가, 젊은이?"

"아니요. 괜찮습니다. 다 좋은데요."

"뭔가 좀 달라 보이는데."

"면도를 안 해서 그런가 보죠."

"그게 다는 아닌 것 같구먼."

"그냥 기분이 조금 안 좋을 뿐입니다. 그나저나 요새 어떻게 지내셨어요?"

릴리 부인의 관심을 돌리기는 쉬웠다. 외로움 때문에 그녀는 종종 이기적인 수다쟁이 할머니가 되곤 했다. 릴리 부인은 새로 온 방문간호사가 자기 대신 마트에서 장을 보며 일반 우유가 아닌 아몬드우유를 사 오는 대역죄를 저질렀다고 험담을 장황하게 늘어놓기 시작했다.("내가 그딴 음료나 마시는 사람으로 보이나? 난 내가 잘 알지.") 그날의 불쌍한 희생양이 누가 되든 괜히 편을 들었다가는 릴리 부인에게 두 배로 역풍을 맞기 일쑤였다. 그동안 힘겹게 배운 교훈이 있어 릴리 부인이 화를 쏟아내도록 그냥 두었다. 그녀의 말을 한 귀로 흘려들으며 따뜻한 차로 숙취를 달랬다.

겨우 릴리 부인에게서 탈출했다. 산책 후 낮잠 시간을 즐기게 로지를 소파에 내려놓고 내 창작 공간인 창고로 향했다. 쐐기풀에 둘러싸인 정원 구석의 창고는 눈을 감고도 구석구석 모든 걸 떠올릴 수 있다. 낡은 에탄올 난로, 딜런이 어두운 십 대 반항기에 크리스마스 선물로 사준 해골 모양 재떨이, 오랫동안 사용하지 않은 잔디깎이 기계, 잔뜩 쌓인 책 더미, 화성 침공이 가능할 정도로 많은 거미. 쓰레기 더미에서 주워 온 책상은 싸구려 합판 밑으로 흔들거리는 다리에 곧 튀어나올 것 같은 나사가 박혀 있었고, 오래된 노트북은 팬이 힘겹게 돌아가며 굉음을 냈다. 하지만 이 노트북은 엄청난 양의 담배 연기와 먼지를 들이마시면서도 강인한 러시아 광부처럼 끈질기게 생명줄을 잡고 있었다. 창고는 겨울에는 너무 춥고 여름에는 너무 더웠다. 이웃집에서 만드는 정체 모를 음식 냄새가 일 년 내내 풍겨왔고, 항상 큰 소리로 틀어져 있는 릴리 부인의 티브이 소리는 배경음악처럼 귓가에 웅웅거렸다. 폴은 결코 창고 문턱을 넘지 않았다. 딜런이 대학에 진학한 후 비어 있는 딜런의 방을 내가 왜 쓰지 않는지 폴은 이해하지 못했다. 이유는 아주 간단했다. 이 창고만이 온전한 '내 것'이기 때문이었다.

앉아서 노트북을 켜기 전 담배를 한 대 더 피웠다. 메일을 확인하기 위해 용기를 최대한 끌어모았다. 무엇이 비와 나 사이를 이어줬을까? 비와 내 마음이 사이버 공간에서 보이지 않는 끈으로 이어져 있다고 상상했다. 물론 황당한 생각이었지만 그것만이 이 상황을 설명할 수 있었다. 사실 비가 데이트 중이라고 했을 때 속으로 질투가 났다.(위선은 떨지 않겠다.) 그게 바로 어젯밤 로지 옆에 누워 법정 드라마를 보면서, 폴이 자기 엄마를 위해 사놓은 진을 마시며 밤을 새운 이유였다.

드디어 남자답게 메일에 로그인을 했다. 그럴 가능성은 적어 보였지만, 로지와 산책하고 릴리 부인과 얘기하는 동안 비가 메일을 보냈길 바라면서 받은 메일함을 열어봤다. 하지만 메일함은 어젯밤 그대로였다. 바람 빠진 풍선처럼, 비가 새로운 메일을 보낼 때마다 몰아치던 흥분의 도파민 대신 엄청난 실망감에 가슴이 쪼그라들었다. 결국 볼썽사나운 자기 연민이 비를 쫓아낸 셈이었다. 이제 어떻게 하지? 맥없이 두 손 놓고 있을 거야, 아니면 뭐라도 해볼 거야? 이번에는 아주 오랜만에 행동파가 이겼다. 오 분 동안 끙끙대며 적당한 단어를 고른 후(사실은 십 분이다.) 드디어 보내기 버튼을 눌렀다.

[안녕! 어젯밤 너무 무거운 얘기를 한 것 같아 미안합니다. 당신에게 할 말은 아니었는데……. 술 탓으로 돌리고 싶지만 진실은 아니죠.(형편없는 싸구려 술이긴 했지만 진에게도 공정해야죠.) 아무튼 우리 대화에서 슬슬 발을 빼거나 당장 멀리 달아나도 충분히 이해합니다.]

의자에 털썩 주저앉아 시간을 보내려 담배 한 개비를 더 말기 시작했다. 너무 희망을 품으면 안 된다고 생각하면서도 어쩔 수 없이 시선이 자꾸 컴퓨터로 향했다. 일 분 뒤 비의 답장이 도착했을 때, 벌떡 일어나는 바람에 느슨하게 말린 담뱃잎이 반쯤 키보드 위로 쏟아지고 말았다.

[달리기는 젬병이라 도망은 선택 사항이 못 된다는 점을 알아둬요. ^^; 그리고 사과할 사람은 먼저 시작한 저죠. 무거운 얘기는 당신만 한 게 아니잖아요……. 우리 나중에 다시 얘기해도 될까요? 오늘은 종일 고객 가봉이 줄지어 있어요. ☹ 8시쯤부터 시간이 나요.]

사춘기 소년처럼 들떠 공중에 주먹을 휘둘렀다.

[그때 데이트합시다! 저녁 8시 30분에 여기서 다시 만날까요? 커피도 끓여놓겠습니다. 술 취한 사람을 또 보게 할 순 없으니까요. 작업 잘되길 바랍니다.]

이 정도면 됐다. 머리가 제대로 안 돌아가 더 재치 있는 말이 떠오르지 않았다. 솔직히 그녀가 다시 연락했다는 안도감에 조금 성적 흥분이 느껴지기도 했다. 하지만 창고에서 자위하는 늙고 우울한 패배자라니, 얼마나 진부한 일인가. 넌 그런 남자가 아니야. 더 나은 사람이 될 수 있어.

비의 메일에 기운이 생긴 난 쏟아진 담뱃잎을 긁어모은 후 나머지 메일도 훑어봤다. 그러다 스팸메일 사이에서 양복쟁이 개자식이 보낸 메일을 발견했다. 지난주에 비의 조언대로 욕설 대신 청구서를 한 번 더 보냈었다.

친애하는 니콜라스 씨,

우선 이렇게 오랫동안 회신을 못 해 정말 미안하게 생각하오. 심하게 넘어지는 바람에 엉덩이뼈가 부러져 컴퓨터 앞에 앉아 메일을 적을 수 없었소. 하지만 지금은 많이 회복됐다오!!! 니콜라스 씨, 당신이 내 얘기에 정말 멋진 작업을 더 해주었소. 사실 기대 이상이었다오. 애초 금액에 더해 보너스까지 입금했소. 당신이 이 일에 쏟은 엄청난 노력을 느꼈기 때문이오. 당신의 끈기와 인내심에 감사하오. 내 얘기에 당신이 멋진 생명의 숨을 불어넣었소. 우리의 합작품을 보는 일이 꽤 즐거웠다오. 손녀 파피가 이 책을 인터넷에서 판매하기로 했소.

마음을 담아,

버나드 엘드리지 배상

메일을 두 번이나 읽은 후 은행 계좌를 확인했다. 5천 유로(여기에서 보편적 기본소득으로는 도저히 갚을 수 없을 것 같던 마이너스통장 대출금액은 빼야겠지만.)였다. 보너스에 대한 말은 진짜였다. 무려 내가 청구한 금액의 두 배였다.

이 기쁜 소식을 제일 먼저 알리고 싶은 사람은 폴이 아니라 비였다.

[오, 망할 양복쟁이 늙은이 같으니. 비, 무슨 일이 일어났는지 상상도 못 할 거예요]까지 적었다가 메일을 바로 임시 보관함으로 보냈다.

그녀가 지금 일하는 중이니 저녁까지 충분히 기다릴 수 있다. 대신 친애하는 버나드에게 '극진하게' 고마움을 표하며 하루빨리 쾌차하길 바란다는 공손한 메일을 보냈다. 좀 낯간지럽기는 했지만, 뭐 어쩌랴.

남은 오후는 일종의 설레고 신나는 기분으로 보냈다. 내가 좋아하는 데이비드 보위의 《사일런트》 앨범을 틀어놓고 음악에 맞춰 승리의 춤을 추기도 했다. 밖에 나가고 싶어 몸이 근질거렸다. 심지어 무작정 달려볼까 하는 생각도 들었다. 현금 입금은 내게 '새로운 가능성'을 의미했다. 새로운 희망과 숨 쉴 여유가 생겼다. 안 그래도 당장 비에게 말하고 싶은 마음을 겨우 참고 있었는데, 폴이 보여준 반응은 내 마음을 더 조급하게 만들었다. 성의 없이 [잘됐네]라는 문자 한마디를 보내더니, 곧바로 [연극 연습 때문에 오늘 늦을 거야]라고 했다. 폴의 기계적인 반응에 생각보다 마음이 쓰렸다. 다른 사람들은 모르겠지만, 현재 우리의 상황을 고려하면 적어도 답장을 받았다는 사실을 다행으로 여겨야 할 판이었다.

1)폴은 보통 업무 중 휴대폰을 꺼놓는다. 2)직접 말할 때를 제외하면 우리 사이의 비언어적 대화는 예의 바른 척하는 모습 뒤로 무척이나 무뚝뚝하고도 인간미가 없었다. 3)오랜만에 찾아온 이 작은 행운도 폴이 수년간 지켜본 내 모습, 즉 잔뜩 기름 낀 실패의 배수구로 힘없이 빨려 내려가던 내 과거를 상쇄하기에는 충분치 않았을 것이다. 미래를 기대해 봤자 내 최후의 모습은 거대한 지방 덩어리에 갇힌 모습 정도일 것이다. 질서정연하고 예측 가능한 일(과 사람)을 선호하는 폴의 성향상, 미래가 암울한 싱크대에서 등을 돌리고 교사 업무처럼 정상적인 삶의 영역에 에너지를 쏟는 건 충분히 이해할 만했다.

결국 교사 연수 시절부터 알았던 친구 제즈에게 연락했다.

"펍에서 한잔할래?"

"닉, 요새 아무도 펍에 안 가."

"내가 빚진 것도 있잖아."

"그거라면 걱정 마. 솔직히 못 받을 걸로 생각했어."

"왜 이래. 내가 한잔 살게. 네 도움을 잊지 않았다고."

"글쎄, 어쩌지. 채점할 것도 있고 학생 평가도 해야 하거든."

"한잔할 이유가 딱 있네. 술기운이 그런 고생도 참을 만하게 해줄 거야."

너무 매달리는 것처럼 들렸지만 크게 신경 쓰지 않았다.

펍에 로지도 데려갔다. 제즈와 나 사이의 대화가 평소와 달리 어색했지만, 그때는 기분이 너무 들떠 있어서 이상하다는 눈치를 채지 못했다. 제즈가 워낙 시끄러운 장소를 안 좋아하기도 했고, 돈을 빌려가 놓고 오랫동안 연락을 하지 않아서 기분이 상한 거라고 단순하게 생각했다. 맥주를 석 잔 정도 마신 후, 제즈는 소변을 보러 자리를 떴다. 술을 마시면 보통 기분이 가라앉지만 그날 저녁은 뭐든 다 해낼 수 있을 듯한 환상에 젖었다. 심지어 오랫동안 묻어뒀던 창작 욕구가 되살아나 다른 사람의 글이 아닌 내 얘기를 쓰고 싶다는 욕심이 생기기까지 했다. 로지가 탁자 아래 자신의 자리에서 한숨을 내쉬더니 방귀를 살짝 꿰었다. 나답지 않은 낙관적인 모습을 비웃을 뿐 아니라 앞으로 몰아닥칠 거지 같은 폭풍을 예고한 전조였다. 제즈의 휴대폰이 진동하며 노래 〈정정당당한 싸움〉의 멜로디가 들렸다. 휴대폰을 흘끗 봤다가 화면 위에 뜬 폴의 사진에 갑자기 어리둥절해졌다. 폴에게 제즈와 펍에 간다는 말을 한 적이 없었다. 하지만 혹시 내가 폴의 전화를 놓쳐서 대신 제즈에게 연락하나 싶어 내 휴대폰을 확인했다. 부재중 전화는 없었다. 제즈가 자리로 돌아온 바로 그 순간 그의 휴대폰이 다시 울렸다. 빌어먹을, 내 아내가 왜 제즈에게 전화 중인지 이유를 물어볼 필요도 없었다. 제즈의 표정이 모든 걸 말해주고 있었다.

※

보낸 사람: NB26@zone.com
받는 사람: Bee1984@gmail.com

몇 시간이 흐른 뒤에도 내가 왜 그때 그 말을 안 했지, 하는 기분 알죠? 프랑스어로 이런 문구도 있잖아요. "L'esprit de l'escalier(다 지난 후에야 생각난다.)" (그냥 좀 찾아봤어요.) 하, 봐요. 난 이런 최악의 순간에도 재수 없는 놈이라니까요.

보낸 사람: Bee1984@gmail.com
받는 사람: NB26@zone.com
　진심으로, 정말 마음 아픈 상황이네요. 그 남자에게 뭐라고 했어요?

보낸 사람: NB26@zone.com
받는 사람: Bee1984@gmail.com
　아무 말도 안 했어요. 바로 일어나 나왔죠. 그런데 로지를 깜빡해서 다시 돌아가야 했어요. 그때라도 한 대 갈기든가 뭐라도 했어야 했는데. 당신에게 이런 얘기나 하고 있다니 우울하네요. 그냥…… 이 사실을 어떻게 받아들여야 할지 모르겠습니다.

보낸 사람: Bee1984@gmail.com
받는 사람: NB26@zone.com
　당신이 낯선 사람에게는 더 편하게 속을 털어놓을 수 있다고 했잖아요. 미안해하거나 우울해하지 마세요. 난 괜찮으니까요. 상처받은 사람은 지금 당신이죠. 그리고 충분히 상처받을 만한 일이고요. 배신이라니, 최악이네요.

보낸 사람: NB26@zone.com
받는 사람: Bee1984@gmail.com
　당신도 이런 일을 겪어본 적 있나요?

보낸 사람: Bee1984@gmail.com

받는 사람: NB26@zone.com

있죠.

보낸 사람: NB26@zone.com

받는 사람: Bee1984@gmail.com

말해볼래요?

보낸 사람: Bee1984@gmail.com

받는 사람: NB26@zone.com

아뇨! 지금 힘든 시기를 겪고 있는 사람은 바로 당신이에요.

보낸 사람: NB26@zone.com

받는 사람: Bee1984@gmail.com

힘든 시기에 대한 말이 나와서 말인데, 폴이 탄 공유차가 막 도착했어요. 얘기가 잘되기를 빌어줘요.

보낸 사람: Bee1984@gmail.com

받는 사람: NB26@zone.com

여기 계속 있을게요. 자정이든 새벽 3시든 언제든지 연락주세요.

보낸 사람: NB26@zone.com

받는 사람: Bee1984@gmail.com

고마워요. 맙소사. 당신 말에 왜 이렇게 눈물이 날 것 같죠.

보낸 사람: NB26@zone.com

받는 사람: Bee1984@gmail.com

폴이 방금 떠났어요. 모두 털어놓고요. 그 자식이랑은 교사 연수에서 우연히 만났고 사귄 지 일 년 정도 됐대요. 머저리 등신이 된 기분이에요. 내가 너무 힘들어 보여서 솔직히 말할 수 없었다고. 날 '완전히 망치고' 싶지 않았다나.

보낸 사람: Bee1984@gmail.com
받는 사람: NB26@zone.com
말할 사람이 필요하지 않아요? 제 말은, 직접이요.

보낸 사람: NB26@zone.com
받는 사람: Bee1984@gmail.com
그러고 싶은 마음도 있지만, 우리는 지금 이대로가 최선인 것 같아요. 꼴사납게 엉엉 우는 모습을 보여주고 싶지는 않거든요.
사실 폴보다 내게 더 화가 나요. 이미 몇 년 전에 백기를 던졌어야 했는데.

보낸 사람: Bee1984@gmail.com
받는 사람: NB26@zone.com
왜 안 그랬어요?

보낸 사람: NB26@zone.com
받는 사람: Bee1984@gmail.com
이유야 많죠. 관성의 법칙이랄까. 의붓아들인 딜런도 마음에 걸렸어요.

보낸 사람: Bee1984@gmail.com
받는 사람: NB26@zone.com
아들이요?? 몇 살이죠? 왜 아들이 있다고 얘기 안 했어요?

보낸 사람: NB26@zone.com

받는 사람: Bee1984@gmail.com

아마도 이미 내 삶이 너무 엉망진창이라, 당신이 "맙소사, 대체 이 남자의 드라마는 언제 끝나는 거야?"라며 도망갈 것 같아서? 딜런은 스물네 살이에요. 폴과 합치기로 했을 때는 열두 살이었죠. 처음 딜런을 봤을 때는 좀 불안정해 보였어요. 그래서 어린 딜런의 삶을 망가뜨리면 안 된다고 생각했죠. 그런데 딜런이 집을 떠난 후에도 난 계속 머물러 있었네요. 말했듯이 관성의 법칙이죠.

보낸 사람: Bee1984@gmail.com

받는 사람: NB26@zone.com

다들 그렇죠. 저도 아직 전 남친과 살던 아파트에서 지내는걸요. 언제부터 폴과 사이가 틀어지기 시작했어요?

보낸 사람: NB26@zone.com

받는 사람: Bee1984@gmail.com

좋은 질문이네요. 정확한 시기는 잘 모르겠어요. 그냥 서서히 안 좋아진 것 같은데……. 처음에는 모든 게 잘 흘러갔어요. 그러다 서로의 존재가 너무 당연해지기 시작했고, 둘 사이에 웃음이 사라졌죠. 하지만 우리는 이 문제를 그냥 방치했어요. 점점 섹스도 뜸해졌고, 이 역시 모른 척했죠. 똑같은 패턴이 반복됐어요. 각자 소파에 앉아 티브이만 보고, 일 년에 한 번 텐비로 휴가를 가고, 크리스마스는 폴의 멍청한 친척들과 보내고, 모든 게 제자리걸음이었어요. 아마 폴과 난 인생을…… 진심으로 살아가는 게 아니라 그냥 극복하고 견디는 것으로 생각했나 봐요.

보낸 사람: NB26@zone.com

받는 사람: Bee1984@gmail.com

잠깐. 방금 내가 쓴 메일 다시 읽어봤는데, 참 가식적으로 보이네요.

보낸 사람: Bee1984@gmail.com
받는 사람: NB26@zone.com
하지만 무슨 말인지 이해했어요.

보낸 사람: NB26@zone.com
받는 사람: Bee1984@gmail.com
폴을 만나보면 호감이 갈 거예요. 아마 그녀 편을 들겠죠. 반드시 누구 편을 들어야 한다는 건 아니지만.

보낸 사람: Bee1984@gmail.com
받는 사람: NB26@zone.com
항상 편은 나뉘기 마련이에요.

보낸 사람: NB26@zone.com
받는 사람: Bee1984@gmail.com
알죠. 비, 내 말은 나 역시 성인군자는 아니었다는 뜻이에요. 이 부분만은 날 믿어도 좋아요. 아무튼, 나도 참 짜증 나는 놈이네요. 당신을 내 전담 심리치료사로 대할 생각은 없습니다.
당신의 과거사도 들려주세요.

보낸 사람: Bee1984@gmail.com
받는 사람: NB26@zone.com
악. 정말 유감스러운 기억이죠.

보낸 사람: NB26@zone.com

받는 사람: Bee1984@gmail.com

그와 결혼했었나요?

보낸 사람: Bee1984@gmail.com

받는 사람: NB26@zone.com

아뇨. 거의 그럴 뻔했죠. 약혼까지 했었으니까요.

전 남친은 M&S의 바이어였고, 그때 저는 말단 디자이너였어요. 둘이 정말 순식간에 진도를 나갔죠. 만난 지 겨우 이 주 만에 동거를 시작했거든요.

보낸 사람: NB26@zone.com

받는 사람: Bee1984@gmail.com

이 주라니. 우와. 첫눈에 사랑에 빠졌나 보죠?

보낸 사람: Bee1984@gmail.com

받는 사람: NB26@zone.com

그랬던 것 같아요.

보낸 사람: NB26@zone.com

받는 사람: Bee1984@gmail.com

질문 하나 할게요. 사랑에 빠진 걸 어떻게 알죠? 도파민이니 세로토닌이니 하는 지루한 과학 상식 말고요. 눈에 보이지 않는 추상적인 측면에서요.

보낸 사람: Bee1984@gmail.com

받는 사람: NB26@zone.com

계속 그 사람만 생각나요. 온종일 그 사람 곁에 있고 싶죠.

보낸 사람: NB26@zone.com
받는 사람: Bee1984@gmail.com
　　그 사람을 만난 후 더 이상 외롭지 않고요.

보낸 사람: Bee1984@gmail.com
받는 사람: NB26@zone.com
　　당신을 항상 지지해 줘요.

보낸 사람: NB26@zone.com
받는 사람: Bee1984@gmail.com
　　당신의 빈 곳을 메워주죠.

보낸 사람: Bee1984@gmail.com
받는 사람: NB26@zone.com
　　앗싸, 하나 더 생각났어요. 집에 돌아온 듯 편안하게 느껴져요.

보낸 사람: NB26@zone.com
받는 사람: Bee1984@gmail.com
　　하! 알았어요, 비꼬기 대회에서 당신이 이겼네요. 자, 원래 얘기로 돌아가서. 왜 헤어졌어요? 그 남자는 이름이 뭐죠?

보낸 사람: Bee1984@gmail.com
받는 사람: NB26@zone.com
　　네이트요.

보낸 사람: NB26@zone.com

네이트라. 이제 그 남자를 그려볼 수 있겠네요. 수염을 기르고 큰 키에 문신을 새겼죠? 축구는 싫어하지만 럭비는 좋아하고, 잘난 척하는 상류층 말투를 쓰고요? 아마 부모님은 연예계 사업을 하실 것 같네요.

보낸 사람: Bee1984@gmail.com
받는 사람: NB26@zone.com

하하! 삐-, 틀렸습니다. 키가 작았어요. 174센티 정도로 나와 비슷했죠. 수염을 기른 적이 있긴 한데, 그 때문에 뭔가 숨기는 사람처럼 보였어요.(어머, 스포일러네요. 실제 그랬거든요.) 잘난 척하는 말투는 맞혔지만, 아쉽게도 부모님은 두 분 다 공무원이었어요!

보낸 사람: NB26@zone.com
받는 사람: Bee1984@gmail.com

어떻게 헤어졌죠? 바람을 피웠나요?

보낸 사람: Bee1984@gmail.com
받는 사람: NB26@zone.com

네. 네이트는 딱 한 번이라고 했지만 그걸 누가 믿겠어요?

보낸 사람: NB26@zone.com
받는 사람: Bee1984@gmail.com

어떻게 알았죠?

보낸 사람: Bee1984@gmail.com
받는 사람: NB26@zone.com

당신처럼요. 휴대폰으로.

보낸 사람: NB26@zone.com
받는 사람: Bee1984@gmail.com
제목: 이런 제기랄
　　망할 휴대폰.

보낸 사람: Bee1984@gmail.com
받는 사람: NB26@zone.com
　　제가 훔쳐봤어요. 뭔가 이상하더라고요. 그냥 느꼈어요. 육감이랄까. 네이트
가 누군가와 계속 문자를 주고받았어요. 읽어봤더니 둘이 아주…… 노골적이더
라고요. 그 사건만큼 저를 아프게 한 일은 없었어요. 일주일 동안 일도 팽개치고
종일 침대에 드러누워 훌쩍거리며 〈댄싱 온 아이스〉만 반복해서 봤죠. 그냥 죽고
싶었어요. 정말 극단적인 상태였죠! 친한 친구 레일라가 와주지 않았다면 무슨
일을 저질렀을지 몰라요. 얼마 후 네이트가 다시 만나자고 했을 때도 거의 그러
자고 할 뻔했어요. 가장 큰 문제는, 바람피우는 게 특히 제게 얼마나 상처를 주는
행동인지 네이트가 잘 알고 있었다는 거예요.
　　제가 좀 구식이거든요. 따분한 타입이죠. 일부일처제를 신봉하거든요. 아니.
뭐, 신봉했었죠. 네이트와 헤어진 후 사랑이니 영원한 관계니 하는 것들은 전부
나와 맞지 않다고 생각하기로 했거든요.

보낸 사람: NB26@zone.com
받는 사람: Bee1984@gmail.com
　　아직도 그렇게 생각해요?

보낸 사람: Bee1984@gmail.com

　잘 모르겠어요.

　하지만 지금도 데이트는 하잖아요. 완전히 포기했던 게 아니죠.

　대부분 하룻밤 상대일 뿐이에요. 이걸로 날 평가한다고 해도 상관없어요. 하지만 미스터 사첼백 사건도 있던 터라 앞으로는 데이트 방침도 바꾸려고요.

　비, 우린 서로 어떤 평가도 하지 않을 거예요. 미스터 사첼백과 막 승승장구하던 그의 첩보 임무도 잊을 수 없는 사건이긴 하죠.

　닉, 있잖아요. 지금 느끼는 감정을 이용해 보세요. 바로 글로 쓰면 좋은 책 한 권이 완성될 거예요.

　맙소사! 이 막장극 같은 일 때문에 까맣게 잊고 있었는데, 좋은 소식이 있어요. 양복쟁이 개자식이 돈을 보냈어요!

보낸 사람: Bee1984@gmail.com

받는 사람: NB26@zone.com

악! 진짜요!!! 그리고요??? 작품이 마음에 든대요?

보낸 사람: NB26@zone.com

받는 사람: Bee1984@gmail.com

완전히요.

보낸 사람: Bee1984@gmail.com

받는 사람: NB26@zone.com

좋아할 줄 알았어요! 이제 다른 소설도 써보세요. 이 일로 뭔가 좋은 일 하나는 만들어내야죠.

보낸 사람: NB26@zone.com

받는 사람: Bee1984@gmail.com

맞아요. 항상 맞는 말을 해주네요. 대화 상대가 돼줘서 고마워요. 당신이 아니었더라면, 난 어찌할 바를 몰랐을 거예요.

보낸 사람: Bee1984@gmail.com

받는 사람: NB26@zone.com

저도 같은 마음이에요. 이제 적어도 서로 이름은 알아야 하지 않을까요?

보낸 사람: NB26@zone.com

받는 사람: Bee1984@gmail.com

저는 니콜라스예요. 닉으로 불러도 됩니다.

보낸 사람: Bee1984@gmail.com

받는 사람: NB26@zone.com

저는 레베카예요. 베카라고도 하죠. 당신만 좋다면 계속 비라고 불러도 돼요. 제 친구도 저를 비(Bee, 벌-옮긴이)라고 불러요.

보낸 사람: NB26@zone.com

받는 사람: Bee1984@gmail.com

항상 바빠서요?

보낸 사람: Bee1984@gmail.com

받는 사람: NB26@zone.com

그럴 수도 있고. 당신을 침으로 찌르고 나면 제가 죽기 때문일 수도 있죠.

비

닉이 폴의 불륜 사실을 솔직히 털어놓은 후, 그동안 우리 사이에 있던 '인터넷 속 낯선 사람'이란 보호막이 한 꺼풀 벗겨졌다. 지금 우리 관계에 어떤 변화가 생기기 시작했다……. 신뢰와 친밀감이 커지면서 닉과 나 양쪽 모두에 영향을 줬다.([비, 당신이 내 내면에 있던 감정의 종기를 제거해 줬어요. 이제 내가 당신의 종기를 제거해 줄게요.] [어, 정말요? 내건 위치가 아주 안 좋아요. 게다가 아주 심하게 곪아 있죠.] [자, 해보자고요. 메스(와 양동이)가 준비됐습니다.]) 그 후로 네이트 사건뿐 아니라, 레일라조차 모르는 내 부모님에 대한 기억까지 털어놓고 있는 나 자신을 발견했다. 아빠가 반복적으로 엄마를 속이던 어린 시절의 기억, 바람피운 걸 들킬 때마다 갖은 핑계를 대고 굽실거리며 집으로 돌아오던 아빠의 모습,("난 환자야, 리스베스.", "이번이 정말 마지막이야. 맹세해.") 남편이 바뀔 거라는 희망을 잃고 서서히 자존감이 무너지던 엄마의 모습. 결국 아빠가 서른 살짜리 바리스타와 호주로 떠났을 때([아빠를 알아서 하는 말인데, 아마 변호사를 꾀려다 바리스타를 만난 걸 거예요. 아빠가 철자에 약했거든요.(변호사Barrister와 바리스타Barista의 발음을 이용한 농담-옮긴이)] [만점짜리 농담인데요, 비.]) 난 숨통이 트이는 느낌이었지만, 엄마는 그대로 무너져 내렸다. 엄마를 힘들게 한 아빠도 증오했지만 마음 한구석에는 그토록 오랫동안 아빠를 참아준 엄마를 원망하는 마음도 있었다. 형편없는 딸이었다. 시간이 지나 엄마는 삶의 생기를 되찾았지만 곧바로 췌장암 선고를 받았다. 약간이라도 엄마를 원망했던 그 마음 때문에 난 몇 년간 죄책감 속에 살아야 했다.

[비, 죄책감 느끼지 말아요. 당신은 항상 어머니 곁을 지킨 딸이잖아요. 그리고 자식은 자연스럽게 부모를 평가하게 돼 있어요. 훗날 부모가 했던 실수를 반복하지 않기 위해서죠. 맙소사, 엄청나게 분별 있는 어른인 척하고 있네요. 자, 다음 나올 말은 카디건과 볼보입니다.]

[그리고 골프도요. 골프도 잊으면 안 되죠.]

[당연히 친구 녀석들과 골프 코스를 한 바퀴 돈 후 한잔하는 것도 안 잊었죠. 분명 당신 어머니는 당신이 그 일로 괴로워하는 걸 원치 않으실 거예요. 죄책감은 접어두세요.]

이기적이지만, 닉과 나 사이에 친밀감이 커질수록 느껴지던 죄책감 또한 폴의 배신 덕에 접게 됐다. 폴에 대한 내 감정은 감사와 분노 사이를 오락가락했다. 유쾌하지 않은 온갖 감정이 뒤섞인 기분이었다.

[어쩔 수 없이 폴이 자꾸 네이트나 아빠처럼 여겨져요.]

[폴은 달라요, 비. 폴의 행동이 옳았다는 게 아니라, 마음은 선한 사람이라는 뜻이에요. 남자 고르는 눈이 형편없지만, 뭐 모든 걸 다 잘할 수는 없잖아요.]

폴의 편을 들어주는 닉의 진심이 느껴져서 그를 향한 신뢰가 더 커졌다. 어떻게 무거운 주제를 그리 쉽게 가벼운 농담으로 바꿀 수 있는지 감탄할 뿐이었다.

[생각해 보니 우리 둘 다 고아네요. 디킨슨 소설의 주인공처럼. 다른 일에 모두 실패하면 길거리에 나가 성냥이나 팔까요? '저기요, 나으리. 일 실링만 주실래요?']

[글쎄요. 엄밀히 말해 난 고아가 아닌데. 그럼 난 굴뚝에 올라가야 하는 건가요?]

[정서적 고아 어때요?]

[그건 말이 되네요.]

다른 면에서도 우리는 서로 비슷한 점이 있었다. 부끄럽지만 닉과 난 친구 관계를 소홀히 하는 경향이 있었다.([사실 키우는 개가 유일한 친구죠. 물론 로지는 사료 때문에 내 곁에 있을 뿐이고요.]) 닉과 메일을 주고받다, 문득 최근 레일라와 연락한 지 꽤 됐다는 사실이 떠올랐다. '레일라와의 우정'은 내 인생에서 절대 놓칠 수 없는 것이다. 우리는 학창 시절부터 뗄려야 뗄 수 없는 사이였다. 학교에서 아웃사이더라는 공통점 덕에 우리 둘은 유대감이 강해졌다.(레일라는 여드름쟁이 멍게였고, 난 쿵쾅쿵쾅 뚱보였다.) 레일라는 내가 엄마의 투병으로 힘들어하고, 네이트의 바람으로 괴로워할 때 항상 옆에 있어줬다. 난 레일라가 세 번의 인공수정을 견디고, 레브와 싸우고, 쌍둥이 출산으로 회계사를 그만둔 후 후회와 죄책감으로 괴로워할 때 항상 그녀 곁을 지켰다. 이제 레일라는 교외에 살며 아기를 돌보는 부모 역할에 충실하고, 난 일에 빠져 살며 때로 틴더로 데이트나 하고 있지만, 비록 가는 길은 달라졌어도 우리는 여전히 서로를 최우선으로 챙겼다. 레일라에게 문자를 보내려던 찰나, 그녀가 급히 진산책이 필요하다는 연락을 먼저 해왔다.

[레일라, 도대체 진산책이 뭐야? 말 그대로 진을 마시며 산책하는 거야?]

[딩동댕. 우리 둘 다 운동이 필요하지만 한잔하고도 싶고, 하지만 운동과 술 모두 제대로 할 시간은 없으니까 둘을 하나로 묶은 거지.]

[고기능 알코올 중독자를 위한 멀티태스킹이야?]

[바로 그거지!]

[그렇다면 단결하는 차원에서 난 그냥 '진휴식'을 할게.]

잠시 고민하다가 휴대폰은 테이블 위에 남겨두고 나가기로 했다. 레일라는 다른 사람보다 훨씬 예리했고, 난 아직 닉에 대한 비밀을 털어놓을 준비가 돼 있지 않았다. 적어도 닉과의 관계에 확신이 들기 전까지는 말할 수 없었다. 레일라와는 보통 모든 걸 공유했지만, 우연히 온라인에서 만난 곧 이혼할 낯선 남자와의 관계에 머리부터 뛰어든 친구 말고도 레일라가 신경 써야 할 일은 차고 넘쳤다. 진산책 중 휴대폰에 닉의 메일이 뜨면 난 분명 참지 못하고 들여다볼 테고, 레일라는 내 표정만 봐도 단박에 무슨 일이 있다는 걸 눈치챌 것이다.

레일라는 학교를 땡땡이치고 나오는 아이들을 헤치고 다가와 날 반갑게 꼭 끌어안았다.

"맙소사, 나 진짜 이런 시간이 필요했나 봐. 지하철을 타고 오면서 내 상태가 별로였다는 걸 깨달았어. 오는 길이 무슨 휴가처럼 느껴졌거든."

"자유 시간이 얼마나 있어?"

"사십칠 분. 시어머니가 쌍둥이와 씨름 중인데, 퀴즈쇼를 보러 제때 집에 돌아가지 못하시면 엄청나게 화내실걸?"

레일라는 한 발 뒤로 물러서더니 날 다시 훑어봤다.

"흠. 너 좋아 보인다. 얼굴에서 빛이 나는데."

"빛이 난다고? 박피를 심하게 했거나, 아니면 방사선 빛에 쏘인 것처럼?"

"둘 다. 말해봐. 무슨 일이야?"

난 아무렇지 않게 어깨를 으쓱했다.

"글쎄. 수많은 역경에도 불구하고 샤워할 시간을 내긴 했지."(질문에 맞는 답은 아니었지만 사실이기는 했다.)

"부럽다. 야, 난 샤워도 못 했어. 그러니까 너무 가까이 오지 않는 게 좋을걸."

레일라는 진산책을 할 때 늘 내가 있는 곳으로 왔다. 내가 사는 런던 서쪽 지역이 홀랜드 공원과 가깝기 때문이었다. 우리는 레일라가 '야비한 부자 동네'라고 부르는 이곳을 여기저기 구경하기 좋아했다.([비, 지금 당신이 상류층이라고 얘기하는 건가요?] [아니요. 말했잖아요, 네이트와 이 동네에 이사 온 후 #관성의 법칙 때문에 그냥 눌러 살고 있다고요.]) 레일라와 길거리 음식점과 내가 좋아하는 천 가게를 지나 이곳저곳을 돌아다니다 해머스미스가에 접어들었다. 고급 주택과 엄청난 재산이 가득 찬 성배로 파워워킹을 하듯 걸어갔다. 우리는 유난히 휘황찬란한 몇몇 저택에 이름을 붙여주었다. 기다란 창문 너머로 거대한 샹들리에가 보이는 빅토리아풍 저택은 '블링블링 궁전'으로, 커튼을 안달고 벽면에 커다란 추상화를 걸어놓은 저택은 '노출증 환자의 저택'으로 불렀다. 그중 우리가 가장 좋아하는 창문이 대칭으로 난 저택은 '난쟁이 요정 저택'이라고 이름 붙였다. 저택 계단에는 딱 봐도 과시용인 고급 화분과 새 모이통이 일렬로 놓여 있었지만 이보다 중요한 자리에 사뭇 건방진 모습의 난쟁이 요정, 놈의 조형물이 자리 잡고 있기 때문이었다. 레일라와 난 이 난쟁이 요정을 볼 때마다 낄낄대며 웃었다. 『태틀러』 잡지에나 등장할 법한 고급 주택가에 발랄하고 싼티 나는 난쟁이 요정상이 있다니 뜻밖의 일이었다. 아무도 이걸 없애지 않았다니 기적이 아니겠는가. 난쟁이 요정 저택 자체도 모양새가 이 구역에서 튀었다. 앞마당을 시멘트로 덮는 요즘 유행에 강력하게 저항하듯, 이 집 정원은 여름이 되면 담쟁이덩굴과 등나무로 빽빽하게 뒤덮여 마치 정체성 혼란을 겪으며 시골 별장이 되기를 은밀히 갈망하는 것만 같았다. 레일라는 스파클링 진 한 캔을 건넸다. 우리는 벽에 기대 캔을 따 시원하게 쭉 들이켰다.

레일라가 저택 입구를 가리켰다.

"보라색으로 변하는 저 나무 이름이 뭐더라?"

"등나무."

"나도 이제 늙었나 봐. 꽃나무가 보기 좋고 초록 잎들이 고마워졌거든. 우리가 예전에 피웠던 그런 종류의 잎 말고."

"이런 이런. 다음에는 원예용품점에 가자고 하겠네. 전원 지역 초록 언덕 위에 살면서 토리당에 투표하고."

저택 문이 열리더니 누가 봐도 가발이긴 했지만 꽤 멋진 갈색 머리를 한 노부인이 우리를 경계하듯 쳐다봤다. 레일라는 손을 흔들어 보이며 말했다.

"걱정 마세요. 염탐하는 게 아니라 그냥 등나무가 멋져서 보고 있던 거예요."

노부인은 고개를 절레절레 흔들더니 도로 들어갔다.

"맙소사, 이래서 런던이 그립다니까."

레일라가 한숨을 내쉬었다.

"무뚝뚝하고 남을 못 믿고."

"브롬리도 런던이야."

"늙으면 나도 난쟁이 요정 저택의 노부인처럼 화려한 가발을 쓸래. 주름은 감춰주겠지."

"이미 늙었다면서. 아까 한 말 기억 안 나?"

"정말 노인이 되면 말이야. 구십 살쯤? 성형수술이나 보톡스 같은 건 안 할래."

"삼 년 전에 보톡스 맞지 않았니?"

"나쁜 년. 그래, 했다 했어. 그런데 잊고 있었어. 봤지? 나 완전 바보 됐어."

"아니면 요 작은 진 한 캔이 네 머릿속으로 모조리 들어갔던가."

우리는 계속 이곳저곳을 걸어 다녔다. 레일라는 쌍둥이의 근황에 관해 얘기한 후 요새 두뇌 쓰는 일을 하지 않으니 자꾸 바보가 되는 것 같다고 고민했다.

"고객 몇 명쯤은 맡을 수 있겠지만, 너도 나 잘 알잖아. 그러다 혹시 실수라도 하는 날에는 바로 미쳐버릴 거야. 레브는 자원봉사를 해보라는데, 자선 가게에서 핸드백이나 할아버지 바지를 분류하고 있는 내 모습이 상상 가니? 내 완벽주의 성격 때문에 다른 사람까지 통제하려 들어서 거기 있는 봉사자들까지 미치고 말걸. 휴, 아무튼. 투덜대고 나니 기분이 좀 나아지네. 이제 네 흥미진진한 독신 생활 소식 좀 말해봐."

지금 닉에 관해 얘기할 수는 없었다. 대신 재난에 가까웠던 미스터 사첼백과의 데이트 전말을 들려줬다. 그냥 한번 웃고 말 해프닝으로 들리게끔 했는데, 결론적으로 좋은 생각은 아니었다. 레일라가 뒤로 넘어갈 만큼 화를 냈기 때문이다. 화난 걸음걸이로 성큼성큼 앞서가면서 개자식이라고 욕하고 분노를 터뜨리며 인터넷으로 뒷조사해서 미스터 사첼백을 엉망진창으로 만들겠다는 협박성 발언까지 덧붙였다.

"나한테 바로 전화했어야지. 혼자 삭히지 말고."

사실 혼자가 아니었어, 라는 마음의 소리는 내뱉지 않았다.

"너무 늦은 시간이었어."

"난 깨어 있었을걸. 쌍둥이 녀석들이 엄마를 죽을 때까지 안 재우기로 마음먹었나 봐. 너 정말 괜찮아?"

"진짜 정말 괜찮아. 거지 같은 데이트로 인한 외상후스트레스장애가 올 정도는 아니었어. 장담해."

우리는 그로브가로 돌아가서, 다소 방치된 듯 보였지만 아주 우아한 조지아풍 저택을 구경하기 위해 길을 건넜다. 이 집은 최근에 매매돼 곧 보톡스 시술이나 성형수술과 맞먹는 개조를 거칠 운명이었다. 레일라는 유혹을 견디지 못하고 저택 밖에 놓인 재활용 분류함을 뒤져 망가진 정원 의자를 발견하고는 의기양양한 표정을 지었다.

"이 의자로 뭔가 할 수 있을 거야."

난 레일라를 쳐다봤다.

"진심이야? 의자가 또 필요하긴 해?"

이 의자 역시 레일라가 전에 발견한 다른 재활용품과 마찬가지로 창고에 처박히게 되리라는 사실을 둘 다 잘 알고 있었다. 현실적으로 레일라는 재활용품을 고쳐 쓸 시간적 여유가 없었다.

"누군가는 쓰레기 매립지에서 완전히 썩을 때까지 방치될 가여운 물건들을 구해내야 한다고."

버스와 치킨집을 지나 부동산에 투자할 억만금의 재산이 없는 평범한 사람들의 세계로 돌아왔을 때, 레일라의 손에는 의자 몸통이, 내 손에는 의자 뼈대가 들려 있었다.

"우리 집에 저녁 먹으러 와, 꼭. 이른 시일 내에. 알았지? 전자레인지용 인스턴트 음식을 준비할게. 쌍둥이는 레브가 보고 너랑 난 그 개자식이나 욕하면서 복수 계획을 짜자."

"꼭 그럴게."

"그런데 비. 너 지금 진짜 예뻐 보인다."

레일라가 자신이 구출한 의자를 들고 낑낑대며 지하철 회전문으로 들어가는 모습을 지켜본 후, 클라리스만이 홀로 날 기다리고 있는 텅 빈 아파트로 돌아왔다. 하지만 테이블에서 휴대폰을 집어 들고 닉과 나누던 메일함을 열자 외로운 기분이 사라졌다.

米

보낸 사람: Bee1984@gmail.com
받는 사람: NB26@zone.com

그거 말고 새로운 소식은 없어요. 아, 제품을 공짜로 달라고 귀찮게 하는 악질 인플루언서를 빼면요.

보낸 사람: NB26@zone.com
받는 사람: Bee1984@gmail.com
　뭘 뺀다고요? 인플루언서?

보낸 사람: Bee1984@gmail.com
받는 사람: NB26@zone.com
　당신이 석기시대 사람이라는 걸 자꾸 깜빡한다니까요. ^^; 이제 당신 차례예요. 딜런에게 말했나요?

보낸 사람: NB26@zone.com
받는 사람: Bee1984@gmail.com
　폴은 아직 때가 아니라고 생각해요. 하지만 이런 일에 적당한 때가 있긴 한가요? 딜런이 예민한 편이긴 해도 엄마와 아빠가 헤어졌다고 자신을 탓하는 다섯 살짜리 꼬마는 아니거든요. 아마도요.

보낸 사람: Bee1984@gmail.com
받는 사람: NB26@zone.com
　딜런은 당신과 엄마가 괜찮은지를 가장 걱정할 거예요. 그것만 안심시킨다면 딜런도 잘 이겨낼 거예요.

보낸 사람: NB26@zone.com
받는 사람: Bee1984@gmail.com
　난 진짜 괜찮은데요.

보낸 사람: Bee1984@gmail.com
받는 사람: NB26@zone.com

아니요. 괜찮지 않잖아요. 앞으로도 한동안은 힘들 거예요. 하지만 장담컨대 분명 다시 괜찮아질 거예요.

보낸 사람: NB26@zone.com
받는 사람: Bee1984@gmail.com

지혜로운 말이네요. 무거운 얘기는 이걸로 그만하죠. 이제 기분 전환할 시간 입니다. 당신이 바보 질문 할 차례예요.

보낸 사람: Bee1984@gmail.com
받는 사람: NB26@zone.com

좋아요. 질문 나갑니다. 당신이라면 개 한 마리를 통째로 먹을래요, 사람의 발 하나를 먹을래요?

보낸 사람: NB26@zone.com
받는 사람: Bee1984@gmail.com

우와, 비. 그거 '기념비적인' 바보 질문이네요. 대단한데요! 동물 학대와 식인 풍습이라니. 요리도 가능한가요?

보낸 사람: Bee1984@gmail.com
받는 사람: NB26@zone.com

아뇨. 소스도 칠 줄 몰라요.

보낸 사람: NB26@zone.com
받는 사람: Bee1984@gmail.com

그럼 사람 발이요. 특별히 발을 좋아하는 건 아니지만(뼈가 너무 많아요.) 로지 가 산책길에서 뭘 주워 먹으며 다니는지 다 봤기 때문에 개 카르파초는 사양할래요. 질문 하나 더 해봐요.

보낸 사람: Bee1984@gmail.com

받는 사람: NB26@zone.com

　이번에는 덜 바보스런 질문이에요. 당신의 완벽한 저녁 파티에 누구를 초대할래요?

보낸 사람: NB26@zone.com

받는 사람: Bee1984@gmail.com

　저녁 파티요?? 당신이 상류층 사람인 줄 진작 알았다니까요.

보낸 사람: Bee1984@gmail.com

받는 사람: NB26@zone.com

　그럼 완벽한 포장 음식 파티요.

보낸 사람: NB26@zone.com

받는 사람: Bee1984@gmail.com

　그건 쉽죠. 로지. 그리고 당신이요.

보낸 사람: Bee1984@gmail.com

받는 사람: NB26@zone.com

　하지만 그러려면 우리가 직접 만나야 하는데요…….

보낸 사람: NB26@zone.com

받는 사람: Bee1984@gmail.com

　그래야겠죠.

보낸 사람: Bee1984@gmail.com

받는 사람: NB26@zone.com

하지만 만나지 않을 거잖아요. 우리만의 규칙이니까요.

보낸 사람: NB26@zone.com

받는 사람: Bee1984@gmail.com

규칙은 깨지라고 있는 거지만, 메일도 괜찮죠. 지금으로서는. 당신이 규칙을 바꾸고 싶지 않은 한?

보낸 사람: Bee1984@gmail.com

받는 사람: NB26@zone.com

그래요. 난 지금이 좋아요. 메일이란 게 좀 구식이긴 하지만 정취가 있잖아요. 옛날에는 사람들이 편지를 보내고 다시 답장 받기까지 오랜 시간이 걸렸죠. 상대방이 죽거나 무슨 일을 겪고 있는지도 모른 채 기다려야 할 때도 있었고요.

보낸 사람: Bee1984@gmail.com

받는 사람: NB26@zone.com

닉? 아직 거기 있어요?

보낸 사람: Bee1984@gmail.com

받는 사람: NB26@zone.com

아, 알았어요. 아주 재치 있네요.

보낸 사람: NB26@zone.com

받는 사람: Bee1984@gmail.com

과거로 가도 그리 오래 못 기다릴 듯해요. 일 분만 답이 없어도 지루하거든요.

저도 메일이 좋아요. 머리 빗고, 이 닦고, 옷 차려입을 걱정은 덜 해도 되잖아요. 아, 혹시나 해서 하는 말인데 지금 아래위로 다 잘 입고 있답니다. 아니었다면 소름 끼치는 상황이 될 뻔했네요. 그냥 패션을 잘 몰라서 한 말이에요.

보낸 사람: Bee1984@gmail.com
받는 사람: NB26@zone.com

당신이 어떻게 생겼는지 알고 싶지 않다면 이상한가요? 물론 알고 싶은 마음도 있고요. 그냥 아직은 때가 아닌 것 같아요.

보낸 사람: NB26@zone.com
받는 사람: Bee1984@gmail.com

그럴 수 있죠. 하지만 직접 만날 때를 대비해야겠어요. 내가 리즈의 콰지모도(〈노트르담〉 뮤지컬 주인공-옮긴이)로 불리는 데는 다 이유가 있다니까요. 종을 좋아해서가 아니에요.

보낸 사람: Bee1984@gmail.com
받는 사람: NB26@zone.com

등이 굽었다고요? 그런 말장난은 안 할래요. 너무 쉬워요.

우리, 암호가 필요할 것 같아요. 누군가 마음이 바뀌어서 사진을 교환하거나 직접 만나고 싶을 경우를 대비해서요.

보낸 사람: NB26@zone.com
받는 사람: Bee1984@gmail.com

그러죠. 사디스트와 마조히스트가 사용하는 행동 신호처럼요.(분명히 있을 거예요…….) 좋은 아이디어 있어요?

보낸 사람: Bee1984@gmail.com

받는 사람: NB26@zone.com

  음. 양복쟁이 개자식의 작품? 복숭아 부인의 드레스? 노인의 발?

보낸 사람: NB26@zone.com

받는 사람: Bee1984@gmail.com

  아! 그게 노인의 발이었군요? 어쩐지 너무 질기더라니.

  있죠, 비. 암호는 필요 없을 거예요. 때가 되면 그냥 알 거예요.

닉

전혀 괜찮지 않았다. 비가 다시 한번 옳았다. 괜찮다고 하고 싶었지만, 무려 십이 년의 결혼 생활이었는데 아무 감정적 여파도 없었다는 말은 나오지 않았다. 그래도 시커먼 개가 슬며시 다가올 때마다(우울한 기분을 말하는 거지 로지 얘기가 아니다. 적어도 로지는 귀엽게 다가온다.) 귀신같이 알아차리는 비 덕분에 생각보다 견딜 만했다. 지구가 완전히 소멸하는 종말적 대재앙 대신 작은 자연재해를 겪는 정도랄까.

시시하지만 "시간이 약"이라는 진부하고 상투적인 옛말이 어느 정도 진실이라는 걸 깨달았다. 난 시간 때우기 일과를 최선을 다해 엄수했다. 새벽같이 일어나 활력이 넘치는 척하며 폴의 차를 끓이는 일은 어떤 명백한 이유로 생략했지만(이제 그 일은 제즈의 소관이다.) 형편없는 아침 방송을 보고 로지와 아침 산책을 한 후 정기적으로 릴리 부인을 방문하는 일과는 계속 지켜나갔다. 비가 업무 중일 때는 스스로를 바쁘게 만들려고 트위드 양복쟁이에게 원고를 다시 한번 훑어보겠다는 메일도 썼다.(이제 '개자식'은 빼주기로 했다. 내가 동물 학대적인 단어를 한 번이라도 썼다는 사실을 알면 딜런은 나와 연을 끊으려 할 것이다. 게다가 나 역시 더 이상 트위드 양복쟁이를 개자식으로 생각하지 않았다.)

폴과 별거한 지 일주일이 지나자 둔감한 공감 레이더를 가진 릴리 부인도 뭔가 이상한 낌새를 알아챘다.

"자네의 고집 센 암소를 본 지도 꽤 됐구먼. 무슨 일 있나, 젊은 이?"(폴이 릴리 부인에게 티브이 소리를 줄여달라고 정중히 부탁한 후로 릴리 부인은 폴을 '고집 센 암소'라고 불렀다. 폴의 부탁이 릴리 부인에게는 거의 전쟁 선포나 다름없었기 때문이다.)

"폴과 헤어지기로 했습니다."

"그랬군. 한편으로는 잘된 일일세. 자네는 더 좋은 사람을 만날 걸세."

릴리 부인의 말이 진심인지 확인할 방법이 없었기 때문에 트위드 양복쟁이의 일로 화제를 돌렸다. 릴리 부인은 이 일조차 삐딱한 시선으로 바라봤다.

"바로 돈 꽤 있는 양반의 전형적인 행태일세. 자기가 직접 책을 못 쓰니까 가난한 빈털터리를 돈 주고 이용한 거지."

심술궂은 노인네의 말이었지만 핵심을 찌른 건 사실이었다. 비는 내가 지금 경험하고 느낀 걸 글로 써보라고 했다. 하지만 솔직히 지금 난 어떤 기분이지?

자존심에 난 상처는 여전했지만(폴, 정말 제즈 때문에 날 떠났다고? 고작 제즈 같은 녀석 때문에?) 작은 동기만으로도 내 정당한 분노는 안도감으로 변할 수 있었다. 오랫동안 질질 끌어온 일이 마침내 끝났다는 안도감, 이번에는 내가 나쁜 놈이 아니라는 안도감. 폴의 교사 외 활동 덕에 비와 나눈 감정적 교류에 대한 죄책감도(비록 육체적 교류는 아니었지만) 덜어냈다는 안도감까지 들었다. 그 이면에는 '비참한 놈'에 충실하게 따라붙는 가난과 외로움과 후회가 도사리고 있었지만.

폴이 집을 떠난 것도 전혀 내 기분을 나아지게 하지 못했다. 폴만이 이 집의 벽돌과 시멘트를 단단히 지탱할 수 있었다는 듯이 그녀가 떠난 후 집은 더 이상 견고하지도, 사람이 사는 것 같지도 않았다. 아무리 문제 있는 사이였더라도 함께 살 때는 당연하게 여긴 소소한 일상이 점차 사라진다는 사실은 매일 충격으로 다가왔다. 장은 주로 내가 봤지만 어떤 이유에서인지 치약만큼은 항상 폴이 사놨다. 아침에 일어나면 늘 마법처럼 채워져 있던 치약 통이 비어 있어서 난 몇 시간이나 지독한 입 냄새를 풍겨야 했다. 폴은 내가 외출할 때 꼭 문자로 알려달라고 했다. 그래야 "닉, 당신 기분을 상하게 하지 않고" 내가 없는 동안 자기 물건을 가져갈 수 있기 때문이었다. 로지를 데리고 개똥밭을 어슬렁거리다 돌아왔을 때, 폴이 나와 함께한 세월 중 어떤 부분을 제즈의 차에 실어 갔는지 한참 동안 못 알아차린 적이 한두 번이 아니었다.([어린애들이 하는 기억력 게임처럼 들리네요. 닉, 당신도 그 게임 알죠? 술래가 방에서 그림이나 장식품 같은 걸 치우면 나머지 애들이 없어진 물건을 맞추는 게임 말예요.] [그 게임, 구멍은 분명 나일 것 같군요. 어제는 부엌 시계가 사라진 걸 네 시간이나 지난 후에 겨우 알아차렸다니까요.]) 점차 옷장 속 폴의 자리는 뼈만 앙상한 옷걸이들의 무덤이 됐고, 폴이 눕던 침대 반쪽이 두 배는 커 보였다.(물론 금세 로지와 녀석의 장난감이 그곳을 차지했지만.) 이제는 침실 냄새도 달라졌다.([어떻게 다른데요?] [잘 모르겠어요. 아마 향기가 덜 나는 것 같은데…… . 로지가 풍기는 개 향이 침실을 이상한 냄새로 채워서 그런 걸 수도 있고요.]) 새벽 3시에 B급 액션영화를 보거나 마음껏 음악을 크게 틀어놓고 즐기는 등 혼자 집을 독차지한다는 장점도 있었지만 텅 빈 집이 주는 공허함은 가릴 수 없었다.

게다가 이 집은 얼마 안 있어 남의 집이 될 것이다. 아직 폴과 세부 사항을 논의하지는 않았지만, 내가 어떻게 여기서 계속 살 수 있겠는가? 집 대출금 중 내가 보탠 금액은 아주 미미했다.(그것도 꼬박꼬박 월급을 받던 때 얘기다.) 여기는 폴의 집이었다. 내가 폴의 집으로 이사 온 거였다. 사실 이 집이 진정한 내 집이었던 적이 있었나? 글 쓰는 창고, 침실 한 귀퉁이, 욕실 유리 선반 한 개, 아주 오래전 폴이 내 무릎 위로 발을 올리곤 했던 소파 한 칸만이 내게 속한 전부였다. 폴. 폴과 처음 만났을 때도 비에게서 느꼈던 것처럼 '그래, 바로 이거야' 같은 친밀감이 느껴졌던가? 솔직히 아니었다. 놀랍도록 딱 맞는 느낌도, 둘 사이를 연결하는 보이지 않는 끈 같은 것도 없었다. 어쩌다 보니 술에 취해 하룻밤을 보내기 전까지 폴과는 그냥 직장 동료이자 친구였다. 물론 재미있는 시간도 많았고 싸움도 거의 하지 않았으며, 서로 균형을 잘 맞춰 살아왔다.(폴은 생활력을, 난 엔터테인먼트를 담당했다.) 사귀기 시작한 초반부터 우리는 긴장되고 설레기보다 편안한 관계였다. 물론 마트 주차장에서 폴의 전 남친 사울을 마주쳤던 일이 기억에 남긴 했다. 당시만 해도 폴과 내가 함께 장을 보고 요리하던 때였다. 장 본 물건을 차 트렁크에 싣고 있는데 사울이 갑자기 성큼성큼 다가왔다. 난 몸싸움을 할 수도 있다는 생각에 경직됐지만, 그는 주먹이 닿을 만한 거리까지 와서는 막상 김이 빠진 것 같았다.

"오래 못 갈걸. 두고 봐. 절대 오래 못 갈 테니."

아마 그 말 때문에 폴과의 관계를 더 오랫동안 놓지 못한 것 같다. 사울이 틀렸기를 바라며. 나와 폴의 관계는 천천히 타기 시작해 끝날 때까지도 그대로였고, 이제는 완전히 꺼져버렸다. 진부한 은유지만 둘 중 누구도 불씨가 타오르도록 노력한 적이 없었다. 하지만 나와 비는…… 우리는 어떻게 될까? 비와 내가 정서적 불륜에 휘말릴 걱정이 없어진 지금, 그저 내가 우리 관계를 망칠까 봐 염려될 뿐이었다.

그리고 딜런도 있었다. 폴과 나 사이를 이어주는 끈이 있다면, 그건 바로 딜런일 것이다. 딜런도 곧 소식을 들을 테지. 딜런은 우리의 이혼을 어떻게 받아들일까?

특히 더 우울한 기분에 젖은 어느 저녁, 소파에 웅크리고 앉는 대신 딜런의 방으로 피난을 갔다. 침대에 앉아 아직도 벽에 붙어 있는 브리트니와 팀 조, 그림처럼 잘생긴 〈센시스〉 주인공의 포스터를 바라봤다.

비에게 딜런 얘기를 하긴 했지만 모든 사실을 말하지는 않았다. 비에게조차 말할 수 없는 얘기가 있었다.

침대에 멍하니 앉아 여느 때처럼 자기 연민에 빠져 있는데 메일이 들어왔다.

[닉, 괜찮아요?]

괜찮지 않았다. 하지만 아마 괜찮아질 것이다. 비의 말은 항상 옳으니까.

비

우리를 결국 운명적인 다음 단계까지 밀어붙인 사람 역시 바로 나였다. 연달아 빵빵 터진 세 가지 일이 날 이끌었다. 운명적인 사랑을 믿지 않는 나였지만 알 수 없는 외부의 힘이 작용했다고 믿는다 한들 누가 뭐라 하겠는가?

첫 번째는 한 고객과 관련된 일이었다. 젬마는 드레스 리폼을 상담하기 위해 그녀의 엄마와 함께 브리스틀에서 먼 거리를 이동해 왔다. 보통 원거리 고객은 웹캠으로 치수 재는 방법을 보여주며 스카이프 상담을 했지만(물론 이 방법이 항상 통하지는 않았다. 특히 영국식 치수를 헷갈려 하는 고객일 때는 거의 불가능했다.) 젬마는 꼭 본인이 직접 오겠다고 했다. 모녀를 안으로 안내할 때 젬마의 엄마는 예의 바르지만 차가운 태도를 보였다. 딸이 내린 결정이 마음에 들지 않는 게 분명했다. 상담 동안에도 젬마가 어린애나 병자라도 되는 듯이 딸 주변을 계속 맴돌며 목이 마르거나 화장실 가고 싶지 않은지 물어보곤 했다. 젬마는 내게 미안한 표정을 지었지만 나 역시 이런 과잉보호를 비난할 마음이 전혀 들지 않았다. 젬마는 온몸의 핏줄이 다 비칠 정도로 말랐을 뿐만 아니라(젬마에게 감자칩이 잔뜩 들어간 샌드위치를 먹인 후 진심으로 꼭 안아주고 싶어질 정도였다.) 그녀의 눈에는 내면의 깊은 슬픔이 비쳤다. 웨딩드레스는 불투명한 비닐 커버 안에 소중하게 포장돼 있었다. 하지만 젬마의 엄마가 커버를 반도 열기 전에 아주 특별한 드레스라는 걸 알아차렸다. 여전히 꼿꼿한 자태로 아름다운 크림색 레이스에 겹겹이 둘러싸인 베라 왕 드레스였다. 어머니가 딸에게 집안 대대로 물려줘야 할 대가의 작품이었다. 지금까지 내가 리폼해 온 드레스는 대부분 기성품 가게에서 샀거나 대량 생산된 유명 디자이너의 모조품이었다. 그런 내가 이 작품에 가위질을 한다면 신성모독처럼 느껴질 것이다. 지금 당장 오픈마켓 이베이에서 팔아도 수천 파운드는 될 거라고 말하자 젬마의 엄마는 코를 훌쩍거리며 대답했다.

"나도 잘 알죠. 이건 내가 아니라 젬마의 결정이에요."

난 젬마에게 허락을 구하는 눈빛을 보냈다. 젬마는 촉촉한 눈빛으로 고개를 끄덕였다. 드레스는 사연이 있어 보였지만 캐묻지 않았다. 여기 온 고객은 대부분 결국 자기 입으로 사연을 털어놓곤 했다. 그들은 날 디자이너로 생각하는 한편 상담 치료사로 여기기도 했다. 처음이 일을 시작한 지 몇 달 만에 온갖 종류의 실망스러운 연인 얘기를 다 들어야 했다. 바람피운 놈, 학대한 놈, 섹스를 원하지 않는 놈, 섹스를 지나치게 원하는 놈 등 종류도 가지가지였다. 물론 단순히 옷장 안의 드레스를 치우고 싶지만 자선단체에 기부하거나 이베이에 팔기 싫어 찾아온 고객도 있었다. 결혼 예복을 쿠션으로 바꿔달라고 의뢰했던 유쾌한 게이 커플처럼 행복한 부부들은 대개 기념할 만한 물건으로 리폼하고 싶어 했다. 하지만 젬마는 어딘가 달랐다. 스튜디오 전체가 알수 없는 슬픈 분위기에 젖었다. 젬마의 치수를 재는 순간 그녀의 눈에서 눈물이 떨어졌다. 젬마 자신도 알아차리지 못할 만큼 소리 없이 흐르는 눈물이었다. 젬마에게 그만하고 싶은지 물어보자, 잠시 후 젬마가 자기 얘기를 시작했다. 목소리가 가늘게 떨렸지만 젬마의 엄마는 딸이 계속 얘기하게 두었다. 젬마는 이십 대 초반에 남편을 만났고, 둘은 만나자마자 서로 운명이라는 걸 바로 느꼈다. 만난 지 일주일 만에 같이 살기 시작했고 한 달 만에 놀랍게도 동시에 서로 청혼했다.("믿기 힘들겠지만, 우리는 너무 잘 맞았어요. 모든 게 그냥 자연스럽게…… 느껴졌어요.") 젬마의 남편은 도망간 것도, 바람을 피우거나 식장에서 그녀를 버리고 간 것도 아니었다. 그는 사고로 죽었다. 토스카나로 신혼여행을 가던 중 오토바이 사고를 당했다. 젬마는 드레스를 볼 때마다 자신이 잃어버린 모든 게 떠올라 괴로웠지만, 차마 드레스를 완전히 없앨 생각 역시 할 수 없었다. 드레스를 뭘로 바꾸고 싶은지에 대해서는 아무 의견도 없었다. 그녀에게 사계절 내내 입을 수 있고 유행을 타지 않는 클래식한 재킷을 만들고, 안감은 드레스의 속치마로 만들자고 제안했다.(내 부족한 바느질 실력 때문에 나중에 이 제안을 후회했지만.) 이렇게 하면 드레스의 숭고함은 (어느 정도) 손상되지 않은 채 남아 있을 수 있고, 젬마는 자신이 원할 때마다 남편과 함께할 수 있을 것이다.

"네가 진심으로 바라는 방향이구나, 애야."

젬마의 엄마가 드디어 적개심을 누그러뜨리며 말했다. 스튜디오를 나갈 때 젬마의 엄마가 내게 속삭였다.

"둘이 함께한 시간이 너무 짧았어요. 이건 아니잖아요, 정말."

두 번째는 레일라와 약속한 대로 인스턴트 음식을 먹으며 한잔하러 그녀의 집에 갔을 때 일어났다. 젬마의 사연이 내게 미친 영향을 과소평가했고 단순히 흥미로운 이야깃거리라고만 생각했다. 하지만 레일라에게 얘기를 들려주던 중 갑자기 울음이 왈칵 터지는 바람에 우리 둘 다 깜짝 놀랐다. 레일라는 내게 키친타월을 건넸다.

"맙소사, 진짜 니콜라스 스파크 작가의 영화 결말 같다."

레브가 슬쩍 자리를 피했다. 레일라를 도와 날 달래느니 차라리 쌍둥이의 목욕과 잠 재우기라는 극한 도전을 선택한 것이다. 그럴 만도 했다.

"말해봐. 너 진짜 무슨 일이야?"

결국 닉에 대해 털어놓아야 했다. 내 삶에서 닉이 차지하는 부분이 너무 커져서 더 이상 레일라에게 숨길 수 없었다.

"언제부터 연락했어?"

"몇 주 됐어."

"요새 네가 왠지 생기가 있어 보여서 이유가 있을 거라 생각했어. 왜 진작 말 안 했어?"

"네가 뭐라고 할지 예상이 됐거든. '인터넷에서 만난 사람에게 네 속을 다 털어놓지 마. 사기꾼일 수도 있잖아.' 등등. 게다가…… 닉이 유부남인 걸 알고 나자 네가 더 수상하게 여기겠다고 생각했어."

"당연히 수상하지. 진짜 사기꾼일 수도 있다고."

"돈 얘기는 나온 적도 없어."

"아직은 아니지. 그런데 너, 그 남자 사진은 본 적 있어? 아니면 인터넷에 검색이라도 해봤어? 네가 아는 정보만으로는 모르는 거야. 팔십 살 먹은 연쇄 살인마일 수도 있다고."

"닉도 마찬가지지. 내가 연쇄 살인마일 수도 있잖아."

"그 남자는 왜 영상통화를 안 하는 거야? 뭔가 감추고 있는 게 틀림없어."

"아까 말했잖아. 우리만의 규칙이 있다고. 난 이런 방식이 좋아."

"사기꾼에게도 정말 유리한 규칙이지."

"이럴 줄 알았어. 이래서 너한테 말 안 한 거야. 추궁받는 느낌이라니까."

레일라와 거의 싸움 수준까지 말이 오갔다. 우리에게는 아주 드문 일이었다.

"난 그냥 네가 다시 상처받는 게 싫어."

"알아. 하지만 이번만은 날 좀 믿어줘. 닉과 나 사이에는 확실히 뭔가 있다니까."

레일라는 믿지 않는 눈치였다. 무슨 생각을 하는지 뻔히 보였다. '온라인으로 만난 사람과 진짜 관계다운 관계를 맺는 건 불가능해.' 말도 안 되는 소리였다. 매일 수천 명의 사람이 온라인으로 친구를 사귀었다. 레일라의 지지를 얻으려면 그럴 만한 증거를 보여줘야 했다. 휴대폰을 꺼내 지금은 엄청나게 길어진 닉과의 메일 목록을 열어 레일라에게 건넸다.

"봐봐."

레일라가 아주 꼼꼼하게 메일을 읽어나갔다. 바로 그때 아주 찰나의 순간이었지만 처음 보는 표정이 레일라의 얼굴을 스쳐 지났다. 부러움? 질투? 레일라가 내게 휴대폰을 돌려준 후 잠시 무거운 침묵이 흘렀다.

"그래. 알겠어."

"진짜?"

"그래. 서로 주고받은 메일에서…… 네가 그 남자에게 빠진 이유를 알 수 있었어. 너 정말 닉한테 솔직하더라. 모든 걸 다 말하고. 심지어 네이트 일도."

백 퍼센트 사실은 아니었다. 네이트와 있었던 일을 전부 말하지는 않았다. 레일라조차 모르는 일이었다. 네이트와 헤어지고 일주일 후 임신 사실을 알았지만 레일라에게 말하지 않았다. 그때 레일라는 임신하려고 체외수정을 하며 힘든 시간을 보내고 있었다. 솔직히 말했다면 당연히 임신중절이라는 내 결정을 지지해 줬겠지만, 난 레일라에게 부담을 주고 싶지 않았다. 임신중절이 내게 힘든 결정은 아니었다. 당시에는 안도감이 더 컸다. 네이트와 헤어지고 엉망이 돼버린 삶을 다시 통제할 수 있다는 안도감이었다.

"그 남자가 사기꾼이라면 진짜 말도 안 되게 창의적이네. 보통은 자기가 전쟁터에 고립된 군인이라면서 구호 물품이나 구조해 줄 사람이 없다고 애걸하는 수법을 많이 쓰던데. 이 남자는 결혼도 실패하고 작가로도 실패했다고 말하다니, 대체 어떤 면을 공략하려는 거야. 혹시 동정심 유발인가?"

"좋은 추리야, 레일라. 그래서 이제 나 '허락' 받은 거야?"

"알았어, 알았어. 그런데 이 남자랑 계속 연락할 거면 적어도 내가 몇 가지 확인은 할 수 있게 해줘."

"어떻게 하려고? 난 닉의 성도 몰라."

레일라가 으스대며 말했다.

"사기꾼을 잡는 방법이 하나뿐인 건 아니야."

레일라는 장난감 더미에서 노트북을 꺼내더니 작업에 착수했다.

"프리랜서 편집자 '닉'이 그렇게 많지는 않을걸."

"레일라…… 이번에는 그냥 좀 믿어주면 안 될까?"

"이상하다. 'Zone.com'이란 주소가 안 나오네. IP 주소로도 찾을 수 없고. 차단 프로그램을 쓰나?"

드디어 레브가 쌍둥이를 무사히 재우고 돌아왔다. 유혈이 낭자한 전투에서 이제 막 살아 돌아온 군인의 분위기를 풍기며 냉장고에서 맥주를 꺼냈다.

"또 그 개자식 얘기야?"

여기서 개자식은 네이트를 지칭하는 말이었다.

"맙소사. 아니. 비가 새로운 남자를 만났어. 그런데 그 남자가 실제 어떤 사람인지 모를 뿐이야."

"아……, 그렇구나."

레브가 슬금슬금 침실 쪽으로 향했다.

"필요하면 불러. 침대에서 넷플릭스 보면서 쉬고 있을게."

"설마 혼자 〈보잭 홀스맨〉 보려는 건 아니지?"

레일라가 레브의 등에 대고 소리쳤다. 그리고 노트북을 닫더니 패딩턴 곰처럼 단호한 눈빛으로 날 봤다.

"그 남자가 진짜 결혼 생활을 끝내는 중이라면 곧 자유의 몸이 된다는 의미야. 그러면 여태 만나던 하룻밤 상대 이상의 존재가 되겠지. 물론 불쌍한 척 여자를 꾀는 연쇄 살인마가 아니라면. 그럼 네 기분은 어떨 것 같아?"

"불쌍한 척 여자를 꾀는 연쇄 살인마라면?"

레일라가 다시 단호한 눈빛을 쏘아댔다.

닉이 자유의 몸이 된다는 사실에 내가 어떤 기분이냐고? 닉과 메일을 주고받은 사실에 죄책감을 덜 느낀다는 점 빼고? 긍정적인 면은 닉과 나 사이에는 분명 어떤 공통점이 있다는 거였다. 닉은 항상 날 웃게 했고, 꽤 솔직한 사람으로 보였고, 신랄한 면도 있지만 다정한 면도 있었다. 부정적인 면은 그가 지금 완전히 엉망이란 거였다. 직업은 불안정했고, 이제 막 생긴 이혼의 상처를 치유 중이었다. 도대체 누가 이런 엉망인 남자를 원할까? 게다가 그는 런던에서 멀리 떨어진 리즈에 살았다. 하지만 닉이 작가라는 사실 때문에 머릿속에서 무모한 소리가 내게 속삭였다. '닉은 어디로든 옮겨 살 수 있어.'

"아직 이혼한 건 아니야."

"그래서? 이미 한참 전에 결혼 생활이 끝났다고 했잖아. 직접 만나 봐. 어떻게든 사실을 알아야지. 만약 사기꾼 새끼라면 어떤 핑계를 대서라도 안 나올 거고, 사기꾼이 아니라면 미래를 기대할 만한 가치가 있겠지."

"지금의 관계를 망가뜨리고 싶지 않아."

"이해는 가. 이런 관계가 더 안전하게 느껴지겠지."

레일라 말이 맞았다. 지금은 서로 실망할까 봐 두려워할 필요가 없는 관계였다. 더 가까워지면 여태까지 나눈 감정이 파괴되고 환상이 깨질 수도 있다. 난 겁쟁이였다.

집으로 가는 동안 레일라의 말이 머릿속을 떠나지 않았다. 골드호크가에 들어섰을 때 주변의 모든 게 불길한 기운을 내뿜는 것만 같았다. 평소 즐겨 찾던 천 가게의 유리 진열장조차 불길하게 느껴졌다. 사거리를 건너는데 아파트 주변의 불 꺼진 건물들이 평소보다 음침해 보였고, 뒤에서 발걸음 소리가 계속 들리는 것만 같았다. 그 때문에 아파트 공동 현관 계단에 서 있는 무언가를 봤을 때 평소보다 과민반응 하며 크게 소리를 지르고 말았다. 계단 앞 검은 형상은 조나스였다. 바지만 입고 있어 누런 피부와 주름진 팔 아래 그의 앙상한 갈비뼈와 흉골이 드러났다. 조나스는 러시아 말을 중얼거리며 날 향해 빠르게 걸어왔다. 난 후다닥 집 안에 들어가 문을 쾅 닫았다. 문에 등을 기대자, 그가 문 가까이 다가오는 소리가 들렸다. 날 위협할 생각은 아니겠지만 뭔가 목적이 있어 보였다. 그때 다급한 발소리가 들리더니 회색 머리카락이 산발이 된 마그다가 나타났다. 마그다는 평소와 달리 두건도 없이 맨얼굴이어서 알아보지 못할 뻔했다.

"미안해요, 레베카. 조나스가 오늘 종일 이상하네요."

조나스가 위층으로 돌아갈 수 있게 마그다를 도운 후, 난 그녀가 조나스를 재우는 동안 차를 끓이겠다고 말했다.

"아니, 아니. 우리에게 필요한 건 위스키죠."

마그다는 술 진열장에서 위스키가 든 유리병을 꺼냈다.

난 조나스의 팔걸이의자에 앉았다. 조나스가 앉았던 모습 그대로 의자 한가운데가 움푹 꺼져 있었다. 더블 위스키 잔을 내려놓고 마그다가 조나스를 재우며 부르는 낮은 노랫소리에 귀를 기울였다. 십 분 정도 지나자, 마그다가 입술에 립스틱을 바르고 머리에 두건을 쓴 모습으로 나타났다. 마그다는 말 한마디 없이 내 잔에 위스키를 다시 따르더니 자기 잔에도 가득 채우고 맞은편 소파에 앉았다.

"마그다, 어떻게 다 해내시는 거예요?"

"뭘요?"

"견뎌내는 거?"

사랑하는 사람이 점점 멀어지는 모습을 어떻게 참고 지켜보시는 거예요? 혼자인 게 차라리 낫지 않을까요?

"가끔 조나스가 죽었으면 할 때도 있어요."

마그다는 진지한 표정으로 농담을 했다.

"하지만 우리가 함께한 시간을 후회하느냐고요? 아니요. 똑같은 결과가 닥치더라도 난 다시 조나스와 함께할 거예요."

마그다와 난 아무 말 없이 위스키만 마셨다. 마그다의 집을 나설 때, 그녀가 내 손목을 잡더니 작은 목소리로 말했다. 너무 작게 말해 착각이었나 할 정도였다.

"기다리지 말아요."

※

보낸 사람: Bee1984@gmail.com
받는 사람: NB26@zone.com

우리 만날래요?

닉

"우리 만날래요?"

"네. 아니요. 당연히 만나야죠." 난 썼다 지우기를 반복했다.

비와 나 사이를 잇던 끈이 보내는 신호가 느껴졌다. 비는 만나자는 메일을 쓰려고 큰 용기를 냈을 것이다. 대답을 기다리게 해서는 안 되지만 나도 생각할 시간이 필요했다. 부엌에 잠깐 앉아 있는다는 게 금세 몇 분이 됐다. 나무의자에 엉덩이를 붙인 채 다시 술을 마시고 싶은 유혹을 간신히 견뎠다.

"우리 만날래요?"

내 삶의 유일한 빛은 비밖에 없었다. 아, 로지도 있긴 했지만.(로지의 양육권에 대해서는 폴과 이견이 없었다.) 설마 이런 내가 비와의 관계를 망치고 싶었을까. 운명이 내게 싸구려 사기를 칠지 미리 알았더라면…… 하지만 난 이런 일에 항상 둔했다.(사실 싸구려로 말하자면 내가 빠질 수 없는데. 양복쟁이에게 확인해 봐도 좋다.)

이런저런 생각에 휩싸여 대문이 탕 소리를 내며 열리는 것도 몰랐다.

"아무도 없어요?"

딜런 목소리가 들리더니, 곧 손에 여행 가방을 든 딜런이 부엌에 나타났다.

"여기 있었네요, 닉."

"그래. 여기 있지."

"엄마가 몇 가지 물건 좀 챙겨달라고 해서요."

"그래서 이 밤중에 브룸에서 달려온 거야?"

"아니요. 닉이 괜찮은지도 궁금했고요."

이러니 이 녀석을 사랑할 수밖에.

"그 말은, 너도 이제 사실을 안다는 거구나."

"당연하죠."

"맥주 한잔할래?"

"잠깐만요."

딜런이 가방을 뒤지더니 마리화나 담배를 꺼냈다.

"엄마한테는 비밀이에요."

딜런은 식탁 위에 앉더니 창문도 열지 않은 채 담배에 불을 붙였다.

"저 때문에…… 두 분이 헤어지는 거예요?"

"당연히 아니지. 너 설마……."

뒤늦게 딜런이 농담하고 있다는 걸 깨달았다.

"픽이나 재미있구나."

"죄송해요. 농담 한번 해보고 싶었어요."

딜런이 연기 사이로 날 한번 보더니 마리화나 담배를 건넸다.

"진짜 기분이 어떠니, 딜런?"

"두 분 일에 대해서요? 저도 이제 스물네 살이에요. 부모의 이혼을 받아들일 만큼은 컸죠."

'부모'라는 단어에 가슴에서 따뜻한 기운이 차올랐다. 딜런은 날 아빠로 생각하고 있었구나. 볼품없는 패배자가 아니라.

"네 엄마와 난 앞으로도 친구 사이로 지낼 거야. 너도 알지?"

과연 그럴까? 폴과 제즈의 집에서 크리스마스를 보내는 건 상상만 해도 끔찍했다. 생각해 보니 폴과 제즈라는 이름도 어린이 만화에 나오는 주인공처럼 들렸다.

"네."

"그리고 나도 항상 네 옆에 있을 거야."

딜런은 내 진부한 표현을 놀리지 않았다. 진심을 알아주는 게 느껴졌다. 딜런과 지금의 관계가 형성되기까지 정말 힘들고 오랜 시간이 걸렸지만 항상 딜런을 진심으로 대했다. 처음에는 딜런과 친해지는 방법을 몰라 엄청나게 헤맸었다. 부모님은 따뜻한 포옹이나 "사랑해" 같은 애정 표현 대신, "밖에서 놀아. 눈 좀 맞는다고 안 죽어"같이 실용적이고 무뚝뚝한 북부 스타일로 날 키웠다. 하지만 돌이켜 보면 이 양육 방식은 딜런과 친해지는 데 전혀 도움이 되지 않았다. 딜런은 그맘때 나와는 달리 영리하면서도 괴짜 기질이 있었고, 매사에 열정적이며 진지했다. 난 학교에서 욕설을 내뱉고 성적 농담이나 떠들던 허풍선이 광대였다. 니콜라스 벨처라는 내 이름 때문에(트림을 의미하는 '벨치belch'를 빗댄 농담-옮긴이) 학교에서 살아남는 법을 비교적 빨리 터득한 편이었다. 그 덕에 가끔 이상한 욕설을 듣는 경우를 제외하면 학교 불량배 패거리의 표적이 되는 걸 피할 수 있었다.

예민한 기질을 가진 딜런에게는 나 같은 운이 따르지 않았다. 딜런은 학교에서 못된 패거리에게 육체적, 정신적으로 심하게 시달렸다. 그리고 수년간 학교에서 입은 상처를 폴에게 숨겨왔다. 하지만 딜런의 열다섯 번째 생일 바로 전날, 그간의 모든 충격이 딜런을 미친 듯이 덮쳤다. 그날 저녁 원래 폴과 난 폴의 부모님이 이사하는 걸 돕기로 했었다. 그런데 이상하게 배가 아파왔고 몸이 갑자기 안 좋아져 집으로 돌아왔다. 대문을 열자마자 뭔가 잘못됐다는 느낌을 받았다. 딜런의 음악 취향은 지극히 대중적인 팝송이었는데, 그때 집 안에는 드라마 〈이노

센스 프로젝트〉에 나오는 시끄러운 음악이 쿵쿵 울리고 있었다. 어쩐지 집 안 분위기가 싸했다. 위층으로 올라가 딜런의 방문을 두드렸지만 대답이 없었다. 차가운 공포가 날 감쌌다. 벌컥 문을 열자 손에 비닐봉지를 든 채 토스카나풍 기둥에 올가미를 달고 있는 딜런이 보였다. 시선이 마주친 우리 둘은 그대로 얼어붙었으나 곧 동시에 "제기랄" 같은 말을 내뱉었다.

딜런은 폴에게 말하지 말아달라고 간청했다. 그 누구의 엄마에게도 감춰선 안 되는 큰 사건이었지만, 딜런을 이런 끔찍한 행동까지 몰고 간 원인을 반드시 밝혀내고 해결해야 한다는 엄중한 경고와 함께 비밀을 지켜줬다. 난 차분하지만, 법적 소송까지 갈 수 있다는 위협적인 말로 학교에 강력히 항의했다. 심리상담소 밖에 앉아 안에서 작게 들려오는 목소리에 필사적으로 귀를 기울였고, 딜런이 대학을 중퇴하고 디자인 전문학교로 옮길 때도 그의 편을 들었다. 이 일로 폴과 나 사이는 더 멀어지게 된 반면, 생사가 걸린 문제를 함께 해결하며 딜런과 나 사이는 끈끈해졌다. 살면서 그때 일을 다시 꺼낸 적은 없지만, 항상 내 가슴속에 남아 있었다. 딜런과 난 많은 걸 함께 헤쳐왔다. 미술관 큐레이터가 된 딜런은 지금 자신과 자기 삶에 진심으로 만족하며 사는 것 같았다. 심지어 내가 한창 선생으로 일할 때 받던 월급의 두 배를 벌고 있으니 결국 모든 일이 잘 해결된 셈이었다. 적어도 딜런 입장에서는.

마리화나 담배를 들이마시는데 딜런이 자기도 달라고 손짓했다.

"닉……, 요새 젊어진 것 같아요."

"쓸데없는 소리."

"아니에요. 진짜로요. 이제 스트레스도 덜 받고 닉답게 살고 있잖아요."

"글쎄……, 약에 점점 취하고는 있지."

"어쩌면 드디어 끝났다는 안도감 때문일 수도 있어요."

"그게 무슨 말이니?"

"두 분은 서로 감정 없이 반복적인 삶을 살고 있었을 뿐이잖아요. 행복해 보이지 않았어요. 지루했겠죠."

"그렇게 티가 났니?"

"네. 적어도 이제부터는 행복한 척하지 않고 살아갈 수 있어요."

누군가에게 비에 대해 털어놓고 싶었다. 그 누군가가 딜런이어서는 안 됐지만, 결국 입 밖으로 말이 나와버렸다.

"어떤 여자를 좀 알게 됐어. 아, 그런 식은 아니고."

황급히 말을 덧붙였다.

"엄마를 두고 바람피운 건 아니야. 그건 폴의 전문 분야지."

잘한다, 닉. 딜런을 흘끗 봤다.

"미안하다."

"괜찮아요. 사실 바람피운 사람은 엄마 맞잖아요. 그것도 그 남자랑. 제즈라니. 웩."

"제즈를 좋아하는 줄 알았는데."

"진짜 따분한 인간이죠."

따분한 인간이라 이거지? 딜런의 거침없는 말에 마음이 풀렸다. 그래, 내가 이렇게 옹졸한 인간이다.

"그래서, 어떤 사람이에요?"

"우연히 온라인에서 만났어. 꽤 오랫동안 얘기를 주고받았지. 그냥 메일로만."

마리화나 때문에 혀가 둔해졌다.

"하지만 뭔가…… 특별한 게 느껴졌어. 그런데 그녀가 날 만나고 싶대."

"그럼 만나보세요."

난 왜 이렇게 망설이는 걸까? 물론 두려움이 제일 컸다. 내가 비의 기대에 못 미친다면? 또 한편으로는…… 내 얕은 생각 때문이었다. 비의 외모를 추측할 수 있는 개인정보들을 메일에서 조금씩 얻었었다.

그런데 만약 비가 생각보다 매력적이지 않다면, 난 실망할까? 그래. 조금은. 아니, 왜 거짓말을 하는 거지?

"내가 그녀와의 관계를 망칠까 봐 두려워. 그리고 둘 사이에 성적 긴장감이 없을까 봐 그것도 두렵고."

이런, 제기랄. 말해버렸다.

딜런은 십 대처럼 날 보고 놀리듯 눈알을 한 바퀴 굴렸다.

"닉, 원하면 언제든 외로운 싱글로 돌아갈 수 있어요."

어이구, 인생 선배구먼.

"그녀를 사랑해요?"

"말했잖아. 어떻게 생겼는지도 모른다고."

"알려면 알아낼 수도 있잖아요?"

"있지, 나 곧 알 수 있을 것 같아."

※

보낸 사람: NB26@zone.com

받는 사람: Bee1984@gmail.com

만납시다!

보낸 사람: Bee1984@gmail.com

받는 사람: NB26@zone.com

정말요?

보낸 사람: NB26@zone.com

받는 사람: Bee1984@gmail.com

물론이죠. 언제 만날까요? 당신이 결정해요. 알다시피 내 사회적 일정은 꽤 여유로우니까요.

보낸 사람: Bee1984@gmail.com

받는 사람: NB26@zone.com

화요일이나 수요일 어때요? 이때는 고객 약속이 없어요. 그런데 닉, 정말 괜찮아요? 부담 주고 싶지 않아요. 지금 이대로도 좋으니까요. 당신이 이 관계를 망치고 싶어 하지 않아도 이해해요.

보낸 사람: NB26@zone.com

받는 사람: Bee1984@gmail.com

난 마음 굳혔어요. 이제 와서 용기를 뺏는 말은 하지 말아요…….

두 날 다 가능해요. 어디서 보죠? 내가 런던으로 가도 좋을 것 같네요. 당일치기 여행으로 생각하죠. 이 쓰레기 같은 상황에서 벗어날 수 있는 좋은 핑곗거리가 될 것 같아요.

보낸 사람: Bee1984@gmail.com

받는 사람: NB26@zone.com

음……, 유스턴역 시계 밑에서? 아니면 당신이 좋은 데로 정해요.

보낸 사람: NB26@zone.com

받는 사람: Bee1984@gmail.com

시계 밑 좋아요. 어떻게 당신을 알아보죠?

보낸 사람: Bee1984@gmail.com

받는 사람: NB26@zone.com

빨간 코트를 입고 나갈게요. 분명 거대한 종과 구부정한 등 때문에 당신을 바로 알아볼 거예요.

보낸 사람: NB26@zone.com

받는 사람: Bee1984@gmail.com

　빨간 코트만으로도 당신을 알아볼 수 있을까요?

보낸 사람: Bee1984@gmail.com

받는 사람: NB26@zone.com

　난 슈퍼모델은 아니에요. 당신 질문이 그런 뜻이라면요. 문제가 되나요?

보낸 사람: NB26@zone.com

받는 사람: Bee1984@gmail.com

　당신이 슈퍼모델이라면 그게 문제가 될 것 같은데요. 내가 콰지모도는 아닐지라도 엄밀히 말해 제이슨 프레이도 아니거든요.

보낸 사람: Bee1984@gmail.com

받는 사람: NB26@zone.com

　그건 누구죠?

보낸 사람: NB26@zone.com

받는 사람: Bee1984@gmail.com

　영화배우요. 전 프로레슬링 선수이기도 하고.

보낸 사람: Bee1984@gmail.com

받는 사람: NB26@zone.com

　아, 그렇군요. 그런데 미리 사진이나 전화번호, 왓츠 앱 아이디를 교환하고 싶다면 그것도 가능해요.

보낸 사람: NB26@zone.com

받는 사람: Bee1984@gmail.com

아니요. 그냥 만나죠. 여기까지 와서 마지막 순간에 겁먹을 이유는 없죠.

보낸 사람: Bee1984@gmail.com

받는 사람: NB26@zone.com

아……, 닉! 트위드 양복을 입고 와요. 감히 부탁해 봅니다…….

보낸 사람: NB26@zone.com

받는 사람: Bee1984@gmail.com

요청이 수락됐습니다. 벌써 떨리네요. 기대감 때문에요.

당신과의 만남을 기대하며.

비

드디어 그날이 왔다……. 하나님 맙소사. 뭐부터 해야 하지?

레일라는 쌍둥이를 친정엄마에게 잠깐 맡기고 응원차 아침부터 와 있었다. 레일라가 침대에 앉아 있는 동안 난 옷을 예닐곱 번쯤 갈아입어야 했다. 위층에서 마그다가 한동안 치지 않던 피아노로 잔잔한 곡을 연주하고 있었다. 조율이 필요한 듯 피아노에서 음정이 맞지 않는 소리가 났다. 마치 저예산 영화의 배경음악처럼 불길하게 들렸다.

"머리를 하나로 묶을까, 풀까?"

"당연히 풀고 가야지."

나와 달리 레일라는 타고난 내 곱슬머리를 사랑했다. 몇 년 전 머리카락을 짧게 자르자 크게 화를 내기도 했다.(네이트도 화를 냈다. 날 하나하나 조종하려던 개자식이었으니까.) 아침에 면도한 겨드랑이가 따끔거렸다. 겨드랑이뿐 아니라 다른 신체 부위도 슈퍼마켓에서 파는 닭처럼 깨끗하게 털이 뽑혀 신선하게 반들거렸다. 틴더를 지운 후로 이런 망할 짓은 더 이상 하지 않을 줄 알았는데……. 혹시나 닉이 집에 올 경우를 대비해 거의 밤새 아파트를 치우고 숨기고 싶은 물건들(장난용 바이브레이터, 최악의 자립 지침서, 욕실 선반의 먼지 쌓인 화장품)을 정리했다.

견본 천과 작업 중이던 드레스가 사라지니 중세풍 모조 가구들(네이트의 선택이었다.)이 새삼스레 삭막하고 딱딱하게 보였다. 데이비드 보위 이불만이 집 안에서 유일하게 알록달록한 물건이 됐다. 《지기 스타더스트》 앨범 속 보위가 매력적인 눈으로 날 뚫어져라 바라보고 있었다. 집에 책은 많지 않다. 닉이 이걸로 날 평가할까? 어쨌거나 그는 작가니까. 전에 닉이 좋아하는 소설 목록을 보내준 적이 있었다. 한 권은 내가 읽은 책이었고,(『호밀밭의 파수꾼』) 한 권은 아마존에서 주문했다.(『모든 것이 산산이 부서지다』) 나머지 한 권은 아직 찾는 중이었다.(줄리엣 보이드의 『잔지바르』) 인터넷 어느 사이트에서도 찾을 수 없었지만, 또 하나의 이상 신호인 줄 모른 채 그냥 절판됐다고만 생각했다.

클라리스는 치우지 않고 원래 있던 대로 창가에 둘 것이다. 다시는 창고로 보내지 않겠다. 이건 절대 타협할 수 없는 문제였다.

빨간 코트는 새로 세탁해 놨고 이베이에서 검정 앵클부츠도 샀다. 그리고 속옷에도 투자했다. 꽤 오랜 고민 끝에 M&S에서 너무 야하지도 않고 그렇다고 너무 얌전하지도 않은 속옷을 골랐다. 마침내 레일라와 난 드레스를 정하는 데 성공했다. 내가 대학 때 만든 미니 검정 드레스로, 그때는 딱 맞았지만 지금은 약간 헐렁했다. 주변 일 때문에 정신이 없어서 나도 모르는 새 살이 빠진 것 같았다.

"비, 너 눈부시게 예쁘다."

"태어나서 한 번도 눈부셔 본 적이 없는데?"

"글쎄, 나한테는 그렇게 보이네. 비, 혹시 잘 안 되더라도 너무 실망하지 마. 알았지?"

"실망 안 해."

거짓말쟁이.

"조심해. 혹시나 안 좋은 조짐이 느껴지면 사람 많은 공간으로 가. 그리고 재빨리 내게 전화해. 그게 아니더라도 그 남자가 바보 천치라

구조가 필요하면 문자 보내. 나랑 쌍둥이 악마가 바로 출동해서 널 데리러 갈게."

레일라가 날 꼭 안아줬다.

"사랑해."

레일라가 밖으로 나간 후 아파트 골목 끝까지 걸어가 길모퉁이를 돌아 사라질 때까지 지켜봤다. 맞은편 길에 경찰차가 평소보다 불길한 소리를 내며 주차하고 있었다. 차 안에는 여자 두 명이 담배를 피우며 웃고 있었다. 난 고데기로 머리카락을 한 가닥 한 가닥 곧게 펴면서 시간을 때웠다. 이유도 없이 마음 한구석이 무거워져 멍하니 있다 몇 번이나 머리카락을 태우기도 했다. 집을 나서며 마그다의 집 창문을 올려다봤다. 조나스가 창문에 손가락을 쫙 붙인 채 나를 내려다보는 모습이 마치 어린아이 같기도, 감옥에 갇힌 죄수 같기도 했다.

유스턴광장 역까지 보통 이십오 분이면 갔지만 시간 안에 안전하게 도착하기 위해 한 시간 전에 출발했다. 전철 안은 사람들로 점점 가득 찼는데 남녀노소 할 것 없이 모두 휴대폰만 보고 있었다. 그들의 얼굴을 바라보며 이 중 누군가도 인생을 바꿀 만한 사람을 만나러 가는 길인지 괜스레 궁금해졌다. 그렇게 안절부절못하다 다른 사람들처럼 귀에 이어폰을 꽂고 데이비드 보위의 〈라이프 온 마스?〉를 반복해서 들었다. 데이비드 보위는 우리를 이어준 공통점 중 하나였지만 지금 보위의 노래는 오히려 날 더 긴장시켰다. 지하철에서 유스턴가로 나왔을 때, 비가 내리기 시작했다. 난 길거리 걸인 앞에 잠시 멈춰 컵에 잔돈을 넣어주었다. 그냥 좋은 업보를 쌓아 행운을 빌려는 간절한 마음이었다. 약속 시간 십오 분 전, 내 모습을 확인하기 위해 화장실로 향했다. 화장실 조명 아래 내 피부는 병자처럼 보였고 열심히 손질한 머리 모양도 비 때문에 무용지물이 돼 있었다.

괜찮아. 심호흡 좀 하고. 이제 가보자.

유스턴역사의 전자시계 바로 아래 섰다. 땀이 흐르지 않게 계속 신경 쓰며 시계 숫자가 딸각 바뀌는 걸 쳐다봤다. 역에서 안내 방송이 나올 때마다 기차 시간표를 보려는 사람들이 내 주변으로 몰려들었다가 작은 벌떼처럼 각자 플랫폼으로 무리 지어 이동했다. 패스트푸드 냄새와 담배 연기가 역사 문틈으로 들어왔다. 모든 감각이 예민해졌다. 이제 거의 다 됐어. 곧 앞으로의 인생이 바뀔 수도 있는 순간이야. 똑딱. 똑딱. 시계가 12시 정각을 알렸다.

닉

그날은 내가 나처럼 느껴지지 않았다. 싫다는 게 아니라 어쩔 수 없이 그렇게 느껴졌다. 딜런은 며칠간 소중한 휴가까지 써가며 열과 성을 다해 날 자기 마음대로 끌고 다녔다.

"그 여자분이 디자이너라고 했죠? 닉, 평소처럼 입고 나가면 아마 백 미터 밖으로 도망쳐 버릴걸요."

"그러면 한잔해야지. 사실 그녀가 트위드 양복을 입으라고 부추기긴 했어. 농담조긴 했지만."

'새아빠의 변신'은 딜런에게도 상당한 도전 과제였지만 그 녀석은 매 순간 즐거워했다. 우리는 자선단체에서 운영하는 구제 옷 가게 여러 곳을 드나들었다. 가게에서 난 하품을 하며 서 있거나 카디건 코너를 능숙하게 훑는 노부인들을 구경했고, 딜런은 남성복 코너를 샅샅이 뒤졌다. 우리는 암 환자를 위한 자선단체가 운영하는 가게에서 바로 그 양복을 발견했다. 1950년대 스타일에 조끼까지 갖춰 입는 멋진 트위드 양복이었다. 비좁은 탈의실에서 나왔을 때 다른 쇼핑객들이 감탄하는 소리가 들렸다.

"정말 훌륭하네, 멋쟁이 양반."

카디건을 고르던 할머니가 큰 소리로 외쳤다. 그 양복은 딜런의 말처럼 '운명같이' 내게 딱 맞았다. 딜런은 양복 안에 입을 셔츠를 찾으러 곧바로 다시 남성복 코너로 사라졌다.

양복이 조금 따끔거리기는 했지만, 십 대 때 창고 매장에서 마구잡이로 고른 그런지룩 스타일 옷에서 나던 이상한 냄새 같은 건 없었다. 이 트위드 양복이 나보다 나이는 많을지언정 상태는 훨씬 좋다는 걸알 수 있었다. "옷이 사람을 만든다." 돈으로 '서민층'을 깔보고 레스토랑을 엉망으로 만드는 등 재미를 위해 무슨 짓이든 하는 특권층 자제를 위한 불링돈 보이 클럽의 일원이 된 느낌이었다.

트위드 양복쟁이 전 개자식 버나드가 지금 내 모습을 봤다면 꽤 웃겼을 텐데.

옷을 고른 후, 딜런은 날 고급 미용실로 끌고 갔다. 개인 스타일리스트처럼 내 주변을 뼁뼁 돌더니 무뚝뚝한 미용사에게 이것저것 주문했다. 그 후에는 한술 더 떠 40유로나 되는 치아 미백을 하라고 주장했다. 전기 고문 의자 같은 곳에 묶여 잇몸이 따끔거리는 고통을 견디며 턱받이에 침을 질질 흘린 끝에 삼십 년 동안 담배와 커피로 착색된 치아 얼룩에 작별을 고했다.

이제 난 완전히 새로운 사람이 됐다. 죽은 사람의 옷을 입은 새로운 사람이랄까.(아직도 그 양복은 간직하고 있다.)

전날 밤은 거의 잠을 이루지 못했다. 결국 잠을 포기하고 새벽 5시에 일어나 손가락이 쭈글쭈글해질 때까지 샤워를 했다. 두 번이나 턱을 벤 끝에 깨끗하게 면도도 했다. 그리고 트위드 양복을 걸쳐 입었다. 마지막으로 헤어젤을 이용해 새로 다듬은 머리카락(옛날 양복 스타일에 맞춰 앞머리는 길게, 뒤와 옆머리는 짧게 쳤다.)을 고정한 후 로지를 데리고 릴리 부인에게 갔다. 로지를 하룻밤만 맡아달라고 부탁하자, 릴리 부인은 다 안다는 듯 윙크를 날리며 쉽게 승낙했다. 새로 산 양복을 보고 늙은 여우처럼 큭큭 대며 웃었지만 누구를 만나러 가는지는 묻지 않았다. 다만 날 배웅하며 작게 중얼거릴 뿐이었다.

"저번처럼 고집 센 여자는 아니길 바라네."

난생처음으로 일등석 기차표를 끊었다. 사기가 오르는 기분이었다. 지친 표정의 열차 승무원이 나눠준 아침 '무료' 샌드위치를 무시한 일등칸 승객 사이에는 우쭐거리는 동질감이 흘렀다.

기차에서 읽을 책을 한 권 가져왔지만 도저히 집중할 수 없었다. 비와 눈을 마주치자마자 서로를 알아볼 수 있을까? 왜 아니겠는가? 어찌 됐든 우리에게는 요양원 간호사가 엉덩이를 닦아줄 동안에도 회상할 만한 탄탄한 '첫 만남 얘기'가 이미 존재했다.(당연히 '첫눈에 반하는 일' 말이다. 엉덩이 닦아주는 일이 아니라.) 첫눈에 성욕이 생긴 적은 있었지만, 그거야 누구나 경험하는 일 아닌가? 하지만 첫눈에 사랑에 빠진다? 진실한 사랑을 나누고? 그건 아니지.

다른 승객은 본전을 뽑겠다는 욕심으로 열심히 미니 레드와인과 진토닉 캔을 따고 있었지만, 난 유혹을 견뎌냈다. 술 냄새나 풍기며 비 앞에 서고 싶지 않았다. 대신 상표 없는 콜라를 한 캔 따서 홀짝홀짝 마셨다. 하지만 이건 정말 좋지 않은 생각이었다. 카페인이 온몸의 신경을 더 날카롭게 했다.

그때 기차 스피커에서 신호음이 딩동 들렸다.

"우리 기차는 현재 유스턴역에 진입하고 있습니다."

비는 리즈와 유스턴 사이에 직통열차가 없다고 생각하는 듯했다. 하지만 유스턴역에서 불과 몇 분 떨어진 곳에 드디어 내가 도착했다.

부지런한 승무원이 곧 몰려올 다음 일등칸 멍청이들에 대비해 통로를 바쁜 걸음으로 지나다니며 테이블 위를 치웠다. 내가 고맙다고 인사하자, 승무원은 깜짝 놀라 눈을 껌뻑거리다 곧 의례적인 웃음을 지었다.

"양복이 멋지네요."

"감사합니다. 특별히 산 양복이에요."

"좋은 데 가시나 봐요?"

"좋은 사람을 만나러 가죠."

제발 내 말이 맞기를.

※

보낸 사람: NB26@zone.com

받는 사람: Bee1984@gmail.com

늦나요?

보낸 사람: Bee1984@gmail.com

받는 사람: NB26@zone.com

같은 질문을 하려던 참이었어요! 저 도착했어요. 시계 바로 밑이에요.

보낸 사람: NB26@zone.com

받는 사람: Bee1984@gmail.com

저도요.

보낸 사람: Bee1984@gmail.com

받는 사람: NB26@zone.com

모자 쓴 키 큰 남자가 당신인가요?

보낸 사람: NB26@zone.com

받는 사람: Bee1984@gmail.com

키가 크긴 하지만 모자는 안 썼어요. 당신이 요청한 대로 트위드 양복에 조끼까지 갖춰 입고 왔죠. 그나저나 이 옷 정말 따끔거리네요.

보낸 사람: Bee1984@gmail.com
받는 사람: NB26@zone.com
　안 보여요. 유스턴역에 있는 거 확실해요?

보낸 사람: NB26@zone.com
받는 사람: Bee1984@gmail.com
　확실해요. 엄청 큰 표지판이 여기저기 있거든요.
　당신은 어떻게 입고 있죠?

보낸 사람: Bee1984@gmail.com
받는 사람: NB26@zone.com
　빨간 코트요. 말했듯이. 저 눈에 확 띄어요. 초록 스카프를 매고 부츠를 신고
있어요. 마구 엉킨 검은 머리예요.

보낸 사람: NB26@zone.com
받는 사람: Bee1984@gmail.com
　잠깐만요……. 아니다. 당신이 아니네요.

보낸 사람: Bee1984@gmail.com
받는 사람: NB26@zone.com
　저 시계 바로 밑에 있어요!! 프렛 반대편이에요.

보낸 사람: NB26@zone.com
받는 사람: Bee1984@gmail.com

어디 반대편이요?

보낸 사람: Bee1984@gmail.com
받는 사람: NB26@zone.com
프렛이요. 프렛 아 망제요. 먹을 거 파는.

보낸 사람: NB26@zone.com
받는 사람: Bee1984@gmail.com
안 보이는데요. 이런 제기랄! 안내 창구 앞으로 가볼게요.

보낸 사람: NB26@zone.com
받는 사람: Bee1984@gmail.com
이제 나 보여요? 지금 손 흔들고 있어요.

보낸 사람: Bee1984@gmail.com
받는 사람: NB26@zone.com
아니요. 전화번호 보내봐요. 내가 전화할게요. 이거 진짜 미치겠네요!

보낸 사람: NB26@zone.com
받는 사람: Bee1984@gmail.com
90897886544

보낸 사람: Bee1984@gmail.com
받는 사람: NB26@zone.com
0번으로 시작 안 해요?

보낸 사람: NB26@zone.com
받는 사람: Bee1984@gmail.com
　?
　이게 늘 쓰던 번호인데요.

보낸 사람: Bee1984@gmail.com
받는 사람: NB26@zone.com
　계속 신호만 가는데요.
　당신이 나한테 전화해 봐요. 0876567553

보낸 사람: NB26@zone.com
받는 사람: Bee1984@gmail.com
　바로 해볼게요.

보낸 사람: Bee1984@gmail.com
받는 사람: NB26@zone.com
　아직 안 했어요?

보낸 사람: NB26@zone.com
받는 사람: Bee1984@gmail.com
　세 번이나 했어요. 통신 상태가 안 좋은 거 아니에요??

보낸 사람: Bee1984@gmail.com
받는 사람: NB26@zone.com
　진짜 미치겠네요. 지금 당신이 있는 곳을 사진 찍어서 보내보세요.

보낸 사람: NB26@zone.com

받는 사람: Bee1984@gmail.com

　받았어요?

보낸 사람: Bee1984@gmail.com

받는 사람: NB26@zone.com

　아무것도 안 왔는데요.

보낸 사람: NB26@zone.com

받는 사람: Bee1984@gmail.com

　전송 완료인데……. 내가 진짜 엄청 큰 소리로 "비!"라고 외칠게요. 하나, 둘,
셋.

보낸 사람: NB26@zone.com

받는 사람: Bee1984@gmail.com

　들었어요?

보낸 사람: Bee1984@gmail.com

받는 사람: NB26@zone.com

　아니요.

보낸 사람: NB26@zone.com

받는 사람: Bee1984@gmail.com

　들렸어야 하는데. 사람들이 날 정신 나간 놈처럼 보고 있어요.

　우리 둘 다 같은 장소에 있는데 어떻게 서로 못 찾는 거죠?

보낸 사람: Bee1984@gmail.com

받는 사람: NB26@zone.com

　찾을 수 없는 거죠.

보낸 사람: NB26@zone.com

받는 사람: Bee1984@gmail.com

　22번 플랫폼으로 와요. 번호판 밑에 서 있을게요.

보낸 사람: Bee1984@gmail.com

받는 사람: NB26@zone.com

　유스턴역에 22번 플랫폼은 없어요.

　이제 이게 다 무슨 일인지 알겠네요.

보낸 사람: NB26@zone.com

받는 사람: Bee1984@gmail.com

　?

보낸 사람: Bee1984@gmail.com

받는 사람: NB26@zone.com

　나 갖고 계속 장난친 거야. 내 말이 맞지? 내가 완전 웃음거리가 된 거지. 엿 먹어라. 개자식 같으니. 가서 엿이나 처먹어!

보낸 사람: NB26@zone.com

받는 사람: Bee1984@gmail.com

　비? 나 진짜 유스턴역에 있다고요! 장난치는 거 아니에요.

보낸 사람: NB26@zone.com

받는 사람: Bee1984@gmail.com

비?

보낸 사람: NB26@zone.com

받는 사람: Bee1984@gmail.com

[수신인에 의해 차단됐습니다.]

2부

노팅 헬

베렌스타인협회 회의록
2019년 4월 15일 맨체스터 라이브스톡가 5번지

- 서기: 켈빈 오두아
- 의장: 헨리에타 맥
- 그 외 참석자: 제프리 글리슨, 데비 고프, 아이작 프렌치
- 불참자(사과의 말을 전함.): 아딜 싱

회의는 지난달 회의록 요약과 데비 고프의 협회 강령 낭독으로 시작했다.

나(켈빈 오두아)는 오늘의 주요 안건을 상정했다. 2019년 4월 1일, 니콜라스 벨처(이하 니콜라스)라는 45세 남성(현재 무직)이 '비정상적 문제에 대한 도움'을 요청하며 협회에 연락해 왔다.(부록 1a 참조) 2017년 6월 13일 회의(부록 1b/17 참조)에서 의결한 대로 보안에 충분히 주의를 기울이며 아이메일과 전화로 니콜라스와 연락하기 시작했다.

니콜라스는 자신이 잘못 보낸 아이메일로 인해 '우연히' 어떤 여성

과 메일을 주고받게 됐다고 서술했다. 니콜라스와 이 여성은 몇 주 동안 매일 연락했다. 점차 서로에 대한 호감이 커지면서 둘은 마침내 유스턴역에서 직접 만나기로 했지만 이 여성은 약속 장소에 나오지 않았다. '분명 약속 장소에 나왔다고 주장했고 본인 역시 그녀의 말을 믿지만' 약속 장소에 그녀는 없었다. 니콜라스가 '비' 혹은 '레베카'라고 알고 있는 이 여성은 '웨딩드레스 리폼' 사업을 하며 런던 서부 지역에 산다고 했다. 그녀의 이름이 들어간 비슷한 종류의 사업체를 여럿 검색했지만 정보가 일치하는 업체는 찾지 못했다. 그녀가 거짓말을 했을 가능성도 있겠지만, 니콜라스는 '본능적으로' 비가 진실한 사람이라고 생각했다.

혼란에 빠진 니콜라스는 둘이 나눈 이메일을 다시 읽어보다 '그때는 이상하다고 생각했을 뿐 심각하게 여기지 않았던' 몇 가지 특이점을 발견했다. 특이점은 아래와 같다.

비는 '틴더'라는 데이트 '앱'을 사용했다.
비는 '러브 아일랜드'라는 (솔직히 괴상한) 티브이 프로그램을 언급했다.
비는 계속해서 책 제목을 '약간 틀리게' 말했다.
비는 유명 배우 제이슨 프레이를 전혀 알지 못했다.
비는 유스턴과 리즈 사이에 직행열차가 없다고 생각했다.
비는 유로 대신 '파운드'를 화폐로 사용했다.
가장 이상한 점은 최근에 (불운하게도) 환경파괴 죄목으로 기소당한 미국의 갑부, 도널드 트럼프가 미국 대통령이 됐다고 언급한 것이었다.
(이 말에 제프리 글리슨이 "[비속어] 농담하지 마"라며 화를 냈다. 난 니콜라스 역시 비의 말을 농담으로 여겼다고 대답했다.)

니콜라스는 이런 특이점을 이해하려는 마음에서 '인트라넷을 검색하다' 마침내 우리 협회를 알게 됐다. 니콜라스는 "다중우주나 다른 차원이 어딘가 있을 수 있다고는 생각하지만, 이 모든 일이 [비속어] 말이 안 되는 것 같다"고 했다.

이 발언에 아이작 프렌치가 버럭 화를 냈으나, 헨리에타 맥이 아이작 역시 진실을 받아들이기 전에는 니콜라스처럼 부정한 적이 있었다는 사실을 일깨웠다.

난 니콜라스의 주장이 사실이라면, 이 사건은 메시를 넘어 기술 통신을 이룬 최초의 사례로 기록될 거라고 발언했다. 아이작 프렌치는 '과거에 경험한 일들'을 언급하며 니콜라스가 '진실을 말했을 가능성'이 희박하다고 반박했다.

직접 확인하기 위해 헨리에타 맥이 '중립적 입장'에서 니콜라스와 만나겠다고 제안했고, 제프리 글리슨과 내가 동행하기로 했다. 또한 '또 다른 [비속어] 시간 낭비 사기꾼'이 아닌지 확인하고자 제프리 글리슨이 니콜라스를 감시하겠다고 자원했다.

닉

절망과 희망. 훗날 유스턴게이트로 불리는 사건 이후, 몇 주 동안 내게 아주 친숙해진 두 단어였다. 절박한 사람이 종교를 찾거나 외계인이나 음모론을 신봉하는 이유가 이제 이해된다. 때로는 이성적인 답만으로는 들어맞지 않는 문제가 있기 때문이다. 간혹 우리는 고정관념을 탈피해 생각해야 한다. 절망과 희망이라는 동전의 양면은 날 고정관념의 틀 밖으로 인도했다. 즉 베렌스타인협회 사람들을 만나러 윌로우 그린 텃밭으로 향하는 중이었다. 단언컨대 가장 마음이 넓은 사람조차 '분노에 찬 미친놈들'이라고 딱지를 붙일 만한 사람들이 한 무더기 날 기다리고 있었다.

하지만 먼저 이전 상황으로 돌아가 보자.

비참한 경험에 대해 말해보자면, 바보 같은 정장 차림으로 역내를 배회하며 영혼이 산산조각 나는 동안 휴대폰 화면이나 멍청히 들여다보고 있는 일이야말로 세상에서 가장 비참할 것이다. 난 바로 다음 기차를 타고 집으로 돌아갔다. 기차역 경비원이 점점 수상하다는 듯 주시하는 데다 달리 뭘 해야 할지도 몰랐다. 아까 기차에서 농담을 주고받았던 승무원이 '일이 잘 안 풀렸군요' 하듯 동정 어린 미소를 보내도 아무렇지 않게 받아넘겨야 했고, 말투가 공격적인 옆집 노부인과 마주치지 않으려 좀도둑처럼 살금살금 이웃집을 지나야 했으며, 이제 곧 남의 소유가 될 삭막하고 텅 빈 집에 들어가 만남이 어땠는지 물어보는 딜런의 문자에 거짓으로 답을 해야 했다.([아주 좋아! 그녀가 마음에 들어.]) 그날 밤 외출한다고 폴에게 문자 보낸 사실을 잊은 탓에, 부엌 식탁에 앉아 폴이 장모를 위해 사놓은 크리스마스 진 마지막 병을 퍼마시던 중 짐을 챙기러 온 곧 전처가 될 폴의 놀란 눈을 마주해야 했다. 이 엄청난 수치심은 누군들 잊지 못할 것이다.(뭐 그래도 제즈가 함께 오지 않은 것만도 다행이었다.)

폴은 날 보고 깜짝 놀랐다.

"늦게까지 밖에 있을 거라고 하지 않았어?"

"그랬지. 그런데 일찍 왔어."

"왜?"

"어딘가 안 좋은 것 같아서."

의학적 용어로 실연의 상처라고 하지, 아마.

"아파 보이지는 않는데."

"고마워. 그냥 그런 느낌이 들어서."

"그런데 지금 대체 뭘 입고 있는 거야?"

"어떻게 보이는데?"

"50년대 사교 행사에 가려는 복장 같아. 로지는 어디 있어?"

"릴리 부인이 데리고 있어."

폴이 눈살을 찌푸렸다.

"그거 내가 엄마 주려고 사놓은 진이야?"

"맞아."

폴이 교사다운 눈빛으로 날 응시했다.

"닉, 무슨 일이야?"

"별일 없는데. 요새는 도망간 아내를 둔 남편이 후진 양복을 입고 후진 술을 퍼마시려면 조사라도 받아야 하는 건가?"

폴이 콧방귀를 꼈다.

"도망간 아내를 둔 남편이라니. 무슨 그런 말이 다 있어. 누가 요새 그런 말을 해?"

"뭐 그렇다면. 낡은 양복에 낡은 말이네."(이쯤부터는 발음이 꼬이기 시작했다.) "평화롭게 짐 쌀 수 있게 창고에나 가 있을까?"

"괜찮아. 그냥 신분증 챙기러 왔을 뿐이야."

"차 마실래?"

"우유 있어?"

"당연히 없지."

폴은 잔을 꺼내 맞은편에 앉아 술을 조금 따랐다. 오늘 폴을 마주친 바로 그 순간 (충격은 둘째 치고) 폴이 뭔가 미묘하게 달라졌다는 생각이 들었다. 겉모습이 바뀐 건 아니어서(자신에게 어울리는 게 뭔지 잘 아는 폴은 헤어진 후에도 섣불리 외모에 변화를 주지 않았다.) 뭐가 달라졌는지 알아내는 데 꽤 시간이 걸렸다. 폴의 분위기와 보디랭귀지가 훨씬 편안하고 느슨해 보였다. 마치 나란 존재가 폴이 수년간 짊어지고 다닌 무거운 짐덩어리였는데, 이제 날 내려놓고 나니 움직임이 훨씬 가볍고 편해진 것 같았다. 지난번 부엌에서 변신 전야제로 딜런과 은밀한 회동을 했을 때, 딜런 역시 내게서 비슷한 변화를 느꼈다고 했다. 지금의 내 모습을 딜런이 볼 수 없어 다행이었다. 지난 네 시간 동안 사십 년은 더 늙은 기분이었기 때문이다.

폴이 진을 한 모금 마시더니 눈살을 찌푸렸다.

"엄마는 대체 이런 술을 어떻게 마시는 거야?"

"알잖아. 30도만 넘으면 하수도 물도 드실걸."

"있지, 엄마가 며칠 전에 당신 안부를 묻더라."

"드디어 이 버러지 같은 비참한 놈을 내다 버려 기뻐하셨겠네."

"그냥 넘겨, 닉."

우리는 서로 웃고 말았다.

"딜런이 잘 받아들이고 있는 것 같아."

"진짜 그래 보여. 나 사실 딜런이 화낼까 봐 걱정했거든. 나랑 의절하고 당신 편을 들어도 놀라지 않았을 거야."

"이 일에 누구 편이란 건 없어, 폴."

속으로 움찔했다. 비에게도 완전히 똑같이 말하지 않았었나?

"딜런은 오히려 마음이 편해진 것 같아. 이런 말을 하더라고. 적어도 이젠 당신과 내가 전처럼 겉으로만 괜찮은 척 지낼 필요가 없어졌다고."

"현명한 말이네."

"현명한 아이지. 이젠 아이가 아니라 다 큰 성인이지만. 맙소사, 우리 진짜 늙었다."

"정말이야."

폴이 술잔을 옆으로 밀었다.

"내가 당신을 좀 아는데, 무슨 일 있지? 닉, 나한테는 솔직해도 돼."

비밀을 털어놓고 싶은 마음이 정말 굴뚝같았다. 폴과 내 관계가 어떻게 변했든 우린 원래 친구 사이였다. 게다가 속을 털어놓을 다른 친구도 없었다. 릴리 부인은 생각도 할 수 없었고, 딜런 역시 더 엉망진창이 돼버린 새아빠의 헛소리를 들을 필요는 없었다. 부모님은 하늘나라에서 교외의 소시민으로 잘 지내고 계실 것이다. 우울증과 자기혐오, 그리고 자주 돈을 빌리는 바람에 친구 관계도 다 끊겼다. 폴에게 다 말할까 잠시 고민했지만, 끝내 "일 때문에 그래" 하고 몇 마디 중얼거리는 데 그쳤다. 비를 알게 된 얘기를 하면 '너만 바라보고 살진 않았어'라며 자존심을 조금 만족시킬 수는 있다. 하지만 '비 역시 너를 원하지 않았어'라는 수치스러운 굴욕감이 입을 틀어막았다. 게다가 심지어

날 차단했다는 사실에 얼마나 깊은 상처를 입었는지 설명할 재간이 없었다. 비를 완전히 잃고 나서야 그녀가 얼마나 가슴 깊이 자리 잡았는지 깨달았다.

"당신이 걱정돼, 닉."

"그러지 마. 곧 괜찮아질 거야. 진짜야, 폴. 알잖아. 그냥 습관적으로 자기 연민에 빠졌을 뿐이야."

"이제 곧 우리 사이의 여러 일들을 진짜 정리해야 해. 현실적인 문제들 말이야. 당신이 마음의 준비가 되면 알려줄래?"

"그럴게."

폴은 누나처럼 내 어깨를 툭툭 두드린 후 떠났다. 폴에게 모든 걸 털어놓는 유혹은 견뎌냈다. 대신 차선의 행동을 했다. 만약 폴에게 다 말했다면 현실적인 폴이 뭐라고 대답했을까 생각해 봤다.

"분명 그럴 만한 이유가 있을 거야, 닉."

난 분명 역에 갔었다. 내 인생이 하나의 거대한 반전 영화이고, 내가 엄청난 착각에 빠진 게 아니라면 진짜 확실히 난 역에 있었다. 세상에 유스턴역은 단 하나뿐이기 때문에 의사소통상의 실수일 가능성도 없었다. 기차역이 떠나갈 듯 목청껏 소리 지른 내 목소리를 비가 못 들었을 리도 없었다. 남은 가능성 하나는 비가 약속 장소에 나왔지만 트위드 양복을 입은 날 보고 도망가 버린 것이다. 내 자아를 완전히 뭉개버리는 가능성이었다. 하지만 내가 아는(혹은 안다고 생각했던) 비라면 그렇게 잔인하거나 겁쟁이는 아닐 것 같았다. 내 외모가 별로였다면 차라리 "우리는 친구 사이가 더 나을 것 같아요"라며 완곡한 방식으로 내 기분을 상하게 했을 수는 있다. 하지만 이렇게 날 막무가내로 사기꾼 취급하며 감자튀김 매점 앞에 얼간이처럼 계속 세워놓지는 않았을 것이다. 난 분명 유스턴역에 있었다. 비가 심약한 인생 패배자를 괴롭히기 좋아하는 사이코패스거나 사기꾼이 아닌 이상(비가 이렇다고 생각

되지도 않았다.) 비 역시 유스턴역에 있었던 게 틀림없다.

갑자기 비가 한 말이 떠올랐다. "유스턴역에 22번 플랫폼은 없어요."

이 말을 그냥 흘려버릴 수도 있었지만 설명 가능한 어떠한 이유든 찾아볼 수는 있었다.(그나저나 너무 술에 취해 바로 행동에 옮길 수가 없었다. 완전히 술이 떡이 된 채 잠이 들어 다음 날 아침에서야 로지를 찾으러 갔다. 트위드 양복쟁이의 책을 다시 써야 한다는 둥 말도 안 되는 핑계로 릴리 부인의 추궁을 간신히 피한 후, 집에 와 우선 커피를 한 사발 들이마셨다.)

창고에서 로지와 거미를 친구 삼아(따분해진 로지가 슬금슬금 집에 가버리기 전까지) 조사에 착수했다. 인트라넷을 광범위하게 검색했지만 비 혹은 레베카라는 이름의 드레스 리폼 업체는 물론, 그 비슷한 업체조차 찾을 수 없었다. 그 후 바로 비와 나눈 메일을 모조리 다시 훑었다. 지난날 우리가 나눈 대화를 보자 웃음이 터졌다가 눈물이 나왔다가 괜히 민망해지기도 했다.(대부분은 민망했다.) 메일을 쭉 살피다 마침내 '22번 플랫폼'처럼 이상한 특이점을 발견했다. 책, 영화, 정치, 기술 등 여러 분야와 관련된 대화에서 이상한 점들이 툭툭 튀어나왔다. 정확히 세보자면 모두 54개로 그냥 무시할 수 없을 정도로 많았다. 당시에는 그냥 농담이거나(예를 들면, 트럼프가 대통령이라니 그게 말이 돼?) 오타이 거나, 아니면 사람들이 흔히 하듯 아는 척이라고 생각하며 넘겼다. 누구나 무식해 보이지 않으려고 영화나 책에 대해 아는 척하곤 하니까. 하지만 그렇게 넘길 수 없는 내용조차 무시했던 과거의 내게 뒤통수를 한 대 치고 싶은 마음이었다.(예를 들어, 비가 '브렉시트Brexit'라는 단어를 썼을 때 바보같이 '비스킷Biscuit'이나 '브렉퍼스트Breakfast'의 오타라고 생각하지 말고 끝까지 확인해 봤으면 어땠을까?)

마침내 음모론자의 모임으로까지 날 이끈 건 패트리샤 하이스미스의 책 제목이었다. 『크로스 라인』과 『열차 안의 낯선 자들』. 비가 말한 제목으로 책을 찾을 수 없어서 인트라넷에 그냥 '이유 없이 책 제목이 다른 경우?'라고 검색어를 넣었는데, 쓸데없는 검색 결과 중에 옛 기사 제목 한 줄이 문득 눈에 띄었다. '동화책 한 권 때문에 평행세계에 산다고 생각하는 사람들!'이란 제목으로 베렌스타인협회를 잔인하게 폭로하는 기사였다. 기사에 따르면, 협회 회원들은 『베렌스테인 곰』이라는 책 제목의 철자를 '베렌스타인'으로 '기억'한다는 (특이하지만 아주 별것 아닌) 공통된 믿음을 갖고 있었다. 그들은 이 사실을 그냥 무시하지 않고, 이 공통된 기억이 무슨 이유에서건 자신들이 다른 세계에서 넘어온 '평행세계의 난민'이라는 증거라고 결론지었다. 잠깐 고민했지만 잃을 게 없는 나였기에(진짜 절박한 기분이었다.) 협회 인트라넷 주소를 추적해 봤다. 협회 홈페이지에도 상세 설명은 나와 있지 않았다. 『베렌스테인 곰』을 『베렌스타인 곰과 진실』이라는 불길한 제목으로 바꾼 책 표지와 넥서스 아이메일 주소만 달랑 올라와 있었다. 이제 와서 망설일 것도 없었다. '비정상적 문제 관련 도움이 필요합니다'라는 제목으로 상황을 대충 설명한 후 정신 나간 음모론 협회에 메일을 보내버렸다.

그 후 자신을 협회 총무라고 소개한 켈빈 오두아와 예상 밖의 아주 정상적이고 격식을 차린 아이메일, 딱딱하고 어색한 문자를 주고받았다. 마침내 켈빈 오두아는 '내 주장이 사실인지 판단'하기 위해 날 자신의 동료 음모론자들 모임에 초대했다.

그 결과 난 지금 외곽 텃밭 근처 벤치에 앉아 있다. 곧 쓰러질 듯한 커피 판매점 옆 곰팡이가 핀 벤치에 앉아 도대체 내가 여기서 뭐 하나 후회하고 있는 중이었다. 솔직히 커피 판매점만 열려 있었다면 시간 보내기에 꽤 괜찮은 장소였을 수도 있다. 하지만 현재는 나와 집요해 보이는 까마귀 떼를 제외하면 살아 있는 생명체라고는 보이지 않았다. 텃밭 바로 옆에는 장례식장이 있었다. 어떻게 보면 매우 적절한 장소 배치라고 볼 수 있었다. 할머니의 유골이 비료로 분해되는 걸 지켜본 후 바로 옆 텃밭으로 가 (전에 비료를 뿌려둔) 야채를 캘 수 있었다. 리즈 교외에서 이루어지는 생명 순환의 과정이랄까. 이런 허튼 생각에 빠져 두서없는 철학적 사고로 스스로를 괴롭히고 있는데 누가 내 이름을 불렀다.

너무 안 어울리는 조합이라는 사실만 빼면 내 쪽으로 오는 세 사람은 한눈에 봐도 미친 사람들의 전형적인 모습과 달라 보였다.(사실 미친 사람이 어떤 모습인지는 잘 모르겠다. 아마 이상한 모자에 덥수룩한 수염을 기르고 광대 같은 화장을 한 모습이 아닐까?) 두 남자 중 누가 켈빈인지는 너무 확연했다. 실용적인 바지에 마치 엄마가 입혀준 듯 셔츠를 속으로 깔끔히 넣고 정갈하게 안경 쓴 모습은 정확하고 격식 있는 메일 속 말투와 일치했다. 형식적인 악수를 한 후, 켈빈은 같이 온 일행, 헨리에타(나이를 가늠할 수 없고 회색 머리카락, 회색 정장, 독일인, 위협적으로 보이는 여성)와 제프리(오십 대, 민머리, 총알같이 뾰족한 두상, 두꺼운 점퍼를 걸친 다부진 체격의 사내)를 소개했다. 본 순간부터 제프리만은 확실히 이상한 기운을 풍겼다. 헨리에타나 켈빈도 우호적이라고 볼 수는 없었지만, 제프리는 처음부터 적대적이었다.

각자 소개가 끝난 후 일시적으로 모두 침묵에 빠졌다. 나 말고는 아무도 어색해하지 않는 것 같았다. 결국 이런 분위기를 견디지 못한 내가 먼저 입을 열었다.

"좋은 곳이네요. 보통 다들 여기서 모이나요? 협회 사람들 말입니다."

"하, 당연히 여기서 안 모이지."

제프리가 코웃음 치며 말했다.

"우리가 그렇게 멍청한 줄 아시오? 댁이 헛소리한 건지 확인도 안 하고 본부로 불러들이게?"

"그렇군요. 이해가 가긴 합니다."

뭐 좀 이상하기는 했지만 이해할 만했다. 내가 읽은 기사는 꽤 잔인했었다. 아무튼 편집증을 동반하지 않는 음모론이란 없으니까.

한눈에 봐도 리더로 보이는 헨리에타가 본론을 꺼냈다.

"니콜라스 씨, 재확인을 위해 질문하겠습니다. 당신의 상황을 설명해 줄 다른 가능성도 모두 고려해 보셨습니까?"

"내가 미쳤거나 그녀가 사이코패스일 가능성만 빼면, 다른 가능성은 없었습니다. 그래서 여기까지 당신들을 만나러 온 겁니다."

난 살짝 미소 지었지만 세 사람은 아무도 반응하지 않았다.

"이제 메일에서 언급한 '특이점'을 전부 자세히 설명해 주십시오."

"메일에 모두 적었잖습니까."

켈빈을 쳐다보자, 그가 조심스레 내 눈을 피했다. 켈빈 역시 나만큼이나 헨리에타를 위협적으로 보는 것 같았다. 헨리에타는 국가나 은행을 운영해야 할 사람처럼 자기 확신에 차 보였다. 이런 텃밭에서 음모론자와 비밀리에 회합할 때 만날 것 같은 사람은 아니었다.

"당신 입으로 직접 듣고 싶습니다."

살짝 그들을 훑어봤지만 예리하고 심문하는 듯한 헨리에타의 시선에 당혹감만 느꼈다.

"레베카 씨의 성이나 주소를 모르는 게 확실합니까?"

"네, 몰라요. 서로 개인정보를 교환하지 않기로 한 암묵적 규칙이 있었거든요." 난 너털웃음을 터뜨렸다. "참 어리석었죠?"

"그러네요."

허, 이렇게 나온다 이거지.

헨리에타가 불쑥 손을 내밀었다.

"제가 당신의 아이메일을 봐도 되겠습니까?"

"좀 불편할 것 같네요."

"그럼 우리 대화는 여기까지인 것 같군요."

제기랄. 헨리에타가 휴대폰을 갖고 달아날 사람처럼 보이지는 않았다. 휴대폰을 주면 달아날 것 같은 제프리는 내가 심문받는 동안 텃밭의 허수아비를 검열하러 돌아다니고 있었다.

"알았습니다. 좋다고요. 하지만 우리가 나눈 메일로 날 평가하지 마십시오."

"전 사람을 평가하지 않습니다, 니콜라스 씨."

헨리에타는 치마 주름을 매만진 후 벤치 끄트머리에 단정히 앉았다. 켈빈은 처음부터 한 장소에 못 박힌 듯 서 있었는데, 왠지 불안한 기색이 역력했다. 제프리는 담배에 불을 붙인 후 새로 사귄 허수아비(본인보다 분명 더 괜찮아 보이는) 친구 주변의 흙을 발로 차고 있었다. 처음 만난 사람이, 그것도 자신을 다른 세계에서 왔다고 믿는 사람이 내 지극히 사적인 메일을 샅샅이 훑는 일만큼 창피한 건 없을 것이다. 메일을 보는 동안 헨리에타의 얼굴에는 아무런 표정 변화가 없었다. 나와 비가 나누던 '당신이라면 차라리 뭘 선택할지' 같은 이상한 농담이 아니라 마치 일기예보 기사를 읽고 있는 듯했다. 곤두선 신경을 분산시키려고 켈빈과의 대화를 시도했다.(아니면 미친 개마냥 제프리와 서로 노려보고 있어야 할 판이었다.) 하지만 켈빈은 내적 세계 어딘가에서 정신을 잃은 듯 멍해 보였다. 혹은 '평행세계의 난민'이라고 믿는 걸 보면 다른 세계에 있는가. 그 얘기로 말문을 여는 게 낫겠다.

"켈빈 씨, 언제 처음으로 '평행세계의 난민'이라고 깨닫게 됐나요?"

켈빈은 마치 발로 한 대 얻어맞고 정신을 번쩍 차린 로봇처럼 홱 움직였다.

"십 대 후반입니다."

"철자가 잘못 쓰인 책 제목 때문에요?"

"네. 그것도 상황을 암시하는 신호 중 하나였죠."

"다른 신호도 있었나요?

"물론이죠."

추가적인 대답이 나오기를 기다렸지만, 켈빈은 아무 말도 덧붙이지 않았다.

"그렇군요. 이런…… 상황을 받아들이는 데 아무런 문제도 없었나요?"

"당연히 힘들었죠. 누구나 처음에는 의심이 들기 마련이에요."

"난 빌어먹을 문제 따윈 없었소."

제프리가 야유하듯 말했다. 박쥐처럼 엿듣고 있었던 게 틀림없었다. 그의 거친 말투에 켈빈이 움찔했다.

"그러면 이런 일이 일어날 가능성이 얼마나 되죠? 나와 비가 서로 다른 세계든 다른 차원이든 뭐든 간에 그런 상황에서 대화했을 가능성 말입니다."

"이 현상이 진짜 결함 때문에 발생한 사례인지 확인할 시간이 필요합니다."

"결함이요?"

"메시를 건너기 위해서는 결함이 발생해야 합니다."

"메시가 뭐죠?"

"우리가 이론적으로 우주 간의 공간, 혹은 서로 다른 세계 사이에 존재하는 공간을 일컫는 용어입니다."

"아, 그렇군요."

그때 헨리에타가 일어서더니 내게 휴대폰을 돌려줬다.

"잘 봤습니다. 상대방이 메일을 차단해 유감입니다. 저쪽에서도 이 상황을 인지했더라면 훨씬 유용했을 텐데요. 다시 접촉해 올 가능성이 있을까요?"

"나와 비슷한 생각이시네요, 헨리에타 씨. 제발 다시 연락이 오길 기다리고 있습니다."

"희망이란 항상 존재합니다, 니콜라스 씨."

헨리에타에게 처음으로 인간적인 면모가 보였다. 낭만적이거나 긍정적인 부류로 보이지는 않았지만, 어쨌든 이 거센 풍랑 속에서 미친 사람처럼 보이긴 해도 기댈 곳만 있다면 대환영이었다.

헨리에타는 날 베렌스타인협회의 일원으로 받아들이기 전에 내부 협의를 먼저 거쳐야 한다고 사무적인 말투로 말했다. 실상 일원이 되고 싶은 마음 따위는 없었기 때문에 그때 바로 예의 바르게 등을 돌렸어야 했는지 모른다. 비록 나중에야 깨달았지만…….

내게 뭘 해줬든 어떤 얘기가 있었든 일단 감사 표시를 한 후 그 세 명이 떠나가는 모습을 지켜봤다. 제프리는 쓰레기통에 담배꽁초를 던지고는 눈짓으로 인사했다.

공유 차량을 부르기 전에 잠시 벤치에 앉았다. 베렌스타인협회 사람들과의 만남은 좋게 포장해 이상한 기분을 안겼다. 그래도 아무런 확신도 없는 상황에서 뭐라도 해보게끔 하는 동기부여는 됐다. 권위적인 분위기 때문인지 헨리에타에게는 뭔지 모를 믿음이 갔다. 베렌스타인협회와의 만남으로 내 추측이 비와 만나지 못한 진짜 이유가 될 수도 있다고 심각하게 고려하기 시작했다. 말도 안 되는 미친 소리 같았지만 차라리 다른 세계를 믿는 게 비가 사이코패스나 사기꾼이라는 선택지보다 확실히 매력적으로 보였다. 하지만 헨리에타의 말이 옳았다. 확신을 위해서는 비와 서로 정보를 비교할 필요가 있었다. 단지 매 순간 비가 그립고 가슴이 찢어질 듯 아프기 때문만이 아니라, 이 정신 나간 음모론자 모임에 발을 들일지 말지 결정하기 위해서도 간절히 비와 다시 메일을 나누고 싶었다.

우리가 메일로 이어진 건…… 켈빈이 언급한 '결함' 때문이었을까? 아직 그 결함이 작동할까? 긍정적인 기분이 드는 걸 보니 아직 희망이 있는 것 같았다.

비

네이트와의 일 이후, 난 자기 치유 안내서(『앞으로 나아가기: 무너지지 않고 헤어지는 법』, 『산산조각 난 마음과 신화』, 『슬픔의 굴레를 깨고 나오는 법』 등)에 중독돼 슬픔의 다섯 단계를 잘 알 수밖에 없었다. 메일에서 닉의 주소를 차단한 지 몇 시간 만에 다섯 단계를 모두 경험했다. 머리, 가슴, 영혼 혹은 뭐가 됐든 이런 과정을 다시 겪어야 한다는 생각에 조바심이 났다. 가능한 한 빨리 다섯 단계를 끝내고 마음을 추스르기 위해 감정을 급하게 몰아붙였다.

1)부정: 유스턴역 시계 밑에 서 있을 때, 부정하는 감정이 가장 먼저 날 덮쳤다. '닉은 여기 있다. 분명히 여기 있어. 네가 틀렸어. 단지 못 찾고 있을 뿐이야. 닉을 차단하지 마. 지금 닉을 차단하면 안 돼.' 대신 2층 대기석 공간으로 올라가 매점에서 녹차 한 잔을 샀다. 충격을 완화하기 위해 설탕을 탄 후, 의자에 앉아 1층에서 오가는 승객들을 내려다봤다. 트위드 정장을 입은 사람을 볼 때마다 심장이 쿵쾅거렸지만 대부분 나이 지긋한 여성이거나 동행이 있었다. 녹차가 차갑게 식고 일말의 희망마저 사라질 때까지 멍하니 자리에 앉아 있었다.

2)분노: '빌어먹을 닉. 개자식. 지옥으로 꺼져버려. 유스턴광장 지하철역을 향해 사거리를 건너는데 오십 대쯤 된 고글 쓴 남자가 녹색불인데도 자전거를 타고 쌩 지나갔다. 자전거는 나뿐만 아니라 다른 보행자들까지 칠 뻔했다. 자전거 뒤에 대고 며칠간 성대가 아플 정도로 크게 고함을 질렀다. 전혀 나답지 않은 행동에 깜짝 놀랐다. 보통 분노하면 속으로 삭이며 아픈 마음을 달랬는데, 이렇게 공격적이며 입이 거친 여자가 진짜 나라고? 지나가던 택시 기사가 내게 엄지손가락을 치켜들며 "속이 다 시원하네, 아가씨"라고 하자 갑자기 기분이 좋아졌다. 하지만 속 시원함도 오래가지 못했다. 바로 다음 단계의 감정이 덮쳐왔기 때문이었다.

3)타협: 해머스미스행 전철을 기다리는 동안 선로 작업으로 열차 도착이 지연됐다. 그러자 믿지도 않는 신에게 기도하는 자신을 발견했다. '작업이 잘 끝나게 해주시면 앞으로 더 착하게 살겠습니다. 노숙자도 돕고 자선단체에 기부도 더 많이 할게요.'

4)우울: 전철 안의 사람들이 어떻게 생각할지 신경도 쓰지 않고 자리에 앉아 펑펑 울었다.(숨을 헐떡이고 콧물을 줄줄 흘렸으며, 얼굴은 화장이 번져 온통 엉망이었다.) 돌이켜 보니 이때의 경험으로 인류애에 대한 희망을 품게 된 것 같다. 아코디언 연주자가 돈도 받지 않고 휴지 한 갑을 건네줬으며, 예쁘게 차려입고 웨스트필드 쇼핑몰로 가던 두 소녀가 전철에서 내리며 동정 어린 시선으로 "곧 괜찮아질 거예요, 언니"라고 속삭여 줬다.

5)수용: 집에 도착했을 때는 수용 단계에 접어든 것 같았다. '이 멍청아, 도대체 뭘 기대한 거야? 이런 일을 예상했어야지. 진짜라기엔 모든 게 너무 이상적이었잖아.'

클라리스 옆에 앉았다. 네이트와 끝났을 때도 이렇게 멍하니 있는 게 도움이 됐었다. 레일라가 보낸 문자와 부재중 전화로 휴대폰이 계속 진동했다.

혹시 내가 오해했을 경우(갑자기 닉의 가족에게 우환이 생겼다거나 등 등)를 생각해서 레일라한테 사실을 감출까도 생각해 봤다. 하지만 그 럴 가능성은 거의 없어 보였다.

[그 남자가 안 나타났어.]

[제기랄. 지금 집이야? 바로 갈게.]

괜찮다고 해도 레일라는 왔을 것이다. 남은 눈물이 있다면 레일라가 오기 전에 마저 흘리려 했지만 더 이상 눈물은 나오지 않았다.

집 앞에 택시가 멈췄다. 심지어 모범택시였다. 분명 거금의 택시비가 들었을 것이다. 집 앞으로 달려가 레일라가 차에서 쌍둥이 내리는 걸 도왔다. 낮잠을 못 잔 쌍둥이는 평소보다 기분이 안 좋아 보였다. 쌍둥 이의 짜증이 어떤 면에서는 도움이 되기도 했다. 계속 울고 소리 지르 는 두 살짜리 아이들을 달래느라 레일라와 제대로 대화를 나눌 수 없 었다. 덕분에 지독한 자기 연민에 빠져드는 일은 피했다. 쌍둥이에게 흡눕 비스킷을 하나씩 주자 평화가 잠시 찾아왔다.

"그렇게 이유도 없이 안 나타나는 건 전형적인 사기꾼이나 하는 짓 이야, 비. 만나보라고 부추기지 말걸. 정말 미안해."

순간 이 모든 일을 레일라 탓으로 돌리고 싶은 유혹이 들었다. '그 래, 모두 네 탓이야. 네가 만나라고 부추기지만 않았어도 닉과 계속 메 일로 관계를 유지할 수 있었을 거야……' 잠깐 말도 안 되는 화가 치 솟았으나 금세 제정신이 들었다.

"내가 결정한 거야. 사실 그렇게 큰일도 아니고. 정말이야. 서로 얼굴 도 모르는 사이인데 뭐. 안 그래? 곧 괜찮아질 거야."

사실은 거짓말이었다.

그날 이후 레일라는 지극 정성으로 날 챙기기 시작했다. 레브 역시 자기만의 방식으로 신경 써줬다. 이 부부는 저녁 식사를 매일 함께하자고 고집하더니 심지어 한동안 같이 지내자고도 했다. "난 괜찮아"라고 계속 말했지만 사실이 아니었다. 실은 수용 단계에도 이르지 못했다. 머리로는 노력했지만 감정은 계속 같은 곳을 맴돌았다. 너무 잔인한 방식으로 속았다는 사실에 분노가 치솟았다가 곧 슬픔에 빠져들곤 했다. 최악은 닉의 빈자리를 일과 팟캐스트(대부분 실화 바탕의 범죄를 다룬 방송이었고, 얄궂게도 그런 범죄는 소재가 거의 사기꾼이나 소셜미디어 사기 사건이었다.)로 채웠다는 것이다. 그동안 닉과 소소한 일상을 나누는 데 너무 익숙해져 있었다. 유스턴역 사건 이후 일주일이 지났다. 하지만 인기 없는 연예인 고객(크게 부풀린 머리카락, 보톡스로 부자연스러운 얼굴, 티브이쇼에서 보던 진부한 모습 그 자체였다.)을 만났을 때나, 너무 바빠서 더러운 포크로 차가운 통조림을 퍼 먹는 부끄러운 행동을 할 때나 가장 먼저 일상을 말하고 싶은 사람은 여전히 닉이었다. 그렇다고 닉과 나눈 이메일을 되짚어 보며 사기꾼에게 속았다는 명백한 증거를 찾아내고 싶지도 않았다. 비정상적인 집착에 빠지는 지름길이기 때문이었다.

매일 새벽 3시만 되면, "그냥 네가 별로였던 거야"라는 비웃음이 들리며 분노와 슬픔이 수치심으로 변했다. 사실은 닉이 약속 장소에 왔었다면? 내 모습을 보고 "우웩, 완전 별로네" 하고 가버린 거였다면? 상처 입은 자존심을 회복할 유일한 방법이 하나 있었다. 바로 틴더였다. 거절당하고 싶지 않아 제일 별로인 프로필에도 무작정 호감 표시를 했다. 틴더에서 데이트 상태를 찾을 때는 나만의 규칙이 몇 가지 있었다. 프로필 사진에 복근 자랑 안 됨, 선글라스를 꼈거나 값비싼 차 자랑도 안 됨, 단체 사진 안 됨. 감정에 호소하는 듯한 강아지나 음식 사진도 안 됨. 하지만 이번에는 모든 규칙을 무시했다. '해변'이란 단어가 들어간 프로필에도, 상의를 벌거벗고 포르쉐에 기대선 이십 대 애송이 프로필에도, 우울한 분위기로 이상한 자세를 취한 흑백사진에도,

'샘 43'의 아이스크림 썬데 사진만 달랑 올린 채 "내가 먹여줄게요"라고 적은 프로필에도 모두 호감 표시를 했다. 아이스크림 사진 프로필이 보면 볼수록 가장 소름 끼치고 괴상했다. 자신을 먹으라고 광고하던(말 그대로 실제 사람을 먹는 것이다.) 독일인이 떠올랐다. 상대방도 내게 호감을 표했다는 알람이 뜰 때마다 도파민이 솟아오르며 기분이 조금 나아졌다. 물론 내가 '좋아요'를 누른 사람 중 대부분은 달랑 이모티콘이나 "안녕"이라는 인사만 보내기는 했다. 괴상한 샘 43이 그나마 눈에 띄었는데, "당신에 프로필이 마음에 들어요, 비"라고 적어도 문장을 써서 보내는 정성을 보였기 때문이다.

맞춤법은 틀렸지만 누가 신경이나 쓰겠는가? 아무튼 난 신경 쓰이지 않았다.

[고마워요. 그럼 내게 뭔가 먹이고 싶나요?]

[배고파요?]

[항상요. 먹는 여자 좋아해요?]

[누구나 먹잖아요!]

흠……

샘 43은 런던 북부에 있는 한 카페 주소를 보냈다. 그곳은 사실 카페라기보다 아이스크림 가게에 가까웠다. 아이스크림 가게를 마음에 들어하고 싶지는 않았지만, 예상과 달리 빈티지한 감성은 인정할 수밖에 없었다. 핑크빛 벽면, 서른 가지 아이스크림을 진열한 1950년대 스타일의 유리 진열대, 복고풍 앞치마를 두르고 행복한 표정을 짓는 직원. 난 상처 난 자존심도 회복하고 공짜 디저트까지 먹는데 뭐 더 나쁜 일이 일어나겠냐며 스스로 합리화했다.

창가 테이블에 앉자 앞치마를 두른 통통한 남자 직원이 다가왔다. 난 카푸치노를 주문했다.

"혹시 비 맞아요? 제가 샘이에요."

샘은 스코틀랜드 억양이 살짝 섞인 말투에 선한 웃음을 지었다.

난 눈을 깜빡거렸다.

"여기 당신 가게인가요?"

"네. 금방 다시 올게요."

샘이 계산대 뒤로 사라지더니 곧 사진에서 막 튀어나온 듯 프로필 사진과 똑같이 생긴 아이스크림 썬데를 들고나왔다. 심지어 아이스크림 위에 반짝거리는 것도 올라가 있었다. 샘은 테이블 맞은편에 앉았다.

"어서 먹어보세요."

"당신은 안 먹나요?"

샘이 자신의 통통한 배를 톡톡 두드렸다. 짧게 자른 숱 많은 검정 머리카락에 친절한 눈빛을 하고 있었다.

"항상 맛을 보면서 만들어요. 하지만 되도록 먹지는 않아요."

보통 같이 음식을 먹지 않는 한 처음 보는 사람 앞에서는 먹는 모양새에 신경을 썼지만 이번에는 집어치웠다. 난 아이스크림을 마구 퍼먹었다.

샘은 비밀을 말하듯 몸을 앞으로 숙였다.

"저기, 난 이런 온라인 데이트가 처음이에요."

"아, 물론 그렇겠죠."

"아뇨. 진짜로요."

샘의 말에 고개를 들었다. 그때서야 가게 직원들이 다른 일을 하는 척하면서 우리를 흘끔흘끔 보고 있다는 사실을 깨달았다.

"당신을 고를 때 직원들이 도와줬어요."

"날…… 고른다고요? 음식점 메뉴판에 있는 음식 고르듯이요?"

샘의 얼굴이 창백해지더니 급히 사과의 말을 중얼거렸다. 그가 데이트 중 지켜야 할 매너에서 위태롭게 경계선을 밟은 건 비난받을 만하지만, 그렇다고 성급한 분노의 대상이 될 정도는 아니었다.

"죄송해요. 최근 힘든 시간을 보냈거든요. 그나저나 아이스크림이 진짜 맛있네요."

아닌 게 아니라 진짜 맛있었다.

"안 좋게 헤어졌나요?"

"끔찍했죠."

"저도 그래요."

아……, 이제 서로 이별 얘기를 할 차례인가 보다. 샘의 말을 기다렸지만 더 얘기가 나오지 않았다. 결국 내 얘기를 대충 둘러댔다. 사기꾼한테 당한 것보다는 덜 비참한 네이트와 깨진 얘기를 대충 말해줬다. 하지만 샘의 얘기는 더 비참했다. 십칠 년간 함께 산 아내가 〈마스터 셰프〉 티브이 프로그램에서 3등 한 스무 살짜리 부주방장과 사라져버린 것이었다.

샘은 날 웃게 했다. 아이스크림에 대해서뿐 아니라 샘과 나 사이에는 통하는 부분이 있었다. '잠재적 남자 친구의 자질' 표에 꽤 많은 동그라미를 칠 수 있었다. 제2형 당뇨병에 걸릴지도 모르지만, 아이스크림 가게에서 한가로운 시간을 보내며 직원들과 어울리고 웃는 내 모습을 그려볼 수 있었다. 하지만 글쎄……, 물론 우리가 서로 잘 살 수도 있다. 샘은 좋은 사람인 것 같았다. 정말 선한 사람. 하지만 내가 기다려온 바로 그 사람은 아니었다. 예상치 못한 나만의 로맨틱코미디영화를 찍으면서 다시 시험에 든 기분이었다. 이 영화는 〈노팅 힐〉의 아류작이었다.(내용을 확실히 알기 위해 영화를 다시 보기까지 했다.) 줄리아 로버츠는 이상형이란 꿈속에나 존재한다고 믿어왔다. 하지만 결국 완벽한 영혼의 짝을 만나며 자기 생각이 틀렸다는 걸 깨닫게 된다.

미친놈 같던 미스터 사첼백과의 끔찍한 데이트가 닉과 날 더 가깝게 했다. 상냥한 아이스크림맨과의 기분 좋은 데이트는 닉과 날 다시 연결시켜 줬다. 물론 내가 먼저 닉에게 메일을 보냈다.

＊

보낸 사람: Bee1984@gmail.com

받는 사람: NB26@zone.com

안녕.

닉

"안녕." 영어에서 가장 성가셨던 단어가 이렇게 아름답게 들릴 수 있다니.

당신은 뭐라고 할까. 우리가 서로 다른 우주, 즉 평행세계에 사는 것 같다고 하면.

당신은 뭐라고 할까. 내가 미쳐가고 있는 것 같다고 하면.

당신은 뭐라고 할까. 당신을 사랑하는 것 같다고 하면.

그냥 바로 말해버려. 그래서 난 모두 메일에 써서 보냈다.

전혀 기대도 못 했지만 내 인생을 바꿀 '안녕'이란 메일을 받았을 때 마침 엄청나게 불편한 상황 속에 있었다. 폴과 제즈와 같이 이혼 협의 중이었기 때문이다. 더 이상 뒤로 미룰 수 없었기에 결국 꾹 참고 제즈의 집에 간 상황이었다. '실질적이고 상세한 사항들'을 협의하기 위해 폴이 중립 장소에서 만나자고 제안했지만, 난 제즈의 아파트에서 만나자고 고집했다. 둘이 어떻게 사는지 궁금한 마음도 있었지만 사실 둘의 마음을 불편하게 만들고 싶은 목적이 가장 컸다. 지난번 부엌에서 서로 속을 터놓은 후, 폴은 용서했으나 제즈에게는 여전히 정당한 적개심과 분노를 느꼈다. 제즈의 아파트로 가는 동안 속으로 우스꽝스러운 복수극을 마음껏 상상했다. 제즈가 문을 열자마자 바로 머리로 들이받는다. "법원에서 두고 보자!"며 독선적으로 소리 지른 후 문을 박차고 다시 나온다. 문이 닫히기 전 잠깐의 틈을 뒀다가 "오래 못 갈 거야"라고 충격적인 말로 한 방 먹인다.(폴의 전 남친 사울이 몇 년 전 내게 외친 말이었다.) 하지만 문을 열자마자 폴이 날 따뜻하게 포옹해 줬다. 그 후에는 제즈가 "정말 미안해, 친구. 원하는 만큼 날 쳐도 돼. 절대 뭐라 하지 않을게" 하고 중얼거리는 바람에 상상 속 계획이 수포가 됐다.

하지만 솔직히 복수극 같은 상상은 차치하고, 제즈와 폴에 대한 분노조차 내가 『거울 세계』 현실판에 살고 있다는 충격적인 깨달음 때문에 희미해졌다. 빌리 책장을 누가 가지는가 하는 싸움이 더 이상 중요해 보이지 않았다. 제즈가 차를 끓이겠다며 슬그머니 자리를 뜨자, 난 순순히 폴을 따라 거실로 들어갔다. 인테리어가 내 기억보다 훨씬 유치해 괜히 기분이 좋아졌다. 물론 폴은 집 분위기를 화사하게 바꾸려고 최선을 다했다. 작은 양탄자도 깔고, 우리 집 주방에서 가져온 시계(이상하게 이 집에 더 잘 어울렸다.)도 달고, 쿠션과 꽃도 가져다 놓았다. 하지만 이런 노력의 결과물이 벽에 걸린 포스터나 주크박스, 기타나 벽 스피커와 그다지 어울리지 않았다.(갑자기 제즈가 폴에게 레드 제플린의 〈천국으로 가는 계단〉을 불러주며 프러포즈하는 끔찍한 상상이 떠올랐다.)

폴은 소파 맞은편에 앉더니 날 훑어봤다.

"당신 피곤해 보인다. 지금 내키지 않으면 다음으로 미뤄도 돼."

"아니야. 너무 오래 미뤘어. 이젠 마무리 지어야지."

"닉, 내가 전에 한 말 진심이야. 뭐든 고민 있으면 말해줘."

다시 유혹이 살짝 생겼지만 폴을 잘 알았다. 메일로만 소통한 이상형과 다시 연락하고 싶은 마음에 자신을 다른 세계에서 왔다고 믿는 사람들과 접촉했다는 사실을 알면 정신과 상담을 권할 게 분명했다.

제즈가 카펫 위에 차를 흘리며 자리로 돌아왔다. 손에 머그잔을 들고 의미 없는 안부 인사를 나눈 후(로지는 어때? 좋아. 딜런은 어때? 잘 지내. 어머니는 잘 계셔? 건강하시지.) 본론으로 들어갔다. 폴은 이런 일에 능숙해 내가 입금한 돈이나 폴이 지불한 영수증 등 비용 처리가 일목요연하게 정리돼 있었다. 무려 삼 년 전 자료부터 정리돼 있었다. 전부터 이런 날이 올 거라고 폴이 생각했다는 증거일까? 폴과 제즈는 계속 서로 손이 닿을락 말락 했다. 제즈가 욕망과 숭배가 뒤섞인 시선으로 폴을 바라보고 있었다. 제즈의 눈빛이 역겨우면서도 (지금의 상황에도 불구하고) 보기 좋다는 생각이 들었다. 폴은 지난 몇 년간 내게 받은 시들한 애정보다 더 많은 사랑을 받을 자격이 충분했다. 협의 내용은 아주 간단했다. 내 집과 제즈의 아파트를 팔아 폴이 내 몫을 나눠주면 끝이었다. 폴은 집이 팔릴 때까지 그곳에 머물러도 된다고 했다.

"급하게 이사 나갈 필요 없잖아."

그때 휴대폰이 진동했다.

[안녕.]

그 두 글자를 보고 당시 내가 어떻게 반응했는지 기억이 잘 나지 않았지만 꽤 극단적인 반응을 보인 게 틀림없었다. 제정신이 들었을 때는 마치 내가 테이블에 똥이라도 싼 듯한 표정으로 폴과 제즈가 날 보고 있었다.

"무슨 일이야?"

폴이 물었다.

"나 지금 가봐야겠어."

"하지만 아직 얘기가 다 안 끝났는데?"

"당신을 믿어, 폴. 항상 정직하고 공평하잖아. 당신이 원하는 대로 해."

아드레날린이 치솟아 날 듯이 집에 왔다. 신은 내 편이었다. 심지어 실수로 릴리 부인의 집 앞을 지났는데도 부인이 날 불러 세우지 않았다. 무사히 집으로 돌아와 비에게 답장을 쓰는 데 한 시간이 넘게 걸렸다. 의식의 흐름대로 모든 말을 쏟아낸 끝에 베렌스타인협회와 만난 얘기로 마무리했다. 결과적으로 오천 단어에 달한 메일 내용을 지루하게 다 늘어놓지는 않겠다. 내 폭탄 메일에 비가 도로 사라지지 않을까 걱정했지만 비는 이런 메일을 보냈을 뿐이었다.

[얘기를 나눠봐야겠어요. 내게 다시 전화해 보세요.]

비에게 전화를 걸었지만 예상대로 걸리지 않았다.

[비, 내가 보낸 얘기 어떻게 생각해요? 괜찮다면 생각 좀 해볼래요? 정말 오랜 고민 끝에 이른 결론이에요. 이게 모두 사실일까요? 서로 정보를 비교해 보는 게 어때요?]

수십 년 같은 시간이 지난 후, 마침내 비의 답장이 왔다.

[그렇게 해보죠.]

우리는 밤을 새우고도 다음 날까지 대화를 이어갔다. 그동안 메일상의 특이점들(비는 '이상 신호'라고 불렀다.)을 중심으로 계속 정보를 비교했다. 비는 고객과의 약속을 미뤘고 나 역시 로지 산책을 건너뛰었다. 두 세계가 어디서부터 나뉘는지 알기 위해 역사적으로 살펴봐야 할 게 너무 많았다. 대충 1980년대 중반에서 1990년대 초반 사이 어딘가부터 나뉜 것 같았다. 예를 들어, 둘 다 끔찍한 체르노빌 원전 사고의 참상을 겪었지만 두 세계가 현실에서 대응한 방식은 각기 달랐다. 내 세계는 친환경 에너지의 이점에 집중한 반면, 비의 세계는 계속 탄소 기반 경제에 의존했다. 논란이 많았던 애튼버러 협정도 비의 세계에는 존재하지 않았다.([그게 뭐죠?] [당연히 인구 제한법이죠.] [전 세계가요?] [네. 그럼 당신 세계에는 정관절제수술 보조금 제도도 없다는 말인가요?] [없어요. 최악이죠?]) 대처리즘과 블레어 총리 시절은 똑같이 경험했다.(내 세계에서는 블레어 총리가 한 번의 임기 후 브라운에게 총리직을 넘겨야 했지만.) 내 세계에서 미국은 앨 고어가 대통령으로 두 번의 임기를 마친 후 오바마가 뒤를 이은 반면,([부럽네요. 그 쪽은 운이 좋군요, 닉.]) 비의 세계에서는 부시 부자와 오바마 이후에 트럼프가 대통령이 됐다.([여기에서 트럼프는 웃음거리예요. 환경파괴범으로 기소되기도 했죠.] [여기서도 웃음거리인 건 마찬가지예요. 불행히도 환경문제로 기소당하지 않았을 뿐이죠.])

[9/11 테러는요, 닉?]

[???]

[미국의 쌍둥이 빌딩 폭파 사고요.]

[맙소사. 아니요. 이런 제기랄, 비…….]

[그럼 이라크나 아프가니스탄 전쟁도 없었어요? ISIS는요?]

[없었어요.]

[브렉시트는요?]

[비스킷 말하나요? ☺ 아니요. 영국은 여전히 EU에 가입돼 있어요.]

[당신이 계속 화폐단위를 유로로 말해서 이상하다고 생각했어요! 이런!]

양쪽 세계 모두 팬데믹을 경험했는데, 비는 비교적 최근에 에볼라 바이러스를 겪었다고 했다. 하지만 어떤 전염병도 1996년에 발생한 조류 인플루엔자 규모에 비할 바는 아니었다.

분위기를 밝게 전환하고자([이쪽 세계에 있으니 점점 기분이 우울해지네요, 닉.]) 대화 주제를 대중문화로 바꿨다. 놀랍게도 대중문화는 두 세계가 비슷했다.

[〈환상특급〉 있어요?(여기에는 있거든요.) 〈스타트렉〉은요? 〈스타워즈〉도 있나요?]

[네, 네. 그리고 네.]

[〈스타워즈〉 속편은요?]

[? 없어요. 세 편만 있는데요.]

[오, 행운인 줄 알아요. 마블 유니버스는요?]

[있어요. 거기도 〈센시스〉가 있나요?]

[없어요! 그건 뭐예요?]

[전무후무하게 세계적으로 인기를 얻은 영화 시리즈 몰라요? 중국 과 미국이 합작해서 만든?]

[없어요.]

[좋겠네요. 그거 정말 별로거든요. 그나저나 정말 제이슨 프라이 몰 라요?]

[네. 하지만 우리에게는 영화 〈더 록〉이 있죠. 드웨인 존슨 말예요.]

[여기도 드웨인 존슨은 있어요. 지금 상원의원 후보로 출마 중이죠.]

[우와, 그건 진짜 부럽네요.]

우리는 계속해서 대학살 사건, 자연재해, 과학기술, 정치문제까지 정 보를 나눴다.

요약하자면, 비는 과학적으로 진보한 세계에 살았고, 난 환경친화적 인 세계에 살고 있었다.([정말 플라스틱 사용을 금지했나요?] [네. 2001년에 요.]) 사소한 차이는 있을지언정 두 세계 모두 공통으로 인종차별, 성차 별, 사회적 성적 불평등, 자본주의로 고통받고 있었다.(억만장자에 대해 서는 반사회적이고 탐욕스러운 자식이라고 여기는 사회적 분위기 때문에 내가 사는 세계의 갑부 수가 더 적었다.) 내가 사는 세계는 보편적 기본소득을 보장했다.([우와!] [그렇죠? 하지만 사실 300유로로는 생활하기 힘들어요.] 비 는 내 쪽의 사회 시스템을 '사회주의와 퀘이커 단체식 자본주의가 섞인 방식' 으로 최종 결론 내린 것 같았다.) 구글과 인트라넷은 (당연히) 양쪽 세계에 모두 있었다. 하지만 비의 세계는 여기처럼 수많은 개인정보 보호법이 적용되지 않았다. 선택적 안락사 제도도 없었다.([스위스에 있는 안락사 지정 병원 디그니타스처럼요?] [넵. 큰길마다 하나씩은 있을걸요.])

[닉, 당신이 사는 반유토피아로 가도 될까요? 아, 잠깐. 거기 넷플릭 스 있나요?]

[없어요.]

[그럼 취소요.]

※

보낸 사람: Bee1984@gmail.com

받는 사람: NB26@zone.com

　지금 이게 진짜 사실이면 우리에게 어떤 의미인지 알고 있는 거죠?

보낸 사람: NB26@zone.com

받는 사람: Bee1984@gmail.com

　네.

보낸 사람: Bee1984@gmail.com

받는 사람: NB26@zone.com

　당신이 말해보세요. 난 도저히 못 하겠어요.

보낸 사람: NB26@zone.com

받는 사람: Bee1984@gmail.com

　우리가 직접 만나는 일은 완전히 불가능하다는 의미죠.

비

　모든 게 말도 안 됐다. 하지만 이 정신 나간 소리가 이상하게 모든 면에서 딱 맞아떨어졌다. 메일의 이상 신호들, 닉의 진정성,(내심 이건 꾸며낼 수 있는 게 아니라는 걸 알고 있었다.) 이메일 외에 다른 방식으로 의사소통하려 할 때마다 발생했던 기술적 오류. 다중우주와 평행세계 이론은 대중문화 소재로도 종종 나왔고 사회적으로도 잘 알려져 있었다. 양자물리학 같은 과학에 무지한 나조차 알고 있던 얘기였다. 진짜 모든 일이 이상했지만 놀랍게도 생각보다 빨리 '이게 정말 사실일까?' 하는 의심을 멈췄다. 적응과 수용 역시 인간의 DNA에 내재해 있기 때문일 것이다. 닉이 옳았다. 사람들은 항상 답을 필요로 했다. 우리는 해답이 필요했고, 이게 바로 우리가 가진 유일한 해답이었다. 얄팍하게 들리겠지만 무엇보다 제일 먼저 든 감정은 닉을 되찾았다는 안도감이었다. 잃어버린 조각을 되찾아 완전체가 된 기분이었다.

　닉은 '모종의 권위자'에게 우리 얘기를 해야 한다고 생각했다.

　[어떤 권위자요?]

　[그러게요. 양쪽 세계에 양자 이상 현상에 대한 부서가 있을지 모르겠네요.]

[영화에 보면 항상 음지에서 이런 일을 다루는 조직이 존재하죠.]

[맞아요. 그리고 우리 같은 사람들을 실험체로 쓰는 지하 실험실도 항상 있죠.]

[하!! 솔직히 그 부분은 전혀 안 웃기네요. 시공간의 연속성을 위배했다고 의심되는 사람들을 가둬놓는 관타나모 수용소라……. 물론 당신 세계에서는 시민을 '테러에서 안전하게 지킨다'는 명목 아래 미국 정부와 관타나모 기지가 공공연한 비밀로 고문 전초지를 만들어놓은 일 같은 웃긴 사태는 겪어보지 못했겠죠?]

[그런 것 같긴 하네요. 하지만 당신이 소외감을 느낄까 봐 장담하는데, 나도 무슨 이상적인 세계에 사는 건 아니에요. 여기도 인권침해에 대한 문제는 있다고요.]

[그럼 이 비밀은 우리끼리만 아는 거죠?]

[그래요. 우리와 베렌스타인협회까지요. 아무튼 지금은 그렇게 해요. 아, 비. 당신 세계에도 베렌스타인협회와 유사한 단체가 있을까요?]

[바로 검색해 볼게요. 아니요. 그런 단체는 없어요. '베렌스타인'이라는 제목의 책은 있네요. 이거 전집류인데요.]

이게 다는 아니었다. 닉은 베렌스타인협회를 찾았지만, 나 역시 레딧과 4-찬이라는 사이트를 포함해 다중우주와 관련된 음모론을 펼친 수많은 포럼을 찾아내며 혼란스러운 인터넷 세계에 빠져들었다. 하지만 가장 음모론이 난무하는 사이트에서조차 이메일로 평행세계를 거슬러 대화한 사람에 대한 얘기는 없었다.

[닉, 우리가 이런 일을 경험한 유일한 사람들일까요?]

[어쩌면요. 누군들 확신할 수 있겠어요?]

초인종이 울렸다. 창밖을 보니 레일라가 '무슨 일 있어?' 하는 표정으로 손을 흔들고 있었다.

[그 고민은 잠깐 미뤄둬야 할 것 같아요. 손님이 왔어요.]

속으로 살짝 떨며 레일라에게 문을 열어줬다. 잠도 안 자고 씻지도 않고, 이도 안 닦은 지 적어도 서른여섯 시간은 지났다.

"문자를 몇 시간이나 계속 보냈는데 답이 없더라. 휴대폰 잃어버렸어? 네 걱정하다 병이 날 지경이었어."

"정말 미안해, 레일라. 일 때문에 정신이 너무 없었어."

레일라는 허튼소리 말라는 눈빛으로 쏘아봤다.

"너 정말 엉망이네. 하지만 한편으로는……."

"한편으로는 어떤데?"

"좀 너답다고나 할까. 뭐랄까……, 기분이 좋아 보여. 무슨 일이야?"

"알잖아. 내가 일에 푹 빠지면 어떤지. 일에 열중하면 기분이 항상 나아져."

레일라는 이 말을 백 퍼센트 믿는 것 같지는 않았다.

"흠. 아무튼 다시는 이러지 마. 진짜 걱정 많이 했어."

"알아. 내가 잘못했어."

레일라는 소파 위로 가방을 툭 던졌다.

"그럼 이제 마실 것 좀 줘봐. 레브가 쌍둥이를 보고 있고, 너도 괜찮은 걸 알았으니까 이제 좀 즐겨야겠다."

난 와인을 두 잔 따랐다.

"이게 대체 다 뭐야?"

몸을 돌려보니 레일라가 그날 아침에 배달된 반쯤 포장을 뜯다 만 책 더미를 뒤적이고 있었다. 닉의 추측 메일을 읽자마자 다중우주론, 양자물리학, 평행세계와 관련해 찾을 수 있는 책이란 책은 모두 주문했다.(그다지 큰 도움은 안 됐다. 학창 시절, 수학은 겨우 통과 수준에 불과했고, 물리학은 아예 시도도 안 했다.)

"어, 그냥. 시야 좀 넓혀보려고."

레일라는 짐 알칼리리의 두꺼운 책 뒤표지를 읽었다.

"제기랄, 이게 다 무슨 뜻이야."

"어떤 고객 덕에 그쪽에 흥미가 생겨서."

거짓말하기 정말 싫었지만, 그때는 그게 옳은 결정 같았다. 레일라가 날 미쳤다고 생각할까 봐 걱정해서가 아니라, 그날은 이미 지칠 대로 지쳐서 모든 사실을 설명할 기운도 없었다.

쌍둥이에게 감사하게도, 레일라는 더 캐묻지 않았다. 레일라 역시 나만큼이나 지쳐 보였다. 몇 시간째 아무것도 먹지 않은 빈속에 와인이 들어가자 바로 취기가 올랐다. 레일라도 취한 듯했다.

레일라는 와인 잔을 비우더니 말했다.

"침대에 누워도 될까? 단 삼십 분이라도 자기 엉덩이를 닦으라거나 페퍼 피그 컵에 주스를 따르라는 고함을 듣지 않고 조용히 있고 싶어."

"당연히 누워도 되지."

레일라 옆으로 가 눕고 싶은 마음이 굴뚝같았지만 아직 닉과 할 얘기가 남아 있었다. 전에 난 엄마에게 좀 쉬엄쉬엄하라고 말하곤 했는데, 그때마다 엄마는 "죽으면 얼마든지 잘 수 있어"라고 대답하곤 했다. 엄마 역시 일 중독자이기도 했지만, 삶에 대한 엄마만의 대처 방식이기도 했다.

레일라는 데이비드 보위 이불 위로 털썩 쓰러졌다.

"이불 커버가 진짜 오글거린다. 그런데 마음에는 드네. 얼마나 멋진 남자였냐. 음악도 대단했지. 다들 말하는 것처럼 다시는 데이비드 보위 같은 스타를 볼 수 없을 거야."

그때 갑자기 번쩍하면서 나와 닉의 딜레마에 대한 답이 떠올랐다. 마약을 한 것처럼 피로가 싹 날아갔다. 닉은 데이비드 보위 앨범 중 《사일런트》를 가장 좋아한다고 했지만 내가 있는 세계에서는 그 앨범이 없었다. 패트리샤 하이스미스는 닉이 베렌스타인이란 협회를 찾아내 우리 상황의 진실을 깨닫고 육체적으로 결코 함께할 수 없다는 충격적인 사실을 직면하게 했다. 하지만 우리가 함께할 수도 있다는 희망을 준 것은 데이비드 보위였다.

※

보낸 사람: Bee1984@gmail.com
받는 사람: NB26@zone.com

우리가 함께할 방법이 있을지도 몰라요…….

닉

분명한 사실이었다. 너무 뻔한 사실이어서 왜 진작 이 생각을 못 했는지 믿을 수 없을 정도였다.

데이비드 보위나 트럼프 등 다중우주에도 같은 사람이 존재한다면, 양쪽 세계에 각기 다른 닉과 비가 있다는 추측이 가능했다. 만약 우리가 이 두 사람을 찾아낸다면? 만약 우리가 니콜라스 2와 레베카 2를 만나 각자 알고 있는 '내부자 지식'을 이용해 사귀게 된다면? 비와 내가 말 그대로 함께할 수는 없겠지만 아무것도 안 하는 것보다는 낫지 않을까? 최소한 비가 어떻게 생겼는지는 알 수 있을 것이다.(너무 얄팍한 생각일까?) 불만스럽기는 했지만, 비가 레일라를 보내기 전까지는 바로 이 일에 착수할 수 없었다. 나 역시 로지가 (이제는 분노를 초월해) 산책을 원하는 눈빛을 발사하고 있었다.

[좋아요, 파트너 씨. 작전명 '도플갱어'를 시작합시다! 어디서부터 시작할까요?]

[페이스북. 당신도 페이스북 있죠, 닉? 사회 부적응자가 개인정보를 채가려고 만든 소셜네트워크 말예요.]

여기도 페이스북은 있지만 개인정보 수집이 엄격히 통제됐다. 비의 세계처럼 개인정보가 흔하게 여기저기 널려 있거나 은밀하게 퍼지지 않았다. 온라인에서 잊힐 권리에 대한 사회적 운동과 정보 추적 금지법 덕에 조사가 쉽지 않았다. 비의 말을 들으니 그쪽 세계는 여기에 비해 기술적으로 무법천지였다.

그동안 암묵적 '개인정보 교환 금지' 규칙 때문에 대충 얼버무렸던 신상정보를 교환하며 작전을 개시했다. 성을 포함한 전체 이름과 나이,(이번에는 개 나이가 아니라 사람 나이로) 현재 거주지와 이전 거주지 주소, 중·고등학교, 대학교, 직장 경력 사항(내 경우는 대략적으로만)같이 검색에 도움이 될 만한 정보들을 써서 보냈다. 비에 대한 새로운 사실을 많이 알게 됐다. 비는 크로이던에서 성장했고 골드스미스대학에서 장학금으로 디자인 공부를 했다.([우와!]) 비의 사업명은 '망할 놈의 드레스를 위하여'였다.([이름이 너무 싼티 나요?] [마음에 쏙 드는데요. 알잖아요, 나도 이런 말장난 좋아하는 거.]) 그리고 비는 학교에서 따돌림을 당한 적이 있었다.([이런 얘기를 왜 당신에게 하는지 모르겠네요. 우리 작전에 도움이 되는 것도 아닌데 말이죠.] [도움이 될 수도 있죠. 계속 얘기해 줘요. 그리고…… 비, 그런 일을 겪었다니 정말 마음 아파요.] [고마워요. 확실히 왕따는 거지 같은 경험이었지만 그 덕에 레일라와 학교에서 서로 의지하는 좋은 친구 사이가 됐죠.]) 비의 왕따 경험담을 듣자마자 딜런이 떠올랐다. 이때가 바로 딜런의 자살 기도에 대해 털어놓을 기회였지만 말하지 않았다. 내 속에 숨겨진 감정의 응어리를 터뜨리기에 적절한 순간이 아니라고 생각했다.(나중에는 후회했다.)

비도 나에 대한 새로운 사실들을 알게 됐다. 놀림감이 되곤 한 내 성을 밝히는 게 썩 내키지 않았지만, 비의 세계에 있는 다른 '나'는 성을 바꿀 만한 센스가 있었기를 바랄 뿐이었다.

[당신 성이 마음에 들어요. 뭔가 느낌이 있다니까요.]

[비, 상냥한 말이네요. 하지만 거짓말이 서투르군요.]

[어, 적어도 독특하긴 하잖아요.(내 이름을 좀 봐요.) 우리가 지금 하려는 일을 고려해 보면 큰 도움이 될 거예요. 말이 나와서 말인데, 이제 찾아볼게요. 하나, 둘, 셋. 검색 시작!]

비의 이름을 검색창에 입력했다. 하지만…… 아무것도 나오지 않았다.

[검색창에 아무것도 안 나와요.]

[꼭 있을 거예요! 난 여기서 소셜미디어를 사용하거든요. 어, 사업 관련해서요.]

[다른 이름을 쓰나 보죠. 어쩌면 결혼했을지도요?]

갑자기 가슴이 떨렸다.

[내가 남편 성을 따를 리 없어요.]

[말이 되네요.]

[드레스 리폼 사업에 관련된 자료는 안 나와요?]

[없어요. 여기서는 다른 이름을 붙인 거 아닐까요?]

[그럴 가능성도 있긴 하죠. 레일라와 여러 이름을 두고 고민했거든요. 그나저나 닉, 당신을 찾았어요. 이제 당신 얼굴이 보여요!]

자, 이제 드디어……. 흥분, 두려움, 공포까지 느껴졌다.

[어떤가요? 이곳의 나만큼이나 믿을 수 없게 잘생겼나요?]

[아하! 시도는 좋았어요. 작가 프로필 사진들이 꽤 진실하고 우수에 차 보이는데요.]

우와, 맙소사…….

[작가 프로필 사진들이요? 여러 장이라는 말예요?]

여기서는 작가 프로필 사진이 홀딱 망한 데뷔작 뒤표지에 실린 딱 한 장뿐이었다. 그것도 진실해 보이거나 우수에 찬 표정이라기보다, 굳이 묘사하자면 약간 똥 마려운 표정에 가까웠다.

[사진이 엄청 많아요. 당신 공식 홈페이지도 있고요. 위키 페이지랑 페이스북 팬 페이지도 있어요.]

맙소사.

[잠깐만요…… . 그 말은 즉, 내가 성공했다는 얘기예요? 성공한 작가라고요?]

[그렇게 보여요. 네, 확실해요!]

우와, 제기랄 맙소사. 나 자신이 자랑스러우면서…… 그렇지 않기도 했다. 지금의 나와 비교되는 평행세계의 내게 느끼는 모순되는 감정을 해결하려면 시간이 필요할 것 같았다. 무엇보다 제일 처음 떠오른 질문은 왜 비의 세계의 니콜라스는 성공했고 난 실패했을까, 하는 거였다.

[게다가 다른 이름으로도 책을 썼어요.]

[심지어 필명도 있다고요?]

도대체 비의 세계는 어떻게 이런 일 중독자를 낳았지?

[M. G. 생어란 이름이에요.]

개똥 같은 이름이었다. 보아하니 니콜라스는 자기 성에서 느낀 바가 없었나 보다.

비가 첫 검색에서 연달아 찾아낸 사실은 다음과 같다.

비의 세계에서 니콜라스로 불리는 '나'는 본명으로 총 세 권의 소설을 출간했다. 첫 책은 여기서 내가 쓴 끔찍한 데뷔작과 제목도 내용도 비슷한 소설이었다. 결과적으로 대 실패작이었다. 하지만 니콜라스는 자기혐오와 자포자기로 몇십 년간 방황하는 대신, 어떤 까닭인지 계속 글을 써갔다. 2014년 이후로는 '니콜라스 벨처'란 본명으로 소설을 내지 않고 '생어'란 이름으로 매년 책을 냈다. 비의 조사에 따르면 '은퇴한 괴짜 경찰국장 노만 켈러먼(이건 아니지, 니콜라스)을 주인공으로 한 가벼운 범죄 수사물' 시리즈였다.

[보자…… . 책 리뷰에 따르면, 당신의 두 번째 소설이 '일선에서 가르쳐주지 않는 은밀한 뒷얘기를 보여주며 엄청나게 재미있다. 앞으로가 기대되는 작가이며 독특한 통찰력을 보여준다'고 하네요. 생어 시

리즈에 대해 아마존에 좋은 리뷰가 아주 많아요. 아, 아마존은 모든 걸 다 파는 웹사이트예요.]

[여기도 아마존은 있어요.]

비가 다른 책의 서평도 모두 복사해서 메일로 보내줬지만 받아보니 글자가 외계어같이 깨져 있었다.

[작가상 받은 적이 있나요?]

[아니요. 하지만 수상 후보로는 여러 차례 추천됐어요. 나 당신 책 모두 주문했어요!]

제발, 책이 나쁘지 않아야 할 텐데……. 내 안에 있던 작가로서의 자아가 더 많은 정보와 더 좋은 평가를 자세히 듣고 싶어 했다. 하지만 중요한 문제를 먼저 확인해야 했다.

[다른 건요? 나 결혼했나요?]

[잠깐만요…….]

결혼은 두 가지 면에서 중요한 문제였다. '결혼을 안 했다면 네 발목을 잡은 사람은 폴일 거야. 폴 때문에 작가 경력이 망가졌을 거야'라는 부끄럽고 형편없는 내면의 속삭임이 들려왔다. 나도 안다. 정말 형편없는 생각이었다.

[안 보여요. 위키 페이지에도 개인정보는 나온 게 없어요. 트위터랑 페이스북 계정을 확인해 보려면 시간이 좀 걸릴 것 같아요.]

[난 인상이 어때요?]

[잠깐만요……. 보자……. 이상한 사람을 팔로우하는 것 같진 않네요. 팔로워도 이만 삼천 명이나 돼요. 나쁘지 않네요!]

[거의 신 같은 인기네요.]

[하하. 트위터 프로필이 멋져요. '전업 작가. 가끔은 우주 방랑자.']

[그렇다면 니콜라스도 데이비드 보위 팬이네요. 휴, 안심이에요.]

진심으로? 제길, 모르겠다.

[이제 상냥하고 성공한 남자로 보이는 니콜라스는 잠시 미뤄두고 당신에게 집중해 봅시다. '망할 놈의 드레스를 위하여'를 대신할 만한 후보명을 줘보세요.]

비가 보낸 후보명을 모두 검색해 봤지만 나오는 게 없었다. 비는 자기 아버지 이름을 검색해 보라고 했지만, 그가 일한 생명공학 회사는 옛날 기사 하나를 제외하면 사라진 지 꽤 됐다. 한마디로 비의 아버지 정보 역시 찾을 수 없었다.

[내가 여기서 현재 사는 아파트 주소로 검색해 보세요.]

[이미 찾아봤는데 개인정보 보호법에 막혔어요.]

[주소록이 나온 전화번호부 책자나 뭐 비슷한 자료 같은 거 없나요? 아니면 온라인 전화번호부라도?]

[확인했어요. 아무 자료도 안 나오네요.]

[알았어요. 아, 짜증 나! 제 친구 레일라를 검색해 볼래요? 레일라 코우리.]

비가 레일라의 주소를 보냈지만 예상대로 정보 공개가 막혀 있었다. 회계사였던 직업을 고려해 '레일라 코우리+회계사+금융'으로 검색하자 마침내 실마리가 나왔다. 패링던에 있는 회계법인 회사 홈페이지에 '레일라 엘 코우리 이사'가 적혀 있었다.

[레일라의 회사 전화번호를 찾은 것 같아요.]

[우와. 그러면 레일라 2는 아직 일을 하고 있네요. 여기서는 쌍둥이를 출산하고 회사를 그만뒀거든요. 레일라 2에게 전화해 봐요!!]

[지금 한밤중이에요!]

[아, 맞다. 바보같이. 시간이 순식간에 갔네요. 이걸 하느라……. 우리가 지금 하고 있는 걸 뭐라고 불러야 하죠?]

[지구상에 딱 맞는 단어는 아직 없죠. 우리 자신 훔쳐보기?]

[잘못된 행동 같아요?]

그런가? 약간은 그렇다. 평행세계의 니콜라스가 준 타격에 아직도 마음이 술렁거렸다.

[다른 세계의 우리 자신을 잘 알게 될 거예요. 게다가 계획대로 되지 않으면 언제나 섹스팅도 가능하니까요.]

[!! 내 생각이랑 같네요. 전에 해본 적 있어요?]

[아주 예전에 폴이 학회 때문에 멀리 갔을 때 한 번요.]

[어땠어요?]

[그렇게 성공적이진 않았어요. 그때는 독수리 타법으로 문자를 보냈거든요. 당신은요?]

[작년에 어떤 남자와 스카이프 섹스를 시도해 본 적 있는데 잘 안 됐어요. 그 남자가 영상을 녹화해서 포르노 사이트에 뿌릴까 봐 겁이 나더라고요. 결국 인터넷이 끊긴 척하며 끝냈어요.]

[그렇다면 도플갱어 작전을 반드시 성공시켜야겠네요.]

[그래야 할 거 같아요.]

기분이 너무 이상해 잠을 이룰 수 없었다. 폴은 망할 놈의 애인 집으로 도망가며 내게 이 집을 좌지우지할 권한을 넘겼지만, 그렇다고 차마 집 안에서 담배를 피울 수는 없었다. 집 밖 길거리는 죽은 듯 조용했고 이웃집 창문은 모두 컴컴했다. 여우 두 마리가 총총걸음으로 무심하게 골목길을 돌다가 공중에 퍼진 담배 냄새에 불만을 표하듯 코를 킁킁거렸다. 하지만 곧 고개를 돌리고 음식 찌꺼기가 풍족한 재활용 통 쪽을 향해 달렸다. 그 모습에 릴리 부인의 재활용 통을 뒷마당 쪽에 가져다 놨어야 했다는 생각이 들었다. 그리고 조만간 집을 내놓는다는 사실도 알려야 했다. 릴리 부인이 직접 내게 이런 소식을 듣기 전에 거리에서 부동산 매매 광고판을 보게 되는 건 원치 않았다. 로지와 내가 어디로 이사 갈지도 정해야 했다. 혹시 모르지. 분명 섣부른 생각이긴 하지만, 일이 잘 풀린다면 런던에서 레베카 2와 함께 있을 수도 있다. 그때였다. 리스한 찌그러진 미니 차량 안에 몸을 수그리고 있는 검은 형체가 보였다. 이웃 주민의 차는 모두 알고 있었다. 대부분 차량 비소유로 정부 보조금을 받고 있어서 차를 소유하거나 리스처럼 장기 대여한 사람은 없었다. 저 미니는 이 동네 차량이 아니었다. 로지를 집 안으로 들여놓고 미니로 다가갔다. 군인처럼 짧게 자른 독특한 총알 모양의 머리가 창문에 기대어 있었다. 바로 여기 있어서는 안 되는 인물, 제프리였다.

창문을 두드리자, 제프리가 벌떡 일어났다. 무슨 일인지 파악하려는 듯 게슴츠레한 눈으로 날 바라봤다.

"도대체 여기서 뭐 하고 있는 겁니까, 제프리?"

그는 답변 대신 차에 시동을 걸었다. 이보다 더 긴장감 없고 어설픈 도망은 상상하기도 힘들 것이다. 전기 충전 중인 테슬라 두 대에 앞뒤로 가로막혀 빠져나갈 공간이 거의 없었다. 어느 순간 난 하나님과 같은 넓은 마음으로 제프리가 차를 뺄 수 있게 도와주고 있었다.

이날의 마지막 사건으로 비를 깨워볼까도 했지만(비, 내게 어설픈 스토커가 생겼어요!) 그냥 나만 알고 있기로 했다. 베렌스타인협회의 악당 말고도 해결해야 할 일이 넘쳐났다.

※

보낸 사람: Bee1984@gmail.com
받는 사람: NB26@zone.com
어떻게 됐어요??? 레일라 2와 통화했어요??

보낸 사람: NB26@zone.com
받는 사람: Bee1984@gmail.com
이 초 전에요. 레일라 2가 막 전화를 끊었어요. 미안해요, 비. 내가 망친 것 같

아요. 레베카와 다시 연락하고 싶은 옛 친구라고 했는데 바로 뭔가 이상하다는 눈치를 챘나 봐요. 어디서 자기 번호를 찾았냐는 둥 이것저것 캐묻더라고요. 날 소름 끼치는 미치광이 스토커로 생각하는 것 같아요. 당신에 대한 어떤 정보도 얻지 못했어요.

보낸 사람: Bee1984@gmail.com
받는 사람: NB26@zone.com
맙소사. 딱 레일라답네요. 당신 잘못이 아니에요. 레일라가 워낙 방어적이긴 해요.

보낸 사람: NB26@zone.com
받는 사람: Bee1984@gmail.com
미안해요. 내가 다시 전화해 볼까요? 이번에는 스코틀랜드 억양이나 다른 사투리를 써볼게요.

보낸 사람: Bee1984@gmail.com
받는 사람: NB26@zone.com
그러기엔 레일라는 눈치가 너무 빨라요. 에잇, 아쉽네요. 아빠 관련해서는 찾은 정보 없나요?

보낸 사람: NB26@zone.com
받는 사람: Bee1984@gmail.com
전혀요. 계속 찾고는 있어요. 유권자들의 기록이 몇 년 전에 전면 사유화됐거든요. 전에도 말했지만, 접근 권한 없이는 사람 찾기가 힘들어요.

보낸 사람: Bee1984@gmail.com

받는 사람: NB26@zone.com

그럼, 엄마는요?

보낸 사람: NB26@zone.com
받는 사람: Bee1984@gmail.com

당신이 부탁한 대로 출생과 사망 기록을 요청해 놨어요.

보낸 사람: Bee1984@gmail.com
받는 사람: NB26@zone.com

고마워요. 거기서는 엄마가 살아 있었으면 하는 바람이 잘못된 걸까요? 그렇다고 내가 엄마를 다시 볼 수 있는 것도 아니니까요……. 하지만 닉, 당신은 내 마음 이해하죠. 그렇죠?

보낸 사람: NB26@zone.com
받는 사람: Bee1984@gmail.com

알아요. 당연히 이해하죠.

보낸 사람: Bee1984@gmail.com
받는 사람: NB26@zone.com

고마워요. 슬슬 거기서의 내가 조금 걱정되네요……. 사설탐정이라도 고용해서 찾을 수 있으면 좋겠어요.

보낸 사람: NB26@zone.com
받는 사람: Bee1984@gmail.com

불행히도 예산이 한정적이랍니다. 당신의 닉과 달리.

받는 사람: NB26@zone.com

그 남자는 '내 닉'이 아니에요! 비록…… 니콜라스 2가 금요일에 요크에서 행사가 있긴 하지만. 범죄소설에 대한 강연이래요. 가봐야 할까요? 자연스럽게 마주칠 기회일까요?

보낸 사람: Bee1984@gmail.com

받는 사람: NB26@zone.com

닉? 거기 있어요?

보낸 사람: NB26@zone.com

받는 사람: Bee1984@gmail.com

여기 있어요. 이 모든 게 빌어먹을, 이상하게 느껴져요. 그 자식이 완전히 인간 쓰레기면 어쩌죠?

보낸 사람: Bee1984@gmail.com

받는 사람: NB26@zone.com

안 그럴 거예요. 그 남자는 바로 당신이에요. 어, 비슷한 거죠. 이게 우리 계획 아니었나요?

보낸 사람: NB26@zone.com

받는 사람: Bee1984@gmail.com

네. 맞아요. 방금 한 말은 잊어버려요. 작가 강연에 가야죠. 생각해 봤는데, 내가 사설탐정을 고용할 순 없지만 직접 가서 조사할 순 있을 것 같아요. 런던으로 가서 단서를 따라가는 거죠. 당신이 지금 사는 아파트도 확인해 보고, (제발) 미친놈 같은 인상을 주지 않고 레일라 2도 직접 만나 대화해 보고요.

보낸 사람: Bee1984@gmail.com

받는 사람: NB26@zone.com

당신이 그렇게 말해주길 기다렸어요! 레일라와 미리 약속을 잡아놓으면 어떨까요?

보낸 사람: NB26@zone.com

받는 사람: Bee1984@gmail.com

한번 해볼게요. 비록 내 계좌에 1500유로밖에 없지만, 레일라 2가 이 사실을 알 필요는 없죠. 내가 큰돈을 굴리는 투자 은행가나 그 비슷한 직업인데 벤처 투자 건으로 재정적인 조언이 필요하다고 할게요. 무일푼 처지를 갑부급으로 높여보죠.

보낸 사람: Bee1984@gmail.com

받는 사람: NB26@zone.com

고마워요. 그런데 당신 세계와 달리 여기서는 레일라가 쌍둥이를 낳은 후 일을 그만뒀다는 사실이 계속 떠올라요. 회사를 그만두고 레일라가 꽤 힘들어했거든요. 자기 일을 계속 그리워했어요. 레일라 2와 통화할 때 목소리가 어땠어요? 행복해 보이던가요?

보낸 사람: NB26@zone.com

받는 사람: Bee1984@gmail.com

비, 답을 해주고 싶어도 꺼지라는 말밖에 들은 게 없네요.

보낸 사람: Bee1984@gmail.com

받는 사람: NB26@zone.com

알겠어요. 계속 얘기하고 싶은데, 일이 너무 밀렸어요. 나중에 다시 얘기할래요?

보낸 사람: NB26@zone.com

받는 사람: Bee1984@gmail.com

행운을 빌어요.

비

　나, 레베카 2는 어디 있는 걸까? 왜 날 찾을 수 없는 거지? 이 문제가 머릿속에서 떠나지 않았다. 만약 어쩔 수 없는 이유로 아빠를 따라 호주로 이민을 갔다면?(아니다. 그런 일은 있을 수 없었다. 아빠와 난 일년에 딱 한 번 크리스마스에만 통화했다. 그것도 꽤 어색한 분위기로.) 만약 내가 완전히 다른 분야에서 일한다면? 이것도 아닐 것 같았다. 엄마 덕분에 어려서부터 바느질을 시작했고, 열 살 때 디자이너라는 꿈을 정했다. 다른 직업은 고려해 본 적도 없었다. 혹시…… 만약 네이트와 결혼했다면? 페미니스트로서의 신념을 버리고 네이트를 다시 받아들였을 뿐 아니라 결혼 후 네이트의 성까지 따랐다면?(원치 않는 결론이었지만 닉에게 일단 확인을 부탁했다. 하지만 이것 역시 아니었다. 진짜 다행이었다.)

　이제는 슬슬 안 좋은 생각이 들기 시작했다. 만약 레베카 2가 죽었다면? 살인이나 사고, 아니면 드물게 발현하는 유전자 문제로……. 아니다. 그렇다면 분명 닉이 어떤 형태든 부고장이라도 발견했을 것이다. 아니면 혹시 아예 태어나지 않은 건 아닐까? 영화 〈백 투 더 퓨처〉처럼 엄마와 아빠가 서로 만난 적도 없다면? 아니면 아빠가 애튼버러 협정에 따라 정관수술 보조금을 받기로 했다면? 진짜 메일상으로는 더 괜찮게 들리는 닉의 세계에 나란 존재가 없다면, 내가 없기 때문에 그곳이 더 나은 세상이 된 건 아닐까?

'비, 세상 모든 일이 네 중심으로 돌아가는 게 아니야.' 알고 있다. 하지만 그런 생각이 드는 건 어쩔 수 없었다.

불안이 막 피어오르던 찰나, 내가 살아 있거나 아니면 적어도 태어나 성인이 됐다는 확인 메일을 닉이 보냈다.

[비, 여기서도 골드스미스대학에 다녔네요. 당신 이름이 졸업생 명단에 있어요. 학과 사무실에 연락해 봤지만 현재 연락처는 못 받을 것 같아요.]

[그래도 성과가 있었네요!]

그런데 난 도대체 어디서 무슨 일을 하고 있는 거지?

내가 태어나지 않았거나 사망통계로만 남은 존재가 아니라는 안도감은 닉이 전한 다음 소식에 곧바로 사라졌다. 닉은 부드러운 말투로 여기보다 한 달 일찍 엄마가 돌아가셨다는 부고 기사를 발견했다고 전했다. 다른 세계에서는 엄마가 병을 이겨냈을 거라는 희망이 사라졌다. 소식을 접하고 몇 시간은 엄마를 막 잃었을 때처럼 생생하고 강한 상실의 고통이 밀려왔다. 엄마는 죽기 전 최선을 다해 본인의 사후 준비를 하고, 내가 엄마 없는 삶을 대비하도록 했다.(우선 매우 현실적으로 엄마의 일을 차근차근 정리했다. 내가 엄마를 잃은 슬픔 속에서 유품과 마무리되지 않은 일을 살펴봐야 하는 괴로움을 겪지 않도록 신경 썼다.) 하지만 그 누구도 이렇게 창의적인 방식으로 불시에 공격을 퍼붓는 슬픔을 완벽히 막아낼 수는 없을 것이다. 엄마의 코트와 똑같은 고가의 M&S 코트를 걸친, 심지어 외모도 비슷한 사람이 지나갈 때, 엄마가 구워주던 고기파이 냄새가 날 때, 프레디 머큐리의 노랫소리가 슈퍼마켓에서 들려올 때마다 예상치 못한 순간 슬픔에 빠지곤 했던 것이다. 부모를 잃는 슬픔이 얼마나 큰지, 얼마나 외로운지는 그 누구도 알려줄 수 없다. 엄마와 난 매일의 일상을 나누며 살아서, 인생에서 크든 작든 무슨 일이 생길 때마다 엄마에게 전화하던 습관을 멈추는 데 여러 달이 걸렸다. 당시에는 레일라가 내 삶을 다시 안정시킬 수 있도록 도왔다. 그리고 지금은 닉이 그 역할을 했다.

[닉, 최악은 내 평생 그렇게 방황한 적이 없었다는 거예요. 말 그대로 어떻게 살아야 할지 모르겠더라고요. 마치 엄마가 내 인생의 닻이었고, 누가 우리 사이의 끈을 뚝 끊어버린 것처럼 혼자 둥둥 떠내려가는 기분이었죠. 맙소사. 너무 진부한 표현이네요. 게다가 약해빠지고 한심한 소리로 들려요.]

[전혀 아니에요, 비. 당신의 감정에 솔직했다고 사과할 필요 없어요. 그건 약한 모습이 아니라 오히려 강한 거예요. 전에 당신이 내게 한 말을 떠올려 봐요.]

[??]

[폴과 제즈의 일을 말했을 때 당신이 얘기했죠. 충분히 괴롭고 힘들 만한 일이라고요. 당신도 마찬가지예요. 그때나 지금이나.]

[그렇게 말해줘서 고마워요, 닉. 당신도 나와 비슷한 나이에 부모님을 잃었댔죠. 같은 기분이었나요?]

[강도는 좀 더 약했던 것 같지만, 네. 맞아요. 솔직히 아직 부모님이 생각나곤 해요. 부모님의 사랑은 무조건적이잖아요. 그런 사랑이 얼마나 삶의 중요한 구심점이 되는지 말해 뭐 하겠어요. 부모란(좋은 부모인 경우요.) 그 방면에서 세계 최고의 사랑꾼이죠. 마치 삶의 소명인 듯 사랑해 주죠.(물론 아이를 망치는 부모도 있지만요.)]

바쁜 업무와 니콜라스 프로젝트 덕에 슬픔과 혼란을 잠재울 수 있었다. 니콜라스의 강연 티켓을 예매하고 범죄소설 콘퍼런스가 열리는 호텔에 마지막 남은 방 하나를 예약했다. 금요일 일정은 모두 비웠다.

닉이 당장 런던으로 달려가 꽁꽁 숨겨진 레베카 2에 대해 어떤 정보라도 알아내기를 간절히 바랐지만, 레일라와의 미팅은 겨우 금요일로 잡혔다. 똑같이 금요일이라니. 운명적인 우연의 일치였다. 닉과 난 같은 날 각자의 세계에서 상대방에 대한 조사에 착수할 것이다.

니콜라스의 사생활에 대한 어떤 정보라도 얻기 위해 소셜미디어 계정을 계속 뒤져봤다. 위키 페이지에도 결혼이나 자녀 관련 언급이 없었고, 페이스북 팬페이지 역시 결혼에 대한 내용은 없었다. 니콜라스가 트위터를 자주 하지는 않았지만 짧은 글이든 한 줄 평이든 모든 문장을 세심하게 다듬어 쓴 모습이 인상적이었다. 자기 작품 홍보보다 다른 작가의 책이나 중요한 세계 현안을 알리는 데 더 많은 글을 할애한 걸로 보아 자기중심적인 사람은 아닌 것 같았다. 몇몇 리트윗을 빼면 정치적인 글도 없었다. 이 점이 니콜라스를 소심하게도 현명하게 보이게도 했다. 댓글이나 트위터 글 하나하나를 신중하게 생각하고 올리는 것 같았다. 금요일 강연에서 직접 만나기 전에 미리 트위터에 메시지를 하나 보내놓았다.("안녕하세요. 트위터에서 작가님 소식을 봤어요!") 닉에게 얻은 내부자 정보를 활용할 좋은 기회였다.

[니콜라스의 주의를 끌려면 아이디나 아바타를 어떤 걸로 해야 할까요?]

[섹스69?]

[하하. 그건 아닌 것 같아요.]

[미안해요. 좀 지나쳤네요. 음…… 갈색 머리 소녀? 데이비드 보위의 보물 창고?]

[오, 좋아요! 해결!]

효과가 있었다. "금요일 @krimifest에서 @NicolasBBauthor를 만나러 출발! 너무 기대된다"라고 트위터에 올린 지 몇 분도 지나지 않아 니콜라스가 날 맞팔했다.

[또 해줄 말 있어요?]

[니콜라스에게 좀 더 그럴듯한 필명을 지었어야 했다고 전해주세요.]

[닉, 약간 쓸쓸함이 느껴지는데, 맞아요?]

[어-, 약간요. 비, 편하게 행동해요. 난 억지로 밀어붙이는 사람하고 는 잘 못 지내거든요.]

남은 한 주는 한꺼번에 여러 일을 처리하느라 정신없이 바빴다. 닉과 메일을 주고받고, 레일라가 보낸 문자에 적절한 답장을 보내고, 고객과 의견 차이로 언쟁도 벌이고, 일이 바빠 쪽잠을 자고, 헤드폰으로는 니콜라스의 오디오북을 들으며 일하기도 했다. 데뷔 작품 말고는 모두 오디오북으로 들었다. 데뷔작은 오디오북이나 전자책이 없어서 온라인 중고 서점에서 구해야 했다. 닉이 그 책을 읽지 말라고 애원했지만 대강이라도 보고 싶은 유혹을 이길 수 없었다. 니콜라스의 데뷔작은 닉이 말한 내용과 비슷했다. 닉의 말대로 정말 별로였다. 니콜라스의 두 번째 책은 슬프기도 하고 재밌기도 했으며, 세 번째 책은 아주 진지한 내용이었다.(결국 끝까지 읽지 못하고 포기했다. 생어 시리즈가 좀 더 내 취향에 가까웠다.) 내가 정신 산만한 책 블로거처럼 소설 내용을 알려주겠다고 했지만, 닉이 거절했다.

[아직은 볼 준비가 안 된 것 같아요.]

[내가 너무 무신경했죠?]

[솔직히 좀 혼란스러워요. 니콜라스를 속속들이 알고 싶기도 하지만, 한편으로는 전혀 그렇지 않거든요. 난 작가를 포기했는데 그는 포기하지 않았죠. 내가 포기한 미래가 계속 눈앞에 떠오르는 기분이에요.]

[이해해요.]

닉을 어느 정도 이해할 수 있었다. 만약 레베카 2가 파리에 작업실이 있는 세계적인 디자이너라고 하면 위협받는 기분이 들었을까? 절대 알 수 없는 기분이겠지.

목요일 밤에는 거의 잠을 이룰 수 없었다. 레일라에게 지금 상황을 털어놓고 뭘 입고 갈지 의견을 듣고 싶었다.(최종적으로 유스턴역에 갈 때 입었던 옷을 똑같이 입고 가기로 했다.) 하지만 다 말했다면, 레일라는 내가 또 어리석게 위험한 관계에 빠져들까 봐 걱정하느라 병이 났을 것이다. 레일라에게 어디에 가는지조차 말할 수 없었다. 양자물리학뿐 아니라 범죄소설까지 갑자기 관심이 생겼다고 하면 아주 수상하게 생각할 것이다.

기차가 연착하자 불안감이 커졌다. 연착 때문에 호텔 방에 들러 거울 볼 틈도 없이 강연장까지 뛰어가야 했다. 강연이 막 시작되려는 찰나, 땀에 흠뻑 젖어 숨을 헐떡이며 강연장에 도착했다. 어쩔 수 없이 호텔 소강당에 마련된 강연장 제일 뒷줄에 앉았다. 앞줄에는 온통 흰 머리만 보였다. 강연장 앞 단상 위에는 팔걸이의자 두 개가 놓여 있었다. 뒷자리라 시야가 가리기는 했지만 조명 속에 앉아 있는 니콜라스의 모습을 충분히 볼 수 있었다. 사람들이 흔히 외모보다 성격이 중요하다고 말하지만 누구나 그게 거짓말이라는 걸 안다. 사진으로 봤을 때도 니콜라스는 확실히 자기만의 고유한 분위기가 있었다.(솔직히 인정하자면, 리즈의 콰지모도처럼 생기지 않아 안심했다.) 하지만 직접 만나면 그런 매력이 순식간에 사라질 수도 있다. 이쪽 세계의 닉에게 반할 수도 있지만, 만약 우리 사이에 끌리는 감정이 안 생긴다면? 혹시 니콜라스가 날 불쾌한 사람으로 여긴다면?([맙소사. 이젠 별 이상한 상상까지 하네요. 니콜라스가 나와 성향이 비슷하다면, 당신이 이마 한가운데에 제3의 눈이 있지 않는 이상 다 잘될 거예요. 설령 제3의 눈이 있더라도 노력해 볼 기회는 있어요.])

갑자기 주변이 조용해지더니, 그가 단상 위로 올라왔다.

닉

이번에는 유스턴역까지 가는 기찻길이 불편하고 우울했다. 내 처지에 딱 맞는 일반석으로 갔기 때문만은 아니었다. 안 좋게 끝났던 지난 여정이 떠오르기도 했고, 일반적인 의미에서 비와 내가 함께할 희망이 없다는 사실이 자꾸 생각나기도 했다. 릴리 부인은 최근 내가 소홀하게 굴었는데도 불구하고 로지를 맡아주었다. 물론 "로지야, 네 주인은 필요할 때만 내게 오는구나. 그렇지?"라고 한마디 하기는 했다.

아직은 이 늙은 이웃 주민에게 집을 내놨다는 소식을 전할 용기가 나지 않았다.

기차가 덜컹거리며 달리는 동안, 비는 니콜라스의 강연 내용을 실시간으로 계속 알려줬다.

[말솜씨가 있는데요? 재밌는 말도 하고 자기 비하 발언도 하네요. 이걸 녹음해서 당신에게 보내주고 싶어요!]

[나도 듣고 싶네요.]

거짓말쟁이.

[니콜라스 말이 탐정 캐릭터 일부는 아버지 성격을 본뜬 거래요. 쉽게 속일 수 있는 분이 아니었다고요. 곧 티브이 시리즈로도 제작된대

요. 사람들이 짐 브로드벤트가 주인공 역할을 맡기를 바란대요. 당신 세계에도 있는지 모르겠지만, 여기서는 엄청 유명한 스타예요.]

하, 대단하네.

헤드폰 너머 큰 소리로 음악을 듣는 옆자리 십 대 소년이 고마울 지경이었다. 니콜라스와 비에 점점 집착하는 내 마음을 흩트려 놓을 정도로 신경 쓰이는 소음이었다. 난 아직 도플갱어 작전에 대해 마음 정리가 안 됐다. 작전 성공을 바라는 마음과 바라지 않는 마음이 반반이었다. 난 레베카가 어떻게 생겼는지조차 모르는 상황인데, 비는 작전에 앞서갔다. 불과 몇 분 후 '나'를 만난다는 사실 때문에 내가 이렇게 말이 없어진 걸까? 아니면 니콜라스가 작가로 성공했다는 사실을 떠올릴 때마다 계속 한 방 얻어맞은 기분이 들기 때문일까?(둘 다겠지.) 게다가 통화한 지 십오 초 만에 내 거짓말을 모두 꿰뚫어 본 레일라 2와의 미팅을 앞두고 두려움을 느끼고 있었다. 레일라 2의 비서에게 인간 배설물을 전기로 바꾸는 데 특화된 스타트업 회사의 대표인 척하며 투자 관련 서류를 몇 장 보내놓았다.([그것참 독특한 사업이네요, 닉.] [인트라넷에 따르면 수익성이 꽤 높은 사업이에요.]) 제발 레일라가 미리 나에 대해 조사해 보지 않았기를 기도했다. 레일라 2를 만나기 전, 비가 사는 아파트에 먼저 들를 예정이었다. 비는 그 유명한 네이트 개자식과 거기서 함께 산 적이 있었다. 몹시 궁금하긴 했다. 혹시 레베카가 지금 거기 살고 있다면? 만약 그렇다면, 닉? 그녀에게 뭐라고 말하지? 나와 비는 오랫동안 이 문제로 고민했다. 바로 진실을 말하는 건 불가능했다. 적어도 첫 만남에서는 안 될 일이었다.([너무 위험 부담이 커요. 생각 좀 해봐요. 처음 보는 사람이 집 앞에 찾아와 이런 말도 안 되는 긴 얘기를 늘어놓으면 어떻게 반응하겠어요?]) 결국 비는 좀 더 안전한 방법으로 다가가라고 했다. 그 동네로 이사 간 내게 친구의 친구가 레베카를 찾아달라고 부탁했다는 식으로 말이다.

비는 계속 메일을 보냈고, 기차는 서서히 유스턴역에 가까워졌다. 기분이 점점 우울해졌다.([이제 책에 사인 받으러 가려고요. 행운을 빌어줘요!]) 기차에서 익숙한 도착 알림음이 울리자, 승객들이 소지품을 챙겨 출구 쪽으로 몰려갔다. 출구를 향해 몸을 돌리는데 문득 익숙한 형체가 눈에 띄었다. 총알처럼 뾰족하고 매끈한 머리가 감자튀김 가판대 뒤에서 불쑥 튀어나왔다.

제프리였다. 빌어먹을, 그놈의 제프리. 그는 허둥지둥 도망치려 했지만 지난번과 마찬가지로 아주 서툴렀다. 난 제프리의 재킷 목덜미를 움켜쥐었다. 제프리와 내가 기차 통로에서 서로 밀치며 몸싸움하자, 할머니 몇몇이 못마땅해하며 혀를 끌끌 찼다.

"알았소, 알았소."

제프리가 내 손에서 빠져나오려 몸을 비틀며 말했다.

"리즈에서부터 따라온 겁니까?"

"맞소."

'그래서 어쩌라고?' 하는 듯한 태도였다.

"켈빈과 다른 사람들도 당신이 날 염탐하는 걸 알고 있습니까?"

제프리는 '당연하지, 이 머저리야' 같은 눈빛을 보냈다.

얼마 전 제프리가 밖에서 몰래 내 집을 염탐했던 다음 날 아침, 켈빈에게 전화했었지만 음성사서함으로 넘어가 직접 통화를 하지 못했었다.

"왜 이런 짓거리를 하는지 물어볼 필요조차 없을 것 같군요. 분명히 당신을 비롯한 베렌스테인 회원들이–"

"스타인이오."

"뭐라고요?"

"베렌스타인이라고 부르시오."

하나님 맙소사.

"하, 뭐든지 간에. 당신이랑 나머지 얼간이들이(이상하게도 그는 얼간이란 말에는 화를 내지 않았다.) 수상쩍은 편집증 환자란 건 눈치챘지만, 대체 날 염탐해서 얻는 게 뭡니까? 그리고 당신, 이런 일에 소질이 없다는 것쯤은 알아두시죠."

제프리의 눈이 더 작아지고 어두워 보였다.

"당신은 작가잖소. 당신이 우리를, 우리 협회가…… 그…… 문제가 있는 것처럼 보이게 하려고 자……잠……잠……잠입 거시기 하려는 놈인지 확인할 필요가 있었소."

"지금 당신들 스스로 문제를 만들고 있잖아요."

난 제프리에게 바짝 다가섰다. 진짜 그는 문제가 있는 사람처럼 보였다. 아주 나쁜 쪽으로 말이다.

"그리고 난 협회에 잠입하려 한 적 없습니다."

"런던에 뭐 하러 온 거요?"

"제기랄, 당신이 상관할 바 아니라고요."

"이거 봐. 이러니까 당신이 뭔가 숨기는 것처럼 느껴지는 거라고."

"꼭 알고 싶다면, 난 회계사를 만나러 온 겁니다."

"아, 그러시오? 헨리에타 말로는 당신이 찢어지게 가난하다던데."

"빌어먹을. 도대체 그걸 어떻게 아는 겁니까?"

제프리가 어깨를 으쓱하며 말했다.

"헨리에타는 그런 일에 아주 능숙하오."

"그런 일?"

"사실을 조사하는 거 말이오."

제프리의 대답에 갑자기 섬뜩해졌다. 헨리에타를 처음 봤을 때 만만찮은 상대라는 생각은 했는데, 대체 내가 어떤 불구덩이에 걸어 들어간 거지?

"지금 날 조사하고 있다고요? 지금 당신의 행동만큼 분명한 증거는 없겠죠. 한 번만 더 날 미행하면 당신을 스토킹 죄로 고소할 겁니다."

제프리가 교활한 미소를 지었다.

"지금 뭔가 꾸미고 있는 건 맞군."

"이봐요. 내가 키우는 개의 목숨을 걸고 맹세하는데, 당신네 머저리 같은 단체에 잠입해서 글을 쓸 생각 전혀 없습니다. 아무도 관심 없을 뿐더러 나 역시 그런 글을 쓰는 작가가 아닙니다."

"내가 모은 정보로는 작가라고 볼 수도 없더만."

"하, 진짜. 좋은 말로 하려고 했더니. 좀 꺼져줘, 이 개자식아."

화가 나서 성큼성큼 걸어가다 제프리가 따라오는지 확인했다. 제프리는 그대로 서서 반쯤은 웃는 듯 알 수 없는 표정으로 날 바라보고 있었다. 지하철역으로 가는 동안에도 제프리가 미행하는지 확인하기 위해 수시로 걸음을 멈춰야 했다. 나 혼자 무궁화꽃이 피었습니다 놀이를 하는 기분이었다. 혹시나 모를 미행을 확실히 따돌리기 위해 몇몇 역에서는 지하철 문이 닫히기 직전 갑자기 플랫폼으로 뛰어내리기도 했다. 스파이 영화에서 보던 것보다 훨씬 힘든 동작이었다.(재킷 뒷부분이 지하철 문에 끼일 뻔하기도 했다.) 가는 도중 켈빈에게 전화를 걸었지만 또 음성사서함의 기계 안내음만 들릴 뿐이었다.

"켈빈 씨, 잘 들으시죠. 당장 나한테 전화하지 않으면 내가 반드시 협회에 대한 아주 멋진 글을 하나 써주겠습니다."

런던에서 비가 산다는 지역은 처음 와봤는데 정말 인상적인 동네였다. 런던 대부분의 지역과 마찬가지로 대부분 보행자 전용 구역이었으며, 나이 든 나무와 새로 심은 나무가 줄 선 길을 따라 자전거도로가 쭉 이어졌다. 타운하우스 거리를 따라 계속 걸었다. 집마다 앞 정원에는 형형색색으로 물든 꽃나무가 있었고, 창문으로는 전문가가 엄선한 예술적인 실내 인테리어가 엿보였다. 내가 사는 지역보다 훨씬 조용했다. 저절로 로지와 함께 이 지역으로 이사해 사는 모습이 떠올랐다. 로지는 아름답게 정비된 도로와 정원을 마음껏 더럽히며 신나 할 것이다.

비가 보내준 주소를 찾아가 보니 4층짜리 조지아풍 타운하우스 집이 나왔다. 돈 많은 부자만 지불할 여력이 되는 고급 단열재를 사용했으며, 집 앞은 벚나무가 일렬로 심겨 있었다. 비는 1층에 산다고 했다. 잠시 집 앞에 서서 비가 창가에 앉아 바느질하다 잠깐 멈추고 내게 메일을 보내는 모습을 상상했다. 1층에는 커튼이 반쯤 쳐져 있어 집에 사람이 있는지 알 수 없었다.

초인종을 누르고 기다렸다. 드디어 그녀의 집 바로 앞에 와 있다. 잠시 후 그녀, 레베카, 혹은 비(어떤 의미에서는)와 얼굴을 마주하는 순간이 올 수도 있다. 현재 상황이 주는 의미가 갑자기 날 강타하더니 곧 머리가 텅 비었다. 오는 동안 계속 연습한 첫인사도 전부 잊어버렸다. 하지만 알고 보니 이 모든 게 부질없는 걱정이었다. 내가 잠깐 얼어붙어 있는 사이, 상의를 풀어 헤친 남자가 대문을 열었다. 엄청난 근육의 소유자로, 처음에는 우습게도 불끈불끈한 근육 모양의 슈트를 입은 줄 알았다. 실망스럽게도 전혀 비가 묘사한 네이트(혹은 집주인 남편인 조나스)와 닮지 않았다. 하지만 만약 이 남자가 레베카의 애인이라면 근육으로는 내 쪽에 전혀 승산이 없어 보였다. 남자는 지극히 무관심한 눈빛으로 날 훑어보더니 하품하며 말했다.

"누구시죠?"

"비를 찾고 있는데요. 베카? 아니면 레베카 데이비스 아시나요?"

"누구요?"

"여기 살거나, 아니면 전에 살았다고 들었어요. 이 아파트 중 한 층에요. 그럴 거예요."

남자는 어깨를 으쓱하더니 누군가를 불렀다.

"매그? 여보? 여기 좀 와봐요."

빨간 실크 가운을 걸친 멋진 노부인이 다가왔다.(내가 둘만의 뭔가를 방해한 게 분명했다.) 노부인은 날카로운 눈길로 날 재빨리 훑어봤다. 난 비를 찾으려고 애쓰는 어떤 옛 친구의 존재를 덧붙이며 횡설수설 다시 설명을 이어갔다.

"여기는 타운하우스 주택이에요. 아파트가 아니라. 그리고 레베카라는 사람은 여기 없어요."

"당신이 마그다인가요?"

"그 이름도 유명한 마그다와 조나스의?"라고 덧붙일 뻔했다.

"어떻게 내 이름을 알죠?"

"어……, 그 친구가 말해줬어요."

마그다는 내 말에 속지 않았다. 불신의 표정이 떠오르더니 눈앞에서 문을 쾅 닫았다.

실패였다. 이제는 레일라 2에게 남은 가능성을 모두 걸어야 할 차례였다. 패링던에 있는 레일라의 사무실에서 만나기로 한 약속 시간까지 한 시간이 남았다. 커피나 아니면 더 센 걸 한잔할 시간적 여유가 있었다. 가는 길에 비에게 메일을 보냈지만 답장이 없었다. 책에 사인 받을 거라는 메일을 끝으로 다른 연락은 오지 않았다. 요크셔의 아름다운 여관에서 평행세계의 나와 비가 섹스하는 모습이 머릿속에서 마치 영화처럼 불쾌하게 펼쳐졌다. 이건 전혀 자위적 환상이 아니었다. 내 상상 속 니콜라스의 모습은 전혀 나와 닮지 않았기 때문이다. 겉으로만 상냥한 척하는, 아까 본 근육질 덩어리 남자처럼 구시대적 남성성의 귀감인 제이슨 프레이의 모습에 더 가까웠다.

막 레일라의 회사 건물에 도착했을 때, 켈빈이 전화를 했다.

"마침내 전화를 주셨군요. 제프리한테 날 미행하라고 시켰습니까?"

잠시 정적이 흐른 후, 켈빈이 대답했다.

"제프리가 먼저 제안했다고 말하는 편이 더 정확하겠네요."

"빌어먹을, 뭐 하는 짓입니까?"

"비속어 사용은 자제해 주시기 바랍니다."

"하, 당신네 그 빌어먹을 미친놈에게 날 쫓아다니지 말고 혼자 좀 내버려 두라고 말해주면 빌어먹게 고맙겠습니다만?"

침묵이 흘렀다.

"제기랄, 아무튼 그 사람은 도대체 뭐가 문제입니까?"

"제프리는 자동차 사고로 약간의 전두엽 손상을 입었습니다. 그래서 다소…… 엉뚱하다는 인상을 줄 수 있기는 합니다."

그 말을 듣자 미친놈이라는 표현에 약간의 죄책감이 느껴지기는 했지만 내가 느낀 분노를 완전히 없앨 정도는 아니었다.

"날 스토킹하지 말라고 전하십시오. 안 그러면 경찰에 신고할 겁니다."

아이러니하게도 나 역시 이제 막 레일라에게 사기를 치려는 참이었다. 엄밀히 말해 스토킹은 아니었지만, 그렇다고 딱히 적법한 방법도 아니었다.

"협회가 당신 사례를 어떻게 다룰지 결정 내렸습니다. 월요일 밤에 만나도록 하죠."

그 말을 한 후, 켈빈이 먼저 전화를 끊었다. 어이가 없었다. 사실 섬뜩한 느낌이었다. 아주 날을 딱 맞춘 느낌이랄까. 켈빈에 대한 짜증을 떨쳐내고 마음을 진정시켰다. "기억해. 넌 엄청나게 성공한 부자야. 돈도 많고 사회적으로도 성공했어"라고 되뇐 후, 부유한 사람의 분위기를 풍기려 애쓰며 최대한 태연하게 유리문을 열고 들어갔다. 1층에는 친환경 디자인 인증서가 전시돼 있었고, "직원의 70% 이상이 재택근무 중!"이라는 표지판과 내부 중앙홀이 눈에 띄었다. 티 한 점 없이 매끈하고 고급스러운 공간 때문에 본래 단정하지 못한 내 모습이 더 의식됐다. 머리카락은 이미 평소의 덥수룩한 털 뭉치가 돼 있었고, 내가 가진 제일 좋은 셔츠조차 고급 브랜드 축에는 끼지도 못했다. 최상층에 자리한 레일라 2의 사무실까지 안내하기 위해 내려온 비서는 내 모습을 훑더니 곧 무시하는 시선으로 바라봤다. 레일라 2의 사무실은 말도 안 되게 좋았다. 전 창이 통유리로 바깥 풍경이 모두 보였고, 사무실 집기는 모두 인체공학적으로 설계된 제품이었으며, 개인 책상이 더블베드만큼 컸다.

레일라 2는 자신의 사무실만큼이나 우아하게 차려입은 모습이었다. 수년간 자신이 이 방에서 가장 똑똑한 사람이라는 걸 확신해 온 듯 엄청난 자신감을 뿜어냈다. 그런 레일라 2를 보자마자 내 서툰 거짓말이 금방 탄로 날 거라는 걸 깨달았다.

이 게임을 계속하려면 오직 한 가지 방법밖에 없었다. 자, 숨을 크게 들이마시고 가보자.

"레일라 씨, 정말 미안합니다. 하지만 더 이상 거짓 행세는 하지 않을게요. 전 정말 진심으로 레베카 데이비스가 걱정돼 왔습니다. 분명 제게 꺼지라고 하시겠지만, 그 전에 적어도 레베카의 생사 여부라도 알려줄 수 있나요?"

❋

보낸 사람: NB26@zone.com
받는 사람: Bee1984@gmail.com
당신을 찾았어요, 비.

3부

양육의 힘

비

내가, 레베카가, 결혼했다. 아이도 있다.

결혼을 했다.

아이도 있다.

엄마라니. 내가 '엄마'였다.

내가 엄마라는 충격적인 메일을 받았을 때는 다행히 호텔 방에서 한숨 돌리던 중이었다. 반쯤 정신이 나가 "제기랄, 대체 무슨 말이야?"라고 소리 질러도 들을 사람이 없었다. 처음으로 내 눈앞에서 살아 숨 쉬는 닉/니콜라스를 만났다는 설렘과 긴장감을 풀기 위해 혼자만의 시간을 가지는 중이었다. 하필 사인 줄에 서 있는 동안 휴대폰 배터리가 다 됐고 멍청하게 충전기를 안 가져온 걸 깨달았다. 사인회가 끝난 후 어쩔 수 없이 편의점까지 충전기를 사러 가야 했다. 즉 휴대폰을 켰을 때는 닉이 지난 두 시간 동안 계속 업데이트한 점점 더 충격적인 레베카의 소식이 받은 메일함에 차곡차곡 쌓여 있었다는 뜻이다. 평행세계의 내가 결혼했을 가능성은 생각해 본 적 있지만, 엄마일 가능성까지 생각해 본 적 있던가? 없었다. 전혀 생각해 본 적이 없었다. 살면서 아이를 갖고 싶다는 생각은 서른 살쯤 딱 한 번 한 적 있었지만 그런 생각은 며칠 가지 않았다. 당시 동료 몇 명이 출산휴가 때문에 일을 잠시 놔야 한 점과 여러 사회적 여건을 고려했을 때 아이 생각은 접었다. 대체 무슨 일이 있었던 거지? 호르몬 변화로 출산을 선택한 걸까? 아니면 내가 포기한 배 속의 아기를 레베카는 낳기로 결심한 걸까? 예상 밖의 충격은 그것만이 아니었다. 레베카는 네이트가 아니라 베네딕트(이름이 베네딕트가 뭐람!)란 사람과 결혼했다. 그뿐 아니라 결혼하고 베네딕트의 성을 따랐다.(여성 인권 옹호여, 안녕!) 닉이 레베카를 찾기 어려울 만했다.

호텔에서 제공한 과자와 가방 구석에서 찾아낸 찌그러진 초코바까지 허겁지겁 먹어 치우고서야 겨우 마음이 진정됐다. 닉에게 레일라와의 만남을 자세히 말해달라고 부탁했다.

[그런데 우선, 레일라를 어떻게 설득했어요? 사실대로 말했어요? 제 말은, 우리 상황에 대해서요.]

[맙소사, 아니요. 설령 레일라가 내 말을 믿는다 해도 이해시키는 데만 몇 시간은 걸렸을걸요. 날 쫓아내지 말라고 애원한 후 레베카와 골드스미스대학교를 같이 다닌 친구라고 했어요. 친구와 다시 연락하고 싶은데 방법이 없어 고민 중에 마침 레일라라는 친구 얘기를 한 기억이 났다고 둘러댔죠. 그리고…… 내가 SS라는 인상을 준 것 같아요.]

[SS?? 네?? 비밀 요원의 약자인가요? 나치 같은?]

[동성애자요!]

[게이 말하는 거예요?]

[맞아요. 하지만 여기서 게이는 경멸적인 단어라 쓰지 않아요. 일단 날 레베카의 스토커라고 여길 만한 위험 요소를 없애야 레일라가 레베카 소식을 전해줄 확률이 높다고 생각했죠.]

[좋은 생각이네요. 맞아요. 한편으로는 알고 싶지 않기도 하지만, 베네딕트는 어떤 사람이죠? 남편 말예요. 오, 하나님. 남편이란 말을 쓰다

니 기분이 진짜 이상해요.]

[지금 편안한 자세로 있나요?]

[어! 뭔가 긍정적으로 들리지 않네요. 자, 이제 준비됐어요. 말해주세요.]

[당신은, 레베카 말예요. 백만장자랑 결혼했어요. 친환경 패션 사업의 투자자이자 개척자라고 하더군요. 물려받은 유산으로 사업을 운용한대요. 막대한 돈이라더군요. 트위드 양복쟁이가 가난뱅이처럼 보일 정도로 엄청난 갑부예요.]

내가 뭘 기대하고 있었는지 모르겠다. 어쩌면 또 한 명의 네이트? 하지만 밝혀진 현실은 전혀 달랐다.

[농담이죠?]

[농담이었으면 좋겠네요.]

[베네딕트의 성이 뭐예요?]

[머서요.]

머서, 머서라. 어디서 들어봤는데.

[잠깐만요. 머서재단이랑 관련 있는 사람인가요?]

[??]

[능력 있는 신진 디자이너에게 수여하는 머서기금이란 게 있어요. 몇 년 전에 지원했다가 떨어졌거든요. 베네딕트가 진짜 머서 가문의 일원이라면 제가 감당할 수준이 아닌데요.]

내 추측이 맞는지 확인하기 위해 서둘러 인터넷을 검색하다가, 갑자기 레베카의 결혼이 의미하는 바를 깨닫고 큰 충격에 휩싸였다. 결혼과 아이라는 예상치 못한 소식에 그만 레베카가 결혼한 이상 우리 계획이 성공할 가능성이 없어졌다는 명백한 사실을 깨닫지 못했다. 닉에게 이기적으로 굴었다. 난 자신을 잘 안다. 결혼 생활에서 바람피우는 일은 절대 있을 수 없었다. 하지만 되짚어 보면 내가 절대 하지 않을 행동 한 가지를 레베카가 하고 있었다. 아이 키우기. 그러니 레베카는 나와 다를지 어찌 알겠는가?

[오, 이런, 닉. 이제 어쩌죠? 레베카 결혼 소식을 듣고 실망했겠어요.]

[글쎄요. 바로 이런 생각이 들더군요. 레베카의 결혼 생활이 깨진다고 해도 백만장자와 비교해서 실패한 작가에 곧 집도 잃을 처지인 내가 작전에 성공할 확률은 거의 없겠구나.]

[그렇게 자기 비하하지 말아요. 잠깐만요. 레일라가 레베카의 결혼 생활에 문제가 있대요?]

그러자 닉이 미처 못 한 얘기를 꺼냈다. 아기(스칼렛)가 태어난 후 레일라는 레베카와 연락이 끊겼다. 레베카가 아이가 있는 유부녀라는 사실 못지않게 충격적인 소식이었다.

[왜죠?]

[자세히 말하려 하지 않더군요.]

[베네딕트와 연관된 일일까요?]

그럴 가능성이 있을까? 그럴 수도 있다. 하지만 레일라는 네이트를 싫어했어도 내가 네이트와 사귀는 동안 내 곁을 떠나지 않았다.

[그럴 수도 있죠. 단정 짓기는 힘들지만요. 레일라는 베네딕트에 대해 말할 때는 아주 신중하게 단어를 고르더군요. 그냥 제 감일 수도 있고요.]

[레일라는 결혼했나요? 아이는요?]

[몰라요. 묻지 않았어요. 당신에 대해서만 물어봤죠.]

[맙소사. 레일라에게 쌍둥이가 없다면 어쩌죠?]

난 아이가 있고(적어도 한 명) 레일라는 없다니, 온통 뒤죽박죽인 세계였다. 레일라가 아이를 갖고 싶어 체외수정을 시도하며 힘든 시기를 겪었을 때 한 말이 기억났다. 주변에 아이를 가진 사람을 보면 마음이 너무 괴로워 견딜 수가 없다고 했었다. 그래서 우리 우정이 끝난 걸까?

[레일라가 슬퍼 보였나요?]

[당신에 대해 얘기할 때는 조금 슬퍼 보였지만 전반적으로는 아니었어요. 당신 친구 완전 거물급 인사던데요. 레일라의 사무실 넓이가 우리 집 크기와 비슷하다니까요.]

[그렇게 큰 사무실에 아이 사진은 없던가요?]

[못 본 것 같아요.]

다른 소식도 있었다. 레일라가 아는 한 레베카는 사업을 시작한 적이 없었다. 즉 '망할 놈의 드레스를 위하여'도 없다는 얘기다. 하긴 레일라 없이 어떻게 사업이 시작되겠는가? '망할 놈의 드레스를 위하여'는 레일라의 웨딩드레스를 리폼하다 시작된 사업이었다. 사실상 레일라가 첫 고객인 셈이다.

[닉, 이렇게 애써줘서 정말 고마워요. 쉽지 않았을 텐데.]

[힘들었다는 건 인정할게요. 그럼 이제 당신 차례예요. 니콜라스와는 어떻게 됐어요?]

[보자…… 딱 맞는 단어를 생각 중이에요. 완전히 망했어요.]

니콜라스와 내가 마주한 시간은 다 합쳐도 이 분이 채 안 됐다. 내 뒤로도 작가 사인을 받으려는 줄이 길었다. 그렇다고 사인회가 끝날 때까지 계속 주변을 서성거릴 수도 없는 노릇이었다. 처음 니콜라스를 마주했을 때는 예상대로 흘러갔다. 니콜라스가 내 책에 '갈색 머리 소녀에게'라고 사인한 후 웃으며 내가 트위터 보낸 사람인지 물어봤다. 그러자 갑자기 지금 벌어지고 있는 이 모든 비현실적인 현실이 훅 다가오며 땅이 흔들리는 느낌이 들었다. 이 사람은 그다. 하지만 그가 아니다. 속이 울렁거리기 시작해 바보같이 고개만 끄덕이고 아무 말도 못 했다.

[완전히 얼어서 일을 망쳐버렸어요. 그와, 아니 당신과 그토록 가깝게 서 있다는 사실만으로 사고가 정지된 것 같아요. 당신과 니콜라스 둘을 하나로 합쳐서 생각할 수 없었어요. 조명 속에 앉아 있는 니콜라

스와 내 머릿속의 당신 말예요. 이해돼요?]

[음, 되기도 하고 안 되기도 하네요. 더 중요한 질문이 있어요. 내 모습이 마음에 들던가요? ^^;]

[하하. 이제는 상관없는 문제 아니에요?]

[???]

[당신과 레베카가 사귈 수 없는 사이인데, 내가 니콜라스와 만나는 건 옳지 않아요. 물론 내가 니콜라스와 사귈 수 있을지 어떨지도 모르겠고요. 이미 망친 것 같거든요. 어쨌든 불공평한 일이죠.]

[비, 그렇게 생각할 일이 아니에요. 공평성을 따질 문제가 아니라고요. 게다가 지금 당장 결론을 내릴 필요도 없잖아요?]

[맞아요.]

아니다. 틀렸다.

난 그날 밤 잠을 이루지 못했다. 닉에게 잘 자라고 인사한 후 바로 인터넷 검색창에 '베네딕트 머서/머서재단'이라고 입력했다. 심호흡을 크게 하고는 검색 버튼을 눌렀다.

검색 페이지 상단에 '업계를 완전히 바꾼 지속 가능한 패션 산업의 선두 주자'라는 『파이낸셜 타임즈』 기사가 보였다. 맥박이 점차 빨라지는 걸 느꼈다. 화면 스크롤을 내리다 인물 사진에서 멈췄다. 몸에 딱 맞는 정장을 매끈하게 차려입고 누가 봐도 사업가처럼 생긴 오십 대 초반의 남자가 보였다. 전혀 내가 좋아할 스타일이 아니었다. 이 남자일 리 없었다. 이 사람이 아니지 않을까? 좀 더 검색해 봤다. 물론 인터넷에 동명이인은 많았다.(미국에서 두 건의 살인사건으로 체포된 베네딕트 머서란 사람도 있었다.) 하지만 머서재단의 베네딕트 외에는 닉의 설명과 일치하는 다른 베네딕트 머서를 찾을 수 없었다. 위키 페이지에 따르면 베네딕트는 머서재단의 자금 관리 이사였다. 베네딕트는 패션 업계에서 지속 가능성을 추구하고 윤리적 노동환경을 개진하는 다양한 자선단체와 연관돼 있었다. 미국 국적의 은퇴한 모델 알리나 라루소와 결혼했으나, 그녀는 2014년에 햄프턴 자택에서 비극적인 사고로 죽었다. 영국 타블로이드 신문에서는 알리나 라루소의 죽음이 그다지 기사화되지 않았다. 미국에서 일어난 사고인데다, 머서 가문 정도면 사생활이 대중에 노출되지 않도록 막을 만한 충분한 재력과 영향력을 갖고 있기 때문이었다. 아내의 죽음이라는 비극을 겪은 남자. 아마 레베카는 그 점에 끌렸을 것이다. 다른 세계의 난 소설 『레베카』(주인공 여성이 재혼으로 남편 가문의 대저택에 들어가며 벌어지는 이야기를 다룬 포 사이먼의 소설. 전 부인 레베카의 죽음의 비밀과 그녀의 그림자가 집 안에 여전히 남아 있는 걸 발견하며 이야기가 급전개된다.─옮긴이)의 여주인공이라도 된 것처럼, 소설 속 남편 막스 드 윈터 같은 베네딕트의 뒷얘기에 매혹당한 걸까? 다른 세계의 '나' 레베카를 위해 배후에 소설 속 집사 덴버스 부인 같은 여자가 도사리고 있지 않기를 바랐다. 어쩌면 닉의 세계에서 베네딕트는 그렇게 섹시한 홀아비가 아닐 수도 있다.

내가 백만장자와 결혼했다니. 여기서는 억만장자에 가까운 사람이었다. 물론 솔직히 마음 한구석에서는 이 사실에 조금 감명받기도 했다. 아빠가 골프장에서 친구들에게 "내 딸 대단하지" 하고 외치는 모습이 그려지기도 했다. 하지만 베네딕트 부류의 남자는 일반적으로 나 같은 여자를 좋아하지 않는다. 자기 비하가 아니라 그게 사실이다. 외모로 보자면 '꽤 매력적'이라는 표현이 잘 맞긴 하지만, 일찍 생을 마감한 가여운 전처 알리나 라루소 같은 모델급 외모는 분명 아니었다. 그리고 나 같은 여자 역시 일반적으로 베네딕트 같은 남자에게 끌리지 않는다. 틴더에서 만난 데이트 상대나 네이트를 제외하면, 내 데이트 역사는 보통 창조적이지만 무일푼인 남자가 많았다. 그래서 누구나 알면서도 던지는 멍청한 질문을 하고 싶었다. "베네딕트 머서 같은 백만장자에게 왜 끌린 거야, 레베카?" 레베카와 내가 이렇게 다른 걸까? 경제적 안정은 내게도 중요한 문제였다. 아빠의 지원 없이 엄마와 나 둘만의 힘으로 살아가기는 녹록지 않았기 때문이다. 하지만 레일라가 늘 말하는 '망할 부자의 엄청난 돈'을 동경한 적은 한 번도 없었다.

베네딕트의 사진을 뚫어져라 바라봤다. 이 사람은 아니었다. 뭔가와 닿지 않았다.

베네딕트와 나이 차이도 꽤 났다. 레베카는 아빠 같은 사람을 찾고 있었던 걸까? 후, 거기까지는 가지 말자. 경력 면에서 생각해 보자. 레베카는 어떤 일을 했을까? 난 내 일이 없는 삶을 상상할 수 없었다. 이런 생각을 하자 레일라가 다시 떠올랐다. 여기의 레일라는 몇 년째 자기 경력을 포기하고 지낸 반면, 닉의 세계의 레일라 2는 레베카와 연을 끊고 살았다. 비교적 사소한 사항이지만 마그다도 잊지 말자. 닉은 마그다가 조나스가 아닌 '발칸반도에서 수입한 살아 있는 섹스 인형'과 동거하고 있다고 말했다.

아침 6시쯤 되자 몇 시간째 무시하고 있던 배고픔이 격렬하게 반기를 들었다. 다른 일은 모두 나중으로 미뤄야 했다. 호텔 조식은 7시부터 시작이었다. 무심코 식당 안으로 들어갔을 때는 직원들이 막 조식 뷔페 준비를 마친 후였다. 베이컨과 소시지 굽는 냄새에 반쯤 정신을 잃을 뻔했다. 내게는 호텔 조식에 대한 남모르는 애착이 있었다. 엄마는 돈이 어느 정도 모이면 날 웨일스의 저가 리조트로 데려가 짧은 휴가를 보내곤 했다. 호텔 조식을 볼 때마다 엄마와의 휴가가 떠올랐다. 몇 년째 돼지고기를 금식했지만 결국 유혹에 넘어갔다. 지난밤의 충격을 생각하면 충분히 먹을 만하다고 위안 삼으며 접시 위에 베이컨과 소시지 요리를 동맥경화가 올 정도로 꽉꽉 채웠다. 직원 중에 아무도 날 보지 않는다는 걸 확인하고 선 채로 접시 위에서 베이컨 한 조각을 손가락으로 집어 입에 넣었다. 바로 그때였다.

"다시 뵙네요."

몸을 돌리자 빈 접시를 손에 들고 기대감에 찬 미소로 바라보는 니콜라스가 보였다. 난 입안 가득 든 베이컨을 허겁지겁 씹어 삼키고서야 대답을 할 수 있었다. 급하게 삼키다 숨이 막힐 뻔했다.(그랬다면 하임리히 구명법으로 로맨틱한 첫 만남이 시작됐다는 재미있는 일화가 생겼을 것이다.)

난 간신히 입을 열어 말했다.

"안녕하세요."

"여기 커피 괜찮나요?"

"아직 안 마셔봤어요."

"아, 그럼 행운을 빌어주세요. 제가 마셔볼 거니까요."

당황한 난 근처 테이블에 앉았다. 잘했군, 잘했어, 비. 난 어제 입었던 옷차림 그대로에 샤워도 하지 않고 심지어 머리를 빗거나 이를 닦지도 않은 상태였다. 아침을 먹고 바로 집에 가는 기차를 탈 예정이었다. 이렇게 니콜라스와 마주쳐 부끄러운 꼴을 보이려던 계획은 없었다. 차마 그를 볼 수 없어 음식이 잔뜩 쌓인 접시에만 집중하려 했다. 하지만 결국 눈길이 갈 수밖에 없었다. 니콜라스는 어제 강연 때보다 거칠어진 모습이었다. 까칠하게 자란 수염과 흐트러진 머리카락이 잘 어울렸다. 맙소사, 신이시여. 지금 니콜라스가 내가 앉은 테이블로 다가오고 있었다. 깜빡하고 입을 닦을 휴지조차 안 가져왔다. 이제 꼼짝없이 망신살이 뻗쳤다고(말 그대로다.) 확신했다.

"같이 앉아도 될까요? 너무 성급한가요?"

"당연히 앉으셔도 되죠."

니콜라스의 접시 역시 내 접시처럼 몸에 안 좋은 음식으로만 가득했다. 마음이 한결 편안해졌다. "보통은 이런 형편없는 모습이 아니에요" 같은 비참한(그리고 사실과 다른) 말이 튀어나오지 않게 애쓰며 가벼운 얘기를 꺼내려 머리를 굴렸다. 그때 최근 남자와 음식 관련 얘기를 많이 했다는 사실이 떠올랐다. 미스터 사첼백, 아이스크림 가게 샘, 이제는 닉 2까지. 어쩌면 "먹는 여자가 좋아요"라는 말도 할 것 같았다.

니콜라스가 커피를 한 모금 마셨다.

"어때요?"

"별로네요. 진짜 맛없어요. 그래도 엉덩이를 걷어차이는 것보다는 낫죠. 엉덩이를 차이면 머리는 맑아지겠지만요. 보통 토요일 아침에 이렇게 일찍 일어나시나요?"

"아니요. 아침 기차를 타고 집에 가려고요. 당신은요?"

"저도 아닙니다. 이런 행사에 오면 늘 긴장되거든요. 긴장을 풀려고 싸구려 와인을 너무 많이 마셨어요. 오히려 잠을 전혀 못 잤으니 좋은 생각이 아니었죠."

"긴장했다고요? 정말요? 전혀 그렇게 느껴지지 않았어요. 오히려 말씀 잘하시던데요."

"그렇게 위로해 주실 필요 없습니다. 강연 중에 제 소설 속 살인자의 이름조차 잊어버렸는데요, 뭘."

"글쎄요. 아무도 눈치 못 챘을걸요. 적어도 전 몰랐어요."

"아, 괜히 사실대로 말했네요. 와인은 잠을 못 자게 하고, 커피는 별일을 다 고백하게 하는군요."

"그러시다면 커피를 한 잔 더 가져다드릴게요."

니콜라스가 웃음을 터뜨리자 마음이 한결 편안해졌다. 사인회에서 느낀 인지부조화의 기분이 사라지기 시작했다. 공식적인 자리에서의 작가로서의 모습이 아닌, 지금 이게 바로 진짜 닉다운 모습이었다. 커튼 뒤에 숨어 있는 실체를 살짝 엿본 기분이었다.

"그럼 이제 당신을 뭐라고 부를까요? 갈색 머리 소녀는 좀 긴데요. 특히 저처럼 심한 숙취에 시달리는 사람에게요. 갈색 머리? 소녀 씨?"

"레베카예요. 아니면 비라고 불러도 돼요."

"비. 그게 좋겠어요. 친구들이 부르는 이름인가 봐요?"

다른 세계에 있는 당신이 부르는 이름이죠.

米

보낸 사람: NB26@zone.com

받는 사람: Bee1984@gmail.com

베이컨샌드위치를 함께 먹었다고요? 그건 비유법인가요?

보낸 사람: Bee1984@gmail.com

받는 사람: NB26@zone.com

하하! 아니요. 하지만 전에 말한 건 진심이에요. 지금 우리 계획을 포기해도 돼요. 난 우리가 지금처럼 지내도 좋아요.

보낸 사람: NB26@zone.com

받는 사람: Bee1984@gmail.com

그게 정말 당신이 원하는 건가요?

보낸 사람: Bee1984@gmail.com

받는 사람: NB26@zone.com

전에도 말했지만 공평하지 않잖아요.

보낸 사람: NB26@zone.com

받는 사람: Bee1984@gmail.com

당신에게 멈추라고 하는 게 내겐 더 공평하지 않아 보여요. 지금 아침 식사를 같이했다고 불공평하다는 게 아니라요.

보낸 사람: Bee1984@gmail.com

받는 사람: NB26@zone.com

닉, 당신도 와인 마시면 잠을 못 자요?

보낸 사람: NB26@zone.com

받는 사람: Bee1984@gmail.com

넵. 그것도 니콜라스다움인가요?

보낸 사람: Bee1984@gmail.com

받는 사람: NB26@zone.com

니콜라스는 당신만큼 재미있지 않아요. 그냥 알고 있으라고요.

보낸 사람: NB26@zone.com

받는 사람: Bee1984@gmail.com

알 수 없는 이유와 이상한 우연이 겹쳐 평행세계에 갇힌 모든 남자에게 같은 말을 할 거라고 장담해요.

보낸 사람: Bee1984@gmail.com

받는 사람: NB26@zone.com

하하. 그나저나 내 남편으로 가장 유력한 인물인 여기의 베네딕트 머서는 내가 좋아할 만한 사람이 전혀 아닌 것 같아요. 레베카 생각이 머리를 떠나지 않아요. 지금의 내겐 실제로 문제 될 게 없는데도 이상하게 신경이 쓰여요. 레베카 2가 마치 진짜 나처럼 느껴져요.

보낸 사람: NB26@zone.com

받는 사람: Bee1984@gmail.com

어, 레베카가 비, 당신이기는 하죠.

보낸 사람: Bee1984@gmail.com
받는 사람: NB26@zone.com

무슨 말인지 알잖아요! 레베카가 괜찮은지 알고 싶어요. 왜 레일라와 더 이상 친구 사이가 아닐까요? 왜 당신 세계의 난 여기의 나와 이렇게 다를까요? 왜 레베카는 돈은 많을지 몰라도 발기부전 광고에 나오는 배우처럼 생긴 남자랑 결혼했을까요?

보낸 사람: NB26@zone.com
받는 사람: Bee1984@gmail.com

!!!

이해했어요. 나도 마찬가지예요. 유전적 요인이냐, 아니면 환경에 의한 거냐? 왜 니콜라스는 계속 글을 썼고 난 포기했을까요?

보낸 사람: Bee1984@gmail.com
받는 사람: NB26@zone.com

좋아요. 이러면 어떨까요. 서로 원하는 답을 계속 찾아보는 거예요. 그래서 어떤 답을 찾는지 보고 다시 생각해 보자고요. 재평가랄까? 어때요?

보낸 사람: NB26@zone.com
받는 사람: Bee1984@gmail.com

좋아요.

닉

비는 도플갱어 작전에서 한참 앞서갔다. 니콜라스를 만나는 데 성공했고, 이제 둘은 서로 연락까지 하며 지냈다. 반면에 난 다음 진도를 어떻게 나가야 할지 오랫동안 고민 중이었다. 레베카를 만나는 데 성공하고 비가 간절히 원하는 정보를 어떻게든 알아낸다 하더라도, 그다음에는 뭘 바랄 수 있을까? 불륜? 제즈처럼 다른 사람의 결혼 생활을 깨뜨려야 하는 걸까? 하지만 레베카가 조각처럼 잘생긴 백만장자 사업가와의 결혼 생활이 행복하지 않다면, 아주 작은 가능성일지라도 시도해볼 만한 가치는 있지 않을까? 적어도 레베카를 직접 볼 수는 있겠지. 난 아직 비가 어떻게 생겼는지조차 모르는데 니콜라스는 알고 있다. 게다가 비를 매력적으로 여기는 게 분명했다.

하지만 다음 단계로 들어서기 전에 마무리해야 하는 일이 두 가지 있었다. 하나는 릴리 부인에게 집을 내놨다는 걸 알리는 일이었다. 더 이상 미뤄서는 안 됐다. 나머지 하나는 베렌스타인협회가 소집한 회의에 참석하는 일이었다. 물론 갈지 말지부터 결정해야 했다. 두 일 중 어느 게 더 불편한지 모르겠다.

일부러 내가 왔다는 발소리를 내며 로지와 옆집 문 앞에 섰다. 하지만 이번에는 웬일로 릴리 부인이 먼저 나타나지 않았다. 시끄러운 티브이 소리도 들리지 않았다. 보통 온종일 티브이 소리가 문밖으로 들리던 걸 생각하면("티브이가 유일한 내 친구일세.") 이상한 일이었다. 문을 두드리고는 기다렸다. 응답이 없었다. 다시 문을 두드렸다. 외로운 독거노인이 평소 즐겨 사용하던 의자에 앉아 죽어 있었다는 기사를 많이 봤다. 문을 박차고 들어가야 할까? 아니면 경찰이나 사회복지 부서에 전화해야 할까? 그때 릴리 부인이 방문간호사용으로 현관 발판 밑에 여분의 열쇠를 둔다고 말했던 기억이 떠올랐다.("그년들 문 열어준다고 자리에서 일어나는 일은 없어지.") 막 발판 밑을 뒤지려는 순간 끼익하는 소리와 함께 문이 열렸다.

"아, 옆집이구먼."

릴리 부인의 뚱한 기색은 뒤에서 코를 킁킁거리며 나타난 로지를 보자 환한 미소로 바뀌었다.

"아이고, 예쁜이 왔구나."

"간 떨어질 뻔했어요. 걱정했잖아요."

"날 바보로 아나, 젊은 양반. 요 며칠 머리카락 한 올 안 보인 건 자네 아닌가."

"그럼 그냥 돌아갈까요?"

"오, 바보같이 굴지 말고."

릴리 부인이 안으로 들어오라고 손짓한 후 거실로 향했다.

"티브이가 먹통일세."

티브이는 멀쩡했다. 단지 릴리 부인이 채널을 돌리다 위성 신호가 안 잡히는 채널을 틀어놨을 뿐이어서 고치는 데 고작 삼십 초밖에 걸리지 않았다. 자, 이제 심호흡을 하고 말하자.

"말씀드릴 게 있어요."

"말해보시우, 젊은이."

193

릴리 부인은 내 말을 듣는 동안 아무 감정도 내비치지 않았다. 그런데도 마치 엄격한 교장이나 경찰에게 사소한 규칙 위반을 고백하는 것처럼 죄책감이 밀려들었다.

"하지만 계속 연락하면서 지낼 거예요, 릴리 부인. 시간 날 때는 지금처럼 장도 대신 봐드리고요."

"난 염려하지 말게, 젊은이. 자네도 자네만의 삶을 살아야지. 나도 알고 있네."

우와. 릴리 부인 맞아?

"그리고 그런 일을 대신 해줄 루마니아 계집을 고용할 걸세. 출근하면 할 일이 아주 많을 거야."

아, 완전히 변한 건 아니었다.

"자네 개가 그리울 거야."

도플갱어 작전을 펼치러 리즈를 떠나 있는 동안 릴리 부인에게 로지를 맡길까도 생각해 봤지만, 릴리 부인이 로지를 매일 산책시켜 주기는 힘들어 보였다.

"또 올게요. 로지와 저 둘 다요."

릴리 부인은 '퍽이나 그러겠다'라고 말하듯 혀를 끌끌 찼다.

"그래서, 다른 여자랑 살려고 떠나는 건가?"

"무슨 다른 여자요?"

"자네가 슬쩍슬쩍 보러 가는 사람 말이네."

"애당초 가능성 없는 여자예요. 이미 결혼했거든요."

"그럼 내연 관계인가?"

"아니요. 그녀와는 아직…… 굳이 궁금하시다면, 전 아직 어떻게 해야 할지도 모르겠는걸요."

"그 여자를 사랑하는 거 아닌가?"

그 여자를 아직 만난 적도 없다고요. 이런 제기랄.

"맞아요."

"그럼 가서 쟁취해야지."

"말씀드렸잖아요. 유부녀라고요. 애도 있고요. 무작정 만날 순 없어요."

"'할 수 없는 일' 같은 건 없다네. 자네는 뭐가 옳은지 알 걸세. 좋은 젊은이니까."

"마흔다섯 살인데요."

"내게는 아직 젊은이지."

릴리 부인은 로지의 배를 긁어주면서 다 안다는 눈빛을 보냈다.

"나도 한때는 자네 같았거든."

"바보 같았다고요?"

"아닐세, 젊은이. 해서는 안 되는 사랑에 빠졌었지. 뭐라고 해야 하지……. 아, 이루어질 수 없는 사람 말일세."

"그리고요? 그 남자분과는 어떻게 되셨어요?"

"내가 '남자'라고 말한 적 없지 않았나? 우리가 처음 만났을 때, 마리온은 이미 결혼한 상태였네. 처음에는 모든 게 쉽지 않았지. 그래도 마리온이 떠나기 전 오 년간은 함께 행복한 시간을 보냈지."

"어디로 떠나셨는데요?"

"암이었네."

맙소사.

"죄송합니다."

릴리 부인은 서랍장에서 사진 한 장을 꺼냈다. 사진 속 릴리 부인은 1980년대의 한창때 모습으로(솔직히 지금과 크게 달라 보이지는 않았다. 어릴 때부터 노안인 사람도 있긴 하니까.) 소파에 앉아 통통한 곱슬머리 여성과 웃고 있었다. 마리온은 약간 나이 많고 덩치 큰 남자처럼 보였다. 하지만 마리온과 릴리 부인은…… 잘 어울렸다. 둘의 보디랭귀지에는 서로 잘 맞고 진실해 보이는 뭔가가 있었다. 이보다 더 좋은 표현을 못 찾겠다.

"전에는 이런 말씀 해주신 적 없잖아요."

"물어본 적도 없지 않은가. 그렇지?"

집으로 돌아와 베렌스타인협회 모임에 갈 준비를 하면서도 참석하는 게 맞는지 계속 확신이 들지 않았다. 샤워하다 갑자기 내가 눈물을 흘리고 있다는 걸 깨달았다. 무엇 때문에, 누구를 위해 우는 걸까? 릴리 부인? 나 자신? 폴? 신만이 알겠지. 하지만 내면 깊숙이 남아 있던 종기를 씻어낸 듯 마음에 위로가 됐다.

도대체 베렌스타인협회가 왜 그렇게까지 본부 위치에 대해 쉬쉬했는지 알다가도 모를 일이었다. 본부란 곳이 맨체스터 외곽 허허벌판에 위치한 낡고 오래된 보이스카우트 강당에 불과했기 때문이다. 알려준 장소에 도착해 공유 차량에서 내리자마자 바로 비가 내리기 시작했다. 강당 양철 지붕을 때리는 빗소리가 마치 야유 섞인 박수 소리 같았다. 그대로 뒤돌아 나갈까 했지만 그들의 '결정'이 궁금했고, 제프리가 저지른 행동에 대한 분노를 되갚아 주고 싶었다. 지난번 협회가 보여준 방어적이며 불신에 가득 찬 이상한 태도와 비슷한 수준의 푸대접을 갚아주겠노라 다짐했었다. 그런데 강당 문을 벌컥 열었을 때, 헨리에타가 성큼성큼 다가와 손을 내밀었다.

"와주셔서 고맙습니다, 니콜라스 씨. 우선 제프리의 과도한 열성 행위와 관련해 협회를 대표해 사과드리겠습니다. 나머지 회원들이 제프리의 잘못된 행동을 확실하고 강력하게 규탄했습니다."

켈빈은 특유의 미소를 지어 보이며 나머지 회원들을 소개했다. 그들 중 내 상상에 부합하는 전형적인 미치광이는 없었다. 칠십 대로 보이는 아이작은 현명한 노인의 분위기를 풍기려고 애썼지만 오히려 실패한 골프선수처럼 보였다. 오십 대인 데비는 땅딸막한 외모와 달리 명랑하고 쾌활했다. 삼십 대인 아딜은 십 대처럼 십 대들이 즐겨 입는 로고가 새겨진 후드티를 입고 있었으며, 나를 보자 환영의 말을 폭포수처럼 쏟아냈다.

"당신에게 일어난 놀라운 일을 저도 들었어요, 니콜라스 씨."

실상 제프리를 제외한 모든 사람이 날 오랫동안 소식이 끊겼던 친구처럼 반겨줬다. 제프리는 억지로 사과를 강요당한 어린애처럼 마지못해 내게 다가오더니 '사과의 말'을 몇 마디 중얼거렸다. 비가 나중에 일깨워 준 것처럼, 예상치 못한 이런 과장된 환영 공세는 사이비종교가 잘 써먹는 전형적인 전술이었다. 부끄럽지만 몇 분 후 내 마음이 풀어진 걸 보면 효과가 있긴 했다.

헨리에타가 자리를 권했다. 단체로 재활 치료를 할 때처럼 의자가 원 모양으로 둥글게 놓여 있었고, 아딜이 호의로 준비한 간식도 있었다.("이렇게 훌륭한 사모사는 아무도 못 만들어요." 아이작이 기분 좋은 목소리로 말했다. "꼭 먹어봐요." 솔직히 말해 아이작의 말이 맞긴 했다. 진짜 제대로 된 맛이었다.) 제프리는 원 바깥을 맴돌며 캔 커피를 홀짝이다가, 간혹 다른 사람을 못마땅한 눈빛으로 쏘아보며 구석에 서 있었다. 이번만큼 '쏘아본다'는 단어가 적절한 적은 없었다.

날씨에 대한 잡담 후, 데비가 시민 농장 협동조합에서 일하는 여자 두 명이 '남는 가지를 훔치다'가 잡힌 기이한 얘기를 꺼냈다. 헨리에타가 얘기를 마무리하듯 손뼉을 치더니 아이작에게 베렌스타인협회 강령을 낭독해 달라고 요청했다. 조용한 침묵이 흐르고 원 안의 모든 사람이 기도하듯 고개를 숙였다. 난 제프리를 쳐다봤다. 그는 경의를 표하듯 캔 커피를 들어 올리며 날 모독했다.

"우리는 최선을 다해 우리 세계의 사람들과 평행세계의 사람들을 보호할 것을 다짐합니다."([나도 알아요, 비. 이때 바로 도망쳤어야 했는데

말이죠.])

분위기가 바뀌어 곧 내가 토론의 중심 소재가 됐다.

헨리에타가 먼저 포문을 열었다.

"우리는 당신의 정체를 믿기로 했습니다, 니콜라스 씨. 당신이 정말 메시를 초월해 대화를 나눴다고 믿습니다."

"알겠습니다. 좋은 일 같네요."

"지난번 우리가 만난 이후로 상대방이 다시 연락해 온 적 있습니까?"

육감이 내게 속삭였다. "사실대로 말하지 마." 하지만 난 그 목소리를 무시했다.

"있습니다."

헨리에타가 희미하게 미소를 지었다.

"그렇군요. 잘됐습니다. 당신이 말한 특이점을 상대방 측에서도 재확인해 줬습니까?"

"그렇습니다."

난 도플갱어 작전이나 다른 자세한 얘기는 덧붙이지 않고 말을 끝냈다.

"다시 한번 확인하자면, 당신은 아이메일을 통해서만 대화할 수 있습니다. 맞습니까? 지금 사용하는 하나의 이메일 주소로만 가능하고요?"

"네."

"다른 매체는요? 사진이나 영상, 스프레드시트 같은 자료는요? 이런 자료도 메시 너머로 전송됩니까?"

"스프레드시트요? 갑자기 왜 스프레드시트에 관해 물어보는 겁니까?"

"전송됩니까?"

"스프레드시트를 포함해 다른 파일들은 전송이 안 됩니다. 이유는 모르겠지만 다른 기술적 파일은 호환되지 않는 걸로 받아들였습니다."

켈빈과 헨리에타가 알 수 없는 눈빛을 교환했다. 아딜과 데비는 이제 눈 한번 깜빡이지 않고 강렬한 광신도의 눈빛으로 나만 바라보고 있었다. 다행히 아이작이 속이 꽉 찬 호박구이를 먹으려다 실패하는 바람에 지금의 불편하고 경직된 분위기를 누그러뜨렸다. 이제 내가 공격에 나설 차례였다.

"왜, 혹은 어떻게 이런 현상이 발생하는지 협회 차원의 공식적인 이론이나 의견이 있습니까?"

비와 마찬가지로 나도 셀 수 없이 다양한 다중우주론, 공유의식, 카오스, 양자 불멸 이론 등을 이해하려 노력했었다. 하지만 그 쉽다는 『바보들을 위한 양자역학』조차 아무리 읽어도 내용을 이해하기 힘들었다. 시공간 연속체의 결함,(사실 무슨 의미인지 모르겠다.) 블랙홀, 보고되지 않은 강입자 충돌 결함(이건 우연인지 양쪽 세계 모두에서 일어난 일이었다.)같이 대부분 공상과학영화에 나온 다른 설명들 역시 비와 내 제한된 지식으로는 도저히 이해할 수 없었다.

켈빈이 막 입을 열려는 찰나, 헨리에타가 조용히 하라는 눈빛을 보냈다. 재밌네.

"없습니다."

"그럼 이제 어쩌죠?"

헨리에타가 눈살을 찌푸렸다.

"무슨 말씀인지 모르겠습니다만."

"비와 전 이 상황을 누구에게 말해야 할지 의논 중이었습니다."

"누구에게요?"

"글쎄요. 과학계? 정부 당국?"

당신들처럼 그냥 편집증적인 광신도 말고 아무나.

"비와 내가 경험하고 있는 이 일은 세상을 바꿀 만큼 엄청나게 큰 사건이지 않습니까?"

"어째서 그렇죠?"

"어째서 그렇냐고요? 지금 난 다른 세계에 사는 사람이랑 대화하고 있는 겁니다. 다중우주라 부르든 그냥 우주라 부르든, 다른 세계와요."

"니콜라스 씨, 그건 좋은 생각이 아닙니다. 첫째, 당신이 사실을 증명할 방법은 이메일밖에 없는데, 그건 쉽게 조작할 수 있는 증거라 당신을 믿지 않을 겁니다. 우리도 과거에 겪어본 일이라 잘 알죠."

사람들이 수군거리며 동의했다.

"둘째, 기관에서 믿는다 쳐도 그곳에서 당신 정보를 어떻게 이용할지 알 수 없습니다."

"내 정보를 이용해 무기화한다는 말입니까? 멍청한 스릴러영화에 항상 나오는 얘기처럼요?"

일부러 고분고분한 말투로 물어봤다. 효과가 있었다.

헨리에타가 어린아이를 다루듯 거만한 미소를 지어 보였다.

"니콜라스 씨, 다른 질문 있습니까?"

있었다. 엄청나게 어리석은 질문이었지만 반드시 물어봐야 했다.

"비와 내가 함께할 방법이 있을까요? 어떤 방법이든지요."

헨리에타를 포함해 다들 어리둥절한 표정이었다.

"어떻게 함께한다는 말씀이죠? 육체적으로요?"

"네. 여러분 모두…… 평행세계의 난민이라고 하셨는데, 어떻게 메시를 건너왔다고 믿으시는 거죠? 웜홀이나 포털 같은 걸 통한 건가요?"

제프리가 비웃는 듯한 웃음을 터뜨렸다.

"제기랄, 포털이라니."

아딜이 날 애처로운 눈빛으로 바라봤다.

"니콜라스 씨, 이런 말을 해서 안됐지만, 메시를 건너는 방법을 진작 알았다면 우리가 평행세계의 난민이 되진 않았겠죠."

맞는 말이었다.

헨리에타가 다시 대화를 주도했다.

"니콜라스 씨, 혹시 당신과 레베카 씨가 개인 자산을 증식시킬 수 있는 정보를 교환하려 한 적 있습니까?"

시도한 적 없었다. 정말 그런 건 생각도 안 해봤다.

"예를 들면요?"

그때 갑자기 니콜라스가 쓴 소설 내용이 떠올랐다. 비에게 소설을 필사해 달라고 한 후 내 책으로 출판할 수도 있다. 니콜라스가 나고, 내가 니콜라스니까. 즉 엄밀히 말해 표절은 아니었다. 맞지? 아니, 틀렸다. 내가 도덕의 화신은 아니지만 니콜라스의 소설을 베껴 쓰지는 않을 것이다. 그러면 기술 산업은 어떨까? 비가 말하던 앱들……. 잘만 활용하면 나도 다음 주쯤에는 백만장자가 될지 모른다. 어쩌면 베네딕트와 재산으로 힘을 겨룰 수도 있겠지.

"진심으로 말하지만, 그런 생각은 해본 적 없습니다. 지금까지는요. 그 점에는 감사하죠."

잠시 침묵이 흐른 후 헨리에타의 다음 말이 이어졌다.

"협회는 이제 당신이 레베카 씨와의 대화를 모두 중지하시기를 바랍니다."

"잠시만-. 뭐라고요? 왜죠?"

"니콜라스 씨, 솔직히 말해 다른 세계와 계속 연락할 경우 양측 세계에 어떤 위험 요소가 발생할지 예측할 수 없습니다."

"위험 요소요? 우리가 무슨 해를 끼치고 있나요?"

"지금으로서는 우리도 모르죠. 당신도 마찬가지고요."

그제야 이해가 됐다.

"지금 나비효과를 말하는 겁니까?"

"나비효과도 위험 요소 중 하나이긴 합니다. 당신과 레베카 씨가 나눈 메일 내용으로 미루어보아, 그쪽 세계는 아직 우리 세계가 발견한……."

여기서 헨리에타는 잠시 말을 멈췄다. 적당한 단어를 찾는 듯 머리

쪽에서 모호하게 손을 흔들었다.

"균형을 이루지 못했습니다. 가장 안전한 행동 방침은 연락을 중단하고 앞으로도 영원히 연락을 끊는 겁니다."

헨리에타가 내 아이메일에 접속할 수 있게 허락한 걸 정말 후회했다.

"그런 일은 없을 겁니다."

"당신이 그렇게 말할 거라고 예상했습니다. 레베카 씨와의 대화가 니콜라스 씨에게 얼마나 중요한지 여실히 보였으니까요. 대신 한 가지 제안을 하려 합니다."

이제 모든 사람이 기대에 찬 눈빛으로 날 바라봤다. 심지어 제프리까지.

"만약 두 분이 각자의 세계에 구조적·사회적·경제적 영향을 미칠 만한 정보를 나누지 않겠다고 약속한다면, 메일 교류를 계속 허락하겠습니다."

"잠깐만-. 허락한다고요?"

"네. 협회 전체 투표 결과, 당신 생각보다 낭만적인 회원이 많은 것 같더군요."

아이작은 이 결과를 대단하게 여겨야 한다는 듯 뿌듯한 미소를 지었다.

"그렇군요. 이 제안을 거절한다면 날 어떻게 막을 생각입니까?"

분명히 이 여자라면 막을 방법이 다 있다고 대답하겠지?

"오, 니콜라스 씨. 상세히 언급할 필요도 없겠지만, 누군가 당신 기기를 바이러스에 감염시키고, 아이메일 계정을 삭제하거나 정지시켜 둘 간의 연락을 끊어버리는 건 아주 쉬운 일입니다."

우와.

"지금 협박하는 겁니까?"

"맞습니다."

감정 하나 느껴지지 않는 사무적인 말투였다.

"하지만 서로 친구가 되는 편이 낫지 않겠습니까? 이쪽으로 오세요. 사모사 하나 드시죠."

본능은 당장 욕설을 퍼붓고 이곳을 박차고 나가라고 속삭였지만 뭣 때문인지 망설여졌다. 이 사람들을 적으로 돌리는 게 맞을까? 베렌스 타인협회에 어떤 능력이 있을 줄 알고? 휘파람이나 불며 그냥 물러나면 되는데 뭐 하러 미친개를 건드리겠어? 내가 사모사를 한 입 먹자 냉랭하던 분위기가 순식간에 풀어졌다. 아딜과 데비가 의자를 뒤로 밀고 일어나더니 마치 아무 일도 없었던 것처럼 다시 소소한 잡담에 날 끼워 넣었다. 아이작이 코트 지퍼를 올리며 말했다.

"우리는 한 달에 한 번 모입니다. 꼭 다시 참석해 주세요."

장난해? 절대 안 온다.

드디어 거기서 도망쳐 나왔을 때, 밖은 비가 그쳐 있었다. 제프리가 밖에서 담배를 피우고 있었다.

"또 보자고, 형씨."

내가 지나가자, 제프리가 히죽 웃으며 말했다. 그 말에 확실히 대응해 주려다 꾹 참았다. 나머지 회원들과 달리, 제프리는 적어도 회의 내내 일관되게 거지 같은 본성을 유지하는 품위를 보여줬다.

충격과 분노에 차 있던 내게 갑자기 한 가지 생각이 떠올랐다. 서둘러 레베카가 사는 지역으로 이사 가서 도플갱어 작전에 전념한다면 베렌스타인협회와 조직의 충견 제프리가 더 이상 날 감시하기는 힘들 것이다. 자신들의 결정에 감사하도록 만들어주지.

하지만 사랑하는 여자의 복사판을 엿보며 그녀의 결혼이 깨질 수도 있다는 빈약한 희망에 매달려 알지도 못하는 도시로 갈 각오가 내게 있을까?

대답은 "그렇다"였다.

보낸 사람: Bee1984@gmail.com

받는 사람: NB26@zone.com

'허락'한다고요? 정말 그렇게 말했어요?

보낸 사람: NB26@zone.com

받는 사람: Bee1984@gmail.com

넵.

보낸 사람: Bee1984@gmail.com

받는 사람: NB26@zone.com

그 사람들이 진짜 그렇게 할 수 있어요? 당신 계정을 없애버리는 일이요.

보낸 사람: NB26@zone.com

받는 사람: Bee1984@gmail.com

모르죠. 그 사람들에게 진짜 어떤 능력이 있는지는 확신할 수 없어요.

보낸 사람: Bee1984@gmail.com

받는 사람: NB26@zone.com

혹시 모르니까 일단 클라우드에 백업해 두면 어때요?

보낸 사람: NB26@zone.com

받는 사람: Bee1984@gmail.com

지금 뭐에 백업한다고 했죠?

보낸 사람: Bee1984@gmail.com

받는 사람: NB26@zone.com

아무것도 아니에요. ^^; 이것도 『크로스 라인』 같은가 보네요.

그런데 지금 우리의 상황을 이용해서 부자나 유명인이 되겠다는 생각 해본 적 있어요?

보낸 사람: NB26@zone.com
받는 사람: Bee1984@gmail.com

사실 없어요. 협회가 그런 말을 꺼내기 전에는 생각도 해본 적 없는걸요. 내가 생각한 건 오로지 이 상황이 우리에게 주는 의미였죠. 당신은요?

보낸 사람: Bee1984@gmail.com
받는 사람: NB26@zone.com

저도 한 번도 없어요. 이상하죠? 우리가 지독한 자기 망상 병자거나 아니면 순수한 낭만주의자란 걸까요?

보낸 사람: NB26@zone.com
받는 사람: Bee1984@gmail.com

둘 다일 수 있죠. 아니면 단지 세상 돌아가는 일에 정말 관심 없는 사람일 수도 있고요.

비

바람피우는 기분이 들었다. 난 닉에게 이메일을 보내면서 동시에 니콜라스와 트위터를 주고받고 있었다. 호텔 조식 뷔페에서 우연히 마주친 후, 니콜라스가 먼저 소셜미디어를 통해 연락해 왔다. 니콜라스에게서 트위터로 쪽지를 받은 건 리즈에서 집으로 돌아오던 기차에서였다.([당신의 아침 식사도 방해하고, 지루한 얘기도 계속할 수 있게 해줘서 고마워요. 연달아 맛없는 커피를 마시는 중인데 당신도 그런가요?]) 그 이후 니콜라스와 종종 연락했다. 하지만 닉이 궁금해하는 질문에 대한 답을 우아하게 포장할 방법을 찾을 수 없었다. 난 여전히 니콜라스와 공감대 형성 단계에 머물러 있을 뿐이었다. 온라인상에서 보이는 니콜라스의 성격은 닉만큼 예리하거나 짓궂어 보이지 않았다. 그럼에도 둘을 혼동해 니콜라스에게 닉과 하던 대로 무례하고 비꼬는 농담조의 답변을 보낼 뻔한 적이 몇 번 있었다. 게다가 일도 잘 풀리지 않았다. 두 건의 일을 고객과 약속한 시각을 넘겨서야 완성했고(그중 하나는 심지어 젬마의 실크 재킷 건이었다. 용서할 수 없는 일이었다.) '망할 놈의 드레스를 위하여' 창사 이례 처음으로 고객이 완성된 리폼 옷을 반품했다. 안감의 마감 처리가 헐거웠기 때문이었다. 변명의 여지없이 작업을 대충 마무리

한 탓이었다.

점점 커지는 베네딕트 머서에 대한 상상(인정하자고, 비.)이 상황을 더 엉망으로 만들었다. 거의 집착에 가까웠다. 베네딕트 머서. 레베카와 베네딕트는 어떻게 만났을까? 머서상 수상은 엄청나게 대단한 일이다. 난 상을 받지 못했지만, 만약 레베카가 수상에 성공했고 '미래의 스타 디자이너' 상금과 그에 뒤따르는 명성을 얻는 과정에서 베네딕트와 눈이 맞았다면? 스칼렛의 존재도 있었다. 누가 아기 이름을 정했을까?(스칼렛은 내가 지을 만한 이름이 아니었다. 물론 꽤 예쁜 이름이기는 했다.) 베네딕트는 좋은 아빠일까? 전체적인 상황을 그려보는 데서 그치는 게 아니라 세세한 부분까지 집착해서 몇 시간씩 상상에 빠져들곤 했다. 레베카는 베네딕트를 이름으로 부를까, 애칭으로 부를까? "베네딕트, 아기 물티슈 좀 건네줄래요?" 아니면 벤이나 베니라고 부를 수도 있겠지.(악, 부끄러워.) 나무 밑 그늘에 앉아 있는 베네딕트와 레베카. 이곳의 베네딕트는 소셜미디어 계정이 없었다. 하지만 완벽한 머리 모양으로 턱시도를 차려입고 자선 경매에 참석해 패셔니스타, 인플루언서, 모델, 부유층 등과 어깨를 나란히 하고 찍은 사진이 인터넷에 넘쳐났다. 난 이런 종류의 행사를 극도로 싫어했다. 그런 곳에 가면 사회불안장애가 생길 것만 같았다. 베네딕트의 이런 모습이 닉의 세계에서도 똑같다면, 레베카는 어떻게 견디는 걸까? 내가 사는 세계에서 머서 가문은 레일라와 내 진산책 코스인 갑부 동네 한가운데에 대저택이 있을 뿐 아니라 루퍼트 머독도 무색할 정도의 엄청난 자산을 가지고 있었다. 하지만 닉이 사는 준유토피아 세계는 여기와 달랐다. 엄청나게 높은 상속세와 재산세뿐 아니라 토지 부담금 때문에 상위 1퍼센트의 상류층에게 비교적 많은 족쇄가 채워져 있었다. 레일라 2의 정보에 따르면, 베네딕트와 레베카는 치즐허스트(하고 많은 장소 중에 레일라의 집과 겨우 버스 한 정거장 거리에 있는 곳이었다.)에 살았다. 닉은 레베카가 사는 동네를 '친환경 에너지만 사용하는 소수의 부유층'이 모여 사는 동네라고 설명했다. 그러면서 불길하게 이상한 사람들이 모여 사는 월더빌 자치구 같은 곳이라고 불렀다. 사실 내 세계에는 그런 장소가 없었다. 더 자세히 알고 싶어 미칠 지경이었지만, 내 개인 사설탐정님이 일을 진척시키기 전까지는 추가 정보를 얻을 수 없었다.

리폼 의뢰나 도플갱어 남자에 대한 조사가 아닌 다른 일로 기분을 전환할 필요가 있었다. 난 레일라 집으로 저녁을 먹으러 가기로 했다. 사실 밀린 일이 잔뜩 쌓여 있었지만 약속 시간 한참 전에 출발해 저녁 전까지 치즐허스트를 돌아다녔다. 어린이용 그네와 가족 정원이 있는 한적한 교외의 단독주택에서 살고 있을 다른 내 삶을 그려보려 했다.

레일라의 집에 도착했을 때는 쌍둥이가 아직 깨어 있었다. 레일라를 도와 여러 가지 방법을 활용해 쌍둥이를 재우는 데 성공했다. 옛날이야기를 들려주기도 하고 은밀한 협박과 애원을 복합적으로 시도한 끝에 마침내 결국 약간의 뇌물("지금 바로 잠자리에 들면 내일 엄마가 공원에 데려가 줄게.")로 쌍둥이를 재울 수 있었다. 또다시 레베카의 삶이 떠올랐다. 등 뒤에서 엄마를 부르는 아이 소리에 우유 한 잔을 데우려 급히 아래층으로 뛰어 내려가는 레베카(나)의 모습. 쌍둥이 중 한 명이 굿 나이트 키스를 하려고 내게 팔을 뻗는 순간, 솔직히 레베카가 부러울 뻔했다.

쌍둥이 침실의 불을 끈 후 레일라와 고양이처럼 살금살금 아래층으로 내려갔다. 아주 작은 소음에도 "엄마!" 하고 부르는 쌍둥이의 애처로운 목소리를 듣게 될 거고, 결국 좀 전의 모든 과정을 다시 반복해야 될지 모르기 때문이었다.

무사히 부엌에 도착해 레일라는 와인을 두 잔 따랐다.

"도와줘서 고마워."

레일라는 한 번에 반 잔을 꿀꺽꿀꺽 마셨다.

"너 애들 잘 보더라."

"진심이야? 정말 그렇게 생각해?"

"물론이지. 쌍둥이가 비 이모를 얼마나 사랑하는데. 밤마다 와줘라. 평소 같았으면 나 아직도 저 방에 있었을걸. 지긋지긋한 그루팔로 괴물 동화나 천 번쯤 다시 읽어주면서."

레일라는 잔을 높이 들어 올렸다.

"어쨌든, 건배!"

"건배? 무슨 일로?"

"사실 새로운 고객이 생겼어. 어, 고객 비슷한 거랄까?"

"다시 일하기로 한 거야?"

"아니. 자원봉사 비슷한 거야. 기금 행사 준비 중이거든. 나 XR에 합류했어. 알지? 기후변화를 막는 일에 앞장서는 환경단체."

"설마!"

"진짜야."

레일라는 레브가 엎드려 있는 소파 쪽을 향해 고갯짓했다. 레브는 헤드폰을 낀 채 엑스박스 오락기 버튼을 열심히 누르고 있었다.

"레브는 반대야. 그 사람들을 무정부주의자로 보거든. 하지만 누군가는 행동에 나서야 하잖아. 안 그래?"

어릴 때 나와 레일라는 십 대들이 흔히 그렇듯 여러 사회운동에 참여했었다. 그린피스에 가입하고 국제 엠네스티 활동을 했으며, 시위행진도 몇 번 참가했다. 하지만 대부분 호기심 차원이었지 오래 지속하지는 못했다. 내 생각이지만, 우리 둘 다 최소한의 '우리 몫'은 하며 살았다.(재활용 분리수거 하기, 노동당에 투표하기, 이상한 온라인 청원서에 서명하기 등 자신의 위치에서 최소한의 양심을 달랠 만한 지극히 일상적인 활동들 말이다.) 아무도 레일라를 사회의식이 결여된 사람이라고 안 하겠지만, 그렇다고 강경한 환경운동 전사라고 생각해 본 적도 없었다.

"왜 XR이야? 네 안에서 새롭게 샘솟는 식물 사랑과 연관 있는 거야?"

"야, 재미없거든. 환경문제에 대해 오랫동안 생각해 왔어. 지금 세대가 아무것도 하지 않으면 아이들이 어떤 미래를 맞을지 걱정됐거든. 그래서야. 사실 아주 조금은 너와도 관련 있어."

"나? 어떻게?"

레일라는 짓궂은 미소를 지어 보였다.

"이쪽으로 와봐. 보여줄 게 있어."

어리둥절한 채 레일라를 따라 뒷마당으로 향했다. 잔뜩 쌓인 장난감 더미와 작년에 사용하고 방치된 녹슨 바비큐 기계 사이에 정원 의자 하나가 자랑스럽게 놓여 있었다. 레일라가 진산책 중 재활용 통에서 건져낸 의자였다. 너덜너덜하던 의자 쿠션은 깔끔히 고쳐져 있었고, 칠이 벗겨졌던 다리는 매끄럽게 사포질이 돼 있었다.(솔직히 약간 서툰 솜씨였지만 레일라에게 말하지는 않을 예정이었다.)

"우와. 멋진 의자가 됐네."

"그날 네 표정을 보니까 내가 손도 못 댈 거라고 생각하는 거 같거든. 그래서 이 의자를 내 도전 과제로 삼았지. 뭔가 해낸다는 게 정말 기분 좋더라. 실용적인 뭔가 말이야. 노력하면 시간을 낼 수 있다는 생각이 들었어. 그린피스에 매달 십 파운드씩 기부하는 일 이상의 참여 말이야. 하지만 레브는 이해 못 하더라고."

"난 이해해."

레일라는 결코 어중간하게 일을 하는 사람이 아니었다. 정원에서 가구를 재활용하다 전적으로 환경운동가의 길에 뛰어든 결정을 이해할 수 있었다.

"물론 나한테도 참여하지 않는다고 죄책감을 느끼게 하지만 않으면."

레일라는 장난스럽게 주먹으로 내 팔을 쳤다.

"네 사업은 진짜 윤리적이야, 비. 사실 한 여성의 웨딩드레스를 다시 살려내는 드레스 재활용 센터나 다름없잖아."

집 안으로 들어가며 레일라가 말을 이었다.

"솔직히 약간은 이기적인 이유도 있어. 내 벨로시랩터 공룡들이 학교에 입학해서 내가 다시 일터로 돌아가기 전까지 실무 감각을 유지하고 싶었거든."

잠깐 침묵이 흘렀다.

"내 말은, 그런 뜻이 아니라."

"레일라, 내게는 굳이 설명할 필요 없어. 앞으로도 그래. 난 널 이해해. 네가 얼마나 쌍둥이를 사랑하는지 너무 잘 알거든."

그때서야 레일라가 얼마나 심한 스트레스 속에 놓여 있었는지 깨달았다. 머리도 못 감은 채 다 늘어난 티셔츠를 입고 있었다. 그런데도 레일라는 유스턴역 사건 이후 계속 날 위로해 왔다. 레베카는 레일라 2를 잃었다. 우리 우정이 불안정해지고 자칫 사라질 수도 있는 위험을 감수하고 싶지 않았다. 내가 레일라를 위해 더 노력해야 할 차례였다.

"내가 가끔 쌍둥이를 봐주면 어떨까? 밤에 말이야. 너랑 레브가 둘만 오붓한 밤을 보낼 수 있게."

사실 어떻게 시간을 낼 수 있을지는 모르겠다. 닉과 니콜라스, 두 남자와 대화를 나누고 동시에 많은 일을 처리하면서 손목 통증에 시달리지 않는 게 놀라울 따름이었다.

"오, 맙소사. 그럼 정말 좋겠다. 정말 하룻밤 내내 있어준다고?"

"안 될 거 없지."

"진심이야?"

"물론이지. 내가 나쁜 친구였어. 여태 나만 생각했어. 미안해."

"어우. 바보같이 굴지 마."

레일라가 와인 잔을 다시 채웠다.

"네가 최근에 악몽 같은 시간을 보냈잖아. 게다가 사업도 해야 하지.

그것만 해도 정신없이 바쁜데. 그나저나 일은 요새 어때? 말 좀 해봐.”

최근에 만난 고객들에 대해 간단히 설명했다.(내게 작업을 의뢰한 비인기 연예인이 인스타그램에 내 리폼 드레스 사진을 온통 도배한 덕에, 지금 대기 고객 명단이 거의 2020년까지 꽉 차 있었다.) 마지막으로, 고객이 리폼한 완성품을 반품한 얘기를 털어놓으며 속상한 마음을 풀었다.

“내가 그런 실수를 했다니, 아직도 안 믿겨.”

“너무 자책하지 마. 어떻게 사람이 항상 완벽해? 이제는 사람을 한 명 고용할 때가 된 거 아닐까? 월급 정도는 줄 수 있잖아.”

사람을 고용할 정도의 벌이는 됐다. 어쩌면 그래야 할지 모르겠다. 특히 지금처럼 정신없는 상태가 계속 사업에 영향을 준다면 추가 일손이 꼭 필요할 것이다. 와인 때문에 취기가 돌기 시작하면서 하마터면 레일라에게 모든 걸 털어놓을 뻔했다. 모든 진실을. 완전히 말도 안 되는 얘기, 두 명의 니콜라스에 대한 얘기, 즉 그 의뢰를 망친 진짜 이유를. 왜 결국 털어놓지 않았느냐고? 철저히 이성적인 레일라가 내 말을 믿지 않을 거라는 두려움 따위의 비겁한 이유 때문만은 아니었다.(누가 들어도 이상한 얘기긴 했다.) 단지 지금이 적절한 때처럼 느껴지지 않았다. 제대로 얘기하려면 시간이 오래 걸릴 것이다. 설령 레일라가 날 믿어준다 치자. 그런데 레일라가 닉의 세계에 있는 자신에 대해 알고 싶어 한다면? 그쪽의 레일라 2는 전망 좋은 고급 사무실에 화려한 경력까지 가지고 있다. 레일라 2는 가족이 있을 수도 있고 없을 수도 있다. 레일라는 나보다 훨씬 똑똑하고 직설적인 성격이었다. 레일라의 반응이 쉽사리 그려졌다. “잠깐만, 비. 그러니까 지금 네가 과학 역사상 전례 없이 기적 같은 일에 휘말린 걸 알게 됐는데 그 상황을 고작 남자랑 데이트하는 데 이용할 계획이라고?” 그래서 대신 난 이런 질문을 던졌다.

“네가 나와 연을 끊는다면, 무슨 일 때문일까?”

"뭐라고?"

"레일라, 우리는 한평생 친구 사이였잖아. 그렇지? 그런 네가 더 이상 날 친구로 여기지 않게 된다면 무슨 일 때문일까?"

"진심으로 물어보는 거야? 이런 질문은 왜 하는데?"

"재미 삼아 말해봐."

"하나님 맙소사. 음……, 네가 아이를 살해한다면?"

"아이? 쌍둥이 중 하나를 말하는 거야?"

"아니, 그럼 넌 훈장감이지. 당연히 쌍둥이를 말하는 게 아니고! 그냥 불특정의 어떤 어린아이. 내 말은, 우발적으로 차로 친다거나 그런 게 아니라. 고의로 아이를 살해한다면, 네가 연쇄살인범이라든가 뭐 그런 거 말이야."

"우와. 알겠어."

"아니면 레브랑 잔다든가. 아니다. 그건 잊어버려. 설령 그랬다 하더라도 널 용서할 거 같으니까. 아니면 네가 안됐다고 생각할 수도 있지. 농담이야. 그래, 그건 정말 거지 같겠다. 내가 허락하고 빌려주는 게 아닌 이상."

레브가 뒤를 돌아보더니 헤드폰 한쪽을 귀에서 뗐다.

"내 이름 말했어?"

"그냥 비에게 내가 공식적으로 당신을 빌려줄 때만 둘이 잠자리를 할 수 있다고 말한 거야."

"아, 그렇구나."

레브는 무표정하게 한마디 하더니 다시 게임에 몰두했다.

"어쩌다 그런 생각을 한 거야?"

"그냥, 네가 없는 삶은 도저히 상상이 안 가서."

"나도 그래. 잠깐. 너 혹시 뭐 죽을병에 걸렸다거나 그런 거 아니지?"

"아니거든!"

"이렇게 진지한 모습은 너답지 않잖아."

"칭찬 고맙다."

"그런 말이 아니잖아. 진짜 무슨 일이야?"

"아무 일도 아니야."

"거짓말!"

레일라가 패딩턴 탐정 같은 엄격한 눈초리로 바라봤다. 멍청이. 레일라가 그냥 넘어가지 않을 걸 알면서. 당연히 진실을 말할 수는 없겠지만 뭐든 털어놓긴 해야 했다.

"누구를 좀 만났어. 일종의 만남 같은 거랄까."

"직접? 아니면 온라인으로?"

"둘 다."

"설마 그 사기꾼 새끼랑 다시 연락하는 건 아니겠지?"

"아니야! 당연히 아니지."

"근데 왜 그동안 말 안 한 거야?"

"네이트에…… 유스턴역 사건까지 있었는데, 널 또다시 비의 엉망진창 데이트 쇼에 끼어들게 하고 싶지 않았어."

"바보 같기는. 이제 다 말해봐. 자세히 듣고 싶어."

레일라는 닉과의 메일을 봤기 때문에 닉이 리즈에 사는 대필 작가라는 사실을 알고 있었다. 니콜라스는 작가에, 리즈에 살았다. 너무 비슷했다. 관심을 딴 데로 돌려야 했다. 얘기를 빨리 만들어내지 않으면 결국 레일라에게 사실을 모두 털어놓게 될 것이다.

"그래서 어떻게 된 거야?"

기다리다 못한 레일라가 다시 묻는 순간, "엄마!" 하고 부르는 소리가 들렸다. 쌍둥이가 날 위기에서 구했다.

"망했다. 금방 돌아올게."

떳떳하지는 않았지만 거짓말로 둘러대기로 했다. 레일라가 쌍둥이를 다독이는 동안 그럴듯한 얘기를 지어냈다. 유스턴역 사건 후, '닉, 작가, 리즈' 단어를 조합해 미친 듯이 인터넷 검색을 계속했다. 그리고 검색 결과 뜻밖에 다른 니콜라스를 알게 됐다. 가벼운 호기심으로 그 작가의 소설을 몇 편 읽고서 니콜라스의 작품에 점점 흥미가 생겼고, 작가와 트위터를 주고받게 됐다. 작가와의 만남 행사에 참석해 직접 만난 후 서로 좋은 관계를 시작하는 중이다. 이런 거짓말을 하는 자신이 싫으면서도, 레일라가 의심하는 기색인지 살펴봤다. 와인 때문인지 아니면 너무 피곤해서인지 모르겠지만, 레일라는 내 거짓말을 믿는 것 같았다.(어찌 됐든 결론적으로 한 톨의 진실이 섞여 있기는 했다.)

"왜 나한테 말 안 하려 했는지 알겠다."

"레일라, 정말 너한테 걱정 끼치고 싶지 않았어. 지난번 엉망진창 쇼에서 날 구해준 지 얼마나 됐다고 또 그런 모습을 보일 순 없잖아."

레일라는 이미 니콜라스를 검색하기 시작했다.

"나쁘지는 않아 보이네. 이 사람은 자기가 유스턴 사기 사건으로 얻어진 결과물이라는 사실을 알아?"

"아니. 절대."

"알았어. 난 입 딱 다물게. 너도 진도 천천히 나가겠다고 약속해."

"약속할게."

진심이었다. 정말 그러려고 했다.

닉

내 도플갱어 작전은 순조롭지 못했다. 난 집에 틀어박혀 있기를 좋아하는 사람으로, 이사를 하거나 이러저리 옮겨 사는 편이 아니었다. 어쩌면 부모님이 날 늦은 나이에 가지신 데다, 내가 대학교 2학년 때 육 개월 간격으로 돌아가신 영향일지 모른다. 따분한 사람처럼 들리겠지만 고향을 벗어나 다른 지역에서 살 생각을 해본 적이 없었다. 그런데 일단 마음만 먹으면 삶의 터전을 바꾸는 일이(내 경우에는 삶의 터전이 날아간 거지만.) 아주 쉽다는 사실을 금세 깨달았다.

그 첫 단계로, 무엇보다 이사에는 돈이 필요했다. 그것도 최대한 빨리 필요했다. 보편적 기본소득은 한계가 있었고 당분간 새로운 고객도 없었다. 트위드 양복쟁이도 아직 후속편을 쓸 준비는 돼 있지 않았다. 남은 유일한 해결책은 폴이었다. 행운을 빌고 용기를 내는 차원에서 담배 두 개비를 연달아 피운 후 폴에게 전화했다. 감정적 협박을 살짝 뿌리고("몸과 마음의 건강을 위해 리즈를 벗어나야 할 거 같아, 폴.") 뇌물을 한 숟가락 더하자("당신이 이혼을 서두르고 싶다면 나도 동의할게.") 짜잔-, 폴이 집 매매 예상 금액 중 일부를 내게 먼저 보내주기로 했다.

다음 단계로, 최대한 레베카의 집 가까운 곳에 작전 기지를 구해야

216

했다. 아주 까다로운 과제였다. 머서 가족은 내 제한된 예산을 벗어난 고급 주택가에 살고 있었다. 게다가 내게는 로지도 있었다. 지불할 수 있는 금액 안에서 개도 키울 수 있고 레베카의 집까지 버스로 오 분밖에 안 걸리는 곳은 오핑턴 마을의 '버그네' 하숙집뿐이었다. 버그네 예약 사이트는 아주 구식이었고, 인트라넷 평이라고는 익명으로 남긴 "행운을 빕니다!"라는 애매모호한 한 줄이 다였다. 메일을 통해 접한 하숙집 주인 에리카 버그는 친근하고 매력적인 괴짜처럼 보였다.([오, 우리 하숙집에 작가분이 살게 되는군요! 좋은 소식이에요.]) 에리카는 월세로 다락방의 '독립된 작업 공간'을 사용할 수 있다고 했다. 월세에는 '유럽식 아침 식사가 포함돼 있고 추가금을 내면 저녁 식사도 가능'하다고 했다. 또한 친구를 좋아하는 '소시지'란 이름의 늙은 셰퍼드가 한 마리 있다고 덧붙였다. 사실 로지는 같은 종족을 그다지 좋아하지 않았지만(자기 주인과 똑같다.) 그 정도 위험은 감수하기로 했다. 나이가 들면서 로지 역시 성격이 유순해져서 최근 몇 년 동안은 다른 개에 싸움을 걸지 않았다.

그다음 단계. 내 물건들을 어떻게 처리해야 하지? 레코드판, 책, 부모님 결혼사진, 옷가지, 그리고 로지. 이게 내가 소유한 전부였다. 책은 양복을 샀던 자선 중고 가게에 기부했고 레코드판은 노점상에 팔았다. 나머지 세속적인 물건들은 무자비한 미니멀리스트 전도사처럼 커다란 짐 가방 두 개에 다 들어갈 때까지 쑤셔 넣거나 분리수거하거나 버렸다. 트위드 양복은 그냥 간직하기로 했다. 도로 기부해 버리기에는 너무 많은 감정이 남아 있었다. 자유로우면서도 우울한 기분이 들었다. 지구라는 행성에서 지낸 사십오 년의 세월 동안 내세울 만한 게 별로 없었기 때문이었다. 마찬가지로 이 동네에서 십이 년을 살았음에도 날 그리워할 사람이 오로지 괴팍한 이웃 할머니밖에 없다는 우울한 사실에는 연연하지 않으려 애썼다.

또 그다음 단계. 딜런에게 전화를 했다. 당연히 딜런은 이사 소식에 깜짝 놀랐다.

"어디로 이사 가세요?"

"오핑턴."

"왜요?"

"흔한 일이지. 메시에서 생긴 양자역학상의 결함 때문에 영혼의 반려자를 찾는 일이 엉망이 됐거든. 그래서 스토킹을 좀 하러 그곳으로 가야 해." 딜런에게 이런 사실을 말할 수는 없지만 대략적인 진실을 말하려 애썼다.

"전에 메일을 주고받던 여자 기억하지?"

"그렇게 진지한 관계로 발전했어요?"

"사실 아직은 아니야. 하지만 그럴 가능성이 있는지 알아보려고."

"잘됐네요."

잘된 걸까? 때가 되면 알겠지.

마지막 단계. 버그네 하숙집까지 어떻게 가지? 두 개의 짐 가방과 로지, 거기에 로지의 짐까지 챙겨 기차를 타는 일은 쉽지 않아 보였다. 그런데 예상 밖의 인물이 도와주겠다고 나섰다. 제즈가 로지와 날 목적지까지 태워주겠다는 것이다.

등 뒤에 칼을 꽂은 자식과 네 시간이나 같이 차를 타고 싶었을까? 물론 아니었다. 하지만 이 해결책은 우리 둘 모두에게 이득이었다. 제즈는 죄책감을 덜고 난 공짜로 차량을 이용할 수 있었다. 가는 내내 내 탓 타령을 듣지 않기 위해 데이비드 보위의 앨범을 미리 챙겨가 큰 소리로 틀어놓았다. 로지의 차멀미로 물과 친환경 물티슈를 찾아 잠깐 동분서주하며 협동했던 순간을 제외하면 제즈와 말을 거의 하지 않았다.

버그네 하숙집은 견고해 보이는 1930년대 복고풍 건물로 꽤 쾌적한 부지 위에 있었으며 예상보다 컸다. 버그네는 녹지법을 준수한 이웃과

대조적으로 앞마당이 온통 콘크리트로 덮여 있었다. 뭐, 모든 게 만족스러울 수는 없겠지.

제즈는 차에서 짐 가방과 로지의 집을 내리는 일을 도우며 작은 목소리로 중얼거렸다.

"모두 내 잘못이야. 미안해, 친구."

갑자기 제즈가 불쌍해 보였다. 이제 와서 그게 다 무슨 상관있겠는가?

"차라리 잘된 일 같아. 폴을 잘 돌봐줘. 그럴 거지?"

우리 둘 다 그 반대일 걸 알고 있었다. 폴은 날 돌봤던 것처럼 제즈를 돌볼 것이다.

"도움이 필요하면 불러. 폴과 난 언제든 널 도울 거야."

굳이 그럴듯한 억지 대답은 하지 않았다.

드디어 즐거운 내 집에 도착했다. 초인종을 누르자 문 너머로 대형견이 컹컹 짖는 소리가 들렸다. 한참을 기다렸지만 아무도 나오지 않았다. 드디어 문이 열리고 셰퍼드 한 마리가 제일 먼저 튀어나왔다. 개는 "소시지! 안 돼!"라는 북유럽 말투의 날카로운 고함을 무시한 채 뛰쳐나오자마자 바로 로지에게 달려들었다. 로지를 등 뒤로 숨기고 동시에 소시지의 목줄을 잡아채려 했으나 한 번에 두 일을 하기에는 내 반사신경이 따라가지 못했다. 하지만 그렇게까지 반응할 필요도 없었다. 소시지라 불린 셰퍼드가 꼬리를 살랑살랑 흔들며 로지의 엉덩이에 코를 킁킁 가져다 대는 것이, 첫눈에 사랑에 빠진 것 같았기 때문이다. 하지만 불행히도 나와 에리카는 그렇지 못했다. 메일에서 보였던 친근한 말투는 다 장삿속에 불과했다. 상상 속 모습은 보호본능을 자극하는 육십 대 괴짜 할머니였지만 실제 에리카의 모습은 전혀 딴판이었다. 너무 삐쩍 마른 나머지 곧 부서질 것 같은 사십 대 초반의 여성이었다. 날카로운 표정과 행동은 진부한 드라마에 나오는 가학적인 교도소장 역할에 딱 맞았다. "드디어 만나 뵙게 돼 반갑습니다"라는 내 인사말에 마지못해 "네, 네"라고 대답하며 고갯짓하더니 급하게 소시지를 안으로 끌고 들어갔다. 그러고는 내가 조바심 난 모습으로 서툴게 짐 가방과 로지의 물건을 안쪽 복도로 옮기는 걸 지켜봤다.

"이쪽으로. 이제 집을 둘러보죠."

무례하게 들릴 만큼 불친절한 말투였다. 에리카는 로지의 밥그릇과 집을 부엌에 두라고 지시하더니 가차 없이 효율적으로 하숙집 안내를 시작했다. 배신자 로지는 날 버리고 셰퍼드 집으로 가 소시지 옆자리에 도도하게 앉아 있었다. 콘크리트로 덮인 앞마당처럼 실내 인테리어 역시 미적 감각이나 아늑함과는 거리가 먼 실용주의의 승리였다. 벽은 산업용 유광 페인트로 하얗게 칠해져 있었고, 바닥은 타일이 깔려 있었으며, 가구는 불편하기 짝이 없는 북유럽 조립식 가구였다. 집 안 곳곳에 합판으로 만든 하숙집 규칙에 관한 안내판이 있었는데, "컵과 접시는 반드시 이곳에서만 씻을 것", "흡염 금지"처럼 다소 공격적인 문구가 틀린 철자로 적혀 있었다. 하지만 아무튼 하숙집은 전체적으로 깔끔하게 잘 정돈된 모습이었다. 집 안에 라벤더 향이 강하게 났는데 에리카 손에 항상 라벤더 향 세제 스프레이가 들려 있는 듯했다. 에리카의 날카로운 눈길을 피한 건 소시지의 털 뭉치가 유일했다. 털 뭉치는 가구 다리 주변에 엉겨 붙어 있거나 구석에서 점점 덩치를 키우고 있었다.

"자, 거실 겸 휴게실은 사전 조율만 하면 닉 씨도 사용할 수 있어요. 부엌도 마찬가지고요. 하지만 사용 후에는 항상 깨끗하게 정리해야 합니다."

에리카는 강조(와 협박)하기 위해 잠시 말을 끊었다.

"항상요."

다행히 다락방만큼은 매력적으로 보였다. 에리카의 습격을 피해 성공적으로 살아남은 이 집의 옛 모습들이 난민처럼 여기 모여 있었다.

벌꿀색 나무 바닥과 고전적인 모양의 오래된 옷장, 놋쇠 다리가 달린 침대와 그 위를 덮고 있는 아늑해 보이는 빈티지 퀼트 이불. 에리카 말로는 전 세입자가 두고 간 거라고 했다.("보다시피 취향이 형편없는 사람이었죠.") 방은 예상보다 훨씬 컸다. 경사진 지붕에 난 채광창을 통해 『메리 포핀스』 소설에나 나올 법한 풍경이 보였다. 구석에 있는 욕실은 아기자기한 수준을 넘어섰지만(샤워실 문에 무릎을 긁히지 않고 변기에 몸을 구겨 넣는 방법을 터득하는 데 며칠이나 걸렸다.) 적어도 나 혼자 쓸 수 있었다.

"오늘 저녁은 우리랑 함께 먹는 게 어때요? 다른 방 사람들하고도 인사할 겸."

감히 에리카의 제안을 거부할 수 없었다.

저녁 식사 자리는 이보다 어색한 순간을 상상하기 힘들 정도였다. 나 말고 하숙인이 두 명 더 있었는데, 지금과 다른 상황이었다면 저예산 블랙코미디영화를 상상했을 것이다. 세 명의 남자 하숙인과 육욕에 불타는 하숙집 여주인, 뒤따르는 난잡한 행동들. 하지만 현실은 엄격하고 무서운 집주인과 이상한…… 하숙인들뿐이었다.

두 하숙인 조지와 모리스는 내 아래층에 살았다. 해골같이 삐쩍 마른 청년 조지는 속삭임 수준 이상으로 목소리를 높인 적이 없었다. 엄청난 과체중의 모리스는 소개받았을 때 '밝힐 수 없는 이유'로 악수는 하지 않겠다고 중얼거렸다.(둘을 묘사하자, 비는 바로 할리우드 코믹 듀오의 이름을 빌려 '로렐과 하디'라고 별명을 붙였다. 평행세계 간의 또 다른 이상 신호였다.) 그들은 둘 다 말수가 적었다. 마치 간절히 탈출하고 싶지만 사이비종교나 납치로 갇혀 있는 사람들 같았다.(몇 번 말을 붙여본 끝에 간신히 로렐과 하디가 같은 원자력발전 회사에 근무하는 계약직 직원이라는 사실을 알아냈다. 하지만 버그네에서 지내는 동안 둘이 친구라거나 심지어 직장 동료 같은 느낌조차 받은 적이 없었다.)

그나마 긍정적인 면은 음식이 삼킬 만한 수준은 된다는 거였다. 에리카가 직접 만들었다고 주장한 채식주의자용 라자냐는 급히 전자레인지에 돌린 마트 제품처럼 보이긴 했지만. 에리카는 저녁 식사 자리의 어색함을 전혀 눈치채지 못한 것 같았다. 이 집에서 본 유일한 장식품인 다양한 모습으로 위장한 남자의 사진들에 대해 물어보자, 에리카가 처음으로 웃음을 보이며 대답했다.

"아, 페트루스 말이군요. 내 남편이죠. 전 세계를 다니며 중요한 경호나 보안 관련 업무를 맡고 있어요. 운이 좋다면 닉 씨도 언젠가 내 남편을 만날 수 있을 거예요."

모리스가 의미심장한 눈빛을 내게 보냈다. 모든 사진에서 페트루스는 웃고 있지 않았으며 덩치가 크고 위협적으로 보였기 때문에 모리스의 눈빛이 시사하는 바는 명확했다. 페트루스를 만나지 않는 게 운이 좋은 것이다.

다락방은 생각보다 매력적이었던 데다 예상외로 로지가 여기서 평생 살아온 개처럼 자리를 잡아버렸다. 그렇지 않았더라면 짐을 도로 싸서 당장 하숙집을 떠났을 것이다.

첫날은 전체 저녁 식사를 견딘 일(다시는 안 할 것이다.) 외에 그다지 한 일이 없었다. 몰래 흡연(혹은 흡염)을 하러 뒷마당에 살짝 나갔다가 (앞마당과 유사하게 교도소 바닥처럼 콘크리트 바닥이었다.) 방에 돌아와 짐을 푼 후 비에게 메일을 썼다. 비는 내가 하숙집에 산다는 사실을 꽤 재미있게 생각했다. 비의 세계에서는 하숙집이란 존재가 사라진 지 몇 년 됐다고 했다.

[그뿐 아니라 다락방에서 살고 있어요. 19세기 하인처럼요. 혹은 차마 버리지 못한 낡은 짐덩이처럼.]

[아니면, 박쥐처럼요?]

[고마워요, 비. 날아다니는 설치류와 비교해 보니 이제야 내 숙소가

훨씬 좋아 보이네요.]

[박쥐가 얼마나 멋진 생물인데요. 아무튼, 원래 예술가는 다락방에 살지 않아요?]

[어두운 옥탑방이겠죠.]

[비슷하죠. 인터넷에 찾아볼 필요도 없다니까요. 아무튼 다락방이라니, 낭만적으로 들려요. 그곳 얘기가 나와서 말인데, 내일 계획을 앞두고 기분이 어때요?]

내일은 레베카가 사는 곳으로 첫 정찰을 나갈 계획이었다. 어쩌면 처음으로 레베카 2의 실물을 볼지도 모른다.

[긴장되고. 흥분되고. 망칠까 봐 걱정되고. 레베카가 날 소름 끼치는 제프리 같은 스토커로 여길까 봐 염려되기도 해요.]

니콜라스의 직업 덕에 비는 그럴싸한 '우연'을 가장한 만남에 성공했지만, 난 전적으로 계획을 세우기 힘든 상황이었다. 레일라 2의 도움을 받을 수도 없었다. 레일라 2는 레베카와 사이가 멀어진 데다 아직 날 믿지도 않았다. 이런 상황에서 결국 레베카와 연락이 끊긴 동성애자 친구 역할에 충실해야 했다. 다짜고짜 레베카를 찾아가 문을 두드린 후 이렇게 말할 수도 없었다.

"안녕하세요! 당신은 날 모르겠지만, 우리는 양자 결합 덕분에 만난 영혼의 반려자 사이랍니다. 차 한잔하실래요?"

레베카와의 만남은 그냥 내 즉흥 연기에 기댈 수밖에 없었다.

'유럽식 조식'(그냥 토스트가 다였고, 나머지는 엉망이었다.)을 마친 후 레베카의 동네로 출발했다. 로지와 난 레베카 집 방향 버스에 올라타 주소대로 찾아갔다. 엄청나게 고급스러운 부자 동네였다. 레베카의 집은 건축학적으로 전기나 가스를 전혀 소모하지 않게끔 설계된 동네의 한가운데 자리 잡고 있었다. 넓은 대로에는 좌우로 유리와 삼나무를 이용해 동일한 방식으로 지은 저택이 늘어서 있었고, 각각의 집은 이웃과 멀찌감치 떨어져 있었다. 사생활 보호를 위한 나뭇잎들이 집 앞을 가리고 있었다. 권력과 돈으로 프롤레타리아 계층이 내뿜는 일상의 소음을 차단한 것처럼 동네 전체가 고요했다. 으스스한 그들만의 세계였다. 거주자에게는 좋겠지만 동네를 샅샅이 뒤져볼 계획이던 사람에게는 정말 엿 같았다.(아마 제프리가 느낀 감정이 이거겠지.) 여기서는 그 누구도 들키지 않고 오랫동안 숨어 있을 수 없었다. 내 유일한 무기는 로지였다. 혼자 어슬렁거리는 남자를 보면 의심의 눈길을 던지겠지만, 개를 데리고 다니는 남자는 모두와 쉽게 친해질 수 있다. 대로를 두 번 정도 반복해서 걷자 새로운 냄새와 환경에 그새 익숙해진 로지가 하숙집 방향으로 가기를 거부하며 길 한가운데서 저항했다. 로지를 끌고 가려던 걸 포기해야 했다. 로지와 내가 레베카 집 대각선 맞은편에서 씨름하고 있던 그때 한 여자가 아이를 태운 유모차를 밀며 나타났다. 그녀는 이어폰을 꽂기 위해 잠깐 길에 멈춰 섰다. 혹시 그녀가 뒤돌아날 발견할까 봐 숨죽인 채 기다렸다. 여자는 전체적으로 말랐고 길고 검은 머리를 하나로 묶었으며, 값비싸 보이는 운동복을 입고 있었다. 내가 선 장소에서 여자의 얼굴이 다 보이지는 않았지만 확실히 매력적인 모습이었다. 내가 기대한 비의 모습인가? 머릿속에서 상상해 오던 모습 그대로인가? 그렇기도 하고 아니기도 했다. 비는 실제로 니콜라스를 상상 속 내 모습과 일치시키기 어려웠다고 했다.([비, 실망했다는 말이죠? 내가 말했잖아요. 여자들에게 인기 있는 아이돌 외모는 아니라고요…….] [아니에요. 실망하지 않았어요. 그냥 혼란스러웠을 뿐이에요. 당신이 했던 말 때문이에요.])

여자는 뒤돌아보지 않고 빠른 동작으로 걸어갔다. 나와 로지는 일정 거리를 유지한 채 그녀를 따라 동네 외곽으로 향했다. 신선한 과일과 채소를 파는 노점상이 줄지어 있는 보행자거리를 지났다. 로지는 빨리 걷느라 숨을 헐떡였고, 난 '뭔가 일어날 것 같아!'라는 생각에 아드레날린이 분출돼 심장이 벌떡거렸다. 하지만 결과적으로 아무 일도 일어나지 않았다. 여자가 중앙도로를 가로질러 화려한 공원 입구로 들어갔을 때, 로지는 네발을 땅에 붙이고 서서 아무리 애원하고 꼬드겨도 절대 움직이려 하지 않았다. 난 그저 레베카일 수도 있고 아닐 수도 있는 여자가 시야 밖으로 사라지는 모습을 무기력하게 바라볼 수밖에 없었다. 어쩔 도리 없이 제대로 된 시작도 못 해보고 추격을 포기해야 했다. 우울한 기분으로 버스 정류장을 향해 발걸음을 돌렸다. 돌아가는 길에는 실패와 실망이라는 무게뿐 아니라 로지의 무게까지 짊어지고 가야 했다. 로지가 자신을 안고 가라는 의미로 강력하게 짖어댔기 때문이었다. 버그네 하숙집으로 돌아왔을 때는 로지와 나 둘 다 기분이 좋지 않았다.

집에 들어가기 무섭게 에리카가 공격적으로 말을 걸어왔다. 복도에서서 우리가 나타나기만을 기다린 게 틀림없었다.

"닉 씨, 한마디 할게요. 그건 너무 불공평한 처사였어요."

내가 무슨 짓을 했다는 거지? 이 집에 온 지 24시간도 채 안 됐는데 무슨 말인지 이해가 안 갔다. 로지는 바로 날 버리고 자신의 친애하는 소시지를 향해 총총 달려갔다.

"개를 산책시키려거든 소시지도 데려갔어야죠."

"아, 그 말이군요. 알겠습니다. 다음부턴 그렇게 하죠."

"잘됐군요. 그리고 담배 피우시는 것도 알고 있어요. 제발 창문 근처에서는 피지 마세요."

"물론이죠. 죄송합니다."

계단 쪽으로 향하려는데 에리카가 앞을 가로막았다.

"또 할 얘기가 있나요?"

"당신 방에 뭘 좀 가져다 놨어요. 따라오세요. 보여줄게요."

약간 불안한 마음을 가지고 에리카를 따라갔다. 사실 에리카가 손

대지 않은 지금 그대로의 방이 좋았다.

"저쪽에요. 당신이 글을 쓴다고 해서 가져다 놨죠."

새 안내판이나 퀼트 이불 대신 깨끗하게 세탁된 이불을 가져다 놨을 거라는 예상과 달리, 꽤 아름답고 아담한 빅토리아풍 책상과 푹신한 쿠션이 달린 팔걸이의자가 다락방 벽을 마주 보고 있었다.

"그렇게 예쁘지는 않죠. 나도 알아요. 이웃집에서 버린 물건이거든요. 그 집 애들에게 여기로 가져다 달라고 부탁했죠. 당신을 위해서요."

"정말 친절하시군요."

"천만에요. 전 항상 우리 하숙집에 묵는 손님들을 각별히 신경 쓴답니다. 이제 여기가 당신 집이나 마찬가지잖아요."

당연히 따뜻한 느낌이라고는 전혀 없는 오싹할 만큼 차가운 말투였다.

에리카가 나간 후 노트북을 책상 위에 올려놓고 의자에 앉아 화면을 쳐다봤다. 고통스럽겠지만 너만의 세계에 들어가 봐, 닉.

이제 써봐. 글을 써봐. 뭐라도 쓰라고. 니콜라스가 할 수 있다면 나도 할 수 있어.

하지만 뭘 써야 하지? 지금 내가 처한 상황이 소설이나 다름없으니 그걸 이용하면 어떨까? 뭐라도 써본다면 이 말도 안 되는 상황을 좀더 객관적으로 보는 데 도움이 되지 않을까? 그리고 혹시 내 글이 평행세계의 내 글보다 나을지 어찌 알겠는가? 비는 니콜라스가 오 년 동안 본명으로 소설을 출간하지 않았다고 했다. 지금은 생어 시리즈에 집중하고 있다고 했다.

숨을 깊이 들이마셨다. 자……, 써보자.

몇 초 안 돼 딴짓을 하기 시작했다. 비는 한창 일하는 중일 것이다. 도플갱어 작전의 업데이트 내용([이제 당신이 어떻게 생겼는지 알 것 같아요!])을 쓴 후 메일을 임시 저장함으로 보냈다. 받은 메일함에 두 개의 새로운 메일이 와 있었다. 하나는 특유의 딱딱한 문체로 다음 베렌스타인협회 회의 날짜를 알리는 켈빈의 메일이었다.(삭제 버튼.) 나머지 하나는 손녀딸이 『어둠 속의 총성』(내가 지은 책 제목)을 북포스트 사이트에 올려놨다는 내용을 앞뒤 문맥 없이 적은 트위드 양복쟁이의 메일이었다. 큰 기대 없이 그가 보내준 북포스트 링크로 들어갔다. 누구에게 디자인을 의뢰했는지 몰라도 꽤 괜찮은 책 표지(나무가 빽빽하게 늘어선 음산한 숲속에 외롭게 놓인 시골집의 검은 실루엣)였다. 그리고 의외로 꽤 많은 리뷰가 달려 있었다. 이미 데뷔작 때 안 좋은 리뷰들로 인해 외상후 스트레스장애를 겪은 경험이 있지만 이번에는 다 감당할 수 있다는 생각이 들었다. 그 소설의 90퍼센트를 내가 썼지만 진짜 내 작품처럼 느껴지지 않기 때문이었다. 그래도 만약의 경우를 대비해 손가락을 나가기 버튼 위에 올린 채 재빨리 첫 리뷰부터 훑어봤다. "즉흥적으로 산 책인데 진짜 잘 산 듯. 앉은 자리에서 한 번에 다 읽음. 예상 밖의 결말에서는 심지어 살인자 편에 서게 됨. 이 작가의 다른 책도 보고 싶음."

우와. 괜찮네……

나머지 리뷰들도 첫 번째 리뷰와 비슷했다.(소설 결말을 스포해 버린 리뷰를 신고하기는 했지만, 뭐 날 고소하든지 말든지.)

리뷰 전체를 비에게 보낼 수 있으면 좋을 텐데. 벌써 세상이 좀 더 밝아 보였다.

비

'말랐다.' 닉이 레베카의 모습을 표현한 단어였다. 내 몸은 대다수 X 세대의 무의식에 '미'의 기준으로 주입된 '말랐다'에 부합하지 않기도 했지만, 마른 몸은 이보다 더 중요한 의미를 시사했다. 내게 있어 말랐다는 건 불행을 의미했다. 인생에서 가장 말랐던 시기는 네이트와 만나던 때였다. 네이트는 미스터 사첼백처럼 "계속 이 짓을 할 거라면 살 좀 빼야 할 거야"라는 식의 노골적이고 잔인한 말을 한 적은 없었다. 하지만 "또 술을 병째 마신 거 아냐?"나 "정말 디저트도 먹으려고?" 같은 말을 자주 내뱉으며 내게 육체적으로도 정신적으로도 고통을 주었다.

레베카의 마른 몸은 어떤 이상 신호일까? 닉이 더 많은 정보를 알아오기 전까지 아무것도 확신할 수 없었다. 지금까지의 정보만으로는 닉이 본 사람이 레베카인지 베이비시터인지조차 알 수 없었다. 레베카 부부는 베이비시터를 고용할 만큼 부유했기 때문이다.

[비, 내일 아침이면 새로운 정보를 얻을 수 있을 거예요. 당신 작전은 어떻게 되고 있어요? 리즈의 유명 추리 작가님은 오늘 어떤가요?]

[지금은 당신 얘기를 할 차례죠. 정말 기뻐요, 닉. 나도 그 리뷰들을 보고 싶네요.]

[나도 보여주고 싶어요. 그래서? 니콜라스에 대한 새로운 소식 있어요?]

새로운 소식은 없다고 답장을 쓰고 있는데 닉이 메일을 또 보냈다.

[런던 출판사에서 보자고 하네요. 저녁 먹자는 걸까요? 아니면 한잔하자고? 너무 갑작스러운 연락이에요.]

대체 내가 왜 최악의 데이트를 경험한 그 끔찍한 레스토랑에서 니콜라스를 보자고 했는지 모르겠다. 아직도 날 괴롭히는 더러운 기분을 없애보려고? 아니면 니콜라스가 어떻게 반응하는지 보려고? 그것도 아니면, 내가 어떤 느낌인지 확인하려고?

어떤 옷을 입고 나갈지 고민할 시간적 여유가 없었다. 이 만남의 가장 큰 목적은 닉이 간절히 알고 싶어 하는 답을 알아내기 위해서였다. 니콜라스는 눈에 마스카라가 번지고 나머지 모습도 엉망인 있는 그대로의 날 받아들여야 할 것이다. 사실 호텔 조식 뷔페 때 이미 엉망진창인 최악의 모습을 보여주기는 했다. 식당에 도착했을 때 니콜라스는 이미 와 있었다. 내가 앉았던 바로 그 좌석에 앉아 곤혹스러운 표정으로 메뉴판을 응시하며 맥주를 마시고 있었다. 니콜라스에게 바로 다가가기가 망설여졌다. 호텔 조식에서 니콜라스의 소설과 내 일, 데이비드 보위에 대한 얘기를 나누며 그가 점점 편해지기는 했지만, 다시 봐도 똑같은 감정이 생길까? 그때 우리 사이에 짜릿한 느낌이 있었나? 그동안 메일에서 엿보이는 닉의 특정 말투와 버릇으로 그의 모습을 그려왔다. 실제로 눈앞에 존재하는 니콜라스와 상상 속 닉의 이미지를 계속 비교할 수밖에 없었다. 니콜라스와 닉은 반으로 갈라진 접시의 두 조각 같아서 둘을 금이 보이지 않게 이어 붙일 수 없었다.([바보 같은 비유인가요, 닉?] [아뇨. 충분히 말이 되는데요. 내가 그 비유를 실제로 소설에 가져다 쓸지도 몰라요.])

'후광이 비친다'는 표현을 많이 들어봤을 것이다. 진부하지만 니콜라스와 눈이 마주쳤을 때 이 말밖에 떠오르지 않았다. 어떻게 인사를 해야 할지도 몰랐다. 그냥 악수할까? 포옹해야 하나? 아니면 볼 키스? 고맙게도 웨이터(다행히 미스터 사첼백의 대참사를 목격한 웨이터는 아니었다.)가 음료 주문을 받으러 달려온 덕에 어색한 순간을 피할 수 있었다.

머뭇거리는 모습을 보이기 싫어 엉겁결에 니콜라스와 "같은 걸로 주세요"라고 말해버렸다. 웨이터는 알았다는 뜻으로 고개를 한 번 끄덕이더니 바람처럼 다시 사라졌다. 니콜라스와 난 자리에 앉았다.

"항상 이렇게 한번 말해보고 싶었어요. 이상한 음료는 아니죠? 무알코올이라든가."

"하이네켄입니다. 너무 뻔하죠."

"뭐, 에일 맥주는 싫어하잖아요."

"어디서 들었죠? 제가 트위터에 올렸던가요?"

이런.

"그랬던 것 같아요."

조심해, 비. 에일을 싫어한다는 건 닉이 한 말이었다. 난 서둘러 말머리를 돌렸다.([내가 에일 맥주보다 라거를 좋아한다고 하자, 아버지는 아들이 살인자라고 고백한 것보다 끔찍해하셨죠.]) 웨이터가 내 맥주잔을 가져왔다.

"건배!"

우리는 같이 맥주를 꿀꺽꿀꺽 마셨다. 니콜라스가 가게 인테리어를 둘러보더니 말했다.

"식당이……."

"알아요. 끔찍하죠?"

"어……, 네. 왜 여기로 하셨나요?"

거짓말하고 싶은 유혹이 들긴 했지만…… 이것 말고도 해야 할 거짓말이 너무 많았다. 난 미스터 사첼백과의 유감스러운 만남을 모두 털어놓았다. 물론 닉이 보낸 메일 부분은 빼고.

"하. 완전히 미친 사람이네요. 그런 일을 겪었다니 유감이에요, 비."

"흔히 일어날 수 있는 일이죠."

"그러면 안 되죠. 왜 이곳을 약속 장소로 잡았는지 이제 알겠어요. 어떤 면에서는 그 남자가 이긴 게 아니라는 의미죠. 맞죠?"

미처 그런 동기까지는 생각도 못 했는데, 꽤 현명한 생각이었다.

"맞아요. 어쨌든 음식은 훌륭해요. 제가 보증하죠. 당신에게 최악의 만남은 뭐였어요?"

"일시적인 만남 같은 건 잘 안 해요. 한 사람과 관계를 오래 이어가는 편이라."

"지금 만나는 사람이 있는 건가요?"

"아니요! 그랬다면 여기 나오지 않았겠죠?"

이 만남이 데이트라는 니콜라스의 확인에 내심 기분 좋은 떨림이 느껴졌다.

"전에는 안 좋게 헤어졌나요?"

"아니요. 우리는 그냥…… 일종의 정체된 관계였어요."

닉이 말했던 폴과의 관계와 비슷했다. 흐지부지 끝나버린 관계.

"결혼한 적 있나요?"

"아니요. 그런데 이거 무슨 스페인 종교재판 같은데요."

"맙소사, 죄송해요."

"아니에요. 괜찮아요. 농담한 거예요. 결혼한 적 없습니다. 길게 사귄 적은 한두 번 있었지만 결혼 단계까지는 가지 못했어요. 딱 이 사람이 다 하고 느낀 적이 없었죠. 이제 당신을 재판장에 세우기 전에 또 질문할 게 있나요?"

"딱 하나요."

"불길하게 들리는데요. 먼저 한 잔 마셔줘야 할까요?"

"어쩌면요."

"준비됐습니다. 이제 물어보세요."

"위아래가 바뀐 켄타우로스가 되고 싶으세요, 아니면 위아래가 바뀐 인어가 되고 싶으세요?"

니콜라스가 눈을 껌뻑이더니 이내 크게 웃음을 터뜨렸다.

"정답이 있긴 한가요?"

테이블 위에 놓인 휴대폰이 진동했다. 닉이 평행세계의 자신을 받아들이기 힘들어한다는 사실을 알고 있었기 때문에 니콜라스와 만난다는 얘기를 하지 않았다. 몇 시간 동안 속 끓게 하느니, 차라리 이 만남이 어떻게 될지 지켜본 후 나중에 알려주기로 마음먹었다.

"휴대폰 보셔도 돼요. 전 괜찮아요."

잠깐 끔찍했던 여자 화장실에 갈까 고민했지만, 아니다. 이번에는 안 그러기로 했다.

"나중에 봐도 돼요."

그날의 저녁 시간을 어떻게 설명해야 할지 모르겠다. 노력을 들일 필요도 없이 아주 편안한 순간들도 있었다. (아마 술기운 덕에) 닉과 니콜라스의 이분법이 사라지고 닉의 평행세계 자아와 쉽게 친숙해졌다고 느낀 순간들. 심지어 닉이 그토록 원한 답도 힘들지 않고 자연스럽게 얻을 수 있었다. 테이블에 놓인 전화기를 흘끗 쳐다봤다. 전화기는 마치 이런 상황이 못마땅한 보호자처럼 새로운 메일이 들어올 때마다 몸을 부르르 부르르 떨었다. "그가 맞지만, 그가 아니야"라고 외치는 듯했다. 핵심은, 유머 감각은 비슷했지만 니콜라스는 진지한 편이었고 닉처럼 냉소적인 면모는 없다는 거였다. 닉도 뭔가를 골똘히 생각할 때 귀를 잡아당길까? 니콜라스처럼 음식을 먹을까?(생각에 잠긴 것처럼 나보다 천천히 먹었다.) 닉을 모르는 상태에서 니콜라스를 먼저 만났다면 니콜라스를 어떻게 생각했을까? 물론 당연히 대답이 불가능한 질문들이었다. 니콜라스를 자세히 관찰하며 저절로 드는 이런 생각들을 멈추고 싶었다.

우리는 식당에서 가장 늦게까지 남아 있는 손님이었다. 마침내 자리에서 일어나 니콜라스의 우버 택시가 도착하기를 기다리며 식당 밖에 서 있었다. 우리는 몇 분 정도 서로 말이 없었다. 첫 데이트가 성공적으로 끝나면 늘 다음에 대한 기대감이 생기기 마련이었다. 하지만 지금의 감정은 단순한 기대감 이상의 확신이 있었다. 니콜라스가 먼저 말을 꺼냈다.

"혹시나 내 태도가 분명하지 않았다면 미리 말할게요. 비, 난 당신이 좋아요. 다시 만나고 싶어요. 물론 팬과 데이트한 경우가 처음이긴 하지만요."

우와. 방금 정말 팬이라고 한 거야? 자만심이 대단한데?

"날 그렇게 생각한 거예요? 당신 팬으로?"

"맙소사. 내가 방금 무슨 짓을 한 거죠. 다 망친 것 같네요. 그렇죠?"

"네. 사실 제가 그렇게 엄청난 팬은 아니거든요."

사실이었다. 이제야 막 생어 시리즈의 두 번째 책을 읽고 있을 뿐이었다.

니콜라스가 크게 웃었다.

"〈미저리〉 같은 상황에 빠질까 봐 걱정되나 봐요?"

"아니요. 이런, 아니에요. 하지만 비슷한 상황이 벌어질 수는 있죠. 살인이 일어나지 않는 〈미저리〉라든가. 아니면 스토킹이나."

"글쎄요. 그럴 수도……."

그때 니콜라스가 갑자기 손을 획 잡아당기더니 내게 키스했다.

로맨스 영화를 찍을 생각은 없었지만(노력해도 할 수 없었다.) 내 내면의 무언가가 움직였다. 그리고 반응했다. 우리는 서로 딱 들어맞았다. 마치 내 육체가 정신적으로 의구심을 가진 자아를 뛰어넘어 이 관계에

도전하기로 한 것 같았다.

우버 택시가 도착했다.

"다음에 또 봐요, 비."

※

보낸 사람: Bee1984@gmail.com

받는 사람: NB26@zone.com

엄밀히 말해 데이트는 아니었어요. 뭐, 좋아요. 어쩌면 데이트였을 수도 있고요. 하지만 진짜 그런 데이트 같은 데이트는 아니었어요.

보낸 사람: NB26@zone.com

받는 사람: Bee1984@gmail.com

비, 자꾸 변명할 필요 없어요. 우리 이미 다 얘기했잖아요. 이게 바로 우리가 세운 계획이었어요. 기억하죠?

보낸 사람: Bee1984@gmail.com

받는 사람: NB26@zone.com

알아요. 하지만 나쁜 짓을 한 것처럼 느껴져요. 뭔가 불성실하고 불공평한 행동 말예요. 미리 말했어야 했는데. 미안해요.

보낸 사람: NB26@zone.com

받는 사람: Bee1984@gmail.com

백 번째 하는 말이지만, 당신은 전혀 잘못한 게 없어요. 특히 우리에겐 당신과 나, 단둘뿐인데 서로에게 항상 솔직할 수 있어야죠. 안 그러면 미쳐버릴지 몰라요. 우리 상황이 남들이 말하는 정상적이거나 합리적인 건 아니니까요.

보낸 사람: Bee1984@gmail.com

받는 사람: NB26@zone.com

당신 말이 맞아요. 일단 죄책감은 덮어둘게요. 지금 당장은요.

좋아요. 니콜라스는 확실히 결혼한 적이 없어요. 폴 관련된 말은 한마디도 없었지만, 조디라는 여자에 대한 얘기는 했어요. 내 생각에 니콜라스가 가장 최근에 깊이 사권 여자인 것 같아요. 뭐 생각나는 거 있어요?

보낸 사람: NB26@zone.com

받는 사람: Bee1984@gmail.com

아뇨. 조디란 사람은 만난 적이 없네요. 내가 끌릴 만한 이름 같지도 않고요.

보낸 사람: Bee1984@gmail.com

받는 사람: NB26@zone.com

사람을 이름으로 판단할 수는 없죠! 게다가 조디라는 이름의 멋진 사람이 얼마나 많은데요. 조디 포스터, 조디 키드. 당신 세계에도 있다면 말예요.

보낸 사람: NB26@zone.com

받는 사람: Bee1984@gmail.com

네. 나도 알아요. 이름 얘기는 못 들은 걸로 해요. 맙소사, 니콜라스가 정말 폴과 결혼하지 않은 건가요?

보낸 사람: Bee1984@gmail.com

받는 사람: NB26@zone.com

그런 것 같아요. 기분이 진짜 이상하겠어요.

보낸 사람: NB26@zone.com

진짜 그러네요. 즉 니콜라스는 희망 없는 관계에 매달려 몇 년을 허비하는 스릴과 가장 친한 친구한테 배신당하는 짜릿함을 느껴본 적이 없다는 말이군요.

그건 또한 딜런을 만나본 적도 없다는 말이죠. 그걸 생각해 보면 니콜라스의 삶은 진짜 실패한 거죠.

우와, 비. 또 '비참한 개자식' 모드가 되는 걸 잘 막아줬어요. 당신 말이 맞아요. 고마워요.

자, 더 자세히 말해줘요. 들을 준비가 됐어요.

니콜라스가 첫 소설이 실패했는데도 멈추지 않고 계속 글을 쓴 이유를 말해줬어요. 얼마나 자세히 알고 싶어요? 너무 직설적으로 말했나요?

연달아 한 방 맞았네요. 하지만 전부 다 듣고 싶어요.

미친 사람처럼 안 보이도록 조심조심 질문하는 게 진짜 얼마나 어려웠다고요! 니콜라스는 데뷔작에 대해서 말하고 싶어 하지 않더라고요. 어쨌든, 친구 한 명이 니콜라스에게 따뜻한 위로를 건네며 훌륭한 조언을 해줬대요. 심지어 당신과 니콜라스처럼 첫 소설이 비평가에게 쓰레기 취급받은 유명 작가들의 목록을 적어주며 니콜라스에게 다시 글을 써야 한다고 말했대요. 친구 말대로 글을 다시 쓰지 않았다면 니콜라스는 후회했을 거예요.

보낸 사람: NB26@zone.com
받는 사람: Bee1984@gmail.com
　어떤 친구요?

보낸 사람: Bee1984@gmail.com
받는 사람: NB26@zone.com
　이름은 말하지 않았어요. 미안해요. 그 단계에 이미 라거 넉 잔을 들이켠 상태였거든요. 니콜라스도 마찬가지였고요.

보낸 사람: NB26@zone.com
받는 사람: Bee1984@gmail.com
　라거 맥주요?

보낸 사람: Bee1984@gmail.com
받는 사람: NB26@zone.com
　네. 당신 둘은 맥주 취향이 똑같아요.

보낸 사람: NB26@zone.com
받는 사람: Bee1984@gmail.com

불쌍한 아버지. 양쪽 세계 모두 무덤 속 아버지가 벌떡 일어날 일이네요. 내가 알아야 할 다른 소식이 있을까요? 니콜라스가 날 잘 보여줬나요? 부끄러운 일은 없었고요?

보낸 사람: Bee1984@gmail.com
받는 사람: NB26@zone.com
어떤 일이요? 데이트할 때 부끄러운 실수를 자주 하나 봐요?

보낸 사람: NB26@zone.com
받는 사람: Bee1984@gmail.com
있을 수도 있죠. 뭐, 마지막 데이트가 십삼 년 전이라 그렇게 옛날 일까지 기억해 낼 수는 없지만요.

보낸 사람: Bee1984@gmail.com
받는 사람: NB26@zone.com
아! 니콜라스도 장기 연애를 선호한다고 했어요. 유전적으로 타고난 걸까요, 아니면 환경이나 양육의 차이일까요?

보낸 사람: NB26@zone.com
받는 사람: Bee1984@gmail.com
아마도 그냥 자포자기해서일 거예요. 거절에 대한 두려움이 크거든요. '지금 바로 옆에 있는 사람을 사랑해라' 같은 거죠.
비, 당신이 니콜라스의 다음 여친 목록 중 가장 가능성 높은 인물 같네요.

보낸 사람: Bee1984@gmail.com
받는 사람: NB26@zone.com

238

진도가 거기까지 나가진 않았어요. 니콜라스가 팬이랑 데이트하는 게 이상할 것 같다고 했거든요.

보낸 사람: NB26@zone.com
받는 사람: Bee1984@gmail.com
설마요! 이 거만한 똥멍청이 같으니!

보낸 사람: Bee1984@gmail.com
받는 사람: NB26@zone.com
너무 심하게 말하지 마세요. 무슨 뜻인지 알죠? 니콜라스가 바로 당신이잖아요. 그리고 그렇게 거만하지도 않았어요. 종업원에게 친절했고, 자기가 식사비도 내겠다고 우겼어요. 팁도 많이 줬고요.

보낸 사람: NB26@zone.com
받는 사람: Bee1984@gmail.com
오, 그렇다면 넘어가죠.

보낸 사람: Bee1984@gmail.com
받는 사람: NB26@zone.com
계속해 봐요. 더 물어봐도 돼요.

보낸 사람: NB26@zone.com
받는 사람: Bee1984@gmail.com
뭘요?

보낸 사람: Bee1984@gmail.com

받는 사람: NB26@zone.com

뭔지 알잖아요. 하지만 대답은 "아니"예요. 안 했어요. 섹스 말예요.

닉

  아침을 거른 채 담배를 피우며 생각을 좀 해보려고 뒷마당의 콘크리트 수용소로 나갔다.

  하지만 생각 대신 우울한 감정이 몰려왔다. 제즈일 것이다. 제즈가 틀림없었다. 반드시 제즈여야 한다는 게 아니라, 최근 우주가 날 갖고 노는 꼴을 봤을 때, 니콜라스에게 작가 경력의 구명줄을 던져준 사람이 이 세계에서 내 아내와 바람을 피운 친구라는 데 트위드 양복쟁이가 보낸 돈을 모두 걸 수 있다. 상처에 난 딱지를 덧날 때까지 계속 건드리는 것처럼 비가 알려준 소식을 계속 되풀이해 생각했다. 딱지 밑을 파고들어 기억 저장고를 뒤졌다. 당시 제즈와 난 대학을 막 졸업한 후 교사 연수 과정에서 만나 꽤 친해졌다. 『선데이헤럴드』에 내 데뷔작에 대한 비평이 실린 후 거나하게 취할 때까지 둘이 함께 술을 마셨던 기억이 어렴풋이 나긴 했다. 하지만 그게 기억의 전부였다. 작가 목록 비슷한 것도 본 적이 없었다.

  데이트 같지 않은 그 데이트에는 비가 말한 것보다 더 많은 게 있었다. 다른 남자가 아닌, 실상 나 자신인 남자와 비가 성공적으로 데이트한 걸 기뻐해야 했다. 그가 거만한 멍청이처럼 들리긴 하지만, 비가 그를 매력적으로 느낀다는 사실에 기분이 좋아야 했다.

샤워와 면도를 하고 울적한 기분으로 아이메일을 뒤적였다. 기막힌 타이밍에 폴이 짧고 다정한 메일을 보내왔다. 제목은 '이혼'이었다. 폴은 굳이 변호사를 고용하지 않고 각자 서류를 작성하는 DIY 이혼 절차 방식을 제안했다. 내게도 이런 방식이 어울렸다. 똥 덩어리 위에 설탕 가루를 뿌리는 격으로 폴이 메일 제일 끝에 집에 관심을 보이는 매수자가 나타났다는 소식을 알렸다. 릴리 부인에게 여태 미뤄뒀던 근황을 전해야 한다는 걸 깨달았다. "닉이라고? 난 닉이 누군지 모르네만"(릴리 부인에게 난 항상 옆집 '젊은이'였다.) 하는 릴리 부인에게 내가 누구인지 알려줘야 했던 어색한 순간을 제외하면 예상만큼 고통스럽지는 않았다. 릴리 부인은 로지의 안부를 물었다. 로지의 새로운 총애 대상에 대해 말하자 깔깔대며 웃었다.("그 녀석이 야심찬 녀석인 줄 알았지.") 그리고 물었다.

"그 유부녀와는 어떻게 돼가고 있나?"

"아직 그대로예요."

더 이상 이 주제로 얘기를 나누지 않기 위해 신속히 화제를 전환했다. 릴리 부인은 본인 때문에 괴로움에 시달릴 게 분명한 최근의 방문 간호사에 대해 십 분 동안 뒷담화를 하며 속 시원해했다.

기분 전환을 위해 북포스트 사이트에서 『어둠 속의 총성』에 달린 좋은 리뷰들만 다시 읽어봤다. 리뷰는 그새 늘어 있었다. 사실 매우 많이 늘었다. 사람들이 진짜 이 책을 읽고 있었다. '잔인한 동물 학대'에 거부감을 느낀 리뷰를 제외하면 모두 극찬하는 리뷰였다. 어머니가 늘 말씀해 주셨듯이 삶에는 항상 좋은 일도 있고 나쁜 일도 있었다. 기분 좋은 자부심에 젖어 리뷰를 세 번째 복습 중이었는데 아침 산책하러 나가자며 로지가 소시지를 대동하고 나타났다. 저번에 공원으로 향하던 레베카(맞는다면)를 발견한 시간대가 가까워지고 있었다. 제발 그녀가 규칙적인 산책 습관을 지니고 있기를 바랐다. 무슨 계책을 부리든 그녀와 대화를 나누려면 꽤 시간이 걸릴 것 같았다.

소시지를 같이 데리고 가려니 걱정이 됐다. 집에서는 얌전한 고양이 같은 모습이지만 의외로 늙은 셰퍼드의 겉모습 안에 불도그의 사나운 기질이 도사리고 있을 수도 있다. 하지만 다행히 소시지는 오히려 로지보다 산책시키기 쉬운 편이었다. 고분고분하게 버스 바닥에 앉았으며,(로지처럼 모르는 할아버지의 무릎에 뛰어오르려 하지 않고) 목줄을 획 끌고 가거나 지나가는 개에 달려들지도 않고 내 옆에서 얌전히 걸었다.

우리는 당연한 듯 그 공원으로 향했다. 공원은 마치 정말…… 개똥밭을 위한 초원처럼 보였다. 잘 정비된 산책길은 수풀이 우거진 쪽으로 굽이쳐 이어졌고, 한쪽에는 나무 벤치와 개용 물그릇이 나란히 놓여 있었다. 울타리가 깔끔하게 쳐진 지역협동조합의 주말농장도 있었는데, 베렌스타인협회 삼인조를 처음 만났던 장소에 비하면 적어도 세 배는 커 보였다. 갈대로 둘러싸인 야외 음악당도 있었다. 아무 목적 없이 몇 시간을 걸어도 마음을 편히 비울 수 있는 평화로운 장소였다. 물론 애석하게도 내 마음을 비우려면 자연의 아름다움보다 더 많은 게 필요했다. 맙소사, 난 습관적으로 비참한 개자식 모드가 되곤 했다. 폴이 날 떠난 게 놀랍지도 않았다.(이제야 곰곰이 생각해 보니, 폴이 "맙소사, 닉. 당신은 불쌍한 개자식 같아"라고 말한 횟수가 쌓일수록 폴의 인내심이 점점 한계에 달했다는 걸 보여주고 있었다.) 제즈는 멍청하고 지루할지언정 비참한 구석은 거의 없었다.

아, 젠장. 난 꼭 알아야 했다. 개가 자신이 토한 장소로 돌아가는 것처럼, 살인마가 범죄 현장에 다시 가보는 것처럼 어쩔 수 없었다. 학교 수업이 있는 날이었지만 운 좋게 제즈와 전화가 연결됐을 때는 쉬는 시간이었다. 내 전화에 제즈는 경계하는 듯하면서도 기뻐하는 기색이었다.

"닉, 이혼에 대한 거야? 내가 폴과 얘기해 볼게. 그리고……."

"그런 문제가 아니야. 제즈, 수년 전 내가 첫 소설을 내고 쓰레기 같다는 평가를 받았을 때, 나한테 위로의 말을 해줬었지?"

"뭐? 갑자기 왜 물어보는 거야?"

"나 기운 좀 나게 해줘봐."

"글쎄…… 그랬던 것 같아. 네가 너무 속상해해서 같이 한잔하러 갔었지. 사실 꽤 여러 잔이었지만. 그때 너한테 악평은 마음에 담아두지 말라고 했어."

"내 기운을 북돋아 주려고 마찬가지로 첫 책을 말아먹은 유명 작가의 목록을 써준 적도 있었어?"

갑자기 침묵이 흐르더니 제즈가 대답했다.

"이거 정말 이상하네. 목록을 작성하려 한 기억은 있지만, 네가 다 잊은 듯 보인 데다 네 입으로 이미 극복했다고 하길래 실제로 작성하지는 않았거든. 너 정말 괜찮아?"

"괜찮아. 그냥 책을 한 권 써보려고."

"좋은 생각이야. 넌 진짜, 정말 좋은 작가잖아."

하마터면 제즈를 다시 좋아할 뻔했다.

"고마워."

이렇게 단순한 일이었던 거야? 나비의 날갯짓같이 이런 사소한 일로 인생이 바뀔 수 있는 거야? 그런 것 같았다. 베렌스타인협회가 편집증 환자처럼 예민하게 구는 것도 이해가 갔다. 제즈가 귀찮은 마음에 내게 작가 목록을 써주지 않아서 내 경력이 망가졌다. 아니다.

아니야. 닉, 이건 공정하지 않아. 모두 내 탓이었다. 내 열정이 부족했던 걸 폴이나 제즈 탓으로 돌려서는 안 된다. 정신 차리고 자기 연민의 진흙탕에서 빠져나와 책을 한 권 더 쓸 용기를 냈다면 폴과의 관계를 더 빨리 끝냈을 수도 있었다. 나와의 관계를 어중간한 상태로 질질 끌었던 이유 중 하나는 쓰러진 개를 차버릴 용기가 폴에게 없었기 때문이었다.

연못가로 난 길을 따라 걷다 버드나무 옆에 특별하게 잘 꾸며진 공간에서 멈췄다. 소시지와 로지는 잔디를 더럽힐 기회를 놓치지 않았다. 두 마리의 개는 이제 너무 죽이 잘 맞는 나머지 똥까지 나란히 쌌다. 똥을 반쯤 치우고 있는데 순간 로지가 깨갱거리며 짖었다. 몸을 돌리자 소시지를 향해 돌진하는 여자아이가 보였다. 두 배의 일감을 처리하느라 개 목줄을 놓쳐서 소시지는 혼자 나무 밑동 근처에서 코를 킁킁거리며 돌아다니고 있었다.

"스칼렛! 기다려! 강아지가 싫어할 수도 있어."

한 여자가 한쪽 어깨에는 가방을 멘 채 유모차를 끌고 오느라 느린 속도로 모퉁이를 돌아 나타났다. 바로 내가 레베카의 집에서부터 미행했던 그 여자였다.

소시지는 본인의 똥처럼 부드러운 편이지만 아이에게 어떻게 반응할지 모를 일이었다. 흥분해서 아이를 물 가능성도 있었다. '비, 좋은 소식은 레베카가 사는 동네의 공원이 아주 아름답다는 거고요. 나쁜 소식은 하숙집 주인 개가 당신 아이를 물어 죽였다는 거예요.' 스칼렛이 나보다 먼저 소시지에 닿을 것 같았지만 나도 최선을 다해 개 목줄을 향해 뛰었다. 그 과정에서 손에 들고 있던 개똥 봉투가 터져버렸다. 다행히 소시지는 벌렁 드러누워 발을 공중에 들어 올린 채 아이가 자기 배를 조심스럽게 쓰다듬자 부드러운 한숨을 내뱉었다.

마침내 그 여자가 우리 있는 곳까지 왔다.

"스칼렛! 그렇게 혼자 달려가 버리면 안 돼!"

그리고 내게 돌아섰다.

"정말 죄송합니다. 아이가 강아지를 만져봐도 괜찮을까요?"

"물론이죠."

여태까지 로지가 사람을 문 적은 없었지만 작은 꼬마 아가씨가 로지의 머리를 쓰다듬자 괜히 긴장됐다. 다행히 로지는 아무 반응 없이 지루해할 뿐이었다.

"엄마, 봐요. 강아지가 날 좋아해요!"

엄마라고? 맙소사. 그렇다면 이 여자는 베이비시터가 아니란 소리였다. 바로 눈앞에서 아이가 다칠 뻔한 일촉즉발의 순간이 지나가자 이제 겨우 제대로 숨을 쉴 수 있었다. 그 후에야 지금 여기서 실제로 벌어지고 있는 일이 모두 이해됐다. 레베카가 여기 있었다. 진짜 살아 숨 쉬는 존재로. 바로 내 눈앞에.

"감사합니다. 아이가 강아지를 좋아하거든요."

"그런 것 같네요."

'당신이구나. 드디어 만났어'라는 생각이 들었다. 검은 눈동자와 검은 머리카락, 오뚝한 콧날과 튀어나온 광대뼈. 마른 몸. 내 상상보다는 좀 더 경직되고 딱딱한 모습이었지만, 아마 아이가 좀 전에 셰퍼드에 돌진했던 일 때문일 것이다. 그 외에는 오히려 내 머릿속에 그려온 비의 모습보다 더 매력적이었다.

레베카가 코를 찡그렸다. 레베카를 만났다는 사실에 정신이 팔려 눈치채지 못했는데 어디선가 고약한 냄새가 나고 있었다. 다름 아닌 바로 내게 나는 냄새였다. 젠장. 개똥 봉투가 터져 내 손 위로 개똥이 줄줄 새고 있었다.

"여기요."

레베카가 초등학생용 크기의 가방을 열더니 친환경 물티슈를 꺼내 건넸다.

"고맙습니다."

"무슨 말씀을요. 이렇든 저렇든 다 제 잘못인데요."

"악수하자고 안 하셔서 다행이네요."

레베카가 굳은 미소를 지었다. 다른 말 좀 해봐. 대화를 좀 이어가 보라고. 난 갑자기 꿀 먹은 벙어리처럼 아무 말도 할 수 없었다. 비가 니콜라스를 처음 만났을 때 느꼈던 감정과 거울처럼 정확하게 일치했다.

"어, 다시 한번 감사드려요. 스칼렛, 이리 오렴. 집에 갈 시간이야."

"강아지들아, 안녕. 아저씨도 안녕."

비라면 스칼렛에게 '아빠의 귀여운 딸'이라고 적힌 티셔츠를 입히지 않았겠지만, 스칼렛은 정말 귀여웠다.

"그래, 잘 가."

레베카와 스칼렛이 갔다. 잘했어, 닉. 난 로지와 소시지를 데리고 터덜터덜 걸었다. 머릿속으로 자책하느라 정신이 빠진 틈에 사냥감을 찾는 갈색 떠돌이 개가 하마터면 로지를 공격할 뻔했다. 간신히 그 직전에 발견해서 로지를 다른 길로 가게 했다.

米

보낸 사람: Bee1984@gmail.com

받는 사람: NB26@zone.com

그러니까 아름다운 만남이라기보다는 개똥 같은 만남이었네요.

보낸 사람: NB26@zone.com

받는 사람: Bee1984@gmail.com

네. 진짜 웃기지도 않죠. 하하.

보낸 사람: Bee1984@gmail.com

받는 사람: NB26@zone.com

하지만 그래도 만났잖아요. 그게 중요하죠. 그렇죠?

내가, 내 말은, 레베카가 행복해 보이던가요?

비, 기껏해야 오 분 정도 봤을 뿐이에요. 그런데 당신 아이는 정말 귀여웠어요.

아이를 생각하면 아직 마음이 혼란스러워요. 솔직히 아이 생각은 되도록 안 하려고 해요. 그나저나, 그래서 어땠나요? 나한테/레베카한테 반했나요? ^^;

물론이죠. 니콜라스도 당신에게 끌리는 게 분명한 걸로 보아, 니콜라스와 나 둘 다 이성을 보는 취향이 똑같은 것 같네요.

좀 생각해 봤는데요. 지금 우리가 하는 작전, 솔직히 털어놔야 할까요? 일이 너무 진전되기 전에? 그렇지 않으면 앞으로 니콜라스/레베카와 어떤 관계를 맺어도 거짓말에서 시작하게 되잖아요. 너무 상황을 조작하고 속이는 것처럼 느껴져요.

솔직한 게 최고긴 하죠. 하지만 어떻게 얘기를 시작할까요? 이제 막 만나기 시작한 사람에게 내가 평행세계에서 만난 운명의 상대라고 한다면 아마 소리 지르며 달아날 거예요. 아마가 아니라 분명 그럴걸요. 당신은, 레베카는 알고 싶을까요? 비, 당신이 계속 말한 것처럼 그들이 우리니까요.

보낸 사람: Bee1984@gmail.com
받는 사람: NB26@zone.com

네. 아니요. 아마도? 진행 상황을 보고 결정해야 할 것 같아요. 어떻게 돼가는지 보자고요. 하, 왜 이렇게 어려운 걸까요?

비

그날 저녁의 키스가 머릿속을 맴돌았다. 그다음 주 월요일에 니콜라스가 [주말에 리즈로 오면 어때요?]라고 문자를 보낸 걸 보아 그 역시 나와 비슷한 상태였던 것 같았다.

니콜라스와 나 둘 다 문자의 숨은 뜻을 명확히 알고 있었다. 시속 0에서 시속 100킬로미터로 확 가속페달을 밟는 일이었다. 몸이 먼저 반응했다. '맙소사, 좋아' 하는 뜨거운 전율이 몸을 타고 흐른 후에야 사고가 이성적으로 돌아왔다. 평소 주고받던 문자 속도와 달리 내가 몇 분간 침묵하자, 니콜라스가 다시 문자를 보냈다.

[그냥 없었던 일로 하죠. 너무 갑작스러운 말이었죠? 이해해요.]

[아, 그게 아니라, 지금 일이 산더미처럼 쌓였거든요.]

사실이었다. 시간에 쫓겨 밤늦게까지 일해야 했던 적도 몇 번 있었다. 아무튼 "내가 리즈에 가면 평행세계의 당신이 어떤 기분일지 염려돼서요"라고 망설인 진짜 이유를 말할 수는 없었다. 그리고 내가 어떤 감정을 느끼게 될지도 두려웠다. 니콜라스와 데이트한 날에는 거의 잠을 이룰 수 없었다. 니콜라스를 직접 보고 키스까지 한 지 불과 몇 시간 후, 부엌에 앉아 닉과 메일을 주고받던 내 모습은 아직도 몸과 마음을 혼란스럽게 했다. 니콜라스와의 친밀도는 닉과의 대화에도 깊이를 더했다. 내가 웃긴 말을 했을 때 닉이 어떤 표정으로 웃고 어떤 웃음소리를 내는지 이제는 분명하게 그릴 수 있었다. 개인적인 일을 털어놓을 때는 안절부절못하며 손을 계속 꼼지락거리는 모습이 보이는 듯했다. 호텔 조식에서 마주친 이후 이런 니콜라스의 그림자가 닉에게 계속 느껴졌지만, 자신에 대한 고민으로 꽉 차 이런 감정의 정체를 미처 명확히 밝혀내지 못했다.

[나중에 다시 연락해도 될까요?]

[물론이죠.]

이제 닉에 대해서는 메일 문장만 봐도 어떤 기분인지 알 수 있지만 니콜라스는 아니었다. '물론이죠'라는 말이 진짜 괜찮다는 반응인지, 기분이 상했다는 뜻인지 알 수 없었다.

아무튼 닉과 니콜라스 양쪽 다 나중으로 미뤄야 했다. 그날 저녁 레일라네 쌍둥이를 봐주러 가기 전에 젬마의 재킷부터 끝내야 했기 때문이었다. 레일라는 내 허세를 바로 낚아챘다.(당연히 그럴 만했다.) 레일라는 레브와 호텔 방을 예약하며 "로맨틱하게 들리겠지만 사실 진짜 잠만 자러 가는 거야" 하고 말했다.

젬마의 재킷을 손바느질로 마무리하는 작업은 꽤 복잡한 일이었다. 모든 신경을 쏟아야 했기 때문에 평소와 달리 음악을 끄고 작업하기로 했다. 한 시간쯤 집중해서 일하고 있었는데 위층에서 피아노 소리가 들려왔다. 꽤 오랜만에 듣는 마그다의 피아노 연주였다. 오늘은 평소 마그다가 좋아하던 슬픈 음률의 클래식 곡 대신 거슈윈의 〈포기와 베스〉가 귀를 사로잡았다. 문득 추억에 젖어 들었다. 뮤지컬을 좋아했던 엄마 덕분에 뮤지컬 음악은 내 유년 시절에 흐르던 배경음악과 같았다. 사실 한동안 마그다와 조나스 부부를 보러 가지 않았다. 닉에게 그곳의 마그다의 삶에 관해 듣고 난 후 알 수 없는 복잡한 기분이 들어 마그다 부부를 애써 피했다. 차마 마그다와 조나스가 함께 있는 모습을 볼 수 없었다. 매일 부부가 산책하러 가는 신호인 딸깍하는 대문 소리가 들리면 잽싸게 창가에서 도망쳤다. 마그다의 피아노 소리가 부부가 잘 지낸다는 신호이기를 바랐다.

재킷의 마지막 한 땀을 매듭짓자 피아노 소리도 점차 줄어들었다. 재킷을 클라리스의 어깨에 입혀놓고 한참을 바라봤다. 지금까지의 작업 결과물 중 최고였다. 엄마도 자랑스러워했을 것이다. 울컥하는 감정을 억누를 수 없었다.

레일라의 집에 도착했을 때, 쌍둥이는 몸을 둥글게 말고 아기 침대에 누워 있었다. 레브는 마치 이제 감옥에서 나가도 된다는 말을 들었지만 아직 현실을 믿지 못하는 죄수처럼 1층에서 안절부절못하고 있었다. 레일라는 밤에 아기 보는 법에 대한 특강을 속성으로 펼쳤다.

"응급 상황에 필요한 전화번호는 냉장고에 붙여뒀어. 쌍둥이가 응가하러 가고 싶다고 해도 너무 당황하지 마. 기저귀 교환대 위에 여분의 기저귀가 있으니까 원하면 그걸 사용하면 돼. 잭은 이제 변기 사용에 익숙해졌지만, 스티비는 아직도 화장실을 무서워하거든."

"알았어."

부끄럽지만…… 쌍둥이의 비공식적 대모로서 아직 둘을 구분할 수 없다는 사실을 차마 레일라에게 말할 수 없었다.

"잘할게. 이제 그만 가. 내일 아침에 보자."

밖을 향하다 말고, 레브는 평소와 달리 날 꼭 안아준 후 진심을 담아 "고마워요" 하고 말했다. 레일라는 내 팔을 장난스럽게 툭 치더니 말했다.

"행운을 빈다. 그리고 절대 망치면 안 돼."

레일라와 레브가 집을 나간 지 십 분 만에 쌍둥이의 울음소리가 들리기 시작했다. 당황하지 말자. 난 위층으로 뛰어 올라갔다. 쌍둥이 중 하나가 침대 난간을 잡고 서서 눈물 콧물 범벅이 된 채 울고 있었다. 날 보고는 훌쩍거리는 울음소리가 잠깐 멈췄으나 곧 엄마가 아니라는 걸 깨닫자 울음소리는 더욱 거세졌다.

"괜찮아, 괜찮아. 이모가 여기 있어."

울음소리가 한 단계 더 커졌다. 모성 본능이라고는 없는 바보의 돌봄을 받아야 한다는 냉엄한 현실을 깨달은 게 틀림없었다. 하지만 내게 모성 본능이 없을 리가 없다. 안 그렇겠는가? 레베카는 이런 일을 백번도 넘게 겪었을 것이다. '나 좀 도와줘, 레베카.' 다행히도 내면(어딘가)에 잠재돼 있던 지식이 날 도왔다. 뭐, 엄청나게 복잡한 과학의 영역은 아니었으니까. 맙소사, 아무튼 엉덩이만 닦아주면 되는 일이었다.

"응가 마려워?"

쌍둥이 중 하나가 코를 훌쩍이며 고개를 끄덕였다. 그럼 잭이 틀림없었다. 잭을 아기 침대에서 번쩍 들어 바닥에 내려줬다. 잭의 자그마한 손을 붙잡고 욕실로 아장아장 걸어갔다. 변기 뚜껑에는 동그란 두 눈과 환하게 웃는 입술 스티커가 붙어 있었다. 사실 내 눈에는 사악하게 웃는 얼굴처럼 보였다. 스티비가 화장실을 무서워할 만했다.

"잭은 착한 아이지. 그렇지?"

"응. 나 다 컸어."

그때 스티비가 훌쩍거리기 시작했다. 스티비는 '응가'하고 싶은 것도 아니었고 그렇다고 자신이 원하는 걸 분명하게 표현하지도 못했다.

"주스 마실래?"

스티비가 고개를 끄덕였다. 주스를 가지러 아래층으로 뛰어 내려갔다. 간 김에 에라 모르겠다는 심정으로 홉놉 비스킷도 몇 개 가지고 돌아왔다. 이제 쌍둥이는 완전히 잠에서 깨버렸다.

"동화책 읽어줄까?"

잭이 고개를 저었다.

"놀자."

레베카라면 어떻게 했을까? 아마 나처럼 아이들 말에 바로 항복하지는 않았겠지. 금세 침실 바닥은 레고 듀플로와 블록으로 온통 엉망이 됐다. 쌍둥이는 마치 내가 바보라도 되는 양 레고 조립을 끈기 있게 가르쳐줬다. 그 덕에 난 레고 조립을 꽤 즐길 수 있었다. 쌍둥이가 완전히 갓난아이였을 때는 하나의 인격체처럼 보이지 않았었다.(레일라의 표현에 따르면 "기본적으로 악을 쓰며 우는 짐 덩어리"였다.) 하지만 지금 혼자 쌍둥이를 보며 시간을 보내자, 쌍둥이의 각기 다른 개성이 보이기 시작했다. 잭은 쌍둥이의 리더로 귀엽게도 동생을 보호하려 했다. 스티비는 훨씬 애교가 많았다. 어느 순간 팔로 날 껴안더니 홉눕의 초콜릿이 묻은 뽀뽀를 해줬다. 잭이 먼저 하품했다. 시간을 확인해 보니 거의 밤 10시였다.

"자, 이제 잘 시간인 것 같네?"

"엄마 침대."

잭이 말했다. 괜찮을까? 뭐, 오늘 밤은 모든 게 다 가능했다. 스티비의 기저귀를 확인한 후(망했다. 그래도 스티비가 잘 협조해 준 덕에 그럭저럭 기저귀를 갈 수 있었다.) 양옆에 쌍둥이를 눕혔다. 우리 셋은 레일라와 레브의 거대한 침대로 쏙 들어갔다.

"만화."

잭이 침대 발치에 있는 티브이를 가리켰다.

"만화 보기에는 좀 늦은 시간 아닐까?"

"만화."

속으로 레브와 레일라, 그리고 레베카한테 사과한 뒤 또 잭의 말에 항복했다. 티브이가 이미 만화 채널에 맞춰져 있는 걸 보고 나쁜 부모라는 죄책감이 줄었다. 나만 훈육 대신 뇌물을 선택하는 건 아니었다.

몇 분 안 돼 스티비는 내 어깨에 살포시 머리를 기댔고, 잭은 엄지손가락을 입에 문 채 둘 다 잠이 들었다.

성공이었다. 레베카 도움을 약간 받은 기분이었다. 어떤 의미에서는 스칼렛의 도움이기도 했다. 스칼렛이 궁금하지 않다면 거짓말일 것이다. 마음 한구석에서는 스칼렛에 대해 더 자세히 알고 싶었다. 눈이나 머리카락은 날 닮았을까? 내가 가진 버릇이나 기질을 스칼렛도 가졌을까? 누구를 더 닮았을까? 나/레베카 아니면 아빠? 하지만 이런 상상이 대체 무슨 소용이 있을까? 난 평생 결코 스칼렛을 만날 수 없을 것이다. 아직 할 일이 많이 남았는데 이런 감정적으로 혼란스럽고 쓸데없는 생각은 하지 않는 게 안전했다. 아이 때문에 매일같이 고군분투하는 내 모습을 상상할 수도 없었고, 출산을 선택한 레베카의 결정이 어딘가 잠재된 모성을 일깨우지도 않았다. 하지만 비공식적 대자녀 둘을 돌보며 상상 속에서 레베카의 도움을 받으니 평행세계의 나와 친밀해진 느낌이었다.

자, 이제 일하러 갈 시간이었다.

더 이상 미룰 수 없었다.

※

보낸 사람: NB26@zone.com
받는 사람: Bee1984@gmail.com

그럴 줄 알았어요! 그쪽의 니콜라스는 재빠르군요. 최소한 사람 볼 줄 아는 눈은 있다는 거죠. 리즈에 가서 조심해요, 비. 안 그랬다가는 크리스마스쯤에는 결혼할지도 몰라요.

보낸 사람: Bee1984@gmail.com
받는 사람: NB26@zone.com

진짜 안 갈 거예요.

보낸 사람: NB26@zone.com
받는 사람: Bee1984@gmail.com
왜죠?

보낸 사람: Bee1984@gmail.com
받는 사람: NB26@zone.com
당신도 알잖아요. 레베카의 상황을 자세히 알기 전까지는 진도 나가지 않기로 합의했잖아요. 이런 건 나랑 맞지 않아요. 당신이어도 마찬가지였을 거예요.
공평하지 않으니까요.

보낸 사람: NB26@zone.com
받는 사람: Bee1984@gmail.com
내/니콜라스가 육체적으로 끌리지 않아 가기 싫다면(그렇다면 분명 내 기분이 상하겠지만) 가지 않아도 돼요. 하지만 그게 아니라면. 비, 제발 솔직해지자고요.

보낸 사람: Bee1984@gmail.com
받는 사람: NB26@zone.com
내가 리즈에 간다면, 어떤 일이 생길지 알잖아요.

보낸 사람: NB26@zone.com
받는 사람: Bee1984@gmail.com
당연히 알죠. 하지만 비, 난 그런 식으로 당신과 있어줄 수 없잖아요. 간절히 원하지만. 그리고 생각해 보면 거의 쓰리썸이나 마찬가지 아닌가요? 양자 결함에 의한 삼인 섹스랄까. 단어를 하나 만들어야겠어요. 양자 쓰리썸? 양자 삼인

섹스?

보낸 사람: Bee1984@gmail.com
받는 사람: NB26@zone.com
 아, 정말! 그런 농담이 나와요?

보낸 사람: NB26@zone.com
받는 사람: Bee1984@gmail.com
 할 수 있죠. 이게 내 방식이잖아요. 보통 당신 방식이기도 하고요.

보낸 사람: Bee1984@gmail.com
받는 사람: NB26@zone.com
 리즈 문제는 최대한 시간을 끌 거예요. 레베카에 대해 더 많이 알 때까지 기다리려고요. 너무 급하잖아요. 너무 빠르다고요.

보낸 사람: NB26@zone.com
받는 사람: Bee1984@gmail.com
 기다리지 말아요. 가요. 당신도 원하잖아요. 난 당신이 리즈에 가길 바라요. 평행세계의 내가 어떻게 사는지 알고 싶거든요. 제안을 거절하면 분명 니콜라스는 기분이 상할 거예요.
 난 자신을 잘 알거든요. 우리 가문은 다 예민한 영혼의 소유자죠.

보낸 사람: Bee1984@gmail.com
받는 사람: NB26@zone.com
 우리 상황이 서로 반대라면, 당신은 어떻게 할 것 같아요?

보낸 사람: NB26@zone.com

받는 사람: Bee1984@gmail.com

나라면 가서 즐기죠. 한 지 오래됐거든요. 진심이에요. 가요. 내가 당신 결정을 지지해 줄게요. 하지만 그렇다고 니콜라스의 섹스 취향 같은 은밀한 내부 정보는 묻지 말아요. 그것까지 협조할 준비는 안 됐거든요.

닉

주말이 다가오자 최악의 일들이 한꺼번에 몰려오는 것 같은 기분이었다. 데뷔작에 대한 혹평을 처음으로 접했을 때, 아버지가 하숙집으로 전화를 걸어 거의 알아들을 수 없는 목소리로 어머니가 뇌졸중을 일으켰다는 소식을 전했을 때, 딜런이 자살 시도를 벌였을 때의 기분이 떠올랐다. 토요일 아침에는 언뜻 봐도 비참한 몰골이 돼 로렐과 하디조차 내 안부를 물어볼 정도였다.

"아뇨. 별로네요. 일이 좀 생겨서요."

토스트 하나를 집어 들었다. 에리카가 접대용으로 가끔 내놓곤 하는 딱히 반갑지 않은 고무같이 질긴 에멘탈 치즈는 못 본 척했다.

로렐과 하디가 보여준 관심은 거기까지였다. 책임감 때문인지 에리카가 바통을 이어받아 물었다.

"어디 안 좋아요?"

"네."

나 자신이 안 좋아요. 지긋지긋해요. 마지막으로 이런 감정을 느꼈을 때(바로 자기혐오의 종기를 터뜨리던 나날)는 비에게 기댈 수 있었다. 기댈 만한 다른 사람이 아무도 없었다. 설령 에리카에게 특수한 상황을 솔직하게 말하고 이론적으로 설득하더라도 에리카는 꿈에서조차 이런 마음을 터놓을 수 없는 사람이었다. 실없는 말이라고는 하나도 통하지 않는 지극히 현실적인 타입이었다. 그냥 비를 잊으라거나 아니면 "세상에 여자는 많아요" 하는 뻔한 말을 할 게 분명했다. 지금같이 완전히 비참한 개자식 모드일 때 듣고 싶은 말이 절대 아니었다. 남은 주말 시간 내내 하숙집 사람들을 피했다. 모두 잠든 시간에 도둑처럼 살금살금 부엌으로 내려가 즉석식품으로 근근이 끼니를 때웠고, 남과 다른 시간대를 골라 몰래 담배를 피우러 나갔다. 하지만 적어도 로지와 소시지는 이 상황을 즐겼다. 내가 레베카를 만나려는 목적으로 공원 주변을 몇 시간이나 배회하곤 했기 때문이었다. 하지만 레베카는 보이지 않았다.

네가 비에게 가라고 설득했잖아, 이 얼간아.

전에는 내가 질투심이 많은 사람이라고 생각해 본 적이 없었다. 하지만 제길, 질투심이 많은 게 분명했다. 이번 일로 말미암아 내가 진정한 사랑을 해본 적이 있었는지 자문하게 됐다. 폴과 제즈가 불륜을 저질렀다는 사실을 알았을 때 느꼈던 고통은 지금과 비교하면 아무것도 아니었다. 주말 내내 니콜라스와 비가 함께 있다는 생각이 떠오를 때마다 실제로 육체적인 통증이 느껴질 만큼 극심한 심적 고통이 찾아왔다. 둘이 섹스를 한다. 사랑을 나눈다. 아니 그 행위를 뭐라 이름 붙이든 간에 상관없었다. "그는 너다. 그는 너다. 그는 바로 너다"라고 중얼거려 봐도 전혀 나아지지 않았다. "난 비가 행복하기를 바란다"나 "이건 우리가 세운 계획이다"라는 말도 소용없었다. 자신이 무력하게 느껴질 뿐이었다. 날 비의 세계로 보내줄 마법의 문("깜짝 선물이 도착했습니다!") 따위는 보이지 않았다. 우리는 비가 런던 집으로 돌아올 때까지 서로 연락하지 않기로 했다. 그 때문에 더 우울한 기분이 들었다. 유스턴역 사건으로 연락이 끊겼다가 다시 메일을 주고받게 된 이후 이

번이 비와 내가 (말하자면) 가장 길게 떨어져 있는 시간이었다. 나도 모르게 혹시나 비에게 메일이 왔을까 오 분마다 휴대폰을 확인했다. 결국 휴대폰을 책상 서랍에 넣고 열쇠로 잠갔다.

비가 멋진 주말을 보내기를 바랐다. 동시에 비가 완전히 실패한 주말을 보내기를 바랐다. 니콜라스가 비에게 인생 최고의 주말을 선사하기를 바랐다. 인생 최고의 섹스를. 동시에 그렇지 않기를 바랐다.

내가 할 수 있는 말은 이게 전부다.

비

우리는 어쩌다 운명을 이렇게 복잡하게 만든 걸까……

집으로 가는 기차에 탄 지 오 분도 안 돼 니콜라스가 문자를 보냈다.

[벌써 보고 싶어요.♡]

닉이라면 이틀 동안 함께 시간을 보낸 후 이런 문자를 보냈을까? 아니. 닉이라면 분명 웃기고 다소 무례하게 들릴 수도 있는 말을 보냈을 것이다. 우리끼리 통하는 농담 말이다.

그만해. 이건 옳지 않은 비교야. [나도요.♡♡]라고 답을 보냈다. 사실이었다. 거의 사실이긴 했다.

맙소사. 비, 너 정말 뭐 하는 거니?

이제는 닉과 메일을 주고받기 위해서만 사용하는 구글 메일계정을 열었다. 토요일 아침, 니콜라스가 샤워하는 동안 살짝 휴대폰을 열어본 걸 제외하면 주말 내내 메일을 열어보고 싶은 유혹을 간신히 이겨냈다. 닉과 서로를 위해 주말 동안 일절 연락하지 않기로 했었다. 일종의 협정이랄까. 아니었으면 리즈에서의 주말은 절대 없었을 것이다. 내가 절대 안 갔을 것이다. 아마 안 갔겠지? 하지만. 하지만. 닉의 말이 옳았다. 닉과 내가 영원히 함께 있을 방법이 없었다. 도플갱어 작전이 대

안이 될 수 있다면 그만한 가치가 있지 않을까? 게다가 이 작전을 처음 생각해 낸 사람은 바로 나였다. "우리가 함께할 방법이 있을지도 몰라요."

닉은 우리가 맺은 협정 약속을 지켰다. 지난 금요일 리즈행 기차에 탔을 때 닉에게서 받은 메일이 마지막이었다.

[제기랄. 다 말해줄게요. 내 성감대는 아랫배예요. 이유는 묻지 말아요. 난잡한 얘기는 하고 싶지 않으니까. 이것 때문에 의도치 않게 자꾸 사람을 웃긴다니까요. 당신이 알아야 할 건 이게 다예요. 혹시나 니콜라스가 칠 분 이상 못 버티면 그건 니콜라스 탓이에요. 난 아니라고요. 조심하고. 이만 통신 끝.♡]

닉이 기다리고 있을 것이다. 메일의 문을 다시 여는 건 내게 달려 있었다. 그런데 무슨 말을 해야 하지?

닉과 서로 정직하기로 약속했었다. 노골적인 거짓말을 하면 안 되겠지만 그렇다고 너무 사실대로 말해 상처 주고 싶지도 않았다. 닉의 입장에서 생각해 보는 것도 한계가 있었다. 닉과 난 평행세계의 또 다른 자신을 받아들이는 감정이 다르기 때문이었다. 닉은 니콜라스를 거의 라이벌이자 위협 요소쯤으로 여겼다. 만약 우리의 상황이 반대였다면 난 어떤 감정이 들었을까? 내가 집에서 괴로워하는 동안 닉이 레베카와 주말을 함께 보냈다면? 비, 진짜 솔직해져 봐. 그렇다. 나도 레베카를 약간은 질투했을 것이다. 하지만 레베카를 위협 요소로 느끼지는 않았다. 오히려 닉의 행복을 바라는 것처럼, 레베카가 지금 행복한지 알고 싶었다. 아니 꼭 알아야겠다. 닉과 나의 차이는 남자와 여자의 차이일 수도 있다. 아니면 내게 레베카란 존재는 니콜라스처럼 닉에게 자신의 실패를 부각시키는 존재가 아니기 때문일 수도 있다.

닉을 고려해서 니콜라스가 닉의 생각처럼 자신만만한 성공 신화를 이룬 게 아니라고 말해줄 수도 있다. 니콜라스 역시 내면에 의심과 불안감을 갖고 있으며, 어떻게 보면 오히려 더 깊숙한 곳에는 상처받기 쉬운 연약함을 꼭꼭 숨기고 있다고 말해줄 수도 있다. 또한 닉처럼 번 뜩이는 재치나 현실 비판적인 예리함은 없다고 말해줄 수도 있다.

모두 사실이었다.

하지만 내 예상보다 모든 일이 수월하게 흐른 것도 사실이었다. 돌이켜 보면 니콜라스에게 예상보다 훌륭한 환영을 받았다. 모든 면에서. 이 점은 차라리 닉에게 얘기하지 않는 게 낫다는 확신이 들었다. 사실보다 안 좋게 말해야 할 것이다.

리즈행 기차를 타고 가는 동안 '너무 기대하지는 마'라며 자신을 다독였었다. 그날 저녁의 키스에서 본능적으로 불타오른 육체적 반응은 우연히 일어난 일회성 반응일 수도 있다. 내 몸은 전에도 날 배신한 적이 있었다. 대부분 네이트 자식과 사귈 때 일이었다. 네이트와 난 처음 만난 순간부터 순식간에 후끈 달아올랐다. 서로의 몸에서 손을 떼지 못했다. 침실까지 가지도 못한 채 바닥에서 한 적도 많았다. 한번은 식사 도중 장애인용 화장실에서 한 적도 있었다.(레일라는 '싸구려 B급 영화에나 나올 법한 섹스'라고 불렀다.) 하지만 이런 관계가 남긴 건 결국 상처받은 자존심과 꾸준한 관계를 병적일 정도로 기피하는 혐오감뿐이었다.

니콜라스는 기차역 중앙 광장에서 기다리고 있었다. 그가 날 발견하기 전, 멀리 서서 그를 잠시 지켜봤다. 니콜라스는 주머니에 손을 넣고 뒤꿈치를 들었다 놨다 하고 있었다. 닉과 달리 현실감 없는 허상처럼 느껴졌다. 하지만 이런 불안감과 의심은 니콜라스가 따뜻한 포옹으로 반겨주자 모두 사라졌다. 니콜라스의 체취를 가슴 깊이 들이마셨다. 닉도 이런 향이 날까?(닉은 담배를 피우니까 아마 다르겠지.)

우리 둘 사이에는 만나자마자 편안한 분위기가 흘렀다. 난 이 분위기를 의심하지 않으려 애썼다. 니콜라스는 네이트 때 겪은 일로 인한 내 걱정과 불안한 마음을 알아차린 듯 우리 관계를 천천히 진행했다. 그날 저녁 늦은 시각까지 우리 사이의 유일한 신체 접촉이라고는 아파트로 들어갈 때 니콜라스가 내 손을 잡은 게 다였다. 니콜라스의 집은 가구는 간소하게 갖춰져 있었지만 온통 책으로 꽉 차 있었다. 게다가 런던의 내 아파트보다 훨씬 깔끔했다. 해가 졌을 때도 니콜라스에게 어떠한 부담감이나 서두르는 느낌을 전혀 받지 못했다. 현관문부터 키스를 나누다 복도에서 섹스하는 B급 영화 스타일의 관계보다 이런 아슬아슬한 분위기가 오히려 훨씬 더 흥분되는 기대감을 불러일으켰다. 니콜라스가 요리하는 동안 난 마치 몇 년은 사귄 사이처럼 자연스럽게 부주방장 행세를 했다.([무슨 요리를 해줬죠?] [갈릭레몬파스타요.] [잘했네요. 물론 나도 손쉽게 할 수 있는 요리지만.])

니콜라스와 가족이나 친구 얘기를 하며 재미있었던 에피소드를 털어놓았다. 솔직히 인정하겠다. 난 닉이 재미있어했던 얘기만 골라 말했다. 내부자 정보를 이용한 데 살짝 죄책감을 느끼기는 했다.([그럴 필요 없어요. 나도 똑같이 했을 테니까요.]) 니콜라스는 전혀 거만하지 않았다. 실상은 그 반대였다. 몇 년간 자신을 의심하며 불안해하다가([왠지 익숙하게 들리죠, 닉?]) 출판사가 원고를 채택해 주지 않자 "추리소설의 시류에 편승했다"고 털어놨다.([하, 참나.] [닉, 계속 얘기해요, 말아요?] [미안해요. 계속해요.])

그 후 니콜라스는 종일 그랬던 것처럼 느긋하고 자연스러운 태도로 내 손을 잡고 침실로 이끌었다.

이제부터 어떤 단어를 사용할지 아주 신중하게 고민해야 했다.

그동안 틴더로 하룻밤 관계를 몇 번 해본 덕에 이제는 낯선 사람과의 잠자리에 있어 좋은지 아닌지에 대해 조예가 아주 깊어졌다. 영화 〈포레스트 검프〉(닉의 세계에는 없는 영화였다.) 대사를 좀 다르게 인용하자면, 하룻밤 관계는 초콜릿 상자 같았다. 대부분은 보통 해롭지 않다.

물론 종종 오렌지 크림 맛이 나오기도 해 진심으로 좋아하지는 않지만 자포자기 심정으로 먹을 때도 있다. 하지만 정말 드물게 진짜 가끔 캐러멜 초콜릿이 나오기도 했다.([비, 좋은 비유네요. 그런데 지금 무슨 얘기를 하려는 거죠? 너무 초조하게 하지 말아줘요. 그냥, 좋은 맛이었나요? 아니면 먹자마자 뱉어서 도로 상자에 넣었나요? 얼마나 많이 먹었죠? 아니다. 솔직히, 그만하죠. 나한테 다 얘기하지 말아요.])

관계에 있어 타인의 눈치를 전혀 보지 않고 진짜 자유롭다고 느낀 건 몇 년 만에 처음이었다는 말은 하지 않았다. 니콜라스는 내 겉모습뿐 아니라 진짜 있는 그대로의 내 전부를 바라봐 준다는 게 느껴졌다. 마치 사귄 지 이미 몇 년 된 사이처럼 서로 얼마나 잘 맞았는지,(육체적으로만이 아니라) 둘이 얼마나 같은 리듬을 즐겼는지도 말하지 않았다. 물론 처음에는 좀 서툴렀던 것 같기도 하다. 하지만 니콜라스는 "이러면 어때요?"나 "이거 좋아요?"라고 묻기 위해 동작을 멈추는 행동도 하지 않았다. 그럴 필요가 전혀 없었기 때문이었다. 글로 봤을 때는 그날 밤 섹스가 미적지근하게 들릴 수도 있지만 사실은 그렇지 않았다. 우리는 아주 잘…… 맞았다.

니콜라스와 난 주말 내내 집 밖을 나가지 않았다.

일요일 아침은 넷플릭스로 시시한 프랑스 추리 드라마를 보며 시간을 보냈다. 드라마를 틀어놓고 밥도 먹고, 낮잠도 자고, 서로를 만지기도 하느라 엄청나게 자주 영상을 멈춰야 했다. 니콜라스 역시 유치한 부분이 있었다. 니콜라스와 드라마의 특정 부분에서 티브이 소리를 낮춘 채 주인공 대사를 재미있게 바꿔 말하며 상대방을 더 웃기려 경쟁하기도 했다.

니콜라스와 나 사이에 흐르는 흔치 않은 이 편안함은 내가 이미 그의 내면(아니면 내면의 일부)을 알고 있고 니콜라스 역시 이 점을 느낀 탓일까? 이런 상황을 닉에게 어떻게 말해야 할까?

"비, 당신이 오랫동안 알던 사람처럼 느껴져요."

마침내 니콜라스가 이 말을 꺼냈다. 누군가의 입에서 나올 수밖에 없는 말이었다.

당신 말이 맞아요. 니콜라스에게 진실을 말해. 말해. 지금 말하라고.

이때가 진실을 털어놓을 수 있는 마지막 기회라는 걸 내심 알고 있었던 것 같다.

하지만 난 진실을 말하지 않았다. 레일라에게 말하지 못했던 것처럼 겁이 났다.

창밖은 어느새 해 질 무렵에서 깜깜한 밤이 돼 있었다. 휴대폰을 뚫어져라 바라봤다. 고개를 드니 어두운 기차 창문에 비친 내 모습이 보였다. 닉과 내가 계속 메일을 주고받았다면 성공적인 주말이 되지 못했을 것이다. 보호자이자 감시 역할을 하는 휴대폰.

계속 미룰 수는 없었다. 니콜라스와 주말을 보낸 후 처음 메일을 보냈다.

[니콜라스와 같이 있을 때도 내 머릿속에 있던 사람은 당신이었어요, 닉.]

닉

내 기분을 배려해 주는 비를 사랑했다. 단어 하나하나를 세심하게 선택하는 비를 사랑했다. 비는 니콜라스의 단점은 강조하고 '좋은 점'은 대충 얼버무렸다.

그런데도 니콜라스가 싫었다. 그를 증오했다. 결국 말해버렸다. 내 마음을 인정하고 나니 자기혐오의 감정이 심하게 밀려왔다. 증오라는 단어가 얼마나 강한 단어인지 잘 알지만, 솔직한 내 감정을 어쩔 수 없었다.

니콜라스의 인생을 증오했다. 나와 비교가 안 될 정도로 소설가로 성공한 인생. 글쓰기 수업은 손쉬운 아르바이트 정도로 여기는 삶. 비에게 자신이 '신념을 버린 변절자'처럼 느껴진다고 고백한 것도 증오했다. 어떻게 네 인생에 대해 불평 따위를 할 수 있지? 어떻게 감히 네가. 싸구려 고료를 받는 대필 작가의 인생을 하루라도 대신 살아보라고, 이 특권에 절은 자식아. 굳은 의지로 수년 전 금연에 성공한 것도, 헬스장에 매일 다니는 것도,(제기랄) 투철한 직업의식으로 규칙적인 일상을 사는 것도 증오했다. 그 자식의 아파트는 더 싫었다. 나중에 후회할 걸 알면서도 비에게 아파트에 대해 자세히 설명해 달라고 했다. 니콜라스의 아파트는 리즈의 인기 지역인 채플 앨러톤에 자리 잡은 '최고급

개발지'(비의 세계에서 이게 어떤 의미인지는 모르겠지만)에 있었다. 방은 세 개였으며, 한 개는 서재로 꾸며놓았다. 아파트 지하에는 거주자 전용 헬스장까지 있었다.([혹시 거울 달린 화장대도 하나쯤 있나요?] [아니요. 사실 세 개 있어요. 두 개는 손님용이죠.])

뭐. 이런. 자식이.

게다가 이제 그놈에게는 비까지 있다.

지난번 염세적이고 우울한 기분에 젖었을 때 상처 입은 자존감을 달래줬던 책 리뷰를 다시 볼까도 생각했지만, 대신 기분 전환을 위해 로지와 로지의 친애하는 소시지를 데리고 공원으로 향했다. 적어도 우리 중 하나는 성공적인 관계를 맺은 셈이었다. 주의를 돌려보려 『크로스 라인』을 읽을거리로 가져갔다. 내게는 일평생 불가능한 관계, 즉 니콜라스가 비와 고급 초콜릿 섹스를 나누는 상상을 떨쳐버리기 전까지는 아무 글도 못 쓸 것 같았다. 둘 사이의 모든 일을 하나하나 자세히 알고 싶은 마음도 있었지만 한편으로는 아무것도 알고 싶지 않았다. 물론 물어보면 비는 다 대답해 주겠지만. 허세 좀 그만 부려.

이제는 '내 전용 벤치'라고 여기게 된 공원 의자로 향했다. 로지와 소시지는 풀밭 위에서 휴식을 취했다. 오, 패트리샤 하이스미스에게 감사를! 15쪽까지는 그럭저럭 잘 읽혔지만 곧 내 머릿속에는 반쯤 벌거벗은 두 남녀의 이미지가 다시 떠올랐다. 그때 로지가 낑낑거리는 소리가 들려 고개를 드니 레베카와 스칼렛이 이쪽으로 오고 있는 게 보였다.

"멍멍이!"

타이밍이 좋지 않았다. 최고의 모습을 보여줄 기분이 아니었다. 사실 이제 내게 더 이상 최고의 모습이 존재하는지조차 모르겠다.

"아이가 강아지를 만져봐도 될까요?"

레베카가 물었다.

"괜찮습니다."

"이제 가보렴, 스칼렛."

소시지가 벌러덩 드러누웠다. 이번에는 로지도 흥미를 약간 보였는데, 아마 꼬마 아가씨가 들고 있는 비스킷 때문일 것이다.

"작은 개는 로지라고 해. 그리고 큰 개는 소시지야."

내가 말했다.

"쏘우시지!"

런던 특유의 부드러운 말투를 쓰는 엄마와 달리 스칼렛은 높은 어조의 날카로운 상류층 말투를 썼다.

"네가 개 끈을 잡아볼래?"

"나 해도 돼, 엄마?"

"아저씨를 귀찮게 하면 안 되지, 스칼렛."

"아니에요. 괜찮습니다. 어서 해보렴."

"고마워요, 아저씨."

벤치에 앉아 스칼렛이 로지와 소시지의 목줄을 잡고 가는 걸 지켜봤다.

"너무 멀리 가면 안 된다, 스칼렛."

레베카는 스칼렛을 타이른 후 내게 고개를 돌렸다.

"정말 방해한 게 아니길 바라요."

"진짜 괜찮습니다."

난 두 손을 번쩍 들어 보였다.

"게다가 보세요. 오늘은 물티슈도 필요 없습니다."

레베카가 웃었다. 비의 웃음소리다. 레베카의 웃음소리를 듣고 나서야, 내가 얼마나 비의 웃음소리를 간절히 듣고 싶었는지 깨달았다.

"무슨 책을 읽고 계세요?"

"『크로스 라인』이요."

"앗, 저 그 책 너무 좋았어요. 읽으면서 요새 세상에서는 결코 일어날 수 없는 일이라고 생각했던 기억이 나요. 기차 식당 칸에 앉아 누가 엿들을 걱정도 없이 낯선 사람과 살인 계획을 세우다니요."

"네. 옛날에는 살인 계획도 훨씬 고상하게 세웠더군요."

레베카가 웃으며 벤치의 빈자리를 쳐다봤다.

"여기 앉으세요."

레베카는 잠시 머뭇거리더니 곧 내 옆자리에 앉았다.

"고마워요."

로지 역시 이제는 유혹에 굴복해 스칼렛에게 애걸하는 자세를 취하고 있었다. 이 작고 영악한 동물은 앞발을 치켜들고 머리를 위로 향했다. 스칼렛이 로지에게 과자를 하나 주었다.

"과자 줘도 괜찮은가요?"

레베카가 물었다.

"물론이죠. 당신도 괜찮다면. 로지는 아무거나 먹어 치울 수 있어요."

"이 근처에 사세요?"

"막 이 지역으로 이사 왔어요."

"어디서요?"

"리즈요."

"일 때문에요?"

"자료 조사차요."

뭐, 어떻게 보면 사실이기도 했다.

"저는 작가입니다. 이 지역에서 새로운 소설을 준비 중이거든요."

"와, 대단하네요."

"와 할 정도는 아니에요. 실은 전혀 안 그렇죠."

"제가 아는 작가분이실까요?"

"그렇다면 정말 기적이겠죠. 저는 주로 대필 작가로 일해요."

"왜 여기를 선택했어요? 어떤 종류의 소설이에요?"

좋은 질문이었다.

"연애소설이요. 그런 류죠. 이만하면 제 소개는 된 것 같네요. 당신은요?"

레베카가 또 머뭇거렸다.

"디자이너였어요. 하지만 스칼렛이 태어나면서 삼 년간은 온전히 아이에게만 집중하기로 했죠."

어딘지 모르게 긴장한 목소리였다. 이건 뭔가 맞지 않았다. 지난번 마주쳤을 때의 레베카는 훨씬 편안해 보였다.(개 두 마리를 데리고 손에는 똥 봉투를 든 낯선 남자와 얽힌 당시의 상황을 떠올려 보면 뭐 놀랍지 않기도 했다.) 말할 때 이렇게 주저하는 경향은 내가 초반에(그리고 훗날) 경험한 비와 사뭇 달랐다. 비는 말하기 전에 엄청 신중하게 고민한다는 인상을 주지 않았다. 우리는 처음부터 즉흥적이고 자연스럽게 메일을 교환했다. 비와 내가 온라인에서 만났기 때문일까? 온라인이란 매체에서는 불안한 마음을 쉽게 감출 수 있다.

"어떤 디자인을 하셨어요?"

"격식 있는 자리에서 입는 옷들이요. 주로 웨딩드레스죠. 아, 제 브랜드는 아니고 큰 브랜드에서요."

비와 동일한 일을 했다는 사실을 나중에 비에게 말해줘야겠다.

"왜 특별히 웨딩드레스를 선택했나요?"

"좋은 질문이네요. 웨딩드레스에는 낭만이 있는 것 같아요."

레베카의 얼굴에 자조적인 웃음이 떠올랐다.

"아니에요. 헛소리였어요. 솔직히, 그냥 단순히 웨딩드레스에 빠졌을 뿐이에요."

"뭐, 결혼식은 당신 인생에서도 가장 중요한 날이었을 테니까요."

"그러게요. 너무 슬픈 일이네요."

이건 무슨 뜻일까.

"진짜 그렇죠. 그때가 그립나요? 일 말예요. 결혼식이 아니라."

"네. 가끔요. 오해하지는 마세요. 스칼렛은 정말 사랑스러운 아이에요……. 하지만……."

레베카가 옷을 잡아당기고 머리카락을 만지작거렸다. 신경과민증상 같았는데 비도 그런지 궁금했다.

"다른 것보다 마감 현장이 그리운 것 같아요. 뭔가를 완성하려고 막 몰아붙일 때 아드레날린이 솟구치던 기분이요."

"엄마? 멍멍이 과자 더 줘도 돼?"

레베카에게 괜찮다는 의미로 어깨를 으쓱해 보였다.

"물론이지, 아가."

레베카가 커다란 가방을 뒤지더니 스칼렛에게 과자 두 개를 건넸다. 로지는 재빨리 스칼렛에게 다가가 과자 쥔 손만 쳐다봤다.

"처음 본 분에게 모든 걸 그냥 털어놨다는 게 믿기지 않네요."

레베카는 날 쳐다보지도 않고 말했다.

"모르는 사람에게 솔직하기가 더 쉬운 법이죠."

아, 이제 시작이군. 비에게 했던 말이랑 같았다.

때마침 내 휴대폰이 진동했다.

"받으셔야죠?"

받아야 할까? 다른 세계에 사는 레베카일 확률이 아주 높았다. 비는 니콜라스와 있을 때 내가 메일을 보내면 항상 어찌할 바를 모르겠다고 말했었다. 난 처음으로 그런 기분을 경험했다. 진부한 표현이지만, 비와 난 마치 끝없이 서로 반사하는 거울 속을 들여다보는 듯했다.(이미 다 알려진 사실이지만, 난 진부한 표현을 좋아한다.) 한편 그게 내 평정심을 깨뜨리고 유치한 보복심도 들게 했다. 메일이 무시당했을 때 어떤 기분인지 느껴봐. 하지만 언제나 그렇듯 유혹에 쉽게 항복했다.

"잠깐이면 돼요. 일 관련 연락일 거예요."

그런데 거짓말은 곧 진짜 사실이 됐다. 메일을 보낸 사람은 비가 아니라 트위드 양복쟁이였다. 그는 특유의 문법이 틀린 어설픈 문장으로 『어둠 속의 총성』이 놀랍게도 북포스트에서 높은 순위에 올랐다고 전했다. 그뿐 아니라 몇몇 에이전트와 출판사가 계속 연락해 후속편을 쓸 생각인지 물어본다고 적었다.

"이런. 제기랄."

생각할 새도 없이 욕이 튀어나왔다. 얼른 스칼렛을 쳐다봤지만, 다행히 귀여운 아기 천사는 멍멍이와의 놀이 세계에 흠뻑 빠져 있었다. 레베카에게 시선을 돌렸다.

"죄송합니다."

"나쁜 소식인가요? 아니면 좋은 쪽? 아, 꼭 말씀해 주실 필요는 없어요."

물론 그럴 필요는 없었지만, 아무튼 난 방금 안 사실을 전했다. 트위드 양복쟁이의 괴팍하고 고집 센 전형적인 시골 노인의 면모를 묘사해주자 레베카가 크게 웃었다. 날 위해 진심으로 기뻐하는 것 같았다. 조금 전의 방어적인 모습이 사라지자, 비와 처음 메일을 나누던 때가 떠올랐다. 레베카의 모습이 머릿속으로만 상상하던 비의 모습과 점점 비슷해졌다. 누군가와 직접 얼굴을 마주 보고 대화하면 이런 느낌이군. 트위드 양복쟁이가 우리를 연결해 준 셈이라고 레베카에게 말해주고 싶었다. 트위드 양복쟁이가 원고료를 보내주지 않았다면, 우리가 여기 앉아 늙은 개 두 마리와 귀여운 아이와 지금처럼 행복한 시간을 보내지 못했을 거라고 털어놓고 싶었다.

"그러니까…… 그 메일은 어떤 뜻이죠?"

좋은 질문이었다.

"우리가 후속편을 쓴다면, 이번에는 원고료와 인세를 오십 대 오십으로 나누고 싶다더군요."

"하지만 그러면 지금 쓰고 있는 당신 소설은요? 연애소설 말예요."

아, 맞다. 가상의 소설이 있었지. 이런.

"출판사와 협상하는 동안 그 책을 마무리 지을 수 있기를 바라야죠. 뭐 협상이라 부를 만한 게 있다면요. 너무 앞서가는 걸 수도 있거든요. 아직 확실한 건 아무것도 없어요."

이런 기분은 아주 오랜만이었다. 뿌듯함. 희망. 게다가 거의, 거의 행복하다고 느낄 정도였다.

"이런 일은 축하해야죠. 즐길 수 있을 때 즐겨요."

"큰길에 주류 판매점이 하나 있던데, 가서 한 병 사 올까요?"

내 말에 레베카는 금세 긴장한 모습이었다.

"못 들은 걸로 하세요. 공원에서 낯선 사람과 술이라니. 저라도 이상하게 보일 것 같네요."

"곧 스칼렛 낮잠 시간이라 진짜 집에 돌아가야 하거든요."

"아, 당연히 그래야죠."

레베카는 가방 지퍼를 닫기 시작했다. 그러다 갑자기 동작을 멈췄다.

"집에 샴페인이 있는데 같이 가서 한잔하실래요?"

우와. 이게 도대체 무슨 일이지?

"진심이세요? 억지로 초대하실 필요는 없어요."

레베카가 살짝 당황하며 눈길을 피했다.

"괜찮아요. 진심이에요."

레베카는 또 머리카락을 잡아당겼다가 옷을 잡아당겼다. 제안을 후회한다는 표시일까? 우리는 동시에 입을 열었다.

"먼저 말씀하세요."

"보통 집에 낯선 사람을 마구 초대하지는 않아요. 그냥…… 아셔야 할 것 같아서요. 단지 제 생각에…… 이제 막 이사 오셔서 여기에 아는 사람이 아무도 없을 테니까……. 아…… 혹시나 오해하실까 봐, 전 결혼했어요."

"초대를 취소하신다고 해도 정말 기분 상하지 않을 겁니다."

레베카는 잠시 고민해 보는 듯했다.

"아뇨. 아뇨. 강아지들이랑 정원에 앉아 있으면 되죠."

그리고 긴장이 풀린 모습으로 말했다.

"제 이름은 레베카예요."

"닉입니다. 보세요. 이제 더 이상 낯선 사람이 아니네요."

내가 유모차를 끌고 가방을 들고 가겠다고 제안했다. 스칼렛이 직접 로지와 소시지를 데리고 가겠다고 고집을 피운 덕에 집까지 가는 길이 더 길어졌다. 개들이 원할 때마다 스칼렛은 무엇이든 언제나 멈춰 서서 냄새를 맡게 해줬기 때문이었다. 난 개의치 않았다. 스칼렛이 종종거리며 앞서갔기 때문에 레베카와 내가 나란히 걷게 됐다. 레베카를 너무 자주 훔쳐보지 않으려 애썼다. 진짜 이게 비, 당신 모습이군요.

집 입구에 다다르자, 레베카가 주저했다.

"당신이 정신 나간 도끼 살인자로 밝혀진다면 내가 정말 어리석었다고 느낄 것 같아요."

"걱정은 접어두세요. 도끼는 집에 두고 왔거든요. 그런데 설마 집에 마른안주와 키안티 와인까지 있는 건 아니겠죠?"

그녀는 깔깔거리며 웃었다.

"이쪽이에요."

정문을 통과한 후, 레베카는 창고와 충전소 옆 뒷마당으로 안내했다. 뒷마당에는 실제로 벌과 나비가 날아다니는 작은 야생화 꽃밭과 연못이 있었다. 마당의 잔디밭은 부드러운 벨벳처럼 아주 깔끔하게 손질돼 있었다. 한쪽에는 스칼렛을 위한 놀이터가 꾸며져 있었는데 놀이 동산에 비길 만한 수준이었다. 집 뒤쪽은 유리벽으로 돼 있어서 불행히도 빛 반사 때문에 몇몇 가구의 실루엣을 제외하면 집 내부를 볼 수는 없었다. 난 스칼렛에게 개 목줄을 푸는 법을 보여줬다. "금방 돌아올게요"라는 말과 함께 두 모녀는 집 안으로 사라졌다. 로지와 소시지는 금세 그곳에 익숙해졌다. 소시지는 튤립을 밟은 채 꽃밭에 들어가 잠을 청했고, 로지는 지대한 관심을 보이며 연못 주변을 살금살금 탐색했다. 난 잔디밭 위에서 긴장을 풀고 하늘을 바라봤다. 다른 세계의 레베카는 지금 뭘 할까. 비에게 [내가 지금 어디 있을까요!]라고 메일을 보낼까도 고민했지만 결국 그러지 않기로 했다. 지금 이 순간을 망치고 싶지 않았다.

레베카가 터무니없이 비싸 보이는 샴페인 한 병과 잔 두 개, 그리고 개들을 위한 물 한 그릇을 들고 돌아왔다.

내 옆자리에 앉더니 병을 열고 샴페인을 각자의 잔에 채웠다.

"안타깝게 조금 미지근해요."

"미지근한 것도 좋죠. 건배."

"건배. 그리고 축하해요. 유명 작가를 만난 건 처음이에요."

"아직은 유명 작가가 아닌걸요."

잠시 편안한 고요가 흘렀다. 낯선 사람과 있는데도 신기하게 어색하지 않았다. 물론 사실상 레베카는 내게 낯선 사람은 아니지만.

"집이 아주 멋지네요."

"고마워요. 사실…… 베네딕트의 친구가 이 집을 디자인했어요."

"베네딕트가 남편분 성함인가 보죠?"

레베카가 또 옷과 머리카락을 잡아당겼다.

"네."

"두 분은 어떻게 만났나요?"

"남편은 제가 디자이너로 일하던 회사의 투자자였죠."

평범한 어조였지만 약간 조심스러운 기운이 느껴졌다.

"첫눈에 사랑에 빠졌나요?"

"아니요. 당시 베네딕트는 결혼한 상태였어요. 그리고 저는 절대⋯⋯."

"절대 불륜은 용납할 수 없었고요."

오, 마음을 읽었다는 눈빛이네. 닉, 내부자 정보를 잘 활용했어.

"우리는 베네딕트의 결혼이 완전히 끝난 후 일 년쯤 지나 다시 만나게 됐어요. 만난 지 얼마 안 돼 제가 임신을 했죠. 사실 조금 충격이었어요. 베네딕트가 전처와의 사이에 아이가 없었기 때문에 정관절제술을 했다고 생각했거든요."

레베카가 샴페인을 급하게 들이켰다.

"하지만 후회하지는 않아요."

"제 눈에도 그래 보이는군요. 아이가 정말 귀여워요."

"자녀가 있으세요?"

하마터면 없다고 대답할 뻔했다. 하지만 나도 아이가 있었다. 딜런말이다.

✳

보낸 사람: Bee1984@gmail.com

받는 사람: NB26@zone.com

잠깐만요-. 레베카는 왜 베네딕트가 정관수술을 받았다고 생각했던 거죠? 베네딕트 같은 부자도 정관수술 보조금을 받나요?

보낸 사람: NB26@zone.com

받는 사람: Bee1984@gmail.com

여기서는 정관절제술이 가장 흔한 산아제한 방식이거든요. 어쨌든, 그 점에 대해 더 조사할 생각은 없어요.

충분히 말이 되네요. 둘이 그냥 샴페인만 마셨어요? 다른 일은 없었어요?

전혀요. 얘기하며 시간을 보내다 나왔어요.

하지만 둘 사이에 뭔가 있는 게 틀림없어요. 맙소사, 레베카가 당신을 자기 집까지 초대했다고요! 아무 이유 없이 집으로 낯선 남자를 초대하지는 않죠. 적어도 내가 있는 세계에서는 그래요.

비, 레베카는 유부녀예요. 당신도 절대 바람 따위는 피지 않을 거라고 항상 말했잖아요.

저만 그럴 수도 있잖아요. 안 그래요? 알았어요, 알았어요. 이제 그만할게요.

레베카는 나와 어떻게 다른가요? 당신이 아는 나와 비교하면요. 나와 일치하던가요? 더 적합한 단어가 생각나지 않네요.

받는 사람: Bee1984@gmail.com

더 조용한 편인 것 같아요. 명랑하다기보다는 내성적인 성향? 조금 외로워 보였어요. 온종일 스칼렛과 집에만 있는 것처럼 들렸거든요. 이런 얘기를 듣고 싶지는 않을 것 같지만, 아이가 정말 사랑스러워요. 개들과 노는 모습을 봤어야 하는데.

보낸 사람: Bee1984@gmail.com
받는 사람: NB26@zone.com

듣기 싫은 건 아니에요. 단지 어떻게 받아들여야 할지 잘 모르겠어요. 제 말은, 감정적으로요.

어쩌면 전업주부로 지내며 온종일 기가 빠져서 더 조용한 건 아닐까요?

보낸 사람: NB26@zone.com
받는 사람: Bee1984@gmail.com

그럴 수도 있죠. 게다가 레베카를 만난 지 얼마 안 됐잖아요. 비, 우리도 서로 속속들이 아는 데 몇 주가 걸렸어요. 뭐, 명백한 이유로 우리는 서로의 속만 알 뿐이지만요.

보낸 사람: Bee1984@gmail.com
받는 사람: NB26@zone.com

레베카가 레일라에 대해 말한 적 있나요? 아니면 그 악명 높은 베네딕트에 대해서라도?

보낸 사람: NB26@zone.com
받는 사람: Bee1984@gmail.com

레일라에 관련해서는 아무 말도 없었어요. 남편에 대해서는 약간 얘기했죠. 당신이 말했던 것처럼 베네딕트가 '섹시한 홀아비'가 아니란 건 확실해요. 전처가 있었던 건 맞지만, 전처는 아직 살아 있고 뉴욕에 거주 중이거든요. 레베카가 디자이너로 일하던 회사에 베네딕트가 투자하게 되면서 둘이 만났대요.

보낸 사람: Bee1984@gmail.com
받는 사람: NB26@zone.com

에잇. 레베카가 머서재단에서 상을 받으며 둘이 만났기를 바랐는데. 저도 지원한 적 있었는데 떨어졌거든요.

보낸 사람: NB26@zone.com
받는 사람: Bee1984@gmail.com

간신히 문젯거리를 피했네요, 비. 장담컨대, '평행세계의 내'가 나보다 더 잘나가면 기분이 썩 좋지 않아요.

보낸 사람: Bee1984@gmail.com
받는 사람: NB26@zone.com

스스로 일하지 않고 남편의 어마어마한 재산에 기대어 산다는 사실로 자꾸 레베카를 재단하게 돼요. 내가 이상한 걸까요?

보낸 사람: NB26@zone.com
받는 사람: Bee1984@gmail.com

이상하지 않아요. 전혀요. 하지만 레베카에게 좀 관대할 필요가 있긴 하죠. 레베카는 분명 일을 그만둔 자신의 결정을 후회하면서도 스칼렛을 키우는 세상 제일 훌륭한 일을 해내고 있어요. 게다가 이 상황이 영원하지는 않잖아요. 레베카는 일이 주는 흥분과 긴장감이 그립다고 했어요. 그래서 스칼렛이 학교에 들어가면 다시 일할 거라고 했거든요.

보낸 사람: Bee1984@gmail.com

받는 사람: NB26@zone.com

당신 말이 맞아요. 나 자신에게 너무 가혹해서는 안 되죠. ^^;

당신이 알아낸 정보에 따르면, 그 베네딕트가 분명 여기서 엄청난 상류층인 베네딕트 머서와 동일 인물 같네요.

보낸 사람: NB26@zone.com

받는 사람: Bee1984@gmail.com

비, 얘기가 나와서 말인데, 부탁 하나 들어줄 수 있어요?

보낸 사람: Bee1984@gmail.com

받는 사람: NB26@zone.com

당연하죠.

보낸 사람: NB26@zone.com

받는 사람: Bee1984@gmail.com

날 위해 딜런이 어떻게 지내는지 확인해 줄 수 있어요? 폴도요.

보낸 사람: Bee1984@gmail.com

받는 사람: NB26@zone.com

물론 할 수 있죠. 저도 똑같은 부탁을 하려고 했거든요. 조나스에 대해서요.

보낸 사람: NB26@zone.com

받는 사람: Bee1984@gmail.com

?

보낸 사람: Bee1984@gmail.com

받는 사람: NB26@zone.com

마그다의 남편이요.

보낸 사람: NB26@zone.com

받는 사람: Bee1984@gmail.com

아, 맞다. 마그다의 연하 남편 말이죠?

보낸 사람: Bee1984@gmail.com

받는 사람: NB26@zone.com

이상하죠? 그 부부에 대해 알고 싶어 하다니. 좋지 않은 생각일 수도 있어요.

보낸 사람: NB26@zone.com

받는 사람: Bee1984@gmail.com

우리가 하는 이 모든 게 좋지 않은 걸 수도 있죠, 비. 하지만 이제 와서 되돌리기에는 너무 늦지 않았나요?

비

닉에게 이 사실을 어떻게 전해야 할지 모르겠다. 말을 하는 게 맞는지도 잘 모르겠다. 며칠째 말을 미루었다. 정말 레일라에게 모든 사실을 털어놓고 싶었다. 레일라의 조언을 들을 수만 있다면 무슨 일이라도 할 수 있었다.

검색어를 입력하자마자 바로 폴을 찾을 수 있었다. 국회의사당 앞에서 시위를 주도하며 남성 자살에 대한 인식 재고를 위해 정부의 재정 지원을 촉구하는 폴의 영상이 유튜브에 퍼져 있었다. 폴이 아들의 죽음에 대해 말하는 인터뷰는 아주 감동적이었다. 극심한 고통을 경험한 사람만이 전할 수 있는 깊은 울림이 있었다. 딜런은 자신의 열여섯 번째 생일날 스스로 생을 마감했다. 닉은 폴의 바람이 전적으로 그녀 탓은 아니라고 폴을 항변해 줬지만, 난 내심 폴을 아빠나 네이트같이 나쁜 사람 부류에 넣어놨었다. 하지만 폴의 영상을 본 후 그녀에 대한 생각이 완전히 바뀌었다. 심지어 '관심을 주세요'라는 폴의 모금 운동 사이트에 돈도 기부했다. 숨은 의미가 전달되지는 않겠지만, 그냥 닉의 이름으로 기부금을 보냈다. 폴에게 다른 세계에서 당신 아들은 무사히 살아남아 좋은 삶을 누리고 있다고, 현재 행복해하고 일에도 성공했다

284

고 말해주고 싶었다. 닉은 딜런이 십 대 때 매우 예민해 주변 일에 신경을 많이 썼고 어떤 일들을 견뎌내야 했다고 말한 적이 있었다. 하지만 이건……, 닉에게 이 소식을 어떻게 전할 수 있을까?

다른 일에 주의를 분산시키려 노력했다. 엄청나게 따분하지만 주의를 기울여야 하는 일에 매달렸다. 완성된 드레스를 보낼 송장을 작성하고, 들어온 주문서와 피팅 일정을 조율하고, 인스타그램을 업데이트했다. 약간 도움이 되기는 했다.

닉에게 보내는 메일도 가볍게 쓰려 노력했지만 당연히 뭔가 이상하다는 사실을 닉이 눈치챘다. 닉과 난 이제 너무 친밀해져서 아무 뜻 없이 찍은 쉼표 하나에도 상대방의 기분을 알아차리곤 했다. 서로 정직하기로 약속했지만, 이 문제는…… 이번만은 달랐다. 소설이 성공했고, 레베카와 얼굴을 익혔다는 사실 덕에 닉이 몇 주 만에 처음으로 긍정적이고 희망에 차 있다는 느낌을 받았다. 딜런의 소식을 들으면 분명 극심한 타격을 받을 것이다. 꼭 사실을 알아야 하는 건 아니잖아. 딜런에 대해 알아봤는데 아주 잘 살고 있다고 말해줄 수도 있다.

[무슨 일이에요? 니콜라스가 무슨 짓을 한 건 아니죠? 당신 일도 많은데, 설마 니콜라스가 자기의 최신 베스트셀러 소설을 읽어달라고 한 건 아니겠죠? 내부자로서 조언하자면, 혹시나 그런 부탁을 하면서 '솔직한 소감'을 가감 없이 말해달라고 해도 니콜라스의 속마음은 다를 거예요. 그냥 최고로 천재적인 작품이라고만 해주세요.]

[몸이 좀 안 좋은 것 같아요. 그냥 지친 것 같기도 하고요. 우리가 지금 하고 있는 일이…… 꽤 힘들거든요. 감정적으로도 육체적으로도.]

[당신은 육체적으로 힘들겠죠. 도플갱어와 주말 동안 하드코어 섹스를 즐겼으니까 그렇죠.]

[그렇게 하드코어는 아니었다니까요.]

[농담이에요. 어서요, 비. 내가 어떻게 하면 당신 기분이 좋아질까

요? 아, 좋아요. 좋아요. 내부자 정보지만, 니콜라스가 좋아할 섹스 팁을 하나 더 알려줄게요. 니콜라스가 이미 마네킹 손이랑 전기 거품기를 사용해 달라고 한 적 있나요? 내 취향인데 말이죠.]

내가 평소답지 않다는 사실을 알아차린 사람은 닉만이 아니었다. 니콜라스와 이번 주말을 우리 집에서 보낼 계획을 세웠었다. 하지만 닉과 달리 니콜라스는 내 시들시들한 답장을 기분 나쁘게 받아들였다.

[비, 싫으면 싫다고 그냥 말해줘요.]

당신 때문이 아니에요. 나 때문이라고요. 누군가에게 털어놓고 싶었다. 반이라도 진실을 털어놓는 게 나을 것 같았다.

[그런 게 아니에요. 그냥 나쁜 소식을 들어서 그래요.]

니콜라스가 바로 전화했다. 뭐라고 답할지 생각하기도 전에 통화 버튼을 누르고 말았다. 그의 목소리, 닉의 목소리를 듣는 순간 눈물이 왈칵 터졌다.

"무슨 일이에요? 맙소사, 비. 무슨 일인지 말해봐요."

"방금 막 소식을 들었는데……."

뭐라고 말해야 하지?

"제가 아는 사람이…… 스스로 목숨을 끊었대요."

"이런, 비. 내가 어떻게 하면 도움이 될 수 있을까요?"

"괜찮아요. 당신이 어떻게 할 수 있는 게 아니니까요."

"지금 바로 갈게요."

"그럴 필요 없어요. 정말요. 곧 괜찮아질 거예요."

"아니요. 꼭 가야겠어요. 문자로 주소 보내줘요."

오겠다는 니콜라스를 막지 않았다. 그가 옆에 있어주기를 바랐다. 단지 혼자 있기 싫어서가 아니었다. 주말을 함께 보낸 후, 닉과 니콜라스를 가르던 틈이 영원히 봉합된 줄 알았는데, 시간이 지나자 틈이 다시 벌어졌다. 그 틈을 메우기 위해서는 손으로 직접 만질 수 있는 실질적인 존재가 필요했다. 그래야 머릿속에서 니콜라스와 닉을 다시 하나로 만들 수 있었다. 우리가 나눈 건 진짜 현실이었고 흔치 않은 경험이었기에 깨뜨리고 싶지 않았다.

니콜라스가 오는 데 적어도 세 시간은 걸릴 것이다. 원래는 주말 직전에 집 청소를 할 계획이었지만, 지금 청소 따위는 크게 중요치 않아 보였다. 느긋한 니콜라스의 성격으로 볼 때, 클라리스나 정돈되지 않은 내 본래 모습도 개의치 않을 것 같았다. 건성으로 테이블을 대충 닦다가 에잇, 모르겠다 하는 생각에 그냥 택배 송장 작성에 더 몰두했고, 문의 사항에도 더 열심히 답을 달았다. 모든 일을 다 처리한 후에야 마지막으로 닉에게 메일을 쓰기 시작했다. 하지만 금세 멈춰야 했다. 어떤 단어를 써야 하지? 어떻게 메일을 시작해야 할지도 몰랐다. 인터넷에 '사망 소식 전하는 방법'을 검색하던 바로 그때, 기묘한 타이밍으로 닉이 조나스 관련 새 소식이 있다는 메일을 보내왔다.

[듣고 싶어요?]

[어떤 소식인지에 따라서요. 나쁜 쪽이에요, 좋은 쪽이에요?]

[내 생각에는 둘 다예요.]

닉은 온라인에서 조나스와 마그다가 친구들과 함께 찍은 인생 마감 축하 파티 영상을 발견했다. '생음악 연주와 춤과 기타 등등을 하는 작별 파티'로, 닉의 세계에서는 '선택적 안락사'를 택한 사람이 흔하게 여는 파티라고 했다.

[비, 진심으로 당신이 이 영상을 볼 수 있었으면 좋겠어요. 조나스를 만난 적은 없지만 영상 속 조나스의 마지막 순간은 행복해 보였어요. 마그다도 마찬가지고요.]

그렇게 충격적인 소식은 아니었다. 닉의 세계에서 선택적 안락사는 일반적인 관행이라고 들었기 때문이다. 조나스가 이런 선택을 했기를 반쯤은 바랐고 반쯤은 두려워했다. 어쨌든 그때는 이 일을 어떻게 받아들여야 할지 몰랐다.

[조나스가 마지막으로 남긴 말이 있나요?]

[그런 것 같아요. 영상 마지막에 마그다를 보고 이렇게 말했거든요. '사랑해. 기다리지 마.' 내가 본 바로, 마그다는 그 말을 가슴에 새겼어요.]

"기다리지 말아요." 복도에서 조나스와 맞닥뜨렸을 때, 마그다가 내게 한 말이었다. 우연일까? 아니면 무슨 의미가 있었을까? 오싹한 기분이 들었다.

때마침 니콜라스가 도착하지 않았다면 심각한 공포 속에 떨고 있었을지도 모른다. 너무 지나친 상상이었다. 전부 다.

니콜라스는 아파트에 들어서자마자 양팔로 날 꽉 감싸 안았다. 니콜라스의 심장박동 소리에 귀를 기울였다. 그는 진짜였다. 실제로 살아 숨 쉬는 존재였다.

"여기 앉아요. 비, 당신 뭐라도 마셔야 할 것 같아요. 와인 어딨죠?"

누군가가 날 위해 이렇게 다정하게 행동한 건 오랜만이었다. 네이트도 이런 위로를 한 적이 있었지만, 니콜라스는 훨씬 다정하고 부드러웠다. 내게 와인을 따라준 후, 그는 날 소파에 앉혔다.

"누구를 좀 불러줄까요?"

"아니에요. 미안해요. 이렇게 오지 않아도 됐는데……."

"그런 말 하지 말아요. 누구에게 생긴 일인가요?"

"오랜 친구의 아들이에요. 그런데…… 이 사실을 전해야 할 사람이 있거든요."

"당신이 소식을 전하는 동안 옆에 있어줄까요?"

"네. 부탁해요."

니콜라스는 노트북을 들고 탁자에 앉았다.

"여기 있을게요. 내가 필요하면 말해요."

"고마워요."

난 한참 휴대폰을 바라봤다.

"한 가지 물어봐도 돼요?"

"물론이죠."

"이상한 얘기지만, 만약 한때는 사랑했던 사람과 연락이 끊겼는데, 그 사람에게 안 좋은 일이 일어났다면 당신은 그 소식을 알고 싶어요, 모르고 싶어요?"

니콜라스는 잠시 생각에 잠겼다.

"알고 싶을 거예요."

"왜죠?"

"내가 사랑했던 사람이라면, 그 사람은 내가 자기 소식을 알기를 원할 거라고 생각해요."

'기다리지 말아요.'

※

보낸 사람: Bee1984@gmail.com

받는 사람: NB26@zone.com

정말 정말 마음이 아파요, 닉. 딜런에게 일어난 일을 되돌릴 수만 있다면 뭐든 하고 싶어요.

보낸 사람: NB26@zone.com

받는 사람: Bee1984@gmail.com

비, 솔직하게 말해줘서 고마워요. 옳은 결정이에요. 마음 깊은 곳에서는 그럴 가능성도 있다고 생각했어요. 아니길 바랐지만, 당연히 사실이 아니길 바랐죠. 하지만 우리 둘 다 알잖아요. 희망이란 놈이 얼마나 날 엿 먹여왔는지.

보낸 사람: Bee1984@gmail.com

당신 세계에서 딜런이 전에 자살 시도를 한 적 있다는 얘기를 왜 진작 하지 않았어요? 분명 당신 마음에 엄청난 상처로 남았을 텐데. 우리 좋은 일이든 나쁜 일이든 모든 사실을 얘기하기로 했잖아요. 당신 혼자 힘들었다고 생각하니 너무 마음이 아파요.

보낸 사람: NB26@zone.com
받는 사람: Bee1984@gmail.com

진짜 견디기 힘들었죠. 비, 당신에게 말하고 싶었어요. 정말요. 하지만 이건 나만의 얘기가 아니니까요.

닉

앞으로 할 얘기의 일부는 평소의 비참한 개자식 이미지에 덧붙여 냉혈한 개자식 이미지를 줄 수밖에 없을 것이다. 하지만 정직하려는 노력조차 없다면 이 글의 존재 이유가 없을 것이다.

딜런 소식을 접한 내 첫 반응은 당연히 '충격'이었다. 명치를 세게 얻어맞고 차갑게 식은 피가 온몸에서 빠져나간 기분이었다. 그리고 커다란 슬픔이 찾아왔다. 온몸이 구석구석 아팠지만 특히 마음이 가장 아팠다. 딜런을 위한 슬픔도 있었고 폴을 위한 슬픔도 있었다. 평행세계의 폴이 얼마나 고통스러웠을까. 지금도 고통스럽겠지……. 평행세계의 딜런 소식은 여기서 내가 폴에게 딜런의 자살 시도를 말하지 않았다는 과거의 해묵은 죄책감까지 불러일으켰다. 그런 이유로 비에게 딜런 얘기를 하지 않았던 걸까? 폴에게도 말하지 않은 딜런의 비밀을 비에게 하는 건 옳지 않아 보였다. 당시 난 딜런의 부탁으로 폴에게 그 일을 비밀로 했었다. 그때는 아직 딜런과 나 사이에 유대감이 생기기 전이어서 그나마 있던 희미한 신뢰를 깨고 싶지 않았다. 딜런과 유대감을 쌓는 과정은 아주 길고 쉽지 않았다. 난 불안한 마음에 몇 달간 딜런을 감시했을 뿐 아니라 딜런의 방도 염탐했다. 소지품을 뒤지고, 혹시 자살 기미가 보이지 않는지 딜런의 인트라넷 검색 기록도 조사했다.(맙소사.) 충동적이긴 하지만 지금 당장 딜런이 괜찮은지 확인하고 싶은 마음이 들었다. 바로 버밍엄행 기차에 올라타 딜런 얼굴을 보고 직접 확인하고 싶었다. 하지만 그랬다가는 평소와 다른 내 행동에 딜런이 오히려 날 걱정할 수도 있었다. 대신 잠시 진정할 시간을 가진 후, 딜런에게 전화를 걸었다.

"닉? 무슨 일이에요?"

"응?"

"큰일이 아니면 여태 문자만 했었잖아요. 엄마한테 무슨 일 있어요?"

"폴? 내가 아는 한 별일 없어."

적어도 이 세계에서는 사실이었다.

"잘 지내는지 갑자기 전화해 보고 싶어져서."

"일하는 중이에요, 닉."

"어쨌든 별일 없는 거지?"

"어, 네. 당연하죠. 좀 이상한데요. 닉, 괜찮은 거예요? 지금 지내는 곳은 어때요? 별로예요?"

"그렇지 않아. 딜런, 여기 한번 놀러 와. 직접 와서 이 괴상한 하숙집을 봐야 한다니까. 로지도 나도 네가 보고 싶어."

"쉬는 날 가보도록 할게요."

딜런과 전화를 끊은 후 폴에게도 전화했다. 때마침 폴은 퇴근길이었다. 평행세계의 폴이 안타깝기도 했지만 한편으로는 자랑스럽기도 했다. 여기서 딜런에게 같은 일이 벌어졌다면, 폴은 평행세계의 자신처럼 개인의 고통을 변화를 위한 원동력으로 삼았을 것이다. 폴과의 전화는 딜런과의 대화와 거의 비슷하게 흘러갔다.

"닉? 집 때문에 그래? 구매하려던 사람이 까다롭게 굴고 있어서 아직 당신 몫을 줄 수 없을 것 같아."

"집 때문에 전화한 게 아니야. 그냥 당신이 잘 지내는지 궁금했을 뿐이야."

"무슨 일 있어? 당신 괜찮아?"

"다 잘되고 있어. 진짜 그냥 안부 차원에서 전화한 거야. 제즈랑은 잘 지내지?"

"우린 잘 지내."

전화 의도와 정반대로, 오히려 딜런과 폴이 날 걱정하기 시작했다. 명심하자. 더 자주 전화하기.

옳은 일을 한 거라고 애써 비를 안심시켰지만, 사실 잘 모르겠다. 이런 의심은 니콜라스가 모든 일을 제쳐두고 달려와 지금 비 옆에 있다고 했을 때 더 커졌다. 내가 그녀를 필요로 하는 이 시간에 니콜라스가 비 옆에 있었다. 다락방을 계속 서성거리다 여느 때와 마찬가지로 경사진 지붕에 머리를 부딪히기도 했다. 새벽 3시가 돼서야 잠이 들어 결국 다음 날 늦잠 때문에 아침 식사를 놓쳤다.(이런 끔찍한 상황에서 그나마 잘한 걸지도.)

하숙집 공동 구역을 조용히 지나 담배를 피우러 밖으로 빠져나갔다.

막 담뱃불을 붙이려는 순간, 에리카가 문틈으로 머리를 내밀었다.

"또 담배 피우고 있네요, 닉. 그리고 또 심술쟁이 모드고요. 무슨 일이에요? 지금 쓰고 있는 작품 때문에 계속 화가 나 있는 거예요?"

사실 누군가를 한 대 치고 싶은 기분이었다. 특히 내게 구구절절 옳은 말만 해대는 사람에게는 더더욱. 자신에 대한 너무 솔직한 얘기를 듣고 좋아할 사람은 없다. 특히 저렇게 적나라하고 엄격한 태도로 말하는데 누가 좋아하겠는가?

"사실 조금 전에 내가 사랑한 사람이 자살했다는 소식을 들었어요."

에리카에게서는 아무런 표정 변화도 느껴지지 않았다.

"날 따라와요."

"싫은데요."

"얼른 오세요. 하지만 우선 그 끔찍한 물건은 내가 갖다 놓은 쓰레기통에 버려요."

에리카는 문에서 가장 멀리 놓인 철제 쓰레기통에 내가 담배를 비벼 끌 때까지 기다렸다. 에리카를 따라 거실로 들어갔다. 이 공간을 에리카의 영역으로 생각했기 때문에 이전에는 들어가 본 적이 없었다. 에리카가 장식장을 열어 라벨지가 붙은 독주를 꺼내 한 잔 따라주더니 명령조로 말했다.

"쭉 마셔요."

"이제 겨우 오전 10시예요!"

"마시라니까요."

에리카는 내가 마시는 모습을 지켜봤다. 목이 쓰렸지만 한편으로 속에서부터 따스한 기운이 올라왔다.

"잘 들어요. 당신이 그 일을 막을 수 있었을까요?"

"아니요."

"막을 수 없죠. 우리는 결코 막을 수 없어요. 왜 그런 선택을 했는지도 결코 알 수 없고요. 그저 살아가는 동안 받아들여야 하는 결과죠."

"당신도 이런 일을 겪은 적 있나요?"

"네. 어렸을 때 아버지가 자살하셨거든요."

"오, 맙소사. 정말 미안해요, 에리카."

"알았어요. 괜찮아요, 이제. 부탁이지만 다시는 창문 가까이에서 담배 피우지 말아요. 연기가 안으로 다 들어온다고요. 개들도 생각해야죠, 닉."

에리카다운 위로의 방식이었다. 하지만 그녀의 말이 맞았다. 내가 어떻게 그걸 막을 수 있었겠는가? 개 얘기가 나와서 말이지만, 로지와 소시지가 문가에서 평소 일과인 공원 산책을 기다리고 있었다. 비가 '샴페인 친목회'라고 놀려댄 지난 며칠 동안, 레베카와 공원 의자에서 비공식적이지만 정기적으로 만났다. 그런데 오늘은 내가 늦어버렸다. 그 생각은 떨쳐버려, 닉. 하지만 그럴 수 없었다. 다른 사람도 아닌 폴과 딜런에 대한 일이었다. 평행세계에서 폴이 겪었을 고통과 시련에 대한 생각이 계속 머릿속을 맴돌았다. 동시에 과거 딜런의 방에서 딜런을 발견했던 순간이 계속 떠올랐다.

공원에 도착해 스칼렛이 "멍멍이 아저씨!" 하고 소리 지르며 달려온 순간에도 어두운 기분에 갇혀 있었다.

목줄을 건네자, 스칼렛은 로지와 소시지를 데리고 평소 가던 장소로 달려갔다. 오늘은 스칼렛이 비스킷 가방을 통째로 들고 왔다. 로지가 결코 이 가방을 놓칠 리 없었다. 소시지는 여느 때와 마찬가지로 스칼렛이 배를 간지럽힐 수 있게 순종적으로 벌러덩 드러누웠다.

즉흥적인 축하 파티를 한 날 이후, 레베카는 마치 자신을 억누르듯 좀 더 조심스러운 태도를 보였다. 혹은 내게 잘못된 신호를 보내지 않으려 최선을 다하는 것 같았다. 하지만 오늘은 환한 미소에 생기가 넘쳐 보였다.

"오늘 안 오시는 줄 알았어요."

"죄송해요. 일이 좀 있어서 늦었어요."

우리는 공원 벤치에 앉았다.

"당신 책을 읽었어요. 중간에 멈출 수가 없더라고요. 밤을 꼬박 새웠어요."

깊은 슬픔과 수면 부족과 숙취로 인해 레베카가 무슨 말을 하는지 이해하지 못했다.

"무슨 책 말이죠?"

"당연히 『어둠 속의 총성』이죠."

"앗, 정말이요?"

"왜 여러 출판사에서 후속편을 출간하려 하는지 알겠던데요. 후속편은 어떤 식으로 쓸 생각이에요?"

머리가 온통 폴과 딜런 생각으로 가득 차서 바로 생각해 낼 여력이 없었다. 고통스러운 느낌만 가득했다.

"죄송해요. 혹시 제가 뭐 잘못 말했나요?"

"아닙니다. 당신 때문이 아니에요. 오늘 제가 제정신이 아니네요."

"무슨 일 있어요? 출판사에서 후속편을 진행하지 않는대요?"

"아니요. 그런 일이 아닙니다."

에리카에게 말한 것처럼 진실의 일부라도 털어놓을까 생각해 봤다. 레베카와도 슬픔을 나누고 싶은 걸까? 원하기도 했고 원하지 않기도 했다. 비는 말했다. 우리의 진실을 그들에게 말해야 한다고. 도덕적으로 애매한 영역이었다. 양자 결함 세계에서의 부도덕한 행위. 솔직하게 다 말하려면 어디서부터 시작해야 할지도 모르겠다. 대신 난 늘 그렇듯 쉬운 쪽을 선택했다.

"잠을 잘 못 잤어요."

"제 말이 너무 주제넘으면 알려주세요. 전 분명 작가는 아니니까요. 하지만 좀 궁금하더라고요……. 만약 당신이 얘기를 뒤집었다면? 주인공을…… 잘 모르겠지만, 안티히어로로 만든다면 어떨까요? 『리플리』 시리즈처럼요."

『리플리』의 작가 하이스미스는 비와 내가 평행세계에 살고 있다는 걸 알려준 이상 신호였다. 레베카에게도 마찬가지인 듯했다. 제기랄. 마치 평행세계의 폴의 눈을 통해 그 순간을 회상하듯, 머릿속에서 딜런이 자살한 방의 문을 여는 상상에서 벗어나게 해줄 무언가가 필요했다.

"계속해 봐요."

실제로 도움이 됐다. 레베카와 책에 대한 아이디어를 주고받는 동안 악몽 같은 장면이 머릿속에서 사라졌다. 스칼렛이 개들과 충분히 놀만큼 시간이 지나자, 딜런의 방문은 굳게 닫혔다. 그뿐만 아니라 소설 후속편에 대한 기본적인 윤곽도 잡을 수 있었다.

"너무 기대하지는 마세요. 난 하이스미스가 아니니까요."

레베카가 눈알을 굴렸다. 내가 자조적으로 자기 비하적인 발언을 할 때마다 상상하곤 했던 비의 모습 그대로였다.

"말도 안 돼요. 당신도 알잖아요. 자신을 다른 사람과 비교하는 건 바보 같은 짓이에요."

레베카가 가려고 일어섰을 때, 그녀의 손을 잡았다. 우리가 처음 서로의 몸에 직접 닿은 순간이었다.

"레베카, 당신이 오늘 저를 구했어요. 절망적인 생각에 사로잡혀 있었거든요. 그런데 거기서 날 구해줬어요."

무심코 일전에 비에게 했던 말과 같은 말을 내뱉었다. 이건 진심이었다. 레베카는 날 절망의 구렁텅이에서 꺼내줬다.

레베카는 내 손을 꼭 잡아줬다. 우리 사이에 흐르던 희미한 빛이 밝아졌다고 느낀 순간, 레베카는 갑자기 혼란스러운 표정으로 손을 뺐다.

어쩌면 차갑게, 아니면 냉정하거나 이기적으로 들릴지도 모르겠지만, 집으로 가는 동안 에리카와 레베카가 한 말을 한데 묶어 생각하며 어떤 깨달음을 얻었다. 그리고 이 깨달음은 자신에 대한 평가뿐 아니라 니콜라스에 대한 생각도 변화시켰다.

니콜라스는 작가로서 성공을 거뒀다. 고급스러운 집과 탄탄한 복근, 그리고 내가 사랑하는 여자까지 거머쥘지 모른다. 하지만 난 딜런의 생명을 구한 사람이었다. 만약 내가 그토록 질투한 니콜라스의 삶, 즉 평행세계에서의 삶을 살았다면 딜런을 구하지 못했을 것이다. 난 고질적으로 비참하고 자기혐오에 찬 실패자일지 모르지만 딜런을 구했다. 니콜라스가 아니라 바로 내가. 그건 이 세계에서 거둘 수 있는 어떤 것보다 값진 성공이었다.

내게 무슨 말이든 해봐

(아니면 차라리 아무 말도 하지 마)

요약하자면, 『어둠 속의 총성』 주인공인 상류층 인물은 위자료로 살인죄를 모면한 데다 내재적 소시오패스 성향으로 인해 야생동물을 보호하는 광적인 파수꾼으로 변모하게 되죠. 환경파괴범과 싸우는 1인 자객이랄까요. 밀렵꾼을 소탕하고, 희귀종 새알을 훔치는 도둑을 처단하고, 오소리 사냥꾼을 참수하면서요. 당연하지만 트위드 양복쟁이가 이 아이디어를 아주 좋아하더군요. 자신을 투영했던 주인공이 결국 거칠지만 강인한 안티히어로가 되는 거니까요. 주인공을 쫓는 젊은 형사도 한 명 나옵니다. 교활하고 집요하지만 과거에 사로잡혀 괴로워하죠. 왜냐하면 교활하고 집요한 형사는 항상 내면에 갈등이 있는 법이거든요. 그런데 아직 번뜩이는 아이디어가 떠오르지 않아요. 제길. 하지만 레베카는 그런 전형적인 전개에서 벗어나 형사를 안정적인 삶을 사는 사람으로 그려야 한다고 했어요. 행복한 가정에서 성장했고 과거의 애매한 트라우마 따위는 없는 사람이요. 마지막 순간에 반전 요소로 형사가 주인공을 범죄 현장에서 도망갈 수 있게 봐주는 걸로요.

보낸 사람: Bee1984@gmail.com
받는 사람: NB26@zone.com

그럼 형사도 사실은 잠재적 소시오패스인 건가요?

보낸 사람: NB26@zone.com
받는 사람: Bee1984@gmail.com

뭐 비슷하죠. 아니면 그냥 진심으로 오소리를 사랑하는 사람이거나요.

보낸 사람: Bee1984@gmail.com
받는 사람: NB26@zone.com

형사 캐릭터 관련해서는 저도 레베카와 같은 의견이에요. 레베카가 이런 아이디어에 소질이 있어 보이는데요? 그렇다면 내 내면에도 같은 소질이 있을 수 있겠네요? ^^; 잘한다, 레베카/나!

다음 단계는 뭐예요?

보낸 사람: NB26@zone.com
받는 사람: Bee1984@gmail.com

대강의 줄거리를 끝내면 트위드 양복쟁이가 자비출판 에이전트에게 보낼 거예요. 그리고 회의를 잡겠죠.

보낸 사람: Bee1984@gmail.com
받는 사람: NB26@zone.com

당신도 출판 에이전트가 필요하지 않을까요?

보낸 사람: NB26@zone.com
받는 사람: Bee1984@gmail.com

트위드 양복쟁이의 에이전트가 나까지 맡아주기를 바라고 있어요. 미리 말하지만, 혹시라도 니콜라스의 엄청날 듯한 에이전트는 찾아보지 말아줘요. 그 혹은 그녀, 혹은 그들이 여기 존재한다고 해도 그것까지 따라 하면 너무 소름 끼칠 것 같아요. 뭔가 속이는 것처럼 께름칙해. 뭐, 아무튼 절 받아주지도 않을 테고, 그러면 최소 한 달은 심술이 날 것 같거든요.

보낸 사람: Bee1984@gmail.com
받는 사람: NB26@zone.com

그럴 생각 없었어요! 니콜라스가 자기 에이전트를 그다지 좋아하는 것 같지도 않고요. 잠깐, 니콜라스에 대해 마음이 좀 풀린 줄 알았는데요?

보낸 사람: NB26@zone.com

받는 사람: Bee1984@gmail.com

전보다는 나아졌죠. 진짜 그래요. 나 자신을 극복했달까. 니콜라스는 도착했나요?

보낸 사람: Bee1984@gmail.com

받는 사람: NB26@zone.com

아뇨. 기차가 연착됐대요. 이거 참 아무리 봐도 이상한 대칭이지 않아요? 당신은 레베카를 주중에만 볼 수 있고 난 니콜라스를 주말에만 볼 수 있다는 게요.

보낸 사람: NB26@zone.com

받는 사람: Bee1984@gmail.com

비, 당신은 단지 '보는 것' 이상이잖아요.

보낸 사람: Bee1984@gmail.com

받는 사람: NB26@zone.com

알아요. 알아요. 당신 기분을 상하게 하려는 게 아니었어요. 이건 시합이 아니잖아요. 천천히, 인내심을 가져야죠.

보낸 사람: NB26@zone.com

받는 사람: Bee1984@gmail.com

이보다 더 천천히 할 수는 없을 거예요. 하지만 레베카와 베네딕트 사이에 뭔가 있는 것 같긴 해요. 희망의 끈을 놓지 않고 있어요. 묻기 전에 미리 말하면, 당신이 항상 물어보니까요. 아직 베네딕트나 레일라 2에 대한 추가 정보는 없어요. 당신/레베카는 쉽사리 속을 터놓지 않아요. 남편에게 굳건히 신의를 지키려는 것 같달까.

보낸 사람: Bee1984@gmail.com

받는 사람: NB26@zone.com

　레베카와 베네딕트, 둘 사이에 뭔가 있다니까요. 확실해요. 난 자신을 잘 알거든요. 누군가와 진심으로 사랑에 빠졌다면 낯선 남자랑 공원에서 수다 떨며 웃지는 않았을 거예요.

비

"천천히, 인내심을 가져야죠."

내가 봐도 너무 느리긴 했다. 진짜 너무 느렸다.

닉에게 한 말은 진심이었다. 레베카가 닉과 계속 만난다면 이상적으로 보이는 결혼 생활에 분명 문제가 있다는 뜻이었다. 내가 누군가를 몸과 마음을 다해 사랑한다면 다른 선택지, 그러니까 다른 남자는 그저 배경처럼 희미하게 보여야 했다. 레브의 비디오게임에 나오는 NPC(플레이어 외의 캐릭터)들처럼 나타났다 의미 없이 사라지는 그림에 불과했을 것이다. 레베카는 닉을 만난 후 갈등을 느끼는 게 확실했다. 엄청나게 갈등하고 있을 것이다. 누가 뭐래도 레베카와 난 같은 성장 과정을 거쳤다. 아버지의 전철을 밟는 거란 생각에 마음이 편치 않을 것이다. 레베카 역시 닉과의 만남이 운명적이라는 느낌을 어느 정도 받은 게 틀림없다. 일종의 소울메이트랄까. 니콜라스가 내게 그렇듯이, 아니 내게 그렇게 될 가능성이 있는 것처럼. 아무튼 우리 관계는 소위 말하는 소울메이트에 가장 가까웠다.

단순히 레베카와 닉의 행복을 바라는 게 아니라, 반드시 둘은 행복하게 이어져야만 한다. 이런 열망 뒤에는 내 이기적인 마음이 숨어 있었다. 레베카와 닉이 한마음으로 베네딕트와의 결혼을 깨뜨리지 못한다면, 내가 니콜라스와 쌓고 있는 관계 역시 망가질 것이다. 난 지금 니콜라스와 뭔가를 쌓아가는 중이었다.

지난 주말은 요행이 아니었다. 지금까지는 니콜라스와 나 사이의 편안한 분위기가 지루해지거나 까칠해질 기미가 안 보였다. 내가 주말에도 종종 일해야 했기 때문에 니콜라스는 상냥하게도 본인이 매주 금요일마다 런던으로 오겠다고 했다.(난 클라리스와 온갖 바느질 도구를 질질 끌고 리즈행 기차에 탈 엄두도 안 났다.) 니콜라스는 내 아파트에 온 첫날부터 자기 집처럼 무척 편안해 보였다. 아침 식사용 바 테이블을 글 쓰는 책상으로 삼았고, 소파나 침대에서도 어느 쪽이 자기 자리인지 직감적으로 알아챘다. 냉장고에 음식을 채워 넣는 일로 허세를 부리거나 있는 척하지 않았다. 매번 아파트 바닥이 옷감과 천 조각으로 온통 엉망이어도 개의치 않았고, 클라리스에 대해서도 나쁜 소리를 하지 않았다. 간혹 마그다가 큰 소리로 피아노 연주를 해도 불평하지 않았다. 아직은 신경 쓰이거나 이상한 습관도 발견하지 못했다. 아, 잘 때 무서울 정도로 죽은 듯이 자는 것만 제외하면.([나도 그래요. 결혼 초기에는 폴이 내가 죽은 줄 알고 흔들어 깨운 적도 있어요.]) 받아들일 수 없는 성적 기호나 변태 같은 페티시즘도 없었다.([네? 당신 말은 아직 니콜라스가 딱 달라붙는 보디 슈트나 주걱을 가져오지 않았다는 거죠? 진짜 제대로 대접받고 있네요, 비.]) 그런데도 난 어떤 적신호가 나올지 몰라 계속 지켜봤다. 네이트는 조용히 때를 기다렸다. 서서히 자신이 꾸며낸 선한 가면 뒤의 괴물같이 교활한 본성을 드러냈다. 그리고 날 완전히 쓰러뜨렸다. 하지만 니콜라스는 네이트가 아니었다. 니콜라스는 닉이었다.

게다가 니콜라스는 아주 상냥했다. 닉 역시 속마음은 상냥했지만 대개 풍자적인 유머와 비꼬는 언어유희 뒤에 자신의 이런 모습을 감췄다. 니콜라스의 친절한 모습은 내게만 국한된 게 아니었다. 집에 온 첫

토요일에 마그다가 찾아와 조나스를 한 시간만 봐줄 수 있는지 물었다. 난 마그다 부부를 더 이상 피하지 않고 있었다. 평행세계의 딜런의 운명을 강제로 마주해야 했던 닉처럼, 나 역시 평행세계의 마그다 부부의 운명을 받아들이기로 했기 때문이다.

"지금 고객이랑 스카이프 회의가 잡혀 있어서요. 마그다, 끝나고 가도 될까요?"

그때 니콜라스가 뒤에서 나타났다.

"제가 가겠습니다."

마그다가 날 한번 응시하고는 니콜라스에게 시선을 옮겼다. 니콜라스를 평가하는 눈빛이었다.

"정말 친절하시네요."

고객과 회의를 마치고 나도 마그다의 아파트로 올라갔다. 니콜라스는 조나스 맞은편에 앉아 편안한 자세로 책을 읽고 있었다. 조나스는 날 보더니 특유의 애매한 미소를 지어 보였다. 동의의 표시일까? '기다리지 마세요.'

니콜라스와의 관계에 있어 유일한 스트레스는 나 때문에 생기곤 했다. 종종 닉과 니콜라스를 헷갈려 어떤 농담과 얘기를 나눴는지 착각하곤 했기 때문이다.

"아, 말한다는 게 깜빡했어요. 복숭아 부인의 들러리 한 명이 자기 웨딩드레스 리폼을 맡기고 싶대요."

"누구요?"

위험, 위험.

닉과 난 이제 주말 통신 금지 협약을 하지 않았다. 닉에게 너무 가혹한 일이었다. 게다가 시간이 갈수록 휴대폰의 보호자 역할도 사라졌다. 하지만 내가 바람피우고 있다는 기분은 사라지지 않았다. 특히 닉의 메일을 보고 웃다가 니콜라스에게 들켰을 때는 더 그랬다. 니콜라스가 누구와 대화 중이냐고 물었을 때 솔직히 털어놓지 못했다. 대신, 부정을 저지르는 사람이 방심하다 들키면 꼭 그렇듯이 나도 거짓말로 둘러댔다.

"그냥 옛날 친구예요."

"그 유명한 레일라요?"

"당신은 그를 모를 거예요."

"그?"

니콜라스가 약간 불안한 기색을 보이며 말했다.

바로 당신이에요. 비, 니콜라스에게 솔직히 말해.

"말한 적 없는 친구거든요. 동성연애자예요."

"뭐라고요?"

맙소사.

"게이요. 우리는 동성연애자라고 불러요."

"어렵게 부르네요. 나도 만나볼 수 있을까요?"

"글쎄요. 이 친구가 영국에 살지 않거든요."

사실 이 세계에 살지 않죠. 같은 우주에 사는 것 같지도 않아요.

기분이 안 좋아졌다. 내가 아빠의 전철을 밟는 것처럼 느껴졌다. 물론 아빠는 사회 관습을 어기고 남을 속이는 데서 흥분과 전율을 느끼기 때문에 그런 행동을 했지만, 난 전혀 흥분되지 않았다. 그냥 지치고 진이 빠질 뿐이었다.

하지만 니콜라스와 나 사이에 흐르는 편안함과 다정함 덕에 끊임없이 밀려오는 '먼저 생각한 후 말해' 스트레스를 이겼다. 니콜라스는 클라리스 테스트와 마그다 테스트를 통과했다. 물론 아직 레일라 테스트가 남아 있기는 했다.(우리의 안녕을 위해 지금 몇 주째 레일라를 피하고 있었다.) 우리 관계에 있어 유일한 위험 요소는 내 조심성 없는 행동과 닉/니콜라스, 이 두 사람 사이에서 느껴지는 틈이었다. 둘을 가르는 틈은 니콜라스가 오는 금요일에는 마법처럼 사라졌다가 주중이 되면 서서히 다시 나타났다. 관계의 기반을 위협할 수도 있는 틈이었다. 닉과 레베카가 언젠가 함께하는 순간이 오면 이 틈이 사라지기를 간절히 기도했다. 그러자면 베네딕트에 대한 더 많은 정보가 필요했다.

천천히, 인내심을 가져야 한다.

닉은 베네딕트 얘기를 꺼낼 때마다 레베카가 화제를 바꾸거나 입을 꼭 다문다고 했다. 남편에 대한 신의 때문일 수도 있지만 말할 수 없는 다른 이유가 있을 수도 있다.('아주 약한' 이상 신호 같았다.) 평행세계의 소울메이트인 나와 연결돼 있는 닉의 출현이 레베카를 삶의 정상 궤도 밖으로 밀어내기 때문일 수도 있고, 스칼렛 때문일 수도 있다. 네이트와 사귀던 때에 닉을 만났다면 아마 직감적으로 바로 이 사람이 신화에나 등장할 법한 '바로 그 사람'이라는 걸 알아챘을 것이다. 아니면 적어도 NPC가 갑자기 게임에 뛰어든 데 갈등을 겪었을 것이다. 닉에게 운이 따르지 않을 수도 있다. 하지만 어쩌면 내가 베네딕트에 대한 정보를 찾을 수 있을지도 모른다.

계획을 치밀하게 세워야 했다. 재벌급 부자의 삶은 유명 연예인의 일상과 같았다. 우리 같은 서민은 근접할 수 없는 다른 차원의 세계에 산다. 부자랑 그냥 페이스북으로 친구가 된다거나 커피 한잔 마시자며 초대할 수는 없다. 하지만 부자들의 세계에 접근할 수 있는 사람을 한 명 알았다. 인적 네트워크 사업을 운영하며 주류에 속한 거물이나 부자와 얘기를 나눌 수 있는 사람, 바로 네이트였다. 맞다. 우리가 개자식이라고 부르는 그놈.

내가 할 수 있을까? 해야 할까?

네이트의 전화번호를 지우지 않았었다. 사실 진작 지웠어야 했다. 연락처에서 그 이름을 발견할 때마다 충격을 받곤 했었다. 엄마가 돌아가신 후 연락처 목록에서 엄마의 전화번호를 봤을 때만큼 충격이 컸지만, 완전히 다른 종류의 기분 더러운 충격이었다. 최근 네이트가 어떻게 사는지 전혀 알지 못했다. 수년간 네이트의 페이스북은 들여다본 적도 없었다.

연락처에서 'ㄴ'을 찾을 때 느낀 감정을 설명할 수 있는 말은 '우웩' 밖에 없었다.

신호음이 울리자마자 네이트가 전화를 받았다.

"어, 안녕. 오랜만이네."

무릎반사처럼 저절로 구역질이 나오려는 걸 꾹 참았다.

"다시 목소리 들을 줄은 몰랐네. 불평하는 건 아니고."

"잘 지내, 네이트?"

"좋아, 좋아. 계획대로 잘되고 있지. 넌? 사업이 엄청 잘된다고 들었어. 뒤늦긴 했지만 축하해."

"고마워."

네이트가 계속 날 엿봤다는 사실이 그리 놀랍진 않았지만, 그렇다고 팔짱 끼고 가만히 있을 나도 아니었다. 네이트가 나 몰래 사귀며 날 엿 먹였던 여자의 이름을 들추어냈다. 물론 너무 깊이 파헤칠 필요는 없었다. 상처는 치유됐지만 그 일이 완전히 잊힌 건 아니었다.

"알렉사는 잘 지내?"

"누구?"

네이트는 대답하기까지 잠깐 뜸을 들였다.

"아, 알렉사. 모르겠네. 금방 헤어졌거든."

"어, 미안. 괜히 말했네."

알렉사를 만난 적은 없었지만 그래, 솔직히 당시 페이스북으로 그 여자를 살짝 훔쳐보긴 했었다. 명백한 이유로 인해 그 여자를 그다지 좋아하지는 않았지만 지금은 이런 생각이 들었다. '잘 도망갔어, 알렉사'라는.

"난 진짜 괜찮아. 일에만 집중할 수 있는 시간이 생겼잖아. 다시 기분 좋은 싱글이 된 거지."

우웩, 속 보이는 거짓말.

"진짜 네 전화를 받다니 신기하네. 안 그래도 요새 너랑 다시 연락할까 생각했거든."

이 근거 없는 자신감이라니. 네이트는 우리 사이를 끝낸 사람이 본인인 듯 굴었다. 자기 말 한마디에 내가 금세 다시 자기 품 안으로 달려들 것처럼 말했다. 바로 전화를 끊고 싶은 마음을 겨우겨우 참았다. 심호흡 한번 하자, 비.

"듣기 좋네, 네이트. 그런데 나 요새 특별히 만나는 사람 있어." '특별히'라니. 하!

잠시 침묵이 뒤따랐다.

"잘됐네. 잘됐어. 내가 아는 사람이야?"

"모를 것 같은데."

네이트의 꼴불견 자만심에 바로 칼을 꽂고 끝장을 내고 싶었다. 네이트, 그는 사실 엄청나게 성공한 작가야. 삼류 패션 바이어 따위가 아니라고. 하지만 유혹을 이겨내야 했다. 다시 본론으로 돌아갔다.

"베네딕트 머서라고 알아?"

"맙소사, 레베카. 네가 베네딕트 머서와 사귄다고? 정말?"

충격, 경외심, 무엇보다 믿을 수 없다는 말투였다. 나처럼 평범한 사람이 그런 대어랑 사귄다는 걸 믿을 수 없다는 의미였다. 평행세계에서는 베네딕트 머서와 사귀었을 뿐 아니라 결혼까지 했다고 말하고 싶어 미칠 지경이었다.

"당연히 아니지. 그 사람이랑은 아무 사이도 아니야. 네가 베네딕트 머서를 아는지 물어보는 거야. 소개가 좀 필요하거든. 사업을 확장하려고 여기저기 가능성 있는 투자자를 물색 중이야. 베네딕트 머서가 지속 가능한 패션 사업 분야에 투자하는 것 같더라. 맞지?"

"나쁜 의도는 없었어, 레베카. 단지 워낙 거물이잖아. 너는 그냥……, 너도 알지? 그냥 아니잖아."

나쁜 의도 맞거든, 이 개자식아. 휴, 마음을 가다듬고 다시 작전에 돌입할 시간이었다.

"틀린 말은 아니지, 네이트. 너처럼 나도 목표를 높게 가지려고 하거든. 하지만 네가 베네딕트 머서를 모른다면 뭐, 할 수 없지. 방금 부탁한 건 없던 일로 하자."

자존심이 상한 자아와 도전을 받아들이고 싶은 자아가 네이트의 마음속에서 전쟁을 일으키는 동안 침묵이 이어졌다.

"너 베네딕트 머서 진짜 알아?"

"몇 번 만난 적 있긴 하지."

네이트는 기회가 있을 때마다 유명인 이름을 들먹이며 큰소리를 뻥뻥 쳤었다. 이런 미적지근한 태도라면 파티에서 겨우 몇 번 마주쳤을 뿐일 확률이 높았다.

"베네딕트 머서랑 자리 좀 마련해 줄 수 있어?"

"레베카, 그 남자 엄청 바쁜 사람이야."

"어떤 사람인데? 어떤 타입이야?"

"네가 예상하는 대로지. 당연히 매력적이고. 그만큼 지불할 능력이 있으니까. 자금 출처가 미심쩍기는 하지만. 사생활이 워낙 꼭꼭 숨겨져 있거든. 뭐, 캣 드 종이랑 데이트할 때는 소문이 꽤 돌기는 했었어."

"디자이너 캣 드 종?"

"확실해."

맙소사, 비. 생각해 보니 인터넷에서 둘의 사진을 몇 장 본 것 같긴 했다. 그냥 업계 파티에서 몇 번 춤춘 것뿐이라고 생각했었다. 왜냐하면 캣 역시(나처럼, 레베카처럼) 베네딕트 머서와 어울리지 않아 보였기 때문이었다. 캣의 개인적인 성향은 자신의 디자인 특징과 일치했다. 어둡고 날카로웠으며, 디자이너 안드레아스 크론탈러 느낌의 중성적인 분위기를 냈다. 베네딕트가 가진 전형적인 부자의 모습과 아주 거리가 멀었다.

"아직도 사귄대?"

"아닌 것 같아. 떠도는 소문에 의하면, 캣이 몇 년 전에 마약에 완전히 푹 빠졌었대. 2017년 후로는 새로운 디자인 하나 내놓지 못하고 있잖아. 사실상 재활센터에서 산다더라고."

"그건 몰랐네. 불쌍한 캣."

"그래. 그런 일이 일어나다니. 갑자기 생각났는데, 베네딕트 머서가 몇 주 후 열릴 저임금 노동착취 반대 기금 행사를 후원하거든. 따분한 행사라 안 가려고 했는데 네가 온다면 소개해 줄 수도 있지. 그런데 내 파트너로 참석해야 할 거야."

황당했다. 토할 것 같았다. 우웩.

"괜찮은 계획 같네. 휴대폰으로 자세한 것 좀 보내줘."

네이트가 괜히 다른 말을 꺼내기 전에 얼른 전화를 끊어버렸다.

❋

보낸 사람: NB26@zone.com
받는 사람: Bee1984@gmail.com

맙소사, 비. 적극적이네요. 그 개자식한테 부탁하는 일이 결코 쉽지 않았을 텐데요.

보낸 사람: Bee1984@gmail.com
받는 사람: NB26@zone.com

전화를 끊고 나서 샤워까지 했어요. 우리 둘 중 하나라도 베네딕트를 만나봐야죠. 그쵸? 뭐, 정확히 똑같은 베네딕트는 아니지만요. 솔직히 좀 심란해요. 레베카를 생각하면 베네딕트가 레베카의 삶을 비참하게 만드는 네이트 2.0 버전의 개자식은 절대 아니었으면 하거든요. 하지만 우리 모두를 생각하면 베네딕트가 엄청난, 진짜 거대한 거시기였으면 좋겠어요.

보낸 사람: NB26@zone.com
받는 사람: Bee1984@gmail.com
　엄청난, 진짜 거대한 거시기가 없는 사람도 있나요?

보낸 사람: Bee1984@gmail.com
받는 사람: NB26@zone.com
　고전적인 농담이네요. 레베카한테도 이렇게 유치하게 말해요?

보낸 사람: NB26@zone.com
받는 사람: Bee1984@gmail.com
　아니요. 하지만 언젠가는 레베카와도 지금 수준의 지적인 담론을 나눌 수 있기를 꿈꾸죠.

보낸 사람: Bee1984@gmail.com
받는 사람: NB26@zone.com
　꼭 그럴 거예요. 우리 둘 다 그렇게 될 거예요.

닉

이제는 주중에 규칙적인 아침 일과를 보냈다. 폴과 살던 때와 비슷했지만 그때만큼 자학적이지는 않았다.

- 아침 7시: 일링 구역 3인방과의 아침 식사. 주로 사소한 하숙집 규칙 위반 관련 에리카의 잔소리가 동반됐다.("티백은 쓰레기통에 넣기 전 반드시 물기를 없애야죠. 대체 똑같은 소리를 몇 번이나 해야 해요?") 에리카의 잔소리가 이어지는 동안에도 나와 하숙집 동지들은 무심하게 토스트 부스러기를 식탁 위에 줄줄 떨어뜨리며 식빵을 먹었다.
- 8시~9시: 비에게 아침 인사. 마음이 내키면 릴리 부인에게 전화하기. 하지만 시간이 지날수록 릴리 부인과의 대화가 점점 어색해졌다. 우리 사이에는 로지가 있어야 대화가 잘 이루어졌던 것 같다.
- 9시~10시 30분: 글 쓰는 시간. '사보타주'라고 제목을 붙인 후속편 작업에 착수했다. 계약 협상은 아직 진행되지 않았지만 먼저 시작하면 좀 어떤가. 게다가 마치 내 속에 있는 줄도 몰랐던 배관공이 녹슨 수도꼭지를 확 비틀어 연 것처럼 단번에 단어들이 쏟아져 나왔다.
- 11시~12시: 하루 중 가장 중요한 일과. 공원에서 스칼렛과 레베

카를 만나기.

　겨우 하루에 한 시간 만나는 걸로는 충분치 않았다. 전력을 다해 도
플갱어 작전의 궤도를 달리는 비에 비하면 난 아직 출발점에 불과했다.
하지만 비가 계속 말했듯이 이건 시합이 아니었다. 천천히, 인내심을
가져야 한다. 게다가 내 작전이 효과를 발휘하기 시작했다. 레베카가 서
서히 경계심을 푸는 게 확연히 보였다. 아무 농담이나 주고받을 수 있
는 편한 관계는 아직 아니었지만(비와는 처음부터 가능했다.) 확실히 점
점 더 가까워지고 있었다. 지금은 우리의 공원 생활을 농담거리로 삼
기도 했고, 공원의 다른 단골 방문객에게 별명이나 뒷얘기를 만들어
붙이기도 했다. "토피, 안 돼"라고 외치며 공원 여기저기 개에 끌려 다
니는 노인은 '화난 사냥개 조련사'로, 아이들이 마구 연못 오리를 쫓아
다니느라 야단법석을 떨어도 그냥 내버려 두는 우울한 표정의 엄마는
'수면 부족 엄마'로, 매일 같은 시각에 땀을 뻘뻘 흘리며 우리 앞을 지
나 달리는 남자는 '뒤뚱뒤뚱 뚱뚱보 달리기 아저씨 로저'로 불렀다. 하
지만 비와 내가 손쉽게 장단을 맞추던 리듬감에 비하면 마치 박자가
어긋난 듯 서로 삐끗하기 일쑤였다. 우리 사이의 화학반응을 연주하던
베이스 연주자에게 무슨 불만이라도 있는 느낌이었다. 베네딕트라는
존재에 대해서는 얘기를 꺼낸 적이 있지만, 레베카가 유부녀라는 불편
한 사실에 대해서는 서로 언급하지 않았다. 우리 사이에 의심할 여지
없이 육체적 긴장감이 흐르기 시작했기 때문이었다. 레베카를 볼 때마
다 내 속의 나비효과를 경험했다. 거지 같은 비유를 좀 보태자면, 만날
때마다 우리 사이를 은은하게 비추던 성적 긴장감의 빛이 점점 더 밝
아지고 강해졌다. 트위드 양복쟁이로부터 좋은 소식을 들었던 날을 제
외하고 레베카의 집에는 다시 방문하지 않았다. 레베카도 날 초대하지
않았고, 나도 무리하게 밀어붙이지 않았다. 우리가 다시 레베카의 집에

가게 된다면 부엌에서 몰래 섹스하는 일 같은 게 벌어질지 모른다고 서로 의식하는 듯했다.

오늘은 '우리' 책에 대한 새로운 소식이 있었다. 레베카가 『사보타주』 아이디어를 같이 냈기 때문에 '우리' 책이라는 생각이 들었다. 나와 트위드 양복쟁이와 레베카가 함께하는 일종의 쓰리썸이랄까. 트위드 양복쟁이의 출판 에이전트인 나지아는 소설 줄거리를 마음에 들어 했다. 세부 사항을 확정 짓기 위해 회의 일정이 잡혔고, 최종 제안은 조율 중이었다. 트위드 양복쟁이가 런던까지 오지는 못할 것 같았지만,("아직 몸뚱이가 정상이 아니라오. 자네가 대신해 줄 수 있겠소?") 일은 잘 진행되고 있었다.

평소대로 개 목줄을 스칼렛에게 건넨 후 레베카에게 진행 상황을 업데이트해 줬다.

"맙소사, 정말 잘됐어요!"

레베카가 껴안을 듯 다가오다가 금세 멈칫했다.

"그럼 어쩔 수 없이 당신의 연애소설은 보류해야겠네요."

"아무래도 그래야겠죠?"

역시 예술은 인생을 모방한다.

"엄마, 비스킷."

"비스킷 주세요."

"주세요, 엄마."

레베카가 가방을 뒤지더니 개 간식 꾸러미를 건넸다. 스칼렛은 비스킷으로 로지를 앉게끔 한 후 과자를 주는 행동을 지치지도 않고 반복했다. 로지도 이 비스킷 놀이를 한껏 즐겼다.

"지난밤 베네딕트가 왜 자꾸 개 비스킷을 사는지 물어보더라고요."

숨을 죽였다. 어떤 말로 대꾸해야 할지 신중하게 고민했다. 레베카의 입에서 먼저 베네딕트 얘기가 나온 건 진짜 드문 일이었다.

"그래서 뭐라고 했어요?"

"그야 스칼렛이 공원에서 계속 마주친 개 몇 마리와 친구가 됐다고 했죠."

"사실이죠."

"네."

"하지만 당신도 공원에서 새 친구가 생겼다는 말은 하지 않았을 것 같네요."

레베카가 날 응시하더니 귀 뒤로 머리카락을 넘겼다.

"네."

"우리도 같은 사이니까요. 그렇죠? 친구 사이요."

"맞아요."

좋아. 이제 좀 더 깊이 파볼 때였다.

"레베카, 결혼 생활은 괜찮아요?"

긴 침묵이 이어졌다. 레베카는 손톱을 깨물려다 갑자기 정신을 번쩍 차린 듯 멈췄다.

"네. 왜 안 그렇겠어요?"

"거의 얘기를 안 해서요. 남편에 대해서 말예요."

"알고 싶은 게 뭐예요?"

"레베카, 지금 행복해요?"

옛날에 비가 내게 던진 질문이었다. 이 질문이 내 안의 뭔가를 열었다. 마음의 종기를 터뜨렸다. 레베카가 코웃음을 쳤다.

"행복이라. 왜 항상 모든 사람이 행복해야 하는 거죠? 전…… 전 괜찮아요. 다 괜찮아요. 스칼렛이 곧 놀이학교에 다닐 거예요. 그럼 저도 앞으로 어떻게 할지 고민할 여유가 생기겠죠. 제 말은, 일 같은 거 말예요."

평소처럼 레베카는 핵심 주제를 비껴갔다.

"당신만의 사업을 생각해 본 적 있나요?"

"별로 없어요."

"사업에 소질 있어 보이거든요."

실제로 당신이 사업에 소질이 있는 걸 알고 있죠.

"그럴 수도 있겠죠."

레베카는 이제 방어 태세로 전환하고 있었다. 서둘러 얘기 주제를 바꿔야 했다.

다행히 바로 그 순간 뒤뚱뒤뚱 뚱뚱보 달리기 아저씨 로저가 특유의 찡그린 표정으로 달려왔다. 그는 우리에게 손을 흔들고는 휙 지나갔다. 레베카와 나도 손을 흔들어줬다. 우리는 로저가 중년의 위기를 겪고 있는 남자라고 결론지었다.(인정한다. 나도 로저와 마찬가지로 중년의 위기를 겪는 중이었다.) 현재 로저는 몸매를 되찾으려는 과정에 있고, 극심한 고통을 견뎌야만 육체의 재창조가 가능하다는 깨달음을 얻고 각고의 노력을 기울이고 있다는 얘기를 만들어냈다. 난 그를 찬양했다.("우리는 로저를 '불굴의 팀'으로 불러야 해요.") 로저가 지나갈 때마다 "할 수 있어요, 로저!"라고 응원이 터져 나오려는 걸 간신히 참았다.

"공원의 다른 단골들도 우리에게 별명을 붙였을까요? 그리고 뒷얘기를 상상하고요."

"아마 우리를 불륜 커플로 생각할걸요."

그 말에 레베카가 얼어붙었다. 얼굴이 점점 빨개졌다. 평소에는 얼굴을 붉힌 적이 거의 없었다.

"엄마! 봐요!"

스칼렛이 부르는 소리에 긴장된 분위기가 깨졌다.

오리 한 마리가 비스킷 부스러기를 먹으려고 겁도 없이 로지와 소시지를 향해 뒤뚱거리며 돌진하고 있었다. 로지가 뚫어져라 오리를 지켜봤다. 로지가 오리를 향해 달려들었을 때, 스칼렛이 뒤로 몸을 젖히며

줄을 강하게 잡아당겼다.

"로지, 안 돼."

저 단호함은 아마 베네딕트에게 물려받은 유전자겠지? 환영받지 못할 질문이었다. 주제넘는 데다 성차별적이기도 했다. 게다가 진심으로 답을 듣고 싶은 것도 아니었다.

아까의 어색한 순간이 지나자, 레베카와 안전한 주제로 전환해 새 책에 대해 의견을 나눴다.

최근 난 산책 후 하숙집으로 돌아가는 길에 '만약에'라는 행복한 백일몽에 빠져드는 버릇이 생겼다. 만약에 레베카와 관계가 더 진전된다면 삶이 어떻게 바뀔까 상상했다. 우리가 앞으로 살 집도 그려봤다.(뻔한 상상이었다. 내게는 글을 쓰는 창고가 있고, 레베카에게는 독립된 작업실이 딸린 근교에 있는 아늑한 저택을 상상했다.) 딜런과의 시행착오를 통해 많은 걸 배웠다. 스칼렛에게 좋은 새아빠가 될 수 있을 것이다. 아마 새로 강아지를 사줄 필요는 없겠지. 이미 로지와 어쩌면 소시지까지 있을 테니까. 스칼렛과 난 이미 우리만의 방식으로 친구가 됐다. 만나면 하이 파이브로 인사를 했고, 개 목줄을 자연스레 넘겼으며, 내가 '아디오스 아미고(안녕, 친구)'라는 스페인 인사말도 가르쳐줬다. 물론 주된 목적은 레베카를 웃기기 위해서였다. 우리 사이의 유일한 걸림돌은 당연히 베네딕트 하나였다. 딜런의 생부는 내가 폴과 사귀었을 때 이미 폴의 가족에서 사라지고 없었다. 딜런이 태어나기 전부터 연락이 끊겼다고 했다. 덕분에 골치 아픈 역할 분담 문제로 속 썩일 필요가 없었다. 아무튼 베네딕트와 내가 함께 골프를 친 후 맥주 한잔하며 좋은 친구 사이로 남을 가능성은 없어 보였다. 베네딕트는 날 레베카의 '하층민 친구'로 여길 것이고, 난 베네딕트를 '특권층 멍청이'로 여길 게 확실했다. 실제 난 베네딕트를 이미 특권층 멍청이로 생각하고 있었다.

하숙집 문 앞에 도착했을 때, 소시지가 평소와 다른 모습을 보였다.

보통은 어린아이의 지대한 관심 속에서 한 시간 산책을 한 여파로 자기 자리에 폭 쓰러질 준비 태세를 했는데, 오늘은 갑자기 강아지처럼 내 다리 주변을 헉헉거리며 쉴 새 없이 왔다 갔다 했다.

"소시지, 무슨 일이야?"

도대체 무슨 일인지 확인하려던 찰나, 지금까지 살면서 만나본 사람 중 가장 덩치가 커 보이는 남자가 우리를 향해 달려왔다. 소시지는 기뻐서 낑낑거리며 그 남자의 품에 폭 안겼다. 난 그제야 그가 누구인지 알아차렸다. 이 집에서 거의 신격화된 에리카의 반쪽 페트루스였다. 곧바로 알아보지 못한 이유는 사진 속 험상궂고 음침한 모습과 달리 환하게 웃음 띤 얼굴 때문이었다.

페트루스는 소시지를 충분히 다독인 후 로지도 부드럽게 쓰다듬어 줬다. 일어서서 날 위아래로 훑어보고는 엄청나게 우렁찬 목소리로 내 어깨를 툭툭 두드렸다.(망할, 사실 너무 아팠다.)

"그러니까, 당신이 바로 내 개를 훔쳐간 남자로군."

페트루스가 집에 머문 사흘 동안은 집안 분위기가 달라졌다. 우울하고 긴장된 분위기에서 뭔가 파티 같아졌달까. 페트루스는 아주 호탕한 사람이었다. 쿵쾅쿵쾅 걸으며 집 주변을 돌아다녔고, 아주 작은 기회만 있어도 크게 웃음을 터뜨렸으며, 하숙집의 물건을 마구 흩트려 놨다. 에리카와 정반대의 성격이었다. 에리카 말이 나와서 그런데, 페트루스가 옆에 있으니 에리카도 훨씬 밝아졌다. 그녀의 날카로운 성격은 페트루스만이 깰 수 있는 껍질 같았다. 심지어 아침 식사도 좋아졌다. 물론 로렐과 하디는 계속 페트루스를 피했다. 처음에는 페트루스의 침소봉대하는 성격이 로렐과 하디의 극심한 내성적 성격에 위협적으로 느껴져서라고 생각했다. 하지만 진짜 이유는 따로 있었다. 로렐과 하디는 페트루스의 술을 감당할 수 없었던 것이다. 페트루스는 술을 무척 사랑했는데 절대 혼자 마시려 하지 않았다.

그는 집에 온 첫날 밤부터 조지안 차차 한 병을 비우는 데 내가 일조해야 한다고 고집부렸다. 그리고 쌓여가는 술병만큼 자신의 모험담을 줄지어 얘기했다. 페트루스는 전 세계를 돌아다니며 일했는데 수상하게 쫓겨난 정치인의 경호 업무부터 야생동물 보호구역 순찰까지 다양한 일을 한 듯했다.

"언젠가 날 소재로 책 한 권은 쓸 수 있을 거요, 작가 양반!"

페트루스는 자신의 일에 윤리적 잣대를 세우지 않는 것 같았다. 술병이 거의 바닥을 드러내고 방이 핑핑 돌 무렵, 그가 자기 일의 유일한 걸림돌은 에리카의 걱정이라고 털어놓았다.

"아내는 이제 내가 집에 계속 머물기를 바란다오. 너무 위험한 일을 한다고 걱정이 많지."

사실 나까지 걱정이 될 정도였다. 페트루스의 모험담은 정말 머리가 쭈뼛해질 정도로 무시무시했다. 죽음을 불사한 제이슨 프레이표 스릴러영화를 여러 편 보는 것 같았다. 소설 소재가 필요할 때 유용한 인물인 건 확실했다. 페트루스는 무기나 전쟁에 관련된 지식이 해박할 뿐아니라, 용병이 누군가를 숙청할 때 사용하는 끔찍한 방법을 수없이 많이 알았다. 페트루스가 떠날 때쯤 내 간은 실컷 두들겨 맞은 상태였지만 친구를 한 명 사귄 기분이 들기도 했다.

페트루스는 집을 떠나기 전날 밤에 딱 한 번 심각한 모습을 보였다. 하숙집 뒤에서 담배를 피우는 내게 동참하더니 묵직하게 말을 꺼냈다.

"닉, 내가 질투심이 강한 남자는 아니지만, 당신이 내 아내에게 헛된 욕망을 품지 않았는지 그건 확인해야겠소."

"진심으로 하는 말입니까?"

"진심이오."

순식간에 페트루스의 눈빛이 변했다. 유쾌하고 떠들썩하던 모습에서 냉혹한 눈빛으로 돌변한 페트루스를 보니 정말 위협적으로 느껴졌다. 아마도 업무에 돌입할 때 이런 모습이겠지. 왜 선한 부자든 나쁜 부자든 추악한 정치인이든 상관없이 많은 부자와 권력자 들이 페트루스를 경호원으로 두려 하는지 알 수 있었다.

"페트루스, 사실 난 사랑하는 사람이 있습니다. 그녀 말고 다른 사람을 생각할 여유가 없어요."

내 대답에 페트루스가 바로 친근한 모습으로 되돌아왔다. 여전히 움찔할 정도의 세기로 내 어깨를 두드리더니 외쳤다.

"진심이 보이는군. 그래도 확인해야 했소. 이제 가서 한잔 더 합시다. 작가 양반의 사랑 얘기를 몽땅 들려줘야 할 거요."

米

보낸 사람: NB26@zone.com
받는 사람: Bee1984@gmail.com

진짜. 내. 인생. 최악의. 숙취예요. 오늘은 공원에도 못 갈 뻔했어요. 레베카가 간이식이 필요할 정도라며 걱정했다니까요.

보낸 사람: Bee1984@gmail.com
받는 사람: NB26@zone.com

자꾸 '불륜'이라는 말에 대한 레베카의 반응이 생각나요. 레베카도 내심 계속 떠올리고 있을 거예요. 레베카와 내 성장 과정이 같잖아요. 분명히 엄청 심란할 거예요. 난 알 수 있어요. 하지만 일단 자기에게 확신이 생기면 해낼 거예요. 그렇죠? 네이트처럼 그저 스쳐 지나가는 인연을 말하는 게 아니니까요. 당신과 레베카, 나와 니콜라스. 다르죠. 이건 운명이잖아요.

보낸 사람: NB26@zone.com
받는 사람: Bee1984@gmail.com

이런 얘기를 나누는 게 당신은 진짜 아무렇지 않아요? 난 당신과 니콜라스 생각만 해도 죽을 것 같거든요.

보낸 사람: Bee1984@gmail.com
받는 사람: NB26@zone.com
당연히 기분이 이상하죠. 하지만 난 당신이 진짜 행복해지기를 바라요, 닉. 레베카 역시 행복하기를 바라고요. 대칭관계, 기억하죠? 부러운 점이 있다면, 당신과 레베카의 관계가 더 로맨스에 적절하게 천천히 진행되고 있다는 거죠.

보낸 사람: NB26@zone.com
받는 사람: Bee1984@gmail.com
천천히는 맞죠. 로맨스는 그다지 아니지만요. 그나저나 당신 집에 지금 천재 작가가 있을 시간 아니에요? 금요일이잖아요.

보낸 사람: Bee1984@gmail.com
받는 사람: NB26@zone.com
지금 샤워 중이에요. 레일라 테스트를 준비 중이죠.

보낸 사람: NB26@zone.com
받는 사람: Bee1984@gmail.com
오, 맙소사. 행운을 빌어줄게요. 여기서 내가 만난 레일라 2와 같다면 분명 행운이 필요할 거예요.

비

　행운은 필요 없었다. 니콜라스는 레일라 테스트를 아주 성공적으로 통과했다. 약간은 너무 쉽게 통과한 것 같았다. 금요일 저녁 식사 내내 니콜라스는 레브와 담소를 나눴다. 니콜라스가 레브의 최대 관심사 두 가지인 변호사 일과 '모탈 컴뱃 11' 게임에 대해 흥미롭게 얘기를 나누자, 레일라는 연신 입 모양으로 '우와'를 외쳤다. 레일라가 최근 본인 관심사인 화석 연료 회사들에 대해 '쓸모없는 망할 정부'의 행정 대응이 미흡하다고 비난하기 시작하자, 니콜라스는 수동적으로 고개만 끄덕이는 대신 적극적으로 동조를 표하며 의견을 냈다. 미국 로비스트의 활동에 대한 레일라의 의견을 물어보며 환경과학자인 대학 친구를 연결해 주겠다는 제안까지 했다. 이번에는 레브가 슬쩍 양쪽 엄지를 치켜세웠다.

　([해낼 줄 알았어요. 반듯한 자식 같으니. 난 레일라 2와 겨우 오 분 얘기하려고 가짜 신분까지 꾸며내야 했는데 말이죠.] [글쎄요. 아마 레일라는 속으로 니콜라스를 네이트와 비교했을 거예요. 그다지 높은 벽은 아니었죠. 솔직히.])

　닉이라면, 매력적인 면은 덜했겠지만 재미는 더 있는 닉이라면 레일라 부부를 만났을 때 이렇게 잘 해냈을까? 그렇겠지. 아닐 수도 있고.

모르겠다. 결코 답을 알 기회는 없을 것이다. 이 생각을 하자 속에서 죄책감과 후회, 친구를 속이고 있다는 미안함이 몰려왔다. 결국 이런 불편한 질문은 머릿속에서 지워버렸다.

레일라를 도와 남은 태국 음식을 미생물 분해 음식물 처리기에 넣고 있을 때, 레일라가 멈칫하더니 물었다.

"너 니콜라스에게 다 말했니?"

난 순간 얼어붙었다.

"뭘 말해?"

"네가 니콜라스를 만나게 된 얘기. 그 인터넷 사기꾼 새끼 말이야."

아, 그 일. 순간 안도감이 들었다. 동시에 내 과도하게 예민한 반응에 스스로 놀랐다. 레일라는 내가 아는 사람 중 가장 똑똑한 사람이었다. 하지만 레일라가 독심술을 하거나 내 휴대폰을 은밀히 해킹하지 않는 이상 실제 무슨 일이 돌아가는지 알 턱이 없었다.

"아니."

"말해야 하는 거 아냐?"

"그래야 할까?"

"아마도. 이 사람은 진지한 타입이야. 뭔가를 숨기거나 중요한 얘기를 건너뛴 채 관계를 시작하는 건 안 좋을 것 같아."

이런 충고를 받아들이기에는 너무 늦었어. 이미 숨긴 채 너무 멀리 와버렸거든.

"레일라, 겨우 한 시간 봤을 뿐이잖아. 다음 주에 차일지도 몰라."

"아냐. 니콜라스가 어떤 눈빛으로 널 바라보는 줄 알아? 절대 그럴 일 없어. 니콜라스가 바로 그 사람이야."

레일라가 날 꼭 껴안았다.

"그래서 나 지금 진짜 너무너무 기뻐."

가장 친한 친구이자 신중한 사람인 레일라가 합격점을 줬다는 사실에 기뻐해야 마땅했다. 하지만 실상 내가 처음으로 영국 10대 개자식 목록에 오르지 않을 사람을 만났다는 안도감이 레일라의 후한 점수에 한몫했다는 사실을 알고 있다. 그동안 레일라를 너무 자주 비의 엉망진창 데이트 쇼에 초대했다. 죄책감이 다시 밀려왔다.

니콜라스와 지하철에서 내려 집으로 함께 걸어갔다. 니콜라스가 '경치 좋은 길'이라 부르는 뒷골목을 걷는 동안에도 머릿속은 온갖 생각들로 복잡했다. 그때 니콜라스가 갑자기 걸음을 멈추더니 날 돌려세워 자기를 마주 보게 했다. 그는 눈치가 빨랐다. 닉만큼이나 빨랐다. 당연히 니콜라스의 내부 감시망이 뭔가 잘못됐다는 신호를 감지했다.

"왜 그래요? 레일라가 내가 마음에 안 든대요? 아니면 다른 얘기라도 있었어요?"

"아니요. 레일라는 당신이 예수 재림 수준이래요."

"운이 좋았을 뿐이죠."

난 웃어 보이려 애썼다.

"그렇지 않은 것 같은데요."

우리는 계속 걸었다. 거의 집 앞에 다 왔을 때, 니콜라스가 다시 발걸음을 멈췄다.

"우리 감정은 진짜죠. 그렇죠, 비? 나만 이런 감정인 건 아니죠?"

"네. 당신만 그런 거 아니에요."

진심이었다. 정말로 진심이었다. 적어도, 나 역시 같은 감정이기를 바라는 마음은 진심이었다.

닉

지난번 회의 때의 말다툼 이후 베렌스타인협회를 머릿속에서 지웠었다. 켈빈이 가끔 보내는 아이메일은 보자마자 자동으로 삭제 버튼을 눌렀다. 그런데 경고도 없이 그들이 다시 내 인생에 무대포로 밀고 들어왔다. 말 그대로 거의 침입이었다. 공원 산책을 다녀오는 길이었다. 머릿속이 책과 레베카에 대한 일로 가득 차서 미처 제프리의 미니 차량을 알아채지 못했다. 차가 갑자기 인도까지 침범하더니 끽 멈췄다. 진짜 아슬아슬하게 소시지를 칠 뻔했다.

차량에서 제프리의 머리가 툭 튀어나왔다.

"타시오."

"웃기는 소리."

"할 말이 있소."

"그럼 여기서 하시죠. 그나저나, 날 어떻게 찾아낸 겁니까?"

"한동안 당신을 지켜봤소. 당신도 느꼈겠지만 항상은 아니고 때때로 말이오."

전혀 몰랐다. 내가 어떻게 그걸 놓쳤지?

"미행 실력이 날로 늘고 있나 보네요."

제프리가 코웃음 쳤다.

"학원 좀 다녔소."

"그런 수업도 있나요?"

"그렇소. 이제 타시오."

제프리는 머리를 다시 차에 집어넣더니 몸을 기울여 조수석 문을 열었다. 목줄을 잡아당길 새도 없이 로지가 안으로 폴짝 뛰어 뒷좌석의 반쯤 먹다 남은 음식 접시로 재빨리 다가갔다. 로지의 목줄이 자동차 기어 스틱에 걸려 어쩔 수 없이 줄을 놓을 수밖에 없었다.

"어서 타시오. 큰 개도 뒷자리에 넣고. 내가 하려는 말을 놓치면 후회할 거요."

세상에서 제일 하기 싫은 일이 바로 제프리와 짜증 나는 그 차 안으로 들어가 개인적으로 가까워지는 일이었다. 하지만 내가 차에 타지 않으면 분명 날 엿 먹이려고 로지를 인질로 차를 몰고 가버릴 것이다. 소시지는 기분 좋게 뒷좌석으로 올라갔다. 난 거의 옷장 수준으로 쌓여 있는 앞자리의 물건들을 뒤로 휙 던진 후 조수석에 앉았다.

"제프리, 차에서 사는 겁니까?"

제프리는 대답도 하지 않은 채 자동차 백미러를 한번 보더니 전기 버스를 아슬아슬하게 지나쳐 차를 몰았다.

"어디로 가는 겁니까? 지금 날 찔러 죽이려는 건가요? 그리고 도로 대피소에 날 던져버리고?"

소시지는 전혀 도움이 되지 않을 것 같았다. 그냥 혓바닥을 늘어뜨린 채 앞좌석 사이를 구경하며 드라이브를 즐기고 있었다.

"저 모퉁이를 돌아갈 거요. 혹시나 미행이 붙었을 수 있으니까."

"누가 우리를 따라오는데요?"

갑자기 제프리가 핸들을 왼쪽으로 확 꺾었다. 자전거도로를 침범해 2인용 자전거를 칠 뻔했다.

"제길, 제프리!"

보복 운전을 불러일으킬 만한 행동이었다. 하, 방금은 일도 아니었다. 일렬로 사이클을 타던 사람들이 제프리의 불법적인 침입으로 대열이 흩어지자 당황해하며 욕설을 내뱉었다. 나라도 그랬을 것이다. 하지만 제프리는 속도를 늦추지 않은 채 창밖으로 고개를 내밀고 "엿 먹어라!" 하고 소리쳤다. 난 차 문의 손잡이를 꼭 붙잡았다. 차는 일방통행로를 역주행하더니 보행자 길을 가로질러 과일과 야채를 파는 노점상 근처 장애인 주차구역에 끽 멈췄다.

"제기랄. 꼭 이렇게까지 할 필요가 있었나요?"

제프리는 창문을 완전히 내리더니 담배 주머니에서 미리 말아놓은 담배 한 개비를 내게 권했다.

"자, 여기. 이게 필요할 거요."

담배를 받으며 한 개비 정도의 간접흡연으로 개들이 죽지는 않을 거라고 스스로 합리화했다.

"지금 뭘 하고 있는지 다 알고 있소, 형씨."

제프리가 말했다.

"하, 지금 다 안다 이 말이죠. 뭘 알고 있습니까?"

"당신 지금. 그 뭐라고 해야 하지? 당신하고 아이메일 주고받는 여자의…… 뭐라 해야 하나……, 그…… 이쪽 버전을 만나고 있잖소."

이걸 알아내다니 제프리가 배운 새로운 감시 기술이 엄청난 게 틀림없었다. 진심으로 감탄했지만 동시에 진심으로 걱정됐다.

"대체 어떻게 알아낸 겁니까?"

"그렇게 고도의 재능이 필요한 건 아니니까."

"고도의 지능이겠죠."

"이거나 저거나. 당신이 어디 머무는지 알아내는 건 아주 쉬웠소. 전에 살던 곳 옆집 할머니가 여기 주소를 알려줬소. 당신에게 보낼 소포가 있다고 했지."

"릴리 부인이?"

혹시 받을 우편물이 있을까 봐 릴리 부인에게 주소를 알려줬었다. 이렇게 쉽게 낯선 사람에게 내 주소를 넘길 줄은 몰랐다. 가끔 안부 전화를 했을 때도 누가 다녀갔다는 말은 한 적이 없었다.

"릴리 부인? 그 할머니 이름이오? 상냥한 부인이었소. 내게 차도 한 잔 권하던데."

릴리 부인이 어떻게 이럴 수가.

"하루는 당신을 뒤따라가 봤지. 그 여자도 따라가 봤소. 어디 사는지도 알아냈지. 두 가지 사실을 하나로 합치는 데는 시간이 좀 걸렸소. 혼인신고서에서 주소를 확인하다 여자의 이름을 보고서야 무슨 일인지 알겠더군. 레베카. 저쪽 세계 여자와 같은 이름이라. 그 여자에게는 썩 괜찮은 상황 아니오? 백만장자와 결혼했잖소."

"망할 요점만 말하시죠, 제프리."

"당신 행동은 완전히 쓸데없는 간섭이오. 사람들이 싫어할 거요."

"사람들? 베렌스타인협회를 말하는 거겠죠."

"그렇소. 협회가 이 사실을 알기를 바라지 않을 거 아니오. 협회가 말한 것, 특히 헨리에타가 말한 건 심각하게 받아들여야 하오. 협회는 예전에도 당신 같은 사람에게 어떤 짓을 한 적이 있소."

"어떤 짓 말입니까?"

"협회에 대한 기사를 쓴 기자 말이오. 당신이 켈빈에게 연락하기 전에 읽은 기사. 그 기자가 어떻게 끝장났는지 아는 게 좋을 텐데."

허, 워-워. 잠시만.

"지금 설마…… 뭐, 협회 사람들이 기자를 폭행했거나 뭐 비슷한 짓이라도 했다는 겁니까?"

아이작과 데비가 번갈아 가며 골프채나 몽둥이로 누군가를 죽을 때까지 패는 모습을 도저히 상상할 수 없었다.

"아니오. 헨리에타가 기자의 과거를 낱낱이 파헤쳤소. 몇 년 전 누군가의 기사를 모……모방한 기사를 찾아내서 만천하에 폭로했지. 결국 기자 경력이 완전히 망가졌소."

"맙소사. 헨리에타는 뭐 하는 사람입니까? 영국 첩보부나 유럽 첩보 정보부에서 일하기라도 했던 겁니까?"

"제기랄, 내가 어떻게 알겠소. 그냥 협회의 경고를 심각하게 받아들이라고 말해주는 거요."

"알았습니다. 그럼 당신은 어쩔 겁니까?"

"말했잖소. 협회에서 지금 당신이 하는 행동을 알 필요는 없다고. 안 그렇소?"

"날 놓아주는 거네요. 당신 역할이 협회의 스파이라고 생각했습니다만. 스파이든 뭐든."

"내가 하려는 말은, 당신도 날 도와주시오. 그럼 나도 당신을 돕겠소. 내가 필요한 걸 알려주면, 나도 협회에 가서 당신이 아주 착하고 바르게 행동하고 있다고 하지."

"뭘 알고 싶습니까?"

"정보. 저쪽 세계의 정보가 필요하오."

"무슨 정보요? 당신들은 이런 일이 우주의 어쩌고저쩌고를 망친다고 죽도록 반대하는 줄 알았는데요."

"그런 정보가 아니오. 나에 대한 정보를 말하는 거요."

제프리는 자기 얘기를 하기 시작했다. 다 듣는 데 시간이 꽤 걸렸다. 제프리는 말을 조리 있게 잘하는 사람이 아니었다. 말하는 중간중간 문장이 꼬이기도 했고 약간 말더듬이 증세도 있었다. 평범한 북부 말투에 버밍엄 악센트까지 섞어 썼고, 심지어 아일랜드 특유의 말투도 약간 들어 있었다. 이 때문에 제프리의 말은 정확히 알아듣기 어려울 때도 있었지만 한편으로 흥미롭게 들리기도 했다.

말을 마칠 때쯤에는 창문을 내렸는데도 자동차 전체가 소시지의 입 냄새로 가득 찼다.

제프리는 젊었을 때부터 '다른 세계의 삶에 대한 기억과 느낌'을 가지기 시작했다. 그 세계에서 제프리는 결혼도 했고 딸도 하나 있었다. '마치 꿈속에 사는 것처럼' 이런 기억은 점점 더 강해지고 더 정교해졌다. 하지만 여기서는 결혼한 적도, 애도 없었기 때문에 스스로 정신병에 걸렸다고 생각하며 몇 년을 보냈다.

"혹시 몰라 정신병원에 몇 주간 자발적으로 갇혀 지낸 적도 있었소."

그는 이런 현상과 관련해서 미친 듯이 인트라넷을 뒤진 후 마침내 베렌스타인협회를 알게 됐다. 제프리는 자기 배를 툭툭 쳤다.

"협회 사람 중 일부는…… 단지…… 그냥 겉으로만 그런 척할 뿐이오. 하지만 난, 난 진짜 느끼고 있소. 가슴 깊이 다른 세계에서의 나란 존재를 알고 있단 말이오."

"오해하지 말고 들어보세요, 제프리. 혹시 그런 기억들이 당신이 당했다는 사고 때문에 생긴 후유증은 아닐까요?"

"다른 쪽 여자랑 바람피우는 양반이 그런 질문을 한다니 어이가 없군……. 당신도 알잖소."

금세 수긍이 갔다.

"그리고 분명히 말하지만, 아니오. 그 기억들은 사고 훨씬 이전부터 시작됐소."

제프리는 비가 자신에 대해 알아보기를 원했다.

"내가 어떻게 지내는지 알아보시오. 만약 그쪽 세계에 딸이 있다면, 딸은 어떻게 사는지도 알아보시오."

"협회에서 좋아하지 않을 텐데요."

"협회가 알 필요는 없잖소. 안 그렇소? 켈빈은 괜찮지만, 다른 사람들은…… 내가 아는 한 그들은 뭔가 엿 같은 행동을 할 거요."

거래가 성사됐다. 제프리는 날 위해 베렌스타인협회의 동향을 감시하고, 협회에는 내가 아주 착하게 행동하고 있으며 나비효과를 일으킬 만한 행동은 전혀 하고 있지 않다고 보고할 것이다. 난 비에게 제프리가 요청한 정보를 알아봐 달라고 할 것이다.

"하지만 너무 희망을 갖지는 마세요. 비가 아무것도 못 찾아낼 수도 있습니다."

다른 세계에서 딜런에게 일어났던 일이 떠올랐다.

"정보를 알게 되더라도 차라리 몰랐으면 하는 정보일 수도 있고요."

"나쁜 것이든 좋은 것이든 난 알고 싶소. 꼭 알아야겠소. 내게 엄청난 의미가 있소."

"좋아요."

"고맙소. 당신은 좋은 양반이오."

"날 싫어한다고 생각했는데요."

"왜 그렇게 생각한 거요?"

"아, 글쎄요. 당신이 나한테 여러 차례 꺼지라고 말해서?"

"뭐, 괜찮소."

"당신의 모든 신상 정보가 필요할 겁니다."

전에도 이런 조사를 했었다. 시간이 한참 걸렸다.

"그 전에 주변에 맥줏집 있소? 맥줏집이 없으면 방독면이라도 필요할 지경이오."

米

보낸 사람: NB26@zone.com

받는 사람: Bee1984@gmail.com

죽었다고요? 제프리가 확실한가요?

보낸 사람: Bee1984@gmail.com

받는 사람: NB26@zone.com

우리가 백 퍼센트 확신할 수 있는 일은 없잖아요. 안 그래요? 하지만 아니라고 하기엔 일치하는 점이 너무 많아요. 아버지 이름이 도날드 앨런 글리슨이고, 아일랜드계 가톨릭 신자. 일치. 1958년 12월 31일 울버햄프턴에서 출생. 일치.

보낸 사람: NB26@zone.com

받는 사람: Bee1984@gmail.com

언제 어떻게 죽었나요?

보낸 사람: Bee1984@gmail.com

받는 사람: NB26@zone.com

1985년 3월에 오토바이 충돌 사고로요. 익스프레스 앤 스타 기록 보관소에서 사망 기사를 찾아냈어요. 시간이 꽤 걸렸죠. 점점 낸시 드류나 미스 마플 같은 여성 탐정이 된 기분이에요. 아님 생어 시리즈의 켈러만 같기도 하고요. 켈러만도 항상 기록 보관소를 뒤지거든요.

보낸 사람: NB26@zone.com

받는 사람: Bee1984@gmail.com

흥미롭게 들리네요.

보낸 사람: Bee1984@gmail.com

받는 사람: NB26@zone.com

이제 본론으로 돌아와서.

그런데! 제프리에게 딸이 있어요. 손녀딸도 있고요.

보낸 사람: NB26@zone.com

받는 사람: Bee1984@gmail.com

　맙소사. 정말인가요?

보낸 사람: Bee1984@gmail.com

받는 사람: NB26@zone.com

　네. 웨일스에 있는 요양원에서 요양보호사로 일해요. 거대한 소셜미디어의 네트워크 덕에 알았죠. 물론 제프리에게 이 얘기는 하지 마세요.

보낸 사람: NB26@zone.com

받는 사람: Bee1984@gmail.com

　비, 당신이 딸과 얘기해 볼 방법이 있을까요? 아버지에 대해서? 너무 무리한 부탁이죠? 알아요. 제프리는 딸에 대해 모두 기억한다고 했어요. '혹시 딸의 기억이 제프리의 기억과 일치한다면?'이란 생각이 들어서요. 가능성이 희박하기는 하지만 확인해 볼 가치는 있을 것 같아요.

보낸 사람: Bee1984@gmail.com

받는 사람: NB26@zone.com

　페이스북으로는 알아낼 수 없는 일이네요. 어떻게 알아낼 수 있을지 생각 좀 해볼게요.

　그런데 둘의 기억이 일치한다면, 그건 무슨 의미일까요? 여기의 제프리가 죽었을 때 그의 기억이 당신 세계의 제프리에게 전해진 걸까요? 공유 의식 관련 이론처럼? 아니면 양자 불멸의 법칙 이론? 한 사람이 죽으면 그 사람의 의식 같은 게 다른 세계에 존재하는 동일한 사람에게 옮겨가 계속 삶을 이어가는 거죠. 잠깐만요. 위키 검색 좀 해볼게요.

보낸 사람: NB26@zone.com

받는 사람: Bee1984@gmail.com

비, 이런 경우에 대한 이론은 없을 것 같아요. 하지만 베렌스타인협회 평행세계의 난민에게는 메시를 건너갈 방법이 있다는 뜻일 수도 있죠.

보낸 사람: Bee1984@gmail.com

받는 사람: NB26@zone.com

이해 안 되는 점이 있어요. 사람이 죽었을 때, 그 사람의 의식이 메시를 건넌다고 해봐요. 그러면 왜 모든 사람이 다른 세계에서의 기억을 가지고 있지 않은 거죠?

보낸 사람: NB26@zone.com

받는 사람: Bee1984@gmail.com

켈빈은 메시를 건너려면, 즉 메시가 서로 교차하려면 어떤 결함이 발생해야 한다고 했어요. 그게 뭔지는 모르겠지만.

보낸 사람: Bee1984@gmail.com

받는 사람: NB26@zone.com

어디서 결함이 발생해요? 우주요? 다중우주?

보낸 사람: NB26@zone.com

받는 사람: Bee1984@gmail.com

내 생각에, 그건 전문 용어로 말하자면 '내가 알 턱이 있나?' 같네요.

비

다음 생에는 사설탐정이 될 수도 있을 것 같다. 아니 다른 세계에서는 이미 탐정일 수도 있겠지. 전에는 미처 몰랐던 약은 수를 부릴 줄 아는 내 숨은 재능을 발견했다.

제니와 직접 만나는 일은 생각보다 쉬웠다. 회사 행사인 양 페이스북에 제니를 '친구 추가' 한 후 "축하합니다! '망할 놈의 드레스를 위하여'의 무료 드레스 리폼 행사에 무작위 추첨되셨습니다!"라고 보냈다.

답장이 왔다.

[이거 사기 아니죠?]

[안녕하세요! 아닙니다. 회사 홍보용 기획 행사입니다.]

제니에게 회사 홈페이지와 인스타그램 주소를 보냈다.(홈페이지에는 자랑스럽게 젬마의 재킷 사진이 걸려 있었다.)

[관심이 없으셔도 괜찮습니다! 의무 조항이나 추가 판매도 없습니다. 리폼된 옷이나 액세서리를 한 사진을 본인이 사용하는 소셜미디어에 올리시기만 하면 됩니다.]

[공짜로 뭐가 된 건 처음이에요. 꼭 웨딩드레스여야 하나요? 이제는 몸에 맞지도 않을 것 같은데요. 어떤 식으로 작업이 이뤄지나요?]

닉과 제프리가 알고 싶어 하는 개인적이고 민감한 정보를 얻어내려면 스카이프 상담으로는 안 될 것이다. 직접 만나는 게 최선이었다. 제니도 내게 자기 속내를 털어놓고 싶어 하던(이유는 모르겠고) 다른 고객들의 전철을 밟기를 바랐다. 제니가 상근직으로 일했기 때문에 상담과 피팅을 위해 내가 토요일에 제니 쪽으로 직접 가겠다고 제안했다. 니콜라스에게는 출장지에서 주말을 보내자고 했다. 에어비앤비를 예약해 한적한 시골에 며칠 콕 틀어박혀 있다 오자고. 니콜라스는 반색하며 반겼고 전날 밤에 차로 데리러 오겠다고 했다.

니콜라스는 이미 클라리스, 마그다, 레일라 테스트를 가뿐히 통과했다.(레일라는 지금도 내게 [와, 이번엔 진짜 잘해봐 ☺]라는 문자를 보내고 있다.) 즉 함께하는 여행이 마지막 관문이었다. 마지막 테스트. 전에 네이트와 함께 간 여행은 악몽이었다. 낯선 환경은 네이트의 최악의 면모만을 부각했다. 엄청나게 까탈을 부렸고 사사건건 반대 의견만 냈다. 니콜라스도 이렇지 않을까 우려됐다.(물론 안 그럴 거라는 걸 알았지만.) 닉과 비교하느니 네이트와 니콜라스를 비교하는 게 둘 사이의 틈을 메꿀 수 있는 효과적인 방법이라고 느껴졌다.

차를 타고 가는 내내 니콜라스는 평소보다 말이 없었고 다른 생각에 잠겨 있었다. 하지만 나도 딴생각에 빠져 이를 뒤늦게야 알아차렸다.

니콜라스가 먼저 내게 무슨 생각 하냐고 물어봤다면 필시 또 거짓말이나 반만 진실인 얘기를 늘어놔야 했을 것이다. 이제 이런 둘러대기 기술은 제2의 천성이 돼버렸다. 거짓말이 점차 습관화되고, 동시에 걷잡을 수 없을 만큼 불어나 날 공격했다.([들쥐처럼요. 아니면 못된 애완용 쥐나.] [거짓말 해충이나. 표현이 마음에 들어요, 비.] [닉, 전혀 도움이 안 되거든요.]) 아마 다중우주 어딘가에는 니콜라스에게 처음부터 진실을 말할 용기와 배짱이 있는 용감한 내가 있을 것이다. 닉과 니콜라스가

친구가 되고, 니콜라스가 날 미쳤거나 아니면 교활한 괴물로 생각할까
봐 걱정할 필요 없이 모든 걸 털어놓을 수 있는 세계가 있을 것이다.
그럼 니콜라스가 이렇게 묻겠지. "이봐요. 무슨 일이에요, 비?" 난 이렇
게 답하겠지. "아, 있잖아요. 여기서는 아빠가 죽었지만, 평행세계에서
는 아빠가 살아 있는 여성을 이제 막 속이러 가는 길이에요. 무슨 말
인지 알죠? 양자 불멸은 존재하는 사실이고, 내가 그걸 증명하려는 참
이거든요. 그리고 나 지금 다음 휴게소에 들러서 맥도날드 빅맥을 간
절히 먹고 싶어요."

이 모든 상상 대신 니콜라스에게 이렇게 물었다.

"니콜라스, 무슨 일이에요? 평소보다 너무 조용해요. 당신이 운전하
는 차를 탄 건 처음이지만 설마 차가 도로 밖으로 튀어나가지 않도록
온 신경을 집중해야 하는 건 아니겠죠?"

"그렇게 티가 났어요?"

"엄청요. 자, 말해봐요."

약간 불안한 마음도 들었다. 니콜라스가 현재를 갉아먹고 있는 내
거짓말 해충을 잡아낸 건 아닌지 두려운 마음이 계속 들었다.([비유가
이제 너무 지나쳐요, 비.])

"출판사에서 다음 생어 내용을 마음에 안 들어 해요. 출판사는 전
작과 마찬가지로 주인공이 드라마 〈미드서머 머더스〉 스타일의 복잡
한 여성 살해 사건을 푸는 게 낫다는 거죠. 괴팍한 늙은이가 경찰 부
패 사건을 조사하는 얘기는 '내 독자층을 소외시킬' 거라네요."

"아니, 출판사에 나도 당신의 독자층 중 한 명이고, 경찰 부패 사건
은 전혀 날 소외시키지 않는다고 전해주세요. 내가 바로 당신 '팬'이잖
아요. 기억하죠?"

니콜라스의 얼굴에 후회의 미소가 떠올랐다.

"그때 내가 어쩌다 그런 단어를 썼는지 아직도 믿을 수 없다니까요.

종종 우리가 어떻게 만났는지 잊어버리곤 해요."

어떻게 우리가 만나도록 계획했는지. 하, 안녕, 죄책감아. 적어도 육십 초 정도는 널 잊고 있었네.

"정말요? 호텔 뷔페 테이블 너머로 눈 마주치던 게 아무 의미도 없었다고요?"

"아뇨. 그런 뜻이 아니라……, 전에 사귄 여자 친구들은 다들 내 일에 그다지 관심이 없었거든요. 조디와 오 년을 사귀었지만, 그녀가 내 책의 절반만 읽었어도 많이 읽은 걸걸요. 물론 조디도 자기만의 일과 취미가 있고, 나 역시 일과 나머지 삶을 분리해 왔지만요. 그래서 당신이 내 일을 알고 관심을 보이는 첫 여자 친구라는 사실을 자꾸 잊어버리곤 해요."

니콜라스와 함께 보낸 첫 주말에 서로 전 여친/전 남친 역사를 주고받았지만 이 얘기는 처음 들었다. 내가 니콜라스의 다음 책보다 닉의 다음 책 『사보타주』에 대해 더 자세히 알고 있다는 사실이 충격으로 다가왔다.

"도와줄까요? 아이디어를 짜는 데 도움이 된다면 나도 진짜 기쁠 거예요."

레베카가 아이디어 내는 데 소질이 있다면 나도 있을 것이다.

"당신이요? 이미 당신 일만으로도 바쁘지 않아요?"

"진짜 도움이 되고 싶어요. 정말로요."

니콜라스가 내 손을 꼭 잡았다.

"고마워요. 나 스스로 좀 정리가 되면 그때 당신에게 도와달라고 할게요."

"어떤 얘기를 쓰고 싶어요? 당신에게 전적으로 선택권이 있다면?"

"시간이 남아도는 은퇴한 경찰 얘기 말고 다른 거요. 그건 진짜 확실해요. 망할 켈러만. 맙소사. 정말 그 늙은 멍청이를 죽여버리고 싶다니까요."

"어떻게 죽일 건데요?"

"최대한 고통스럽게요."

"책을 수천 조각으로 잘라서 죽일까요?"

"하! 뇌졸중을 일으킨 다음 집에 방치하는 거죠."

"완전히 새로운 시리즈가 되겠는데요. '치매에 걸린 탐정'"

"'요양원 범죄 사건'"

"소변줄 도난 사건의 책임은 누구에게 있는가?"

"적어도 주인공이 마지막 단서를 어디에 흘렸는지 기억할 수만 있다면요."

서로 재치 있는 얘기를 주고받다 보니 니콜라스가 닉이 아니라는 사실을 거의 잊을 뻔했다. 거의. 하지만 이때의 감정을 너무 자세히 들여다본다면 배신감 같은 게 느껴져 마음이 불편할 수도 있다. 니콜라스와 점점 가까워지는 게 닉을 점차 지우는 일처럼 느껴지기 때문이었다. 늘 그렇듯 이런 생각을 마음 깊은 곳에 있는 상자에 가두고 '정신건강을 위해 절대 열지 마시오'라고 새겨놨다.

니콜라스와 숙소에 체크인을 했다. 숙소는 에어비앤비에 올려놓은 연출 사진 만큼이나 훌륭했다. 게다가 깜짝 보너스로 온탕 욕조도 있었고, 무료로 웨일스 케이크(다행으로 여기며 케이크를 보자마자 먹어 치웠다.)도 방에 놓여 있었다. 짐을 풀고 닉이 날 차에 태워 제니의 집까지 데려다줬다. 마을 근처에 있는 제니의 집은 단출한 이층집으로, 벽돌로 만든 테라스가 있었다. 책을 한 권 가져온 니콜라스는 내 일이 끝날 때까지 차에서 기다리겠다고 했다.

좋아. 이제 가보자.

훌륭한 드레스네요. 자, 이제 당신의 죽은 아빠에 대해 모조리 얘기해 봐요.

제니는 닉이 "맙소사 아기 예수께 감사를"이라고 말할 정도로 수다쟁이였다. 큰 키에 둥글둥글한 몸매였고, 쾌활한 성격에 타고나길 엄청나게 긍정적이었다. 제니를 보자 엄마의 마지막 시기를 보살펴 준 호스피스 병동의 훌륭한 간호사가 떠올랐다.

제니의 집은 그녀의 성격을 반영하듯 다소 어수선하면서도 매력적이었다. 따뜻한 차와 수북이 쌓인 웨일스 케이크(미안하다, 지방 덩어리들아.)가 이미 커피 테이블 위에 차려져 있었다. 제니가 "다락방을 뒤져 겨우 찾았다"는 드레스가 소파 위에 걸쳐져 있었다. 레이스와 폴리에스테르 재질의 정교한 드레스였지만 퀴퀴한 냄새가 났다.

"내 드레스를 리폼하려면 행운이 필요할 거예요, 아가씨."

진짜 그랬다. 제니가 "살면서 그다지 화려한 곳에 갈 만한 일은 없었어요"라고 했기 때문에 여러 목적으로 입을 수 있는 재킷을 제안했다. 속치마로 안감을 대기로 했다. 사실 속치마가 드레스에서 유일하게 살려낼 수 있는 천 같았다. 제니와 나, 둘 다 만족할 만한 딱 맞는 디자인을 찾기 위해 인스타그램을 계속 넘겨 봤다.(젬마 드레스의 작업과 다르지 않았다. 즉 골드혹가의 대형 상점에 가서 추가 천을 사는 데 많은 돈을 써야 하고, 밤샘 작업을 많이 해야 한다는 뜻이다.) 하지만 그럴 만한 가치가 있는 일이었다. 제니는 이런 대접을 받을 만한 좋은 사람이었다. 제니는 이혼 과정이 원만하긴 했지만 그럼에도 불구하고 "낡은 걸 아름다운 것으로 바꾸는 일은 내게 큰 의미가 있어요"라고 말했다.

제니의 치수를 재며 '말할 거리'를 찾아 방을 몰래몰래 훑어봤다. 역시 이번에도 아기 예수는 내 편이었다. 방 안에는 제니의 결혼식 사진이 있었는데 가족사진도 아주 많았다.

"결혼식에 관해 얘기해 주세요."

난 제니가 한 쌍의 노부부와 나란히 서 있는 사진을 가리켰다.

"부모님이신가요? 행복해 보이네요. 특히 아버님이요."

"저분은 제 양아버지세요. 식장에서 제 손을 잡아주셨죠. 친아빠는 제가 여섯 살 때 돌아가셨어요."

"어머, 죄송해요."

"괜찮아요. 그때쯤 부모님은 이미 이혼하신 상태였어요."

"저희 엄마도 제가 이십 대 초반이었을 때 돌아가셨어요. 얼마나 힘든 시간이었을지 저도 알아요. 아버님이 오래 아프다 돌아가신 건 아니었으면 좋겠네요."

"오토바이 사고였대요. 엄마는 아빠가 무리하게 운전했을 거라고 하셨어요. 제 생일이기도 했거든요. 사고로 바로 돌아가신 건 아니었어요. 병원에서 몇 주간 혼수상태로 계셨죠. 당시에는 무슨 일이 벌어진 건지 이해하지 못했어요. 평생 병원에서 멀리 떨어져 지내고 싶었는데, 지금의 절 좀 보세요."

"정말 힘들었겠어요. 하지만 분명 아버님에 대한 좋은 기억도 있을 거예요."

"사실 최근 몇 년간 아빠를 떠올린 적이 없었어요. 어릴 때 딱 한 번 아빠가 제 방을 풍선으로 꽉 채운 적이 있었어요. 엄마는 그 망할 방 전체라고 하셨죠. 아빠는 늘 그런 식으로 일을 벌였다고 엄마가 그러더라고요."

마치 내가 감정을 캐내는 광부처럼 느껴지기 시작했다.

"어떤 일을 벌이셨는데요?"

"보자……. 충동적으로 캠핑카를 사서 우리를 데리고 스코틀랜드까지 운전해 갔어요. 가는 도중 차가 고장 나서 가족 모두 차멀미에 시달렸대요. 엄마는 아빠가 의사가 되고 싶었지만 그만큼 똑똑하지는 못했대요. 대신 구급차 운전사가 됐죠. 지금 무슨 생각 할지 알아요……. 구급차를 운전하며 항상 끔찍한 사고를 목격했을 텐데 왜 안전에 더 주의를 기울여 운전하지 않았을까 싶죠?"

344

제니는 혀를 끌끌 찼다.

"생각해 보니 솔직히 몇 년 동안 아빠 생각을 해본 적이 없어요. 하, 웃긴 일이네요!"

"제가 괜히 기분 상하게 한 건 아닌지 몰라요."

"어머, 무슨 말씀을요. 사실 그 반대예요. 엄마는 아빠가 종종 골칫덩어리이긴 했어도 소설 주인공 감이라고도 했죠. 잊어야 할 사람이 아니라요. 아빠 얘기를 하는 게 어찌 보면 아빠를 계속 살아 있는 존재로 만드는 방법 같아요. 원한다면 다른 얘기도 들어보실래요? 막 옛날얘기가 떠오르네요."

"저야 너무 좋죠."

니콜라스의 차로 돌아왔을 때 기분이 아주 좋았다. 제니 작전이 예상치 못하게 성공하자 흥분이 됐다. 닉에게 어서 알려주고 싶은 마음에 기분이 들떴다. 차에 타 니콜라스에게 너무 오래 기다리게 해서 미안하다고 사과하는데, 니콜라스가 휴대폰을 건넸다. 차에 휴대폰을 놓고 간 것도 몰랐다.

"당신이 자리를 비운 동안 휴대폰에 새 메시지가 들어왔어요."

비난하는 말투는 아니었지만 무표정했다. 불길했다. 심장이 툭 떨어졌다. 제길, 제길, 제길. 멍청하게 구글 메일함을 열어놓고 간 것이다. 결국 이렇게 됐다. 닉, 니콜라스가 당신에 대해 알았어요.

"네이트가 당신 전 애인 맞죠?"

"네?"

"당신이 이미 나간 뒤에 휴대폰이 진동했어요. 몰래 훔쳐봤다고 여기게 하고 싶지 않지만, 어쩔 도리 없이 문자가 보였어요."

휴대폰을 열고 문자를 확인했다.

[초대장은 받아놨어, 아가씨! 내게 전화해.♡♡]

안도감과 함께 아쉬운 마음이 들었다. 닉에게 메일이 왔다면 강제로 모든 걸 털어놔야 했겠지. 강제지만 옳은 일을 했을 것이다.

"둘 사이에 아무 일도 없는 거죠? 그렇죠? 만약 뭔가 있다면 솔직히 말해줘요."

"사업 투자에 관심이 있을 만한 사람을 소개해 달라고 부탁한 게 다예요. 부탁만 해도 정말 토할 것 같았죠. 맹세해요. 레일라와 내가 그를 개자식이라고 부르는 데는 그럴 만한 이유가 다 있거든요."

니콜라스는 한동안 내 표정을 탐색하더니 고개를 끄덕였다.

"알았어요."

"나 믿는 거죠?"

"믿어요. 바보처럼 불안하게 굴어서 미안해요."

당신은 충분히 그럴 만한 권리가 있어요.

니콜라스는 고개를 숙여 내게 키스했다.

"이제 코가 비뚤어지게 한잔한 후 욕조에 몸을 담가보는 거 어때요?"

"아주 좋은 계획 같은데요."

겁쟁이야, 이 완전 비겁한 겁쟁이.

※

보낸 사람: NB26@zone.com

받는 사람: Bee1984@gmail.com

비, 진짜 대단하네요.

보낸 사람: Bee1984@gmail.com

받는 사람: NB26@zone.com

그렇게 어렵지는 않았어요. 제니가 진짜 수다쟁이였거든요.

제프리 말대로 평행세계에 그의 딸이 있다는 사실이 의미하는 바가 정말 믿을 수 없이 놀라워요. 하지만 우리는 바로 받아들이다니, 이상하지 않아요? 우리 상황도 굉장히 빨리 받아들였잖아요. 어쩌다 이게 뉴노멀이 된 거죠? 그렇게 노멀한 일이 전혀 아니잖아요.

보낸 사람: NB26@zone.com
받는 사람: Bee1984@gmail.com
　그러게요. 이제 제프리에게 당신은 평행세계에서 이미 죽었다는 평범한 사실을 전해야겠네요. 직접 얼굴 보고 말하는 게 낫겠죠? 트위드 양복쟁이의 출판 대리인과 금요일에 만난 후에 시내에서 보자고 해야겠어요.

보낸 사람: Bee1984@gmail.com
받는 사람: NB26@zone.com
　닉, 지금 기분이 어때요? 초조? 흥분? 새 책도 잘 풀려서 기뻐요. 트위드 개자식의 입금 회피 사건 때를 떠올려보면, 지금 얼마나 일이 엄청나게 잘 풀린 거예요!

보낸 사람: Bee1984@gmail.com
받는 사람: NB26@zone.com
　미안해요. 무시하는 것처럼 들렸죠…….

보낸 사람: NB26@zone.com
받는 사람: Bee1984@gmail.com
　전혀요. 생각해 보면 당신 없이는 여기까지 올 수 없었을 거예요.

보낸 사람: Bee1984@gmail.com
받는 사람: NB26@zone.com
　레베카도요. 결국 당신을 도와 새 책 아이디어를 낸 사람은 레베카였으니까요.

보낸 사람: NB26@zone.com

받는 사람: Bee1984@gmail.com

　도플갱어 작전 얘기가 나와서 말인데, 위대하신 니콜라스 님은 요새 어떠신가요? 한동안 언급을 안 하던데. 잘돼가고 있어요?

보낸 사람: Bee1984@gmail.com

받는 사람: NB26@zone.com

　그런 셈이죠. 다만 니콜라스는 최근 중압감에 시달리고 있어요. 출판사에서 새 책의 줄거리가 마음에 안 든다고 했대요.

보낸 사람: NB26@zone.com

받는 사람: Bee1984@gmail.com

　윽, 내 심장을 찔린 기분이군요.

보낸 사람: Bee1984@gmail.com

받는 사람: NB26@zone.com

　비꼼 주의. '비, 평행세계의 나에 대해 마음이 풀렸어요'는 어떻게 된 거죠? 당신에게 니콜라스의 새 책 관련된 말을 하지 말았어야 했는데.

보낸 사람: NB26@zone.com

받는 사람: Bee1984@gmail.com

　그냥 평소대로 멍청하게 말했던 것뿐이에요.

　잠깐만요. 그럼 니콜라스에게 『어둠 속의 총성』 내용을 알려주면 어때요? 게으른 탐정이 미해결 사건을 수사하는 거죠.

보낸 사람: Bee1984@gmail.com

받는 사람: NB26@zone.com

말도 안 돼요! 당신 소설이잖아요!

보낸 사람: NB26@zone.com

받는 사람: Bee1984@gmail.com

엄밀히 말하면 사실 트위드 양복쟁이 거죠. 니콜라스에게 말해봐요, 비. 니콜라스가 뭐라는지 보자고요.

보낸 사람: Bee1984@gmail.com

받는 사람: NB26@zone.com

베렌스타인협회의 침묵 규율을 어기는 거 아니에요?

보낸 사람: NB26@zone.com

받는 사람: Bee1984@gmail.com

협회는 절대 모를 거예요. 맙소사! 잠깐 생각해 보니 당신 세계에서도 트위드 양복쟁이가 대필 작가를 고용해서 이미 소설을 내놨는지 먼저 꼭 확인해야 할 거예요.

보낸 사람: Bee1984@gmail.com

받는 사람: NB26@zone.com

그러니까 지금 당신 자신에 대해 진짜 마음이 풀렸다는 거네요.

보낸 사람: NB26@zone.com

받는 사람: Bee1984@gmail.com

진심이라니까요.

보낸 사람: Bee1984@gmail.com

받는 사람: NB26@zone.com

좋아요. 아, 출판 에이전트를 만나러 갈 때 행운을 비는 차원에서 트위드 양복을 입고 가요. 감히 부탁해 봅니다.

닉

난 트위드 양복을 입지 않았다. 운도 필요치 않았다. 트위드 양복쟁이의 에이전트인 나지아는 분홍색으로 부분 염색한 머리에, 태도가 거침없었다.(누구나 대리인에게 이런 자질을 원할 것이다.) 그녀는 향수 냄새를 풍기며 공중에 볼 키스를 두 번 날리더니 태풍처럼 날 자기 사무실로 끌고 갔다. 나지아가 담당하는 유명 작가들의 책 표지가 크게 인쇄돼 사무실 곳곳에 진열돼 있었다. 나지아는 에스프레소를 권한 후 거의 삼십 분 동안 작가의 자신감을 북돋우는 격려성 말들을 쉴 새 없이 쏟아부었다.("정말 천부적 작가 소질을 가졌네요, 닉. 주인공의 내면에 정말 깊숙이 파고든 게 보여요.") 모두 뻔한 말에 불과했다. 하지만 그런들 어떠랴? 적어도 난 그런 것에 신경 쓸 사람이 아니었다. 나지아는 나까지 담당하는 데 동의했을 뿐 아니라,("이번 작품이랑 앞으로 쓸 다른 작품들도요.") "제 생각에 『사보타주』를 진짜 잘 밀어줄 만한 출판사"와 선금 문제까지 협의했다는 엄청난 소식을 전했다. 선금 액수가 적지 않았다. 트위드 양복쟁이와 반을 나누고 나지아의 수수료를 빼더라도 내가 작년 한 해 벌어들인 돈보다 훨씬 많다. 대략적인 마감 시한을 합의한 후, 나지아는 "우리 작품이 너무 기대돼요, 닉" 하며 드디어 날 문밖으로 배웅했다.

비가 알아온 소식을 전하기 위해 제프리를 만나러 유스턴역으로 가는 길만 아니었다면 뮤지컬 배우처럼 길에서 폴짝폴짝 뛰어다녔을 것이다. 당연히 이 소식을 제일 먼저 알린 사람은 비였다.

[거봐요. 크게 한 방 해낼 줄 알았다니까요, 닉. 방금 너무 크게 환호성을 질러서 개 산책시키던 사람이 지나가다 깜짝 놀랐어요.]

그다음으로 딜런에게 소식을 전했다.(내심 딜런이 폴과 제즈에게도 이 소식을 전했으면 했다.)

[진짜 엄청나게 자랑스러워요, 전 새아빠.]

사실 내가 진짜 소식을 전하고 싶은 사람은 바로 레베카였다. 하지만 월요일까지 기다려야 했다.

제프리는 우리가 주먹다짐할 뻔했던 감자튀김 가게 앞에서 날 기다리고 있었다. 마치 싸울 준비라도 하듯 어깨를 구부린 채 지나가는 행인을 무작위로 쏘아보고 있었다. 제프리라면 충분히 싸움이 날 수도 있다. 평행세계의 딜런 소식은 날 완전히 무너뜨렸었는데, 제프리는 자기 죽음에 어떻게 반응할까?

제프리는 날 보더니 인사로 고갯짓을 한 번 했다. "얘기하려면 시간이 꽤 걸릴 수 있으니" 자리를 잡고 한잔하자는 내 제안에 토를 달지 않았다. 제프리는 어떤 메뉴를 주문할지 결정하는 데 시간이 꽤 걸렸다. 제프리가 여러 차례 주문을 변경하자 계산대 뒤에 서 있던 불쌍한 점원의 손님 접대용 미소가 점점 일그러졌다.

우리는 구석 자리에 앉았다. 소식을 전하기 전에 가벼운 얘기로 마음을 편하게 하려 했지만, 제프리가 훅 치고 들어왔다.

"제길, 바로 말하시오."

"나쁜 소식 먼저요, 좋은 소식 먼저요?"

"나쁜 거."

난 마음을 다잡았다.

"비의 세계에서 당신은 이미 죽었어요, 제프리. 안됐지만, 그는, 그러니까 당신은 사고를 당했어요."

제프리는 충격을 받았는지 아무런 내색도 하지 않았다.

"언제요?"

"1985년이요."

그는 먼 곳을 응시했다.

"그때면…… 그 기억들이 생기기 시작한 때군. 어떻게?"

"어떻게 죽었냐고요?"

멍한 표정이었다.

"오토바이 충돌 사고요."

제프리가 고개를 끄덕였다.

"말이 되는군. 여기서도 K.T.M 바이크로 미친 듯이 속도를 내곤 했으니까."

"나머지 얘기도 들을 준비가 되셨습니까?"

"해보시오."

제니에 대한 얘기를 시작한 지 이 분 만에 제프리가 큰 소리로 울기 시작했다. 이해할 만한 눈물이었다. 얘기를 그만할까 물었지만 그는 고개를 저었다. 점원과 다른 손님들이 우리를 점점 더 걱정스럽게 쳐다봤지만 신경 쓸 여유가 없었다. 사람들은 아마 우리가 안 좋게 헤어지는 중이라고 생각했을 것이다. 제프리의 기억은 비의 세계와 상호 연관돼 있었다. 특히 풍선 일화는……, 이 얘기로 제프리의 울음이 더 격해졌다.

차츰 울음이 흐느낌으로, 흐느낌이 코 훌쩍임으로 잦아들었다.

"내가 정신병자가 아닐 줄 알았어. 뭔가 있다는 확신이 들었다고. 제니는 괜찮소? 잘 지내고 있소?"

"비의 말에 따르면, 제니는 훌륭히 살고 있대요. 오랜만에 그렇게 행복한 사람을 만나봤다고 했어요."

너무 부풀렸나? 확실히 그렇지. 하지만 그러면 좀 어때?

"당신에게 손녀도 있어요. 메건이라고 해요. 이제 곧 학교에 입학할 거래요."

휴지를 건넸지만 제프리는 흐르는 콧물을 소매로 슥 닦았다. 고개를 끄덕거리는 장식용 개처럼 목젖이 꿀렁꿀렁하는 걸 보니 최악의 순간은 지나간 것 같았다.

"그래도 걱정이 되오. 가족이 거기 있잖소. 그쪽 세계에. 당신도 걱정될 거요. 트럼프 같은 완전 닭대가리 개새끼에게 투표한 걸 보면 절대 좋은 세계일 리가 없소."

"네?"

순간 어리둥절했으나, 곧 내가 초반에 어리석게도 베렌스타인협회에 아이메일을 공유했었다는 사실이 떠올랐다.

"비는 자기 세계가 계속 나아지고 있다고 했어요. 희망이 있다고요."

비가 그런 말을 한 적은 없었다. 결코 한 번도 없었다. 비와 '현실 세계'의 문제들에 대해 토론한 건 이상 신호 때문에 서로 정보를 비교했던 초반 딱 한 번뿐이었다. 도플갱어 작전과 우리의 드라마만으로도 모든 시간과 노력을 갖다 바쳐야 했다. 돌이켜 보면 무의식적으로 우리 둘 다 상대의 세계에서 은밀히 벌어지는 일을 깊이 파헤치고 싶어 하지 않았다는 걸 깨달았다. 비와 난 우리만의 작은 세계에 살았고 그것만으로도 충분했다.

제프리는 스테비아 설탕 봉지를 만지작거렸다.

"내가 구급차 운전사라고 했소?"

"네."

"젊었을 때 그 일을 하려 했던 기억이 나오."

"왜 안 했나요?"

"대신 육상 생태계 보호 회사에 들어갔소. 나무 재이식과 숲 복원 사업에 특화된 일을 했었지."

다시 한번 릴리 부인의 말이 떠올랐다. "자네는 사람을 다 안다고 생각하나 보네." 제프리는 자기 이마를 두드렸다.

"그런데 일이 생겼소. 무면허 벌목 차량이 내 랜드로버 차를 박살냈지. 일을 포기해야 했소."

제프리의 운전 실력을 이미 경험한 터라 제프리 역시 사고에 책임이 있을 거라는 생각이 들었다.

"그런 일이 일어났다니 유감입니다."

제프리가 어깨를 으쓱했다.

"인생이란. 사람에게 똥덩어리를 던지곤 하지. 안 그렇소?"

확실히 그렇다.

"협의한 대로 나도 약속을 지키겠소. 협회의 다른 사람들에게는 당신이 다른 일에 집중하고 있고, 그쪽 세계에는 전혀 끼어들지 않는다고 말하겠소. 당신이 날 위해 해준 일은, 그건……."

제프리의 목젖이 다시 위험하게 꿀렁거리기 시작했다.

"당신이 원하면 정보를 더 줄 수도 있어요. 업데이트 말예요. 비에게 계속 제니와 메건에 대해 살펴보라고 부탁하죠."

전혀 이런 말을 할 계획 따위는 없었다. 예상치 못하게 갑자기 튀어나온 말이었다. 제프리가 다시 울음을 터뜨릴까 봐 다급히 막으려는 의도도 일부 있었다.

"그렇게 해주겠소?"

"그럼요."

제프리는 코를 훌쩍이며 고개를 끄덕이더니, 이미 콧물이 묻은 소매로 코를 한 번 더 훔쳤다.

"담배 한 대 피우러 나가겠소?"

역 중앙 광장을 지나갈 때, 난 애써 시계탑을 보지 않으려 했다. 그렇지만 비와 만나지 못했던 운명적인 그날 내가 겪은 모든 감정이 다시 한번 날 휩쓰는 건 막을 수 없었다. 희망, 흥분, 혼란, 그리고 공허함. 이런 감정이 얼굴에 드러난 게 틀림없었다. 제프리가 놀란 표정으로 날 보더니 물었다.

"그 여자와는 어떻게 돼가고 있소? 이 세계에 있는 여자 말이오."

"레베카요? 어……, 진행 중이죠."

"그녀에게 말했소? 댁이 누군지? 왜 그녀와 함께하고 싶은지?"

"아니요."

"미친놈으로 생각할까 봐 걱정되오?"

"그렇죠."

"하긴, 그럴 만하지."

"비는, 다른 세계의 비는 솔직히 말해야 한다고 생각해요. 안 그러면 거짓으로 관계를 시작하는 거라고."

"글쎄. 모든 관계가 그렇게 시작하지 않소? 처음 누군가를 만날 때는 가장 좋은 모습만 보여주려 하잖소. 그것도 어떻게 보면 작은 거짓말이지."

제프리다운 관점이었다. 가장 좋은 모습이라. 비와 내가 처음 '만났을 때'에는 전혀 필요하지 않았던 모습이기도 했다.

"하지만 비 쪽은 잘 진행되고 있는 것 같아요. 내 말은, 비의 세계에 있는 다른 나와 말입니다."

"계속 말해보시오."

뭐, 거절할 이유가 없었다. 제프리와 역 앞에 앉아 담배를 피우는 동안 그에게 많은 걸 털어놨다. 불안한 마음, 질투심, 완전 날것 그대로 비참한 개자식이 숨겨왔던 진심을. 다른 사람도 아닌 제프리가 이런 짜증 나는 감정적 종기를 제거하는 데 도움을 주다니, 상상이나 할 수 있었을까?

米

보낸 사람: Bee1984@gmail.com

받는 사람: NB26@zone.com

그러니까 제프리 씨가 정말로 평행세계의 난민이었네요. 있잖아요, 닉. 이 모든 일을 보니 엄마가 돌아가셨다는 사실이 좀 덜 슬프게 느껴져요. 이게 정말 진짜라면, 어쩌면 우리가 죽더라도 어디선가는 다른 세계의 우리가 삶을 계속 살아가고 있을 거잖아요.

보낸 사람: NB26@zone.com

받는 사람: Bee1984@gmail.com

거기까지 깊이 생각했군요, 비.

보낸 사람: Bee1984@gmail.com

받는 사람: NB26@zone.com

메시의 결함은 당신에게도 동일하게 작용할 거예요. 벼랑 끝에 서서 밑을 내려다보는 기분이에요. 너무 오래 보다 보면 뛰어내리고 싶은 충동이 생길 수도 있죠.

보낸 사람: NB26@zone.com

받는 사람: Bee1984@gmail.com

그렇게 하기 전에 이거 먼저 알려줘요. 니콜라스에게 『어둠 속의 총성』줄거리는 말해줬나요?

보낸 사람: Bee1984@gmail.com

받는 사람: NB26@zone.com

아직요. 얼굴 보면 얘기하려고요. 아직 어떻게 그 아이디어가 생각났는지 둘러댈 방법을 못 정했어요. 물론 "고객이 한 말에서 떠올랐어요"라는 그럴듯한 핑곗거리가 항상 있긴 하지만요. 니콜라스는 내일 올 거예요. 오늘 밤이 바로 상위 1퍼센트 상류층인 베네딕트의 영광스러운 얼굴을 접하는 날이거든요.

보낸 사람: NB26@zone.com
받는 사람: Bee1984@gmail.com

맙소사! 제프리 일과 출판 에이전트를 만난 얘기에 빠져서 당신 일을 잊고 있었어요. 먼저 알려줬어야죠!

보낸 사람: Bee1984@gmail.com
받는 사람: NB26@zone.com

솔직히 말하면, 오늘 밤 일을 되도록 떠올리지 않으려 하고 있었어요. 행운을 빌어줘요. 내가 일을 망치지 않기만을 바랄 뿐이에요.

비

유명인 행사는 보통 내 내면을 말려 죽이는 영혼 없는 수다 파티 같은 거였다. 하지만 오늘 밤의 행사는 달랐다. 중요한 임무를 수행 중이었기 때문이다. 평소보다 훨씬 긴장됐다. 일이 잘 풀린다면 평행세계의 남편을 직접 만날 수 있다는 사실 때문만이 아니라, 헤어진 후 네이트를 처음 만나는 자리이기도 했기 때문이다.

네이트는 행사장 밖에서 날 기다리고 있었다. 시선의 반은 휴대폰 화면을 향하고, 반은 이 기회를 이용해 인맥을 쌓기 위해 주변 사람들을 흘끗거리는 중이었다. 폴스미스 양복에 도수 없는 안경을 끼고 머리를 올백으로 넘긴 모습이었다. 인사하기 전에 네이트를 한동안 지켜봤지만…… 아무 느낌이 없었다. 아니다. 백 퍼센트 진실은 아니었다. 내 외모를 점검해야 한다는 생각이 한순간 들기도 했다. 대체 왜 그런 생각을 하는 거야, 비?

"네이트, 오랜만이야."

"아름다운 레베카!"

네이트가 공중에 쪽쪽 볼 키스를 날렸다. 그리고 예의 그 소유주 같은 시선으로 날 아래위로 훑었다.

"정말 멋진걸."

진심으로 한 말이라고 믿고 싶지만, 네이트는 절대 진심을 보이지 않는 사람이었다. 분명 오늘 밤 난 최선을 다해 꾸미긴 했다. 값비싼 비비안 웨스트우드 드레스를 사고,(새것처럼 상태가 좋은 중고로) 고급 미용실에서 머리와 메이크업을 했다.(미용사에게 곱슬머리를 쫙 펴달라고 했다. 네이트가 이런 머리 스타일을 싫어하기 때문이었다.)

"너도 멋지네."

거짓말이었다. 가까이에서 보니 네이트는 몇 킬로그램쯤 살이 붙어 턱 밑으로 살이 처질 조짐이 보였다. 그동안 술독에 빠져 살았나 보지, 네이트?

"갈까? 베네딕트가 십 분 전쯤 안으로 들어가는 걸 봤어. 내가 널 위해 근사한 소개말을 준비했지."

"고마워."

행사장은 '나 좀 봐라' 뽐내듯 형형색색의 최고급 옷과 보석을 걸친 사람들로 가득 차 있었다. 그런데도 곧바로 베네딕트를 알아볼 수 있었다. 말 그대로 모든 조명이 베네딕트를 밝게 비추는 듯했다. 베네딕트의 실물은 키가 좀 더 작고 몸집이 다부졌다. 그는 자신에게 아부를 떠는 한 무리의 디자이너들에 둘러싸여 재미있는 얘기로 좌중을 웃기고 있었다.

"음료수 좀 가져올게."

네이트가 말했다.

"네가 이런 행사를 얼마나 싫어하는지 잘 알지."

이런 사려 깊은 면은 네이트를 처음 만났을 때를 떠올리게 했다. 내가 사랑에 빠졌던(혹은 사랑에 빠졌다고 생각했던) 모습. 하지만 그렇다고 네이트에 대한 감정이 나아진 건 아니었다. 그래도 시도는 좋았어, 개자식아.

"비!"

메루가 날 향해 날 듯이 다가왔다. 메루는 패셔니스타로, 그녀가 의뢰한 옷 덕분에 사업 초창기에 세간의 이목을 끌었었다. 메루는 공중에다 또다시 볼 키스를 날렸다.

"아는 얼굴을 여기서 만나다니 너무 반갑다."

메루와 난 서로의 근황을 얘기했다. 물론 주로 얘기한 사람은 메루였다. 메루는 복숭아 부인급의 까다로운 고객이었지만 일을 떠나 개인적으로는 그녀를 좋아했다. 게다가 나 혼자 어색하게 있지 않아도 돼서 다행이었다.

네이트가 돌아와 레드 와인을 건넸다. 인기가 많은 메루는 같이 사진을 찍자는 사람에게 끌려갔다.

"갈까?"

난 고개를 끄덕였다. 드디어 때가 왔다. 불안한 기운이 덩굴처럼 스멀스멀 타고 올라왔다.

네이트는 내 허리에 팔을 두르고(웩!) 베네딕트의 무리 쪽으로 살랑거리며 매끄럽게 파고들었다.

"벤, 레베카 데이비스를 소개할게요. 전에 얘기한 디자이너요. '망할 놈의 드레스를 위하여'의 창업자."

베네딕트는 내 눈을 똑바로 바라보며 미소 지었다.

"당연히 기억하죠. 만나 뵙게 돼 영광입니다."

"그럼 두 분 얘기 나누시죠."

네이트가 아부 떨 듯 상냥하게 말했다.

"얘기 끝나면 저쪽으로 와, 레베카. 우리도 얘기 좀 해야지."

마침내 베네딕트와 단둘이 있게 됐다. 안녕, 남편. 부자일 때나 가난할 때나, 아플 때나 건강할 때나, 죽음이나 양자 머시기가 우리를 갈라놓을 때까지.

"회사 이름이 마음에 드네요, 레베카 씨. 당신이 하는 사업이 바로 우리가 지지하는 지속 가능한 패션이죠."

베네딕트와 대화를 나눌 수 있던 시간은 채 오 분도 되지 않았다. 하지만 베네딕트는 대화 내내 마치 이곳에 나 외에 다른 사람은 없는 것처럼 완전히 내게만 집중했다. 사람을 찔러 죽일 만한 엄청나게 카리스마 있는 눈빛이었다. 카리스마. 세상에 진짜 카리스마를 가진 사람은 몇 없었다. 이런 사람을 만나면 그가 짜놓은 궤도에 말려들 수밖에 없을 것이다. 그래서 레베카도 베네딕트에게 끌린 걸까? 베네딕트는 연달아 질문을 던졌다.(고객층, 소셜미디어 도달률, 업무 진행 방법 등.) 난 기계적으로 대답하며 머릿속에서는 다른 생각을 했다. '난 당신과 결혼했어요. 우리는 한 침대를 쓰고, 잠자리도 같이했고 아이도 하나 있어요. 당신이 벌거벗은 모습을 본 적도 있고, 당신도 내 벌거벗은 모습을 봤어요. 당신이 자다 뀐 방구 소리도 들었고, 치실 하는 모습도 봤지요.' 난 베네딕트의 화려함 뒤에 숨은 진짜 모습을 볼 수는 없었다. 다른 이상 신호도 감지하지 못했다. 하지만 내가 자신의 매력에 납작 엎드리지 않자, 베네딕트가 당황한 기색을 보인 순간은 있었다.

"사업 계획이나 확장 방안이 있다면 또 얘기해 봅시다. 만나서 즐거웠습니다, 레베카 씨."

베네딕트가 명함을 내밀었다.

"주저 말고 꼭 연락 주세요."

베네딕트는 날 민망하게 만들지 않았다. 그렇다고 그에게 끌린다는 생각도 들지 않았다. 물론 분명 매력적인 사람이긴 했다. 호색한도 아니었고, 내게 치근덕대지도 않았다. 하지만 직감적으로 베네딕트와 내가, 베네딕트와 레베카가 잘못된 조합이라는 걸 알 수 있었다.

그래, 인정하지만 솔직히 이기적인 안도감도 들었다. 이 남자라면 아내가 이혼하자고 해도 쉽게 무너질 연약한 영혼의 소유자는 아니었다.

난 바로 행사장을 떠났다. 굳이 네이트에게 작별 인사를 하지는 않았다.

집에 돌아왔을 때, 아파트가 평소보다 더 외롭게 느껴졌다. 허전함을 채우려 닉에게 메일을 보내려다 대신 니콜라스에게 먼저 전화를 걸었다.

"안녕."(이 말이 아직은 닉의 전용 단어처럼 느껴졌다. 니콜라스가 '안녕'이라고 할 때마다 '바로 그 사람이야. 하지만 사실은 그가 아니야'라는 생각이 그림자처럼 따라올 것이다.)

"안녕."

"잘됐어요? 투자자를 잘 물었나요?"

"아뇨. 대체 내가 무슨 생각이었는지 모르겠어요. 난 지금 그대로도 행복한데 말이죠. '망할 놈의 드레스를 위하여'는 앞으로도 지금처럼 소규모 사업일 거예요. 전 그걸로 만족해요."

"그 자식을 다시 만난 건 어땠어요?"

"토할 것 같았어요. 그래도 내가 당신을 만났다는 사실이 얼마나 행운인지는 새삼 깨닫게 해줬죠."

이번만은, 진심이었다.

※

보낸 사람: NB26@zone.com
받는 사람: Bee1984@gmail.com

카리스마 있는 녀석. 그게 다예요? 좀 더 자세한 정보는 없나요?

보낸 사람: Bee1984@gmail.com
받는 사람: NB26@zone.com

딱 오 분 얘기 나눠봤어요. 아주 길고 이상한 오 분이기는 했지만요. 그래도 한 가지 확실한 건, 내가 좋아할 만한 남자가 아니라는 거예요. 즉 레베카랑도 어울리는 남자가 아니라는 거죠.

보낸 사람: NB26@zone.com
받는 사람: Bee1984@gmail.com

그건 확실치 않죠, 비. 본성 대 양육의 차이. 기억하죠?

보낸 사람: Bee1984@gmail.com
받는 사람: NB26@zone.com

닉, 정말 확실해요. 직감적으로 안다니까요. 세포나 아니면 뭐 유전자가 그냥 느낄 수 있다고요. 그게 뭐든. 그냥 알아요. 게다가 당신 세계에서는 베네딕트가 섹시한 홀아비도 아니잖아요. 레베카가 동정할 만한 이유도 없다고요.

보낸 사람: NB26@zone.com
받는 사람: Bee1984@gmail.com

그 남자가 바로 스칼렛의 아빠예요, 비.

보낸 사람: Bee1984@gmail.com
받는 사람: NB26@zone.com

알아요. 하지만 오직 '아이를 위해'서 결혼 생활을 유지하는 일이 가장 안 좋은 선택이라는 걸 레베카 역시 누구보다 잘 알고 있을 거예요. 그런 결혼은 레베카를 망칠 뿐 아니라 당신도 망칠 거라고요.

보낸 사람: NB26@zone.com
받는 사람: Bee1984@gmail.com

비, 당신 마음은 이해해요. 하지만 당장은 그때그때 상황에 맞춰 대응할 수밖에 없어요. 주제를 바꾸자고요. 성자 니콜라스에게 『어둠 속의 총성』에 대해 말했어요?

보낸 사람: Bee1984@gmail.com
받는 사람: NB26@zone.com
 네.

보낸 사람: NB26@zone.com
받는 사람: Bee1984@gmail.com
 뭐래요?

보낸 사람: Bee1984@gmail.com
받는 사람: NB26@zone.com
 마음에 쏙 든대요.

보낸 사람: NB26@zone.com
받는 사람: Bee1984@gmail.com
 하! 잘됐네요. 니콜라스가 그 작품을 망치지 않길 바라요.

닉

비는 이걸 뜻밖의 동시성이라고 불렀다. 두 세계가 마치 거울처럼 동일한 사건이 거의 동시에 일어났다. 단순한 우연으로 치부하기엔 이런 일이 너무 자주 발생했다. 비가 그 유명한 베네딕트를 만난 일주일 후, 나 역시 베네딕트와 마주쳤다.

토요일과 일요일은 레베카와 스칼렛에게 접근 금지였다. 덕분에 주말이 내게 지루한 시간이 됐다. 레베카는 주말을 그냥 '가족과 함께하는 시간'이라고만 말했지만, 베네딕트가 사무실뿐 아니라 집에서도 카리스마를 뿜어내는 게 확실해 보였다. 레베카는 자기 삶을 여전히 안전한 울타리 속에 꽁꽁 감췄고, 가족끼리 보내는 시간에 대해서는 말하려 하지 않았다. 하지만 스칼렛이 종종 울타리 안에서 무슨 일이 일어났는지 단서를 흘리곤 했다. "할미할미"를 보러 갔고, (베네딕트의 어머니로 추정되는) 할미한테서 "이상한 냄새가 났어. 아빠가 화냈어"라거나, "피자 먹었어. 엄마는 배가 안 고프대"라는 말을 하기도 했다. 한번은 이런 말도 했다.

"방을 안 치우면 장난감을 몽땅 보낼 거래. 텍사스에 사는 불쌍한 친구들에게. 아빠가 그랬어."

월요일 아침이 되자, 크리스마스 아침을 기다리던 아이처럼 침대에서 벌떡 일어났다. 레베카에게 책에 대한 새로운 소식을 어서 전하고 싶어 참을 수가 없었다. 트위드 양복쟁이에 대한 찬사의 의미이자 재미 차원에서 트위드 양복을 입고 나갈까도 생각했다. 게다가 니콜라스가 『어둠 속의 총성』을 좋아했다는 생각에 한껏 자신감이 고양돼 흥분을 감출 수 없었다.(그래, 솔직히 그 녀석이 나보다 더 잘 쓸까 봐 약간 걱정되기도 했다. 하지만 그런 마음은 깊숙이 잘 넣어뒀다.) 너무 들뜬 모습에 에리카까지 눈치를 챌 정도였다.

"일단 행복하다니 보기 좋네요. 그런데 다 쓴 수건을 지정된 장소에 놓지 않았더군요, 닉. 또 그러면 안 되죠."

내 기분에 전염된 것처럼 개들 역시 평소보다 활기찼다. 최근 엉덩이 통증을 겪던 소시지도 그날은 강아지처럼 잘 뛰었다. 평소보다 일찍 공원에 도착했는데 이미 스칼렛과 레베카가 우리를 기다리고 있었다. 스칼렛이 개 목줄을 잡고 기쁘게 소리쳤다.

"소시지! 따라와!"

레베카는 날 한 번 보더니 물었다.

"잘됐어요?"

"계약서에 사인했어요."

레베카가 자신도 모르게 두 팔로 날 껴안았다.

"너무 잘됐어요."

당연히 나도 그녀에게 반응했다. 레베카를 내 쪽으로 꽉 끌어당겨 안았다. 레베카와 나 사이에 이런 신체 접촉은 처음이었다. 내가 레베카의 머리를 쓰다듬자, 레베카가 날 올려다봤다. 그 순간 묘한 기류가 흘렀다. 아주 짧지만은 않은 순간이었다. 레베카 역시 나만큼이나 간절하다는 게 느껴졌다. 하지만 이내 레베카가 헉하며 몸이 굳더니 재빨리 뒤로 물러서며 중얼거렸다.

"죄송해요."

"뭐가요?"

레베카는 몸을 돌리더니 불안할 때마다 늘 그렇듯 자기 옷을 당겼다.

"정말…… 정말 좋은 소식이에요, 닉."

"레베카……, 방금 우리 사이에 있었던 일에 대해 얘기해야 하지 않을까요?"

"아무 일도 없었던 거예요."

레베카는 개들과 잔디 위에서 구르며 놀고 있는 스칼렛을 가리켰다.

"이걸 망치고 싶지 않아요. 이해해 줄 수 있죠?"

"알겠어요."

잘못된 첫 단추. 우리 사이의 엇박자가 지난 후, 레베카와 난 평소의 공원 산책 일과로 돌아왔다. 농담을 주고받고 책 얘기를 나누고, 공원 단골에 대한 뒷담화를 시시덕거렸다. 하지만 이 모든 게 내게는 이제 연극처럼 느껴졌다.

화요일에는 레베카가 안 나올지도 모른다는 생각도 들었다. 하지만 스칼렛과 레베카는 여전히 공원에 나왔고 또다시 연극이 시작됐다. 모든 게 전과같이 평범했고, 우리 사이에 흘렀던 성적 긴장감 따위는 존재하지 않는 것처럼 행동했다.

([맙소사, 닉. 성적 긴장감이 둘 사이의 불편한 진실이 된 건가요? 아니면 공원 안의?] [비유를 좀 더 발전시킬 필요가 있겠어요, 비. '초콜릿 한 박스만큼 유혹적인 긴장감'에 비할 만하죠. 아무튼 맞아요.] [지옥 같은 유혹으로 들리는데요.] [맞기도 하고, 아니기도 해요. 그냥 집에 간 후 완전히 혼자만의 시간이 필요했다는 정도로만 말할게요.] [이제 둘 사이는 시간문제일 뿐이라는 거 알죠?] [그럴 수도 있겠죠. 하지만 스칼렛이 개들에게 비스킷을 먹이는 동안 야외무대 뒤에서 재빨리 해치우듯 관계를 맺을 수는 없잖아요. 시작에만 비스킷이 일 톤은 필요할걸요.])

수요일과 목요일 역시 '아무렇지 않은 척 연극하기'의 반복이었다.

일이 일어난 건 금요일이었다. 모든 게 비 때문이었다. 하지만 사실 레베카와 난 그냥 핑곗거리를 찾고 있었는지도 모른다. 보통은 날씨가 안 좋아지기 시작하면 공원 야외무대로 피하곤 했다. 하지만 그날은 만나자마자 갑자기 비가 장대처럼 쏟아졌다. 늦여름에 내리는 소나기로 빗방울이 아기 머리통만큼 컸다.

순식간에 우리 둘 다 비에 흠뻑 젖었다. 비에 젖은 티셔츠가 레베카의 몸에 찰싹 달라붙었다. 난 그쪽을 보지 않으려 자신과 싸워야 할 지경이었다.

"엄마!"

스칼렛이 반쯤은 웃고 반쯤은 비명 소리를 냈다.

레베카가 가방을 뒤적였다.

"이런. 겉옷을 챙겨 오지 않았어요."

날 바라보더니 말했다.

"우리 집으로 가요."

우와.

"정말요?"

"그럼요."

레베카가 마른침을 삼키더니 얼굴에 들러붙은 머리카락을 떼어냈다.

"베네딕트는 오늘 아침 뉴욕으로 출장을 갔어요."

난 레베카와 논쟁하지 않았다. 우리는 모두 축축한 상태로 출발했다. 레베카의 집에 처음 갔을 때와 가는 길은 같았지만 훨씬 서둘러야 했다. 이번에는 내가 스칼렛을 안고 갔다. 스칼렛은 내게 원숭이처럼 착 매달려 "더 빨리, 강아지 아저씨!"라고 소리 질렀다. 윌더빌 입구에 도착했을 때는 우리 셋 모두 숨을 헐떡이며 깔깔대고 있었다. 로지와 소시지를 직접 데리고 들어가기 위해 스칼렛을 내려놓았을 때 레베카와 눈이 마주쳤다. 우리는 욕망이 가득한 눈빛으로 서로를 바라봤다. 욕망이라니, 지독히 형편없는 단어였다. 하지만 이걸 설명할 다른 말이 없었다. 솔직히 어쩌면 '성욕'이 더 정확할 것 같았다. 내 몸 전체가 열기로 타오르는 기분이었다. 말 그대로 내 몸 전체에.

진짜 때가 왔어!

그런데 그렇지 않았다. 차고 진입로에 다다랐을 때, 레베카가 우뚝 멈춰 서더니 작게 중얼거렸다.

"오, 이런, 안 돼."

차고 앞에는 매끈하게 생긴 테슬라가 주차돼 있었다. 개를 데리고 얼른 돌아가겠다고 말하려는 찰나, 문이 열리더니 그가 나왔다. 베네딕트가 속을 알 수 없는 표정으로 레베카와 날 번갈아 쳐다보더니 곧바로 스칼렛에게 향했다.

"스칼렛!"

"아빠!"

"오, 우리 공주님. 이게 뭐야. 온통 젖었네."

다행히 스칼렛은 어른들 사이에 흐르는 긴장감을 눈치채지 못한 채 개 목줄을 쑥 들어 보였다.

"아빠, 봐봐. 얘는 소시지고, 쟤는 로지."

"그렇구나."

베네딕트가 날 돌아봤다.

"그럼 당신이 바로 스칼렛이 항상 얘기하던 '강아지 아저씨'군요?"

"네. 그게 바로 접니다!"

순수한 척, 거리낄 게 아무것도 없다는 걸 보여주기 위해 과도하게 쾌활한 인사를 건넸다.

"그래도 진짜 이름은 있으시겠죠."

베네딕트가 내 쪽으로 다가와 손을 불쑥 내밀었다.

"베네딕트입니다."

난 젖은 손을 청바지에 쓱쓱 닦고 악수에 응했다. 물론 청바지도 젖어 있었기 때문에 그다지 도움은 되지 않았다.

"닉입니다."

베네딕트는 나보다 키가 작았지만 가슴이 다부졌고, 온몸에서 자신 감을 뿜어내고 있었다.

"드디어 만나 뵙게 되는군요."

레베카를 쳐다보지 않아도 그녀의 모든 신경이 날카롭게 곤두서 있 는 게 느껴졌다.

"미국에 출장 가는 줄 알았는데, 베네딕트?"

"엘레나가 일을 망쳤지. 정부에서 허락한 개인 비행거리 할당량을 잘못 계산했어."

베네딕트는 마치 나 역시 이런 부자들의 문제를 자주 겪어봐서 잘 알지 않느냐는 듯 가식적인 웃음을 내게 지어 보였다.

"누구에게나 할당량은 적용되니까요. 그렇죠?"

"닉에게 우리 집에 와서 옷 좀 말리고 가라고 했어요. 갑자기 폭우 를 만났거든요."

"그래 보이네. 들어오십시오. 많이 젖었네요."

"아니요. 가야 할 것 같습니다. 개도 두 마리나 있어서요."

소시지가 기꺼이 베네딕트의 실크 양복에 몸을 털며 대화 중에 끼 어들었다.

"그 점은 염려 마십시오. 개도 안으로 데리고 오시죠!"

"베네딕트……."

"호들갑 떨지 마, 레베카. 괜찮을 거야. 가서 당신이랑 스칼렛은 마른 옷으로 갈아입고."

레베카는 베네딕트나 나와 눈이 마주치지 않도록 피하며 스칼렛을 데리고 집 안으로 사라졌다.

베네딕트는 부엌처럼 보이는 움푹 들어간 텅 빈 공간으로 나와 개들을 안내했다.

"개 목줄은 꼭 잡고 계십시오. 수건을 가져다드리겠습니다."

"감사합니다."

이런 집 내부는 처음이었다. 서재는 회색 톤의 미니멀리즘이 돋보였고, 부엌 조리대는 마치 윤이 나는 바닥에서 솟아난 듯이 보였다. 제일 끝에는 엄숙한 분위기의 회색 가죽 소파 두 개가 서로 공격적으로 마주 보고 있었다. 집의 열원으로 추정되는, 유리로 감싸인 구멍 위에는 그림이 하나 걸려 있었다. 물감이 마구 흩뿌려진 이 거대 추상화를 제외하면 당황스러울 정도로 집 안에 색감도 부족하고 물건도 거의 보이지 않고, 편안함도 느껴지지 않았다. 어디에도 요리를 하거나 음식을 보관하거나 설거지를 한 흔적이 없었다. 장난감도, 책도, 심지어 실수로 꺼내놓을 법한 머그컵 하나도 보이지 않았다. 이 집은 레일라 2의 사무실보다 날 더 꾀죄죄하게 느끼게 했다. 내게 맞는 세계가 아니었다. 레베카도 나와 마찬가지일 것이다. 이렇게 몰개성적이고 말도 안 되게 비싼 감옥을 만든 사람은 베네딕트임이 틀림없었다. 당연히 개들은 고급 인테리어 따위는 신경도 쓰지 않고 집처럼 편안히 있었다. 소시지는 거울처럼 윤이 나는 바닥 위에 털썩 누웠다. 축축한 개털이 범죄 현장을 표시한 선처럼 개 모양 그림을 만들어놓을 것이다. 로지는 혹시나 바닥에 떨어진 음식 부스러기가 있나 조리대 밑을 코로 쿵쿵거리며 돌아다니다 소득이 없자 포기하고 소시지 옆에 주저앉았다.

베네딕트가 돌아와 수건을 내밀었다.

"감사합니다."

"마른 옷을 빌려드리려 했는데 사이즈가 안 맞을 것 같군요."

베네딕트가 미소 지었다. 나도 미소를 지어 보였다.

"커피 마시겠습니까?"

"괜히 곤란하게 하고 싶지 않습니다."

"전혀요. 아내의 친구를 만나는 건 언제나 환영입니다. 특히 그 유명한 강아지 아저씨라면 대환영이죠. 에스프레소로 드실래요? 아니면 우유를 좋아하시는 편인가요?"

마치 테스트처럼 들렸다.

"에스프레소가 좋겠군요."

베네딕트가 부엌 벽 어딘가의 보이지 않는 버튼을 눌렀다. 작은 기계음이 들리더니 최고급 이탈리안 레스토랑에나 어울릴 법한 에스프레소 머신이 튀어나왔다. 또 전혀 틈이 보이지 않는 매끄러운 벽장 어딘가를 누르자 아주 작은 크리스털 에스프레소 잔이 진열된 선반이 나타났다. 마치 부자의 마술 쇼를 지켜보는 기분이었다. 막 간 커피콩의 신선한 향이 부엌을 가득 채웠다.

베네딕트는 내게 잔을 건넨 후 조리대에 기댔다. 난 그 자리에 가만히 서서 움직이지 않았다. 내 몸에서 바닥으로 물이 뚝뚝 떨어졌다. 한 손에는 수건을 들고 인형 찻잔만 한 컵으로 커피를 마셨다. 커피 맛 하나는 기가 막히게 좋았다.

"당신에 대해 말해주시죠, 닉 씨. 그렇게 자주 공원에 오는 걸 보면 분명 재택이 가능한 일을 하시는 것 같은데요."

"작가입니다."

"그러십니까? 대단하시네요. 성함을 들어봤을까요? 제가 그리 책을 많이 읽는 사람은 아니지만요."

"들어본 적 없으실 겁니다."

"너무 겸손하신 것 같네요."

베네딕트의 표정이 갑자기 바뀌었다.

"아내가 오네요!"

고개를 돌리자 레베카가 오는 게 보였다. 옷을 이리저리 잡아당기며 명백히, 너무 드러날 정도로 명백히 내 쪽을 안 보려 하고 있었다. 베네딕트가 손을 내밀자, 레베카는 쥐 죽은 듯 걸어가 그에게 안겼다. 어깨를 살짝 말고 주의 깊게 안무를 짠 것만 같은 몸짓이었다. 동작마다 몸과 마음이 내가 아닌 바로 베네딕트를 향하고 있다고 주장하는 듯했다. 나와 처음 만났을 때보다 훨씬 더 강한 경계심을 드러냈다. 필사적으로 자신에게 쏠린 관심을 피하려는 모습이었다.

"결혼하셨습니까, 닉?"

베네딕트가 내 약지를 쳐다봤다.

"별거 중입니다."

"아."

제기랄. 이 긴장된 분위기를 누그러뜨릴 만한 뭔가가 필요했다. 레일라 2에게 통했던 방법이 떠올랐다.

"내 파트너……인 그가 다른 사람을 만났죠."

베네딕트에게 일순 놀란 표정이 스쳤다. 레베카는 경계 태세를 약간 낮췄다.

"괜한 걸 물었군요. 사귄 지 얼마나 되셨나요? 당신과 그…… 죄송한데 파트너분의 성함이?"

망할 녀석. 내 입에서 갑자기 한 이름이 튀어나왔다.

"제즈요."

"그분과 얼마나 오래 함께하셨나요?"

"십이 년 됐죠."

"아, 정말 오랜 시간 함께하셨군요."

베네딕트가 레베카를 한 번 쳐다봤다.

"십이 년이면, 레베카와 저는 구 년을 더 함께 살아야 할 연수네요. 하지만 우리는 문제없죠. 안 그래, 여보?"

베네딕트는 내게 시선을 고정한 채 레베카를 끌어당겨 이마에 키스했다.

확실히 매력적이기는 했다. 레베카가 맞았다. 쉽게 사람을 빨아들일 만한 카리스마였다. 동시에 그만큼 빨리 내뱉을 수도 있다.

※

보낸 사람: Bee1984@gmail.com

받는 사람: NB26@zone.com

그리고요?

보낸 사람: NB26@zone.com

받는 사람: Bee1984@gmail.com

베네딕트가 옆에 있을 때 레베카는 자신을…… 많이 낮추는 모습이었어요.

비

자신을 낮춘다고. 내가 네이트와 사귈 때 그런 모습이었을까? 나 자신을 낮춘다고? 확인을 위해 바로 레일라에게 전화했다.

"그러지는 않았어, 굳이 따져보자면. 하지만 네이트 옆에 있을 때의 넌 진짜 너답지 않았어."

"말해줘서 고마워."

"그때도 똑같이 말했었어, 비. 네가 내 말을 안 들었을 뿐이지."

"맞아. 미안해."

사실 그때 레일라의 말이 들리긴 했다. 단지 듣고 싶지 않았을 뿐이었다. 베네딕트를 만나보니, 그 남자가 드리운 그늘 밑에 서 있으면 시들어 죽기에 십상이라는 생각이 들었다. 누군가의 진짜 모습을 알고 싶다면 그 사람의 친구나 전 애인을 알아보면 된다. 예를 들면 베네딕트의 전 여친 캣 드 종 같은 사람 말이다. 탐정 기술을 다시금 시험해 볼 순간이 왔다. 유명 디자이너 캣에게 접근하려면, 이번에는 무료 드레스 리폼 같은 작전은 통하지 않을 것이다. 아무튼 이런 상황은 노골적인 속임수보다는 직접적인 접근이 필요하다는 판단이 섰다. 난 캣에게 이메일을 보내기로 했다. 친한 친구가 베네딕트와 사귀려는 것 같은

데, 이전에도 이상한 남자에게 속은 전력이 많은 친구이다 보니 걱정된 다고, 베네딕트가 괜찮은 남자인지 꼭 확인하고 싶다고 쓰기로 했다. 어떻게 보면 진실을 일부 포함한 메일이었다. 너무 거대한 태풍급 거짓 말보다는 작고 귀여운 거짓말이랄까. 단지 1)현재 베네딕트가 캣도 아 는 누군가와 사귀는 중이 아니어야 했고, 2)캣이 낯선 사람에게도 이 런 개인적인 얘기를 할 만한 사람이기를 바랄 뿐이었다.

캣과 연락할 만한 정보를 찾는 일은 정말 까다로운 과제였다. 네이트 의 말이 맞았다. 캣은 2017년 이후로 신규 디자인도 출시하지 않았고 홈페이지 업데이트도 없었다. 인스타그램을 포함한 소셜미디어 어디에 서도 캣을 찾을 수 없었다. 디자이너로서는 정말 드문 일이었다. 캣의 정보를 찾느라 인터넷 검색에 한창 빠져 있는데 니콜라스에게 문자가 왔다.

[아직 기차 안이에요?]

이런. 캣을 찾는 데 몰두해서 리즈에 가기로 한 것도 잊어버렸다. 친 구로 사람을 판단할 수 있다는 얘기가 나와서 말이지만, 이제 그 악명 높은 제즈를 처음으로 만나볼 참이었다.

[지하철에 갇혀버렸어요! 상황 변동 있으면 바로 알려줄게요.]

기차를 타고 리즈로 가는 동안 십오 쪽에 달하는 정보를 검색한 끝 에 드디어 꼭꼭 숨겨진 업계 정보 사이트에서 캣의 이메일 주소를 발 견했다. 무려 십 년 전 정보라 현재는 사용하지 않는 이메일일 수도 있 었다. 하지만 시도해 볼 만한 가치는 충분했다. 준비했던 내용을 메일 에 적고 보내기 버튼을 눌렀다. 다행히 반송되지는 않았다. 이제 기다 리는 일만 남았다.

불안. 초조. 안절부절못할 수밖에 없었다. 제즈를 만나기로 한 타파 스 가게로 걸어가는 동안, 니콜라스는 금세 내가 이상하다는 눈치를

챘다. 메신저에 중독된 십 대 소녀처럼 휴대폰을 끊임없이 확인했기 때문이었다.

"무슨 일이에요?"

또 거짓말을 쏟아낼 차례!

"큰일은 아니에요. 중요한 의뢰를 제안받았거든요. 거물급 디자이너에게서요. 제안이 성사됐는지 답변을 기다리는 것뿐이에요."

"잘됐네요. 비, 오늘 밤 자리가 부담스러운 건 아니죠?"

"네. 전혀요. 당신 얘기를 들어보면 제즈는…… 괜찮은 친구 같아요."

거짓말쟁이 제즈. 제즈를 조심해요, 니콜라스.

내 머릿속 제즈의 이미지는 거의 만화에 나오는 악당 수준이었다. 네이트처럼 가짜 콧수염을 만지작거리고, 잘난 척이 심하고 자만심이 세며, 매끈하게 잘생긴 외모의 소유자. 그런데 직접 만난 제즈는 이 중 어느 하나에도 해당되지 않았다. 초조한 모습에 횡설수설하는 경향이 있었고, 심지어 음식을 먹는 게 나보다 칠칠치 못했다. 유튜브 영상에서 본 용감하고 똑똑한 폴이 이런 남자에게 매력을 느꼈다니 상상이 가지 않았다.

난 제즈와 어울리려고 애썼다. 정말 노력했다. 행복한 표정을 하고 제즈의 농담에 거짓으로라도 웃어주며 적당한 말들을 건넸다. 『어둠 속의 총성』 내용 일부를 출판사에 보냈는데 반응이 '엄청 좋았다'는 좋은 소식을 니콜라스가 제즈에게 전할 때는 미소도 지었다.

"비가 내게 책에 대한 아이디어를 줬어."

니콜라스가 내 손등에 키스했다.

"비는 내게 영감을 주는 뮤즈야."

내 감정을 감추기 위해 억지로 웃어야 했다. 닉이라면 이런 말을 절대 할 리가 없었다. 한다면 짓궂은 농담을 하겠지. 이런 생각은 너무 하잖아, 비.

"그렇게까지는 아니에요."

"사실이잖아요."

제즈가 영국 교육기준청이 제기한 소송과 이에 따라 힘들었던 사건에 대해 진짜 지루한 얘기를 하기 시작했다. 제즈가 잠깐 얘기를 멈췄을 때, 난 양해를 구하고 화장실로 향했다. 못된 옛날 버릇이 다시 나왔다. 지금의 이 불안한 감정을 어디에든 해소해야 했다. 여태까지 니콜라스와 있는 자리에서 닉에게 몰래 메일을 보내는 것만은 피하려 애써왔다. 하지만 제즈가 닉에게 한 짓을 생각해서 제즈와 관련된 소식을 전하는 일은 니콜라스에 대한 배신행위에서 빼기로 했다.

[조금 전에 그 유명한 제즈를 만났어요.]

[어땠어요?]

[얼굴에 한 방 먹이고 싶은 충동을 진짜 어렵게 참았어요.]

[마음 놓고 해보지 그랬어요.]

[예상과는 달랐어요. 말이 엄청 많던데요. 그죠?]

[맞아요. 그게 바로 제즈죠. 죽을 만큼 지루한 인간. 아니다. 못 들은 걸로 해요. 제즈는 나름 괜찮은 사람이죠.]

[우와. 마음이 좀 바뀌었네요!]

[맞아요. 이제 '마음이 바다처럼 넓은 사람'이라고 불러주세요.]

[이제 자리로 가야겠어요. 내가 변기에 빠진 줄 알겠어요.]

자리로 돌아가 막 앉았을 때, 휴대폰이 다시 진동했다. 난 애써 무시했다. 제즈에 대한 신랄한 비판을 참지 못한 닉이라고 생각했다.

"받아봐요, 비. 고객 연락일 수도 있잖아요."

"아니요. 이따가 받아도 돼요. 무례하게 보이고 싶지 않아요."

"우리는 괜찮은데. 안 그래, 제즈?"

제즈가 어깨를 으쓱했다.

"마음 편하게 하세요."

그제야 휴대폰을 확인했다. 캣이 보낸 답장이었다. 난 캣의 메일을 읽고 놀란 표정을 숨기기 위해 사력을 다해야 했다.

[친구한테 당장 그 개자식한테서 도망가라고 하세요.]

닉

월요일이 됐는데 레베카가 나타나지 않았다. 공원에서 1시까지 레베카와 스칼렛을 기다렸다. 난 걱정이 됐고, 로지와 소시지는 평소의 배를 간지럽히던 손길과 간식을 먹던 시간이 사라지자 상실감에 빠졌다.

레베카와 난 서로의 연락처도 몰랐다. 스칼렛이 아파서 나오지 않았을 수도 있다. 아니면 더 안 좋은 가능성이지만, 베네딕트가 내 동성연애 임기응변에 속지 않고 레베카와 나 사이에 감도는 화학반응을 눈치챘을 수도 있다. 그래서 레베카를 매끄럽게 디자인된 친환경 미니멀리스트 타워 안에 공주처럼 가둬놨을 수도 있다.

비는 캣에게서 베네딕트에 관련된 더 자세한 정보를 들으려 애썼지만 개자식이라고 보낸 메일 이후로 더는 답이 없었다. 상황을 악화시키는 행동이 아니길 바라면서 하숙집으로 돌아가는 대신 윌더빌로 향했다. 베네딕트의 매끈한 자동차가 차고에도 진입로에도 없다는 걸 여러 차례 확인한 후 레베카 집 대문을 두드렸다. 아무 반응이 없었다. 옆문을 흔들어봤지만 잠겨 있었다. 정문에서는 전혀 속을 알 수 없는 집이었다. 창문이 집의 눈이라면 이 집의 눈은 굳게 감겨 있었다.

이 동네는 집들이 서로 안을 볼 수 없게 봉쇄된 구조였다. 주민들이 이웃과 친밀하게 지낼 동네로는 보이지 않았지만, 혹시나 하는 마음에 맞은편 작은 저택의 초인종을 눌렀다.(레베카를 처음 발견한 날 이 집 모퉁이에 숨어 그녀를 지켜봤다.)

릴리 부인과 외모는 너무 닮았지만 상당히 부유해 보이는 노부인이 나타나 날 미심쩍게 쳐다봤다.

"무슨 종교를 선교하려는 거요, 젊은 양반? 미리 얘기해 두는데 내가 무신론자연맹 회장이라오."

"잘됐네요. 저는 맞은편에 사는 이웃집 가족이 어디에 갔는지 여쭤보러 왔습니다."

"내가 그걸 어찌 알겠소?"

"어……, 이웃이시니까요?"

"집에 있건 없건, 젊은 양반 목적이 뭔데 그러시오?"

"레베카의 친구입니다. 보통 공원에서 만나곤 했는데 오늘은 나오지 않아서요."

노부인의 시선은 마치 '말을 해도 그럴싸하게 하시구려. 댁같이 꾀죄죄한 사람이 레베카와 친구라고?'라고 말하는 듯했다. 그때 릴리 부인과 비슷한 분위기를 감지한 로지가 최대한 귀엽고 애처로운 모습을 보였다. 바로 무릎을 꿇고 앞발을 번쩍 들어 올린 것이다. 노부인의 태도가 한결 부드러워졌다.

"이런 귀염둥이 같으니."

잘했다, 로지.

"스칼렛, 레베카의 딸이 로지에게 이걸 가르쳤죠."

"아이고 깜짝해라. 장담하건대 레베카는 집에 있다오. 내가 진달래꽃을 돌보면서 레베카가 한 시간 반쯤 전에 집에 들어가는 걸 봤다오."

"진달래꽃밭이 참 아름답네요. 정원이 보기 좋습니다."

"그렇지. 진짜 멋지지 않수?"

그 후 십 분을 더 노부인과 쓸데없는 잡담을 나누고 내 손에 쥐어진 무신론자연맹 안내 책자를 꼭 읽어보겠다는 약속을 한 후에야 겨우 그 집을 빠져나올 수 있었다. 난 레베카의 집으로 돌아가 다시 문을 두드렸다. 로지가 다시 한번 제 몫을 해냈다. 발톱으로 문을 긁으며 재활용된 티크목 비슷한 나무문에 발톱 자국을 냈다. 결국 난 미친놈처럼 "레베카!" 하고 외쳐대기 시작했다.

이 방법이 먹혔다. 드디어 레베카가 밖으로 모습을 드러냈다. 문을 열고 나오더니 등 뒤로 문을 꼭 닫았다. 엄청나게 긴장한 모습이긴 했지만 적어도 육체적으로는 아무 문제없어 보였다.

"공원에서 계속 기다렸어요. 걱정했잖아요."

"전 괜찮아요."

"스칼렛은요?"

"스칼렛도 잘 있어요."

"그럼 왜 안 나왔어요?"

"우리 다시는 보지 않는 게 좋을 것 같아요."

레베카는 나와 눈도 마주치지 않고 건조한 목소리로 말했다.

"베네딕트가 만나지 말라고 했나요?"

"아뇨."

"그 자식이 당신을 아프게 한 거 아니에요, 레베카?"

"아니요! 그리고 설령 그렇다고 해도 당신이 신경 쓸 일이 아니에요."

"저번에 보니 당신이 베네딕트를 두려워하더군요."

"사실이 아니에요. 베네딕트는…… 스칼렛은 아빠가 필요해요. 닉, 나도 당신이 좋아요. 하지만 내가 원한다고 해도…… 안 돼요. 난 할 수 없어요."

"하지만 적어도 친구로 지낼 수는 있지 않나요?"

"아뇨. 둘 다 알잖아요. 우리 만남이 어떻게 끝날지."

그게 뭐가 문제란 말인가요?

"베네딕트와의 결혼이 행복하지 않다면, 왜 계속 그의 옆에 있는 거죠?"

그러자 레베카가 내 면전에서 문을 쾅 닫았다.

비

    캣에게 더 자세한 정보를 달라고 여러 차례 메일을 보냈지만 아무 답장도 없었다. 난 마지막으로 간단하고 담백하지만 진심이 담긴 한 단어 '제발요'를 보냈다. 마침내 캣에게 답장이 왔다.

    [당신 혹시 기자인가요?]

    난 얼른 단지 친구를 걱정하는 사람이자 동종 업계에서 일하는 디자이너라고 쓴 후, 회사 홈페이지 주소도 같이 보냈다. 몇 번 메일이 오간 후에 캣은 직접 나와 만나기로 했다.

    [당신이 메일에 쓴 것과 동일한 사람이어야 할 거예요.]

    오후에 잡혀 있던 고객 약속을 모두 취소하고 캣이 보낸 주소로 향했다. 미스터 사첼백과 만난 레스토랑이 떠오르는 쇼디치의 한 카페였다. 처음에는 캣을 알아보지 못했다. 온라인에서 본 사진 속 모습과 너무 달라 보였다. 트레이드마크인 비대칭 머리 스타일과 부러움을 자아내던 매력적이고 중성적인 정장 대신 비니 모자에 헐렁한 점퍼를 걸친 모습이었다.

    "캣?"

    캣이 고개를 짧게 끄덕인 후, 날 예리하게 살폈다.

"앉으세요."

난 자리에 앉았다.

"날 왜 만나려 한 거죠? 다른 말로 할게요. 베네딕트의 어떤 행동에서 위험을 감지한 거죠?"

또다시 적어도 반은 진실인 거짓말을 해야 하는 순간이 왔다. 캣에게서는 레일라와 비슷한 수준의 예리함이 엿보였다. 단어 하나하나에 세심한 주의를 기울여야 했다.

"처음 메일에서 말한 것처럼 제 친구가 나쁜 남자를 많이 만나왔어요. 어울리지도 않고 인생에 나쁜 영향만 미치는 남자 말예요. 그래서 베네딕트가 진실한 남자인지 확인하고 싶었을 뿐이에요. 솔직히 말해, 베네딕트를 처음 봤을 때 모든 면에서 너무 완벽하고 지나칠 정도로 친절해서 뭔가 진짜 같지 않은 느낌이 들었거든요."

캣이 코웃음 쳤다.

"맞아요. 그 자식은 원할 때 언제든 매력적인 개자식이 될 수 있는 놈이죠."

"당신 메일을 받고 친구에게 헤어지라고 했어요. 하지만 친구가 내 말을 안 들어요. 그런데 친구만 문제가 아니라 친구에게는 딸도 있거든요."

캣의 한숨 소리가 들렸다.

"이런 미친, 제기랄. 당신 직감이 맞아요."

"얼마나 심한 거죠?"

"아주 나빠요."

캣이 자기 얘기를 시작했다. 처음 베네딕트를 만났을 때는 동화 같은 얘기가 펼쳐졌다. 노동자 계급 가정 출신으로 유명 디자이너가 되고 싶었던 가난한 여자와 어마어마한 재산의 상속자이자 자선사업가이며 슬픔에 빠진 홀아비.

"베네딕트의 재산은 사실 대부분 가난한 사람의 고혈을 빨아 번 돈이에요. 하지만 누가 그런 진실을 말하겠어요?"

"이 말에 기분 상하지 않으면 좋겠어요. 사실 베네딕트가 당신 취향의 남자 같지도 않았어요."

"내 취향 아니에요. 하지만 말했다시피 난 사업을 막 시작한 때였죠. 패션업계에서 성공하기 얼마나 힘든지 당신도 알잖아요. 그런데 그놈이 나타났어요. 『제인 에어』의 망할 로체스터같이."

소설 속의 비극적인 영웅. 하지만 소설을 어떤 관점에서 보는지에 따라 영웅은 괴물이 될 수도 있다.

"어떻게 만난 거죠?"

"머서재단 상을 받았거든요. 물론 후원자와 수상자가 잠자리하는 게 윤리적인 일은 아니지만, 뭐 좀 몰래 만난다 한들 어떻겠어요? 게다가 눈이 멀 만큼 돈도 많잖아요. 해외여행, 값비싼 옷, 고급 저택, 알맹이라고는 없는 달콤한 헛소리까지. 그냥…… 첫발을 잘못 디딘 거예요. 풍덩 빠져버렸죠. 베네딕트는 망치를 사용하지 않아요. 아주 고운 사포를 쓰죠. 천천히 공들여서요. 육체적 폭력을 말하는 게 아니에요. 천천히 당신의 자존감을 갉아먹죠. 교묘하게 통제하면서요. 진짜 전형적인 수법이에요. 가스라이팅 알죠? 뭐, 누구나 이 단어를 다 알긴 하죠. 친구나 가족으로부터 당신을 고립시키고, 베네딕트가 세상의 전부인 것처럼 느끼게 만들어요. '당신을 유명 디자이너로 만들어줄게!' 같은 당근을 흔들어대면서요. 가스라이팅을 겪은 다른 여자들처럼 나 역시 설마 이런 일이 내게 일어날 거라고는 생각지 않았어요. 하지만 결과적으로 일어났죠."

캣이 잠깐 말을 멈췄다.

"그 자식의 가장 큰 목적은 날 임신시키는 거였어요."

온몸이 차가워졌다. 진짜 손끝까지 차가워졌다.

"그거야말로 최고의 통제잖아요. 맞죠? 무일푼으로 임신해서 부엌에만 있는 거죠. 아이가 태어나면 당연히 2차 통제 수단이 되고요."

"어떻게 베네딕트에게서 벗어날 수 있었어요?"

"난 운이 좋았어요. 한 친구가 그놈 속을 꿰뚫어 보고 내 상황에 개입했죠. 그리고 내가 그놈에게 벗어날 수 있도록 도와줬어요. 하지만 그때가 가장 위험한 순간이었죠. 내가 떠나려니까 그놈이 내 모든 경력과 명성을 망가뜨리더군요. 하지만 적어도 난 목숨은 살렸죠. 알리나, 그놈 전 부인은 그렇게 운이 좋지 못했으니까요."

차가워진 손끝이 이제 얼어붙기 시작했다.

"하지만 그건 사고였잖아요?"

캣은 오랫동안 입을 열지 않았다.

"내가 진실을 말한다고 해도 당신은 이 문제를 다시 꺼내서는 안 돼요. 누구에게 말해서도 안 돼요. 당신 친구에게도."

캣은 두 손을 모으더니 꽉 잡고 비틀었다.

"도망쳐…… 나온 뒤, 미국에 있는 알리나의 가족에게 연락했었어요. 가족에 따르면, 알리나가 말도 안 될 정도의 많은 신경안정제를 먹었고, 욕실에서 미끄러져 머리를 부딪힌 후 욕조에서 익사했다는 거예요. 미디어에 기사화된 적은 없었지만, 알리나는 원래 이혼소송을 할 예정이었대요. 게다가 가족이 말하길, 알리나는 원래 어떤 약물도 복용한 적이 없었대요. 그들은 알리나의 죽음이 사고라고 생각하지 않아요."

"오, 이런."

"그래서 내가 당신에게 기자냐고 물어본 거예요. 기자들이 알리나의 죽음을 재수사하고 다시 부검해야 한다고 주장하고 있어요. 당시에는 베네딕트라는 존재 때문에 다들 쉬쉬하며 진실을 묻었었죠. 그놈한테서 빠져나온 사람이 나 혼자만은 아니에요. 다른 여자들도 있어요. 우리가 이 문제를 밝혀내려면, 이 짓이 반복적으로 계속 일어난다는 사실을 증명하려면, 그놈이 절대 눈치채지 못해야 해요. 아직은 안 돼요.

베네딕트는 절대 이 문제에서 벗어나지 못할 거예요. 약속해요. 하지만 그때까지는 당신이 친구와 친구의 딸을 지키기 위해 무슨 짓이든 해야 해요."

'자아실현'. '자기실현'. 내가 반쯤 읽다 만 형편없는 자기 계발 서적에 나온 단어들이었다. 하지만 책에 나온 말이 맞았다. 내가 진짜 누구인지, 무엇을 할 수 있는지, 무엇을 할 수 없는지 먼저 파악하는 것이 (아니, 타협하는 것이) 가장 중요한 삶의 승부수다. 교묘한 가스라이팅. 난 책으로도 접했고 공익 광고도 봤기 때문에 왜 저렇게 똑똑한 사람이 자신을 학대하는 배우자와 계속 사는지 충분히 학습했다고 생각했다. 캣이 말한 것처럼 나 역시 내게는 그런 일이 일어나지 않을 거라고 확신했었다. 하지만 그런 일은 일어났다. 우리 둘 모두에게 일어났다. 지금도 일어나고 있는 일이었다. 하지만 앞으로는 안 된다. 내게도, 레베카에게도, 당연히 스칼렛에게도 일어나서는 안 되는 일이었다. 다른 세계에 존재하는 내 딸. 애써 떠올리지 않으려 했던 내 딸. 아무 감정도 갖지 않으려 했지만 내 마음은 이미 스칼렛을 향했다. 강한 보호본능이 솟구쳤다. 스칼렛은 내 딸이기도 했으니까.

※

보낸 사람: NB26@zone.com
받는 사람: Bee1984@gmail.com
　제길. 제길!

보낸 사람: Bee1984@gmail.com
받는 사람: NB26@zone.com
　네. 제길이죠.

보낸 사람: NB26@zone.com

받는 사람: Bee1984@gmail.com

그러니까 캣 얘기는 기본적으로 그 자식이 살인자라는 거죠?

보낸 사람: Bee1984@gmail.com

받는 사람: NB26@zone.com

그럴 가능성이 높다는 거죠. 위험한 사람인 건 백 퍼센트 확실해요. 남을 통제하려는 정신병자 개자식이죠.

보낸 사람: NB26@zone.com

받는 사람: Bee1984@gmail.com

하지만 만약 여기서는 다른 성격이면요? 본성 대 양육의 차이? 우리를 봐요. 당신 세계에서 난 베스트셀러 작가잖아요.

보낸 사람: Bee1984@gmail.com

받는 사람: NB26@zone.com

당신도 이제 베스트셀러 작가예요. 기억하죠? 그리고 니콜라스와 당신은 그렇게 다르지 않아요. 니콜라스 역시 당신과 동일한 내적 불안감을 갖고 있어요. 단지 정도가 더 심하지 않을 뿐이죠.

보낸 사람: NB26@zone.com

받는 사람: Bee1984@gmail.com

어떻게 하죠? 그냥 레베카를 납치해 버릴 순 없잖아요. 레베카는 날 만나려 하지도 않아요, 비.

보낸 사람: Bee1984@gmail.com

받는 사람: NB26@zone.com

레일라 2는 보려 할까요?

닉

비의 말이 맞았다. 레일라 2가 우리 편이 돼야 레베카를 구할 기회가 생긴다. 비와 오랫동안 논의한 끝에 이 상황을 해결할 유일한 타개책은 진실을 말하는 방법뿐이라는 결론을 내렸다. 모든 진실을 털어놓기로 했다. 이미 두 차례나 거짓말을 한 끝에 레일라 2는 날 레베카의 옛 대학 동기이자 동성연애자로 생각하고 있었다. 이제 와서 내 말이 모두 거짓이었으며, 진실은 믿기 힘든 얘기라고 털어놓는다 한들 내 말을 끝까지 들어줄지 의문이었다. 마음의 준비를 위해 미리 리허설해 볼까도 생각했다. 로렐과 하디에게 "사실 다른 세계가 존재한다네, 제군들. 이 휴대폰에 확실한 증거가 있지"라고 말한 후, 과연 둘 중 한 명이라도 믿는지 시험해 볼 생각도 했다.

오, 베렌스타인협회의 믿음과 확신이 보우하사.

레일라 2에게 전화로 말하거나 거짓 약속으로 또 사무실에 가느니 내 안의 제프리를 불러내 회사 건물 밖에서 그녀를 기다리기로 했다. 아주 전통적인 방법이었다. 절대 스토커 같은 행동은 아니었다. 뭐, 물론 좀 불편함이 뒤따르긴 했다. 그날 저녁은 살짝 쌀쌀했으며, 회사가 있는 곳은 금연 구역이었기 때문이다.

[비, 이 작전에 당신이 필요할 수도 있어요.]

[그럼요. 계속 보고 있을게요. 한 가지 문제는 니콜라스가 여기 있어요. 고객 상담이 있다고 말해놓을게요.]

망할 니콜라스. 니콜라스를 불편하게 하면 안 되지. 그렇겠지?

저녁 7시 무렵이 되자, 난 그만 포기할까 생각했다. 비에게 소득이 없었다는 메일을 보내고 집으로 가려 했다. 그런데 그때 레일라 2가 회사에서 나왔다.

레일라 2는 코트 단추를 채우더니 빠른 걸음으로 걸어갔다. 레일라 2를 따라잡기 위해 거의 뛰어야 했다.

"한잔할 시간 있으세요?"

레일라 2가 걸음을 멈추더니 날 아래위로 훑어봤다.

"레베카가 보냈나요?"

"비슷한 셈이죠. 레일라 씨, 우선 제가 레베카와의 관계를 사실대로 모두 얘기한 건 아니라는 점을 미리 말씀드립니다. 정말 중요한 일이 아니었다면 여기까지 오지도 않았을 겁니다. 딱 한 잔 할 시간 정도만 내주세요. 그게 전부입니다."

레일라 2는 아주 강렬하면서 사람을 꿰뚫을 듯한 눈빛으로 쳐다봤다. 비가 레일라표 '패딩턴 시선'이라고 부르는 눈빛이었다.

"딱 한 잔만요. 당신이 사는 거고요."

레일라 2와 길가에 숨겨져 있는 오래된 펍을 발견했다. 술을 주문하고 가게 뒤쪽 테이블에 자리를 잡았다.

"그래서요? 정말로 진짜 중요한 얘기여야 할 거예요."

기회는 딱 한 번이었다. 레일라 2에게도 중요한 얘기여야 했다.

"이제부터 하려는 얘기는 매우 믿기 어려울 겁니다. 제가 미쳤다고 생각하실 수도 있습니다. 무리도 아니죠. 제가 말하는 중에 언제라도 썩 꺼지라고 하면 바로 일어나 다시는 당신 앞에 나타나지 않겠습니다."

내 말이 좀 영화 대사처럼 들렸을까? 그렇긴 했다. 하지만 다른 방법이 있었을까? 아니. 영화 대사가 효과를 발휘한 것 같았다.

"오, 이제 좀 흥미진진해지긴 하네요."

모든 얘기를 털어놓기까지 와인 두 병을 다 마실 만큼의 시간이 걸렸다.(그것도 레드 와인으로. 오늘 밤 숙면은 글렀다.) 레일라 2는 차분히 내 얘기를 듣고 또 들었다. 예상과 달리 얘기 도중 밖으로 뛰쳐나가거나, 내 얼굴에 와인을 끼얹거나, 정신병원에 전화하지는 않았다. 어느 순간이 되자(공원에서 레베카와 처음 만난 순간을 말하던 중이었다.) 음식을 주문하려 얘기를 멈춰야 했다. 이렇게 스트레스가 심한 복잡한 상황에서 음식을 주문할 줄은 아무도 예상치 못했을 것이다.

"제 얘기는 다 했습니다. 비, 아니 당신이 아는 레베카가 아니라, 제가 아는 비는 베네딕트를 위험인물로 확신하고 있어요. 레베카가 베네딕트에게서 도망쳐야 한다고 생각해요."

"그건 저쪽…… 뭐라고 부르죠? 저쪽 세계? 저쪽 현실?에서 알게 된 정보 때문인 거죠?"

"네. 뭐, 비의 세계라고 말하면 알아듣기는 합니다. 하지만 좋을 대로 부르세요. 당신 도움 없이는 레베카를 구해낼 수 없을 것 같아요."

긴 침묵이 흘렀다.

"제가 당신 아이메일을 볼 수 있을까요?"

"비와 내가 나눈 메일…… 말인가요?"

"당연하죠."

전에도 베렌스타인협회에 보여준 적이 있었다. 헨리에타가 우리의 사적인 메일을 전부 들여다보는 동안 있었던 켈빈과의 어색한 대화를 어떻게 잊을 수 있겠는가? 하지만 이건 상황이 더 안 좋았다. 비와 내 관계는 그때보다 더 깊어졌다. 레일라가 우리의 메일 내용을 샅샅이 본다는 생각만 해도 나약해지고 벌거벗겨진 기분이었다. 게다가 모든 걸

투명하게 다 드러낼 휴대폰에는 보여주고 싶지 않은(부끄럽게도 추잡한) 다른 기록도 있었다. 포르노는 아니었다.(신이시여, 감사합니다.) 후속 소설 『사보타주』의 자료 조사를 위해 인터넷을 검색한 기록이 남아 있었다. '교살 도구 만드는 법', '금지 약물 글리포세이트: 사람을 죽일 수 있나?', '집에서 시체를 녹여 없앨 수 있나?' 등등. 하지만 다른 선택의 여지가 없었다. 레일라 2는 내 말만으로는 이 일이 사실이라고 믿지 않을 것이다. 증거가 필요했다. 지금 내 행동이 옳은지 그렇지 않은지 판단이 안 될 때 보통 그렇듯 '젠장'이란 말이 떠올랐다.

메일을 열어 휴대폰을 건넸다. 레일라 2가 메일을 읽는 동안 소변을 보러 갔다.(역사상 가장 빠른 속도로 눴다. 불안감이 커지며 혹시 내가 화장실에 있는 동안 레일라 2가 휴대폰을 들고 도망갈 것 같은 비합리적인 의심까지 들었기 때문이었다.)

자리로 돌아왔을 때, 레일라 2는 아직 자리에 그대로 앉아 있었다. 메일을 보는 그녀의 표정은 쉽게 읽을 수 없었다. 말을 하려고 입을 여는 순간, 레일라 2가 손을 들었다.

"기다리세요."

난 기다렸다. 기다리고 또 기다렸다. 와인도 한 병 더 시켰다. 비가 신조로 삼는 말이 생각났다. '죽으면 얼마든지 잘 수 있다.'

드디어 레일라 2가 휴대폰을 돌려줬다.

"이건 정말……."

"미쳤다고요? 불가능한 일이죠? 완전 정신 나간 사람들의 얘기 같나요?"

"진짜 그래요. 정말, 진심으로 당신한테 미친놈, 당장 꺼지라고 하고 싶네요."

레일라 2는 한숨을 내쉬더니 손으로 머리카락을 넘겼다.

"그런데도 당신 말을 믿어요."

"정말인가요?"

"아니라면 도대체 왜 이렇게 정교하고 복잡한 얘기를 꾸며냈겠어요? 말이 안 되죠. 그리고 저 아이메일들……. 진짜 내 친구 레베카가 쓴 것 같아요. 당신이 알기 전의…… 레베카 말예요."

레일라가 의자에 등을 기댔다.

"당신의 비가 항상 언급하는 '레일라'가 나 맞죠?"

"맞습니다."

"그래서요? 계속해 보세요. 나에 대해 말해주세요."

"뭘 알고 싶습니까?"

"모든 걸 다요."

나중에 오늘 일을 다시 얘기하면서, 비는 레일라 2가 듣기 싫어할 평행세계의 그녀 자신에 대한 일을 미리 걸러줬어야 했는데 그러지 못해 후회된다고 말했다. 하지만 이때는 그런 사실을 난 전혀 몰랐기 때문에 평행세계의 레일라에 대한 모든 얘기를 다 해줬다. 남의 감정을 읽는 레이더가 술에 취해 둔해진 것 같았다.

"잠깐만요……. 나한테 쌍둥이가 있다고요? 진짜 쌍둥이요?"

"네."

레일라 2가 심호흡을 했다.

그리고 믿기지 않는다는 듯 눈앞에서 손을 휘휘 저었다.

"남편도 있고요."

"네. 이름이 레브입니다."

"레브라. 잠깐만요……. 레브 알리?"

난 고개를 끄덕였다.

"맙소사. 몇 년 전에 레브랑 헤어졌는데. 잘한 결정이었는지 늘 확신이 없었죠."

레일라 2는 남은 와인 반 잔을 다 마셨다. 이제 레일라 2의 이와 입가가 와인색으로 물들었다. 나도 마찬가지였다. 우리 둘 다 술에 취한 뱀파이어 같았다.

"쌍둥이라니. 진짜 말도 안 돼."

그녀가 다시 와인을 향해 손을 뻗었다.

주제를 바꿔야겠다.

"레일라 씨, 베네딕트 때문에 레베카와 사이가 틀어졌나요?"

"그에게도 일부 책임이 있긴 하죠. 레베카에게 그 개자식이랑 결혼하지 말라고 했었어요. 하지만 레베카는 결혼을 해버렸죠. 그 꼴을 지켜볼 수 없었어요."

"육체적인 학대가 있었나요?"

"내가 아는 한은 없었어요. 그보다는 레베카를 통제하려 했죠. 베네딕트는 마치…… 레베카의 삶의 불꽃을 꺼버릴 것 같았어요. 물론 나도 레베카의 바람을 잘 알죠. 안정감이요. 사랑을 나눌 사람. 레베카는 결혼 실패를 두려워해요. 부모님처럼 되고 싶지 않은 거죠."

레일라 2가 테이블을 내리쳤다.

"레베카랑 얘기하고 싶어요."

"잘됐네요. 그래서 제가 온 겁니다. 이 일을 해결하려면 당신 도움이 필요해요, 레일라 씨."

"아니요. 제 말은 당신의 레베카와 얘기해 보고 싶다고요."

비

　한밤중이었다. 니콜라스는 내 허리에 팔을 두른 채 옆자리에서 죽은 듯 잠에 빠져 있었다. 침대 옆 탁자 위에서 휴대폰이 울렸다. 잠시 후 다시 한 번 울렸다. 메일함을 열었다. 말도 안 되게 힘든 상황임에도 닉은 결국 레일라 2를 우리 편으로 만드는 데 성공했다. 그리고 지금 레일라 2가 나와 얘기를 나누고 싶어 했다.

　니콜라스의 팔을 살짝 풀고 침대에서 빠져나왔다.

　"어디 가요?"

　잠에 취한 얼굴로 헝클어진 머리카락을 한 니콜라스가 웅얼거리며 물었다.

　"레일라에게 일이 생겼어요."

　"내가 도울까요?"

　"아뇨. 그렇게 심각한 문제는 아니에요. 도로 자요."

　니콜라스가 다시 털썩 누웠다. 옷도 걸치지 못한 채 거실의 작업대와 클라리스가 있는 쪽으로 걸어가며 휴대폰으로 메일을 썼다.

　[닉, 레일라가 우리 일을 얼마나 자세히 알아요?]

　[모두 다요]

[당신 세계에도 레일라에게 아이가 있나요?]

[아니요.]

오, 이런.

[여기 레일라에 대해 알아요? 쌍둥이도요?]

[다 알아요.]

오, 레일라. 이 문제를 진작 고려하지 않았다니, 내가 바보였다. 레일라 2에게 상처가 될 수 있는 정보는 말하지 않기로 미리 닉에게 귀띔했어야 했다. 멍청이 같으니. 레일라는 임신을 원했지만 체외수정에 몇 차례 실패하며 큰 아픔을 겪었다. 이 일로 레일라는 거의 망가질 뻔했다. "지금 이 세상은 완전 엉망이야. 망할 거야. 이런 세상에서 애를 키워서는 안 돼. 나도 알아, 비. 너무 비합리적인 생각이지. 근데 그냥 아이 생각을 멈출 수가 없어. 나 너무 아이가 갖고 싶어." 레일라 2 역시 같은 고통을 겪었다면? 아니면 지금도 겪고 있다면? 전에 닉과 서로의 정보를 비교하던 중 닉이 애튼버러 협정에 대해 말한 적이 있었다. 애튼버러 협정은 여성의 출산 권리를 보호하고, 산아제한을 위해 정관수술 및 소가족 형성을 장려하는 인도주의적이며 친환경적인 법이라고 했다. 그리고 닉의 세계에서는 말도 안 되게 돈이 흘러넘치는 부자여야 체외수정이 가능하다고 하지 않았었나?

[이제 휴대폰을 레일라 2에게 건넬게요.]

손가락이 떨려왔다. 양팔에 소름이 돋았다. 단지 공기가 차가워서만은 아니었다. 진동이 울리며 레일라 2의 첫 메일이 들어왔다.

[당신이 진짜로 레베카라는 걸 증명해 보세요.]

손가락을 바삐 움직였다.

[나에 대해서요, 아니면 당신에 대해서요? 왜냐하면 우리는 같은 사람이지만 알다시피 똑같은 사람은 아니니까요.]

[둘 다요.]

[좋아요. 난 으깬 감자를 보면 토할 것 같아요. 당신은, 레일라는 양막을 둘러쓴 채 태어났어요. 어머니가 양막을 잘 말려 보관해 놨는데 레일라가 남자 친구에게 보여준다고 갖고 나간 적이 있었죠. 하지만 남자 친구가 양막이라는 걸 알자마자 바로 던져버렸어요.]

보내기 버튼을 누르고 속으로 삼십을 셌다.

[당신 세계에서도 동일한 사건이 있었나요?]

[네. 남자 친구가 기절은 안 했지만 그냥 멀리 달아나 버렸죠.]

[여드름쟁이 멍게와 쿵쾅쿵쾅 뚱보 알아요?]

[맙소사, 네. 하지만 애들이 그렇게 못 놀리도록 데니스 양이 막았잖아요.]

[여기서는 막지 않았어요.]

[야비한 암소 같으니! 진짜 너 맞구나…….]

[이 모든 일이 믿어져?]

[응. 동시에 안 믿기기도 해. 하지만 믿고 싶어지네.]

[이해해.]

[그리고…….]

[음. 여기의 레일라에게 내가 무슨 짓을 하면 나와 연을 끊을 것 같은지 물어봤었어.]

[뭐라고 해?]

[내가 어린애를 죽이면 연을 끊겠대.]

[하! 그런 끔찍한 짓은 전혀 할 필요가 없을 것 같은데. 정확히 말해 내가 레베카와 연을 끊은 게 아니야. 베네딕트에 대한 솔직한 생각을 말했더니 네가, 아니 레베카가 날 밀어냈지. 난 그냥 상황을 방치했고.]

[왜?]

한참 후에 답이 왔다.

[레베카의 임신 사실을 알고 난 상처받았어. 나도 임신 가능성을 검

사했었는데 가망이 거의 없다는 결과가 나왔거든. 한동안 레베카 주변
에서 멀어져 있고 싶었어. 참, 내가 별로네. 그렇지?]

[아니. 전혀 그렇지 않아. 여기서도 레일라가 비슷한 일을 겪었어. 같
은 아픔을. 얼마나 솔직한 얘기를 원해?]

[모르겠어. 하, 망할. 내가 좋은 엄마야?]

[최고의 엄마야.]

잠깐, 생각 좀 해보자. 레일라가 아이들로 가득 찬 충만한 삶을 살고
있다고 말하는 게 레일라 2에게 좋은 일일까, 아닐까? 안 좋을 것 같
다는 결론이 나왔다. 분명했다.

[자기 일을 포기하고 아이를 키우며 살고 있어. 네게는 물론 진짜 끔
찍한 일이겠지. 게다가 쌍둥이가 보통 손이 가는 아이들이 아니거든.]

[내가 일을 포기했다고?]

[응. 포기했어. 그것 때문에 정말 힘들어했지.]

[그리고 진짜 레브 알리와 결혼했고?]

[응.]

[행복해?]

[응.] 완벽하지는 않지만. [그러고 보니, 괜찮아? 엄청나게 충격받았
을 것 같아.]

[충격은 정말 절제된 표현이지. 하지만 응. 괜찮아. 현실을 받아들이
기로 했지. 물론 아픔은 계속 있겠지만, 그렇다고 치명적인 건 아니야.]

[닉이 말했어. 일로 엄청난 성공을 거뒀다고. 그 분야에서 최고라던데.]

[닉이? 나에 대해 네게 그런 말을 하다니, 진짜 기분 이상하네.]

[이상하다는 말은 절제된 표현이지. ^^;]

[너 역시 그쪽 분야에서 엄청나게 성공했다던데.]

[거기서 내게 어떤 일이 일어난 거야? 날…… 다른 사람으로 변하게
한 일 말이야.]

[예를 들면?]

어떻게 말해야 무신경하게 들리지 않을지 고민했다.

[사실 여기서도 임신한 적이 있었어. 하지만 아이를 낳지 않았지. 레일라는 낳았지만.]

[맞아. 레베카 역시 고민이 많았어.]

[어떻게 마음을 바꿨어? 베네딕트 때문에? 레베카가 아이를 낳도록 압박했어?]

[솔직히 나 때문인 것 같아. 레베카는 내가 아이를 가질 수 없으니 적어도 자기 딸의 대모나 이모 같은 역할을 내게 주고 싶었던 것 같아. 하지만 내가 그 역할을 감당하지 못하자 역효과가 났지. 사실 베네딕트의 손아귀에 놀아난 꼴이야. 그 자식은 레베카 곁에서 바른말 하는 친구가 사라져서 기뻤을 거야.]

비록 친구에 대한 걱정도 한몫했지만 임신이 전적으로 레베카의 선택이었다는 말에 안도감이 들었다. 여기서 레일라가 불임이었어도 난 같은 선택을 했을까?(솔직히? 정말 레일라를 사랑하지만 그랬을 것 같지는 않았다.)

[다른 건 없어? 상처가 될 만한 어떤 거든.]

[예를 들면?]

끊임없이…… 내 머릿속을 맴돌던 일들. 내게 일어났던 일들. 대학 때 싫다고 말하지 못해 밀어붙이는 남자와 어쩔 수 없이 성관계를 가져야 했던 일, 미스터 사첼백에게 당한 일, 수없이 많은 여성이 매일같이 겪는 일. 네이트와의 일도 있었다.

[글쎄.]

[엄마가 돌아가신 일이 레베카를 힘들게 했어.]

[나도 그랬지.]

[베네딕트와 엮이기 직전에 전 남친과 안 좋게 헤어졌어. 레베카의

마음을 아프게 했지.]

[그거 네이트 아니야? 네이선 엘리스.]

[아니야. 레베카가 같이 일했던 디자이너였어. 잭슨 머시기? 그 남자 역시 마음에 들지 않았지만 베네딕트와 비교하면 성자 수준이었지.]

네이트 일 이후 난 관계공포증이 생겼다. 하지만 레베카는 같은 일을 겪은 후 정반대의 선택을 했다. 미래를 보장하고 안정감을 느끼게 해주는(외면적으로 봤을 때만) 상대를 찾았다.(진짜 아이러니했다. 데이트 앱으로 하룻밤 상대와 영혼 없는 관계를 맺는 게 자선사업가를 만나는 것보다 안전할 줄 누가 상상이나 할까.)

[그쪽 세계의 닉에게는 사실을 말했어?]

[아니. 하려고 했어. 하지만 이제 너무 멀리 와버린 것 같아.]

[그쪽 세계의 내게는 지금 상황을 말했어?]

[아니.]

[왜?]

[이 미친 양자 결함상의 삼각관계가 아니더라도 레일라는 할 일이 이미 차고 넘치거든. 그리고 솔직히 너, 레일라라면 이 상황을 용납하지 않을 거라고 생각했어. 어떻게 보면 현실을 조작하는 일이니까. 나 역시 조작이라는 생각이 들어. 다만 이제는 멈추려 해도 멈출 수 없을 것 같지만.]

[사랑이네. 사랑이 널 엿 먹이는 거야.]

정말 레일라다운 말이라 웃음이 났다.

[정말 그래.]

[그리고 나도 용납하는 건 아니야. 이게 조작이 맞다고 생각해. 마치 네가 너의 다른 자아를 돌보고 보듬어주는 일과 같지. 하지만 이유는 알겠어. 너도 느끼고 있겠지만, 닉이 널 정말 사랑하니까. 닉을 잘 알지는 못하지만 널 사랑한다는 사실 하나는 확실해.]

[나도 알아. 그래서 닉과 레베카가 반드시 함께해야 한다고 생각해.]

[그쪽 세계의 닉과 네 관계가 잘 진행되고 있으니까?]

레일라(다른 세계의 레일라지만)에게 털어놓을 기회였다. 다른 사람과는 나누지 못하는 내면의 의구심을 털어놓을 기회. 하지만 지금은 그럴 때가 아니었다. 여기서 최우선 과제는 레베카와 스칼렛이었다. 이번 기회는 그냥 넘겨야 했다.

[응.]

자, 이제 작전명 '레베카와 스칼렛'에 돌입할 차례였다.

※

보낸 사람: NB26@zone.com

받는 사람: Bee1984@gmail.com

어, 레베카가 날 보고 바로 도망가지는 않았어요. 그것만 해도 어디예요. 물론 스칼렛과 개들 덕이긴 했죠. 확신은 없었지만 공원에서 기다린 효과가 있네요.

보낸 사람: Bee1984@gmail.com

받는 사람: NB26@zone.com

둘이 지금 뭐 하고 있어요?

보낸 사람: NB26@zone.com

받는 사람: Bee1984@gmail.com

아직은 레일라가 얘기를 주도하고 있어요. 레베카는 매우 화난 것처럼 보이고요. 무슨 대화를 나누는지 여기선 안 들려요.

보낸 사람: Bee1984@gmail.com

받는 사람: NB26@zone.com

갑자기 이런 얘기를 들으면 내가 어떤 기분일지 계속 상상해 보고 있어요.

보낸 사람: NB26@zone.com
받는 사람: Bee1984@gmail.com

그렇겠죠. 하지만 결국에는 잘 받아들였을 거예요. 잠깐만요. 스칼렛이 진흙 파이를 만들어달래요. 금방 돌아올게요.

보낸 사람: NB26@zone.com
받는 사람: Bee1984@gmail.com

아직도 얘기 중이에요. 어, 지금 레일라 2가 이쪽으로 오고 있어요.

보낸 사람: NB26@zone.com
받는 사람: Bee1984@gmail.com

레베카가 받아들이려 하지 않아요. 가버릴 것 같아요. 비, 내 말 좀 들어줘요. 이게 유일한 기회일 수 있어요. 당신이 레베카와, 당신 자신과 얘기해 봐야 해요.

비

[빨리 해야 해요. 시간이 없어요. 뭐라도 써봐요. 도움이 될 만한 거 아무거나.]

내게 쓰는 메일이라. 레일라 2에게 말하는 것과 비슷하긴 하지만, 레베카에게 말하는 것은…… 네이트 때로 돌아가 남의 말을 도통 들으려 하지 않았을 때 어떻게 눈에서 콩깍지가 떨어져 나갔지? 생각해 봐. 얼른 기억해 내.

그때 갑자기 "개자식"이란 말이 들리며 이런 생각에서 벗어났다. 눈 앞의 상황에 너무 몰두한 나머지 니콜라스가 같은 공간에 있다는 걸 반쯤 잊었다. 니콜라스는 평소대로 노트북을 펼치고 부엌 테이블에 앉아 있었다.(그는 평소보다 하루 일찍 내려왔다. 평행세계에 대한 현재의 걱정만 아니라면 반길 일이었다.)

"뭐라고요?"

"아마존에서 바보 같은 평을 봤어요. 별점 하나만 준 데다 결말까지 노출했다고요."

"그게 다예요?"

다른 세계의 내게 유해하고 위험한 관계에서 빠져나와야 한다는 확

신을 줘야 했다. 레베카를 설득할 수 있는 딱 적합한 말을 생각해 내야
했다. 조급함 때문에 퉁명스럽고 불친절한 말투가 나왔다.

"날 지지해 줘서 고마워요, 비. 그런데 누구랑 메시지 나누는 중이에
요? 몇 시간째 그러고 있네요. 또 네이트는 아니겠죠?"

"맙소사, 당연히 아니죠. 난 그 자식처럼 쉴 새 없이 망할 트위터랑
구글에 집착하는 사람이 아니라고요."

이건 정말 나답지 않은 행동이었다. 난 항상 대립을 피하는 사람이
었다. 이번이 니콜라스와 내가 처음으로 싸운 순간이었다. 그것도 안
좋은 타이밍에.

"산책 좀 하고 올게요."

"좋은 생각이에요."

니콜라스는 노트북을 쾅 닫더니 밖으로 나가버렸다. 난 부끄러운 감
정을 떨쳐냈다. 그럴 시간도 없었다. 바로 메일을 써야 했다.

[레베카, 안 믿는다는 거 알아. 나도 마찬가지였으니까. 널 망치려는
게 아니라고 맹세할게. 난 너야. 평행세계의 너. 너와 다른 삶을 살고
있어. 만족할 만한 삶이야. 너도 그래야 해.

이걸 어떻게 증명해야 할지 모르겠어. 무슨 말을 해야 믿어줄까? 내
게는 일어났지만 네게는 일어나지 않은 일도 있을 거야. 하지만 일단
다 말해볼게.

손톱을 깨무는 버릇이 있지만 절대 다른 사람이 알아차리지 못하게
재빨리 깎아내지.

열두 살 때까지 엄지손가락을 빨았어.

누군가 머리를 쓰다듬어 주면 울음이 터져. 엄마가 우리를 재울 때
토닥이던 방법이거든. 엄마가 네게도 해줬기를 바라. 아직 엄마의 재단
용 마네킹을 가지고 있어.(클라리스라고 불러. 이유는 나도 몰라.)

한쪽 가슴이 다른 쪽보다 커. 이 사실을 엄청나게 신경 쓰곤 했지.

네가 왜 베네딕트와 결혼했는지 알아. 나 역시 엄청나게 가슴 아픈 시련을 겪었어. 하지만 너와 정반대의 길을 택했지. 영원한 맹세를 피하고 진지한 관계를 피했어. 마치 암덩이처럼 내 삶에서 그 부분을 잘라냈다고 생각했어. 닉을 만나기 전까지는. 닉을 만나고 모든 게 변했어. 난 아이가 없어. 넌 아이가 있지. 우리가 이 일을 이겨낸 후에도 스칼렛의 미래가 보장되길 바라는 마음은 이해해. 아빠가 엄마를 속인 후였지. 엄마와 아빠의 말다툼, 끊임없는 말다툼 속에 넌 방에 숨어 아무 일도 없었던 척해야 했지. 드디어 아빠가 떠났을 때 안도감도 들었지만 슬프기도 했어.

네가 왜 그런 남자에게 빠졌는지 이해해. 어린 시절 결코 갖지 못했던 안정감과 미래에 대한 보장을 겉으로는 약속했던 남자였겠지. 가정 내 갈등을 피하려는 네 심정도 이해해. 나 역시 그럴 거니까.

하지만 여기, 내가 있는 세계에서 베네딕트는 위험인물이야. 네가 있는 세계에서도 위험할 수 있어. 너뿐 아니라 스칼렛에게 위험할 수도 있다고.

포기를 좋아하지 않는다는 거 알아, 레베카. 하지만 때로는 포기도 괜찮아. 네 안에는 그럴 용기가 있어. 장담해.

이 모든 얘기를 꼭 믿을 필요는 없어. 그냥 나와 닉과 레일라 2에게 꺼지라고 해도 돼. 하지만 스칼렛을 위해, 적어도 스칼렛을 위해서 우리가 말한 걸 한 번이라도 생각해 봐줘. 부탁이야. 베네딕트의 전처와 말해봐. 전 애인이랑도 말해봐. 적어도 그것만이라도 해봐.

레일라는 네가 필요해. 너도 레일라가 필요하고. 이런 일은 혼자 견뎌내지 않아도 돼.

그냥 앉아서 모든 상황이 나아지기를 기다리지 마.]

다시 읽어보지 않고(그럴 시간도 없었다.) 바로 보내기 버튼을 눌렀다. 그리고 기다렸다.

米

보낸 사람: Bee1984@gmail.com

받는 사람: NB26@zone.com

　어떻게 됐어요? 레베카가 읽었나요?

보낸 사람: NB26@zone.com

받는 사람: Bee1984@gmail.com

　읽었죠. 그리고 휴대폰을 돌려주더니 가버렸어요.

닉

　레베카에게서 아무런 소식도 없이 일주일이 흘렀다. 그리고 또 일주일이 흘렀다. 레베카와 스칼렛에 대한 걱정이 점점 커지는 와중에 니콜라스가 조금이라도 신경을 분산시켜 줘서 고마울 지경이었다. 니콜라스는 『어둠 속의 총성』([심지어 같은 제목을 쓰기로 했어요.])을 잘 써 내려가고 있었다. 비는 니콜라스가 나와 어떤 부분을 동일하게 쓰는지 살짝 정보를 흘리곤 했다. 내가 쓴 원작과 다른 방향을 취하면 난 원작자로서 정당한 분노를 터뜨리며 몇 시간을 소비할 수 있었다.([그 인물은 도덕성의 수호자가 될 수 없다고요! 그러면 등장인물이 일차원적으로 보인다는 사실을 모르는 거예요? 니콜라스에게 안 된다고 해줘요.])

　도덕성에 대한 말이 나와서 말인데,(망할 양자 머시기 땅에서는 종종 우리가 타협해 버리는 부도덕성 말이다.) 비는 니콜라스가 쓰는 작품 정보를 나와 주고받는 일에 죄책감을 느끼고 있었다. 하지만 비 역시 근심을 분산시킬 만한 무언가가 내게 필요하다는 사실을 직감적으로 느꼈다.(혹시 『사보타주』가 나에 대한 사보타주가 될 경우를 대비해서.) 나에 대한 걱정이 비의 죄책감을 상쇄시켰다.([이건 마치 둘이 협업해서 작품을 쓰는 것 같아요, 닉.])

드디어 레일라 2가 새로운 소식을 들고 전화를 걸어왔다.

"어떻게 됐나요?"

"효과가 있었어요."

레베카가 베네딕트의 전 부인 마리아에게 연락을 취했다는 사실을 들었다. 마리아는 뉴욕에서 의상 디자이너로 일하고 있었다. 하지만 마리아는 대화를 거부했고, 이 일은 레베카에게 적신호로 다가왔다. 결국 마리아의 여동생까지 찾아보게 됐다. 여동생은 우리가 가장 우려했던 점을 사실로 확인시켜 줬다. 마리아가 베네딕트를 떠나려 하자, 베네딕트가 공격적으로 나왔다. 마리아의 경력을 망치고 깊은 수렁에 빠뜨리겠다고 위협했다. 마리아는 '잠적'해야만 했고, 진짜 삶이 끝장날 수 있다는 공포에 사로잡혀 살아야 했다. 베네딕트의 이런 행동은 새로운 희생자, 레베카를 찾고 나서야 멈췄다. 그는 자신의 흔적을 덮을 만큼 똑똑하고 편집증적이었기 때문에 이런 증언 외에는 구체적인 증거가 없었다. 즉 범죄 사건으로 몰아갈 만한 증거 자료가 없었다. 이미 꽤 오래전 일이기도 했고, 베네딕트에게는 돈과 권력이 있었으니까.

하지만 이 얘기만으로도 레베카는 베네딕트의 술수에서 벗어나야 한다는 확신을 가졌다.

레일라 2는 레브에게 연락했다. 레브가 베네딕트 사건을 맡는 데 동의했다. 하지만 신중하게 움직여야 했다. 특히 이쪽 세계에는 딸도 있었다. 아빠의 작은 아가씨. 다른 말로 하면 예상 가능한 인질이었다.

"레브는 사건을 해결하려면 시간이 충분히 필요하대요. 베네딕트가 단독 양육권을 밀어붙일 경우를 대비해서요. 비슷한 일을 겪은 다른 증인을 조사할 시간이 필요해요."

시간을 벌기 위해 그들은 계획을 짰다. 레베카는 관계가 소원해진 아버지에게 먼저 연락을 취했다. 호주에 사는 비의 아버지와 비슷하게 레베카의 아버지도 영국이 아닌 뉴질랜드에 살고 있었다. 레베카의 아버지는 딸과 화해할 기회를 바로 붙잡았고([하, 당연히 그래야죠. 일말의 양심이라도 있다면요.]) 도울 수만 있다면 어떤 일이라도 하겠다고 했다. 바로 그 '어떤 일'이란 자신이 심각한 병에 걸려 죽을 수도 있고, 그래서 너무 늦기 전에 딸과 자신의 유일한 손녀를 만나 관계를 회복하고 싶다는 간절한 소망을 베네딕트에게 전하는 일이었다.([영리한 계획이네요. 누가 생각해 낸 거예요, 닉?] [내 생각에, 레베카요.]) 베네딕트는 이 요청을 거절할 수 없었다. 필요하다면 아버지의 병을 빌미로 뉴질랜드 체류를 연장할 수도 있을 것이다. 완벽한 핑곗거리였다.

마지막으로 레일라 2가 말했다.

"레베카가 당신을 만나고 싶어 해요, 닉. 장소는 알 거라고 했어요."

우리가 늘 앉던 벤치에 앉아 내게 다가오는 레베카를 바라봤다. 우리 사이를 희미하게 감싸던 화학적 반응은 여전했지만, 그 빛은 예전보다 덜했다. 훨씬 약해졌다. 감정을 숨긴 채 긴장한 모습의 레베카를 보니 그녀 역시 같은 기분을 느꼈음이 분명했다.

스칼렛이 달려와 날 꼭 안았다.

"강아지 아저씨! 나 비행기 탄대요."

"그래, 나도 들었단다."

울컥하는 감정이 올라왔다. 이 모녀 삶의 일부가 되려던 슬프고도 진부한 백일몽이 이제 모두 끝났다.

레베카와 난 삼총사가 잔디 너머로 달려갈 때까지 기다렸다.

"잘 지내요?"같이 미지근한 질문은 지금 상황에 적합하지 않았다.

"얼굴 보니 좋네요, 레베카."

"저도요."

생기 없는 말투였다.

"언제 떠나요?"

"금요일에요."

레베카가 옷을 매만지고 머리카락을 잡아당겼다.

"내가 스파이처럼 느껴져요. 베네딕트에게 거짓말하고 이 모든 걸 버려둔 채 떠난다는 게요. 아빠한테 가는 것도 그렇고요. 이런 일이 일어날 거라고 누가 상상이나 했을까요."

"영원하지는 않을 거예요."

"영원할 것 같아요. 베네딕트는 멈추지 않을 거예요. 이 전쟁에서 이기고 싶겠죠."

"그사이 레일라와 레브가 베네딕트를 막아줄 겁니다. 당신에게 단지 숨 쉴 공간을 주려는 거죠."

"정말 모든 게 엉망이네요. 내게 행복하냐고 물었던 것 기억하세요?"

"아, 네. 세상에서 가장 무책임한 질문이었죠. 죄송합니다."

"아니에요. 처음에는 정말 행복했어요. 내가 견뎌내기만 한다면 다시 행복해질 거라고 계속 혼자 되뇌었죠. 모든 게 좋아질 거라고요. 전 진짜 바보 멍청이였어요. 너무 어리석었어요."

"당신은 어리석지 않아요. 전혀 어리석은 사람이 아니에요. 자기 탓은 하지 마세요. 저 역시 이미 끝난 결혼을 오 년이나 더 질질 끌었으니까요."

레베카가 희미한 미소를 지었다.

"저도 알아요. 가여운 당신과 제즈."

"이 점은 분명 장담할 수 있어요, 레베카. 앞으로 더 좋은 삶이 당신과 스칼렛을 찾아올 거예요. 증거도 있어요. 레일라가 당신에게 얘기했죠. 그렇죠? 모든 걸 말했을 거예요. 비도 당신에게 말했고요."

"증거. 증거라. 내가 진짜 당신들 말대로 하고 있다는 것도 믿기지 않아요."

레베카가 몸을 부르르 떨더니 팔을 문질렀다.

"아마…… 당신한테 고마워하는 게 맞겠죠. 하지만 처음에는 화가 났어요. 아니, 분노요. 당신에게 분노했어요. 레일라에게 분노했어요. 그리고 그녀……에게도 분노가 치솟았어요."

레베카가 비에 대해 한 말은 그 후 오랫동안 내 뇌리에 남았다. 내가 니콜라스에게 느낀 분노 혹은 억울한 감정과 비슷했기 때문이었다.

"알았어요. 음. 그럴 수 있어요. 말도 안 되는 일이 갑자기 당신 인생에 개입한 것처럼 느껴지겠죠. 우리를 믿지 않는다 해도 이해해요. 그것만 알아둬요. 난 항상 당신을 위해 여기 있어요. 앞으로도 항상 그럴 거예요. 개들도요."

"닉, 더 이상 당신을 만날 수 없어요."

"이해해요, 비."

레베카가 움찔했다. 제길.

"아니, 레베카. 지금은 정리해야 할 일이 산더미같이 있으니까요."

"아니요. 제 말은, 영원히요. 설령 제가 다시 돌아온다고 해도. 이 일은…… 지금 일어나는 우리 사이의 만남은 없을 거예요. 제가 믿든 안 믿든, 당신이 하는 일은 옳지 않아요. 당신과…… 그녀. 당신도 알죠. 그렇죠? 이건 다른 사람의 삶을 조작하는 일이에요. 그걸 알아야 해요. 그녀도 알아야 하고요."

조작. 비가 우리 작전 초기에 썼던 말과 같았다. 단지 지금은 거울 반대편에서 나왔을 뿐이었다. 이 말은 내게 효과를 발휘했다. 정신이 번쩍 들고 수치심으로 가득 찬 알람 소리가 들렸다.

"미안해요."

변변찮은 사과였지만 내가 할 수 있는 말이 이것밖에 없었다.

"단지 그 이유만은 아니에요. 난 당신에게 끌렸어요. 내 감정을 애써 무시하려 애썼지만 당신도 느꼈잖아요. 만약 우리가 함께할 수 있는 가능성이 생기더라도 내가 그런 미래를 그려보지 않았다는 거짓말은 안 할게요. 하지만 난 할 수 없어요. 스칼렛이 존재하지 않는 세계가 저기 어딘가 있다는 생각은 상상조차 하기 싫어요. 하지만 당신을 보면 계속 그 생각이 떠오를 거예요."

레베카가 내 손을 잡았다. 하지만 몸의 나머지 부분과 마찬가지로 내 손 역시 감각을 잃고 아무 느낌이 없었다.

"내 말 이해하죠. 그렇죠?"

"이해해요."

이해가 갔다. 당연히 그럴 수밖에. 내게도 딜런이 있으니까.

"이제 작별 인사를 할게요."

레베카가 팔로 날 감쌌다. 나도 그녀를 가까이 끌어당겼다. 이번에는 느낌이 달랐다. 연인이 아닌 친구를 안는 기분이었다. 우리는 한동안 그대로 있었다.

"당신이 해준 일에 감사해요, 닉. 하지만 내가 말한 점을 고민해 봐요."

레베카가 뒤로 물러서더니 몸을 돌렸다. 레베카는 떨리는 한숨을 내쉰 후 짐짓 밝은 목소리로 스칼렛에게 집에 갈 시간이라고 외쳤다. 난 그저 여느 때와 다를 바 없다는 듯 떨리는 목소리로 스칼렛에게 "아디오스, 스칼렛!"이라고 말했다. 마치 내일 다시 만날 사이처럼.

"아디오스 아미고! 소시지 안녕. 로지 안녕."

스칼렛과 레베카가 걸어가는 모습을 지켜봤다. 멀어지는 모습에 슬픔이 몰려왔다. 하지만…… 비와 나 사이처럼 레베카와 나 사이에는 서로를 연결하는 마법 같은 끈이 없었다. 물론 서로 끌리는 감정이나 화학적 반응은 있었지만 마법 같은 끈은 아니었다.

※

보낸 사람: Bee1984@gmail.com
받는 사람: NB26@zone.com

닉, 당신이 날 구했어요. 레베카 말예요. 그리고 스칼렛도요. 당신이 우리 모두
를 살렸어요.

보낸 사람: NB26@zone.com
받는 사람: Bee1984@gmail.com
당신을 구한 사람은 당신이죠. 레일라 2의 도움과 레베카 아버지의 도움으로
요. 당신이 아버지를 싫어한다는 건 알지만, 레베카의 아버지는 뭔가 달라진 것
같아요.

보낸 사람: Bee1984@gmail.com
받는 사람: NB26@zone.com
그래요. 나도 인정해요. 다만 아빠가 진심으로 레베카 걱정에 한 행동이지, 영
웅놀이 할 생각으로 한 행동은 아니었으면 좋겠어요. 어쨌든 중요한 건 아빠가
달라졌고, 레베카와 스칼렛이 베네딕트의 손아귀에서 벗어났다는 점이죠. 당신
이 뭐라 하든 닉, 당신이 없었다면 레베카와 스칼렛은 아직 베네딕트의 집 안에
있었을 거예요.

보낸 사람: NB26@zone.com
받는 사람: Bee1984@gmail.com
아직 갈 길이 멀어요, 비. 베네딕트가 그냥 물러서지는 않을 거예요.

보낸 사람: Bee1984@gmail.com
받는 사람: NB26@zone.com
알아요. 하지만 적어도 희망은 있잖아요. 레비는 좋은 변호사예요. 사실 최고죠.
레베카는 결국 자유를 찾을 거예요. 당신에게는 너무 긴 기다림이죠. 하지만
도플갱어 작전은 아직 살아 있다고요!

보낸 사람: NB26@zone.com

받는 사람: Bee1984@gmail.com

그렇지 않아요, 비. 이쪽의 도플갱어 작전은 완전히 망했어요. 레베카가 내게 확실히 말했거든요.

보낸 사람: Bee1984@gmail.com

받는 사람: NB26@zone.com

마음을 가다듬을 시간이 필요해요. 그래서 그렇게 말한 것뿐이에요.

보낸 사람: NB26@zone.com

받는 사람: Bee1984@gmail.com

아니요. 진심이었다고요. 다시는 서로 보지 말자고요. 레베카는 우리가 현실을 조작하고 있다고 말했어요. 어디서 많이 들어본 말이죠? 스칼렛이 존재하지 않는 세계는 상상도 하고 싶지 않대요. 하지만 날 보면 항상 그 생각이 떠오를 거래요.

보낸 사람: Bee1984@gmail.com

받는 사람: NB26@zone.com

닉, 난 자신을 잘 알아요. 때로는 고집쟁이가 될 때도 있어요. 어떤 일이 막 벌어지는 중에는 상황을 명확히 보지 못하죠. 하지만 레베카는 다시 돌아올 거예요. 장담해요.

보낸 사람: NB26@zone.com

받는 사람: Bee1984@gmail.com

레베카만의 문제가 아니에요, 비. 처음에는 뭔가 있었지만 이젠 사라졌어요.

보낸 사람: Bee1984@gmail.com

받는 사람: NB26@zone.com

무슨 말이죠? 레베카에게 더 이상 끌리지 않는 거예요?

보낸 사람: NB26@zone.com

받는 사람: Bee1984@gmail.com

그런 게 아니에요. 내가 레베카를 보내줬어요. 그게 최선이니까요. 그런데 난 지금 괜찮아요. 진짜 아무렇지 않다니까요.

보낸 사람: Bee1984@gmail.com

받는 사람: NB26@zone.com

단지 둘이 같이할 기회가 없었기 때문이에요. 나 역시 니콜라스와 비슷한 문제가 있었어요. 전에 말했잖아요.

아직 희망은 있는 거죠. 그렇죠?

보낸 사람: NB26@zone.com

받는 사람: Bee1984@gmail.com

아니요. 비, 하지만 둘 중 하나라도 성공했다면 꽤 괜찮은 성공률이죠.

보낸 사람: Bee1984@gmail.com

받는 사람: NB26@zone.com

이해가 안 가요. 어떻게 그리 쉽게 레베카를 보낼 수 있어요? 내 말은, 레베카는 '나'잖아요. 그런 셈이잖아요. 이 말이 자신감도 없고 애정에 굶주린 것처럼 들려도 상관없어요.

보낸 사람: NB26@zone.com

받는 사람: Bee1984@gmail.com

    당신인 '셈'이죠. 하지만 그게 바로 결정타예요. 가장 중요한 이유죠. 레베카는 당신이지만, 사실 진짜 당신은 아니죠.

보낸 사람: Bee1984@gmail.com
받는 사람: NB26@zone.com

    그럼 이제 우리는 어떻게 해야 하죠? 난 아직 니콜라스와 함께 있잖아요. 이건 공평한가요?

보낸 사람: NB26@zone.com
받는 사람: Bee1984@gmail.com

    그 공평이란 단어 한 번만 더 쓰면, 일주일 동안 감동적인 인용구만 보낼 거예요.

    비, 난 괜찮아질 거예요. 로지의 목숨을 걸고 맹세해요. 이제 책상에 머리 박고 글만 쓸 거예요. 난 괜찮아요. 진짜예요.

5부

망할 놈의
러브 액츄얼리

닉

한동안은 효과가 있었다. 글쓰기 말이다.

난 후속 작품인 『사보타주』에 빠져들었다. 완전히 몰두했다. 심지어 가끔 비가 내 '작업 시간'에 메일을 보내오면 짜증이 날 정도였다. 니콜라스가 글을 쓰는 시간에는 분명 방해하지 않겠지. 작업 분량이 꾸준히 늘었다. 어떨 때는 저절로 글이 써지는 기분이었다. 트위드 양복쟁이도 자주자주 진도를 확인했다. 차츰 이 늙은 양반이 좋아졌다. 그래서 머릿속에서 구상한 줄거리를 보낸 후 소설에 필요한 조사를 맡기기도 했다. 트위드 양복쟁이가 이 소설을 우리의 공동 작품으로 느끼길 바랐기 때문이다.

하루 일과는 전과 동일하게 유지했다. 여전히 로지와 소시지를 데리고 공원 산책을 했다. 하지만 레베카와 앉던 벤치 방향은 피했다. 아직도 그 벤치를 보면 가슴이 먹먹했다. 로지와 소시지 역시 레베카와 스칼렛을 그리워하는 것 같았다. 몇 주 동안은 늘 가던 방향으로 뛰어가려는 개들의 발걸음을 돌리느라 목줄과 씨름해야 했다. 레일라 2는 가끔 레베카의 소식을 전했다. 쉽지는 않았지만 레베카와 스칼렛은 뉴질랜드에서 머무는 기간을 무사히 늘렸다. 베네딕트가 눈치채고 공격해

오기 전에 최대한 많은 정보를 모을 시간이 필요했다. 분명 베네딕트는 레베카를 공격해 올 것이다. 레일라 2는 레브와 다시 만나기 시작했다는 말도 슬쩍 흘렸다. 이것 좀 보게. 중매쟁이 닉이 따로 없네.

매주 한 번 제프리에게 딸 제니와 손녀 메건에 대한 새로운 소식을 전해줬다. 또 매주 한 번 릴리 부인과도 연락했다.(늙은 할멈이 날이 갈수록 괴팍해져서 전화 걸기 전에 마음을 단단히 먹어야 했다.) 딜런과는 농담 섞인 연락을 자주 주고받았다. 간혹 릴리 부인이 '아름다운 여자 친구'에 관해 물어볼 때는 거짓말을 하거나 날씨 같은 주제들로 둘러치기 쉬웠지만 딜런에게는 그럴 수 없었다. 벌써 여러 달 동안 절반은 진실인 정보를 딜런에게 말해왔다. 물론 레베카가 아닌 비에 가까운 어떤 여성에 대한 얘기였지만. 게다가 딜런은 (거의) 처음부터 이 일에 관여해 왔다. 유스턴역으로 비를 만나러 갈 용기를 북돋아 주기도 했고, 자신의 휴일을 몽땅 쏟아 날 변신시키고 트위드 양복도 골라줬다. 어느 정도 비와 내 관계에 지분이 있는 셈이었다. 딜런은 언젠가 레베카/비를 만날 거라고 기대하고 있었다. 완전히 진실은 아니었지만 딜런에게만은 최대한 진실에 가까운 얘기를 해야 했다.

"뉴질랜드요? 하지만 다시 돌아오는 거죠?"

"아니. 종신직 직장이래. 게다가 우리 둘 다 장거리 연애는 젬병이지."

이 썩을 거짓말쟁이야.

"레베카를 따라 뉴질랜드로 이사하면 어때요?"

"그것도 생각해 봤지. 하지만 로지도 챙겨야 하고, 뉴질랜드는 야생 거미가 엄청나게 클 것 같아서 고민은 해봤지만 안 가려고. 솔직히 말해서, 우리 관계는 거의 끝난 것 같아."

"닉, 진짜 괜찮은 거 맞아요? 내 앞에서는 괜찮은 척할 필요 없어요. 알죠? 울고 싶든 아니면 뭘 하고 싶든 나한테 다 풀어버리세요."

오, 딜런……

"이제 최악의 순간은 극복했어. 아무튼 고맙다. 자, 내 우울한 소식은 됐고, 넌 요새 네가 발굴했다는 예술가랑 잘 진행되고 있어? 소랑 사람을 섞어놓은 그 소름 끼치는 조각상을 만드는 낙농 운동가 말이야. 네가 보내준 사진을 보고 아직도 악몽을 꾼다니까……."

딜런과 전화를 끊자마자 우연인지 폴이 문자를 보내왔다. 이혼 서류를 검토해야 하며, 집이 곧 팔릴 것 같으니 몇 주 안에 집 매매금 중 내 몫을 입금할 거라는 내용이었다.

비와 니콜라스의 사이가 깊어짐에 따라 난 매일 비와 헤어질 결심을 했다. 하지만 매번 실패했다.

이렇게 평범한 몇 주가 흐른 후, 내 일상을 깨뜨리는 예상치 못한 두 가지 사건이 일어났다.

아침 식사를 하러 식당으로 내려갔는데 식탁이 텅 비어 있었다. 원래라면 로렐과 하디가 7시 정각에 나보다 먼저 식탁에 앉아 있어야 했다.

"둘은 어디 있어요?"

에리카가 어깨를 으쓱했다.

"갔어요. 지난밤에 떠났죠."

"왜요?"

"계약 기간이 끝났으니까요."

버그네 머문 기간을 통틀어 그들과 나눈 대화라고는 아침 식사 때의 "좋은 아침입니다"와 계단에서 마주쳤을 때의 "안녕하세요"밖에 없을 만큼 서로 교류가 없었다. 간혹 하디의 방문 너머로 낄낄거리는 소리가 작게 들리긴 했다. 하지만 그 외에는 너무 존재감이 없어서 로렐과 하디를 붙박이 가구보다는 낫지만 하숙집 안내판이나 페트루스의 상장이 전시된 벽 정도로만 여겨왔다. 그런 내가 로렐과 하디의 존재를 그리워하다니 놀라운 일이었다. 며칠 동안은 에리카와 개 두 마리와 나만 있는 집이 횅하게 느껴졌다. 하숙집 분위기는 낯설어졌지만 잔소

425

리할 사람이 적어진 에리카는 한결 느슨해진 모습이었다. 사실 에리카와 난 그다지 친한 관계가 아니었다. 사적인 대화는 거의 하지 않았다. 에리카는 책이 잘 진행되는지 가끔 묻고 난 답례로 페트루스가 잘 지내는지 묻는, 그런 수준의 관계였다. 아침 식사가 끝나면 각자 최대한 자기 영역에만 머물렀다. 그랬던 우리 사이가 로렐과 하디가 떠난 후 조금씩 변했다. 이제 에리카는 하숙집 규칙을 깬다고 퍼부어 대던 잔소리를 멈췄고, 나와 종종 술을 같이 마시는 사이가 됐다. 난 에리카가 자신을 보호하기 위해 껍질 속에 산다고 생각했다.(심리학자는 아니지만 아버지의 죽음 이후 자신을 보호하려는 껍질이 생긴 것 아닐까.) 주변을 자기 뜻대로 조종하려는 강박적 욕구는 자신을 보호하려는 방어기제로 보였다. 얼마 후 에리카는 주변 대학과 계약을 맺었다. 버그네 하숙집은 점차 객원교수와 교환학생과 여러 괴짜들이 잠시 머물렀다 떠나는 장소가 됐다. 에리카는 새로운 하숙생들에게 집안 규칙을 지키라며 다시 잔소리를 퍼붓기 시작했고, 곧 예전의 엄격하고 냉정한 모습으로 돌아갔다.

새로운 하숙생(중국인 유학생으로, 내 짓궂은 놀림과 에리카의 잔소리 때문에 한밤중에 몰래 냉장고를 뒤져 우유를 몽땅 마시는 이상한 버릇이 생겼다.)이 들어온 지 일주일 후, 두 번째 일상 파괴자가 나타났다. 에리카가 내 방문을 두드리더니 불만 섞인 말투로 무뚝뚝하게 손님이 왔다고 알렸다. 거실에는 여태 본 중 가장 불편한 모습의 제프리가 서 있었다. 에리카는 커다란 갈색 봉투를 건네며("이것도 왔어요.") "늦은 밤까지 방문객 체류 절대 금지" 안내판 쪽을 노골적으로 응시한 후 거실을 나갔다.

"매력덩어리구먼. 안 그렇소?"

제프리는 에리카에게 들릴 만한 거리에서 비웃듯 말했다.

난 개 두 마리를 데리고 밖으로 산책하러 가자고 제안했다. 제프리와 나와 개 두 마리가 길을 걷자 행인들이 우리를 피해 지나갔다. 비가 제니의 소셜미디어에서 수집한 최신 정보를 제프리에게 전했다. 제니가 최근 보는 티브이 프로그램, 학교에 입학해 첫 주를 보낸 손녀 메건 얘기, 메건이 처음으로 만든 음식 얘기 등이었다. 제프리는 아무리 사소한 얘기라도 세세한 내용까지 열심히 귀 기울여 들었다. 우리는 담배를 피우기 위해 벤치에 앉았다. 제프리는 가방에서 사과주 두 캔을 꺼내 내게 하나 건네줬다.

"제프리, 왜 여기까지 직접 온 겁니까?"

"한잔할 필요가 있어 보였소."

내 쪽의 도플갱어 작전이 완전히 끝장났다는 말을 한 적은 없었지만 전화 통화를 하다 뭔가 눈치챈 게 틀림없었다. 난 그동안의 모든 일을 털어놓았다. 제프리는 얘기를 들으며 계속 사과주를 마시다 담배를 피웠고, 또 담배를 피우다 사과주를 마셨다. 얘기가 모두 끝나자, 제프리가 입을 열었다.

"결국 그 부자 놈이 개자식으로 드러나다니 놀랍지도 않구만. 내 마음대로 할 수만 있었다면 그런 자식은 지금쯤 돼지 사료가 됐을 거요."

"그럴 수만 있다면요."

"그래도 이제 그 여자와 딸은 안전한 거 아니오?"

"지금은 그렇죠. 하지만 레베카가 절 다시 보고 싶지 않대요. 대화하는 것도 싫대요."

"분명 당신에게 무슨 일이 벌어지고 있는 것 같았소."

제프리가 날 유심히 관찰했다.

"그런데 생각보다 엉망으로 보이진 않는군. 말하는 것도 그렇고."

"어쩌면 레베카와 난 운명의 상대가 아니었나 보죠."

"당신에게는 아직 다른 여자가 있잖소."

"네. 하지만 한평생 얼굴도 볼 수 없는 사이죠."

제프리는 캔에 남은 사과주를 털어내고 캔을 구겨 쓰레기통에 던지더니 가방에서 한 캔 더 꺼냈다.

"당신이 회의에 나온다면 도움이 될 거요."

"왜요? 누가 의심하던가요?"

"그냥 도움이 될 거 같다는 것뿐이오. 지난 회의에서 헨리에타가 내게 당신을 아주 강하게…… 뭐라더라, 아, 심문하라고 했소."

"그래서요?"

"의심스러운 일은 전혀 없었다고 했지."

"이제는 그게 진짜 사실 아닌가요?"

"그런 것 같군."

따뜻한 사과주 덕에 추운 기운이 좀 사라졌다. 소시지가 한숨을 내쉬더니 제프리의 발 위에 풀썩 엎드렸다. 제프리는 소시지의 배를 쓰다듬었다.

"착한 개군. 난 늘 개를 키우고 싶었소."

"키우면 되죠."

"그럴 수 없소. 이사를 자주 다니니까."

"제프리, 진짜 무슨 일을 합니까?"

진작 묻지 않았다니 믿을 수 없었다.

"무슨 말이오?"

"직업 말입니다. 평소에는 뭐 하며 지내나요? 무슨 뜻인지 알잖아요."

제프리가 어깨를 으쓱했다.

"운전 일을 좀 하고 있소. 앉아서 생각하고 뭘 읽기도 하지. 당신 책도 읽었소."

"『어둠 속의 총성』이요?"

"어? 아닌데. 잠시만."

가방을 뒤지더니 꽤 낡은 책을 하나 꺼냈다. 망할 놈의 내 데뷔작이었다.

"도대체 그건 어디서 찾은 겁니까?"

"주문했소……. 전문 서점에서. 그다지 안 비쌌으니 신경 쓰지 마시오. 난 꽤 재미있게 읽었소."

"그 책을 재미있게 읽은 사람은 당신이 유일할 겁니다."

제프리는 두 번째 사과주 캔도 탈탈 털더니 납작하게 구겼다. 지금 제프리가 술 마시는 속도라면 충분히 페트루스에게 도전할 만했다. 내 캔은 겨우 삼분의 일쯤 비었을 뿐이었다.

"당신 여자 친구에게 한 가지 물어봐 줄 수 있소?"

"물론이죠."

"내가 죽기 전에 혼수상태에 있었는지 물어봐 주시오."

"왜 그런 걸 알고 싶죠?"

제프리는 바로 대답하지 않았다.

"그냥 궁금했소. 최근 죽음에 대해 계속 생각하고 있는데, 뭐 그게 무슨 의미가 있는지는 모르겠지만."

나중에 이때 일을 다시 떠올려보면, 제프리가 뭔가 숨기고 있다고 느꼈음에도 난 대수롭지 않게 넘겨버렸다.

"제프리, 당신은 죽기 전 며칠간 혼수상태로 있었어요. 제니가 말해 줬죠. 병원에 누워 있는 아버지를 보러 간 기억이 있다고요. 제가 일부러 말하지 않았어요. 이미 자신이 죽었다는 사실만으로도 힘들 텐데 굳이 이런 일까지 다 말하고 싶지는 않았거든요."

"알았소."

제프리가 멍하니 먼 곳을 응시했다. 이제는 제프리의 특이한 행동에 익숙해져서, 이것이 때로는 갑작스러운 기분 변화의 신호라는 걸 알고 있었다. 제프리는 담배를 버리고 날 서투르게 포옹했다.

"내가 빚졌다고 말한 건 진심이오. 조금만 견디시오."

보낸 사람: Bee1984@gmail.com

받는 사람: NB26@zone.com

　뭐라고요? 진짜 그 학생이 우유를 몽땅 다 마셨어요?

보낸 사람: NB26@zone.com

받는 사람: Bee1984@gmail.com

　그렇다니까요. 에리카는 이미 유제품에 대한 새로운 규정을 적은 안내판을 만들고 있어요.

　『어둠 속의 총성』은 어떻게 돼가고 있어요?

보낸 사람: Bee1984@gmail.com

받는 사람: NB26@zone.com

　하, 하마터면 넘어갈 뻔했네요. 이제 소설 얘기는 더 이상 안 하기로 했잖아요. 기억하죠?

보낸 사람: NB26@zone.com

받는 사람: Bee1984@gmail.com

　제발 그냥 주인공이 살인죄에서 빠져나가도록 니콜라스가 마음을 바꿨다고만 말해줘요.

보낸 사람: Bee1984@gmail.com

받는 사람: NB26@zone.com

　절대. 말. 안. 해줘요.

보낸 사람: NB26@zone.com

받는 사람: Bee1984@gmail.com

안 바꾼 거죠? 하지만 그게 바로 소설의 핵심이라고요!! 누구든 돈과 권력만 있다면 그렇게 도망갈 수 있어요.

보낸 사람: Bee1984@gmail.com
받는 사람: NB26@zone.com

나도 알아요.

이제 대화 주제를 바꿔야 한다는 경고등이 뜨네요.

보낸 사람: NB26@zone.com
받는 사람: Bee1984@gmail.com

뭐, 그럼 이건 어때요? 오늘 이혼 절차가 완료됐어요.

보낸 사람: Bee1984@gmail.com
받는 사람: NB26@zone.com

오, 닉. 지금 기분이 어때요?

보낸 사람: NB26@zone.com
받는 사람: Bee1984@gmail.com

괜찮아요. 진짜 괜찮아요. 정말로요. 무엇보다 이제 폴이 앞으로 전진할 수 있다고 생각하니 마음이 한결 편해요. 비, 내 걱정은 말아요. 비참한 개자식은 아직 단단한 우리에 갇혀 있으니까요. 확실해요.

비

닉의 이혼 소식에 오히려 내 마음이 흔들렸다. 닉의 이혼은 내게 큰 의미로 다가왔다. 만약 내가 닉의 세계에 있다면…….

하지만 난 닉의 세계가 아닌 내 세계에 살고 있었다. 지금은 사실상 니콜라스가 내 아파트로 이사 들어왔다. 동거에 대해 논의한 기억은 없었지만, 어쩌다 보니 저절로 이렇게 됐다. 니콜라스와 내가 자연스럽게 잘 맞았던 것처럼 니콜라스의 옷과 물건 역시 내 물건과 자연스럽게 섞였다.

일주일에 한 번 니콜라스는 글쓰기 강의를 위해 리즈로 돌아갔다. 매주 수요일은 온전히 닉을 위한 밤이었다. 죄책감 없이(약간은 있을 수도) 닉과 메일을 주고받을 수 있는 밤, 혹시 휴대폰 구글 메일이 열려 있는지 편집증적으로 확인하지 않아도 되는 밤이었다. 이상하게 들리겠지만 닉과 나, 우리 둘만의 지정 '데이트 날'이었다. 우리 세 명의 양자 쓰리썸은 계속 진행 중이었다. 지금까지는 이런 규칙적인 일과가 잘 돌아갔다.(물론 쓰리썸 멤버 중 한 명은 진실을 모르지만.)

하지만. 하지만. 내게는 항상 '하지만'이 뒤따랐다.

간혹 일하는 중간중간 머릿속에서 니콜라스의 장단점 비교 목록을 만들고 있는 날 발견하곤 했다. 학창 시절 레일라와 내가 누군가(남자 애가 아닐 수도 있었다. 십 대 때는 양성애에 관심이 있기도 했으니까.)를 좋아할 때 하던 행동과 똑같았다.

• 장점: 니콜라스와는 섹스가 잘 맞았다. 일주일에 두세 번은 했다. 레일라가 '의무 방어전'이라 부르는 것처럼 의무감에 섹스해 본 적은 한 번도 없었다.(네이트는 끊임없이 섹스를 요구해서 어느 순간부터 섹스를 무서워한 적은 있었다.)

니콜라스는 가사의 신이었다. 테스코 온라인쇼핑을 담당했고 생리 대나 화장실 휴지 같은 것도 빼놓지 않고 주문했다. 내가 가장 하기 싫어하는, 식기세척기에서 그릇을 꺼내 정리하는 일도 담당했다.

요리도 했다.(물론 할 수 있는 요리가 일곱 가지뿐이었지만, 만든 음식은 모두 맛있었다. 게다가 일곱 가지면 사실 나보다 세 가지는 더 할 줄 아는 거였다.)

마그다가 니콜라스를 마음에 들어 했다. 니콜라스는 목요일 밤마다 마그다 집에서 들려오던 이상한 소음의 정체도 밝혀냈다.

"약간 이상해 보이긴 하지만, 마그다는 재활용 쓰레기를 버리기 전에 빈 캔을 모두 찌그러뜨리더라고요. 그러면서 스트레스를 푸는 것 같아요."

가장 중요한 장점은 레일라(와 레브)가 니콜라스를 좋아한다는 사실이었다.

내 몸무게로 뭐라 한 적도 없었다.

내가 바닥에 옷을 던져두거나, 침대 위에 옷이나 휴지를 엉망으로 놔둬도 결코 불평한 적이 없었다.

욕실에 수건을 잘 걸어놨고, 변기 의자는 항상 내려놨다.

내가 일 관련해 분통을 터뜨릴 때도 잘 들어줬다. 허투루 듣거나 대

433

충 빈말로 때우는 게 아니라 진심으로 내 말을 경청했다.

날 정말 자신의 뮤즈처럼 대했다. 우리는 소설 구성이나 복선, 주인공 성격 등에 대한 아이디어를 내고 토론하느라 몇 시간씩 시간을 보냈다. 니콜라스는 내 아이디어가 별로여도 절대 내색하지 않았다. 내가 봐도 정말 별로였는데 결코 비판적인 말은 하지 않았다.

밖에 나가 돌아다니기보다 나처럼 침대에서 티브이 시리즈물을 연달아 보기를 좋아했다.(한번은 니콜라스와 함께 〈프로젝트 런웨이〉 시리즈를 계속 봤는데 한 번도 짜증 낸 적이 없었다.)

정치에 관심이 많았다. 난 그다지 정치에 흥미가 없었기 때문에 어쩔 수 없이 의식적으로 계속 정치에 관심을 기울여야 했다.

카페인이 필요한 순간을 귀신같이 알아챘다. 자리에서 일어나 주전자에 불을 올려야 하는 순간, 니콜라스가 커피나 차를 가져다줬다.

글을 쓸 때는 마치 등장인물 중 한 사람이 된 듯 행동하면서 손을 흔들거나 고개를 갸우뚱했다. 그런 모습이 사랑스러웠다.

닉과의 '데이트 날'이나 닉과 나누는 비밀 메일을 제외하면 특별히 니콜라스 앞에서 말을 가릴 필요도 없었다.

니콜라스는 날 통제하거나 밀어붙이지 않고 부드러운 방식으로 해머스미스에 있는 재봉사에게 마무리 작업 중 일부를 맡기도록 독려했다. 덕분에 업무 중압감을 덜 수 있었다.

둘 다 일에 빠져 서로 말 한마디 안 하고 지나간 날도 있었지만, 니콜라스는 날 따분하게 하지 않았다.

내게 방문 고객이 있는 날에는 카페로 피해주거나 마그다의 집으로 가 조나스 옆에 있어주며 마그다에게 자유 시간을 제공했다.(정말 친절한 행동이었다.)

지난번 싸움이 우리의 유일한 싸움이었다. 사실 정작 잘못한 사람은 나였는데도 그날 니콜라스가 집에 돌아와 레베카 일로 여전히 스트레스받고 있던 내게 먼저 사과를 건넸다.

니콜라스에게는 언제나 좋은 향이 났다.

돈에 인색하지 않았다. 이사 일주일 후에는 자기 집 대출금도 아직 갚는 중이면서 내 아파트 렌트비도 같이 내겠다고 제안했다.

내 삶을 더…… 편안하게 만들어줬다.

• 단점: 니콜라스는 닉이 아니었다.

그게 다였다. 그게 니콜라스의 유일한 단점이었다. 마치 닉과 비의 스튜 냄비에 들어가는 특별하고 비밀스러운 재료가 니콜라스와 비의 냄비에는 없는 느낌이었다. 예를 들면 파슬리 한 줌 아니면 마늘 몇 알? 그동안은 레베카와 닉이 잘되면 이런 틈도 사라질 거라고 스스로 다독여 왔다. 이제 닉의 도플갱어 작전이 성공할 가능성은 사라졌지만, 그럼에도 불구하고 틈이 점차 희미해지고 있기는 했다. 물론 이런 느낌이 정말 심각한 문제가 된 적은 없었다. 게다가 이제 와서 양념을 추가하기에는 너무 늦었다. 이미 요리는 나와버렸다.

단 하나의 단점. 이 하나 때문에 모든 걸 던져버릴 수는 없었다. 니콜라스와 난 모든 면에서 서로 잘 맞았다. 진짜 모든 면에서. 어떤 상황에서도 우리 사이는 완벽할 것 같았다. 진짜 완벽했다.

그러니 이런 일이 생겼을 때 그렇게 놀라지 않았어야 했는데.

목요일 밤은 마그다의 캔 데이였다. 니콜라스와 난 마그다가 과연 몇 분이나 캔을 굴리고 찌그러트리는지 시간을 재는 습관이 생겼다. 가장 비슷한 시간을 맞춘 사람이 그날 저녁의 배달 음식 메뉴를 결정했다. 바보 같지만 재미있는 경쟁이었다. 하지만 그날 밤 마그다가 캔을 찌그러트리기 시작했을 때, 니콜라스가 말했다.

"코트 입어요. 나갈 거예요."

"네? 하지만 오늘은 캔 데이잖아요. 시간도 재고 배달 음식도 결정하는 날이에요. 아……, 혹시 책 사인회나 작가 행사가 있었는데 제가 잊어버렸나요?"

니콜라스가 빙그레 웃었다.

"아니요. 깜짝 쇼예요."

"깜짝 쇼는 싫어한다고요."

"좋아할 거예요."

난 작업복 차림에 맨얼굴이었으며, 떡 진 머리를 마그다처럼 스카프로 질끈 감싸고 있었다.

"옷이라도 갈아입을까요?"

"아니요. 그냥 나와요. 어서 와요. 우버 택시가 이미 도착했어요."

택시에 타 어디로 가는지 물었지만 니콜라스는 알려주지 않았다. 그는 긴장했거나 혹은 흥분했거나, 아니면 뭔가 다른 감정 때문인지 손가락으로 계속 의자를 톡톡 두드렸다.

택시가 미스터 사첼백의 악몽이 남아 있는 레스토랑 앞에 멈췄다.

"도대체 여기 왜 온 거예요?"

"우리가 처음 데이트한 장소잖아요."

뒤늦게야 그 사실을 깨달았다. 니콜라스는 날 안으로 밀어 넣더니 예약해 놓은 자리로 데려갔다. 우스꽝스러운 코끼리 머리가 보이는 '우리' 자리에 앉아 샴페인 한 병을 주문했다.

"무슨 축하예요? 소설 관련해서 좋은 일 있어요? 대거상 같은 데 최종 후보작으로 오른 거예요?"

니콜라스가 내 양손을 꼭 잡았다.

"비, 할 말이 있어요. 이런 느낌은 처음이에요. 우리가 공유하는 이런 감정 말예요. 정말 드문 인연이라고 생각해요. 당신을 사랑해요."

"나도 사랑해요."

정말 나도 사랑했을까? 스스로에게 수없이 던진 질문이었다. 니콜라스가 날 사랑한 것처럼 나도 그를 사랑했던가? 닉의 대용품이 아니라? 닉과 니콜라스는 같았지만 동시에 같지 않았다. 니콜라스는 많은 관심을 필요로 했고 덜 냉소적이었다. 니콜라스를 보면, 닉의 냉소적인 성향은 작가로서의 실패와 인생의 여러 힘든 과정을 겪으면서 형성된 것 같았다. 이게 바로 우리 사이에, 아니 니콜라스에게 부족한 재료일까? 한 가지 단점. 정말 유일한.

"내 말이 좀 두서없는 것 같은데……. 비, 나와 결혼해 줄래요?"

레일라와 진산책을 반쯤 했을 때 이 소식을 전했다. 레일라가 꽃을 활짝 피운 난쟁이 요정 집 등나무를 찬양하던 중이었다. 레일라는 거의 비명을 지르며 말했다.

"이런 엄청난 소식이 있으면서 내가 쌍둥이 얘기나 하도록 내버려 둔 거야?"

"그래서? 네 생각은 어때?"

"내가 뭐라 할지 뻔하지 않아?"

레일라는 진 캔을 들고 있다는 사실도 잊어버린 채 날 꽉 끌어안았다. 우리 둘 다 진 거품 세례를 받아야 했다.

"이런. 미안해, 비. 그냥 불쌍한 여인이 뿌린 축하 샴페인이라고 생각해. 맙소사. 진짜 빠르기는 하다. 그렇지?"

"맞아. 너무 빠르지?"

"비, 무엇보다 네가 옳다고 느끼면 그게 바로 정답이야."

레일라가 예의 그 엄격한 눈빛을 던졌다.

"그리고 넌 답을 이미 알고 있어. 그렇지?"

맞아. 아니야. 어쩌면…….

"알지."

레일라가 날 한참 지긋이 쳐다봤다. 하지만 니콜라스의 청혼 소식이 주는 기쁨과 행복감이 레일라의 통찰력을 약화시켰다. 니콜라스와의 결혼은 이상한 남자만 만나던 친구의 엉망진창 연애사가 드디어 끝난다는 의미였다.

"페미니스트로서 이런 일에 야단법석 떨면 안 되는 건 잘 알지만, 평소 꿈꾸던 결혼식이나 아니면 특별히 바라는 결혼식 있어?"

"아직 없어. 하지만 니콜라스와 난 거창한 결혼식은 싫어. 간소한 게 좋아."

"그럴 수 있지. 내 결혼식은 완전 악몽이었잖아. 기억하지? 세 대륙에서 찾아온 친척들이 무슨 바퀴벌레마냥 계속 등장했잖아. 게다가 할랄 어쩌고 방식은 또 어떻게 잊겠어? 어머님은 아직도 그 얘기를 꺼내신다니까."

"전혀 악몽 같지 않았어. 사랑스러운 결혼식이었지."

"뭐, 그래. 아직도 결혼식 비용을 갚는 중이니 돈값은 했어야지."

레일라는 내 진 캔을 가져가 한 모금 마셨다.

"그런데 작든 크든 내가 결혼식 계획을 짜도 될까? 제발!"

"넌 이미 쌍둥이에다 지구를 구하기 위한 환경단체 일로 바쁘지 않아?"

"알아. 하지만 너무 하고 싶어. 제발. 내가 하게 해줘."

"아직 구체적인 날짜도 안 정했어. 아마 내년까지는 시작도 못 할걸."

"아무튼 내가 해도 되는 거지?"

"당연하지. 모두 네 차지야. 그런데 신데렐라 마차나 나비 쇼, 비둘기 떼 같은 건 절대 사양이다."

"백조를 훈련시켜서 반지를 전달하게 하면 어때? 딱 한 마리만."

"꺼져."

"에이, 흥을 깨네. 웨딩드레스는 생각해 봤어?"

"진짜 이럴래?"

"아, 기분이나 좀 내보자."

"아직 엄마 웨딩드레스를 갖고 있어."

"어머니도 분명 좋아하셨을 거야, 비. 니콜라스도 마음에 들어 하셨을 거고."

그리고 닉도 마음에 들어 하셨겠지. 어떤 세계에서도 결코 일어나지 않을 만남을 마음속에서 지우기 위해 진 캔을 탈탈 비웠다.

"애들은?"

"쌍둥이야 얼마든지 환영이지."

"쌍둥이 얘기가 아니야! 물론 네가 유아 동반이 안 되는 장소에서 결혼식을 올리면 평생 진심으로 고마워할 거야. 하아, 나도 휴식이 필요하다고."

"'절대 다시는 비행기를 안 타서' 탄소 소비를 줄이겠다는 결심은 어떻게 된 거야?"

"없었던 일로 해야지. 아니면 네가 영국에서 아이는 사절인 식장을 선택하든가. 아무튼 난 너와 니콜라스의 아이 말한 거야. 둘이 아이 문제도 얘기해 본 거지?"

"아니. 아직."

왜 아직 안 했는지 모르겠다. 사실 데이트 앱마다 그 질문이 있을 정도로 아이는 관계에 있어 굉장히 중요한 문제였다. "사이비종교의 광신도입니까?"나 "살인을 저지른 적이 있습니까?"보다 더욱더 중요했다.

"아이를 원하지 않으면 니콜라스에게 미리 말해야 해. 아니면 마음이 바뀌었니?"

"아니. 안 바뀌었어."

내 마음은 바뀌지 않았다. 이제는 레베카의 결정을 이해했다.(아니면 이해한다고 생각했다.) 그리고 내 안에 좋은 엄마의 자질이 있다는 사실도 알았다. 하지만 우주 어딘가에 스칼렛이 존재한다는 사실만으로도 내게는 충분했다.

"아버지께는 말씀드렸어?"

"아니. 호주에서 비행기 타고 와서 내 손을 잡고 식장에 들어가겠다는 말 같은 건 듣고 싶지 않아. 아빠는 이상한 가부장적인 말들을 좋아하잖아. 언제쯤 말하면 좋을지 생각 중이야."

레일라가 이해한다는 듯 팔을 툭 건드렸다.

"그럼 또 누가 알아?"

"너랑 마그다, 조나스만 알아. 내게 중요한 사람들만."

물론 진실이 아니었다. 가장 중요한 사람에게 아직 말하지 못했다. 이 사실을 전하려면 마음의 준비가 필요했다. 다시 한번 난 도덕적 선택의 갈림길에 섰다. 딜런 때처럼 내가 숨길 수도 있는 일이었다. 말하지 않으면 닉은 절대 모를 것이다. "이번 주말에 뭐 해요, 비?" "아, 특별한 일은 없어요. 그냥 레일라와 레브와 여행 가기로 했어요." 하지만 닉에게 그럴 수는 없었다. 내가 뭔가를 숨기면 닉은 항상 바로 알아챘다.

⁂

보낸 사람: Bee1984@gmail.com

받는 사람: NB26@zone.com

닉, 이 소식을 어떻게 말해야 할지 모르겠어요. 수없이 여러 번 글을 썼다 지웠다 했어요. 하……, 좋아요. 그냥 말할게요. 전에 당신이 한 말 기억해요? 내가 조심하지 않으면 크리스마스쯤에는 결혼하겠다는 말이요.

닉

전통적으로 결혼은 이야기의 마지막을 상징한다. 그 후로 둘은 영원히 행복하게 잘 살았답니다. 아무도 『신데렐라 2: 이혼 편』이나 『미녀와 야수: 촛대 양육권 전쟁 편』 같은 거지 같은 현실을 보고 싶어 하지 않기 때문이다. 비가 결혼 소식을 전했을 때, 이 생각이 가장 먼저 떠올랐다. '그래, 이제 여기까지구나. 우리 이야기의 끝.'

불행한 사람은 고통을 나누고 싶어 한다. 비의 결혼 소식을 듣고 리즈로 가서 릴리 부인이나 폴 커플을 만나거나(신이시여, 제발 이러지 않게 도와주소서.) 브룸으로 가는 기차에 올라타 딜런의 어깨에 기대어 울까도 생각했다. 심지어 제프리에게 전화할 뻔했다. 하지만 고민 끝에 결국 레일라 2에게 연락했다. 직접 만나 얘기할 사람이 필요했다. 도플갱어 작전은 알고 있지만 제프리보다 침착한 사람과 말하고 싶었다. 일전에 믿을 수 없는 사실을 터뜨린 펍에서 레일라 2와 만났다.

"결혼이요?"

"네. 결혼이요."

"생각해 보면 당신과 결혼하는 셈이네요."

"네. 실제로는 아니지만."

비는 완벽한 인생을 사는 완벽한 니콜라스와 결혼한다.

"뭐, 제 축하도 전해주세요."

"직접 하셔도 됩니다. 제 휴대폰을 쓰세요. 원하면 비에게 아이메일을 보내시죠."

레일라 2가 얼굴을 찌푸렸다.

"아뇨. 지난번에 얘기하고……, 그 후에…… 좀 기분이 이상했어요. 진짜 말로 설명할 수 없는 기분이었어요. 당신이 날 끌어들인 날부터 이것저것 관련 자료도 많이 읽고 있죠."

"잘됐네요. 누구나 취미가 필요한 법이죠."

레일라 2가 '어이없다'는 시선을 보냈다.

"조사 차원에서요. 지금 벌어지고 있는 상황 말예요. 당신과 레베카, 아니 비에게 벌어진 일이요. 심지어 이런 일에 전문가라는 여자에게 메일도 보냈어요. 적당한 시나리오까지 써서요. 그런데 날 막판에 대본 좀 고쳐보려는 형편없는 작가나 광적인 음모론자로 보던데요. 그 전문가는 이 현상을 '물리학을 초월한 일'이라고 설명했어요. 제 말은, 그 의미는…… 하, 얘기가 끝이 없던데. 이건 진짜 우주 어딘가에 다른 차원이 존재한다는 명백한 증거잖아요. 근본적으로 우주에 대한 인간의 이해를 완전히 바꿀 수 있는 일이에요. 우리가 세상에 이 일을 밝힐 책임이 있는 것 같지 않아요?"

"아니요. 뭐, 네. 어쩌면요. 하지만 베렌스타인협회를 제외하면 누가 우리를 믿기나 하겠어요? 가진 증거라고는 제 아이메일뿐이잖아요. 가짜가 아니라고 증명할 방법이 없어요."

우리는 한동안 말없이 술만 마셨다.

"레브와 헤어졌어요."

"진짜요? 왜요?"

"별다른 이유는 없어요. 그냥 혼자가 더 좋을 뿐이죠."

"정말요? 사람들은 속마음은 안 그러면서 항상 혼자가 좋다고 말하잖아요."

"난 달라요. 언젠가는 마음이 바뀔지도 모르죠. 하지만 지금으로서는……."

레일라 2가 어깨를 으쓱했다.

"나도요."

"나도 뭐요?"

"나도 혼자일 때 더 행복하다는 거죠."

"전혀 그래 보이지 않는데요."

불쌍한 사람들끼리 한잔 더 했다. 레일라가 내 눈을 바라봤다.

"내키면 자기 위로 차원의 섹스를 할 수도 있겠죠."

우리 중 하나는 그 말을 해야 했다.

"비 몰래 바람피우는 기분이 들 거예요. 물론 비는 결혼하겠지만."

"네. 나도 그래요."

레일라가 왜 비와 제일 친한 친구인지 이해가 갔다.

"그래서 결혼식은 언제래요?"

"아직 안 정해졌대요. 아마 내년쯤?"

"저쪽 세계에서는 아마 내가 신부 들러리일 거예요. 나도 옛날에는 결혼식에 가는 걸 좋아했죠. 하지만 이제는 그런 것도 공허하게 느껴져요."

"나도 그렇습니다."

그런 말을 하고 싶지는 않았지만 아무튼 입 밖으로 나와버렸다.

"나도 누가 신랑 들러리인지 확신할 수 있죠."

"누구예요?"

"내 친구 제레미겠죠. 제즈요."

"누군데요?"

"이쪽 세계에서는 내 아내와 바람피운 놈이죠."

레일라 2는 입술을 깨물더니 시선을 돌렸다. 그녀의 어깨가 떨리고 있었다. 처음에는 우는 줄 알았는데, 곧 레일라 2가 웃음을 참는 중이라는 사실을 깨달았다.

"미안해요, 닉. 그냥……."

레일라 2는 더 이상 웃음을 참지 못했다. 나도 따라 웃고 말았다. 결국 가장 중요한 건, 웃지도 못하면 대체 뭘 할 수 있겠는가?

✳

보낸 사람: NB26@zone.com

받는 사람: Bee1984@gmail.com

우리가 계속 이렇게 '우리'인 채로 있는 게 더 이상은 옳지 않은 것 같아요. 단지 결혼 때문에 하는 말이 아니라. 당신이 죄책감으로 얼마나 힘들어했을지 아니까요.

보낸 사람: Bee1984@gmail.com

받는 사람: NB26@zone.com

나만 그런 건 아니죠. 닉, 당신 역시 상처받고 있잖아요. 그게 느껴져요. 게다가 니콜라스에게도 옳지 않고요. 우리 중 누구에게도 옳은 상황이 아니죠. 하지만 맙소사. 난 자신 없어요. 내게 더 이상 당신이 없다고 생각하면…… 벌써부터 공황발작이 오는 기분이에요. 제프리는 어떻게 하고요? 그도 더 이상 제니 소식을 못 듣잖아요.

보낸 사람: NB26@zone.com

받는 사람: Bee1984@gmail.com

비, 나도 같은 기분이에요. 하지만 계속 감정적인 불륜이라는 생각이 당신 머릿속에 맴돌 거예요. 평생 이런 죄책감을 짊어지고 살 수 있겠어요?

보낸 사람: Bee1984@gmail.com

받는 사람: NB26@zone.com

　당신은요? 당신 역시 거기서 다른 사람을 만나겠죠. 다른 사람과 데이트하면서요. 왜 다른 사람을 안 만나죠? 내가 직접 메일을 써서 레베카의 마음을 돌릴 수 있으면 좋겠어요.

보낸 사람: NB26@zone.com

받는 사람: Bee1984@gmail.com

　이러면 어떨까요. 조금씩 천천히 서로 드문드문 연락하는 거예요. 그리고 어떻게 되는지 보죠. 우리가 늘 그랬듯 그때그때 상황에 맞춰 결정하기로 해요.

비

닉과 난 메일을 서서히 줄여갔다. 완전히 멈추려고도 해봤다. 가장 길게 연락을 멈춘 시간은 스물네 시간이었다. 하지만 둘 중 한 명이 [안녕]이라고 보내면 다시 메일이 오갔다.

'결혼식 날짜'는 미정이었다. 내년이 될 수도 내후년이 될 수도 있는, 미래의 언젠가로 정했다. 아직은 결혼이 현실처럼 느껴지지 않았다. 그래서 어느 정도까지는 니콜라스와 결혼에 관해 얘기하는 걸 즐겼던 것 같다.

니콜라스와 난 결혼 후에도 한동안 이 집에 계속 살기로 했다. 니콜라스는 자기 아파트를 팔고 우리 자산을 모아 어딘가에 새로 자리를 잡을 생각이었다. 둘 다 재택근무가 가능했기 때문에 장소의 제한이 없었다. 하지만 런던이나 레일라에게서 멀어진다고 생각하면 숨이 막히는 기분이었다. 그래도 부동산 사이트를 둘러보거나 집에 대한 잡지를 뒤적이며 미래에 어떤 곳에서 살지 상상하는 일은 나름 즐거웠다. 너무 가깝지 않고 막연한 미래의 어떤 인생. 니콜라스와 난 결혼식에 대한 생각이 모두 일치했다. 우리 둘 다 떠들썩하고 거창한 결혼식은 원하지 않았다. 니콜라스와 나(신랑과 신부) 외에 가장 친한 친구(레일라와 제즈)만 초대하고 막연한 미래의 언젠가 사적인 장소에서 식을 올리기로 했다.

거의 완성된 제니의 재킷 소매를 다림질하고 있는데 우리 사이의 유일한 걸림돌이 튀어나왔다.(이번에는 마무리 바느질이 훨씬 쉬웠다.) 노트북을 하던 니콜라스가 몸을 돌리더니 갑자기 날 기습했다.

"아이에 대해서는 어떻게 생각해요?"

이런. 드디어 때가 왔구나. 미뤄뒀던 대화의 순간이 찾아왔다.

난 일부러 가볍게 대답하려 애썼다.

"일반적으로요? 뭐 돌려보낼 부모만 있다면 괜찮은 존재라고 생각해요."

"그 말은, 아이 생각은 없다는 거죠?"

"니콜라스, 아이를 갖는 게 당신에게 얼마만큼 중요한가요?"

교활한 목소리가 속삭였다. 니콜라스가 아이를 원한다고 하면, 그건 바로 네가 우아하게 빠져나갈 수 있는 좋은 출구가 될 거야. 그 특별한 출구의 불빛은 대부분 꺼져 있었다. 하지만 가끔, 아주 늦은 밤 혹은 닉과 몰래 메일을 주고받을 때면 불빛이 다시 깜빡거렸다. 마치 자유로 향하는 출구처럼 초록빛으로 날 유혹했다.([닉, 당신은 아이를 원한 적 있어요?] [당신 말은 내 자식 말인가요? 글쎄요. 그런 마음이 있었다 하더라도 이미 딜런이 그 자리를 채워서 정확한 답은 못 하겠네요. 게다가 폴과 결혼한 후 정관절제수술을 받았거든요.])

니콜라스가 어깨를 으쓱했다.

"결혼을 깰 정도는 아니에요. 전에는 그런 욕구를 느껴본 적이 없었죠. 사실 아이 문제도 조디와 깨진 이유 중 하나였어요. 조디는 아이를 원했고 난 아니었거든요. 그런데 이제는……."

어깨를 또 한 번 으쓱했다.

"타협하는 차원에서 개를 키워보면 어때요?"

니콜라스가 잠깐 망설이더니 말했다.

"늘 한 마리 키우고 싶었거든요."

시간은 고무줄처럼 미래를 향해 죽죽 늘어졌다. 하지만 고무줄은 언젠가 반대로 튕겨져 세게 되돌아오기 마련이다. 레일라가 예고도 없이 아파트로 찾아와 이상한 말로 모든 걸 뒤흔들며 망쳐버린 것이다.

"진짜 안 믿기는 소식이 있어."

레일라 탓을 하지 않겠다. 레일라가 내 속마음을 어떻게 알았겠는가. 결혼식 준비를 맡은 후 레일라는 식장 후보와 인테리어 분위기, '스스로 준비하는 작은 결혼식' 관련 핀터레스트 링크를 메일함이 넘칠 정도로 잔뜩 보냈다.

와인 한 잔 따라줄 새도 없이 레일라는 곧장 본론으로 들어갔다.

"너희 커플이 결혼식을 내년으로 생각하는 건 알아. 하지만 내가 전에 얘기했던 진짜 엄청나게 멋진 콘월의 결혼식장 있잖아. 비, 기억하지? 내가 사진 보내줬잖아. 거기 예약 하나가 갑자기 막판에 취소됐대."

순간 내 얼굴이 저절로 굳었다. 레일라는 노트북을 열고 있었고, 니콜라스는 레일라가 보여주는 사진을 어깨 너머로 보느라 둘 다 내 표정을 눈치채지 못했다. 물론 진짜 끝내주는 장소기는 했다. 바다가 내려다보이는 절벽 위에 벽돌로 지어진 집이 하나 있었고, 주변은 예술적으로 아름답게 장식돼 있었다.

"진짜 완벽하지 않아? 희망 목록 1순위였는데 2021년까지 예약이 꽉 차 있어서 크게 기대 안 했거든."

"날짜가 얼마나 임박한 건데?"

너무 당황한 목소리였나? 아마도 그랬던 것 같다.

"다음 달."

"다음 달?"

"알아, 알아. 그런데 예식장에서 지금 바로 회신을 달라더라고. 이 날

짜에 관심 있는 망할 사람들이 한 트럭은 된대."

니콜라스가 날 똑바로 바라봤다.

"난 좋아요. 비, 당신은요?"

마음속에서 비명이 들려왔다. '안 돼요!' 하지만 주변 사람을 만족시키고 싶은 마음, 나약한 마음, 그렇게 오랫동안 네이트를 못 떠나게 했던 자기 기만적인 마음, 레베카 역시 곤란에 빠트렸던 마음, 다시는 이기지 못하도록 하겠다고 다짐했던 마음이 결국 승리했다. 난 미소 지으며 이렇게 말하는 내 목소리를 들었다.

"저도 좋아요."

닉

딱 이번 메일까지만 보내고 멈춰야지. 마치 "담배 딱 한 개비만 더 피우고 금연할 거야" 같았다. 중독 때문만은 아니었다. 비와 날 연결하는 보이지 않는 끈이 아직 존재하고 있었다. 너무 드라마처럼 극적인 데다 이기적으로 들리겠지만, 이 끈을 잘라버린다면 영원히 상처로 남을 것 같았다. 아직 내가 견딜 준비가 안 된 영원한 고통으로 남을 것이다.

며칠이 가고 몇 주가 흘렀지만 비와 난 아직 매일 메일을 보냈다. 간혹 때때로 수평선 저 멀리 다가오는 결혼식이라는 거대 폭풍을 잊은 척했다.(이런 현실에는 거지 같은 비유를 할 수밖에 없다. 마음에 안 들면 고소하든지.) 보통 우리는 그 주제를 피했다. 책(내 책 말이다. 니콜라스가 쓰고 있는 책이 아니라. 이제는 니콜라스의 책에 관한 얘기를 하지 않았다.)이나 비의 고객에 대해 얘기를 나눴다. 혹은 옛날에 매일같이 주고받으며 우리를 결속시킨 쓸데없는 농담을 하곤 했다. 우리 둘 다 회피에 재능이 있었다. 이상 신호를 무시했던 과거를 보면 알 수 있다. 비의 결혼식을 제외하면, 내 삶은 그간 몇 년에 비해 점점 나아지고 있었다. 작가로서 전망이 보였고, 집 판매 대금이 입금됐으며, 여기에 소설 계약금까지 더해졌다. 이제 내 집을 빌릴 만한 자금이 준비됐다. 리즈로 다시 돌아가거나 다른 어딘가로 이사 갈까 하는 고민도 했다. 하지만 1)우선 내가 내키지 않았고, 2)로지를 소시지와 떼어놓는다면 로지가 날 죽이려 들 수도 있었다.

레일라 2는 지속적으로 레베카의 소식을 업데이트해 줬다. 잠깐 적응 기간을 보낸 후 레베카와 스칼렛은 피난처에서의 삶에 잘 자리 잡았다. 레브는 마침내 베네딕트의 전 부인과 연락이 닿았고, 증거로써의 입증 가능성을 높이기 위해 잠재적 증인인 다른 두 명의 흔적도 쫓고 있었다. 이 두 여성은 베네딕트에게 합의금을 받은 후 미국에 거주하고 있었는데, 확실치는 않지만 합의금은 불법행위에 대한 보상 차원으로 추정됐다. 베네딕트가 뉴질랜드에 가겠다고 해서 잠시 걱정한 순간도 있었다. 하지만 다행히 베네딕트처럼 돈과 권력이 있는 사람도 비행 거리 할당량 제도를 피해갈 수는 없었다. 덕분에 걱정거리가 곧 사라졌다.

페트루스가 며칠간 집에 돌아왔다. 평소대로 우렁찬 목소리로 온 집 안에 존재감을 과시한 결과, 최근에 입주한 하숙생 두 명을 겁먹게 했다. 캐나다에서 온 철학과 학생들로, 로렐과 하디 만큼이나 내성적이었다.

"작가 양반! 그 여성분과는 어떻게 됐소?"

페트루스가 허심탄회하게 속내를 털어놓을 만한 최적의 인물은 아니었지만, 심적으로 특히 약해진 시점에 질문을 받자 나도 모르게 입에서 진실이 튀어나오고 말았다.

"결혼한답니다. 다른 사람과요."

"하, 같이 나갑시다. 지금 당장."

"에리카는 어쩌고요?"

"에리카는 신경 쓰지 않을 거요."

페트루스가 내 어깨를 세차게 두드렸다.

"오늘 밤 작가 양반 애인을 찾아보도록 하자고!"

하지만 막상 페트루스가 나갈 때 에리카가 화를 냈다.("안 돼요. 의논할 게 진짜 엄청 많다고요, 페트루스!") 어찌 됐든 페트루스는 날 동네 싸구려 술집으로 끌고 가서 코가 삐뚤어질 때까지 술을 마셨다. 술집에 있던 여자라고는 늙은 바텐더와 동성연애 커플이 전부였다. 동성연애 커플은 우리와 술을 세 판이나 마신 후 포켓볼도 우리를 이겼다. 마지막으로는 휴대폰 충전 부스에 다 같이 몰려가 마리화나를 번갈아 폈다. 하지만 그날 밤 내 앞에 엄청 매력적이고 섹시한 선택지를 여럿 데려다 놨어도 내게 섹스할 마음이 생겼을지는 의문이다. 마치 전혀 성욕이라고는 없는 내시가 된 느낌이었다. 내가 원하는 사람은 바로 그녀, 비였다. 페트루스에게 이런 속내를 징징거리며 털어놨을까? 모르겠다. 어쩌면 비밀을 털어놨을지도 모른다. 간밤의 기억은 보드카가 만든 기억의 블랙홀과 새벽 2시의 구토 속에 영원히 사라지고 없었다.

다음 날은 전혀 글을 쓸 수 없었다. 숙취에 시달리며 로지와 소시지를 데리고 공원으로 향했다. 신선한 공기가 숙취에 도움이 될지도 모른다는 희망은 부질없었다. 여전히 두통에 시달리며 집으로 돌아가는 중에 제프리에게 문자가 왔다.

[급히 만나야겠소. 2시에 역에서 늘 만나던 장소에서.]

[무슨 일이죠?]

[그냥 요시요.]

누가 보냈든 오타를 보는 일은 반갑지 않았다. 제프리라면 특히 더 별로였다.

아스피린 세 알과 함께 에리카의 비밀 제조법으로 만든 허브티를 훔쳐 마신 덕에 기차역 감자튀김 매점에 도착할 때쯤에는 죽을 것 같던 몸 상태가 약한 뇌졸중 정도로 나아져 있었다. 물론 튀김 기름 냄새 때문에 속이 울렁거리기는 했다. 제프리의 특이한 머리 모양이 한눈에 보였다. 그런데 제프리는 혼자가 아니었다. 제프리 맞은편에 켈빈이 앉아 있었다. 제프리와 켈빈은 안 어울리는 조합이었다. 제프리는 한시도 가만 못 있고 안절부절못했다. 지난번 걷잡을 수 없이 울음을 터뜨린 그를 분명히 기억하는 걸로 보이는 직원을 노려보고 있었다. 반면 켈빈은 허공을 응시하며 무서울 정도로 움직임 하나 없이 고요했다.

"여기서 대체 뭐 하는 겁니까?"

켈빈은 갑자기 현실로 돌아온 듯 곧바로 본론으로 들어갔다.

"제프리에게 들었습니다. 당신이 시도했던 일과 그 일이 통제 불가능한 이유 때문에 실패로 돌아갔다는 사실도요."

제프리는 전혀 사과의 기색 없이 어깨를 으쓱했다. 켈빈 옆에 있으니 마치 이전의 무례한 베렌스타인 일당으로 돌아간 것 같았다.

"서로 거래를 했다고 생각했는데요, 제프리?"

"맞소."

"니콜라스 씨, 당신이 걱정하는 바는 이해합니다. 하지만 절대 협회의 다른 회원에게는 이 일을 알릴 생각이 없습니다. 제프리는 당신을 배신하지 않았어요. 제프리와 난 당신을 돕고 싶습니다."

"뭘 돕는다는 겁니까?"

"니콜라스 씨가 진짜 원하는 걸 이룰 수 있도록 돕고 싶습니다. 지난번 참석했던 회의에서 메일을 주고받는 여성과 실제 이루어질 방법이 있는지 물어봤었죠. 당신이 사랑에 빠진 여성 말입니다."

켈빈은 사랑이라는 단어를 말하며 약간 움찔했다. 사랑이라니, 이런.

"그래서 이 얘기를 전할 수 있어 매우 기쁩니다. 당신이 그 여성과 함께할 수 있는 가능성이 있습니다."

난 둘을 번갈아 쳐다봤다. 이제 제프리가 웃고 있었다. 켈빈은 아직 무표정했다.

"알겠습니다. 어떻게요?"

"우린 당신을 죽일 거요."

제프리가 말했다.

"뭐라고요?"

켈빈이 혀를 끌끌 찼다.

"아니, 그게 아닙니다. 우리는 당신을 먼저 혼수상태로 유도할 겁니다."

"아하, 그렇다면 별일 아니네요. 지금…… 무슨 개 같은 소리입니까?"

켈빈이 다시 움찔했다.

"나한테 벌어진 일처럼 말이오."

제프리가 끼어들었다.

"들어보세요, 니콜라스 씨. 제프리와 저는 사람이 죽는 순간, 의식이 메시를 건너간다고 믿습니다. 하지만 대부분의 경우 부드럽고 매끈한 전환이 일어나죠."

어젯밤의 여파로 아직 숙취에 시달리던 머리 상태로는 도저히 켈빈이 말한 이상한 단어들을 소화해 낼 수 없었다.

"알아들을 수 있게 설명해 주실래요?"

"어떻게 해야 더 명확히 설명할 수 있을지 모르겠군요, 니콜라스 씨."

즉시 켈빈의 말에 대응하려는데, 제프리가 끼어들었다.

"켈빈 말은, 내게 일어난 일이 모든 사람에게 벌어지는 일이란 말이오. 물론 사람들은 대부분 의식하지 못하지만."

제프리가 자랑스러운 듯 싱긋 웃었다.

"내가 특별한 경우지."

물론 그렇고말고요. 아이코, 그러시군요.

비현실성. 괴상함. 이 상황을 묘사하기에는 부족한 단어들이었다. 평범한 사람이었다면 바로 자리를 박차고 떠났을 것이다. 하지만 비와의 관계를 선택한 순간부터 평범함 따위는 저 멀리 차버린 지 오래였다.

내 살인자가 되고 싶다는 두 사람에게 잠깐 기다리라고 말하고 계산대로 가 더블 에스프레소를 주문했다. 알코올에 취해 맛이 가버린 뇌가 다시 생생해지길 바랐지만 오히려 메스꺼움과 복통이 심해졌다. 난 자리로 돌아갔다. 내가 없는 동안 제프리가 스테비아 각설탕으로 탑을 쌓고 있었다.

이번에는 내가 바로 본론으로 들어갔다.

"그래서 나한테 당신이 죽기 전에 혼수상태였는지 확인해 달라고 한 겁니까? 이미 당신 둘이 이런……."

'계획'은 적합한 단어가 아니었다.

"미친 짓을 생각해 내느라?"

"뭐, 맞소."

제프리가 답했다.

"다시 정리해 보죠. 그러니까 당신 둘은 날 혼수상태로 만든 후 죽이고 싶다는 거죠. 어떻게 그렇게 할 겁니까?"

"최적의 효과를 얻으려면 글래스고 코마 단계에서 8등급 이하까지 떨어지는 완전한 혼수상태에 돌입할 필요가 있습니다. 여러 방법을 검토한 결과, 삽관 같은 외과적 시술 없이 하려면 마취제인 케타민을 다량으로 복용하면 됩니다."

켈빈이 무표정한 얼굴로 진지하게 덧붙였다.

"물론 복용량을 정하기 위해서는 당신의 정확한 몸무게를 알아야 하고요."

"당연히 그러셔야죠. 그렇군요. 그다음에 날 죽인다는 거죠? 어떻게 죽일 계획인가요, 멩겔레(인간 실험을 한 나치 전범 의사-옮긴이) 박사님? 베개로 얼굴을 눌러서? 아니면 둔기로 머리를 내리쳐서?"

켈빈은 못마땅한 듯 입술을 오므렸다.

"글쎄요. 명확히 하자면, 우리는 그냥 당신의 뇌와 호흡기관이 완전히 기능을 멈출 때까지 케타민 주입량을 늘릴 겁니다. 당신은 어떠한 고통도 못 느낄 테니 전혀 걱정할 필요 없습니다."

숙취는 차치하고 내가 이 상황을 즐기고 있다는 사실을 깨달았다. 자신을 죽일 방법을 논의하는 게 매일 겪을 수 있는 일은 아니니까.

"왜 혼수상태여야 하죠?"

"조사한 자료에 따르면, 죽기 전에 뇌 기능을 잠시 억제시키면 이 과정에서 메시를 건너가는 데 필수적인 결함이 일어날 가능성이 높아집니다. 이론상 당사자가 어느 정도 자신에게 무슨 일이 일어나고 있는지 의식하고 있기 때문에 당신의 의식이 메시를 건너가는 과정을 쉽게 받아들이고 스스로 상황을 합리화할 수 있다는 거죠."

결함. 전에도 언급된 단어였다. 하지만 합리화한다고? 이 과정에서 합리적인 거라고는 눈을 씻고도 찾아볼 수 없었다. 이제 슬슬 카페인 기운이 술기운을 몰아내고 있었다.

갑자기 비가 했던 말이 떠올랐다.

"잠깐만요. 매년 수백만 명의 사람들이 혼수상태에 빠졌다가 죽습니다. 만약 진짜 의식이 메시를 건너간다면 왜 제프리 같은 사람이 수백만 명 나오지 않는 거죠? 수백만 명의 평행세계의 난민들이 방황하고 있어야 하는 거 아닌가요?"

"그럴 수도 있겠죠. 어쩌면 데자뷔라는 현상으로 드러났을 수도 있고요. 아니면 꿈이나 공황발작, 혹은 어떤 정신병의 형태로 세상에 드러났을 수도 있습니다. 우리가 확신할 수는 없죠. 하지만 한 가지 기억해야 할 건, 이런 사람들은 대개 자신에게 무슨 일이 일어나고 있는지, 혹은 일어났는지 알 만한 지식이 없다는 거죠. 하지만 당신은 무슨 일이 일어나고 있는지 인지할 수 있는 아주 독특한 입장에 있습니다. 그 덕에 결함이 일어날 가능성이 높다고 생각합니다."

"나처럼 댁도 결함을 아는 거요……. 거 뭐라더라, 무기가 될 만한 정보지."

제프리가 덧붙였다.

"그래서, 당신들이 날 죽인다 치면 사후에 내가 니콜라스의 몸에서 깨어난다는 겁니까?"

"비슷한 의미입니다. 니콜라스 씨가 굳이 그렇게 조잡하고 비과학적인 방식으로 표현하고 싶다면요."

사람을 깔보는 전형적인 켈빈주의에 웃음이 터지려는 걸 간신히 참았다.

"알았어요, 알았습니다. 결함이 일어났다고 치죠. 내 자아의식이든 뭐든 그게 존재하는 상태라고 하면, 니콜라스는 어떻게 되는 겁니까? 이런 현상을 어떻게 느낄까요? 미쳐버리지 않을까요?"

제프리를 쳐다봤다.

"당신의 다른 자아…… 뭐라 해야 할지 모르겠지만, 그게 당신의 의식을 점령하기 시작했을 때 느낌이 어땠죠?"

"뭐, 외계인 침…… 뭐라더라, 뭐 그런 느낌은 아니었던 것 같소."

"외계인 침공이요."

"맞소. 처음에는 아무 느낌도 없었소. 시간이 꽤 걸렸지. 천천히 점차적으로 진행됐소. 이런 거지. 어느 날 아침에 쾅 하고 '망할, 내 아이는 어딨지?' 이러면서 일어난 게 아니었소. 무슨 말인지 알겠소? 몇 달걸렸단 말이오. 그렇다고 뭐라더라……, 조현병이라나 뭐라나 그렇게 느끼지는 않았소."

"전에 나한테는 본인이 미친 줄 알았다고 했잖아요."

"맞소. 하지만 단지 무슨 일이 일어난 건지 몰랐기 때문이었소. 하지만 당신은 알고 있잖소. 솔직히 베렌스타인협회에 들어가고 나서 당신이 내게 확신을 준 후로 난…… 난 더 나아졌지."

제프리가 자기 머리를 두드렸다.

"만약 거 뭐랄까……, 그렇지 않았다면 난 인격이 수백 개로 갈라진 미친놈이 됐을 거요. 분명하오."

난 다시 켈빈 쪽을 바라봤다.

"내가 당신 말대로 한다 치죠. 혼수상태를 거쳐 죽는다고 가정해 보겠습니다. 그런데 우주엔 무한의 세계, 무한의 현실이 있을 겁니다. 맞죠?"

"그건 확신할 수 없습니다, 니콜라스 씨."

"하지만 있다고 쳐보죠. 그럼 내가 죽어서 니콜라스의 몸으로 건너간다는 걸 어떻게 확신하죠? 비와 함께 있는 니콜라스가 있는 세계 말입니다. 만약 내가 비가 태어나지도 않은 세계에 사는 니콜라스의 몸에서 깨어난다면요?"

"전 우리 두 세계가 굉장히 밀접하게 연결돼 있다고 믿습니다. 두 세계 사이의 메시는 투과율이 높다고 추정합니다. 알다시피 제프리의 경우가 이 믿음을 뒷받침해 줍니다. 당신의 조사 덕분에 제프리의 기억과 저쪽 세계의 혼수상태가 연관성이 상당히 높다는 걸 알게 됐습니다. 이런 연관성을 단순한 우연으로 치부할 순 없죠. 그리고 당신이 메시 너머 대화하고 있는 지금의 상황도 있고요."

비와 내 메일. 물론 켈빈의 제안은 비현실적이었지만 그냥 상상에 맡겨봤다. 마치 심해 잠수부처럼 메시 속을 헤엄쳐 가는 내 모습이 떠올랐다. 그만둬, 닉.

"게다가 아주 가능성이 높은 다른 증거 자료도 있습니다."

"무슨 자료요?"

켈빈은 가방에서 폴이 이혼 서류를 보낼 때 썼던 것과 비슷한 누런 서류 봉투를 꺼내 테이블 위에 올려놨다.

"왜 이러는 겁니까? 베렌스타인협회는 다른 세계에 간섭하는 행위를 엄격히 금지한다고 생각했는데요."

"여기서 우리가 바라는 일이 파괴적인 행동으로 여겨질 수도 있다고 생각합니다. 하지만 이런 기회가 다시는 오지 않을 수도 있습니다. 니콜라스 씨, 생각해 보십시오. 우리가 최적의 결과를 얻는다면, 당신은 다른 세계와 직접 연락하고 대화할 수 있는 독보적인 존재가 될 겁니다. 또한 평행세계의 개념을 증명할 수도 있습니다."

"당신 말은 아이메일로 증명한다는 뜻이겠죠."

"맞습니다."

"제프리, 당신은요? 왜 이 일을 밀어붙이는 겁니까? 만약 성공하지 못하면 당신 가족에 대한 소식을 더는 들을 수 없게 돼요."

"맞소. 알고 있소. 하지만 당신 여자 친구는 괜찮은 사람이고, 우리가 당신 휴대폰을 가져갈 거요."

우와, 그렇군.

"그러니까 그냥 비에게 메일로 이렇게 말한다는 거죠? '미안하오. 우리가 다 이유가 있어서 돌발적으로 닉을 죽였소. 하지만 큰일은 아니오. 제니는 오늘 어떻소?'"

제프리가 예전처럼 날 노려봤다.

"그렇게 단순한 게 아니오, 이 멍청한 양반 같으니. 당신은 내 친구요. 당신이 행복하길 바란다고. 게다가 이 일이 성공한다면, 제니와 메건에겐 저쪽 세계에서 무슨 일이 있을 때 돌봐줄 사람이 생기는 거지. 날 위해서 그렇게 해줄 거잖소. 안 그렇소?"

하, 그냥 동의하는 척하라고, 닉.

"물론 그래야죠."

다시 켈빈에게 화살을 돌렸다.

"그럼 왜 당신이 직접 하지 않는 겁니까? 비의 세계에 있는 당신의 자아로 옮겨가는 거죠. 그리고 본인이 연락해 오면 되잖아요?"

켈빈은 평소와 다른 반응을 보였다. 살짝 움찔하는 게 아니라 엄청나게 기겁을 했다.

"실험에는 항상 관찰자가 필요합니다, 니콜라스 씨. 게다가 전 저쪽 세계에 강한 정서적 유대감이 없습니다. 하지만 당신은 있죠. 제프리도 있고요."

"당신 말은, 사랑이 중요한 실마리라는 거죠?"

그렇게 생각한다니 켈빈이 차라리 귀여워 보였다. 사실 켈빈을 낭만적인 사람이라고 여겨본 적이 없었다.

"니콜라스 씨가 레베카 데이비스 씨와 깊은 관계를 구축한 데는 다 이유가 있습니다. 인트라넷이 두 세계 간의 균열된 틈새를 열었고, 매일 각자의 세계에서 수많은 메일이 메시를 넘어 잘못 보내지고 있을 가능성이 높다고 생각합니다. 하지만 이것이 밝혀지기 위해서는 독특하고 드문 일련의 상황이 필요하겠죠. 니콜라스 씨와 레베카 데이비스 씨가 서로 진실을 밝히는 데 얼마나 오랜 시간이 걸렸는지 생각해 보십시오. 두 분의 연결은 단순한 우연이나 요행이 아니라고 믿습니다."

그 점에 있어서는 켈빈의 말에 동의할 수밖에 없었다. 처음 우리의 상황을 알았을 때 비와 나 역시 지겹도록 많이 토론한 주제였다. 비와 난, 우리는 운명이었다.

"두 사람 다 이런 계획이 괜찮은 겁니까? 지금 우리가 나누는 대화는 살인에 대한 겁니다. 고소당할 수도 있다고요. 날 죽인 진짜 이유를 경찰에게 설명할 수 없을 겁니다. 말한다 한들 당신들이 미쳤다고 생각하겠죠."

솔직히 이런 얘기를 경찰에게 한다면 정신이상이라는 변론으로 재판에서 승소할 수도 있을 것이다.

"내 시체를 어떻게 처리할 건지 계획을 들을 수 있습니까? 쓰레기 매립지나 길가 하수구에 버릴 건지, 아니면 둘이 끙끙거리며 텃밭에 묻어버릴 건가요?"

둘 다 멍한 표정이었다.

"사실 구체적으로 생각해 본 적이 없는 거죠?"

"당신이 동의한다면 그때 가서 천천히 논의할 기회가 있을 겁니다, 니콜라스 씨."

마침내 켈빈이 대답했다.

절대 그런 기회 따위는 줄 수 없지. 기회라는 얘기가 나온 김에 물었다.

"이 계획이 성공할 확률이 얼마나 되죠? 백만분의 일? 이백만분의 일?"

"그것보다 훨씬 낮습니다. 하지만 확률이 더 낮더라도 시도는 해봐야죠."

전에도 켈빈 같은 사람을 겪어본 적 있었다. 일평생 사람들의 불신 속에 산 사람. 사람들의 비웃음을 사고 자기 말이 하찮게 여겨진 사람. 그래서 이제는 불가능을 증명하기 위해 날 이용하고 싶어 하는 것이다.

"하지만 성공한다고 하더라도 유일한 증거는 아이메일뿐이죠. 헨리에타가 지적한 것처럼 조작이라는 의심을 살 수밖에 없어요."

"하지만 적어도 우리는 진실을 알잖아요. 그게 시작이 될 겁니다."

난 자리에서 일어섰다.

"친절한 제안에 감사드립니다. 실험적인 살인이 매력적으로 들리기는 하지만 너무 늦었습니다. 비는 다른 사람과 사랑에 빠졌어요. 곧 결혼한답니다."

내 의식이 결혼식에 초대받지 않은 손님처럼 짜잔 등장하는 장면이 잠깐 떠올랐다.("깜짝 선물입니다!")

"잠깐만요. 니콜라스 씨, 우리 제안을 완전히 거절하기 전에 이 자료를 읽어봐 주십시오."

켈빈이 서류 봉투를 내밀었다. 이런, 제기랄. 일단 서류 봉투를 받았다.

서류 봉투는 개봉도 안 된 채 며칠 동안 책상 위에 버려져 있었다.

소심하게 들리겠지만, 난 배신감 비슷한 감정을 느꼈다. 최근에 제프리를 속내를 털어놓을 수 있는 친구로 여겼었는데. 하지만 결국 제프리의 첫인상이 맞았다. 그는 결국 덜떨어진 미친놈에 불과했다. 하지만 불면증이 계속되자, 새벽 3시에 서류 봉투를 열고 내용물을 살펴보는 날 발견했다. 깔끔하게 정리된 두 장짜리 문서로, '사례 연구 024: 일급기밀'이라는 흥미를 자극하는(동시에 웃기기도 한) 제목이 붙어 있었다. 문서는 켈빈 특유의 건조하고 고상한 척하는 문체로 작성돼 있었다. 내용을 두 번이나 읽어본 후 책상 서랍 깊숙이 넣어버렸다. 서류를 눈에 안 띄게 하기는 쉬웠지만 머릿속에서 지우기는 쉽지 않았다. 마지막 문장이 아니었다면 분명히 이 서류를 터무니없는 계획에 날 끌어들이려는 켈빈의 조작이라고 확신했을 것이다. 켈빈은 마지막 장에 깔끔한 손글씨로 이렇게 적어놓았다.

"레베카 데이비스 씨에게 이 사례를 조사해 보라고 해보십시오."

6부

한 번의 결혼식과
한 번의 장례식

닉

비의 결혼식 일주일 전, 릴리 부인이 죽었다.

소식을 전한 사람은 방문간호사 나오미였다. 나오미는 릴리 부인의 오래된 전화번호부 수첩에서 내 번호를 찾았다고 했다. 목록에 있는 번호 중 아직 통화가 가능한 유일한 전화번호였다. 나오미는 상냥하게도 릴리 부인의 죽음을 듣기 좋게 포장하려 했지만, 그녀가 전한 말을 곱씹어 보면 결코 편안한 죽음이 아니었다. 릴리 부인은 넘어져(분명 사방에 깔아놓은 수많은 러그 중 하나에 발이 걸렸을 것이다.) 엉덩이뼈가 산산조각 났다. 아마 누군가에게 발견되기까지 오랜 시간이 소요된 듯했다. 구급대원이 심폐 소생하기에 이미 늦은 시점이었다. 나오미는 연락할 사람을 찾기 위해 최선을 다했지만, 생존하는 친척 누구와도 연락이 닿지 않았다. 결국 장례식을 주관할 사람이 나밖에 없었다.

릴리 부인에게 로지와 한번 놀러가겠다고 했는데 약속을 지키지 못했다. 이제는 너무 늦어버렸다.

지금 릴리 부인의 죽음을 비에게 말한다면 평생 미안한 마음을 떨칠 수 없을 것 같았다. '인생 최고의 날'을 준비하는 시기에 들을 만한 얘기가 아니었다. 인생 최고의 날이자 바로 우리 관계의 끝을 상징하는 날. 난 장례에 이어 곧 이날도 애도해야 할 것이다. 한때는 이웃이었던 외로운 노인이자 한 번의 열렬한 사랑 이후 오랫동안 홀로 늙어가야 했던 여인을 떠나보낸 직후 내 사랑도 떠나보내야 했다.

비에게 메일을 쓰는 대신 현실적이고 실용적인 폴에게 전화했다. 폴은 릴리 부인과 사이가 썩 좋진 않았지만 소식을 듣자마자 바로 도움의 손길을 내밀었다. 선뜻 내게 폴과 제즈가 최근 구매한 '허름한 집'에 와서 하룻밤을 묵고 장례식을 치르라고 제안했다. 뭐, 안 될 이유도 없지. 분노나 적개심을 느낄 시기는 이미 지났다. 버그네 하숙집에서 하루쯤 떨어져 지내는 것도 괜찮았다.

하숙집을 나서기 전, 에리카의 은신처에 들렀다가 문가에 머리를 박고 말았다. 에리카는 양옆에 개를 둔 채 소파에 앉아 아침 방송을 보고 있었다.(옛날에 내가 자주 본 〈아기 동물 구조대〉였다.) 보통 이 시간대는 라벤더 스프레이를 사방에 뿌리며 누가 하숙집 규칙을 위반했는지 하나하나 세고 있을 때였다.

"에리카, 저 대신 오늘 개들 좀 산책시켜 줄 수 있어요?"

"어디 아픈 거예요?"

"아니요. 리즈에 가봐야 해요. 친구가 지난밤 죽었거든요."

"또 다른 친구요? 그분도 자살인가요?"

맙소사. 내 친구가 될 정도로 우둔한 사람이면 스스로 목숨을 해치는 일이야 당연하다고 생각하나 보다.

"아뇨. 노환으로 돌아가셨어요."

아마 외로움도 있었겠지.

"친구분을 잃다니 유감이네요, 닉."

우와, 이건 정말 에리카답지 않았다.

"에리카, 괜찮아요? 새로 온 하숙생 때문에 심란하죠?"

제일 최근에 들어온 수다쟁이 미국인 교수는 아침 식사 때마다 전

날 밤에 꾼 꿈에 대해 바보 같을 정도로 세세하게 털어놓는 버릇이 있었다. 뭐, 그래도 우유는 훔쳐 마시지 않았다.

"아뇨, 아뇨. 괜찮아요."

"페트루스는 잘 지내요?"

마치 자신을 둘러싼 껍질과 내적 싸움을 벌이듯 에리카는 오랫동안 답을 안 했다. 하지만 결국 껍질이 이겼다.

"네, 네. 아주 잘 지내요."

폴은 기차역에서 만나자고 했지만 그 전에 먼저 하고 싶은 일이 있었다. 혼자 해야만 하는 일이었다. 지난번 내가 도망치듯 떠난 이후 왠지 동네가 많이 변했을 것 같았는데, 드레드노트 시절의 배경인 옛 동네는 거만하리만치 예전 모습 그대로였고, 나의 부재에도 전혀 그리워하고 있지 않았다. 나의 지난 발자취를 되짚어 가는 길은 우울하지만 동시에 카타르시스가 느껴지기도 했다. 로지와 함께 가던 익숙한 개똥밭 산책길을 걸어가 스톱앤숍 마켓과 오렌지색 집들을 지나 드레드노트가에 들어섰다. 릴리 부인의 집 앞에 도착했을 때는 일부러 폴과 살던 옛집을 보지 않으려 애썼다. 그곳이 더 이상 내 집처럼 느껴지지 않았다. 새로운 집주인이 집 외관을 바꿨거나 나만의 창고를 없앴는지 차마 알고 싶지 않았다.

릴리 부인이 유언장을 남기지 않았기 때문에 지방자치단체 의회가 유품을 정리할 것이다. 유품은 분류 작업을 거쳐 자선단체나 쓰레기 매립지, 재활용 센터로 보내진다. 하나의 삶이 이렇게 지워질 것이다. 현관 발판 밑에 예비용 열쇠가 그대로 있었다. 들어가기 전 숨을 멈추고 집 안으로 들어갔지만 전혀 걱정할 필요가 없었다. 릴리 부인의 집은 여전히 특유의 고기 굽는 냄새가 굳건하게 남아 있었다. 의자 팔걸이와 테이블에 아직 그대로 걸쳐져 있는 옷을 쳐다보지 않으려 애쓰며 곧장 서랍장으로 가서 릴리 부인과 마리온의 사진을 챙겼다. 사진을 그냥 두면 수십 년 안에 쓰레기 매립지에서 썩어 없어질 것이다. 하지만 아직은 그 사진을 매립지로 보낼 준비가 되지 않았다.

만약 릴리 부인의 영혼이(의식이든 뭐든지 간에) 곧바로 다른 세계로 흘러갔고, 거기서는 더 젊고 어쩌면 계속 삶이 순환된다면? 다른 세계에서는 릴리 부인과 마리온이 더 일찍 서로를 찾아낸다면? 함께할 시간이 더 많이 주어진다면? 영원히 팔십 대의 모습에 멈춘 릴리 부인과 마리온의 사진을 바라보고 있자니 켈빈의 제안이 중력처럼 강한 유혹으로 날 끌어당겼다. 물론 간혹 늦은 밤에 만약 진짜 켈빈의 말대로 된다면, 만약 그렇게 되면 어떨까 하는 말도 안 되는 상상의 나래를 펼치며 내 멋대로 시나리오를 쓴 적도 있었다. 아직은 상상이 다였다. 그런데 릴리 부인의 거실 한가운데 서서 미처 정신 줄을 부여잡기도 전에 휴대폰을 꺼내고 말았다. 하마터면 비에게 켈빈이 조사한 사례를 확인해 달라고 메일을 보낼 뻔했다. 안 돼. 지금 내가 감정적으로 고통에 시달릴지는 몰라도 아직 그 정도 상태는 아니었다. 두 미치광이의 손에 생명을 맡길 만큼 절망적이지는 않았다. 그뿐 아니라 켈빈과 제프리의 신나는 계획을 왜 진작 말하지 않았느냐며 비에게 취조당하고 싶지도 않았다. 그날 역을 나온 후 비에게 메일을 보내고 싶은 유혹이 들었지만 애써 참았다. 각색도 제대로 되지 않은 이 미친 계획은 비꼬기 딱 좋은 수준으로, 농담의 황금밭과도 같았기 때문에 분명 비와 서로 며칠 동안은 우려먹을 수 있었을 것이다.

난 브래드퍼드가에 있는 폴과 제즈의 새로운 사랑의 보금자리로 내키지 않는 발걸음을 옮겼다. 폴은 전화로 너무 낡아 곧 부서질 것 같은 집이라고 묘사했지만, 실상은 외관만 잘 고치면 아주 쾌적하게 단열 처리까지 할 수 있는 빅토리아풍 저택이었다. 폴은 따뜻한 포옹으로 날 반겼다. 제즈는 잠시 머뭇거리더니 날 안아줬다. 생각보다 기분이 나쁘지 않았다. '이봐, 제즈. 다른 세계에서는 자네가 내 결혼식 들러리라더군.' 내가 묵을 손님방은 슈퍼히어로 벽지로 봐서 아이 방이었던 것 같았다. 그날 폴이 날 대하던 방식에 딱 맞는 방이었다. 폴은 날 마치 최근 비극적인 일을 겪고 세심한 취급이 필요한 학생처럼 조심스럽게 대했다.

차를 마시는 동안에도 "닉, 당신이 할 수 있는 일은 없었을 거야"처럼 트라우마를 완화시키기 위한 위로식 대화가 오간 후에야 핵심 본론으로 들어갔다. 릴리 부인은 자신의 사후 시신 처리에 대한 의견을 말한 적이 없었다. 결국 우리는 뻔하지만 가수분해장을 선택했다. 각자의 세계를 비교하던 그 옛 시절에 비는 내 세계에서는 보통 시체를 가수분해해 비료로 전환한다는 사실에 흥미를 보였다. 비 쪽에서는 아직 시체를 화장했다. 하지만 이 모든 게 무슨 소용이겠는가? 완전한 죽음이란 없다는데.

본론은 다 정리됐다. 제즈가 저녁 식사를 준비하는 동안 폴과 난 와인을 마셨다. 폴이 요새 『어둠 속의 총성』(지금은 영화 판권을 논의 중이다. 그러니까 원본대로 하라고, 니콜라스.)을 읽고 있다는 말을 꺼냈다.

"닉, 읽어보니 꽤 재미있는 것 같아."

폴에게 이 정도 칭찬이면 북포스트 사이트에서 별 다섯 개짜리 리뷰나 다름없었다. 예상치 못한 칭찬은 유혹적으로 보이던 자기 연민의 벼랑 끝에서 날 구해냈다. 난 스톱앤숍에 가서 술을 더 사 오겠다고 제안했다. 제즈는 이른 시간에 자러 갔지만 폴과 난 새벽 3시까지 술을 마셨고 서로 옛일을 추억하며 낄낄댔다. 폴과 연애 초반에 같이 웃고 즐겼던 기억이 예상치 못한 순간 추억 상자 밖으로 튀어나왔다. 폴에게 말해주고 싶었다. 제즈가 끼어들기는 했지만 사실 우리 관계를 시들하게 만든 건 바로 내 책임이었다고. 내 잘못이었다고 말해주고 싶었다. 진심이었다. 제즈가 지루한 놈이든 아니든 간에 폴을 행복하게 만들어줬다. 폴에게는 제즈가 비와 같은 존재였다.

술에 취해 각자 침실로 향할 때, 폴이 문득 물었다.

"닉, 당신 분명 괜찮아질 거야. 그렇지?"

"물론이지."

거짓말이었다. 하지만 폴에게 필요한 말이었다. 모든 사람이 항상 듣고 싶어 하는 말이다. 그래야 죄책감과 걱정에서 벗어나 자신의 인생을 살아갈 수 있기 때문이다.

난 릴리 부인의 추모식과 가수분해장 날짜를 비의 결혼식 당일로 잡았다. 안 될 게 뭐가 있겠는가? 이게 딱 맞아 보였다. 릴리 부인이 모든 사실을 알았다면 분명 이 역설적인 상황을 즐겼을 것이다.

비

넌 행복하다. 니콜라스도 행복하다. 모든 사람이 행복하다.

우리는 행복했다. 거의 행복했다.

이런 상황에 부닥쳐 본 적이 없다면(그런데 사실 누가 이런 일을 경험해 봤겠는가?) 절대 날 이해하지 못할 것이다. 이 지경까지 내버려 둔 날 멍청하고 이기적인 괴물이라고 생각하겠지.

레베카도 베네딕트 같은 개자식과 결혼하기 하루 전에 나와 같은 기분을 느꼈을까? 혼자 힘으로 내려올 수 없는 러닝머신에 올라탄 기분? 아니다. 이건 너무했다. 니콜라스는 베네딕트가 아니었다. 니콜라스는 괜찮은 남자였다. 그냥 괜찮다는 말로는 부족할 정도로 아주 훌륭한 남자였다.

출구를 가리키는 초록불이 깜빡거렸다. 난 '이게 맞는 거야. 이게 잘된 거야'와 '아니야. 틀렸어' 사이에서 계속 왔다 갔다 했다.

모든 준비가 끝났다. 레일라와 레브는 쌍둥이를 어머니께 맡긴 후, 사전 점검을 위해 하루 전에 미리 결혼식 장소로 출발했다.

"오, 비. 모든 게 너무 완벽해. 이걸 보면 분명 기절할 거야."

이른 아침 결혼 담당 관공서 공무원의 주재하에 식을 올린 후 결혼 축하 피로연을 열 계획이었다. 레일라와 니콜라스가 피로연 메뉴 선정이나 꽃과 장식 문제로 서로 옥신각신할 때도 난 전혀 관여하지 않았다. 결혼식 후에는 식장에 딸린 아늑한 시골집에서 사흘간 허니문 기간을 보낼 계획이었다. 결혼식 노래는 논의할 필요도 없었다. 당연히 데이비드 보위의 〈라이프 온 마스?〉가 선택됐다. 다른 세계였어도 닉과 나 역시 이 노래를 선택했겠지? 비, 제발. 그만 좀 해.

시간이 다 됐다고, 비.

엄마의 웨딩드레스를 리폼하면서 문득 장례 수의를 바느질하는 기분이 들 때면 자신을 채찍질했다. 레일라가 옳았다. 엄마는 니콜라스를(그리고 닉도) 좋아했을 것이다. 웨딩드레스를 얇은 종이로 감싸 비닐 커버에 넣었다. 마치 시체를 넣듯이. 제발 이런 생각은 멈춰. 그만하라고.

커버 지퍼를 올리는데 니콜라스가 팔로 날 감싸 안았다. 그는 머리를 내 어깨 위로 기대며 말했다.

"안녕."

"안녕."

"내일 이 시간이면 우리는 부부예요."

니콜라스에게 말해. 어서 말해.

"당신 성을 따르진 않을 것 같아요."

"그럴 만도 하죠. 사실 내가 당신 성을 따를까 생각 중이에요."

다시 마음이 흔들렸다. 이게 맞아. 이게 옳은 일이야.

마그다와 조나스가 우리를 배웅하러 내려왔다. 보기 드물게 마그다가 미소를 짓고 있었다. 조나스 역시 머릿속에 떠다니는 상상 속 음악에 박자를 맞추는 듯 어깻짓을 하며 흔치 않은 생명의 징후를 보여줬다. 반쯤은 마그다가 "기다리지 말아요"라고 말해주길 기대했다. 아니면 혹시 조나스라도 그 말을 해주지 않을까 했다.

결혼식장으로 향하는 드라이브 길은 즐거웠다. 니콜라스와 난 따라부를 수 있는 느끼하거나 웃긴 가사의 노래를 경쟁적으로 골라 불렀다. 아바, 프로디지, 오아시스, 카일리, TLC의 곡들이었다. 닉과 내가 부를 것만 같은 노래들. 그만!

결혼식 장소는 사진처럼 눈부시게 아름다웠다. 작지만 펑키하고 예술적인 아름다운 교회, 헛간을 개조한 스파, 전용 해변으로 이어진 교회 정원. 결혼식장에는 딱 우리 다섯 명뿐이었다. 니콜라스와 나, 레브와 레일라, 바람피운 제즈. 제즈의 데이트 상대는 마지막 순간에 그를 떠났다고 했다.(업보란 게 진짜 존재하나 보다.)

기분이 가라앉았다. 행복하지 않았다. 걱정되는 것도 아니었다. 그냥…… 맙소사. 그냥 무감각할 뿐이었다.

그날 밤 우리 다섯 명은 동네 펍으로 갔다. 프라하식 총각파티나 처녀파티는 없었다. 행복한 얼굴로 웃고 마시는 동안에도 난 주머니 속 휴대폰을 확인하고 싶어 미칠 지경이었다. 닉과 난 결혼식이 모두 끝날 때까지 서로 메일을 주고받지 않기로 했다. 닉이 아직도 하드코어 도플갱어 섹스 주말이라고 부르던 시기에 약속했던 협정과 동일했다. 그럼에도 자리를 살짝 벗어나 휴대폰을 확인하러 펍 밖으로 나갔다. 닉에게는 아무 메일도 오지 않았다. 뭘 기대한 걸까? 마지막 순간에 차원의 문 같은 걸 발견해서 닉이 내가 있는 세계로 건너와, 마치 공항으로 달려가 헤어진 연인을 붙잡는 로맨틱코미디영화의 한 장면처럼 이 결혼식을 멈춰주길 바란 걸까?

레일라가 살금살금 다가와 날 깜짝 놀랬다. 재빨리 휴대폰을 주머니에 집어넣었다. 다행히 레일라는 너무 취한 탓에 내 죄책감을 눈치채지 못했다.

"괜찮아, 비? 불안하니?"

레일라에게 솔직히 말해. 니콜라스에게도 솔직히 말해.

"난 아무렇지 않아."

"흠."

레일라가 술에 만취한 패딩턴 시선으로 쳐다봤다. 그러더니 씩 웃으며 가방에서 마리화나 담배를 꺼냈다.

"이게 도움이 될 거야."

이십 대 초반 이후로 마리화나를 피운 적이 없었다. 글래스턴베리에서 마리화나 쿠키를 너무 많이 먹고 죽는 줄 알았던 악몽 같던 밤 이후로는 입에도 대지 않았다. 하지만 스스로 자초한 부도덕한 소용돌이의 늪에서 날 끌어낼 무언가가 필요했다. 날 더 무감각하게 만들 필요가 있을 수도 있고.

"내가 레브와 결혼하기 전날 밤 기억나? 너랑 나랑 거지 같은 호텔방에서 바카디를 잔뜩 마시고 고주망태가 됐던 일?"

"당연히 기억하지."

마리화나를 깊이 들이마시자 바로 기침이 터져 나왔다.

"나도 의심이 산더미처럼 쌓였었어. 결혼 전날 밤엔 다 그래. 결혼은 깊이 생각할수록 정말 미친 짓 같지. 하지만 이건 사형 선고가 아니야. 정말 잘 안 맞으면 헤어질 수도 있어."

"알아."

"게다가 니콜라스는 진짜 괜찮은 사람이라고, 비. 너한테 딱 좋아."

마리화나 탓에 레일라는 거의 울먹이고 있었다.

"이제 진짜 행복해질 일만 남았어."

이게 옳은 일이다. 좋은 일이다.

레일라가 휘청거리며 안으로 들어간 후, 난 구글 메일계정을 열었다.

※

보낸 사람: Bee1984@gmail.com

받는 사람: NB26@zone.com

닉, 당신이 하지 말라고 하면, 나 결혼 안 할게요.

닉

섹스와 죽음은 전통적인 콤비다. 마치 육류와 해산물, 혹은 로렐과 하디처럼.

내가 한 짓은 변명의 여지가 없는 행동이었다.

릴리 부인의 추모식에는 날 포함해 여섯 명만 참석했다. 나와 폴, 제즈, 그리고 릴리 부인이 괜히 트집을 잡곤 했던 두 명의 방문간호사 나오미와 뷸라, 마지막으로 딜런도 있었다. 비의 세계에서 딜런에게 일어난 일을 안 후, 난 딜런의 얼굴을 직접 마주한 적이 없었다. 딜런을 꼭 안고 울지 않으려 입술 안쪽을 세게 깨물었다.

릴리 부인을 보내며 추모식에서 어떤 음악을 틀지 오랫동안 고민했다. 생전에 즐겨 보던 티브이 방송 음악을 트는 게 딱 맞겠지만, 커튼 뒤에서 관이 운반되는 동안 〈아기 동물 구조대〉나 〈재산압류 구제〉 프로그램의 배경음악이 흘러나온다면 아무리 고인을 위한 곡이라지만 부적절할 것 같았다. 최종적으로 데이비드 보위의 《사일런트》 앨범에서 한 곡을 골랐다. 릴리 부인이 좋아하든 말든 데이비드 보위는 하늘에서 릴리 부인이 오는 길을 지켜볼 것이다. 마지막으로 릴리 부인의 관(사실 릴리 부인이 좋아하던 천이나 장식용 깔개를 덮었어야 했다.)에 다가 가서 가져온 사진을 위에 올려놓았다. 릴리 부인과 마리온은 함께 무의 세계로 돌아갈 것이다. 인간은 흙에서 나왔으니 흙으로 돌아가리라. 릴리 부인의 경우는 물속에서 녹아 비료가 되겠지만.

우리는 릴리 부인의 시신에 작별을 고한 후 폴과 제즈의 집으로 향했다. 나오미와 불라는 음료 한 잔 마실 시간 정도만 머물렀다. 하지만 추모식 참석자 모두 지난 수년간 릴리 부인에게 들었던 가장 심한 말(진짜 많았다.)을 경쟁하듯 말하며 웃음을 터뜨렸다. 릴리 부인도 하늘에서 만족했을 것이다.

딜런이 내게 담배 피우자는 제스처를 했다. 딜런과 정원으로 빠져나가 몰래 마리화나 담배를 피웠다. 딜런의 최근 근황을 듣고 나도 버그네 하숙집에서 벌어졌던 이런저런 에피소드로 딜런을 웃게 했다. 또한 비교적 최근에 겪은 '이별'을 이미 극복했다고 말하며 딜런을 안심시켰다. 하지만 나도 모르게 갑자기 이런 질문이 나오고 말았다.

"딜런, 뭐 하나 물어봐도 되니? 이런 젠장맞을 질문으로 부담 주려는 건 아닌데, 그날 말이야……. 내가 널 발견했던 날. 언젠지 알지?"

딜런의 반응을 살피러 잠깐 말을 끊었다. 딜런은 움찔했지만 곧 계속해도 된다고 고개를 끄덕였다.

"널 발견했을 때, 뭐가 널 그렇게 만들었던 거니? 어떤 기분이었니? 그러니까, 바로 네가 그러기 전에……."

젠장. 딜런이 하고 싶지 않은 얘기를 기어이 끄집어내고 말았다.

"미안. 못 들은 걸로 해라. 이런 얘기는 하면 안 되는 건데."

"괜찮아요, 닉. 불편해하지 마세요. 얘기해도 괜찮아요. 그때 전 그냥 끝내고 싶었어요. 모든 걸 다 끝내고 싶었죠. 어둠에서 벗어날 방법이 보이지 않았어요. 그 상황이 영원히 계속될 것만 같았죠."

"하지만 지금은 괜찮지?"

"네."

딜런이 어깨를 으쓱했다.

"물론 살다 보면 힘들 때도 있죠. 하지만 누구나 겪는 일이잖아요. 힘든 날도 있지만 그럴 때는 나름 해결할 방법이 있으니까요. 그런데 왜 물어보시는 거예요?"

난 페트루스처럼 딜런의 어깨를 세게 두드려줬다.

"사랑한다, 딜런. 그냥 네가 진짜 괜찮은지 확인하고 싶었을 뿐이야."

진실이기도 하고 아니기도 했다. 사랑하는 딜런이 다시는 그런 생각을 안 한다는 확신이 필요했다. 하지만 사실 진짜 이유는 따로 있었다. 릴리 부인 집에서 마음을 다잡았음에도 불구하고 켈빈의 사례 조사와 그게 의미하는 바가 계속 머릿속을 맴돌았다. 하지만 지속적으로 내게 손짓하던 유혹은 딜런과의 대화로 완전히 사라졌다. 만약 켈빈의 제안대로 한다면 나중에 딜런이 내 자발적 죽음을 알게 됐을 때 무슨 생각을 하겠는가? 절대 그런 위험을 감수할 수는 없었다.

멍해진 내게 폴이 편안하게(혹은 불편하게) 하룻밤 더 머물고 가라고 했지만 거절했다. 하숙집으로 향하는 기차 안에서 사과주를 잔뜩 마셨다. 추모식은 언젠가 내게도 찾아올 부패의 악취를 훅 몰고 왔다. '이봐, 언젠가는 저기 누워 있는 사람이 바로 당신이 될 거야, 형씨'라고 일깨워 줬다. '완전한 죽음이란 없다'는 가입 조항이 있는 양자 결함의 세계를 받아들인다고 해도 부패의 악취를 완전히 지울 수는 없을 것이다. 기차가 시끄러운 소리를 내며 역사에 진입하는 동안 미래의 내 장례식에 올 만한 손님 목록을 작성했다. 간신히 두 자릿수를 채웠다. 그것도 트위드 양복쟁이보다 내가 먼저 죽을 때나 가능한 숫자였다.

그런 다음에는 역시 자기 연민의 시선으로 날 바라보는 불편한 진실만 남았다. 거대하고 악취 나는 진실이 카펫 위에 똥을 싸고 개를 발로 밟고 방 안의 온갖 장식물을 망가뜨렸다.

비의 결혼식.

"당신이 하지 말라고 하면, 나 결혼 안 할게요."

불공평한 메일이었다. 비와 나, 둘 다 잘 알고 있다. 결혼은 비의 선택이지 내 선택이 아니었다. 난 비의 밀회 상대였다. 감정적인 불륜은 마침내 점점 소멸하고 있었다. 유혹을 피하고자 일부러 휴대폰 전원을 꺼놓았다. 하지만 유스턴역 중앙 광장을 지나갈 때 시계탑 밑에 멈춰서 다시 전원을 켜고 말았다. "하지 말아요"라고 쓰고 손가락이 보내기 버튼 주변에서 머뭇거렸다. 안 돼. 문장을 지웠다. 잠시 후 다시 썼다. 그리고 바로 휴대폰 배터리를 빼 주머니에 넣어버렸다. 비를 위해서도 그런 메일을 보낼 수는 없었다. 이번에는 진짜 할 수 없었다.

버그네 하숙집에 돌아왔을 때는 술에 거나하게 취해 대문을 쾅 닫고 말았다. 하숙집 규칙을 깨는 소리에 에리카가 자신의 은신처에서 나왔다. 날 한번 흘끗 보더니 들어오라는 듯 자신이 있던 거실을 가리켰다. 에리카는 내가 어디에 다녀오는지 알았다. 가수분해장을 치러본 사람은 모두 동일한 감정을 느끼는 경향이 있다. 그날 밤은 에리카 역시 함께할 동료가 필요한 게 분명했다. 에리카가 술을 권했을 때 차마 거절할 수 없었다.(거절을 허락하지도 않았겠지만.) 한 잔이 두 잔이 되고 두 잔이 석 잔이 됐다. 좋은 일은 모두 삼세번 찾아오기 때문이다. 나쁜 일 역시 마찬가지였다.

그 일은 어쩌다 보니 일어났다.

아니다. 어떤 일도 그냥 일어나지는 않는다.

망할 하디와 로렐이 하숙집에 있다 우리가 내는 소리를 듣지 않아서 다행이었다. 단지 개 두 마리가 각각 혐오감이 담긴 눈으로 커피 테이블 위에서 벌어지는 일을 봤을 뿐이다.

비

독자 여러분, 나 결혼했어요.

닉

다음 날 아침은 다채로운 자기혐오의 교향악이 연주됐다. 입안은 바짝 말라 꺼끌꺼끌했고 온몸에서 맥박이 뛰는 기분이었다. 뇌졸중이나 심장발작 수준의 숙취였다. 하지만 뇌졸중이 오든 심장발작이 일어나든 기꺼이 환영했을 것이다. 절대 용서받을 수 없는 일을 변명하려니 진부한 문장이 튀어나왔다. 이런 일이 일어나다니. 이건 용서를 말할 수위를 넘어선 일이었다. 페트루스가 내게 얼마나 잘해줬는데, 이런 최악의 방법으로 그를 배신하다니. 진심으로 내 얼굴을 한 방 치고 싶었다. 진짜 상처가 날 만한 곳이면 어디든 내려치고 싶었다.

커피가 필요했다. 머리를 맑게 해야 했다. 에리카와 이 일을 분명히 마무리 지을 필요가 있었다. 비겁하게 방구석에 숨어 그냥 지나가기만을 바라는 손쉬운 길을 선택하면 안 되는 일이었다.

하지만 식당에 들어갔을 때, 에리카는 평소와 마찬가지 태도로 날 무시했다. 허를 찔린 기분이었다. 또 수다쟁이 교수가 간밤의 꿈 얘기를 자세히 말하는 중이었다. 이번만은 젠장 맞게 지루하지 않았는데, 왠지 모르지만 꿈에 전 부인과 버펄로(이유는 묻지 말자.)가 나왔다고 했다. 하마터면 교수를 끌어안고 등을 토닥일 뻔했다. 교수의 끊임없는 수다가 날 잠시 무거운 책임감에서 벗어나게 했다. 도망갈 수 없는 진실을 마주하기 전에 억지로라도 식빵과 커피 몇 잔을 섭취할 시간을 벌었다.

마침내 교수가 자리를 뜨는 동안 난 괜히 식당에서 미적거렸다. 에리카는 여느 아침과 다를 바 없다는 태도로 라벤더 스프레이를 뿌려대고 있었다. 찬장 벽면에 있는 페트루스의 사진이 날 바라보고 있었다.

"에리카……, 내가 하숙집을 나가길 원한다면 바로 나가겠습니다."

"제가 그걸 왜 원하죠?"

"어젯밤에 일어난 일 때문이죠."

"아무 일도 없었는데요."

정색하고 평소와 같은 표정으로 에리카가 말했다. 순간적으로 어젯밤 일이 내 상상에 불과했다고 진짜 믿을 뻔했다. 그럼 그냥 이렇게 지나간다는 거지? 비겁하게 안도감이 들었다. 잠깐만 더 머물렀다가 페트루스가 돌아오기 전에 이사 나가면 된다.

하지만, 제기랄.

그렇게 쉽게 빠져나가면 안 되는 일이었다. 난 자신을 벌주고 싶었다. 그럴 필요가 있었다. 휴대폰 배터리를 제자리에 끼웠다.

※

보낸 사람: NB26@zone.com

받는 사람: Bee1984@gmail.com

비, 결혼식 했어요? 그렇다면 우린 바로 이 순간부터 메일을 중지해야 해요. 당신을 사랑해요. 앞으로도 항상 사랑할 거예요. 하지만 우리 둘 다 알고 있잖아요. 지금 우리의 행동이 옳지 않다는 걸. 당신 말이 맞았어요. 이건 모두에게 옳지 않은 일이에요.

비

　휴대폰 진동 소리를 듣지 못했다. 난 샤워 중이었다. 이른 아침에 해변 산책을 한 후 발가락 사이에 들어간 모래를 물로 씻어 내리고 있었다. 샤워기에서 바닥으로 떨어지는 물소리가 마치 끊임없이 울려대는 타악기 연주 소리 같았다. 넌 행복하다. 넌 행복하다. 넌 행복하다. 무엇보다 중요한 건 니콜라스가 행복하다. 우리 모두 행복하다. 이제 모두 끝났어. 네가 내린 결정이야. 이제부터는 지금 이대로 살아가야 해.

　몸을 닦고 침실로 돌아갔다. 하지만 이내 온몸이 얼어붙고 말았다.

　이상한 직감이 머릿속에 요동쳤다. 인생이 바뀌는 순간은 진짜 시간이 천천히 흐르는 기분이 든다. 니콜라스가 침대 끝에 앉아 있었다. 손에는 내 휴대폰이 들려 있었다. 니콜라스의 두 눈에 배신감으로 인한 분노가 생생하게 드러났다.

✳

보낸 사람: Bee1984@gmail.com
받는 사람: NB26@zone.com
　제기랄, 도대체 당신 누구야? 내 아내와 정확히 어떤 관계지?

닉

처음에는 숙취 때문에 둔해진 뇌가 메일을 비의 농담으로 받아들였다. 비와 내가 주고받던 쓸모없고 바보 같은 농담이 이제 하나 더 늘었다고만 생각했다. 하지만 메일을 다시 읽어본 순간, 메일이 암시하는 바에 물벼락을 맞은 듯 정신이 번쩍 들었다. 누가 명치에 주먹으로 세게 한 방 먹인 기분이었다.

이런 말이 아니라면 답장을 보낼 말이 없었다. "나는 너야. 너만큼 성공하지는 못했지만 이상하게 감정적으로는 더 안정된 것 같은 너야. 다른 세계에 있는 너 자신이라고. 너와 달리 작품 활동을 망친 후 작가의 길을 포기했던 또 다른 너지. 니콜라스, 미안해. 진짜 미안해. 비와 난 절대 이렇게 될 줄은 몰랐어."

결국 비와 난 일을 이런 상황까지 오게 하고 말았다. 감응성정신병처럼.

난 니콜라스의 메일에 답을 하지 않았다. 아무런 말도 없이 그냥 내버려 뒀다. 문틈으로 무기력증이 몰려들었다. 얼마의 시간이 흘렀는지 모르지만 침대 위에 앉아 그냥 휴대폰만 바라봤다.

더 이상 다른 메일은 오지 않았다.

개 두 마리를 데리고 공원 산책을 하러 갔다가 집으로 돌아왔다. 방 안에 틀어박혀 뭐든 써보려 했으나 실패했다. 뭐라도 먹어보려 했으나 역시 실패했다. 니콜라스가 안다. 니콜라스가 안다. 지금쯤 비가 니콜라스에게 진실을 말했을 것이다. 니콜라스의 입장에서 생각해 보려 했으나, 실패했다.

그리고 비에게 메일이 왔다.

[끝났어요.]

※

보낸 사람: NB26@zone.com
받는 사람: Bee1984@gmail.com

맙소사, 비. 빌어먹을. 뭐라고 해야 할지 모르겠어요. 당신 괜찮아요? 지금 어디예요? 누구 곁에 있어줄 사람 있어요?

보낸 사람: Bee1984@gmail.com
받는 사람: NB26@zone.com

아직(맙소사) 결혼식장의 허니문 별장이에요. 역까지 갈 택시를 기다리는 중이에요. 니콜라스는 바로 떠나버렸어요. 어떻게 니콜라스 탓을 하겠어요?

내가 어떤지는 잘 모르겠어요. 나 같은 인간을 왜 신경 써야 하죠? 이런 상황까지 끌고 오면 안 되는 거였어요. 대체 난 왜 이따위일까요?

보낸 사람: NB26@zone.com
받는 사람: Bee1984@gmail.com

비, 당신이 잘못한 게 아니에요. 내 말 좀 들어봐요. 이건 진짜 당신 잘못이 아니에요.

보낸 사람: Bee1984@gmail.com

받는 사람: NB26@zone.com

　이건 진짜 내 탓이에요. 내가 멍청하고 이기적인 년이었어요. 아니, 그보다 더 나쁜 년이죠.

보낸 사람: NB26@zone.com

받는 사람: Bee1984@gmail.com

　우리 둘 다의 책임이에요. 특히 내 탓이 더 커요. 레일라는 어디 있어요? 당신 곁에 있나요?

보낸 사람: Bee1984@gmail.com

받는 사람: NB26@zone.com

　레일라도 가버렸어요. 니콜라스가 떠난 후, 레일라에게도 모든 진실을 말했어요. 물론 전부는 아니었지만요. 핵심만 말했죠. 내가 얘기하는 동안 레일라가 한마디도 안 하더군요. 그러더니 "이거 농담이야? 농담이면 지금 하나도 안 웃기거든"이라고 했어요. 내 목숨을 걸고 모두 사실이라고 하자, 레일라가 "지금 당장은 네 말을 못 받아들이겠어, 비" 하더니 레브와 차를 타고 가버렸어요. 레일라의 말투가, 말투가 정말 차가웠어요. 이게 이 결혼식의 끝이에요. 내가 받아 마땅한 대우죠.

보낸 사람: NB26@zone.com

받는 사람: Bee1984@gmail.com

　비, 레일라는 당신 곁으로 돌아올 거예요. 당신도 알잖아요. 다만 모든 걸 이해하고 받아들일 시간이 필요할 뿐이죠. 일반적으로 받아들일 수 있는 얘기가 아니니까요.

보낸 사람: Bee1984@gmail.com

받는 사람: NB26@zone.com

돌아올 수도 있겠죠. 하지만 날 용서할지는 확신이 안 서요. 벌써 몇 달이나 계속 레일라를 속였잖아요. 몇 달 동안 모든 사람에게 거짓말을 했어요. 니콜라스는. 하나님 맙소사. 떠날 때…… 완전히 무너진 모습이었어요, 닉. 누군가의 얼굴에서 그런 괴로운 표정을 본 적이 없어요. 딱 한 번, 엄마만 빼고요. 내가 니콜라스에게 그런 짓을 한 거예요. 다른 사람도 아닌 바로 내가요.

보낸 사람: NB26@zone.com

받는 사람: Bee1984@gmail.com

니콜라스에게 어떻게 말했어요? 진실을 말했어요?

보낸 사람: Bee1984@gmail.com

받는 사람: NB26@zone.com

맞기도 하고 아니기도 해요. 모든 걸 사실대로 말하고 싶었죠. 거의 다 사실이기도 했어요. 하지만…… 니콜라스가 내게 자신을 진짜 사랑하는지 물었어요.

보낸 사람: NB26@zone.com

받는 사람: Bee1984@gmail.com

그래서요?

보낸 사람: Bee1984@gmail.com

받는 사람: NB26@zone.com

진실을 말했죠. 그러자 니콜라스가 자신보다 닉, 당신을 더 사랑하는지도 물었어요.

보낸 사람: NB26@zone.com

받는 사람: Bee1984@gmail.com

  그래서요?

보낸 사람: Bee1984@gmail.com

받는 사람: NB26@zone.com

  그 질문에도 진실을 말했어요.

7부

크로스 라인

비

결혼식 사건이 있고 일주일 후, 니콜라스가 짐을 가지러 오기로 했다. 그가 아파트에 오는 시간에 맞춰 밖에서 시간을 보냈다. 내가 안 보이는 게 현재 니콜라스를 위해 할 수 있는 최선의 노력 같았다. 니콜라스에게 여러 차례 전화하고 메일도 보내봤지만 돌아온 답은 [제발 그만해요]뿐이었다. 어쩔 수 없이 제즈에게 연락해 니콜라스 곁에 있어달라고 부탁했다. 니콜라스가 잘 견디고 있는지도 물었다.

"그 녀석 완전히 무너졌어요. 비, 대체 무슨 일이 있었던 거예요? 니콜라스는 절대 말 안 할 것 같아요."

제즈에게 자세한 얘기는 하지 않았다. 어쨌거나 아직은 내게 바람피운 배신자 제즈였기 때문이다. 다만 모든 잘못은 내게 있으니 니콜라스를 잘 보살펴 달라고만 했다.

사건 다음 날, 레일라가 아침부터 전화해 날 걱정했다. 심각하게 걱정하면서도 내가 무슨 말을 하든 믿으려 하지 않았다.([믿음을 갖고 기다려봐요, 비. 레일라 2도 결국 우리 얘기를 믿었잖아요.] [네. 하지만 당신 세계의 레일라 2는 다르죠. 여기의 레일라처럼 온갖 가짜 뉴스와 음모론이 흘러넘치는 세계에 살지 않잖아요.]) 심지어 레일라는 자신만의 가설로 오히려 날 설득하려 했다.

"봐봐. 넌 지금 진실이라고 믿고 싶은 것만 말하는 거야, 비. 하지만 너랑 메일을 주고받는 그 남자가 널 갖고 노는 거라니까. 사기 치는 거라고. 그런데 네가 망할 사기꾼의 거짓말에 빠진 거야."

우리의 대화는 결국 싸움으로 끝났다. 레일라는 내게 전문가의 도움이 필요하다고 주장했다. 강한 어조로 '명백한 사기 행위'에 빠진 친구를 두고 볼 수 없다고 했다.

이렇게 전화를 끊은 후, 레일라에게 보낼 이메일을 쓰느라 밤을 꼬딱 새웠다. 레일라를 설득하기 위한 '증거'를 찾으면서 레일라 2에 대해 말할지 말지 계속 고민했다. 사회적으로 성공한 레일라 2, 아이가 없어도 행복한 레일라 2, 레브 없이 잘 살고 있는 레일라 2. 메일을 수천 번은 썼다 지웠다 하다가 그냥 임시 보관함으로 보내버렸다.

이제 레일라도 잃었다. 지금은 내가 바로 네이트였다. 폴이었다. 아빠였다. 교활한 개자식에 이기적인 괴물이었다. 니콜라스가 날 사랑하게 끔 만들고는 가장 잔인한 방법으로 닉에 대해 알게 했다. 그러고도 모든 진실을 고백하는 최소한의 품격도 없이 니콜라스가 그냥 떠나게 내버려 뒀다. 진실을 고백하지 않은 진짜 이유를 찾는 데 오랜 시간이 걸렸다. 자아 성찰의 장까지 도달하기 위해 험난하고 고통스러운 과정을 거쳐야 했다. 닉의 세계에서는 사실을 들은 모든 사람이 닉의 말을 믿어줬다. 만약 니콜라스 역시 내 말을 믿었다면? 내 말을 믿을 뿐 아니라, 그런데도 이 상황을 받아들였다면? 그랬다면 내 내면에 도사린 자학하려는 의도에 맞지 않았을 것이다. 마음 깊은 곳 어딘가에는 내가 니콜라스와 닉, 둘 다에게 어울리는 여자가 아니라는 생각이 도사리고 있었다. 니콜라스에게 닉을 더 사랑한다고 한 말은 거짓이 아니었다. 이 말이 그에게 얼마나 큰 상처가 될지 몰랐다고 말할 수 있다면 좋겠다. 하지만 너무 잘 알고 있었다. 이제 내가 마땅히 받아야 할 대가를 치르고 있다. 내 행동은 도를 넘은 짓이었다.

돌이켜 보면 니콜라스 역시 우리 사이에 무언가 있다고 계속 의심했던 것 같다.(그 무언가는 당연히 누군가 있다는 사실이었다.) "우리 감정은 진짜죠?" 그래서 그렇게 이른 시기에 프러포즈하고 식장에 빈자리가 났다는 소식에 결혼을 서둘렀던 것 아닐까? 하지만 니콜라스가 의심했든 안 했든 무슨 상관이겠는가? 책임을 지고 벌을 받아야 할 사람은 바로 나였다.

그래서 니콜라스가 아파트에 들러 내 인생에서 자신의 흔적을 모두 지우는 동안, 난 혼자 진산책을 하러 갔다. 진을 마시지는 않았다. 인생이란 안 좋은 상황이 닥칠 때 더 심하게 엉덩이를 걷어차곤 한다. 난쟁이 요정 저택 앞에 부동산 매매 표지판이 붙어 있었다. 이제 난쟁이 요정상과 아름다운 등나무를 볼 날도 얼마 안 남았을지 모른다. 레일라에게 문자를 보낼까 고민했다. 곧 이곳에 들이닥칠 거대한 쓰레기통에서 난쟁이 요정상을 구하겠다는 약속을 하고 싶었다. 하지만 난 그 대신 임시 보관함에 있던 이메일을 보냈다.

집으로 향할 때 니콜라스와 얼굴을 마주칠까 봐 심장이 터질 듯했다. 반은 만나고 싶은 희망에 차서, 반은 겁에 질려 길을 건넜다. 하지만 계단에서 날 기다리던 사람은 마그다였다.

"이리 와요. 얘기 좀 해요."

얌전히 마그다를 따라 위층으로 올라갔다. 꽤 오랜만의 방문이었다. 마그다는 집안일을 그냥 내버려 둔 채였다. 책과 악보 더미 위에는 먼지가 수북이 쌓여 있었고, 피아노 위에도 더러운 머그잔과 와인 자국이 남아 있는 잔이 어지럽게 놓여 있었다. 조나스는 입을 헤 벌린 채 애착 의자에 앉아 자고 있었는데, 수염도 깎지 않고 구겨진 옷 위에 빵 부스러기를 잔뜩 흘린 모습이 평소보다 초라해 보였다.

마그다가 구시렁거리며 깨끗한 잔을 찾는 동안 피아노 옆에 서서 잠든 조나스의 얼굴을 들여다봤다. 조나스의 눈꺼풀이 바르르 떨릴 때는 악몽이 아닌 그냥 단잠에 빠진 것이기를 기도했다. 겨우 오전 11시였는데 마그다는 잔에 위스키를 따랐다. 나도 거절하지 않고 받았다. 12시에 고객 상담이 있었지만 스카이프 미팅이어서 고객이 알코올 냄새를 맡지는 못할 것이다. 얼굴에 나타나는 붉은 죄책감은 화장으로 가릴 수 있다.

마그다는 평소의 또렷한 눈빛으로 내 눈을 바라봤다.

"왜죠?"

"왜 니콜라스가 떠났냐고요?"

"네. 니콜라스는 좋은 사람이었어요. 기꺼이 도움의 손길을 내미는 사람이었죠. 한번은 우리 집까지 와서 재활용 캔을 구기는 것도 도와줬죠. 결혼을 깬 사람이 니콜라스예요, 아니면 비, 당신이에요?"

"저예요. 제가 다른 사람을 사랑해요."

다른 세계에 있는 마그다와 연하 애인에 대한 생각을 떠올리지 않으려 애썼다. 영리하고 현명한 여인의 조언이나 "쯧쯧, 멍청하군" 하는 비난이라도 들을 줄 알았다. 하지만 마그다는 아무 말이 없었다. 단지 화난 듯 한숨을 내쉬더니 이내 어깨를 으쓱하고 위스키를 마셨다. 그때 조나스가 긴 한숨을 내쉬었다. 난 그에 대해서도, 기다리지 말라던 말도 생각하지 않으려 했지만 결국 실패했다.

"마그다, 전에 내가 계단에서 조나스와 마주쳤던 밤에 내게 '기다리지 말아요'라고 했잖아요. 그 말의 의미가 뭐였어요?"

마그다는 눈살을 가늘게 찌푸렸다.

"기억이 잘 안 나는데……."

"진짜 분명하게 들었어요. 우리가 조나스를 안정시킨 후, 내가 집에 가려 하자 했던 말이에요."

"흠-"하는 소리와 함께 잠깐 정적이 흘렀다.

"목요일이었죠. 맞죠?"

난 그날을 다시 떠올려봤다.

"네."

마그다가 고개를 끄덕였다.

"재활용 전날이잖아요. 오래 기다려놓고 그날 못 버리면 그 쓰레기들을 집에 일주일은 더 둬야 하잖아요."

아무 뜻도 아니었어. 이제 그냥 받아들여, 네 운명을.

⁂

보낸 사람: Bee1984@gmail.com

받는 사람: NB26@zone.com

결국 이렇게 됐네요. 시작점으로 돌아왔어요. 우리 둘만 있던 때로요.

보낸 사람: NB26@zone.com

받는 사람: Bee1984@gmail.com

아무튼 사이버 섹스 실력이나 어떻게 개선할지 생각해 보자고요.

보낸 사람: Bee1984@gmail.com

받는 사람: NB26@zone.com

아무래도 그래야 할 것 같네요.

보낸 사람: NB26@zone.com

받는 사람: Bee1984@gmail.com

그것만으로 충분할까요?

그래야겠죠.

닉

비와 예전으로 돌아가는 일은, 섹시한 비유는 아니지만 마치 오래된 코트를 다시 입는 일처럼 익숙하고 편안했다. 그동안 일어난 모든 일에도 불구하고 우리는 자연스럽게 도플갱어 작전 이전으로 돌아갔고 어떤 말을 해도 서로 편안함을 느꼈다. 이런 편안함은 커다란 죄책감 속에 힘든 시기를 겪는 비에게 단비 같은 필수 요소였다.

물론 비만 죄책감을 느끼는 건 아니었다. 난 원래 니콜라스를 싫어했다. 질투했다. 하지만 지금은 연민이 느껴졌다. 니콜라스는 나와 비가 계획한 본성 대 양육 실험의 실제 살아 있는 피해자였다. 실연의 상처를 달래도록 내 내면의 지식을 공유해 줄 수도 없었다. 그런 경험은 한쪽의 니콜라스만 갖고 있기 때문이다. 비의 도플갱어 섹스 주말과 결혼 준비 기간이 아마 내가 가장 유사하게 느낀 경험일 것이다. 무척 고통스러웠지만 그래도 내게는 희미한 희망이라도 남아 있어 견딜 수 있었다. 하지만 니콜라스는 그런 희망도 없었다. 만약 직접 니콜라스와 대화할 수 있다면 분명 미안하다고 사과했을 것이다.

맞다. 솔직히 아주 약간은 내가 이긴 것 같은 기분이 들기도 했다. 결국 비가 선택한 사람은 나였다. 세련되고 윤기가 잘잘 흐르는 쪽이 아닌 실패한 쪽을 선택했다. 아, 한때는 실패했던 쪽. 어찌 됐든 니콜라스 덕에 정해진 마감 기일 안에 작품을 쓸 수 있을 것 같았다. 니콜라스와 비의 관계가 진전될수록 고통을 잊을 만한 게 필요했기 때문에 작품에 매진했다. 아니었다면 자기 파괴의 유혹에 빠져 시간만 질질 끌었을 것이다.

난 계속 하숙집에 머물렀다. 단지 로지를 위해서만은 아니었다. 에리카에게 늙고 볼품없는 셰퍼드를 사서 로지, 소시지, 나, 이렇게 셋이서 시골집으로 이사를 할 수도 있었다. 하지만 이곳에서 『사보타주』가 성공적으로 잘 써졌다는 징크스 때문에 작품을 끝내기 전까지는 하숙집을 떠날 수 없었다. 게다가 지금은 여기가 폴과 살던 집보다 더 내 집처럼 느껴졌다. 조그만 빅토리아풍 책상, 싸구려 커피 향과 뒤섞인 라벤더 스프레이 향, 아침 식사 자리에서의 다양한 하숙생들과의 잡담, 천 번쯤은 머리를 박은 다락방의 낮은 천장, 우주로 가는 포털처럼 느껴지는 작은 샤워실, 화장실 창밖으로 보이는 주변 풍경. 아마 한동안은 괜찮을 것이다. 페트루스는 앞으로 몇 달 정도는 집에 오지 않을 것 같았다. 에리카는 페트루스가 카타르 아랍 왕족과 신변 보호 업무 계약을 맺었다고 했다. 선대부터 석유로 벌어들인 어마어마한 현금을 보호하려 애쓰는 왕족 중 한 명이었다. 크리스마스 시즌에는 에리카가 몇 주 정도 페트루스에게 가서 지낼 예정이라고 했다. 즉 내가 소설 초본을 완성하는 동안 하숙집을 자유롭게 사용할 수 있다는 뜻이었다.

"페트루스가 약속했어요. 이번이 해외로 떠도는 마지막 업무라고요."

이것 또한 외로움 때문에 생긴 에리카의 껍질 중 하나였다.

에리카와 난 아무도 지난 일을 입에 담지 않았다. 아주 가끔 에리카가 한잔하자고 할 때도 있었고, 간혹 내가 수락할 때도 있었지만 둘 다 결코 선을 넘지 않았다.

난 이제 비를 되찾았다. 비의 전부를 다시 찾았다.

이걸로 이제 충분한 걸까? 그런 걸까?

늦은 밤이면 예기치 못한 일로 코마 상태에 빠져 메시를 헤매는 내 모습을 가끔 상상하며 생각했다. 만약 켈빈의 제안이 실제 가능한 일이라면? 만약 내가 비의 세계로 갈 수 있다면?

⁂

보낸 사람: Bee1984@gmail.com

받는 사람: NB26@zone.com

메리 크리스마스! 내 선물로 뭐 샀어요?

보낸 사람: NB26@zone.com

받는 사람: Bee1984@gmail.com

아직도 도착 안 했어요? 게으른 평행세계의 택배사 같으니.

요새는 어때요? 레일라가 연락했어요?

보낸 사람: Bee1984@gmail.com

받는 사람: NB26@zone.com

아뇨. 아직 아무 연락도 없어요. 하지만 아빠에게 연락이 왔네요. 평소보다는 좀 덜 껄끄러웠어요. 지금 일하는 중이었어요. 인생이 지루해지니까 얼마나 많은 작업을 해치울 수 있는지 놀랍다니까요.

보낸 사람: NB26@zone.com

받는 사람: Bee1984@gmail.com

더 얘기해 줘요. 참고로 난 오늘 아침에 삼천 단어 정도 썼어요.

보낸 사람: Bee1984@gmail.com

받는 사람: NB26@zone.com
좋은 거예요, 나쁜 거예요?

보낸 사람: NB26@zone.com
받는 사람: Bee1984@gmail.com
뭐라 말하기엔 아직 이른 것 같네요.

보낸 사람: Bee1984@gmail.com
받는 사람: NB26@zone.com
또 새로운 소식 있어요? 하숙집 안내판의 철자는 고쳤어요?

보낸 사람: NB26@zone.com
받는 사람: Bee1984@gmail.com
아뇨. 그래도 다른 위치로 옮겨놓기는 했어요.

딜런이 폴과 제즈의 집에 놀러 가서, 셋이 단체로 내게 전화했어요. 딜런이 만나는 사람이 있대요. 곧 한번 데려온댔어요. 아, 그리고 크리스마스카드를 하나 받았어요. "친애하는 모리스"라고 적혀 있어서 누군지 알아내는 데 한참 걸렸어요. 로렐과 하디 기억하죠?

보낸 사람: Bee1984@gmail.com
받는 사람: NB26@zone.com
아!

보낸 사람: NB26@zone.com
받는 사람: Bee1984@gmail.com
크리스마스 점심으로는 뭐 먹었어요? 정성껏 다듬은 칠면조 요리?

보낸 사람: Bee1984@gmail.com

받는 사람: NB26@zone.com

키위랑 국수 한 그릇이요. 당신은요?

보낸 사람: NB26@zone.com

받는 사람: Bee1984@gmail.com

에멘탈 치즈와 구운 식빵이요. 하지만 곰팡이 먼저 제거해야 했죠.

보낸 사람: Bee1984@gmail.com

받는 사람: NB26@zone.com

맛있었겠네요! 좋아요. 이제 이런 얘기는 그만하죠. 지금 뭐 입고 있어요?

비

시간이 흘러도 죄책감은 전혀 줄어들지 않았다. 계속 마음속에 남아 있었다. 앞으로도 죄책감은 계속 남겠지만 견뎌내는 수밖에 없었다. 물론 당연한 애기지만 니콜라스가 보고 싶기도 했다. 날 만지던 손길, 안아주던 두 팔, 밤새 나누던 섹스, 부탁하지 않아도 매일 아침 침대 옆에 가져다 놓던 커피가 그리웠다. 내 옆에 실물로 존재하던 니콜라스가, 손가락으로 키보드를 경쾌하게 두드리던 소리가 그리웠다. 혹시라도 그가 미처 챙겨 가지 못한 물건을 발견할 때면 슬픔이 한가득 밀려왔다. 니콜라스가 떠난 직후 집에 오자마자 제일 처음 한 일은 침대보를 벗겨내는 일이었다. 침대보에서 니콜라스의 향이 났다. 우리가 같이 있던 시간의 향이 났다. 데이비드 보위의 스타더스트 이불 커버는 쓰레기통에 버렸다. 너무 많은 추억을 상기시키는 물건이었기 때문이다. 니콜라스와 이 집에서 함께 보낸 첫날 밤과 닉과 처음 나눴던 농담이 메아리쳤다. 닉은 데이비드 보위 밑에서 자는 게 은밀한 소원 중 하나라고 농담했었다.

하지만 죄책감과 슬픔은 있을지언정 의심이나 후회는 없었다.

난 닉을 되찾았다. 우리 관계는 장거리 연애와 비슷했다. 닉이 날 완전히 되찾은 것처럼 나 역시 닉을 완전히 되찾았다. 이제 삶이 덜 피곤했고 대신 훨씬 단순해졌다. 일과 닉과 니콜라스 사이에서 방황하던 과거의 드라마 대신, 이제는 일과 닉에게만 집중할 수 있었다.

하지만 우리의 드라마는 끝난 게 아니었다. 전혀 예상치 못한 곳에서 드라마가 벌어졌다. 바로 레일라였다.

지난번 싸움 이후 레일라는 어떤 연락도 하지 않았고 얼굴도 보이지 않았다. 레일라의 부재로 뻥 뚫린 내 삶의 고통은 당연한 인과응보라고 생각했다. 그런데 새해 첫날 레일라가 멋진 테스코 마트 가방을 들고 문 앞에 나타났다. 레일라는 곧 내가 엄청나게 혼나고 비난받을 예정이라는 눈빛과 표정을 하고 있었다.

"미안해" 말고는 달리 떠오르는 말이 없었다. 레일라는 날 밀치고 들어오더니 곧바로 부엌 테이블로 향했다. 엄청나게 센 도수의 진토닉을 두 잔 만들고는 자신이 말하는 동안 "입 닫고" 있으라고 명령했다. 우리가 싸운 후, 내가 보낸 메일을 읽고 나서 레일라는 혼란의 시간을 보냈다. 처음에는 내가 자기부정과 망상 속에 사는 병적인 거짓말쟁이거나, 왜곡된 혼란을 즐기는 정신병자가 된 것 아닐까 의심했다.("비, 심지어 자기도 인식 못 한 채 범죄를 저지르는 정신병이 있는지도 검색해 봤어.") 나에 대한 분노와 혼란이 잠잠해지기까지는 오랜 시간이 걸렸다. 무엇보다 레일라가 가장 참을 수 없던 건 내가 그렇게 오랫동안 자신에게 진실을 숨겼다는 사실이었다.

"우리는 항상 모든 일을 솔직하게 공유해 왔잖아. 네가 우리 사이의 신뢰를 깨버린 것만 같았어."

"이제 내가 말해도 돼?"

"그래."

내가 얼마나 모든 일을 다 털어놓고 레일라와 의논하고 싶었는지, 얼마나 여러 번 입을 열었다 닫았는지 말했다. 하지만 어느 순간부터는 너무 멀리 갔기 때문에 거짓말을 멈출 수 없었다고 고백했다.

"물론 그때의 선택을 후회해. 나 자신이 너무 싫었어. 하지만 레일라……, 이제는 내가 한 말을 믿는 거야?"

"그래. 아니. 제기랄. 맞아. 그건…… 난 널 잘 알잖아, 비. 간혹 네가 자신에게 최악의 적이 될 때는 있었지만, 기본적으로 넌 잔인한 사람이 아니야. 하지만 네가 니콜라스에게 한 행동은 너무 잔인했어. 그러니 분명한 이유가 있어야겠지. 네가 어떤 비비 꼬인 사이코의 주문에 걸렸다고 믿고 싶을 지경이야. 거지 같은 일이겠지만 적어도 고칠 수는 있을 테니까. 하지만 내 직감이 그게 아니래. 진짜 말도 안 되는 얘기지만 앞뒤가 맞긴 하거든. 초반에 내가 읽었던 메일들, 네가 그동안 했던 말들, 메일에 적은 일들. 모두 맞아떨어져. 맙소사, 내가 이런 말을 하고 있다니 믿을 수가 없네."

"레브에게도 말했어?"

"아니. 절대. 분명 우리 둘 다 미쳤다고 할 거야. 워낙 이성적인 사람이잖아. 레브는 이 일을 못 받아들일 거야. 너도 잘 알잖아. 자, 그럼 이제, 확인하고 싶은 게 있어."

탄카레이 진 술병이 비어가는 만큼 레일라가 내게 퍼부은 질문도 쌓여갔다.

긴 목록 중 가장 먼저 한 질문은 레일라 2에 관한 거였다. 아이가 없는 레일라.

레일라는 모순된 감정을 느낀 듯했다. 레일라 2를 자랑스러워했지만, 한편으로는 안타까워했다.

"비, 읽어봐도 될까? 네가 그녀랑 나눈 대화를?"

좋은 생각인지 아닌지 따져볼 겨를도 없었다. 너무 절실하게 레일라를 설득하고 우리의 우정을 되찾고 싶었다. 메일 계정을 열고 레일라 2와 주고받은 메일을 찾아 휴대폰을 건넸다. 레일라가 메일을 읽는 동안 표정을 살폈다. 충격, 놀람, 슬픔, 혼란 등 온갖 감정이 레일라의 얼굴을 스쳤다.

"맙소사, 기분이 이상하네."

레일라가 몸을 부르르 떨었다.

"도깨비 집의 거울 미로 속에 있는 것 같아. 이상해."

"나랑 닉도 똑같이 말했어."

"하지만 그녀 말이 맞아. 나도 네가 한 행동이 교묘하고 잔인하다고 말할 거야."

"그렇지. 아니 그랬지."

레일라가 고개를 끄덕이며 술을 마셨다. 그리고 좀 더 부드러워진 목소리로 말했다.

"왜 나한테 말 안 했어, 비?"

"왠지 알잖아. 거기 모두 적혀 있어."

"아니. 그 얘기 말고. 네가 임신중절수술 한 얘기 말이야."

망했다. 메일에 그 얘기도 적은 걸 깜빡했다.

"그때는 네가 아기를 가지려고 계속 체외수정을 시도 중이었잖아. 난…… 말하지 않는 게 낫다고 생각했어."

레일라가 한동안 생각에 잠겼다.

"알겠어. 저쪽 세계에서 난 네가 임신했을 때 감당할 수 없었으니까. 그건…… 네가 말하지 않은 게 옳았던 것 같아. 날 위한 배려 깊은 행동이었겠지."

레일라가 고개를 흔들었다.

"저쪽 세계에서 네가 엄마라는 사실을 알고 기분이 어땠어?"

"충격 이상이었지. 도깨비 집의 거울 미로 이상으로 기묘한 감정이었어. 그래도 나한테 아이를 돌볼 능력이 잠재해 있다는 걸 알고 나니까 쌍둥이 돌보는 데 도움이 되긴 했어."

"하하!"

레일라가 웃었다. 우리 우정을 되살릴 수 있다는 희망의 첫 신호였다.

"저쪽의 난 레브랑 깨졌다더라. 그래서 체외수정도 시도해 보지 않기로 한 거야? 한부모가정을 꾸리고 싶지 않아서?"

"그건 확실히 모르겠어, 레일라. 닉의 세계에서는 애튼버러 협정 때문에 체외수정이 엄청 어려운 걸로 알고 있어."

"무슨 협정?"

당시 난 도화선에 불을 붙이고 있다는 사실도 깨닫지 못한 채 협정에 대해 자세히 설명했다.

"그럼 정관절제술 장려법에 대해 화내는 놈들은 없었대?"

"있었을지도 모르지. 딱히 들은 건 없어."

"맙소사. 여기라면 어떤 일이 벌어질지 상상이 가? 남성 권리를 주장하는 폭도가 시위를 벌일걸. 그런데 인구수를 제한하기 위해 그런 협정을 만든 거야?"

"응."

"환경을 보호할 목적으로?"

"응."

"비⋯⋯, 닉의 세계는 얼마나 더 푸르를까?"

내가 아는 한도 안에서 모든 걸 말했다. 물론 많이 알지는 못했다. 닉과 난 서로의 세계를 비교하던 초창기에만 그런 얘기를 나누곤 했기 때문이다.

"닉의 세계는 탄소 기반 에너지원 사용을 몇십 년 전에 중지했대. 아마 80년대였던 것 같아."

"그럼 지금은 어떤 에너지를 쓴대?"

"음⋯⋯."

기억을 되짚어 보자. 생각을 떠올려봐.

"주로 핵에너지겠지? 아마…… 태양열에너지도 있고?"

"모르는 거야?"

"자세히는 몰라."

레일라는 예전의 패딩턴 시선이 아니라 범인을 취조하듯 못마땅한 패딩턴 시선으로 날 쏘아봤다.

우정 구조 작전이 빠르게 하향 곡선을 그리기 시작했다. 지금 눈앞의 레일라는 내 친구 레일라가 아니었다. 일종의 업무 모드의 레일라임에 틀림없었다. 열정적이고 직설적이며 단호한 모습. 화가 난 선생을 달래려는 어린 학생이 된 기분으로 자차 비소유 보조금이나 엄격한 연간 비행거리 제한 법률,(베네딕트 개자식을 좌절시킨) 보편적 기본소득에 대해 말해줬다.

"보편적 기본소득? 그렇구나……. 그럼 지금 우리는 엄청난 사회주의 성향의 민주주의 사회에 대해 말하고 있는 거네."

"비슷한 셈이지."

"그래서 지금 거기는 탄소 배출량이 어느 정도야?"

"모르겠는데. 음……, 아주 낮지 않을까?"

"정치는? 거기는 누가 총리야?"

"몰라."

"맙소사, 비. 너 마치 뉴스에 나오는 브렉시트가 뭔지도 모르는 사람들 같구나. 어떻게 이런 문제도 모를 수 있어? 둘이 온종일 무슨 얘기를 하는 거야?"

"음……."

"지금 이 일의 중요성을 모르는 거야? 평행세계에서는 우리 앞에 다가온 환경 재앙을 멈췄거나, 적어도 늦출 방법을 찾았다는 얘기잖아. 제기랄, 이제 네 휴대폰 좀 내놔봐."

米

보낸 사람: NB26@zone.com

받는 사람: Bee1984@gmail.com

  이게 바로 베렌스타인협회가 하지 말라고 경고한 일이에요.

보낸 사람: Bee1984@gmail.com

받는 사람: NB26@zone.com

  하지만 협회가 어떻게 알겠어요? 그냥 조사만 좀 해주면 안 될까요? 제발요.

닉

레일라 말이 맞을 수도 있다. 어쩌면 비와 내가 이기적이었는지도 모른다. 비의 세계가 타버리는 동안에도 우리는 선을 위해 '힘'을 쓰기보다 베렌스타인협회의 경고를 핑계 삼아 도플갱어 작전에 모든 에너지를 쏟아부었다. 심지어 제프리조차 "당신은 걱정되지 않소?" 하고 이 문제를 제기한 적이 있었다.

부끄러운 진실이지만 대답은 "아니요"였다. 마땅히 신경 써야 할 중요한 문제지만 전혀 생각도 해보지 않았다.

[닉, 당신 탓이 아니에요. 내가 신경 썼어야죠. 어쨌거나 내가 전달자잖아요. 레일라가 옳아요. 난 그냥 모든 게 다 괜찮을 거라고 생각하며 사는 사람 중 하나였어요. 그나저나 여기서는 2040년까지 목표로 정한 탄소 배출량을 당신 세계는 이미 십 년 전에 달성했다니까 레일라가 완전히 흥분했어요.]

부가 과제가 하나 생겼다. 이름하여 '비의 세계를 구하자.'

난 몇 주 동안 여기서 흔히 볼 수 있는 정책들을 일반인의 관점에서 설명했다. 또 인트라넷에서 기술과 에너지원(가정용과 산업용) 개발 관련 상세 내용을 분석한 연구 자료와 기사를 취합했다. 내가 메일로 적어주면 비가 레일라에게 전달했다.([이제 이 정도면 충분한가요? 물론 세계를 구하는 일이 우선 과제이기는 하지만 제 책도 끝내야 해서요. 소설부터 끝내고 다시 할게요.] [충분한 것 이상이죠! 고마워요.]) 아무튼 『사보타주』의 결승선이 코앞이었다. 마지막 장만 쓰면 끝이었다. 니콜라스 때문에 주인공을 그냥 도망치게 두어야 할지, 잡히게 해야 할지 계속 고민 중이었다. 하지만 결국 비와 레베카가 말한 전개대로 결말을 쓰기로 했다. 언젠가 레베카가 이 책을 읽을 수 있기를 바랐다. 이미 이 책은 레베카와 스칼렛에게 헌사하기로 결정했다. 이 점에 대해서는 트위드 양복쟁이를 설득할 수 있다고 확신했다. 레베카가 돌아가신 어머니 성함이고, 스칼렛은 어머니가 키우던 스패니얼 종의 개 이름이라고 말하면 분명 트위드 양복쟁이의 감성적인 면을 자극할 수 있을 것이다.

하지만 흔히 말하듯 좋은 일이 있을 때는 시련도 따르기 마련이다. 캐나다만 한 크기의 변화구가 레일라 2의 전화와 함께 갑자기 날아들었다. 두 가지 안 좋은 일이 동시에 발생했다.

"베네딕트가 알아차렸어요, 닉."

"뭘 알아차려요?"

"레베카가 말한 이유가 가짜라는 걸요. 레베카가 뉴질랜드에 더 머물러야 할 것 같다고 하니까 따로 조사할 사람을 고용했던 것 같아요."

"제기랄."

"뉴질랜드에서 스칼렛을 데려오기 위해 법원에 탄원서도 제출했어요. 레베카가 법원 명령을 따르지 않으면 아동 납치죄를 뒤집어쓸지도 몰라요."

"제기랄. 제기랄."

"그뿐 아니라 단독 양육권을 신청해 스칼렛을 완전히 뺏어오겠다고 레베카를 협박하고 있어요."

"어떻게 그럴 수 있죠?"

"스칼렛이 태어난 후 레베카는 힘든 시간을 보냈어요. 산후우울증을 겪었죠."

"그래서요? 그게 왜 문제가 되죠?"

"레브 말로는 레베카가 스칼렛을 위험에 빠트릴 수 있는 행동을 한 적 있으며, 자해 이력이 있다고 증언해 줄 전문가와 증인을 베네딕트 쪽에서 준비 중이래요."

"완전 말도 안 되는 헛소리네요. 무슨 증인이 있다는 거죠?"

"재판이 열리기 전까지는 우리도 알 수 없어요."

"우리 쪽 증거는요? 우리도 증인이 있잖아요? 레브가 찾아낸 전 부인과 전 부인의 가족이요."

"전 부인의 여동생이랑은 아직 연락되지만, 전 부인과 나머지 사람들은 모두 증언을 철회했어요. 심지어 이제 레브의 전화조차 안 받아요. 내 생각에 베네딕트가 뭔가 수를 쓴 것 같아요. 우리 손에 쥔 건 그동안 전해 들은 얘기뿐이에요."

내게 있는 증거라고는 평행세계에서 온 메일뿐이었다. 당연히 법정에서 사용할 수도 없었다.

"제길, 그럼 이제 어쩌죠?"

"현재로서는 그냥 버텨야죠. 맞아요. 진짜 그래야 해요."

※

보낸 사람: Bee1984@gmail.com

받는 사람: NB26@zone.com

그 자식이 죽어버렸으면 좋겠어요. 하숙집 주인 남편이 베네딕트를 해치워 주면 좋겠네요.

보낸 사람: NB26@zone.com

받는 사람: Bee1984@gmail.com

의뢰하면 아마 해줄 겁니다. 불행히 몇 달 동안 집에 돌아오지 않을 계획이지만요.

보낸 사람: Bee1984@gmail.com
받는 사람: NB26@zone.com

상황이 너무 안 좋네요. 누군가의 죽음을 바랄 정도로 다른 사람을 증오해 본적이 없어요. 하지만 지금은 그래요. 진짜 베네딕트 그 자식이 죽었으면 좋겠어요.

보낸 사람: Bee1984@gmail.com
받는 사람: NB26@zone.com

닉, 아직 메일 보고 있죠?

보낸 사람: Bee1984@gmail.com
받는 사람: NB26@zone.com

여보세요오오오오. 거기 누구 있냐요오?

보낸 사람: NB26@zone.com
받는 사람: Bee1984@gmail.com

미안해요. 전화가 왔었어요.

이건 전혀 딴 얘기인데, 제프리가 당신한테 뭘 좀 조사해 달라고 끈질기게 부탁하고 있거든요. 이 문제로 진짜 오랫동안 날 괴롭히네요.

보낸 사람: Bee1984@gmail.com
받는 사람: NB26@zone.com

지난주에 제니에 대한 소식을 업데이트해 줬잖아요. 키우던 고양이가 죽은 들쥐를 물어 온 일과 제니가 국가자격증을 딴 일이요.

보낸 사람: NB26@zone.com
받는 사람: Bee1984@gmail.com

그런 평범한 게 아니에요. 제프리가 진행하고 있는 평행세계의 난민 관련 소규모 프로젝트에 대한 부탁이죠. 자신이 찾아낸 사례가 당신 세계에서도 동일하게 발생했는지 확인하고 싶대요.

지금 너무 바쁘면 그냥 말해줘요. 괜찮아요.

보낸 사람: Bee1984@gmail.com
받는 사람: NB26@zone.com

새로 발견된 엄청난 내 사설탐정 재능을 발휘할 수 있는 일이라면 기꺼이 할게요. 베네딕트를 죽이는 상상과 레일라에게 받는 스트레스를 좀 날려버릴 수 있겠죠.

비

제프리의 조사 요청은 내 정신을 완전히 앗아갔다. 이거 농담이겠지. 그런 거지? 무슨 의도인지 미처 알아차리지 못한 채 '제프리의 소규모 프로젝트'라는 닉의 거짓말을 믿은 자신을 탓하지는 않겠다. 자료에는 베렌스타인협회원 한 명이 이안 오설리반이라는 아일랜드 남자를 인터뷰한 내용이 들어 있었다. 인터뷰 내용이 내 심금을 울리는 바람에 이 조사에 좀 더 집착하게 됐다. 이안 오설리반의 얘기는 간결하고 꾸밈없는 문장으로 적혀 있지만 생동감을 느낄 수 있었다. 생동감이라기보다는 가슴을 울리는 무언가가 있었다.([비, 읽기 편하게 문장을 다듬어 보낼 시간이 있다면 좋겠지만 그냥 베껴서 보낼 수밖에 없었어요. 필사꾼이 욕설이나 비속어를 빈칸에 넣지 못했으니 아마 당신의 상상력을 발휘해야 할 거예요.])

이안 오설리반의 얘기는 2015년부터 시작됐다. 당시 이안 오설리반은 기업 수련회에서 끔찍한 '팀 유대 강화' 활동([닉, 당신 세계에도 그런 끔찍한 일이 일어난다니 믿을 수 없네요.])을 하다 머리를 심하게 부딪히는 사고를 당했다. 그는 혼수상태에 빠져 거의 뇌사 판정을 받을 뻔했다. 하지만 이안은 의료기관의 예측을 뒤엎고 일 년 후 병원에서 퇴원했다. 멀쩡하게 정신을 회복했을 뿐 아니라, 갑자기 한국어로 대화할 수 있는 새로운 능력까지 갖추고 나왔다. 이안은 전에 한국을 방문한 적도, 한국어 공부를 한 적도 없었다. 의료진은 그가 사고 전에 한국 공포영화를 잠깐 좋아했던 기억이 잠재의식 속에 남아 이런 현상이 발생했다고 합리화했다. 하지만 이안은 의료진의 말을 믿지 못했다. 생명 유지 장치를 달고 병원에 누워 있는 동안, 처음에는 혼수상태에서 그냥 생생한 꿈을 꿨다고 생각했던 일이 사실은 실제 일어난 일이라고 믿기 시작했다. 이안은 '이곳과 비슷하지만 살짝 다른 세계에서 지금의 자신과 비슷하지만 미묘하게 다른 존재로 사는' 자신을 발견했다고 했다.

"여기보다 낫다고 볼 수 없는 세계였소. 거기는 진짜 여기와 비교하면 [비속어] 같은 곳이었소. 모든 게 [비속어] 같았지. 그런데 내가 계속 거기서 살아온 듯한 느낌이었소. 마치 그쪽 삶이 내 현실 같았지. 또 하나의 '내'가 늘 그 [비속어] 같은 세상에 살고 있는 느낌이었소."

[닉, 그러니까 정확히 말하자면, 이안이 혼수상태에서 꾼 꿈이라고 생각했던 게 실은 그의 의식이 어떻게든 메시를 건너(뭐라 표현해야 할지 모르겠지만) 평행세계의 자신과 합쳐졌다는 얘기인 거죠?]

[네. 다른 말로는 '제프리하기'로도 알려져 있죠.]

이안의 무모한 메시 건너기 얘기가 흥미를 불러일으켰다면, 다음 얘기는 정말 내 심금을 울렸다.

다른 세계에서 이안은 런던으로 이사해 한국 유학생 정경수를 만나 사랑에 빠졌다. 이안과 정경수는 몇 달 동안 행복하게 지냈다.("비록 그곳에서는 엄마가 우리 관계를 받아들이기 힘들어하시긴 했다. 그건 진짜 [비속어, 비속어, 비속어] 한 일이었다. 여기서 난 엄마와 늘 좋은 관계를 유지했기 때문이다.") 이안은 혼수상태에서 깨어났을 때 주변에서 어떤 합리적인 설명을 들어도 연인을 잃은 슬픔에서 벗어날 수 없었다.

"내 평생의 사랑을 [비속어] 잃은 것 같은 기분이었소. 그 기분을

[비속어] 치료사에게 설명하려 했지. [비속어] 꿈이든 아니든 계속 생각했소. 만약 내 잠재의식이 내가 평생을 함께할 남자의 이미지를 보여준 거라면? 절대 그냥 흘려보낼 수 없었소. 아무리 시간이 걸리더라도 이 세계에서 정경수를 만날 수 있을지 확인해야 했소."

이안은 '꿈속 현실'에서 본 몇 가지 특징을 기준으로, 서울에서 영국대사관 통역사로 일하고 있는 정경수를 가장 가능성이 높은 후보자라고 생각했다.([와, 닉. 도플갱어 작전과 정말 똑같네요. 소름 끼칠 정도예요.]) 이안은 좀 더 주의 깊게 조사해 볼 생각으로 서울로 날아갔다. 하지만 정경수의 얼굴을 마주하자마자 생각 따위는 사라져 버렸다.

"참을 수가 없었소. 바로 그였소. 보자마자 알았지. 정경수를 껴안고 눈물을 흘렸소. 그는 내가 [비속어] 놈인 줄 알았을 거요. 당연한 일이오. 내가 누군지도 몰랐을 테니까. 하지만 난 그의 모든 걸 알고 있었소. 아직도 [비속어] 믿기지 않소. 내가 왜 그를 보러 먼 길을 날아왔는지 설명했을 때, 그가 [비속어] 공포에 질려 도망가지 않았다는 게 말이오. 어쩌면 그의 가슴 어딘가에서는 날 알고 있었을지 모르지."

이안은 자신의 [비속어] 경험을 설명할 수 있는 자료를 인터넷에서 찾다가 베렌스타인협회의 늪에 빠져들었다.(['광기의 늪'이겠죠.]) 닉이 유스턴역 사건 이후 그 늪에 잠깐 빠졌던 것과 비슷했다.([분명 나만큼 숙취에 시달리진 않았을 거예요.])

이안의 얘기에서 무엇보다 날 놀라게 한 건 얘기의 핵심이 결국 사랑이었다는 것이다.([닉, 마치 당신과 나처럼요.] [네, 이 망할 양자 결합의 장이 로맨스 장르로 확장 중인 모양이에요. 달리 뭐라 불러야 할까요?] [음. 사랑스러운 메시요.]) 마침내 이안이 서울로 이사해 경수와 새로운 삶을 시작하며 이 사랑 얘기는 행복한 결말로 끝났다. 닉과 난 결코 이룰 수 없는 행복한 결말. 그런 말을 꺼내기에는 너무 겁이 나서 차마 할 수 없었다.

[그러니까 당신 세계의 이안 오설리반이 혼수상태였던 2015년을 조사해 내 쪽에서도 둘이 진짜 사랑에 빠졌는지 검증하고 싶은 거죠? 그래서 이안 오설리반과 정경수에 대해 조사해 달라는 거죠?]

[엄밀히 말해 조사를 원하는 사람은 제프리지만, 네. 맞아요.]

[최선을 다해볼게요. 물론 가능성은 희박해 보이지만. 추정컨대 이 세상에 수많은 우주가 있으니까 그걸 다중우주라고 부르는 거 아닐까요?]

'제프리'가 쫓고 있는 정보를 파내기 위해서는 내 사설탐정 능력을 한껏 펼쳐야 한다고 생각했다.

하지만 틀렸다.

※

보낸 사람: Bee1984@gmail.com
받는 사람: NB26@zone.com

농담이 아니에요, 닉. 페이스북에서 이안 오설리반과 일치하는 사람을 찾는데 이 분도 안 걸렸다니까요. 런던에 사는 아일랜드 사람일뿐더러, 현재 정경수와 결혼한 상태예요! 이거 진짜 제프리의 조사와 일치하지 않아요? 그냥 우연일 리가 없어요.

보낸 사람: NB26@zone.com
받는 사람: Bee1984@gmail.com

와, 엄청 빠르네요, 비. 소셜미디어에 대한 느슨한 정보 규제도 나름 장점이 있어 보여요.

보낸 사람: Bee1984@gmail.com
받는 사람: NB26@zone.com

뭐, 그렇죠. 유일한 장점이죠. ^^; 잠깐만 기다려요. 이안 오설리반과 정경수가 언제 만났는지 확인하려고 사진과 동영상을 훑는 중이에요. 아, 다행히 사생활 보호 설정을 느슨하게 해놨네요.

보낸 사람: Bee1984@gmail.com
받는 사람: NB26@zone.com

찾았어요. 확실히 둘은 2015년에 만났고 일 년 후에 결혼했어요. 결혼 서약을 찍은 영상이 있는데 재밌고 달콤하고 감동적이네요. 솔직히 말하자면 눈물이 살짝 날 뻔했어요. 이것 좀 봐요. 이안이 올린 글 중 하나예요. 어머니가 진짜 신앙심 깊은 기독교인이어서 '자신의 정체성을 숨긴 채' 수년을 지냈대요. 그런데 2015년 초에 '어떤 일이 그에게 벌어졌고' 이제 어머니께 할 도리는 충분히 했으니 앞으로는 자신에게 충만하고 행복한 삶을 살겠다고 적어놨어요. 이안은 어떤 '느낌' 때문에 가족(처음에는 매우 놀랐으나 곧 받아들였대요.)에게 커밍아웃할 용기를 가졌대요. 그 후 런던으로 이사했고 사랑스러운(그리고 완전히 섹시한) 미래의 남편을 만났대요.

확실히 두 얘기가 서로 맞아떨어져요. 게다가 우리 얘기와도 비슷하잖아요. 너무 똑같아서 그냥 넘길 수 없을 지경이에요.

보낸 사람: NB26@zone.com
받는 사람: Bee1984@gmail.com

네. 나도 그래요.

보낸 사람: Bee1984@gmail.com
받는 사람: NB26@zone.com

제프리가 당신에게 이걸 조사해 달라고 한 이유를 알겠어요. 양쪽 세계의 이안 오설리반, 둘 다 메시의 결함이 그들을 도왔어요. 마치 당신이 제니에 대해 말해주며 제프리를 돕는 것처럼요.

보낸 사람: NB26@zone.com
받는 사람: Bee1984@gmail.com
　그런 셈이죠. 잘한다, 닉. 메시의 결함 만들기 장인이구나.

보낸 사람: Bee1984@gmail.com
받는 사람: NB26@zone.com
　이걸로 충분할까요? 이안 오설리반이랑 직접 만날 기회를 만들어볼 수도 있어요.

보낸 사람: NB26@zone.com
받는 사람: Bee1984@gmail.com
　충분해요, 비. 고마워요. 제프리에게 조사 결과를 전할게요.

보낸 사람: Bee1984@gmail.com
받는 사람: NB26@zone.com
　닉, 당신 괜찮아요? 좀…… 평소 당신 같지 않아요. 베네딕트 자식 문제 때문에 스트레스받고 있죠?

보낸 사람: NB26@zone.com
받는 사람: Bee1984@gmail.com
　네. 정말 너무 걱정돼요.

보낸 사람: Bee1984@gmail.com
받는 사람: NB26@zone.com

방법을 찾을 수 있을 거예요. 항상 방법은 있어요. 우리가 아직 생각해 내지 못했을 뿐이죠.

닉

　비가 한 말은 당연히 틀리기도 했고 맞기도 했다. 해결 방법이 하나 있기 때문이다. 다만 제정신이 박힌 사람이라면 고려하지 않을 방법이 기는 했다.

　웃고 있는 마스코트 얼굴이 크게 붙어 있는 재활용 쓰레기통과 만족스러운 표정으로 탄수화물 덩어리를 흡입하듯 먹고 있는 사람들의 사진이 붙어 있는 감자튀김 매장에서 가상의 살인(혹은 자살) 계획을 짜는 일보다 이상한 일은 없을 것이다. 하지만 이곳을 약속 장소로 잡은 사람은 나였다. 아무튼 '우리만의 아지트'였다.

　제프리와 켈빈이 함께 도착했다. 제프리는 특유의 공격적인 태도로 걸어왔고, 켈빈은 평소대로 현실 세계에 반만 발을 걸친 멍한 모습이었다.

　난 곧장 본론으로 들어갔다. 아, 둘이 음료를 주문한 직후였다.

　"하겠습니다. 그 실험이요. 진행하고 싶습니다."

　제프리가 등을 의자에 털썩 기대더니 소리 질렀다.

　"제기랄!"

　제프리에 익숙해진 매장 점원이 다시 한번 걱정스러운 눈빛을 보냈다. 켈빈의 반응은 훨씬 차분했다. 마치 약한 전기충격을 받은 것처럼

523

움찔했다. 켈빈으로서는 아마 테이블 위에서 춤추는 것과 비슷한 수준의 반응일 것이다.

"어떻게 마음을 먹었소? 사례 조사를 했소?"

켈빈이 테이블 위로 몸을 숙였다.

"저쪽 세계에 확인해 본 겁니까? 조사 결과를 너무 확인해 보고 싶군요."

비가 이안 오설리반을 조사한 내용이 적힌 아이메일을 보여줬다. 켈빈이 질문을 더 퍼붓기 전에 이어서 말했다.

"당신들 제안대로 할 경우, 꼭 지켜줘야 할 부분이 있습니다. 고의적인 약물 과다복용이든 뭐든, 내가 자의적으로 목숨을 끊었다는 어떤 단서나 흔적도 남아서는 안 됩니다."

켈빈은 케타민이 내 의식을 앗아간 후 '충분한 시간이 흐른 뒤에도' 검시에서 흔적이 나오지 않는다는 확신을 하지 못했다. 이건 해결하기 어려운 난제에 가까웠다. 시체를 완전히 사라지게 하는 것도 선택지가 될 수 없었다. 내가 흔적도 없이 사라진다면 폴과 딜런, 어쩌면 에리카까지 걱정할 것이다. 장황하고 기묘하고 피도 눈물도 없는 논의가 계속된 후, 마침내 가능한 방법을 찾아낸 사람은 제프리였다. 제프리는 자신의 자동차를 희생하기로 했다.("뭐, 원래 모든 물건에는 최후의 순간이 있기 마련이니.") 자동차 충돌 사고 후 불이 나 운전석에 앉아 있던 내 시체가 흔적도 알아보기 힘들 정도로 타버리는 거였다.

"당신한테 빌려줬다고 하겠소. 리즈로 돌아가 가족을 방문하고 싶어 했다고."

그렇게 간단한 일은 아니었다.

"언제 진행하길 바랍니까, 니콜라스 씨?"

켈빈이 물었다.

"준비를 마치려면 적어도 일주일은 필요합니다."

먼저 마무리할 일이 몇 가지 있었다. 소설을 완성해야 했고, 그들과 의논하지 않은 (가상의) 몇 가지 문제를 해결해야 했다.

"2월 14일 어떻습니까?"

밸런타인데이의 대학살. 안 될 게 뭐 있겠는가?

켈빈이 자리에서 일어섰다.

"그럼 또 연락드리겠습니다."

난 제프리에게 할 말이 있으니 남아달라고 했다. 사실 그럴 필요도 없었다. 제프리는 아예 갈 기색도 없었다.

"이 일을 결심한 진짜 이유가 뭐요?"

"비를 사랑합니다. 비가 없는 삶은 살고 싶지 않아요. 그게 죽음을 의미하는 거라면 죽을 준비가 돼 있습니다."

제프리가 콧방귀를 꼈다. '그래, 맞아'라는 동의나 아니면 다른 의미일 수도 있는 제프리다운 행동이었다.

"부탁 하나 들어줄 수 있습니까? 레베카의 남편이 전쟁을 선포했습니다. 그가 무슨 일을 꾸미고 있는지 알아낸다면 레베카의 변호에 큰 도움이 될 것 같습니다. 그 남자를 좀 미행해 줄 수 있습니까? 당신의 탁월한 미행 능력이면 그 남자가 뭔가 특이한 일과를 보내는지, 아니면 불법적인 일에 연루돼 있는지 알아봐 줄 수 있지 않을까요? 물론 수고비는 지불하겠습니다."

제프리는 속을 알 수 없는 눈빛으로 날 바라봤다. 그 후 늘 그렇듯 스테비아 각설탕을 쌓는 장난을 쳤다.

"닉, 당신은 그런 일을 저지를 사람이 아니오."

"무슨 말입니까?"

"무슨 말인지 알잖소? 지금, 그 남자를 죽이려는 거 아니오? 그래서 마음을 바꿨겠지. 간단히 말해, 그 남자를 죽이고 자신도 죽인다."

제기랄. 걸렸다. 제프리를 얕보지 말았어야 했다.

"무슨 말인지 모르겠군요."

"그만하시오. 레베카란 여자와 아이가 안전하지 않았다면 실험에 참여하겠다고 안 했겠지. 너무 열받지 마시오. 내가 경찰에 신고할 것도 아니고. 그런 남자? 당해도 싸지. 그래서, 계획이 뭐요?"

(이 단계에서는 아직 가상인) 살인 계획을 세우면서 입장이 역전됐다. 내가 불리한 상황이었다. 몇 달 동안 대량 학살범에 빙의해 피해자를 죽일 여러 복잡한 방법들을 짜냈는데, 막상 실제로 살해를 계획하려니 딱히 열의가 생기지 않았다. 주인공과 달리 난 소시오패스가 아니었다. 페트루스의 엄청난 기술을 갖고 있지도 않았다.(조사 차원에서 한번 페트루스에게 목조르기 기술을 보여달라고 한 적이 있었다. 큰 실수였다.)

"아직 확실치는 않아요. 매복해 있다가 급습한 후 자살처럼 보이게 만들면 어떨까요?"

콧방귀와 비웃음이 돌아왔다. 제프리의 전형적인 비꼬기 세트였다.

"그 일을 하려면 한 명으로는 부족할 거요."

"어떻게 알죠? 당신이 배웠다는 미행 감시 수업에서 다른 분야도 가르쳐줬나 보죠?"

"상식이오. 그리고 누군가를 학대하는 위험한 개자식이든 아니든, 난 사람을 죽이지 않소."

"당신에게 죽여달라는 게 아닙니다."

"난 진심이오. 당신에게 빚진 게 있소. 어느 정도까지는 당신을 도울 거요. 가능한 한 간단한 방식이 제일 좋겠소."

"좋아요. 그럼 강도를 당한 것처럼 꾸미면 어떨까요?"

"그건 가능할지도 모르지. 어디서 말이오?"

"그 남자의 집에서? 집 구조를 잘 알거든요. 집이 좀 외딴곳에 있습니다. 주차장 진입로에서 기다리다가 퇴근길에 급습하는 거죠."

이 모든 말이 어떻게 보일지(아니면 들릴지) 알고 있다. 하지만 솔직히 그때는 그냥 상황을 좀 보려는 것뿐이었다. 진짜가 아니었다. 제프리와 난 단지 『사보타주』 줄거리 구성을 짜기 위해 서로 의견을 주고받는 것처럼 현실 사건에서는 한 발짝 떨어져 있었다.

제프리가 어깨를 으쓱했다.

"가능성 있군. 살해 도구는 생각해 봤소?"

물론 생각해 봤다. 칼은 너무 잔인했다. 상상만 해도 몸서리가 쳐졌다. 글로 쓰기만 해도 기분이 나빠졌다.(주인공이 밀렵꾼을 찌르는 순간의 광기를 묘사할 때는 심지어 내 형편없는 비유를 모르는 척하기도 했다.) 몽둥이로 패 죽이는 것 역시 똑같이 소름 끼쳐서 탈락시켰다. 제일 선호하는 방법은 독약이었다.(주인공은 고대의 제초제를 차에 타서 오소리 밀렵꾼을 죽였다.) 하지만 독약을 손에 넣는다 해도 어떻게 그 자식에게 먹이지? 말도 안 되는 이런저런 구실로 베네딕트가 날 초대하게 만든 후, 몰래 그 작디작은 에스프레소 잔에 독을 섞는다?

확실한 방법은 딱 하나였다.

"총이요."

제프리는 콧방귀를 뀌고 비웃더니 다시 콧방귀를 뀌었다.

"총 하나쯤은 갖고 있단 말이지? 그렇소?"

아니요. 하지만 총이 있는 사람을 알고 있었다.

트위드 양복쟁이의 저택에 초대받기는 너무 쉬웠다. 원고 완성을 며칠 앞둔 상황에서 소설의 '신빙성'을 위해 총을 한번 쏴보고 싶다고 했다. 내 소중한 공동 창작자가 허락해 줄까?

"물론이오! 총을 쏴본 지 오래됐지만, 적어도 까마귀 떼는 놀래줄 수 있지. 왜 안 되겠소?"

예전에 딱 한 번 트위드 양복쟁이의 저택을 방문했을 때는 대중교통을 이용했었다. 기차에서 전기버스로 갈아타고 저택으로 갔다. 텁텁

하고 불쾌한 냄새를 풍기던 전기버스는 잡초가 우거진 시골길을 따라 수십 킬로미터를 털털대며 달려갔다. 하지만 이번에는 자동차를 빌리기로 했다. 총을 슬쩍하는 데 성공하더라도 기차 짐칸에 총을 보관한다거나 들키지 않고 하숙집까지 운반할 방법이 없기 때문이었다.

일단 녹슨 운전 실력을 되살리자 사고를 걱정하느라 운전에만 집중할 필요가 없었다. 나머지 시간은 향후 계획을 점검하는 데 썼다. 가상의 계획 말이다.

제프리의 말에 따르면 다행히도 베네딕트는 규칙적인 개자식이었다. "매일 7시 정각에 집에 오더군. 여자를 데려온 적이 한 번 있긴 했지만 보통은 혼자요."

우리가 거사를 치르기로 한 날도 혼자이기를 바랐다.(이런 이유로 보자면 밸런타인데이는 그다지 현명한 선택이 아니었던 것 같다.)

제프리가 하숙집 앞에서 날 태울 것이다. 월더빌까지 데려다준 후, 내가 일을 해치우는 동안 동네 외곽에서 대기한다. 난 들키지 않고 베네딕트의 집에 잠입한다. 그 자식이 퇴근할 때까지 마당의 풍성한 나무 그늘 속에 숨어 있는다. 그리고 베네딕트를 향해 총을 쏜다. 탕.

이웃들이 총소리를 알아채기 전에 재빨리 제프리의 미니 차량으로 돌아온다.

제프리는 날 맨체스터까지 데려다줄 것이다. 켈빈이 우리의 실험 목적 달성을 위해 대여한 차고로 간다.("켈빈은 어머니와 살고 있소. 그러니 거기서 일을 진행할 수는 없소.") 켈빈은 나를 혼수상태로 만들 것이다. 그러면 이쪽 세계에서 난 정신을 잃는다. 그리고(바라건대) 저쪽 세계에서 눈을 번쩍 뜰 것이다.

혼수상태에 빠져 죽음에 이르는 며칠의 시간이 지난 후, 제프리가 내 시체를 미니 차에 싣고 자동차 충돌 사고를 일으킨다.(외곽에 적당한 장소를 찾아냈다고 했다.) 그러고 나면 짜잔.

그렇다. 멍청하기 짝이 없어 보이는 계획이 이제 확실히 모두 준비됐다.

우리 계획에는 채반보다 더 많은 구멍이 있었다. 잘못될 수 있는 변수가 너무 많았다. 나(와 제프리)는 켈빈에게 도착하기도 전에 체포될 수도 있다. 내가 모든 걸 짊어지고 가지 않는 한, 레베카가 살인 청탁으로 기소될 수도 있다.(내 계획과 레베카가 전혀 무관하다는 걸 증명하기는 쉽지 않을 것이다.) 오히려 베네딕트가 날 제압하고 총구를 겨눌 수도 있다. 혹시나 『사보타주』 내용 중 이런 계획을 쓴 적이 있다면 휴지통에 파일을 버려야 할 듯했다. 흔히 사람은 모두 폭력성을 갖고 있다고 한다. 나도 그랬을까? 학창 시절 친구를 괴롭히던 데이비드 멜링을 학교에서 한두 번 팬 적은 있었다. 몇 년 후 술집에서 모르는 남자가 갑자기 날 향해 날리던 주먹을 막은 적도 있었다. 그게 다였다.

내 안에 그럴 능력이나 자질이 있을까? 제프리가 말했듯 없어 보였다. 상황이 닥쳐야 알게 될 것이다. 진짜 계획대로 일이 일어나기만 한다면.

하지만 만약 내 의식이 니콜라스와 합쳐지더라도 제프리와 켈빈의 가설이 틀렸다면? 혼수상태에 있던 이안 오설리반(물론 감동적이긴 했지만)의 얘기가 단지 우연이었거나 완전히 헛소리에 불과했다면? 양분된 니콜라스와 내가 서로를 미치게 만들며 끝난다면?

비 문제도 있었다. 비에게는 도대체 뭐라고 해야 할까? 비는 나에 대해 속속들이 알고 있었다. 물론 지금까지는 레베카와 스칼렛 문제로 내가 스트레스를 받아 '평소와 조금 다르다'고 받아들이고 있다. 비에게 거짓말로 이안 오설리반을 조사해 달라고 한 것도 썩 내키지 않았다. 그렇다고 지금 이 가상의 단계에서 계획을 밝힐 수는 없었다. 비가 분명 엄청나게 걱정할 것이다. 사실 나조차 이 멍청한 계획을 생각하면 자신이 걱정될 정도니까.

아무튼 아직 실감이 나지 않았다. 사실 아무것도 실행할 의무는 없었다. 계획 중 어느 것도 진짜 저지르지 않아도 되긴 했다. 트위드 양복쟁이의 저택을 향해 엄청나게 긴 거리를 차로 덜컹덜컹 달려가며 나 자신에게만이라도 그렇게 말했다.

자신을 트위드 양복쟁이의 딸, 마지라고 소개한 덩치 큰 여성이 날 입구에서 맞이했다. 마지는 책에(물론 내 책에서는 아니지만) 흔히 등장하는 전형적인 시골 사람의 모든 요소를 갖추고 있었다. 혈색 좋은 불그스름한 얼굴에, 실없는 농담이라고는 전혀 하지 않을 것 같은 진지한 말투를 썼다. 마지 주변에는 래브라도 사냥개 여러 마리가 포진해 있었다.

"아빠는 별채에서 닉 씨를 기다리고 계세요. 당신을 만난다고 무척 흥분하셨어요."

마지는 현관문을 힘주어 열기 전에 잠깐 멈칫했다.

"외투를 안 벗는 게 나을 거예요."

마지의 말이 맞았다. 난 외투를 계속 입고 있었다. 별채가 습기를 머금고 있어 오히려 바깥의 겨울 공기보다 안이 더 춥게 느껴졌다.

"양해 바라요, 닉 씨. 지붕에 몇 가지 문제가 있어서요."

외관상으로는 벽과 바닥에도 문제가 있어 보였다. 우리는 어두운 복도를 천천히 걸어갔다. 복도 곳곳에 누수로 떨어지는 물방울을 받기 위한 양동이가 놓여 있었고, 마룻바닥은 뒤틀린 상태였으며, 벽은 피부가 벗겨진 것처럼 벽지가 떨어져 나가 있었다. 지난번에 방문했을 때도 이런 상태였나? 어쩌면 내가 알아차리지 못했는지도 모른다. 그때는 여름이었고, 유서 깊은 저택에 감동하고 트위드 양복쟁이가 준 위스키에 취해 몰랐을 수도 있다. 아니면 토지세가 급격히 인상돼 이 가족을 힘들게 하는 것일 수도 있다.

낡고 지저분한 의자가 놓여 있고, 벽면이 책으로 꽉 찬 방은 아늑하고 따뜻했다. 다행히 불법으로 보이는 나무 화로가 외풍을 최대한 막

아주고 있었다. 트위드 양복쟁이가 지팡이를 짚고 의자에서 몸을 일으켰다. 지난번에 만났을 때보다 노쇠해 보이긴 했지만 여전히 활기차고 강한 기운을 풍겼다.

그는 굽은 손가락으로 악수를 청했다.

"다시 보니 반갑소."

마지가 방을 나가며 말했다.

"너무 무리하지 마세요, 아빠."

이번에는 한잔하자는 말이 없었다. 임무에 성공하든 못 하든 차를 운전해서 돌아가야 했기 때문에 잘된 일이었다. 대신, 트위드 양복쟁이는 커피 테이블에서 차를 한잔 마시자고 했다. 주전자의 차는 꽤 오래 끓인 듯했다. 갑자기 진한 차 맛을 좋아하던 릴리 부인이 떠올라 가슴이 아파왔다. 우리는 서로 안부 인사를 나눴다. 트위드 양복쟁이는 내가 부탁한 자료를 조사하는 일이 매우 즐거웠다고 말했다.(사실 내가 인터넷에서 검색하면 오 분도 채 걸리지 않을 일들이었다.)

"자, 그럼 출발해 보겠소?"

트위드 양복쟁이가 말했다.

그를 따라 미로 같은 복도를 통과했다. 그림은 오래전에 사라지고(아마도 판 것 같았다.) 액자 자국만 남은 빛바랜 벽을 지나 마침내 다용도실 입구에 도착했다. 다용도실은 에리카 하숙집 1층 크기만 했다. 돌로 된 바닥에는 거미줄로 뒤얽힌 장화가 여러 켤레 있었고, 벽에는 마구와 개 목줄이 걸려 있었으며, 한 십 년은 안 닦은 것 같은 거대한 냉장고가 탈탈탈 소리를 내며 존재감을 드러냈다. 정신없는 물건들 사이, 구석진 장소에 바로 총기 금고가 보였다. 몰래 비밀번호를 기억하려고 여러 가지 방법을 생각했지만 그럴 필요도 없었다. 트위드 양복쟁이만큼이나 나이가 많아 보이는 금고는 잠겨 있지 않았다. 금고에는 엽총 십여 자루가 불규칙하게 쌓여 있었다.(하나쯤 잃어버려도 모를 거야. 그렇지?) 트위드 양복쟁이는 총 두 개를 꺼내더니 찬찬히 살펴본 후 하나를 건넸다. 총을 직접 쥐어보는 건 처음이었다. 총의 표면은 뭔가 끈적끈적했고, 동시에 (맙소사) 느낌이…… 좋았다.

"최근에 다 청소했소, 젊은 양반. 걱정 마시오. 잘못 쏴서 눈이라도 잃으면 안 되지 않겠소. 하하하."

"그래도 이걸로 누군가를 죽일 수도 있는 거죠?"

"그러길 바라오, 친구. 첫 소설에서는 확실히 죽였지. 물론 요새는 이런 총이 금지돼 있소. 국가가 잔소리쟁이 유모 같다니까. 융통성이 하나도 없소."

"확실히 하기 위해 묻는 건데요. 누군가를 죽이려면 그냥 한 발만 쏘면 되는 거죠?"

베네딕트가 매끈하게 빠진 자동차 밖으로 나오는 상상을 했다. 난 주차장 진입로에서 총을 들고 서 있다. 상상만 하던 계획을 현실에서 실행할 참이었지만 망칠 것만 같았다.

"글쎄올시다. 끔찍한 사격 실력을 가졌다면 치명적 상처를 입히지 못하겠지."

내 실력이 그 정도로 끔찍하지 않기만을 바라보자.

트위드 양복쟁이는 탄약통 하나를 입고 있던 트위드 코트 주머니에 넣고, 내게는 지저분한 귀마개 한 쌍을 건넸다. 각자 총을 겨드랑이에 끼고 뒷마당이라 불리는 학살의 장으로 출발했다. 도착까지는 시간이 꽤 걸렸다. 트위드 양복쟁이는 오른쪽 다리에만 의지해 걸어야 했기 때문에 절뚝거리는 걸음걸이가 마치 술 취한 선원 같았다. 불쌍한 늙은 친구는 메일에 쓴 것처럼 건강을 회복하지 못한 상태였다. '우리의 지정 장소'라고 부른 곳에 도착할 때쯤에는 무척 숨을 헐떡이고 있었다.

트위드 양복쟁이는 총신에 탄약을 넣는 방법을 시범으로 보여줬다.("하지만 당연히 자네도 알겠지. 책에 이 장면을 상세하게 묘사해 놓았던

데.") 그 장면은 인터넷 검색의 결과물이었다. 실전은 완전히 다른 문제였다.

"뭘 목표물로 해야 하죠?"

벌거벗고 슬픔에 찬 나무가 줄줄이 우리 앞에 서 있었다. 약속했던 까마귀 떼는 파티에 나타나지 않았다. 트위드 양복쟁이는 "총을 쏴야 하니 중앙에 있는 느릅나무"를 겨냥하자고 제안했다. 이미 사형을 선고받은 나무를 쏘는 일이 잔인하게 느껴졌지만 나무 하나 죽일 배짱도 없다면 어떻게 사람을 쏴 죽일 수 있겠는가?

총을 조준한 후 반동에 단단히 대비하고서 방아쇠를 당겼다. 일 초후 탕! 하는 소리가 났다. 충격은 내가 생각했던 것만큼 세지 않았다. 과정은 힘들었지만 첫 시도에 불쌍한 늙은 나무를 맞히는 데 성공했다. 난 나뭇가지 하나를 해치웠다.

"잘했소. 이제 몸통을 겨냥해 보시오."

탕! 살짝 빗나갔다.

"아깝구먼."

트위드 양복쟁이는 탄약통을 내게 건넸다. 그가 총을 쏘는 동안(그역시 못 맞혔다.) 탄약 몇 개를 내 주머니에 집어넣었다. 재장전. 조준. 탕. 맞혔다. 산산이 조각난 나뭇조각들이 공중에서 흩어졌다.

"타고났소! 이게 바로 자네가 소설을 완성하는 데 필요했던 거요?"

"확실히 그런 것 같습니다."

아드레날린이 치솟으며 공기 중의 쌀쌀한 기운도 거의 느껴지지 않았다. 이건 단지 조사일 뿐이야. 그냥 조사 차원일 뿐이라고.

"점심 드세요!"

마지가 외치는 소리가 들렸다.

우리는 다시 술 취한 선원의 걸음걸이로 얼어붙은 돌바닥으로 돌아와 별채에서 무릎 위에 쟁반을 받쳐놓고 점심을 먹었다. 한 입 삼킬 때마다 래브라도 패거리가 우리 입을 뚫어져라 쳐다봤다. 트위드 양복쟁이는 한 입 먹을 때마다 입술을 떨었다. 우리의 짧은 여행이 분명 그를 지치게 한 듯했다. 트위드 양복쟁이는 공동 창작자라 부를 만하진 않았지만, 난 그의 도움이 얼마나 값졌는지 계속 말해줬다.

"아주 상냥하군. 아주 상냥해. 사실 모두 자네가 쓴 거지. 작가 친구, 부탁 하나 들어줄 수 있소?"

"당연하죠."

"나 대신 총을 제자리에 가져다 놓을 수 있겠소?"

트위드 양복쟁이는 자신의 왼 다리를 문질렀다.

"이쪽 친구가 말썽이구만."

정말 일이 이렇게 쉽게 풀린다고?

꼭 그렇다고 할 수는 없었다. 마지를 고려해야 했다.

"제가 정리하고 돌아갈게요, 아빠."

"여기서 안 사시나요?"

"네. 부지 반대편 집에 살아요. 아빠는 여기서 혼자 지내시죠."

트위드 양복쟁이는 이미 불 앞에서 꾸벅꾸벅 졸고 있었다. 정말 이렇게 일이 쉽게 돌아갈 줄이야. 바보 같은 계획에서 잠재적 방해물이 이리 쉽게 제거되다니. 안도감과 동시에 실망감도 들었다.

마지를 도와 접시를 부엌으로 날랐다. 휑하고 어두운 부엌은 노쇠한 저택의 표상이었다. 군데군데 벗겨진 리놀륨 바닥, 마지가 설거지하고 내가 물기를 닦는 동안 끽끽 뒤틀린 소리를 내던 수도 배관, 이미 오래전 습기와의 싸움을 포기한 축축한 가스레인지 등이 있었다.

마지는 싱크대 물기를 대충 닦아내더니 돌아서서 날 봤다.

"닉 씨, 꼭 드릴 말씀이 있어요."

불안감이 편집증처럼 몰려왔다. 마지가 내 머릿속을 환히 들여다보고 내가 여기 온 진짜 이유를 알아냈다고 확신했다.

"당신이 해준 일 덕분에 아빠는 인생을 새로 살아갈 동기를 얻었어요. 정말 대단한 일을 해주셨어요. 엄마가 돌아가신 후 무척 힘들어하셨거든요. 내색하지는 않으셨지만. 게다가 최근에는 넘어지시기까지……. 소설 일은 두 분 모두에게 돈도 되고 생산적인 일이 될 거예요. 인내심을 가지고 아빠를 대해줘서 정말 고맙습니다."

마지는 팔로 날 꽉 안아주고는 래브라도 패거리와 퇴장했다.

잘됐네. 전혀 죄책감 따위 느낄 필요 없겠군.

어찌 됐든 총은 훔쳤다.

비

인생의 아이러니 중 하나는 베네딕트 관련 소식을 처음으로 전한 사람이 네이트라는 거였다.

[조심해, 레베카. 베네딕트 머서가 심각한 미투 사건에 연루됐어. 곧 뉴스가 터질 거야. 둘이 같이 자지는 않았기를. ^^;]

하루가 지나자 기사가 올라오기 시작했다. 처음에는 상세한 내용까지는 나오지 않았다. 『가디언』 웹사이트에 짧은 기사가 올라왔고, 『데일리 메일』 온라인에 '패션계 거물급 인사, 죽은 아내의 사인 재조사되다'라는 화려한 가십성 기사가 대서특필됐다. 하지만 베네딕트가 엡스타인과 와인스타인을 비롯해 오랫동안 죄를 모면해 온 미투 개자식들의 행렬에 오르게 된 건 분명했다. 캣이 약속을 지켰다.

닉에게 바로 메일을 보냈다. 베네딕트를 여기서 파멸시킬 수 있다면 거기서도 파멸시킬 수 있기를 바랐다.

닉은 그쪽 세계의 레브가 사건 담당 변호사라고 했다. 두 세계 간 법 조항의 차이는 있을 수 있겠지만, 법률 체계는 비슷할 것이다. 여기서 레브에게 '법적 상담'을 해도 괜찮을 것 같았다. 한 명보다는 두 명의 변호사가 나을 것이다. 레일라는 레브에게 모든 일을 솔직히 말하는 게 좋은 방법이 아니라고 분명히 말했다. 하지만 가상의 상황을 설정하면 거리낄 게 없었다. 내게는 "고객에게 들었는데"라는 항상 좋은 핑곗거리가 있었다. 생각해 보니 왜 레일라가 먼저 그런 제안을 안 했는지 이상하기도 했다. 레일라 역시 레베카 대 베네딕트 개자식의 얘기를 전부 들었다. 사실 당시에는 완전히 지구를 구해라 모드에 빠져 있기는 했다.

레일라에게 집에 놀러 가도 되는지 문자를 보냈다. 우리 사이의 다리가 수리되고 있긴 했지만 완전히 안전하게 건널 수 있게 될 때까지는 시간이 좀 걸릴 것이다.

레일라가 답장을 보냈다.

[응. 괜찮아.] 바로 문자가 하나 더 왔다. [레브가 너 올 때 가게에서 우유 하나 사 올 수 있는지 물어보네.]

레일라에 대한 과잉 보상 차원에서 우유뿐 아니라 와인과 홉놉 비스킷, 프링글스와 린트 초콜릿 세 판을 샀다. 앞으로 할 추가적인 나쁜 짓에 대한 보상 차원에서 바나나도 샀다.

레브가 날 맞이했다.

"하나님 맙소사. 와줘서 고마워요, 비."

하지만 그날 저녁 레브의 뇌를 속일 기회 따위는 보이지 않았다. 레브는 아직 출근 복장 그대로였고 스트레스로 눈이 충혈돼 있었다. 안에서 쌍둥이가 악을 쓰며 울고 있었고, 티끌 하나 없던 집 안은 장난감과 더러운 머그잔, 포장 음식 용기로 온통 엉망이었다.

레일라의 모습은 어디에도 보이지 않았다.

"레일라는 어디 있어요?"

"망할 노트북을 들고 침실에 숨어서 안 나와요. 최근 며칠 동안 계속 저래요. 도대체 무슨 일인지 모르겠어요. 혹시 우울증인가 싶어서 의사를 만나보라고 권하는 중이에요. 둘 사이에 무슨 일이 있었던 건 알지만, 혹시 왜 저러는지 말한 적 있어요?"

글쎄요, 레브. 꼭 알고 싶다면, 레일라는 지금 지구를 구하려는 중이에요.

"들은 게 없는데. 내가 뭘 도울까요?"

레브가 시계를 확인하더니 말했다.

"쌍둥이 좀 재워줄 수 있어요? 목욕은 다 했어요. 십 분 안에 업무상 통화를 해야 하거든요."

"알았어요."

쌍둥이를 달래는 일은 저번처럼 쉽지 않았다. 쌍둥이 역시 집 안에 감도는 팽팽한 긴장감을 느꼈을 수도 있고, 레베카와 연결돼 있던 내 모성이 약해졌기 때문일 수도 있다. 아무튼 그럭저럭 쌍둥이를 위층으로 데려가는 데 성공했다. 잠시 혼란스러운 블록 놀이를 한 후 누워서 책을 읽어줬다.(레일라는 지겨워했지만, 난 『그루팔로』동화를 꽤 즐겼다. 멋진 얘기였다.) 그리고 엄마가 내게 그랬듯 쌍둥이가 잠들 때까지 머리카락을 쓰다듬어 줬다. 방을 정리하고 레일라의 침실 문을 똑똑 두드렸다.

레일라는 침대 위에 앉아 있었다. 떡 진 머리카락에 무릎에는 노트북을 올려놓고 몬스터 먼치와 트위글렛 과자 봉지에 둘러싸여 있었다. 심지어 며칠 잠도 못 잔 사람처럼 보였다. 눈 주변은 붉게 충혈됐고 피부색은 누렇게 떠 있었다.

"맙소사, 레일라…… 닉이 보내준 자료 때문에 이러는 거야?"

어리석은 질문이었다. 다른 이유가 있을 턱이 없었다. 그래도 얘기를 시작할 미끼가 필요했다.

레일라가 날 흘끗 보더니 계속 노트북 화면을 보며 타자를 쳤다.

"닉이 보낸 자료 중에 여기 없거나 아직 개발되지 않은 기술은 없었어."

"그래서? 아직 초반이잖아. 닉이 소설을 끝내면 더 많은 자료를 보내줄 거야. 말했잖아."

"이해 못 하는구나, 비. 관련 기술은 우리도 이미 다 갖고 있어. 단지 정책적 의지가 없을 뿐이야."

"우린 괜찮을 거야."

"넌 몰라."

레일라가 곧 울음을 터뜨릴 듯 절망적인 목소리로 말했다. 이런 모습은 처음 봤다. 늘 침착하고 이성적이던 모습에 균열이 갔다. 내가 불러일으킨 균열이었다.

애정 어린 엄격함이 필요한 순간이었다. 보통 레일라가 맡아온 역할로, 상황을 역전시킬 시간이었다.

"내 말 좀 들어봐, 레일라. 쌍둥이는 네가 필요해. 레브도 네가 필요하고. 일주일 만에 세계를 구할 순 없어. 이제 그만 딱 끊고 거기서 빠져나와. 네가 지금 할 수 있는 걸 해야지."

레일라는 몸을 뒤로 기대고 반격하려는 듯 입을 벌렸다가 곧 양손으로 얼굴을 문지르며 말했다.

"오, 하나님 맙소사."

난 레일라 옆으로 다가가 앉았다.

"레브가 널 정말 걱정하고 있어. 나도 그렇고."

"그냥…… 제기랄, 비. 너무 절망적이야."

"방법을 찾아낼 수 있을 거야. 약속해. 이제 가서 좀 씻어. 네 모습 진짜 엉망이야. 냄새도 좀 나고."

레일라가 콧방귀를 끼더니 날 살짝 째려봤다. 안도감이 들었다. 이게 바로 평소 레일라다운 모습이었다.

"알았어, 알았어."

레일라가 침대를 빠져나가 욕실로 향했다. 욕실에 들어가기 전 몸을 돌려 날 정면으로 응시했다.

"정말 우리가 방법을 찾을 수 있을 거라고 믿는 거지?"

"진짜야. 정말이라니까."

난 아직 거짓말쟁이 해충을 박멸하지 못했다.

닉

    소설 최종 원고를 전송하기 위해 보내기 버튼을 눌렀다. 이번에는 울지 않았다. 내가 쓴 최고의 작품이었다. 그냥 알 수 있었다. 내 안에 더 많은 얘기와 영감이 있었지만 출간은 할 수 없을 것이다.(적어도 이 세계에서는.)『사보타주』는 트위드 양복쟁이나 다른 대필 작가가 편집해야 할 수도 있다. 남아 있던 일 중 한 가지는 완수했고, 그날 저녁 벌일 밸런타인데이 대학살 전에 세 가지 일을 더 완수해야 했다. 정확히 앞으로 여섯 시간 삼십사 분이 남았다.

    일이 잘못된다면 난 소설가가 아니라 살인자나 살인 미수자로 알려질 것이다. 그게 내가 남긴 유산이 되겠지. 이제 기분이 어때, 닉? 문득 유서도 남기지 않았다는 생각이 떠올랐다. 멍청이 같으니. 새 문서를 열어 내게 만약 무슨 일이 생긴다면 모든 유산을 딜런에게 남긴다는 내용을 몇 줄 적었다. 누가 이 문서를 보더라도 작성 시간은 확인하지 않기를 바랐다. 사실 작별 여행도 생각했었다. 기차로 브룸에 가 딜런의 새로운 애인을 만난 후 폴과 제즈네 잠깐 들린다. 하지만 만약(그들을 잘 알아서 하는 말인데, 혹시나) 켈빈과 제프리가 실수라도 한다면, 내가 죽기 직전에 평소와 다르게 이상한 행동을 했다는 사실 때문에 내 죽음이 자살일 수도 있다는 의심을 낳게 될 것이다. 딜런이 그런 일을 겪게 둘 수는 없었다. 비의 세계로 가 니콜라스와 성공적으로 의식이 섞인다면 다른 세계에서 한때는 내 아내였다는 사실을 모르는 폴에게 좋은 친구가 돼줄 것이다. 그리고 '내' 신랑 들러리를 폴에게 소개해 줄 것이다. 이렇게 마지막으로 딱 한 번 다른 사람들의 삶에 간섭할 예정이었다. 비와 내가 함께할 운명이라면 폴과 제즈 역시 그럴 가능성이 있었다. 비의 세계에 있는 폴은 마땅히 행복을 누릴 자격이 있었다. 딜런에게 적절한 작별 인사를 못 하는 게 가장 마음 아팠다. 정말로 마음이 아팠다. 마치 딜런을 배신하는 것처럼 느껴졌다. 비의 세계에는 딜런이 없기 때문에 여기에 딜런을 홀로 남겨두고 떠나는 기분이었다. 대신 난 전화 인사로 타협하기로 했다. 가능한 한 평범한 목소리를 내려 애쓰며 옛날 사건은 떠올리지 않으려 했다. 작별 인사가 나오지 않도록 노력했다. 릴리 부인의 추모식에서 얘기를 나눈 덕에 이제 딜런이 진짜 괜찮다는 사실을 안다. 딜런은 앞으로도 쭉 괜찮아야 한다.

이제 가장 어려운 일이 남았다. 계속 미뤄놨던 일이었다. 비에게 아이메일을 보내 지금부터 하려는 일을 고백해야 했다. 내가 여태 간신히 꿰맞춘 계획을 비가 읽는다고 생각하니 속이 진짜 울렁거려 왔다.

메일 창을 연 지 십 분쯤 됐을 때(십 분 동안 쓴 거라곤 "사랑하는 비" 밖에 없었다.) 비가 메일을 보내왔다. 마치 독심술사가 내 마음을 읽은 듯 등골이 오싹했다.

[『사보타주』 원고는 송부했어요?]

[한 번만 더 다듬고 보내려고요.]

[닉, 자신감을 가져요. 잘 해낼 수 있어요!!! 원고 보내고 나면 알려 줘요. 여기서 축하주 한잔할 수 있게요.]

한 잔 갖고는 안 될 거예요, 비⋯⋯.

난 메일을 쓴 후 막바지까지 고치고 또 고쳐 썼다. 그래야 할 것 같왔다. 제프리가 삼십 분 안에 도착할 것이다. 마지막으로 할 일이 하나 더 남았다.

총이 들어 있는 체육관 가방을 복도에 내려놓았다. 던져지기를 기다리는 위험한 아이메일 수류탄을 임시 보관함에 넣은 후, 휴게실 문을 두드렸다. 에리카와 개들이 평소처럼 소파 위에 아늑하게 앉아 있었다. 소시지는 날 보자 반가움에 꼬리를 흔든 반면, 로지는 날 한 번 보더니 마치 '아, 너구나' 하듯 코를 킁킁거리고는 하품을 했다.

"에리카, 갑자기 이런 부탁을 해서 미안한데요. 며칠만 로지 좀 봐줄 수 있을까요?"

사실은 영원히?

"무슨 일 생긴 건 아니죠?"

"아니요. 책을 끝냈다고 친구 녀석 몇 명이 축하 파티를 열어준대요. 장거리 자동차 여행을 갈 계획이에요."

"저번에 집에 왔던 남자분요?"

"그 녀석도 일행 중 하나죠."

"좀 이상해 보이던데요."

사실 '좀'이 아니죠.

"지금 가세요?"

"네. 진짜 로지를 봐주셔도 괜찮아요?"

"물론이죠."

난 로지에게 다가가 뻣뻣한 털을 쓰다듬었다.

"착하지."

갑자기 목이 울컥 메었다. 제프리처럼 내 목울대가 사정없이 꿀렁거렸다. 로지와 난 그동안 많은 일을 함께 겪었다. 무뚝뚝한 성격의 개이긴 해도 내겐 최고의 친구였다. 다시는 로지를 볼 수 없겠지만, 로지가 소시지와 행복하게 지낼 거라는 사실은 잘 알았다.

에리카가 날 주의 깊게 살펴봤다.

"괜찮아요, 닉?"

난 목청을 가다듬었다.

"네. 작품을 끝내면 항상 이래요."

"당신이 해내서 저도 행복해요."

'행복하다.' 다시 들어도 망할 웃긴 말이다. 왜 누구나 항상 행복해야 하지?

"작품 완성을 축하해요. 돌아오면 우리도 한잔해야죠."

"좋습니다. 고마워요. 다녀올게요."

"네, 네."

어깨에 가방을 둘러메고 어둠 속으로 향했다. 생각보다 날씨가 추워 두꺼운 재킷을 가지러 되돌아갈 뻔했다. 그러다 멈칫했다. 도대체 왜? 이제 그런 게 더는 필요 없을 거잖아. 안 그래, 닉?

제프리가 약속한 시각에 딱 맞춰 도착했다. 미니 차량이 갓길에서 털털거렸다. 모두 계획대로 된다면 미니가 진짜 내 미래의 악취 나는 관이 될 수도 있다.

뒷자리에 가방을 놓고 조수석에 앉았다. 너무 깜깜해서 제프리의 표정을 읽을 수 없었다. 하지만 평소보다 긴장한 몸짓이었다. 제프리는 평소에도 항상 긴장한 모습이었기 때문에 지금은 엄청나게 긴장하고 있다는 뜻이었다.

올 게 왔군. 진짜 계획대로 된다면, 다시는 되돌릴 수 없어.

차가 출발했다. 난 비에게 아이메일을 보낸 후 휴대폰 전원을 껐다.

※

보낸 사람: NB26@zone.com

받는 사람: Bee1984@gmail.com

지금까지 중 가장 쓰기 힘든 메일이에요. 당신에게도 가장 읽기 힘든 메일일 거예요. 어쩌면 한동안 날 미워하겠죠. 확실히 그럴 거예요. 진심으로 당신과 이 계획을 미리 공유하고 싶었어요. 하지만 당신이 무슨 말을 할지 알았거든요. 하지 말라고 했겠죠. 말도 안 되는 짓이라고, 미친 짓이라고요. "당신은 그럴 사람이 아니에요, 닉"이라고 했겠죠.

미리 말하지 못했지만 이제는 해야 할 시간이에요. 당신이 이유도 모른 채 오지 않는 메일을 기다리며 평생 거기에 매달려 산다고 생각하면 견딜 수 없거든요.

이안 오설리반을 조사해 달라고 한 이유는 제프리 때문이 아니라 나 때문이었어요. 제프리는 당신과 내가 함께할 방법이 있다고 했어요. 하지만 그렇게 되려면, 내가 더 이상 이쪽 세상에 육체적으로 존재해서는 안 돼요. 자살이나 미친 짓처럼 보이지 않게 설명할 방법이 없네요. 되는 대로 설명하면, 내가 여기서 죽으면 내 의식이 메시를 건너 니콜라스의 의식과 합쳐질 수 있대요. 사례 연구에서 살펴봤듯이 당신도 그럴 가능성이 있다는 걸 알 거예요. 니콜라스가 다치지 않고서도 그런 일이 가능하다는 가설을 당신도 알 거예요.

하지만 이걸 하기 전에 우선 해야만 하는 일이 있어요. 베네딕트 개자식과 관련된 일이에요. 이 모든 일은 우리의 첫 번째 이상 신호로 돌아가요. 『열차 안의 낯선 자들』과 『크로스 라인』 말예요. 모두 계획대로 된다면, 베네딕트는 더 이상 아무도 괴롭히지 못할 거예요.

지금 하려는 일은 레베카와 스칼렛을 위한 일이기도 하지만, 동시에 나와 당신을 위한 일이기도 해요.

비, 사랑해요. 당신 없는 삶은 살고 싶지 않아요. 니콜라스는 뭔가 조각이 하나 빠진 것 같다고 했죠. 내가 바로 그 조각이에요. 어쩌면 니콜라스가 나의 조각일 수도 있고요. 우리에게 기회가 있다면 어떤 기회라도 시도해 봐야 하지 않겠어요?

당신을 찾는 데 시간이 얼마나 걸릴지 모르겠어요. 일주일? 한 달? 하지만 반드시 당신을 찾아낼게요.

그러면 우리가 예전에 약속했던 그대로 12시에 유스턴역 시계 밑에서 만나요. 당신은 빨간 코트를 입고, 난 트위드 양복을 입고 갈게요.

날 기다려줘요. 믿음을 갖고요.

비

닉과 니콜라스는 소설 속 등장인물에 생명을 불어넣을 단어나 문장이 떠오르지 않을 때 얼마나 좌절감을 느끼는지 항상 말했었다. 니콜라스의 『어둠 속의 총성』 초안 원고에는 여기저기 'XXX' 표시가 있었다. 적합한 단어가 바로 떠오르지 않으면 일단 해당 자리에 임시로 해놓는 표시였다.

닉의 이메일을 읽었을 때, '충격'이란 단어로는 당시 내 감정을 다 표현할 수 없었다. '공포'도 아니었다. 유의어 사전에 있는 어떤 단어로도 표현이 안 됐다. 즉 비는 이메일을 읽고 XXX를 느꼈다.

닉의 메일이 도착했을 때는 고객 미팅 중으로, 가봉을 마무리하고 있었다. 올리비아는 복숭아 부인의 신부 들러리였다. 복숭아 부인을 좋아해서 올리비아의 작업 순서를 앞당겨 줬다. 복숭아 부인이 작업 중 까탈을 부리긴 했지만 초창기 닉과 날 엮어준 공이 있었다. 올리비아는 정치적 견해 차이로 레일라와 니콜라스의 머리를 하얗게 만들 수 있는 사람이었지만 나와의 작업에는 까다롭지 않았다.("오, 좋을 대로 해줘, 자기야!") 사실 훌륭한 말동무였다. 마치 제프리의 딸 제니의 우익 버전이랄까. "현재를 살아라! 웃어라! 사랑해라!"라는 표지판이 집에 있을 것만 같은 활력이 넘치고 친절한 사람이었다.

올리비아는 입담이 좋았다. 복숭아 부인의 악몽 같던 전남편에 대한 일도 들려줬다.

"…… 그러더니 글쎄 그놈이 어떻게 자기 컴퓨터에 그런 사진이 들어 있는지 모르겠다는 거야. 하지만 인터넷에서 그런 종류의 사진이 저절로 다운받아지지는 않잖아. 안 그래? 걔는 이제 남자들은 다 손절하겠대. 대신 레즈비언에 도전해 보겠다는데. 뭐, 내가 그랬지. 안 될 게 뭐 있어? 해봐."

옷단을 핀으로 고정한 후 길이가 맞는지 함께 거울을 들여다봤다. 올리비아가 작게 휘파람을 불었다.

"자기 진짜 천재다, 정말."

올리비아의 드레스 뒤쪽 지퍼를 내려줬다. 입고 온 옷으로 갈아입으라고 한 후 휴대폰을 볼 생각이었다. 마침내 소설 완성본을 보냈다는 닉의 메일을 기다리고 있었다. 오랜만의 좋은 소식! 올리비아가 내게 등을 돌린 채 복숭아 부인의 전남편이 사람을 갖고 놀며 여러 페티시즘을 즐긴다는 험담을 하기 시작했다. 그 틈을 타 슬쩍 휴대폰을 들여다봤다. 하지만 내가 기대한 메일이 아니었다. 닉의 메일을 읽는데 갑자기 방이 점점 작아지는 것만 같았다. 올리비아가 떠드는 목소리가 희미해졌다. 휴대폰을 바닥에 떨어뜨린 기억이 어렴풋이 났다.

그 후 정신을 차리고 보니, 내가 침대에 기대앉아 있고 눈앞은 온통 올리비아의 얼굴이 차지하고 있었다. 올리비아는 내 손과 팔을 연신 문질러주고 있었다.

"눈 좀 떠봐, 자기야. 자기 괜찮지? 금세 괜찮아질 거야. 오늘 뭐 먹은 거 있어? 혹시 저혈당인가? 난 항상 식사를 건너뛰면 어지럽더라고."

말해. 뭐든 말해야 했다. 목소리가 웅얼웅얼 나왔다.

"죄송해요. 그냥 좀 안 좋은 소식을 들어서요."

안 좋은 소식이라. 다중우주에 대한 절제된 표현이었다. 아직 속옷 차림인 올리비아가 책임을 짊어졌다.

"알았어. 거기 그대로 있어. 움직이지 말고."

올리비아의 말대로 따랐다. 사실 내가 원한다고 해도 몸을 움직일 수 있을지 알 수 없었다. XXX 기분으로 침대에 가만히 앉아 바닥에 떨어진 휴대폰을 쳐다봤다.

배경음처럼 올리비아가 찬장을 뒤지는 소리와 주전자가 헛헛 소리를 내며 끓는 소리가 들렸다. 헛구역질이 나왔다. 진짜 토할 뻔했다.

편지 내용을 다시 찬찬히 생각해 보기로 했다. 마치 위험한 동물이라도 되는 양 한 줄 한 줄 조심스럽게 접근했다.

첫째: 살인. 닉은 베네딕트를 죽이겠다고 말했다. 『열차 안의 낯선 자들』. 『크로스 라인』. 하지만 닉은 누구를 죽일 만한 사람이 아니었다. 난 닉을 안다. 그가 어떤 사람인지 알고 있다. 닉이 누군가를 죽일 만한 사람이었으면 내가 그에게 이런 감정을 느끼지도 않았을 것이다. 나 역시 베네딕트를 제거하는 데 혈안이 됐었다. 그 개자식이 죽기를 바랐다. 하지만 실행에 옮기는 건 다른 문제였다. 닉의 의도만큼은 이해가 가긴 했다.

그럼…… 다음 문제. 살짝 그 문제를 건드려봤지만 곧 움찔했다. 안돼. 못 하겠어.

올리비아가 따뜻한 찻잔을 들고 서둘러 돌아왔다.

"이것 좀 마셔봐, 자기야. 충격받았을 때는 설탕을 먹어야 해. 과학적인 방법은 아니라지만, 내 생각에 설탕은 모든 상황에 도움이 된다니까."

무감각한 손으로 컵을 잡았다. 한 모금 삼켰다가 바로 움찔했다. 설탕을 반 포대 정도 쏟아부은 것 같았다.

올리비아가 내 옆에 앉았다.

"하고 싶은 말 있으면 해. 물론 말 안 해도 괜찮고. 자기야, 혹시 누가 죽은 거야?"

맞아요. 난 울기 시작했다. 마구 흐느꼈다. 올리비아가 날 꼭 끌어안았다. 올리비아가 내 머리를 쓰다듬는 동안 그녀의 푸근한 어깨에 얼굴을 묻었다. 죽었어. 그가 죽었어. 닉이 죽었다고. 자살. 혹은 타살이든. 닉이 죽었어.

"가까운 사람이었어?"

난 고개를 끄덕였다.

"자기 옆에 있어줄 누구 다른 사람을 불러줄까?"

레일라에게는 연락하지 않을 생각이었다. 원래는 올리비아의 옷 가봉을 마친 후 직접 레일라 집에 가서 레일라가 다시 평소의 평온한 상태로 돌아왔는지 확인할 생각이었다.

흐느낌이 점차 잦아들었다. 올리비아가 휴지를 건넸다. 혼자 있고 싶었다. 혼자 남아 그 위험한 동물의 뱃속을 살펴볼 필요가 있었다.

"정말 고마워요, 올리비아. 이제 괜찮아요. 곧 괜찮아질 거예요."

"나이 많은 친척?"

"네."

"아무튼 자기가 혼자 두 발로 잘 서는 걸 확인하기 전까지는 어디에도 가지 않을 거야."

"금세 좋아질 거예요. 진짜로요."

혼자 있어도 괜찮다는 확신을 주기 위해 세계 최고 수준의 연기력과 전염병급 거짓말 해충이 필요했다. 당연히 난 괜찮지 않기 때문이었다. 하지만. 하지만. XXX한 기분과 공포, 두려움, 미래에 다가올 외로움의 수렁을 약화시키는 건 희망이었다. 아주 약하고 작은 희망뿐이었지만, 그래도 희망은 희망이었다. 만약 진짜 계획대로 된다면? 정말 그렇게 된다면?

닉

    흐지부지한 결말로 따지자면 이게 바로 최고봉일 것이다. 아니면 최악이든가. 지금이 소설의 대단원이라면 북포스트 리뷰 독자들은 화가 나서 기절할지도 모른다. "결말이 너무 실망스러워요!! 도대체 작가는 무슨 생각인 거죠???"

    "남자는 차 안에 앉아 앞으로 하려는 일에 대해 생각 중이었다. 그때 자동차 앞 유리에 맺힌 섬세한 덩굴손 모양의 서리가 눈에 들어왔다. 복잡성 속에서 자연의 존재를 일깨우는 서리의 아름다운 모습은 남자의 마음에 의구심을 불러일으켰다. 그때서야 그는 깨달았다. 자신이 사실은 살고 싶어 한다는 걸."

    헛소리.

    사실 저런 얘기를 쓴 적도 없을 뿐더러 현실은 훨씬 평범했다.

    운전하는 동안 제프리와 서로 말 한마디 하지 않았다. 귓가에 내 심장박동 소리가 쿵쿵 울렸고 왼쪽 무릎이 멋대로 박자를 탔다. 머릿속에서는 계속 '닉, 진심으로 이제 이걸로 된 거야?'라는 속삭임이 들려왔다. 차는 공원을 지나 지금은 드레드노트가만큼 친숙해진 길을 따라 달렸다. 갑자기 너무 빨리 우리의 약속 장소인 윌더빌 외곽이 나타

났다. 운명의 장난이나 뭔가 심오한 다른 이유로 계획을 멈췄다고 할
수 있으면 좋겠다. 아니면 비에게 보낸 아이메일이 기폭제가 됐거나.(항
상 메일이 기폭제가 되긴 했으니까.) 차 문손잡이를 잡았을 때 갑자기 현
실감각이 몰려왔다. 진부한 표현이지만 제정신이 번쩍 들었다. 소설의
주인공처럼 행동하던 나 자신을 멈췄다. 성차별적 발언이지만 '계집애
처럼 굴지 마' 식의 따귀 때리기와 동일한 수준으로 정신적 충격을 받
았다. 그게 끝이었다. 진짜 최악이었다. 내가 일을 여기까지 몰고 왔다
는 사실이 믿기지 않았다.

난 이런 일을 저지를 만한 배짱이 없었다. 막바지에 이르니 내겐 그
냥 이런 일을 할 만한 배짱이 없었다. 살인이든 자살이든.

제프리는 이런 내 모습에 아무 말도 하지 않고 그냥 담배를 건넬 뿐
이었다. 그리고 본인도 한 대 피웠다.

담배가 다 타들어 갈 때까지 둘 다 아무 말도 하지 않았다. 제프리
가 갑자기 "제기랄" 하고 외치더니 담배꽁초를 길가에 튕겨 버렸다. 베
네딕트 개자식이 오늘 밤 받게 될 벌은 집 근처가 살짝 더러워지는 것
밖에 없을 것이다.

"맨체스터로 계속 가겠소, 아니면 집으로 돌아가겠소?"

"하숙집으로요."

"확실하오?"

"네."

다시 한번 침묵 속에서 버그네 하숙집으로 돌아왔다. 집 앞에 주차
한 후, 제프리가 입을 열었다.

"너무 자책하지 마시오. 그래도 내 예상보다는 실행력이 있었소."

"네. 한 거라곤 빌어먹을 드라이브뿐이었지만요."

"당신은 그럴 사람이 아니오. 말했잖소."

"당신 말이 맞았어요. 켈빈한테 미안하다고 전해주겠습니까?"

제프리가 고개를 끄덕였다.

난 차에서 내렸다.

"뭐 잊은 것 없소?"

"네?"

"총 말이오."

"망할."

진짜 총에 대해서는 까맣게 잊고 있었다.

"아, 됐소. 내가 강에 던져버리지."

"진짜 그러실래요?"

"그러겠소."

제프리는 작별 인사도 하지 않고 차를 몰고 사라졌다.

난 기가 죽은 채 숨죽여 집에 들어갔다. 에리카의 방문을 살짝 노크
했다.

"안 가기로 했어요."

멋쩍은 목소리로 중얼거린 후, 에리카가 여행을 떠나지 않은 이유를
묻거나 한잔하자고 청하기 전에 서둘러 내 안식처로 올라갔다. 앞으로
어떻게 할지 생각하기 위해 머리를 맑게 할 필요가 있었다. 제프리와
켈빈은 그날 밤 날 죽이는 데 성공하지 못했지만, 비는 분명 날 죽이려
들 게 확실했다.

※

보낸 사람: NB26@zone.com

받는 사람: Bee1984@gmail.com

  아직 용서 못 했어요?

보낸 사람: Bee1984@gmail.com

받는 사람: NB26@zone.com

네. 절대 용서 못 해요. 너무 무서워서 정신이 나갔었다고요. 당신을 잃은 줄 알았어요. 당신이 직접 내 눈앞에 나타났다면 당신을 껴안았을지, 한 방 날렸을지 모르겠네요.

보낸 사람: NB26@zone.com
받는 사람: Bee1984@gmail.com

분명 한 방 날렸겠죠. 아니면 온 힘을 다해 머리로 들이받고 무릎으로 사타구니를 차든가요. 아, 목조르기도 잊지 말아요.

보낸 사람: Bee1984@gmail.com
받는 사람: NB26@zone.com

베네딕트 개자식을 총으로 죽인다는 계획도 문제였지만, 심지어 그 미친 한 쌍의 실험에 동참하려 한 건요? 진짜 양자 점프를 한 남자처럼 손쉽게 니콜라스의 몸으로 들어갈 수 있다고 믿은 거예요? 진심으로?

보낸 사람: NB26@zone.com
받는 사람: Bee1984@gmail.com

뭘 한 남자요?

보낸 사람: Bee1984@gmail.com
받는 사람: NB26@zone.com

신경 쓰지 말아요.

보낸 사람: NB26@zone.com
받는 사람: Bee1984@gmail.com

실제로 저지르진 않았잖아요. 안 그래요?

그래도 한번 생각해 봐요. 만약 진짜 가설대로 됐다면 니콜라스와 난 말 그대로 협업 작가가 됐을 거예요.

보낸 사람: Bee1984@gmail.com
받는 사람: NB26@zone.com

아니면 영혼의 단짝이 되거나요.

보낸 사람: NB26@zone.com
받는 사람: Bee1984@gmail.com

하! 함께 싸우는 형제죠. 아니면 몸이 하나인 형제라고 해야 할까요. 아니다. 그건 별로네요.

보낸 사람: Bee1984@gmail.com
받는 사람: NB26@zone.com

두 개의 뇌를 가진 남자죠.

보낸 사람: NB26@zone.com
받는 사람: Bee1984@gmail.com

독심술가 혹은 독심 작가. 아니다. 이것도 별로네요.

맞아요. 나도 그 모든 게 말도 안 되는 일이었단 건 알아요. 절대 가설대로 되지 않았을 거라는 걸. 하지만 여전히 레베카와 스칼렛을 실망시킨 기분이에요. 당신도 실망시켰고요.

보낸 사람: Bee1984@gmail.com
받는 사람: NB26@zone.com

닉, 여기서는 사람들이 그 자식의 꼬리를 잡았어요. 레브가 방법을 찾을 거예요. 레일라 2도 있고요. 우리가 힘을 합쳐 방법을 알아내면 돼요.

캣에게 다시 연락해서 언론에는 아직 드러나지 않았지만 우리가 활용할 수 있는 내부 정보가 있는지 알아볼게요. 어쩌면 개자식이 거기서도 똑같이 저질렀을 가능성이 있는 그런 악행을 밝혀줄 정보 말예요. 조금만 기다려요.

비

난 바로 방법을 알아내려 했다. 사실 캣에게 이메일을 쓰고 있었다. 하지만 레일라가 상황을 뒤흔들었고, 모든 게 다시 엉망이 됐다.

❋

보낸 사람: Bee1984@gmail.com

받는 사람: NB26@zone.com

이런 레일라의 모습은 처음 봐요, 닉. 전보다 훨씬 안 좋아졌어요. 레일라는 세상을 변화시킬 유일한 방법이 이 세계도 할 수 있다는 걸 보여주고 증명하는 거래요. 더 나은 세계(예를 들면 당신 세계요.)가 있다는 걸 증명하면 사람들이 뭔가 해야 한다는 결심을 밀어붙일 힘이 될 거래요.

보낸 사람: NB26@zone.com

받는 사람: Bee1984@gmail.com

그래서 레일라는 무슨 계획이 있는 거죠?

보낸 사람: Bee1984@gmail.com

받는 사람: NB26@zone.com

정부 기관에 가길 원해요.

보낸 사람: NB26@zone.com

받는 사람: Bee1984@gmail.com

무슨 기관이요?

보낸 사람: Bee1984@gmail.com

받는 사람: NB26@zone.com

모르죠. 영국정보국이나 뭐 그런 곳이요.

보낸 사람: NB26@zone.com

받는 사람: Bee1984@gmail.com

음모론자라고 낙인찍힐 거예요.

보낸 사람: Bee1984@gmail.com

받는 사람: NB26@zone.com

당신은 레일라를 잘 몰라요, 닉. 뭐, 다른 세계의 레일라 2를 알긴 하지만요. 일단 무슨 일에 마음을 굳히면 절대 물러서지 않아요.

보낸 사람: NB26@zone.com

받는 사람: Bee1984@gmail.com

비, 당신 휴대폰을 레일라에게 넘기지 않는 한 레일라는 아무 일도 할 수 없어요. 유일한 증거는 우리가 나눈 메일뿐이잖아요. 게다가 누가 그걸 믿겠어요?

보낸 사람: Bee1984@gmail.com

받는 사람: NB26@zone.com

당신 말이 맞길 바라요, 닉. 진짜 당신이 맞기를.

닉

　에리카는 죽음의 종을 울리는 역에 잘 맞았다. 죽음의 종이 울렸을 때, 난 책상에 앉아 노트북을 연 채 베네딕트 작전에서 오는 스트레스에서 벗어나려 애쓰는 중이었다. 이번에는 날 위한 글을 쓸 참이었다. 트위드 양복쟁이나 다른 사람을 대신한 글이 아니라 우리 얘기를 쓰려고 했다. 나와 비의 얘기. 제목도 이미 정해놓았다. '미션 임파서블: 망할 사랑 얘기' 이번에는 삶이 예술을 모방한 셈이다. 레베카에게 말한 거짓말의 실제 소설 버전이기도 했다.

　그때 똑똑 소리가 들렸다.

　"닉, 손님이 왔어요. 휴게실에서 기다리고 있어요."

　에리카는 곧 심각한 일이 일어날 걸 예감한 듯 여느 때와 달리 화도 내지 않고 말했다. 처음에는 공포가 몰려왔다. 트위드 양복쟁이가 총이 없어진 사실을 눈치챈 걸까? 아니야. 경찰이 왔다면 분명 에리카가 먼저 말했을 것이다. 아마 제프리와 켈빈일 것이다. 내가 다시 죽음을 선택하도록 설득하기 위해 만반의 준비를 하고 왔겠지.

　생각대로 제프리와 켈빈이 와 있었다. 하지만 그 둘만이 아니었다. 벽난로 앞에 등을 꼿꼿이 편 채 앉아 있는 사람은 헨리에타였다. 오늘은 따뜻한(척) 인사말도 없었다. 음모론에 미친 암살자처럼 엄청나게 심각한 표정이었다.

나도 모르게 입 밖으로 험한 말이 나왔다.

"제기랄."

헨리에타가 차가운 미소를 지어 보였다.

"우아한 인사는 아니네요, 니콜라스 씨. 하지만 당신 반응은 이해합니다."

제프리를 힐끗 보니 명백히 내 눈을 피해 딴 곳을 쳐다보고 있었다. 켈빈 역시 비슷했다.

"우리가 여기 왜 왔는지 알 거라 생각합니다, 니콜라스 씨."

"하지만 실행에 옮기지는 않았죠!"

불쑥 이런 말이 튀어나왔다.

"뭐라고 하셨습니까?"

"그……."

오, 그냥 말해버려.

"우리가 계획했던…… 다른 사람에 대한 간섭이요."

"살인 말이겠죠?"

헨리에타가 무미건조한 목소리로 말했다.

"네. 베네딕트 작전에 대해 알고 있습니다. 켈빈의 제안에 대해서도요. 하지만 염려 마십시오. 제프리와 켈빈은 연루된 일로 징계를 받았고 잘못을 뉘우치고 있으니까요."

"당신이 말한 건가요, 제프리?"

제프리는 발끝만 쳐다보며 고개를 흔들었다. 켈빈 쪽을 바라봤다.

"당신인가요? 내가 자살 의사를 철회해서?"

"아뇨."

제프리와 켈빈은 마치 교감선생에게 엄하게 꾸중 들은 학생들 같아

보였다.

"니콜라스 씨, 당신이 알아야 할 게 있습니다."

헨리에타가 말을 계속했다.

"우리가 처음 만났을 때, 친절하게도 당신의 아이메일 계정을 볼 수 있도록 해준 일 기억하십니까?"

"분명히 기억하죠."

"그때 당신의 아이메일 계정을 복제할 수 있었습니다."

난 순간 아무 말도 나오지 않았다. 충격 그 자체였다.

"하지만 그건 불법행위잖아요!"

짜증이 치솟았다. 이건 불공정한 행위였다.

"당신 말이 맞습니다."

"그럼…… 당신이 내 아이메일을 모조리 읽어왔다는 말인가요? 계속? 내내?"

"그렇습니다."

짜증과 동시에 부끄러움이 밀려왔다. 특히 비와 내가 사이버 섹스 기술을 발전시키려 애썼던 일을 생각하면 더 그랬다.

"당신이 우리와 한 약속을 잘 지키고 있는지 확인할 필요가 있었습니다."

"그래서 협회가 모든 걸 알고 있다는 얘기입니까?"

"네. 사실 다른 회원들은, 특히 아이작은 당신을 응원하고 있었죠."

"당신들이 뭘 했다고요?"

"당신과 레베카 머서 씨 사이의 연애 말입니다. 둘의 관계가 실패하자, 아이작이 무척 슬퍼했습니다."

맙소사. 무슨 드라마 중독자처럼 내 삶을 추적해 왔단 말이야?

"제프리, 당신도 알고 있었나요?"

"몰랐소."

"제프리와 켈빈은 아이메일 추적에 대해 몰랐던 회원입니다. 핵심 간부만 알고 있었죠."

헨리에타가 말했다.

"하지만 켈빈 역시 핵심 간부 아닌가요?"

"맞습니다. 하지만 켈빈 역시 문제를 일으킨 역사가 있었죠. 우리가 당신 얘기를 받아들였을 때부터 이미 켈빈이 평행세계의 난민 실험을 다시 하려는 게 아닌가 의심했습니다."

"'다시'라니 무슨 말이죠?"

엄청난 폭탄 공격에 연달아 당한 기분이었다. 첫 공격에서 겨우 살아남아 잔해를 헤치고 기어 나왔는데 다시 폭탄 공격을 맞은 상황이었다.

"다른 사람에게도 했었나요?"

"자신에게 했죠. 다행히 제때 살릴 수 있었고요."

전에 왜 자신은 시도하지 않는지 물었을 때, 켈빈이 그렇게 말을 아꼈던 이유가 다 있었다. 좋아, 알았어. 방어선을 재정비하자.

"내가 뭘 하려는지 알았다면 왜 그때 바로 막지 않았죠?"

"협회는 당연히 그 문제도 고민했습니다. 사실 우리는 문제가 발생할 때마다 투표로 제재 여부를 결정합니다. 당신은 몇 번이나 제재당할 뻔했죠."

"베네딕트 상황 말이죠?"

"오, 아뇨. 그런 상황이 아닙니다. 당신이 그 남자를 죽이도록 내버려두기로 한 결정은 만장일치로 찬성이었죠."

맙소사.

"니콜라스에게 당신 책에 대한 아이디어를 주는 문제가 가장 큰 논쟁거리였습니다."

"살인보다 더요?"

"네. 베렌스타인협회는 괴물이 아닙니다, 니콜라스 씨. 우리는 장기적으로 봤을 때 베네딕트가 세상에 좋은 영향보다 나쁜 영향을 미칠 우려가 있는 사람이라고 결론지었습니다."

"좋아요. 그럼 지금은 뭣 때문에 왔습니까?"

"물론 협박 때문입니다. 레베카 데이비스 씨의 친구 레일라 코우리가 한 협박이요. 당신이 레베카를 통해 이곳 정보를 보내기 시작했을 때도 염려가 되긴 했습니다. 하지만 외부로 유출만 하는 거라 크게 걱정하지는 않았죠."

"우리는 단지 비의 세계를 도우려는 것뿐입니다. 그 정도의 책임 의식은 가져야 하지 않을까요?"

"아마 그래야겠죠. 하지만 그쪽 세계가 우리 세계에 영향을 미치거나 감염시킬 수 있는 상황에서 양방향으로 문을 개방하는 위험을 감수할 수는 없습니다. 양방향 개방 때, 비의 세계에서 일어나고 있거나 이미 벌어진 파괴 행위와 포퓰리즘을 이곳에 퍼뜨리려고 기회만 호시탐탐 엿보던 사람들에게 당신들이 완벽한 기회를 제공할 수도 있습니다. 말 안 해도 아시리라 생각합니다. 그런 사람들이 지금 우리 세계에서는 힘이 없을 뿐, 존재하지 않는다는 뜻은 아니니까요. 이게 바로 베렌스타인협회가 당신과 비의 메일 교환을 중지시키려는 이유입니다."

"하지만 아무도 이런 얘기를 안 믿어줄 거라고 한 사람은 당신이잖아요."

내 목소리에 절망감이 묻어났다. 무리도 아니었다. 나와 비를 연결한 끈은 어떠한 기술보다 우위에 있다고 믿고 싶지만, 그런 간절한 소망만큼이나 베렌스타인협회 역시 정신 나간 집단이기 때문이었다. 그 누구도, 그 어떤 것도 우리의 메일을 끊을 수 없다고 믿고 싶었다. 하지만 헨리에타에게는 바로 그럴 능력이 있어 보였다. 헨리에타는 몰래 내 휴대폰을 복제했고 계속 염탐해 왔다. 분명히 능력이 있었다. 게다가 제프리 말로는 협회의 명예를 훼손시킨 기자의 경력도 손쉽게 망가뜨렸다고 하지 않았던가.

"우리는 그런 위험을 감수할 준비가 안 돼 있습니다. 협회는 투표를 했습니다. 이게 최종 결론입니다."

난 전 동맹군이자 숨겨진 조력자인 제프리 쪽으로 몸을 돌렸다.

"제프리, 당신도 이런 결론은 원치 않잖아요. 당신 딸은 어떻게 하고요?"

마침내 제프리가 나와 눈을 마주쳤다.

"헨리에타는 막을 수 없소. 막을 수 있다면 좋겠지만."

헨리에타가 제프리에게 무슨 짓을 한 걸까? 그럴 수도 있다.

"정말 면목 없소, 친구."

감정 없는, 거의 로봇 같은 헨리에타에게 메일을 끊어버리면 내 안의 가장 소중한 무언가도 죽는다는 사실을 설득할 수 있는 호소력 있는 언변이 있다면 하고 바라는 순간이었다. 이렇게 가혹하게 굴 필요 없다고, 다른 방법도 고려해 보라고 하고 싶었다. 다시는 비와 '현실 세계'에 관련된 어떠한 정보도 주고받지 않겠다고, 목숨 걸고 맹세할 수 있다고, 결론을 바꿔준다면 말 그대로 무슨 일이든 하겠다고 애걸하고 싶었다. 하지만 못 했다. 그럴 수가 없었다. 너무 심한 충격에 머리가 멍해졌을 뿐이다.

헨리에타가 손을 들었다.

"좋은 소식도 있습니다. 협회는 또 다른 투표도 시행했습니다. 베네딕트 머서가 반드시 합당한 처벌을 받을 걸 약속합니다. 레베카 씨와 스칼렛이 다칠까 봐 걱정할 필요 없습니다. 권력 있는 사람들은 모두 재정이나 사적인 비밀이 있죠. 그들은 어딘가에 비밀을 숨겨두고 영원히 안전하고 깨지지 않을 거라 믿습니다. 하지만 영원히 안전한 장소는 없죠. 베네딕트가 숨겨둔 비밀 중 일부만으로도 분명 10년 형을 받을 겁니다."

잘 기억나지는 않지만 내가 이렇게 중얼거리는 목소리가 들렸다.

"당신은 대체 누구죠, 헨리에타?"

헨리에타는 일어나 치맛자락을 꼿꼿하게 폈다.

"레베카 데이비스 씨에게 작별할 기회는 주겠습니다. 적어도 그런 기회는 줄 예정입니다."

⚘

보낸 사람: Bee1984@gmail.com

받는 사람: NB26@zone.com

오, 맙소사. 안 돼요. 그럴 수는 없어요……. 우리에게 남은 시간이 얼마나 되는 거예요?

보낸 사람: NB26@zone.com

받는 사람: Bee1984@gmail.com

스물네 시간이요.

비

앞으로 살날이 딱 하루 남았다고 한다면 뭘 해야 할까? "매일을 마치 마지막인 것처럼 살아라." 우리 모두 살면서 가져야 할 삶의 철학이다. 닉의 메일이 그렇게 느껴졌다.

닉과 난 자신이 죽어가고 있다는 사실을 아는 사람이 하는 행동, 엄마의 마지막 순간을 지키며 했던 일을 했다. 바로 지난날에 대한 회상이었다. 우리에게 가장 의미 깊고 상징적이었던 일들을 되짚었다. 트위드 양복쟁이, 복숭아 부인, 데이비드 보위, 『크로스 라인』 등. 마지막으로 모든 운명에는 그럴 만한 이유가 있다는 생각에 관해 얘기했다. 닉과 내가 양자 결함을 경험하고 운명적으로 만난 진짜 이유는 아마 레베카와 스칼렛을 구하기 위해서가 아니었을까.([그렇다면 운명이란 녀석은 진짜 이해하기 어렵고 복잡한 빌어먹을 자식이네요, 비.])

이제 우리에게 남은 날은 딱 하루였다.

아이러니하게도 우리 관계의 사형선고는 닉과 내가 지극히 이기적인 이유로 합심해서 상황을 조작했던 일들 때문이 아니라, 지구의 모든 사람을 더 나은 삶으로 인도하고자 한 레일라의 욕구 때문에 내려졌다. 처음 한동안은 레일라를 원망했지만, 이제는 그렇지 않았다.

2016년에 웹사이트 레딧의 이용자들이 우리 세계가 전염병이 대유행하고 온갖 포퓰리즘과 환경오염이 지배하는 미친 평행세계로 이동했다고 믿었던 것처럼 지금의 현실 세계는 망가져 가고 있었다. 이해가 갔다. 충분히 이해할 수 있었다. 더군다나 레일라는 쌍둥이 때문에 미래에 대한 근심과 공포가 더 컸을 것이다. 나 역시 스칼렛을 생각하면 비슷했다.

닉과 울고 웃으며 지난 추억을 되새기는 동안 되도록 시계는 보지 않으려 했다. 하지만 사형수에게는 시간이 더 빨리 가는 법이었다.

닉

이렇게 끝이 났다. 비가 쓴 모든 것.

이제는 내 얘기다. 비에게는 아마 비의 얘기가 있을 것이다. 아마도.

비와 마지막 메일을 나눈 후 삼 주가 지났다. 언젠가는 우리의 마지막 메일을 다시 읽어볼 용기가 날 것이다.

헨리에타는 약속을 지켰다. 베네딕트 개자식은 더 이상 위협이 되지 못했다. 모든 증거를 진짜 찾아냈을 수도 있고, 어쩌면 헨리에타가 일부 조작했을 수도 있다. 아무튼 정의 구현에 가까운 일이었다. 베네딕트는 심각한 세금 위반으로 잡혀 범죄적 과실, 잘못된 사업 관행, 환경 파괴 등으로 조사받기 시작했다. 이제 베네딕트가 지구 반 바퀴를 돌아 곧 전처가 될 여자와 딸을 쫓기는 쉽지 않을 것이다. 어쩌면 비의 말이 맞을지도 모른다. 이 모든 일이 레베카와 스칼렛을 구하기 위해 계획된 운명이라고. 그렇다면 감내하고 살아가겠다.

어쩌면 언젠가 내 얘기를 읽을지도 모를 당신이 알았으면 하는 게 있다.(혹시 알아? 내가 베렌스타인협회를 엿 먹이기 위해 이 문서를 북포스트에 올릴지.) 진부한 말이지만, 결국 잃을지언정 사랑하지 않는 것보다 사랑하는 게 낫다. 그게 진실이기 때문이다. 때로 사랑은 당신이 전혀 예상하지 못한 형태로 온다. 제이슨 프레이처럼 갑자기 뛰어올라 생각지 못한 순간에 회전 발차기로 당신의 심장을 공격한다.(내가 그렇지 뭐. 고통스러운 비유 없이는 얘기를 끝낼 수 없다.) 잠시였지만 비와 난 진정한 사랑을 했다. 그거면 충분했다. 충분해야 했다.

우리의 아이메일 계정은 끊겼지만 우리 사이는 아직 보이지 않는 실로 연결돼 있다. 난 느낄 수 있다. 항상 느낄 거라고 생각한다.

※

보낸 사람: NB26@zone.com

받는 사람: Bee1984@gmail.com

어쩌면, 어떻게든 우리는 다시 만나게 될 거예요. 운명이라면. 그렇죠?

보낸 사람: Bee1984@gmail.com

받는 사람: NB26@zone.com

아마 그럴 거예요.

보낸 사람: NB26@zone.com

받는 사람: Bee1984@gmail.com

내가 다른 계정으로 아무 주소나 적어 메일을 보냈는데 당신이 받게 될 수도 있죠. 백만 가지 다른 방식으로 동일한 일이 일어날 수도 있어요.

보낸 사람: Bee1984@gmail.com

받는 사람: NB26@zone.com

이번에는 내가 마음에 안 드는 고객에게 욕설 메일을 잘못 보내는 사람이 될 수도 있죠.

보낸 사람: NB26@zone.com

받는 사람: Bee1984@gmail.com

다른 평행세계에선 우리가 함께하고 있을 수도 있어요. 행복하게 살고 있겠죠.

보낸 사람: Bee1984@gmail.com

받는 사람: NB26@zone.com

아니면 이번에는 누가 재활용품을 버릴 차례인지를 놓고 서로 싸우고 있을 수도 있죠.

보낸 사람: NB26@zone.com

받는 사람: Bee1984@gmail.com

당신을 알게 돼 정말 행복했어요.

보낸 사람: Bee1984@gmail.com

받는 사람: NB26@zone.com

행복 그 이상이었어요. 내 전부였어요.

보낸 사람: NB26@zone.com

받는 사람: Bee1984@gmail.com

사랑해요.

보낸 사람: Bee1984@gmail.com

받는 사람: NB26@zone.com

사랑해요.

이제 말해요. 안녕이라고 말해요. 더 이상 못 견디겠어요.

Mail Delivery Subsystem 〈mailer-daemon@googlemail.com〉

[NB26@zone.com으로 메일이 전송되지 못했습니다. 수신자의 주소가 잘못됐거나 접속이 차단됐습니다.]

러브 어페어

보낸 사람: Bee1984@gmail.com

받는 사람: NB26@zone.com

제목: 라이프 온 마스?

안녕. 또 저예요. 짜잔!

이번 전염병이 당신 세계가 90년대에 경험했다는 전염병을 이긴 게 확실해요. 이번만큼은 우리가 이겼다!

그래도 당신이 여기 있었다면 이 망할 전염병 따위는 별것 아니었을 거예요. 사실 우리 관계 역시 사실상 봉쇄 상태나 마찬가지였으니까요.

내가 보내는 이메일들이 배에서 던진 병 속 편지처럼 다중우주의 바다로 흘러갔을 거라 생각해요. 당신은 아마 "잘난 척하는 거죠?"라고 말하겠죠. 하지만 이렇게 당신에게 메일을 쓰면 마음에 위안이 돼요. 매번 이번에는 병이 당신에게 닿을 거라는 희망에 중독됐거든요.

자, 여기 또 보냅니다…….

[NB26@zone.com으로 메일이 전송되지 못했습니다. 수신자의 주소가 잘못됐거나 접속이 차단됐습니다.]

제목: 라이프 온 마스?

　오늘은 우리가 나눈 메일들을 다시 읽어봤어요. 당신도 이미 봤겠죠? 웃기도 하고 울기도 하고 조금 민망하기도 했어요. 메일함이 살아 있는 한 계속 다시 볼 수 있겠죠.

　[NB26@zone.com으로 메일이 전송되지 못했습니다. 수신자의 주소가 잘못됐거나 접속이 차단됐습니다.]

제목: 라이프 온 마스?

　저번에 아빠랑 통화했는데 웃긴 농담을 들었어요. 전염병이 퍼지기 전에는 방귀 소리를 숨기려고 기침을 했는데, 이제는 기침 소리를 숨기려고 방귀를 뀐대요.

　마그다와 조나스를 위해 근처 가게에 우유를 사러 나갔다 왔어요. 그런데 마치 대재앙 시대의 용감한 식량 탐사 대원이 된 기분이었어요. 고개를 푹 수그리고 종종걸음으로 걸어가면서 조깅하는 사람이나 자전거 탄 사람들을 전염병처럼 피하며 갔다 왔어요. 뭐, 그 사람들이 진짜 보균자일 수도 있고요. 네. 나도 알아요. 전혀 재미없죠. 닉, 당신이라면 더 재치 있게 말했을 텐데.

　[NB26@zone.com으로 메일이 전송되지 못했습니다. 수신자의 주소가 잘못됐거나 접속이 차단됐습니다.]

제목: 라이프 온 마스?

조나스가 오늘 아침에 죽었어요. 바이러스 때문이 아니라, 잠을 자다 그냥 편안히 갔어요. 정말 XXX…… 같은 보호구를 착용한 구급대원들이 조나스의 시신을 수거해 갔어요. 망할 규정들. 난 위층에 올라가 마그다 곁에 있어줬어요. 마그다가 곧 무너질 듯 보였거든요. 슬픔 때문이 아니라(당연히 슬프기도 했겠지만.) 마치 이제는 쓰러져도 괜찮다는 듯 보였어요. 그리고 그녀는 깊은 잠이 들었어요.

마그다가 일어난 후, 우리는 아파트를 함께 정리했어요. 계속 조나스의 물건이 발견돼서 마그다가 눈물을 흘렸죠. 내가 우리 이메일을 다시 읽었을 때 느낀 감정과 같을 거예요. 나도 울었거든요.

화상으로 조나스의 장례를 치러야 한다는 말에, 마그다가 "하! 어이가 없네" 하더군요. 그때서야 마그다가 괜찮아졌구나 싶었죠.

[NB26@zone.com으로 메일이 전송되지 못했습니다. 수신자의 주소가 잘못됐거나 접속이 차단됐습니다.]

보낸 사람: Bee1984@gmail.com
받는 사람: NB26@zone.com
제목: 라이프 온 마스?

오늘 줌으로 레일라와 화상통화를 했어요. 쌍둥이가 뒤에 있어서 완전히 정신없는 대화였죠. 레일라와 레브는 이미 전염병 트라우마가 생긴 것 같아요. 레일라는 이제야 사과를 멈췄어요. 사과로는 안 되는 것들이 있죠. 내가 니콜라스에게 했던 짓처럼요.

레일라는 이번 전염병이 어쩌면 당신 세계처럼 변하기 위한 촉매제가 될 수도 있다고 생각해요. 나요? 난 그 이상의 것이 필요하다고 생각하지만. 아무튼 희망은 있는 거죠.

보낸 사람: Bee1984@gmail.com

받는 사람: NB26@zone.com

제목: 라이프 온 마스?

중요한 소식이 생겼어요.

오늘 니콜라스에게 메일이 왔어요.

니콜라스가 할 말이 있대요. 이유는 모르겠지만. 레일라는 그에게 당신(다른 남자)이 완전히 사라졌다는 말을 한 적 없다고 맹세했지만, 요새는 레일라가 나보다 거짓말에 더 능한 것 같아요. 그러니 진실을 어찌 알겠어요?

니콜라스는 지금의 전염병이 모두 끝나면 직접 만나 얘기할 게 있대요. 아마 듣고 싶지 않은 내용일 것 같아요. 그래도 들어야겠죠. 논의할 것도 있고요.

예를 들면 우리가 아직 법적으로는 부부라는 사실 같은 거?

보낸 사람: Bee1984@gmail.com

받는 사람: NB26@zone.com

제목: 라이프 온 마스?

나라면 당연히 위아래가 바뀐 인어가 될래요. 오늘 아침에서야 그 질문에 대답하지 않았었다는 사실을 깨달았어요.

보낸 사람: Bee1984@gmail.com

받는 사람: NB26@zone.com

제목: 라이프 온 마스?

당신이 마그다와 날 봤어야 했는데. 우리는 작업 테이블 근처에 앉아서 마치 러시아 과부들처럼 함께 마스크를 바느질했어요. 종종 당신 세계의 조나스가 한 선택에 대해 말해주고 싶은 생각이 들어요. 하지만 진짜 하지는 않을 거예요. 세상에는 듣지 않는 편이 더 나은 얘기도 있으니까요.

더 이상 데이비드 보위의 음악을 못 듣겠어요. 정말 못 참겠던데요? 당신이랑 니콜라스 탓으로 돌릴래요.

[NB26@zone.com으로 메일이 전송되지 못했습니다. 수신자의 주소가 잘못됐거나 접속이 차단됐습니다.]

보낸 사람: Bee1984@gmail.com

받는 사람: NB26@zone.com

제목: 라이프 온 마스?

전 세계가 다시 문을 열었어요. 뭐, 지금 당장은 그래요.

다음 주에 니콜라스와 기차역에서 만나기로 했어요. 유스턴역이 아니라 킹스크로스역에서요. 어떤 얘기가 오갈지 모르겠네요. 당신을 떠올리지 않고 니콜라스를 볼 수 있을지 모르겠어요.

무슨 일이 일어나더라도 니콜라스에게 우리의 진짜 얘기를 하려고요.

니콜라스도 모든 사실을 알 자격이 있으니까요. 적어도 한 번은 진실해야죠. 솔직하게 모든 걸 털어놓을 기회를 잡을 수나 있으면 좋겠어요.

[NB26@zone.com으로 메일이 전송되지 못했습니다. 수신자의 주소가 잘못됐거나 접속이 차단됐습니다.]

베렌스타인협회 회의록

2020년 7월 1일 맨체스터 라이브스톡가

- 서기: 켈빈 오두아
- 의장: 헨리에타 맥
- 참석자: 제프리 글리슨, 데비 고프, 아이작 프렌치, 아딜 싱

헨리에타 맥은 내가(켈빈 오두아) 요청한 긴급회의 주제를 논의하기 위해 평소의 협회 강령 낭독을 생략하자고 제안했다.

나는 제프리 글리슨의 모두 발언을 제안했다. 제프리와 내가 협회와 공유해야 한다고 생각한 중요 정보를 제프리 글리슨이 최초로 알아냈기 때문이다.

아이작 프렌치는 이 제안에 다소 우려를 표했다. 제프리는 바로 아이작에게 "[비속어] 입 다물고 있어, 이 간부 [비속어]야. 네 [비속어] 인생에서 한 번쯤은 그냥 듣기만 하라고" 하고 응수했다.

아이작 프렌치는 제프리의 말에 따랐다.

제프리는 니콜라스 벨처 관련 정보를 발견했으며, 다른 경로로 구한 경찰 보고서를 모든 협회원 앞에서 읽겠다고 말했다. 경찰 보고서는 아래와 같다.

6월 30일, 19시 29분. 오핑턴 신돌 거리에 있는 버그네 하숙집에서 심각한 폭력 행위가 발생했다는 신고가 들어왔다. 쇼나 엘리스 순경(이하 엘리스 순경)과 신디위 렘 순경(이하 렘 순경)이 현장에 출동했다. 건물주 에리카 버그는 괴로워하며 남편 페트루스 휴마르가 하숙인 중한 명인 니콜라스 벨처를 방에서 폭행했다고 말했다. 니콜라스 벨처의 방은 건물 3층에 위치했다. 에리카 버그는 남편 페트루스 휴마르가 현

재 거실에 있으며 건물 안에 다른 무기는 없다고 순경에게 확인해 주었다. 또한 그녀 생각에 페트루스 휴마르는 "모든 분노를 해소하고 지금 눈물을 흘리고 있기" 때문에 순경의 안전을 위협할 행동은 하지 않을 것이라고 말했다. 에리카 버그는 니콜라스 벨처의 현재 상태를 모른다고 했다. 엘리스 순경이 니콜라스 벨처의 소재 파악 및 상태 확인을 위해 위층으로 올라간 사이, 정신 건강 평가사 4급을 수료한 램 순경이 페트루스 휴마르에게 접근했다. 심각한 신체적 상해 가능성을 고려해 그를 체포한 후, 의학적 치료가 필요한 상황인지 판단할 목적이었다. 사설 경비업체 소속인 페트루스 휴마르는 램 순경의 지시를 순순히 따랐으며, 니콜라스 벨처를 폭행한 행동에 대해 후회한다고 말했다. 페트루스 휴마르는 자신의 근로계약을 일 년 더 연장할 의사를 밝히자 아내 에리카 버그와 언쟁이 벌어졌으며, 그 후 아내가 니콜라스 벨처와 성관계를 한 적이 있다는 사실을 털어났다고 구술했다. 페트루스 휴마르는 격분해 곧바로 니콜라스 벨처에게 향했다. 니콜라스 벨처가 입은 상해는 심각했으며 목숨이 위태로웠다. 엘리스 순경은 구급대원이 현장에 출동해 피해자에게 심폐소생술을 시행하도록 요청했다.

제프리는 니콜라스 벨처가 현재 중환자실에 있으며, 가장 가까운 가족인 전 부인과 양아들이 생명 유지 장치를 떼야 한다는 압박을 받고 있다는 말을 끝으로 발표를 마쳤다.

이 소식에 데비 고프와 아딜 싱이 엄청나게 분노를 표하자, 헨리에타가 잠시 휴식 시간을 갖자고 제안했다.

회원들이 다시 자리에 모인 후, 헨리에타는 니콜라스 벨처가 비록 활동적인 회원은 아니었지만, 어찌 됐든 협회의 일원이었기에 향후 그를 어떻게 추모할지 투표하자고 제안했다. 제프리는 "아직 [비속어] 죽지도 않았는데 [비속어] 무자비한 말이나 해대는군"이라고 응수했다.

아이작 프렌치는 협회의 지지를 보여주기 위해 니콜라스 벨처의 병실에 꽃을 가져다주자고 제안했다. 또한 꽃을 살 "돈을 모으자"고 했다. 제프리와 내가 대표로 병실을 방문해 꽃을 전달하기로 했다. 회의는 이렇게 마무리되었다.

니콜라스, 나 도착했어요. 역이에요.
스미스 매장 앞에 서 있어요.
좀 늦나요?

오후 12:05

아니면 혹시 마음이 바뀐 거예요? 만약 그렇
대도 당신을 탓하지 않을게요. 그냥 내게 알
려만 줘요. 원하는 만큼 내게 잔인해도 괜찮
아요.

오후 12:07

기차가 지연됐어요. 방금 도착했어요. 가는
중이에요.

오후 12:07

빨간 코트를 입고 있어요. 나, 머리 잘랐어
요. 손톱 가위로 내가 했죠. 진짜 엉망으로
보일 거예요. 🫣

오후 12:08

확실히 당신을 알아볼 수 있겠네요, 비.
그렇게 오래 걸리지는 않을 거예요.

오후 12:08

알아요. 미안해요. 좀 초조해서요.

오후 12:09

2분 후쯤 도착할 것 같아요.

오후 12:09

고마워요. 도착했나 확인해 볼게요.

오후 12:09

아직 당신이 안 보여요. 여기 완전 마스크 낀
사람들 천지예요.

오후 12:15

어, 난 당신이 보이는데요. 당신을 향해 가고
있어요. 이제 나 보여요? 큰 키에 휴대폰 들
고 있는? 무지개 마스크 쓴 사람? 그리고 트
위드 양복을 입고 있어요.

오후 12:15

자매요정 페이직 닉과 헬렌 모펫에게.

그들의 사랑과 지지 덕에 불가능해 보였던 책이 가능해졌습니다.

그곳의 너와 이곳의 나는

초판 1쇄 발행 | 2023년 7월 25일

글쓴이 | 사라 로츠
옮긴이 | 정은

펴낸이 | 조미현
책임편집 | 황정원
디자인 | 씨오디 color of dream

펴낸곳 | (주)현암사
등록 | 1951년 12월 24일 제10-126호
주소 | 04029 서울시 마포구 동교로12안길 35
전화 | 02-365-5051
팩스 | 02-313-2729
전자우편 | dalda@hyeonamsa.com
홈페이지 | www.hyeonamsa.com
블로그 | blog.naver.com/hyeonamsa

ISBN 978-89-323-2317-6 03840